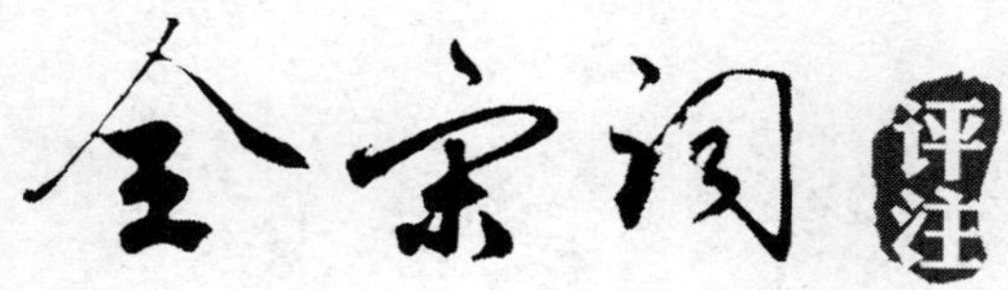

第十卷

评注者：（按编写顺序排列）

赵慧文　周笃文　王　澍　杨子怡

罗忠族　赵松元　陶先淮　黄去非

目　录

彭芳远 ………………………………………………………………… (1)
满江红　愁满关山,又吹得、芦花雪深……………………………… (1)
戴山隐 ………………………………………………………………… (2)
满江红　醉倚江楼,长空外、行云遥驻……………………………… (2)
李裕翁 ………………………………………………………………… (3)
摸鱼儿　计江南、许多风景,繁华只在晴昼 ……………………… (3)
龙端是 ………………………………………………………………… (4)
忆旧游　问南楼月色,十载相疏,何似今宵 ……………………… (4)
萧东父 ………………………………………………………………… (5)
齐天乐　扇鸾收影惊秋晚,梧桐又供疏雨 ……………………… (5)
王从叔 ………………………………………………………………… (6)
昭君怨　门外春风几度,马上行人何处 ………………………… (6)
阮郎归　风中柳絮水中萍,聚散两无情 ………………………… (6)
南柯子　碧树留云湿,青山似笠低 ……………………………… (7)
浣溪沙　水月精神玉雪胎,乾坤清气化生来 …………………… (7)
秋蕊香　薄薄罗衣乍暖,红入酒痕潮面 ………………………… (7)
吴元可 ………………………………………………………………… (8)
凤凰台上忆吹箫　更不成愁,何曾是醉,豆花雨后轻阴 ……… (8)
扬州慢　露叶犹青,岩花迟动,幽幽未似秋阴 ………………… (8)
采桑子　江南二月春深浅,芳草青时,燕子来迟,
剪剪轻寒不满衣 ………………………………………………… (9)
浪淘沙　浅约未曾来,一径苍苔………………………………… (9)

李太古 …………………………………………………… (10)
永遇乐 玉砌标鲜，雪园风致，似曾相识 ………………… (10)
恋绣衾 橘花风信满院香 ………………………………… (10)
南歌子 月下秦淮海，花前晏小山 ……………………… (10)
虞美人 西风海色秋无际，双泪如铅水………………… (11)
卜算子 尽道是伤春，不似悲秋怨 ……………………… (11)
黄子行 …………………………………………………… (12)
西湖月 湖光冷浸玻璃，荡一饷薰风，小舟如叶……… (12)
西湖月 初弦月挂林梢，又一番西园，探梅消息……… (12)
贺新郎 开遍寒梅萼 …………………………………… (13)
满江红 津鼓匆匆，犹记得、故人相送 ………………… (13)
花心动 谁倚青楼，把谪仙长笛，数声吹裂 …………… (14)
小重山 一点斜阳红欲滴 ……………………………… (14)
龙紫蓬 …………………………………………………… (15)
齐天乐 雨帘云栋重寻处，青红半空飞去 …………… (15)
萧允之 …………………………………………………… (16)
渡江云 蔷薇开欲谢，峭寒渐少，轩槛俯晴沙 ……… (16)
满江红 冷逼疏帘，浑不似、今春寂寞 ………………… (16)
琐窗寒 细雨收尘，轻寒弄日，柳丝掠道 …………… (17)
蝶恋花 十幅归帆风力满 ……………………………… (17)
虞美人 朱楼曾记回娇盼，满坐春风转………………… (17)
点绛唇 花径相逢，艰期心诺情如昨 ………………… (18)
段宏章 …………………………………………………… (19)
洞仙歌 一庭晴雪，了东风孤注 ……………………… (19)
刘贵翁 …………………………………………………… (20)
满庭芳 宫鸟西飞，杨花北去，春风飘向伊谁 ……… (20)
黄霁宇 …………………………………………………… (21)
水龙吟 丽华一握青丝，金珠粟粟香环里……………… (21)
刘天迪 …………………………………………………… (22)
齐天乐 瑞麟香软飞瑶席，吟仙笑陪欢宴……………… (22)

一萼红 拥孤衾，正朔风凄紧，毡帐夜生寒 ……………… (22)
虞美人 子规解劝春归去，春亦无心住 ……………… (23)
蝶恋花 日暮杨花飞乱雪，宝镜慵拈，强整双鸳结 ……………… (23)
凤栖梧 一剪晴波娇欲溜 ……………… (24)
点绛唇 一笑相逢，依稀似是桃根旧 ……………… (24)
张半湖 ……………… (25)
满江红 新绿池塘，一两点、荷花微雨 ……………… (25)
扫花游 柳丝曳绿，正豆雨初晴，水天朱夏 ……………… (25)
刘景翔 ……………… (27)
念奴娇 甚情幻化，似流酥围暖，酣春娇寐 ……………… (27)
小重山 山翠晴岚曲曲偎，红香浮玉醉窝颓 ……………… (27)
玉楼春 可怜又误江南景，雨腻风喧愁入暝 ……………… (28)
如梦令 独立荷汀烟渚，一霎锦云香雨 ……………… (28)
周伯阳 ……………… (29)
摸鱼儿 又匆匆、月鞭露镫，梅花江上归路 ……………… (29)
春从天上来 浩荡青冥，正凉露如洗，万里虚明 ……………… (29)
尹公远 ……………… (31)
尉迟杯 冰弦语，在竹树、院落深深处 ……………… (31)
齐天乐 江湖千里秋风客，翩然白云黄鹄 ……………… (31)
李天骥 ……………… (33)
摸鱼儿 又何须、向明还灭，寒花点缀孤影 ……………… (33)
刘应几 ……………… (34)
忆旧游 记铜驼载酒，翠陌吹箫，曾听相呼 ……………… (34)
周孚先 ……………… (35)
木兰花慢 访梅江路远，喜春在、剑川湄 ……………… (35)
鹧鸪天 曾唱阳关送客时，临歧借酒话分离 ……………… (35)
蝶恋花 舟舣津亭何处树 ……………… (36)
彭泰翁 ……………… (37)
念奴娇 九华惊觉，又偷承雨露，羞匀春色 ……………… (37)
忆旧游 玉环扶浅醉，翠袖笼寒，香汗初融 ……………… (37)

拜星月慢 雾罥舡棱，尘侵团扇，恨满哀弹倦理 …………（38）
曾允元 ……………………………………（39）
水龙吟 日高深院无人，杨花扑帐春云暖 …………（39）
月下笛 又老杨花，浮萍点点，一溪春色 …………（40）
齐天乐 碧梧枝上占秋信，微闻雨声还惬 …………（40）
点绛唇 一夜东风，枕边吹散愁多少 …………（41）
存目词 ……………………………………（41）
朱元夫 ……………………………………（42）
沁园春 心上浮香，轩前度影，约久传梅 …………（42）
壶中天 人生有酒，得闲处、便合开怀随意 …………（42）
邵桂子 ……………………………………（44）
沁园春 知是今年，一冬较暖，开遍梅花 …………（44）
贺新郎 新雨黄花路 …………（44）
满江红 离却京华，到这里、二千八百 …………（45）
百字令 三年幕画[①]，是小试相业，桐阴相谱 …………（45）
彭子翔 ……………………………………（47）
贺新郎 一点阳春小 …………（47）
木兰花慢 仙家春不老，谁说到、牡丹休 …………（47）
千秋岁 重阳来未，谁领黄花意 …………（48）
声声慢 荚房初荐，橙子新搓，菊松图下捧金荷 …………（48）
临江仙 佛说波斯王此岁，衰颜羞见河流 …………（49）
暗　香 停云望极 …………（49）
百　兰 ……………………………………（50）
醉蓬莱 怪柳吟翻雪，梅笑冲寒，郁葱如彩 …………（50）
满庭芳 有分非难，是缘终合，采来还换须臾 …………（50）
雨中花 饤鬥云山，挨排烟水，六丁午夜文移 …………（51）
丁持正 ……………………………………（52）
碧桃春 几年辛苦捣元霜，一朝琼粉香 …………（52）
李石才 ……………………………………（53）
一箩金 武陵春色浓如酒 …………（53）

魏顺之 …………………………………………………………………………(54)
水调歌头 人世斗南瑞,天上壁东星 ………………………………………(54)
伍梅城 …………………………………………………………………………(55)
贺新郎 甲子头春雨 …………………………………………………………(55)
贺新郎 梦到天宫里 …………………………………………………………(55)
最高楼 知君久,勘破利名关 ………………………………………………(56)
醉蓬莱 倚东风笑问,落红啼鸩,清明来未 …………………………………(57)
摸鱼儿 极知君、腰骑鹤;此心与水相似 …………………………………(57)
贺新郎 上界神仙府 …………………………………………………………(58)
丁几仲 …………………………………………………………………………(59)
贺新郎 喜溢蟾宫梦 …………………………………………………………(59)
禅　峰 …………………………………………………………………………(60)
百字谣 中秋近也,正于门瑞气,葱葱时节 …………………………………(60)
刘涧谷 …………………………………………………………………………(61)
西江月 淑质生当良月,晬辰喜遇今朝…………………………………………(61)
游稚仙 …………………………………………………………………………(62)
浣溪沙 晬日先联瑞日红,寿星明照寿筵中…………………………………(62)
李团湖 …………………………………………………………………………(63)
沁园春 六桂传家,三槐植庭,箕裘大儒 …………………………………(63)
黄诚之 …………………………………………………………………………(64)
满江红 五岳三光,钟秀气、笃生人杰 ……………………………………(64)
熊子默 …………………………………………………………………………(65)
洞仙歌 春逢花好,一笑长相见 ……………………………………………(65)
陈惟喆 …………………………………………………………………………(66)
水调歌头 近畿贤太守,陆地隐神仙 ………………………………………(66)
欧阳朝阳 ………………………………………………………………………(67)
摸鱼儿 正当绂麟时候,秋香还弄清晓………………………………………(67)
碧　虚 …………………………………………………………………………(68)
贺新郎 衮衮登台阁 …………………………………………………………(68)

彭正大 ……………………………………………………………… (69)
琐窗寒 千里儒流,称觞此际,梅花三度 ………………… (69)
叶巽斋 ……………………………………………………………… (70)
感皇恩 冬岭秀乔松,江南飞雪 ……………………………… (70)
铁笔翁 ……………………………………………………………… (71)
庆长春 有酒如渑,便开怀痛饮,我歌君拍 ……………… (71)
刘性初 ……………………………………………………………… (72)
醉蓬莱 喜首夏清和,槐绿成阴,榴红正朵 ……………… (72)
刘学颜 ……………………………………………………………… (73)
齐天乐 红冈小塔枫林路,曾见承平歌舞 ………………… (73)
江史君 ……………………………………………………………… (74)
好事近 耳顺恰当年,甲子方周一数 ……………………… (74)
徐架阁 ……………………………………………………………… (75)
最高楼 年高德劭,休叹老而传 …………………………… (75)
立　斋 ……………………………………………………………… (76)
沁园春 表表耆英,松柏贞刚,冰霜洁清 ………………… (76)
黄　革 ……………………………………………………………… (77)
酹江月 堂堂卿月,奉君恩来作,潜藩贤守 ……………… (77)
陈潜心 ……………………………………………………………… (78)
百字令 梅峰孕秀,庆仙翁、咫尺元宵三夕 ……………… (78)
罗子衎 ……………………………………………………………… (79)
三登乐 过了元宵,见七叶蓂又飞,恰今朝、昴宿降瑞 … (79)
刘公子 ……………………………………………………………… (80)
虞美人 搀先四日花朝节,红紫争罗列 …………………… (80)
三　槐 ……………………………………………………………… (81)
百字谣 武夷秀气萃君家,春色融和时节 ………………… (81)
程东湾 ……………………………………………………………… (82)
沁园春 毓德婺虚,联辉魁宿,天启儒英 ………………… (82)
张　倅 ……………………………………………………………… (83)
百字谣 榆烟新起,正清明节过,翠蓂九叶 ……………… (83)

胡德芳 …………………………………………………………………… (84)
水调歌 湛湛玉清水,矗矗炼丹山 …………………………………… (84)
赵 宰 …………………………………………………………………… (85)
声声慢 洞宾仙客,诞节明朝,方斋今日称觞 …………………… (85)
张 宰 …………………………………………………………………… (86)
满庭芳 气吐虹霓,笔飞鸾凤,从来锦绣文章 ………………… (86)
梁大年 …………………………………………………………………… (87)
满江红 九十炎光,又过了、三分之一 ……………………………… (87)
水调歌头 南极寿星现,佳气蔼庭除 ………………………………… (87)
鼓 峰 …………………………………………………………………… (89)
烛影摇红 风入虞弦,麦秋向晚梅天润 …………………………… (89)
程霁岩 …………………………………………………………………… (90)
水龙吟 夏秋晦朔之间,伊谁为作交承主 ………………………… (90)
满庭芳 一叶鸣秋,五蓂纪瑞,申月还庆生申 ………………… (90)
存目词 …………………………………………………………………… (91)
翠微翁 …………………………………………………………………… (92)
水调歌头 蓂荚才开六,宝历已当千 ……………………………… (92)
菊 翁 …………………………………………………………………… (93)
朝中措 桂花庭院是蓬壶,行地列仙图 …………………………… (93)
赵佥判 …………………………………………………………………… (94)
水龙吟 老人星照螺川,丽谯瑞霭笼晴昼 ………………………… (94)
李慧之 …………………………………………………………………… (95)
沁园春 八九十翁,似婴儿戏,汉司马迁 ………………………… (95)
留晚香 …………………………………………………………………… (96)
最高楼 西江水,分润到全闽 ………………………………………… (96)
杨 守 …………………………………………………………………… (97)
八声甘州 问梅边消息有还无,似微笑应人 ……………………… (97)
草夫人 …………………………………………………………………… (98)
满江红 清晓新妆,鸾台畔、潜呼小玉 …………………………… (98)

游　慈 ……………………………………………………………… (99)
多　丽　约梅花，年年开向华筵 ………………………………… (99)
静　山 …………………………………………………………… (100)
摸鱼儿　晓峰高、飞泉如瀑，潜虬鞭驾轩翥 ……………… (100)
水龙吟　片帆天际归舟，好风动、吹来消息 ……………… (101)
刘　守 …………………………………………………………… (102)
满江红　归去来兮，要待足、何时是足……………………… (102)
逸　民 …………………………………………………………… (103)
江城子　秀才落得甚干忙 …………………………………… (103)
无何有翁 ………………………………………………………… (104)
江城子　小年底死踏槐忙 …………………………………… (104)
任翔龙 …………………………………………………………… (105)
沁园春　客有问余，号曰汝水，逸民者谁 ………………… (105)
程梅斋 …………………………………………………………… (106)
西江月　刻木工夫最巧，舆梁底事尤精 …………………… (106)
刘省斋 …………………………………………………………… (107)
沁园春　男子才生，桑弧蓬矢，志期古同 ………………… (107)
刘仁父 …………………………………………………………… (108)
踏莎行　不假牵丝，何劳刻木，天然容貌施妆束 ………… (108)
刘南翁 …………………………………………………………… (109)
如梦令　没计断春归路，借问春归何处 …………………… (109)
勿　翁 …………………………………………………………… (110)
贺新郎　庭外潇潇雨………………………………………… (110)
曹休斋 …………………………………………………………… (111)
贺新郎　旧事凭谁诉………………………………………… (111)
李君行 …………………………………………………………… (112)
沁园春　三岛十洲，移搬者谁，玉城稚仙………………… (112)
赋　梅 …………………………………………………………… (113)
齐天乐　雕阑曲曲芙蓉水，天然一时潇洒 ………………… (113)

易少夫人 ……………………………………………… (114)
临江仙　何处甘泉来席上，嫩黄初汤银瓶 ………… (114)
临江仙　记得高堂同饮散，一杯汤罢分携 ………… (114)
胡平仲 ……………………………………………… (116)
减字木兰花　天然标格，不问青枝和绿叶 ………… (116)
减字木兰花　兰凋蕙歇，野店酒初尝竹叶 ………… (116)
曹　遇 ……………………………………………… (118)
宴桃源　西湖避暑棹扁舟，忘机狎白鸥 ………… (118)
宴桃源　廉纤小雨养花天，池光映远山 ………… (118)
蓦山溪　鉴湖千顷，四序风光好 ………………… (119)
水调歌头　造物巧能赋，新腊报花期 ……………… (119)
西江月　秋霁嫦娥二八，寒光逼散浮云 ………… (120)
白君瑞 ……………………………………………… (121)
满江红　木落林疏，秋渐冷、芙蓉新折 ………… (121)
水调歌头　凉吹拂衣袂，助我上高台 ……………… (121)
柳梢青　玉骨冰姿，天然清楚，雪里曾看 ………… (122)
风入松　一冬不见雪花飞，爱日荡晴晖 ………… (122)
念奴娇　江干蹭蹬，镇寻常、怀想京城春色 ……… (123)
贾　应 ……………………………………………… (124)
水调歌头　晚日浴鲸海，璧月挂鳌峰 ……………… (124)
杨元亨 ……………………………………………… (125)
沁园春　一棹横江，问讯盟鸥，太守谓谁………… (125)
林实之 ……………………………………………… (126)
八声甘州　客星堂下水，碧浮空、烟树几重重 …… (126)
刘　灏 ……………………………………………… (127)
水调歌头　几载沧江梦，此夕复经过 ……………… (127)
曾中思 ……………………………………………… (128)
水调歌头　有客泛轻舸，迤逦到桐庐 ……………… (128)
黄子功 ……………………………………………… (129)
水调歌头　绾纤钓台下，敛衽谒严陵 ……………… (129)

张嗣初 …………………………………………………（130）
水调歌头 名节本来重，轩冕亦何轻 ……………………（130）
沈明叔 …………………………………………………（131）
水调歌头 汉事正犹豫，足迹正趸然 ……………………（131）
寇寺丞 …………………………………………………（132）
点绛唇 春睡腾腾，觉来鸳被堆香暖 ……………………（132）
苏小小 …………………………………………………（133）
减字木兰花 别离情绪，万里关山如底数 ………………（133）
李秀兰 …………………………………………………（134）
减字木兰花 自从君去，晓夜萦牵肠断处 ………………（134）
胡夫人 …………………………………………………（135）
采桑子 与君别后愁无限，永远团圞，间阻多方，
水远山遥寸断肠 ……………………………………（135）
窦夫人 …………………………………………………（136）
失调名 去时梅蕊全然少 ………………………………（136）
王娇姿 …………………………………………………（137）
失调名 兀自未归来……………………………………（137）
洛阳女 …………………………………………………（138）
御街行 一身萍梗随邮转，恨归路、如天远 ……………（138）
丁羲叟 …………………………………………………（139）
渔家傲 十里寒塘初过雨，采莲舟上谁家女 ……………（139）
陶　氏 …………………………………………………（140）
苏幕遮 与君别，情易许 ………………………………（140）
吴　奕 …………………………………………………（141）
升平乐 水阁层台，短亭深院，依稀万木笼阴 …………（141）
杨太尉 …………………………………………………（142）
选冠子 碧眼连车，黄头间座，望断故人何处 …………（142）
李子申 …………………………………………………（143）
多　丽 好人人，去来欲见无因 …………………………（143）

闾丘次杲 …………………………………………………………（144）
朝中措　横江一抹是平沙，沙上几千家 ……………………（144）
危昂霄 ……………………………………………………………（145）
眼儿媚　晴云十丈跨杉溪，偏称夜凉时 ……………………（145）
万　某 ……………………………………………………………（146）
水调歌头　卷尽风和雨，晴日照清秋 ………………………（146）
蔡士裕 ……………………………………………………………（147）
金缕曲　怪得梅开早…………………………………………（147）
满湘曲　功名早，步武青云缭绕……………………………（147）
覃怀高 ……………………………………………………………（149）
水调歌头　翠蕤插云表，初意隔仙凡………………………（149）
巴州守 ……………………………………………………………（150）
水调歌头　霁色满空碧，爽气正横秋………………………（150）
江无□ ……………………………………………………………（151）
满江红　使节行秋，算天也、知公风力………………………（151）
无际道人 …………………………………………………………（152）
渔家傲　七坐道场三奉诏，空花水月何时了 ………………（152）
崔　中 ……………………………………………………………（153）
沁园春　自己阳生，正是中虚，静极动时……………………（153）
何钮翁 ……………………………………………………………（154）
满庭芳　二气旋还，三宫升降，往来于是无穷 ……………（154）
无名氏 ……………………………………………………………（155）
头盏曲　黄阁方开，金鼎和羹正待梅 ………………………（155）
浣溪沙　倦客东归得自由，西风江上泛扁舟 ………………（155）
浣溪沙　北固江头浪拍空，归帆一夜趁秋风 ………………（155）
沁园春　小阁深沉，寸心怀感，暗忆旧时……………………（156）
失调名　解下痴绦 ……………………………………………（156）
王子高六么大曲　梦中共跨青鸾翼 …………………………（156）
失调名　十五年来，从事风流府………………………………（157）
误桃源　砥柱勒铭赋，本赞禹功勋 …………………………（157）

鬓云松令 鬓云松，眉叶聚 ……………………………… (157)
胜胜慢 严凝天气，近腊时节，寒梅暗绽疏枝 ……… (158)
胜胜慢 寒应消尽，丽日添长，百花未敢先拆 ……… (158)
汉宫春 梅萼知春，见南枝向暖，一朵初芳 ………… (159)
汉宫春 雪打风摧 ……………………………………… (159)
汉宫春 点点江梅，对寒威强出，一弄新奇 ………… (159)
鼓笛慢 雪霏冰结霜凝，是谁透得春工意 ………… (160)
鼓笛慢 去年今日关山路，疏雨断魂天气 ………… (160)
鼓笛慢 淡烟池馆，霜飚乍紧，又是年华暮 ……… (161)
念奴娇 雨肥红绽，把芳心轻吐，香喷清绝 ……… (161)
念奴娇 岁华渐杪，又还是春也，难禁愁寂 ……… (162)
念奴娇 兰枯蕙死，向竹斋深处，谁传消息 ……… (162)
洞庭春色 绛萼欺寒，暗传春信，一枝乍芳 ……… (163)
沁园春 山驿萧疏，水亭清楚，仙姿太幽 ………… (163)
真珠髻 重重山外，苒苒流光，又是残冬时节 …… (164)
远朝归 新律才交，早旧梢南枝，朱污粉腻 ……… (164)
击梧桐 雪叶红凋，烟林翠减，独有寒梅难并 …… (165)
泛兰舟 霜月亭亭时节，野溪开冰灼 ……………… (165)
十月梅 千林凋尽，一阳未报，已绽南枝 ………… (166)
蓦山溪 冰肌玉骨，不与凡花数 …………………… (166)
蓦山溪 梅传春信，又报年华晚 …………………… (167)
蓦山溪 素苞淡注，自是东君试 …………………… (167)
蓦山溪 沙塘水浅，又一番春信 …………………… (168)
蓦山溪 前村昨夜，先报春消息 …………………… (168)
蓦山溪 冰肌玉骨，不假铅黄借 …………………… (168)
蓦山溪 前村雪里，度一枝春信 …………………… (169)
蓦山溪 郊居牢落，一水流清浅 …………………… (169)
蓦山溪 重黎默运，可意萦人处 …………………… (170)
蓦山溪 前村雪里，漏泄春光早 …………………… (170)
蓦山溪 竹篱茅舍，底是藏春处 …………………… (171)

蓦山溪 岁寒辽邈,望断江南信……………………………(171)
蓦山溪 危栏独倚,往事思量遍……………………………(171)
蓦山溪 孤村冬杪,有景真堪画……………………………(172)
蓦山溪 梅梢破萼,已见春心了……………………………(172)
蓦山溪 小山苍翠,竹影横窗畔……………………………(172)
蓦山溪 江南春信,已过长安路……………………………(173)
蓦山溪 当时曾见,上苑东风暖……………………………(173)
梅花引 园林静,萧索景 …………………………………(174)
绿头鸭 敛同云,破腊雪霁前村……………………………(174)
金盏倒垂莲 依约疏林,见盈盈春意,几点霜蕤 …………(175)
梅香慢 高阁寒轻,映万朵芳梅,乱堆香雪 ………………(175)
胃马索 晓窗明,庭外寒梅向残月 ………………………(176)
定风波慢 漏新春、消息前村,数枝楚梅轻绽……………(176)
庆春泽 晓风严,正萧然兔园,薄雾微罩…………………(176)
尉迟杯 岁云暮,叹光阴苒苒能几许 ……………………(177)
木兰花慢 望阳生渐布,见梅萼、暖初回…………………(177)
木兰花慢 饱经霜古树,怕春寒、趁腊引青枝……………(178)
最高楼 梅花好,千万君须爱………………………………(178)
尾 犯 轻风淅淅,正园林萧索,未回暖律 ………………(179)
望远行 重阴未解,又早是、年时梅花争绽 ……………(179)
宝鼎现 东君著意,化工恩被,灼灼妖艳…………………(180)
望梅花 寒梅堪羡,堪羡轻苞初展 ………………………(180)
喜迁莺 南枝向暖 …………………………………………(180)
喜迁莺 腊残春未 …………………………………………(181)
喜迁莺 霜凝雪冱,正斗标临丑,三阳将近 ……………(181)
喜迁莺 一阳初起 …………………………………………(182)
折红梅 陇上消残雪,曲水流断,淑气潜通 ……………(182)
折红梅 倚花阑清晓,徘回探得,南枝初绽 ……………(183)
折红梅 忆笙歌筵上,匆匆见了,□□相别 ……………(183)
折红梅 睹南翔征雁,疏林败叶,凋霜零乱 ……………(184)

满庭霜　一种江梅，偷传春信，夜来先绽南枝 ……………（184）
满庭霜　园林萧索，亭台寂静，万木皆冻凋伤 ……………（185）
黄莺儿　香梢匀蕊先回暖，点点胭脂轻衬 ……………（185）
锦堂春　腊雪初晴，冰销凝泮，寻幽闲赏名园 ……………（186）
瑶台月　严风凛冽，万木冻，园林肃静如洗 ……………（186）
玉梅香慢　寒色犹高，春力尚怯……………（186）
双头莲　触目庭台，当岁晚凋残，恁时方见 ……………（187）
夏云峰　琼结苞，酥凝蕊，粉心轻点胭脂 ……………（187）
庆清朝　北陆严凝，东郊料峭，化工争付归期 ……………（188）
烛影摇红　点点飞香，见梅知道春心透 ……………（188）
凤凰台忆吹箫　红蓓珠圆，素葳玉净，南荒已报春还 ……………（189）
东风第一枝　腊雪犹凝，东风递暖，江南梅早先折 ……………（189）
东风第一枝　溪侧风回，前村雾散，寒梅一枝初绽 ……………（189）
昼夜乐　一阳生后风光好 ……………（190）
柳初新　千林凋谢严凝日，青帝许、梅花折 ……………（190）
蜡梅香　爱日初长 ……………（191）
满江红　林外溪边，深深见、一林寒雪 ……………（191）
选冠子　憔悴江山，凄凉古道，寒日淡烟残雪 ……………（191）
选冠子　庾岭烟光，江南风景，冷落岁寒庭院 ……………（192）
落梅慢　带烟和雪，繁枝淡伫，谁将粉融酥滴 ……………（192）
早梅香　北帝收威，又探得早梅，漏春消息 ……………（193）
马家春慢　珠箔风轻，绣帘浪卷，乍入人间蓬岛 ……………（193）
望　梅　画阑人寂，喜轻盈照水，犯寒先折 ……………（194）
望　梅　小寒时节，正同云暮惨，劲风朝烈 ……………（194）
洞仙歌　蓬莱宫殿，去人间三万 ……………（195）
洞仙歌　摧残万物，不忍临轩槛 ……………（195）
洞仙歌　断云疏雨，冷落空山道 ……………（195）
洞仙歌　梳风洗雨，兰蕙摧残后 ……………（196）
摸鱼儿　岁华向晚，遥天布同云，霰雪轻飞 ……………（196）
春雪间早梅　梅将雪共春，彩艳灼灼不相因 ……………（197）

万年欢　北陆风回，顿园林凋尽，庭院岑寂 …………………… (197)
万年欢　天气严凝，乍寒梅数枝，岭上开折 …………………… (198)
雨中花　梦破江南春信，渐入江梅，暗香初发 ………………… (198)
早梅芳　冰唯清、玉唯润，清润无风韵 ………………………… (198)
婆罗门　江南地暖，数枝先得岭头春 …………………………… (199)
踏青游　岭上梅残，堤畔柳眼娇小 ……………………………… (199)
绛都春　东君运巧　……………………………………………… (200)
雪梅香　岁将暮，云帆风卷正凄凉 ……………………………… (200)
雪梅香　冻云深，六出瑶花满长空 ……………………………… (200)
千秋岁　腊残春近，江上梅开粉 ………………………………… (201)
月上海棠　南枝昨夜先回暖，便临寒、开花暗香远 ………… (201)
眼儿媚　前时同醉曲江滨，初样小梅春 ………………………… (201)
相见欢　月明疏影林间，水潺潺 ………………………………… (202)
捣练子　捣练子，赋梅枝，暖借东风次第吹 …………………… (202)
鹧鸪天　冷落人间昼掩门，泠泠残粉縠成纹 ………………… (203)
鹧鸪天　梦草池塘春意回，巧传消息是寒梅 ………………… (203)
鹧鸪天　雪屋冰床深闭门，缟衣应笑织成纹 ………………… (204)
鹧鸪天　小槛冬深未破梅，孤枝清瘦耐风埃 ………………… (204)
鹧鸪天　春入江梅破晚寒，冻枝惊鹊语声干 ………………… (204)
鹧鸪天　别得东皇造化恩，黛消铅褪自天真 ………………… (204)
浣溪纱　水净烟闲不染尘，小山斜卧几枝春 ………………… (205)
浣溪沙　苒苒飞云横画阑，黄昏烟雨满江干 ………………… (205)
浣溪沙　十月开花是子真，小春分付与精神 ………………… (205)
浣溪沙　梅粉初娇拟嫩腮，一枝春信腊前开 ………………… (206)
浣溪沙　剪碎红娘舞旧衣，汉宫妆粉满琼枝 ………………… (206)
浣溪沙　梅与为名蜡与容，寒枝遍缀小金钟 ………………… (206)
浣溪沙　梅与称名蜡与黄，枝无袅娜色无光 ………………… (206)
太常引　行云踪迹杳无期，梅梢上，又春归 ………………… (207)
太常引　江梅开似蕊珠宫，报桃李、又春风 ………………… (207)
小重山　竹里清香帘影明，一枝照水弄精神 ………………… (207)

小重山 不是蛾儿不是酥，化工应道也难摹 …………………（208）
小重山 天际春来都为君，依稀丹萼动，泛红云 ………………（208）
西地锦 不与群花相续，独占春光速 …………………………（208）
西地锦 岭上初消残雪，有梅花先坼 …………………………（208）
踏　歌 带雪，向南枝，一朵江梅坼 …………………………（209）
感皇恩 剪玉蹙花苞，腊寒时候……………………………（209）
枕屏儿 江国春来，留得素英肯住 …………………………（209）
忆秦娥 瑶台月，寒光零乱蒙香雪 …………………………（210）
望江南 梅花好，满树锦江边……………………………（210）
望江南 梅花好，依约透春光……………………………（210）
品　令 山重云起，断桥外、池塘水 …………………………（211）
品　令 一阳生暖，见庾岭、梅初绽 …………………………（211）
品　令 雪花飞坠，有人报、江南意 …………………………（212）
相思引 笑盈盈，香喷喷，姑射仙人风韵……………………（212）
相思引 半苞红，微露粉，潇洒早梅犹嫩……………………（212）
庆金枝 新春入旧年，绽梅萼、一枝先………………………（213）
菩萨蛮 天威乱糁琼蕤密，一光吞尽千山碧 …………………（213）
菩萨蛮 黄昏月暗清溪色，帘垂小阁霜华白 …………………（213）
菩萨蛮 霜天不管青山瘦，轻云浅拂修眉皱 …………………（214）
南乡子 梅蕊露鲜妍，雪态冰姿巧耐寒 ………………………（214）
南乡子 把酒对江梅，个是花中第一枝 ………………………（214）
南乡子 莫作俗花看，殊有清香雪太寒 ………………………（215）
南乡子 醉捻一枝春，此意谁人会得君 ………………………（215）
南乡子 栏槛对幽堂，翠叶村头万朵霜 ………………………（215）
南乡子 凛冽苦寒时，万木凋枯力渐衰 ………………………（216）
南乡子 把酒祝江梅，春到南枝早早开 ………………………（216）
戛金钗 梅蕊破初寒，春来何太早 …………………………（216）
人月圆 园林已有春消息，寻待岭头梅 ………………………（217）
一斛珠 寒冰初泮，岭头一朵香苞绽 …………………………（217）
解佩令 蕙兰无韵，桃李堪扫……………………………（217）

醉花阴　粉妆一捻和香聚，教露华休妒 …………………… (218)
醉花阴　霓裳浅艳来何处，不是闲云雨 …………………… (218)
扫地舞　酥点萼，玉碾萼，点时碾时香雪薄 ……………… (219)
玉楼人　去年寻处曾持酒，还是向、南枝见后 …………… (219)
燕归梁　月里云装冷艳裁，独秀在岩隈 …………………… (219)
忆人人　密传春信，微妆晓景，淡伫香苞欲绽 …………… (220)
忆人人　前村深雪，难寻幽艳，无奈清香漏绽 …………… (220)
采桑子　阳和欲报春来也，先上南枝 ……………………… (220)
采桑子　江南春信梅先赋，休道春迟，映竹开时，
姑射仙人雪作肌 ……………………………………………… (221)
采桑子　南枝淡伫无妖艳，蜡蕊羞黄，争似红妆，
不假施朱弄晓光 ……………………………………………… (221)
采桑子　幽芳莹白前村里，岂藉春工，胜尽群红，
琼捻凝酥向不同 ……………………………………………… (221)
采桑子　东君有意观群卉，故放争先，带露含烟，
对月偏宜映水边 ……………………………………………… (222)
采桑子　群芳尽老园林烬，独有寒梅，探得春回，
昨夜前村一朵开 ……………………………………………… (222)
采桑子　霜风漏泄春消息，折破孤芳，野兴彷徨，
姑射神仙触处藏 ……………………………………………… (222)
采桑子　烟笼淡月寒宵永，悄悄帘栊，微度香风，
几点梅开小院中 ……………………………………………… (223)
采桑子　飞琼欲赴瑶台宴，先具威仪，云驾霓衣，
从者皆骑白凤飞 ……………………………………………… (223)
采桑子　熔金脱得花钿小，点缀琼枝，月淡风微，
露浥香肌自是奇 ……………………………………………… (224)
寻　梅　幽香浅浅湿未透，认雪底、思来始有 …………… (224)
韖　红　粉香尤嫩，衾寒可惯……………………………… (224)
武林春　昨夜前村深雪里，春信为谁传 …………………… (225)
瑞鹧鸪　临鸾常恁整妆梅，枝枝仙艳月中开 ……………… (225)

瑞鹧鸪　汉宫铅粉净无痕，蜡点寒梢水畔村 ……………… (226)
瑞鹧鸪　柳未回青兰未芽，谁知此物在君家 ……………… (226)
一落索　腊后东风微透，越梅时候 ……………………… (226)
鬓边华　小梅香细艳浅，过楚岸、尊前偶见 ……………… (227)
御阶行　平生有个风流愿，愿长与梅为伴 ……………… (227)
西江月　北岭天饶瑞雪，南枝地段红苞 ………………… (228)
西江月　翡翠枝头晚萼，婵娟月里飘香 ………………… (228)
西江月　黄蜡谁将点缀，红膏不许施妆 ………………… (228)
西江月　万木经霜冻折，孤根独报春来 ………………… (229)
蝶恋花　暖发黄宫和气软 ……………………………… (229)
桃源忆故人　园林万木凋零尽，惟是寒梅香喷 ………… (229)
桃源忆故人　江天雪意云飞重，却倚阑干初冻 ………… (230)
桃源忆故人　南枝向暖清香喷，谁付骚人词咏 ………… (230)
桃源忆故人　寒苞初吐黄金莹，色染蔷薇犹嫩 ………… (230)
添字浣溪沙　雪态冰姿好似伊，料应尝笑水仙迟 ……… (231)
添字浣溪沙　谁染深红酥缀来，意浓含笑美颜开 ……… (231)
添字浣溪沙　取次匀妆粉有痕 ………………………… (232)
添字浣溪沙　蜜室蜂房别有香，腊前偏会泄春光 ……… (232)
玉交枝　胆样瓶儿几点春，剪来犹带水云痕 …………… (232)
玉交枝　蕙子兰孙小样儿，化工簇就寄南枝 …………… (233)
玉交枝　谁道花房采蜜脾，剪成黄蜡小花儿 …………… (233)
玉楼春　迢递前村深雪里，望断行云香细细 …………… (233)
玉楼春　萧萧海上风长起，也有梅花开玉蕊 …………… (234)
玉楼春　腊前先报东君信，清似龙涎香得润 …………… (234)
捣练子　欺万木，怯寒时 ……………………………… (234)
喜团圆　轻攒碎玉，玲珑竹外，脱去繁华 ……………… (235)
愁倚栏　冰肌玉骨精神，不风尘 ……………………… (235)
减字木兰花　庭梅初绽，风递幽香清更远 ……………… (235)
减字木兰花　疏梅风韵，不许游蜂飞蝶近 ……………… (236)
减字木兰花　山城驿近，又报寒梅传驿信 ……………… (236)

减字木兰花　香肌清瘦，泪湿轻红疏雨后 ……………………（236）
减字木兰花　东君有待，留得一枝香雪在 ……………………（237）
减字木兰花　鹅黄初吐，无数蜂儿飞不去 ……………………（237）
减字木兰花　园林衰槁，一品梅花开太早 ……………………（238）
临江仙　漏出春光三四朵，冰肌玉骨偏宜 ……………………（238）
临江仙　陇首云收天色暮，寒光射月初开 ……………………（238）
临江仙　昨夜新阳回候馆，芳菲正满霜林 ……………………（239）
临江仙　爱日新添春一线，化工先到寒梅 ……………………（239）
临江仙　玉貌香腮天赋与，清姿不假铅华 ……………………（239）
踏莎行　枝绿初匀，萼红犹浅…………………………………（240）
踏莎行　萼破前村，枝横江路…………………………………（240）
踏莎行　点点琼酥，初寒乍结…………………………………（240）
踏莎行　玉母池边，曾记旧识…………………………………（241）
渔家傲　蕙死兰枯篱菊槁，返魂香入江南早 …………………（241）
渔家傲　雪点江梅才可可，梅心暗弄纤纤朵 …………………（242）
定风波　又是春归烟雨村，一枝香雪度黄昏 …………………（242）
定风波　一树寒梅傍小溪，夜来陡觉绽南枝 …………………（242）
鹊踏枝　南国寒轻山自碧 ………………………………………（243）
鹊踏枝　故里山遥春霭碧 ………………………………………（243）
清平乐　寒溪过雪，梅蕊春前发 ………………………………（243）
春光好　看看腊尽春回，消息到、江南早梅 …………………（244）
殢人娇　玉瘦香浓，檀深雪散…………………………………（244）
二色宫桃　镂玉香苞酥点萼，正万木、园林萧索 ……………（244）
河　传　香苞素质，天赋与、倾城标格…………………………（245）
七娘子　清香浮动到黄昏，向水边、疏影梅开尽 ……………（245）
忆少年　疏疏整整，斜斜淡淡，盈盈脉脉………………………（246）
浪淘沙　春色入横塘，变尽凄凉…………………………………（246）
浪淘沙　雪里暗香浓，乍吐琼英…………………………………（246）
浪淘沙　村左小溪傍，粉黛宜芳…………………………………（247）
点绛唇　破萼江梅，迥然标格冰肌莹 …………………………（247）

点绛唇 烟淡黄昏，小移疏影横斜去 ……………………… (247)
点绛唇 点点江梅，向疏篱处香风逗 ……………………… (248)
点绛唇 雪里芳丛，岭头还报东君信 ……………………… (248)
点绛唇 万木凋残，早梅独占孤根暖 ……………………… (248)
点绛唇 昨夜寒梅，一枝雪里多风措 ……………………… (249)
点绛唇 春日芳心，暗香偏向黄昏逗 ……………………… (249)
点绛唇 赋雪归来，绿窗一夜霜风紧 ……………………… (249)
惜双双 冒雪披风开数点，万花压、欺寒探暖 …………… (250)
朝中措 山城水隘小桥傍，竹里早梅芳 ………………… (250)
虞美人 清江一曲君应见，昨夜潮头浅 ………………… (250)
醉落魄 琼搓粉滴，南枝只报江南圻 …………………… (251)
醉落魄 梅花似雪，赏花记得同欢悦 …………………… (251)
更漏子 宝香瓶，桐叶卷，荡水痕微还远 ……………… (251)
更漏子 绛纱笼，金叶盏，向晓灯花犹在 ……………… (252)
落梅风 宫烟如水湿芳晨，寒梅似雪相亲 ……………… (252)
古　记 一枕恹恹春困，记得小梅风韵 ………………… (252)
古　记 腊半雪梅初绽，玉屑琼英碎剪 ………………… (253)
古　记 疑是水晶宫殿，云女天仙宝宴 ………………… (253)
生查子 朔风吹冻云，云破天容碧 ……………………… (253)
蓦山溪 青春三月 ……………………………………… (254)
失调名 夜寒斗觉罗衣薄 ……………………………… (254)
失调名 深诚杳隔无疑 ………………………………… (254)
调笑集句 盖闻：行乐须及良辰，钟情正在吾辈 ……… (254)
巫　山 巫山高高十二峰，云想衣裳花想容 ………… (254)
桃　源 相误，桃源路，万里苍苍烟水暮 …………… (255)
洛　浦 非雾，花无语，还似朝云何处去 …………… (255)
明　妃 相忆，无消息 ………………………………… (256)
班　女 来见，蕊宫殿 ………………………………… (256)
文　君 君去，逐鸳侣 ………………………………… (257)
吴　娘 无处，难轻诉 ………………………………… (257)

琵　琶　衫湿，情何极 …………………………………… (258)
放　队　玉炉夜起沉香烟，唤起佳人舞绣筵 ………………… (258)
九张机　一张机，织梭光景去如飞 ……………………………… (258)
九张机　一张机，采桑陌上试春衣 ……………………………… (260)
南歌子　席近浑如远，帘高故放低 ……………………………… (261)
南歌子　象戏红牙局，琵琶绿锦絛 ……………………………… (262)
南歌子　小小生金屋，盈盈向凤帏 ……………………………… (262)
南歌子　阁儿虽不大，都无半点俗 ……………………………… (262)
南歌子　风动槐龙舞，花深禁漏传 ……………………………… (263)
感皇恩　暖律破寒威，春回宫柳 ………………………………… (263)
鱼游春水　秦楼东风里，燕子还来寻旧垒 ……………………… (263)
五彩结同心　珠帘垂户，金索悬窗，家接浣沙溪路 ………… (264)
侍香金童　宝台蒙绣，瑞兽高三尺 ……………………………… (265)
洞仙歌　溶溶泄泄，似飘扬愁绪 ………………………………… (265)
永遇乐　功名闲事，利禄休问，莫系心上 ……………………… (266)
西江月　灯火楼台欲下，笙歌院落将归 ………………………… (266)
水调歌头　帆落松陵浦，枯柳缆琼艘 …………………………… (267)
菩萨蛮　江城烽火连三月，不堪对酒江亭别 ………………… (267)
减字木兰花　蔷薇叶暗，满架浓阴风不乱 …………………… (267)
浣溪沙　梦入瑶台千步芳，万妃相向玉为装 ………………… (268)
浣溪沙　白玉楼中白雪歌，更将白纻衬春罗 ………………… (268)
临江仙　竹里行厨草草，花边系马匆匆 ………………………… (269)
阮郎归　山池芳草绿初匀，柳寒眉尚颦 ………………………… (269)
浣溪沙　春院无人花自香，飞来蜂蝶意何狂 ………………… (269)
南乡子　李郭共仙舟，准拟苏台烂熳游 ………………………… (270)
凤栖梧　姑射仙人游汗漫 ………………………………………… (270)
归自谣　愁冉冉，目送书空鸿数点 ……………………………… (270)
卜算子　曾约再来时，花暗春风树 ……………………………… (271)
卜算子　烟髻绾层巅，云叶生寒树 ……………………………… (271)
好事近　潇洒小楼东，斜亚一枝梅雪 …………………………… (271)

谒金门　江上路，依约数家烟树 …………………………………… (272)
杜韦娘　华堂深院，霜笼月采生寒晕 …………………………………… (272)
摸鱼儿　被谁家、数声弦管，惊回好梦难省 …………………………… (273)
满庭芳　五斟相逢，千钟一饮，古今乐事无过 ………………………… (273)
潇湘静　画帘微卷香风逗，正明月、乍圆时候 ………………………… (274)
十月桃　东篱菊尽，遍园林败叶，满地寒菱 …………………………… (274)
汉宫春　江月初圆，正新春夜永，灯市行乐 …………………………… (275)
汉宫春　玉减香销，被婵娟误我，临镜妆慵 …………………………… (275)
风流子　淑景皇州满，和风渐、催促柳花飞 …………………………… (276)
夏日宴黉堂　日初长 …………………………………………………… (276)
渔家傲　轻拍红牙留客住，韩家石鼎联新句 ………………………… (277)
醉春风　陌上清明近，行人难借问 …………………………………… (277)
卓牌儿　当年早梅芳，曾邂逅、飞琼侣………………………………… (278)
南乡子　晓日压重檐，斗帐犹寒起未忺 ……………………………… (278)
南乡子　深结花工知，赐与衣裳尽是绯 ……………………………… (278)
望远行　当时云雨梦，不负楚王期 …………………………………… (279)
归田乐　水绕溪桥绿，泛蘋汀、步迷花曲……………………………… (279)
临江仙　促坐重燃绛蜡，香泉细泻银瓶 ……………………………… (280)
行香子　天与秋光，转转情伤…………………………………………… (280)
诉衷情　碧天明月晃金波，清浅滞星河 ……………………………… (280)
绕池游　渐春工巧，玉漏花深寒浅 …………………………………… (281)
好事近　小院看酴醾，正是盛开时节 ………………………………… (281)
阮郎归　春风吹雨绕残枝，落花无可飞 ……………………………… (282)
点绛唇　公子归来，画堂深院丛罗绮 ………………………………… (282)
海棠春　晓莺窗外啼春晓，睡未足、把人惊觉 ………………………… (282)
宴桃源　落日霞消一缕，素月棱棱微吐 ……………………………… (283)
祝英台　海棠开、花影下、忆得共游戏………………………………… (283)
夜游宫　是处追寻侣，灯光散、九衢红雾……………………………… (284)
杨柳枝　簌簌花飞一雨残，乍衣单……………………………………… (284)
摊破浣溪沙　相恨相思一个人，柳眉桃脸自然春 ……………………… (284)

一剪梅　恨入椒觞暖未拈 …………………………………（285）
卜算子　垂螺近额时，只怕莺声老 ………………………（285）
忆王孙　杨柳风前旗鼓闹，正陌上、闲花芳草 …………（285）
南歌子　夕露沾芳草，斜阳带远村 ………………………（286）
南歌子　楼迥迷云日，溪深涨晓沙 ………………………（286）
南歌子　玉殿分时果，金盘弄赐冰 ………………………（286）
失调名　千里伤行客…………………………………………（287）
失调名　黄叶无风自落，彩云不雨空归 …………………（287）
玉珑璁　城南路，桥南路，玉钩帘卷香横雾 ……………（287）
浣溪沙　碎剪香罗浥泪痕，鹧鸪声断不堪闻 ……………（288）
点绛唇　燕子依依，晚来总为谁归去 ……………………（288）
踏青游　识个人人，恰正二年欢会 ………………………（289）
玉楼春　东风杨柳门前路，毕竟雕鞍留不住 ……………（289）
浣溪沙　云锁柴门半掩关，垂纶犹自在前湾 ……………（289）
浣溪沙　一副纶竿一只船，蓑衣竹笠是生缘 ……………（290）
浣溪沙　钓罢高歌酒一杯，醉醒曾笑楚臣来 ……………（290）
浣溪沙　雨气兼香泛芰荷，回舟冒雨懒披蓑 ……………（290）
定风波　雨雾云收望远山，钓竿林下恣清闲 ……………（291）
雨中花　我有五重深深愿 …………………………………（291）
望海潮　彩筒角黍，兰桡画舫，佳时竞吊沅湘 …………（291）
失调名　喜则喜、得入手 …………………………………（292）
扑蝴蝶　烟条雨叶，绿遍江南岸……………………………（292）
侍香金童　喜叶之地，手把怀儿摸…………………………（293）
啄木儿　洗出养花天气………………………………………（293）
柳梢青　晓星明灭，白露点、秋风落叶……………………（293）
眉峰碧　蹙破眉峰碧，纤手还重执 ………………………（294）
失调名　送千里蟾宫客………………………………………（294）
失调名　来春高步过南宫，更答取龙头策 ………………（294）
失调名　恐伊不信是龙头，和书寄与三题草 ……………（295）
失调名　问醉吟今夜，何处凤楼偏好 ……………………（295）

失调名　光生里闭，荣破天荒……………………………………（295）
行香子　清要无因，举选艰辛……………………………………（295）
失调名　君是园中杨柳，能得几时青……………………………（296）
失调名　（上缺）……………………………………………………（296）
湘灵瑟　霜风摧兰，银屏生晓寒…………………………………（297）
失调名　平地一声雷…………………………………………………（297）
失调名　休休得也□，云深处、高卧斜阳………………………（297）
失调名　单于若问君家世，说与教知……………………………（297）
失调名　说与教知……………………………………………………（298）
失调名　便是盐商孟客儿……………………………………………（298）
减字木兰花　家门希差，养得一枚依样画………………………（298）
满庭芳　光芒…………………………………………………………（299）
失调名　妙手庖人，搓得细如麻线………………………………（299）
浪淘沙　水饭恶冤家，些小姜瓜…………………………………（299）
夜游宫　因被吾皇手诏，把天下、寺来改了……………………（300）
西江月　早岁轻衫短帽，中间圆顶方袍…………………………（300）
青玉案　钉鞋踏破祥符路，似白鹭、纷纷去……………………（300）
失调名　瘦得脸儿两指大……………………………………………（301）
失调名　柳丝只解风前舞……………………………………………（301）
滴滴金　当初亲下求言诏，引得都来胡道………………………（301）
水调歌头　平生太湖上，短棹几经过……………………………（302）
失调名　做园子，得数载……………………………………………（302）
失调名　叠假山、得保义……………………………………………（303）
结带巾　头巾带，谁理会……………………………………………（303）
失调名　却折花枝斜插鬓……………………………………………（303）
失调名　薰风时送芰荷香……………………………………………（304）
失调名　花有重开月再圆……………………………………………（304）
鹊桥仙　柳家一句最著题，道暮雨、芳尘轻洒…………………（304）
失调名　你自平生行短，不公正、欺物瞒心……………………（304）
失调名　别有暗愁深意………………………………………………（305）

失调名 晓风吹人,酒醒时候 ……………………………… (305)
失调名 海棠花谢清明后 ……………………………… (305)
鹧鸪天 春晓千门放钥匙,万官班从出祥曦 ………… (305)
鹧鸪天 日暮迎祥对御回,宫花载路锦成堆 ………… (306)
鹧鸪天 紫禁烟光一万重,五门金碧射晴空 ………… (306)
鹧鸪天 香雾氤氲结彩山,蓬莱顶上驾头还 ………… (306)
鹧鸪天 禁卫传呼约下廊,层层掌扇簇亲王 ………… (307)
鹧鸪天 宝炬金莲一万条,火龙围辇转州桥 ………… (307)
鹧鸪天 玉座临轩宴近臣,御楼灯火发春温 ………… (308)
鹧鸪天 九陌游人起暗尘,一天灯雾锁彤云 ………… (308)
鹧鸪天 宣德楼前雪未融,贺正人见彩山红 ………… (308)
鹧鸪天 风约微云不放阴,满天星点缀明金 ………… (309)
鹧鸪天 五日都无一日阴,往来车马闹如林 ………… (309)
鹧鸪天 彻晓华灯照凤城,犹嗔宫漏促天明 ………… (310)
鹧鸪天 忆得当年全盛时,人情物态自熙熙 ………… (310)
鹧鸪天 步障移春锦绣丛,珠帘翠幕护春风 ………… (310)
鹧鸪天 真个亲曾见太平,元宵且说景龙灯 ………… (311)
失调名 有个秀才姓汪,骑个驴儿过江 ……………… (311)
失调名 有个秀才姓汪,住在祁门下乡 ……………… (311)
失调名 何时一尊洒,重与细论文 …………………… (312)
失调名 六论不知出处,写得乌梅几字 ……………… (312)
失调名 高文虎,称伶俐 ……………………………… (312)
失调名 十年前事,浑似梦初惊 ……………………… (313)
失调名 千里有个好相识,望青山一色 ……………… (313)
失调名 五马游春,彩佩照人,光生南陌 …………… (313)
失调名 炉香如雾斗帐深 ……………………………… (313)
失调名 香野锦林谁是主 ……………………………… (313)
失调名 一庭影浸梧竹 ………………………………… (313)
金钱子 昨夜金风,黄叶乱飘阶下 …………………… (314)
念奴娇 沁园秋早 ……………………………………… (314)

失调名　芳草绿如茵，与蓝袍、草争翠色 ……………………（314）
鹧鸪天　五百人中第一仙，等闲平步上青天 ……………………（315）
鹊桥仙　我嗏今夜为情忙，又那得、工夫送巧 ……………………（315）
失调名　瑞霞成绮 ……………………（315）
失调名　□□□□□金缕，探听春来处 ……………………（316）
失调名　晓日楼头残雪尽，乍破腊、风传春信 ……………………（316）
失调名　南楼人未起，爆竹声闻，应在笙歌里 ……………………（316）
失调名　竹爆当门庭，震门陛也 ……………………（316）
失调名　待醉里小王，书写副、神荼郁垒 ……………………（316）
木兰花　东风昨夜吹春昼，陡觉去年梅蕊旧 ……………………（317）
木兰花　东风昨夜归来后，景物便为春意候 ……………………（317）
失调名　捏个牛儿体态 ……………………（317）
失调名　彩缕幡儿花枝小，凤钗上、轻轻斜袅 ……………………（318）
失调名　金吾不禁元宵，漏声更莫催晓 ……………………（318）
失调名　况今宵好景，金吾不禁，玉漏休催 ……………………（318）
失调名　金铺翠、蛾毛巧，是工夫不少 ……………………（318）
失调名　灯球儿小，闹蛾儿颤 ……………………（319）
新水令　冒风连骑出金城，闻孤猿韵切，怀念亲眷 ……………………（319）
驻马听　雕鞍成谩驻 ……………………（319）
南歌子　禁苑沉沉静，春波漾漾行 ……………………（320）
失调名　角黍厅前，祭天神、妆成异果 ……………………（320）
失调名　旋酌菖蒲酒，灵气满芳尊 ……………………（321）
失调名　自结成同心百索，祝愿子、更亲自系著 ……………………（321）
阮郎归　及妆时结薄衫儿，蒙金艾虎儿 ……………………（321）
阮郎归　门儿高挂艾人儿，鹅儿粉扑儿 ……………………（321）
失调名　双凤钗头，争带御书符 ……………………（322）
失调名　才向兰汤浴罢，娇羞簪云髻，正雅称鸳鸯会 ……………………（322）
失调名　才向兰汤浴罢，娇羞困、殢人未忺梳掠 ……………………（322）
失调名　御符争带，斜插交枝艾 ……………………（323）
失调名　从前浪荡休整理，钉赤口、防猜忌 ……………………（323）

失调名　天上佳期，九衢灯月交辉 …………………………（323）
伊州曲　金鸡障下胡雏戏 ……………………………………（323）
失调名　月到中秋偏莹，乍团圆、早欺我孤影 ………………（324）
失调名　手捻茱萸簪髻，一枝聊记重阳 ………………………（324）
失调名　插黄花、对尊前，且看茱萸好………………………（325）
失调名　明年此□，□知谁健，且尽黄花酒 …………………（325）
倾杯序　昔有王生，冠世文章，尝随旧游江渚 ………………（325）
失调名　奈愁又、愁无避处，愁随一线□长 …………………（326）
失调名　万户与千门，驱傩鼎沸……………………………（326）
失调名　兽炭共围，通宵不寐，守尽残更待春至 ……………（326）
蝶恋花　花为年年春易改，待放柔条，系取春常在 …………（327）
如梦令　今夜荼蘼风起，应是玉消琼碎 ………………………（327）
最高楼　司春有序，排次到荼蘼……………………………（327）
南柯子　翠袖熏龙脑，乌云映玉台 ……………………………（328）
满庭芳　青幄高张，琼枝巧缀，万颗香染红殷 ………………（328）
浣溪沙　酒拍胭脂颗颗新，丹砂然火弃精神 …………………（329）
南柯子　积雪迷松径，围炉掩竹扉 ……………………………（329）
贺新郎　天意扶炎宋…………………………………………（330）
贺圣朝　太平无事，四边宁静狼烟眇 …………………………（330）
踏莎行　宴罢琼林，醉游花市，此时方显男儿志 ……………（331）
祝英台近　客毡寒，兰房悄，金炉爇红兽……………………（331）
花心动　碧瓦朱甍，锁千门沉沉、丽日初旭 …………………（332）
西江月　梁上喃喃燕语，纸间戢戢蚕生 ………………………（332）
梅花引　清阴陌，狂踪迹，朱门团扇香迎客 …………………（333）
恋绣衾　元宵三五酒半醺，马蹄前、步步是春 ………………（333）
青玉案　年年社日停针线，怎忍见、双飞燕 …………………（333）
捣练子　偏□戏，最风流，斗帐金猊暖不收 …………………（334）
捣练子　初酒醒，乍衣单，褪著裙儿侧著冠 …………………（334）
楼心月　柳下争拿画桨摇，水痕不觉透红绡 …………………（335）
楼心月　手把新荷叶一枝，唤来池上只愁归 …………………（335）

楼心月 新著生红小舞衣，案前磨墨误淋漓 ……………… (335)
花心动 粉堞云齐，度清笳、愁入暮烟林杪 ……………… (335)
踏莎行 殢酒情怀，恨春时节，柳丝巷陌黄昏月 ……………… (336)
鹧鸪天 题得相思字数行，起来桐叶满纱窗 ……………… (336)
阮郎归 薄罗生色画酴醾，酴醾满架时 ……………… (336)
青门怨 月痕烟景，远思孤影……………… (337)
水调歌头 不能烦恼得，掉臂便归休 ……………… (337)
失调名 东南妩媚，雌了男儿……………… (338)
霜天晓角 一声阿鹊，人在云西角……………… (338)
满庭芳 凤阁祥烟，龙城佳气，明禋恭谢时丰 ……………… (338)
庆清朝 银漏花残，红消烛泪……………… (339)
御街行 时康三载升平世，恭谢三朝礼 ……………… (339)
瑞鹤仙 是欢声盈万户 ……………… (339)
真珠帘 病酒情怀犹困懒 ……………… (340)
沁园春 国步多艰、民心靡定、诚吾隐忧 ……………… (340)
小重山 鼓报黄昏禽影歇 ……………… (341)
谒金门 休只坐，也去看花则个 ……………… (341)
失调名 惜花心性 ……………… (342)
行香子 浙右华亭，物价廉平……………… (342)
长相思 晴也行，雨也行 ……………… (342)
摸鱼儿 过湘皋、碧龙惊起，冰涎犹护鬐影 ……………… (342)
失调名 东君去后花无主 ……………… (343)
多　丽 日初长，宝炉一缕沉烟 ……………… (343)
沁园春 我善观梅，识梅妙处，舍我其谁 ……………… (344)
壶中天 日长晴昼，厌厌地、懒向窗前绑绣 ……………… (344)
满江红 一点阳和，天不许、凡花先得……………… (345)
买坡塘 喜西风、朝来如约，新凉一雨初霁 ……………… (345)
瑞鹤仙 赏残陶径菊……………… (346)
更漏子 画楼深，春昼永，帘幕东风微冷 ……………… (346)
更漏子 鬓慵梳，眉懒画，独自行来花下 ……………… (347)

更漏子　粉墙低，蓬户小，一点尘埃不到 ………………………（347）
愁倚阑令　东风恶，宿云凝，忒无情 …………………………（347）
红窗迥　河可挽，石可转 ……………………………………（348）
一剪梅　漠漠春阴酒半酣 ……………………………………（348）
长相思　不思量，又思量 ……………………………………（348）
长相思　云垂垂，雨霏霏 ……………………………………（349）
长相思　雨如丝，柳如丝 ……………………………………（349）
长相思　燕成双，蝶成双 ……………………………………（349）
采桑子　年年才到花时候，风雨成旬，不肯开晴，
误却寻花陌上人 ……………………………………………（350）
风光好　柳阴阴，水深深 ……………………………………（350）
虞美人　□□□□□□□ ……………………………………（350）
虞美人　绮疏人把罗衣叠，岫幌铺残月 ……………………（351）
虞美人　悲商吹尽枝间绿，绛萼含冰玉 ……………………（351）
虞美人　萧萧风竹千蛟舞，云阁催诗雨 ……………………（351）
虞美人　当年合德并飞燕，涎涎无人见 ……………………（352）
木兰花　小桃枝上东风转，□□草绿江南岸 ………………（352）
朝中措　严霜封草树凋红，叶落小园空 ……………………（353）
朝中措　红鸾飞下绿云中，天淡日和融 ……………………（353）
朝中措　洛阳常见画图中，春去只心融 ……………………（353）
朝中措　从来黄菊占秋风，红只许芙蓉 ……………………（354）
朝中措　宦游只欲赋归休，花为解离愁 ……………………（354）
西江月　草市人归日落，荒城风急鸦翻 ……………………（354）
西江月　扑扑云垂四野，冥冥雁下平芜 ……………………（355）
西江月　风雨朝来恶甚，池塘春去无多 ……………………（355）
西江月　花下春光正好，柳边春色才多 ……………………（355）
西江月　膝下红金不暖，窗前绛蜡犹然 ……………………（356）
西江月　琼沼融成沆瀣，冰檐滴尽真珠 ……………………（356）
西江月　剪剪轻寒雨后，曈曈晓日晴时 ……………………（357）
西江月　翠岭游仙梦破，暖香残酒醒时 ……………………（357）

西江月　风雨馀寒过了，池塘春水生时 ……………………（357）
点绛唇　晓翠初分，挂藤窈窕穿深静 ……………………（358）
好事近　篱落晓来霜，花嫩不禁寒力 ……………………（358）
秦楼月　□□□ ……………………………………………（358）
秦楼月　秋漠漠，登临常羡东飞鹤 ………………………（359）
秦楼月　风淅淅，天容暗淡梅花白 ………………………（359）
西地锦　重过黄梁古驿，著一鞭春色 ……………………（359）
如梦令　试问春归何处，红入小桃花树 …………………（360）
清平乐　风不定，舞碎海棠红影 …………………………（360）
浣溪沙　遍地轻阴绿满枝，乍晴初试袷罗衣 ……………（360）
望江南　清夜老，流水淡疏星 ……………………………（361）
醉蓬莱　见笋成新竹，燕教雏飞，画堂清昼 ……………（361）
满庭芳　梅子成阴，海棠初谢，小园才过清明 …………（362）
汉宫春　争似我、随时临风对月，畅饮更高歌 …………（362）
瑞鹤仙　恨佳人命薄 ………………………………………（362）
失调名　须信道、颜色如花，命如秋叶 …………………（363）
失调名　但入新年，愿百事、皆如意 ……………………（363）
水龙吟　□□含娇眼 ………………………………………（363）
失调名　雨后轻寒 …………………………………………（363）
失调名　柳丝柔无力 ………………………………………（363）
失调名　伤怀长是蹙双眉 …………………………………（364）
失调名　杨花飞絮，搅乱少年情绪 ………………………（364）
失调名　天气阴阴 …………………………………………（364）
失调名　倚遍阑干十二楼 …………………………………（364）
满庭芳　柳眼花心，此夜欢会 ……………………………（364）
失调名　蝶意蜂情，恣还飘逸 ……………………………（364）
失调名　金鸭香消 …………………………………………（364）
念奴娇　脉脉此情难识 ……………………………………（365）
失调名　无计奈愁何 ………………………………………（365）
失调名　知他今夜，好好为谁梳洗 ………………………（365）

失调名 西楼独上等多时 …………………………………………… (365)
最高楼 南陌踏青游…………………………………………………… (365)
青玉案 更憔悴、羞人见 ……………………………………………… (365)
失调名 任他春去春来 ……………………………………………… (366)
失调名 嫩草初抽匀细绿 …………………………………………… (366)
失调名 湖腻烟光,柳垂新绿…………………………………………… (366)
失调名 语燕飞来绕画梁 …………………………………………… (366)
失调名 一钩新月 …………………………………………………… (366)
失调名 怕到黄昏转凄切 …………………………………………… (366)
失调名 凝情羞对海棠花 …………………………………………… (366)
失调名 枝头点检,退尽芳菲…………………………………………… (367)
失调名 寸心如铁不关愁 …………………………………………… (367)
失调名 入到春来转见愁 …………………………………………… (367)
最高楼 却教人,逢春怕,见花羞 …………………………………… (367)
失调名 不如柳絮,穿帘透幕,飞到伊行 ………………………… (367)
菩萨蛮 衔泥双燕来还去 …………………………………………… (367)
天仙子 谷雨清明空屈指 …………………………………………… (367)
失调名 这愁绪、仗他谁 …………………………………………… (368)
失调名 樱桃新荐小梅红 …………………………………………… (368)
失调名 恩爱顿成离别恨 …………………………………………… (368)
失调名 要解心头愁闷,除非殢酒 ………………………………… (368)
洞仙歌 惟有莺莺燕燕 ……………………………………………… (368)
失调名 病酒厌厌,未解馀酲,三竿丽日…………………………… (369)
千秋岁 一声啼鸟,常道无消息 …………………………………… (369)
失调名 暗把归期数…………………………………………………… (369)
失调名 危楼愁独倚…………………………………………………… (369)
谒金门 满地落红千片 ……………………………………………… (369)
失调名 频拭脸边新泪 ……………………………………………… (370)
好事近 更一声啼鸟…………………………………………………… (370)
失调名 落花狼藉无行处 …………………………………………… (370)

贺新郎　一点芳心事…………………………………………………（370）
虞美人　东君去后无踪迹 ……………………………………………（370）
失调名　登楼欲认经由处，无奈云山遮望眼 ………………………（370）
失调名　缺月挂檐牙…………………………………………………（370）
失调名　杜鹃声劝不如归 ……………………………………………（371）
南乡子　宝鸭沉烟袅…………………………………………………（371）
最高楼　子规叫断黄昏月 ……………………………………………（371）
失调名　夜深帘幕静，一曲管弦清 …………………………………（371）
失调名　千门灯火，九街风月………………………………………（371）
蝶恋花　十里绮罗香不断 ……………………………………………（372）
失调名　灯火楼高，移下一天星斗 …………………………………（372）
天仙子　残月朦胧人瘦损 ……………………………………………（372）
失调名　那得工夫送…………………………………………………（372）
天仙子　危楼十二阑干曲，望不尽、愁不尽 ………………………（372）
失调名　春光悭涩，风颠雨恶，未放晴天气 ………………………（372）
失调名　百紫千红开遍了 ……………………………………………（373）
失调名　自家无好况…………………………………………………（373）
失调名　谁道酒能消恨 ………………………………………………（373）
失调名　绿草茸茸媚柳芳 ……………………………………………（373）
极相思　夕阳外，禽声切 ……………………………………………（373）
点绛唇　荷叶乍圆，正是困人天气 …………………………………（373）
失调名　落花点点绣苍苔 ……………………………………………（373）
失调名　花开时节连风雨……………………………………………（374）
失调名　杏花著雨胭脂透……………………………………………（374）
水调歌头　云作伴，月为邻 …………………………………………（374）
太清歌词　红片半随风，又半随流水 ………………………………（374）
鹊桥仙　吴蚕老后 ……………………………………………………（374）
殢人娇　也待作个、篭儿寄与………………………………………（374）
极相思　一番雨过横塘………………………………………………（374）
南歌子　菖蒲泛酒香…………………………………………………（375）

宴清堂 旋折枝头新果……(375)
洞仙歌 六尺湘漪簟冷……(375)
失调名 玉泉清洁，正好浮瓜沈李……(375)
失调名 花底倾杯，花影娇随人醉……(375)
水调歌头 竹边风细，月色淡阴阴……(375)
长相思 绣停针，泪盈盈，断肠梁燕语声频……(376)
声声慢 双双旧家燕子，又飞来、清明池阁……(376)
快活年 蛩吟声不住……(376)
金落索 风撼梧桐影碎，凄凉天气……(376)
品 令 残蝉噪晚……(376)
点绛唇 枕簟冰清，渐觉秋凉也……(376)
洞仙歌 窗外蛩吟雨声细……(377)
御街行 云淡碧天如水……(377)
戛金钗 怎数向、更筹计……(377)
失调名 攲枕无眠又无寐……(377)
失调名 便直饶、铁作心肠，也须是泪滴……(377)
卜算子 欲把愁分付……(378)
卜算子 算一一都在我心头……(378)
满庭芳 似篾身材，纤腰一捻，新来消瘦如削……(378)
失调名 一寸柔肠，如丝千结，不奈愁如铁……(378)
秋蕊香 眼也生应哭破……(378)
长相思 好思量，转凄惶，捱到黄昏愈断肠……(379)
卜算子 云雨阳台梦不成……(379)
古四北洞仙歌 银缸挑尽，纱窗未晓，独拥寒衾一半……(379)
失调名 魄散魂飞……(379)
绮罗香 酒醒后、一枕清风……(379)
鹧鸪天 小小池亭自有凉……(379)
鹧鸪天 落花凝恨夕阳中……(380)
失调名 春来长是病厌厌……(380)
一丛花 晓来寒露滴疏桐……(380)

念奴娇　不比寻常三五夜 ……………………（380）
失调名　愁厌厌、脉脉上心谁消遣 ……………………（380）
吴音子　早团圆，早早团圆 ……………………（381）
声声慢　心虽相许，事未曾谐 ……………………（381）
满庭芳　风剪梧桐 ……………………（381）
失调名　同赏败荷疏柳 ……………………（381）
采莲令　重阳泪眼，又早是、苦离肠 ……………………（381）
朝中措　征雁不来无信，教人空度重阳 ……………………（381）
满庭芳　黄菊正飘香 ……………………（381）
于飞乐　近来清瘦，为谁为谁 ……………………（382）
失调名　自家无好况 ……………………（382）
双雁儿　这心事、倚他谁 ……………………（382）
诉衷情　黄昏新月一钩纤 ……………………（382）
满江红　魂梦断，难寻觅 ……………………（382）
定风波　素笺封了还重折 ……………………（382）
满江红　谁知恩爱，变成怨恨 ……………………（382）
失调名　无情却被多情恼 ……………………（383）
念奴娇　乘兴折取一枝，满身兰麝 ……………………（383）
失调名　花有重开日□圆 ……………………（383）
念奴娇　一点芳姿，信道是，不比人间凡木 ……………………（383）
失调名　费尽骚人词与诗 ……………………（383）
失调名　岩玉枝头金粟門 ……………………（384）
失调名　枉被梨花瘦损，又成春梦 ……………………（384）
念奴娇　冻云阁雨，渐长空迤逦，严凝天气 ……………………（384）
失调名　闻道酒肠宽似海 ……………………（384）
失调名　山万叠，水千重 ……………………（384）
失调名　纱窗晓色朦胧 ……………………（385）
失调名　别是一般春色好 ……………………（385）
失调名　更作句桃符 ……………………（385）
秋千儿词　小子里、灯□声，明年又添一岁 ……………………（385）

江神子　今朝鸳帐酒醒初 …………………………（385）
失调名　晚起倦梳妆…………………………（386）
西江月　强调朱粉对菱花，蹙损眉峰懒画 …………………………（386）
失调名　夜来一阵催花雨…………………………（386）
失调名　满地榆钱，算来难买住春归 …………………………（386）
小重山　六曲句阑四面风…………………………（386）
小重山　一钩新月上…………………………（386）
失调名　红粉墙头，绿杨楼外，声声唤起新愁恨 …………………………（387）
失调名　料如今，甘心海角天涯…………………………（387）
失调名　枕冷衾寒，夜长无奈愁何 …………………………（387）
失调名　月移疏影上窗纱 …………………………（387）
失调名　轻盈照路旁…………………………（387）
失调名　独倚阑干十二…………………………（387）
沁园春　凝眸，悔上层楼 …………………………（388）
失调名　离情愁思，尽分付、眉头眼底…………………………（388）
于飞乐　教我莫思量，争不思量…………………………（388）
满庭芳　兽炉烟断，残烛照庭帏…………………………（388）
失调名　鸳鸯鸥鹭，浴乱一池春碧 …………………………（388）
真珠帘　把酒祝东君，愿与花枝长为主 …………………………（389）
武陵春　柳绿花红春烂熳…………………………（389）
失调名　断肠屈曲屏山…………………………（389）
洞仙歌　独拥香衾一半…………………………（389）
失调名　蹙损两眉峰…………………………（389）
失调名　添憔悴、看肌瘦损 …………………………（390）
失调名　细雨乱如毛…………………………（390）
失调名　恨江南塞北，鱼沉雁杳，空肠断、书难寄…………………………（390）
失调名　去不远，路无多 …………………………（390）
失调名　尽啜情一饱、泪珠弹子重揾 …………………………（390）
卜算子　你为情多泪亦多…………………………（391）
阮郎归　无心傍照台…………………………（391）

失调名 巧画远山眉 ……………………………………… (391)
于飞乐 天然体段殊常 ……………………………………… (391)
声声令 未怕飞燕似轻盈 ……………………………………… (391)
失调名 须教相并檐前望，被飞絮、扑簌香腮 ……………… (392)
定风波 古鼎龙涎香犹喷 ……………………………………… (392)
失调名 烛暗时酒醒，原来又是梦里 ………………………… (392)
失调名 为谁瘦、为谁瘫 ……………………………………… (392)
喜迁莺 芳春天晓，听绿树、数声如簧莺巧 ………………… (392)
满庭芳 花外风传漏永，鸯鸳暖、金鸭香浓 ………………… (393)
失调名 香阁寂寥 ……………………………………… (393)
鹧鸪天 清明将近春时节 ……………………………………… (393)
一落索 倚楼一霎酒旗风 ……………………………………… (393)
如梦令 不暖不寒天，春色恰倚人意 ………………………… (393)
庆青春 平明一阵催花雨 ……………………………………… (393)
踏莎行 悄无人语重帘卷 ……………………………………… (394)
夏云峰 昨日看花花正好，枝枝香嫩红殷 …………………… (394)
粉蝶儿 共双双飞入，乱红深处 ……………………………… (394)
鹧鸪天 往事旧游浑似梦 ……………………………………… (394)
拜星月 贺新春，尽带春花、春幡春胜，是处春光明媚 ……… (394)
诉衷情 悠悠万里云水 ……………………………………… (394)
洞仙歌 今夜谁添一种愁 ……………………………………… (395)
御街行 夜深无语楼空倚 ……………………………………… (395)
失调名 淡红衫，缕金裙 ……………………………………… (395)
浣溪沙 水阁池亭自有凉 ……………………………………… (395)
小重山 水风生处小亭临 ……………………………………… (395)
失调名 西风渐冷，园林万木凋黄 …………………………… (395)
念奴娇 玲珑枝枝，鬥妆金粟 ………………………………… (395)
念奴娇 万里秋容浩荡 ……………………………………… (396)
失调名 枕上偷垂泪眼流 ……………………………………… (396)
惜黄花 庭梧叶坠 ……………………………………… (396)

失调名　等得秋风满院吹，又争如、毒热时 …………（396）
失调名　只为情多病也多，省可思量我 …………（396）
失调名　蟾辉兔影十分满 …………（396）
念奴娇　对景真奇绝…………（397）
失调名　砌畔蛩吟喧不住 …………（397）
失调名　梧桐叶落雨潇潇 …………（397）
眼儿媚　厌厌愁闷无情绪 …………（397）
失调名　好容仪、取次梳妆 …………（397）
青玉案　彤云黯黯寒云绕 …………（397）
失调名　小窗幽幌，独坐都无侣 …………（398）
祝英台近　每爱霜月风前 …………（398）
失调名　泪珠弹了 …………（398）
满庭芳　飞花剪、六出工夫 …………（398）
永遇乐　有限光阴 …………（398）
失调名　倾城颜色 …………（398）
念奴娇　绝艳仍清淑…………（399）
鹧鸪天　满池荷叶动秋风 …………（399）
玉抱肚　园林草木，迤逦凋残 …………（399）
卜算子　借问陇头梅，春信还知否 …………（399）
满庭芳　光景如梭 …………（399）
失调名　酒入柔肠似泪流 …………（399）
真宗封禅四首 …………（400）
导　引　民康俗阜，万国乐升平 …………（400）
六　州　良夜永，玉漏正迟迟…………（401）
十二时　圣明代，海县澄清 …………（402）
告庙导引　明明我后，至德合高穹 …………（403）
奉祀太清宫三首 …………（403）
导　引　穹旻锡祐，盛德日章明 …………（403）
六　州　千载运，宝业正遐昌…………（404）
十二时　乾坤泰，帝祚遐昌 …………（405）

亳州回诣玉清昭应宫一首 ……………………（406）
导　引 秘文镂玉，金阁奉安时……………………（406）
亲享太庙一首 ……………………（406）
导　引 躬朝太室，列圣大功宣……………………（406）
南郊恭谢三首 ……………………（407）
导　引 重熙累盛，睿化畅真风……………………（407）
六　州 承天统，圣主应昌辰……………………（408）
十二时 享嘉会，万寓欢康 ……………………（408）
天书导引七首 ……………………（409）
诣泰山 我皇缵位，覆焘合穹旻……………………（409）
诣泰山 灵台偃武，书轨庆同文……………………（410）
诣太清宫 宝图熙盛，登格圣功全……………………（410）
诣太清宫 犹龙胜境，真宇俨灵姿……………………（411）
诣玉清昭应宫 紫霄金阙，重叠降元符……………………（411）
诣玉清昭应宫 宝符锡祚，庆寿命维新……………………（412）
诣南郊 圣神缵绪，赫奕帝图昌……………………（412）
建安军迎奉圣像导引四首 ……………………（412）
玉皇大帝 太霄玉帝，总御冠灵真……………………（412）
圣祖天尊 至真降鉴，飙驭下皇闱……………………（413）
太祖皇帝 元符锡命，祗受庆诚明……………………（413）
太宗皇帝 膺乾抚运，垂庆洽重熙……………………（414）
圣像赴玉清昭应宫导引四首 ……………………（414）
玉皇大帝 先天气祖，魄宝御中宸……………………（414）
圣祖天尊 仙宗灵祖，御气降中宸……………………（415）
太祖皇帝 石文应瑞，真主御寰瀛……………………（415）
太宗皇帝 乘云英圣，千载仰皇灵……………………（416）
奉宝册导引三首 ……………………（416）
玉清昭应宫 太霄垂佑，绵寓洽祺祥……………………（416）
景灵宫 明明道祖，金阙冠仙真……………………（417）
太　庙 祖宗垂佑，亨会协重熙……………………（417）

天禧三年南郊鼓吹歌曲三曲　……………………………（417）
导　引　皇穹锡瑞，帝业愈蕃昌……………………………（417）
六　州　齐天寓，四海洽淳风………………………………（418）
十二时　雕戈偃玉塞清明，道德洽和平　…………………（419）
天圣二年南郊鼓吹歌曲三曲　……………………………（420）
导　引　真人临御，实瑞集丰融……………………………（420）
六　州　承皇统，天地洽清宁………………………………（421）
十二时　嘉亨运，璇历均调　………………………………（422）
籍田　明道二年四曲　……………………………………（423）
导　引　绵区浃寓，三万里封疆……………………………（423）
六　州　寰宇定，四海奉文思………………………………（424）
十二时　君天下，万国来王　………………………………（425）
奉禋歌　六龙承驭，紫坛平、瑞蔼葱笼拥神都　…………（426）
庄献明肃皇后恭谢太庙　明道二年三曲…………………（427）
导　引　母仪天下，圣祚保延长……………………………（427）
六　州　炎灵永，长乐助文明………………………………（428）
十二时　母仪下，国祚和平　………………………………（429）
章献明肃皇后章懿皇后升祔　庆历五年二曲　…………（430）
导　引　受遗仍几，负扆拥文明……………………………（430）
导　引　受天明命，作汉发灵长……………………………（431）
三圣御容赴南京鸿庆宫　庆历七年………………………（431）
导　引　炎精凿乾，正统膺瑶历……………………………（431）
真宗加上谥号册宝　庆历七年　…………………………（432）
导　引　圣真下武，淳烈缉丕隆……………………………（432）
明堂导引　膺乾兴运，辰火正心房…………………………（433）
六　州　崇严配，衢室飨中宸………………………………（433）
十二时　恢皇统，宵旰勤考，正朔亶同规…………………（434）
三圣御容万寿观奉安　皇祐五年　………………………（436）
导　引　万灵昭瑞，天地赞昌期……………………………（436）
三圣御容赴滁并澶州奉安　皇祐五年　…………………（436）

导　引　穆清冲境，金阙秘寥阳 ……（436）
太祖孝明皇后御容赴太平兴国寺开先殿奉安
　至和二年 ……（437）
导　引　刬除霸轨，穆穆照皇明 ……（437）
太宗元德皇后御容赴启圣院奉安　至和二年 ……（437）
导　引　宝图全盛，端拱信巍巍 ……（437）
恭谢导引　龙驰驾，玉辂俨宸威 ……（438）
合宫歌　泰阶平，勋业属全盛 ……（438）
六　州　严太寝，容礼绎前经 ……（439）
十二时　金徒箭、晓漏延长 ……（440）
袷享太庙　嘉祐四年四曲 ……（440）
导　引　天仪安豫洽无为，九域被雍熙 ……（440）
奉禋歌　皇泽均普，群生遂 ……（441）
六　州　深仁化，穹厚格成平 ……（442）
十二时　明昌世、乾统弥文，皇德揆华勋 ……（443）
宣祖昭宪皇后御容赴奉先禅院奉安　嘉祐五年 ……（443）
导　引　於皇祖烈，大宋启鸿名 ……（443）
明德章德皇后御容赴普安禅院奉安　嘉祐六年 ……（444）
导　引　母仪天寓，彤史蔼遗芳 ……（444）
明堂　嘉祐七年四曲 ……（445）
导　引　帝皇盛烈，教孝谨民常 ……（445）
合宫歌　太平时，宝殿垂衣治 ……（445）
六　州　承景运，天子奉明堂 ……（446）
十二时　承平世，嘉祐壬寅 ……（447）
仁宗神主祔庙　嘉祐八年 ……（448）
导　引　九虞初毕，黼座掩瑶觞 ……（448）
仁宗御容赴景灵（灵景）宫奉安　治平二年 ……（448）
导　引　彤霞缥缈，海上隐三山 ……（448）
治平二年南郊鼓吹歌曲四曲 ……（449）
导　引　治平天子，景至肇严禋 ……（449）

六　州　垂炎运，真主嗣瑶图……………………………………………（449）
十二时　千年运，五叶升平　………………………………………………（450）
奉禋歌　皇天眷命集珍符，上圣膺期起天衢　……………………………（451）
治平四年英宗祔庙导引一首　寿原初掩，归跸九虞终……（452）
熙宁二年仁宗英宗御容赴西京会圣宫应天禅院奉
　安导引一首　九清三境，飙驭杳难追……………………………（453）
章惠皇太后神主赴西京导引一首　祥符盛际，
　二鄗正休兵　……………………………………………………………（453）
中太一宫奉安神像导引一首　九霄仙驭，四纪乐西清……（454）
四年英宗御容赴景灵宫奉安导引一首
　鼎湖龙去，仙仗隔蓬莱　…………………………………………………（454）
熙宁十年南郊皇帝归青城用降仙台一首
　清都未晓，万乘并驾，煌煌拥天行　……………………………………（455）
元丰二年慈圣光献皇后发引四首　…………………………………………（456）
仪仗内导引一首　驾斑龙　…………………………………………………（456）
警场内三曲　…………………………………………………………………（456）
六　州　九龙舆　……………………………………………………………（456）
十二时　治平时，暂垂帘，佑圣子、解危疑　……………………………（457）
祔陵歌　真人地，瑞应待圣时………………………………………………（458）
虞主回京四首　………………………………………………………………（459）
仪仗内导引一曲　龙舆春晚，晓日转三川…………………………………（459）
警场内三曲　…………………………………………………………………（460）
六　州　庆深恩，宝历正乾坤………………………………………………（460）
十二时　望嵩邙　……………………………………………………………（461）
虞主歌　转紫芝，指东都帝畿………………………………………………（461）
虞主祔庙仪仗内导引一首　轻舆小辇，曾宴玉栏秋………（462）
五年景灵宫神御殿成奉迎导引一首
　新宫翼翼，钜丽冠神京　…………………………………………………（462）
慈孝寺彰德殿迁章献明肃皇后御容赴景灵宫衍庆殿奉
　安导引一首　九清云杳，飙驭邈难追……………………………………（463）

八年神宗灵驾发引四首 …………………………（463）
导　引　金殿晚，注目望宫车…………………………（463）
六　州　炎图盛，六叶正，协重光 …………………………（464）
十二时　珍符锡佑启真人，储思在斯民 …………………………（465）
永裕陵歌　升龙德，当位富春秋…………………………（466）
虞主回京四首 …………………………（467）
导　引　上林寒早，仙仗转郊圻…………………………（467）
六　州　承圣绪，垂意在升平…………………………（467）
十二时　太平时，御华夷 …………………………（468）
虞　神　复土初，明旌下储胥…………………………（469）
神主祔庙导引一首　岁华婉娩，侍宴玉皇宫…………………………（470）
政和三年追册明达皇后导引一首　来嫔初载，
　令德冠层城 …………………………（470）
神主祔别庙导引一首　柔容懿范，早岁蔼层闱…………………………（470）
景灵西宫坤元殿奉安钦成皇后御容导引一首
　云軿芝盖，仙路去难攀 …………………………（471）
别庙导引一首　蓬莱邃馆，金碧照三山…………………………（471）
高宗郊祀大礼鼓吹歌曲五首 …………………………（472）
导　引　圣皇巡狩，清跸驻三吴…………………………（472）
六　州　双凤落，佳气蔼龙山…………………………（472）
十二时　日将旦，阴曀潜消，天宇扇祥飙…………………………（473）
奉禋歌　苍苍天色是还非 …………………………（474）
降仙台　升烟既罢，良夜未晓，天步下神邛 …………………………（475）
亲耕籍田四首 …………………………（476）
导　引　春融日暖，四野瑞烟浮…………………………（476）
六　州　昭圣武，不战屈人兵…………………………（476）
十二时　临寰宇，恭己岩廊 …………………………（477）
奉禋歌　吾皇端立太平基，奉祀肃雍、格神祇 …………………………（478）
显仁皇后上仙发引三首 …………………………（479）
导　引　长乐晚彩戏莱衣，奄忽梦报仙期 …………………………（479）

六　州　中兴运，孝治格升平 ……………………………（479）
十二时　炎图景运正延鸿，文思坐深宫 …………………（480）
显仁皇后神主祔太庙导引一首　返虞长乐，
犹是忆宾天 ………………………………………………（481）
钦宗皇帝导引一首　鼎湖龙远，九祭毕嘉觞 …………（482）
安穆皇后导引一首　凤箫声断，缥缈溯丹丘 …………（482）
景灵宫奉安神御三首 ……………………………………（483）
徽宗皇帝导引　中兴复古，孝治日昭鸿 ………………（483）
显仁皇后导引　坤仪厚载，遗德满寰中 ………………（483）
钦宗皇帝导引　深仁厚德，流泽自无穷 ………………（484）
安恭皇后上仙发引三首 …………………………………（484）
黄钟羽导引　金殿晚、愁结坤宁，天下母、忽仙升 ……（484）
六　州　娟娟月，初未缺，忽沉西 ………………………（485）
十二时　皇家景运合无疆，天子坐明堂 ………………（486）
神主祔庙道宫导引　紫鸾飞去，玉殿锁坤宁，
珠箔俨银屏 ………………………………………………（486）
庄文太子薨导引一首　秋月冷、秋鹤无声 ……………（487）
加上太上皇帝太上皇后册宝导引一首
皇家多庆，亲寿与天长 …………………………………（487）
虞主赴德寿宫导引一首　上皇天大，华旦焕尧文 ……（488）
祔庙导引一首　虞觞奉主，仙驭返皇宫 ………………（488）
淳熙十六年高宗神御奉安导引一首
中兴揖逊，功德仰兼隆 …………………………………（488）
恭上寿圣皇太后至尊寿圣皇帝寿成皇后尊号册
宝导引一首　皇家盛事，三殿庆重重 …………………（489）
加上寿圣皇太后尊号册宝导引一首
重亲万寿，八帙衍新元 …………………………………（489）
庆元六年光宗皇帝发引一首　笳鼓发，云惨寒空 ……（490）
神御奉安导引一首　龟书畀姒，历数在皇躬 …………（490）

嘉泰二年加上寿成太皇太后册宝导
　引一首　思齐文母，盛德比姜任 ……………………（491）
宁宗郊祀大礼四首 ……………………（492）
六　州　皇抚极，明德贯乾坤 ……………………（492）
十二时　宵景霁，河汉清夷 ……………………（492）
奉禋歌　葮飞璇籥，孕初阳 ……………………（493）
降仙台　星芒收采，云容放晓，羲驭渐扬明 ……………………（494）
景献太子薨导引一首　霜月苦，宫鼓冬冬 ……………………（495）
宁宗皇帝发引三首 ……………………（495）
导　引　三弄晓，云黯天低 ……………………（495）
六　州　明天子，昔日丕纂鸿图 ……………………（496）
十二时　弋绨革舄最仁贤，俭德自躬全 ……………………（497）
神主祔庙导引一首　中兴四叶，休德继昭清 ……………………（497）
宝庆三年奉上宁宗徽号导引一首
　中兴五叶，天子肇明禋 ……………………（498）
满庭芳　若论风流，无过圆社，拐膁蹬蹑搭齐全 ……………………（498）
满庭芳　十二香皮，裁成圆锦，莫非年少堪收 ……………………（499）
鹧鸪天　遇酒当歌酒满斟，一觞一咏乐天真 ……………………（500）
满庭芳　共庆清朝，四时欢会，贺筵开会集佳宾 ……………………（500）
水调歌头　八蛮朝凤阙，四境绝狼烟 ……………………（502）
西江月　么六把门已定，二四三五成梁 ……………………（502）
卜算子令　我有一枝花，斟我些儿酒 ……………………（503）
浪淘沙令　今日□筵中，酒侣相逢 ……………………（503）
调笑令　花　酒 ……………………（504）
花酒令　花　酒 ……………………（504）
锦缠道　燕子呢喃，景色乍长春昼 ……………………（504）
浣溪沙　水涨鱼天拍柳桥，云鸠拖雨过江皋 ……………………（505）
如梦令　莺嘴啄花红溜，燕尾点波绿皱 ……………………（505）
金明池　琼苑金池，青门紫陌，似雪杨花满路 ……………………（506）
眼儿媚　杨柳丝丝弄轻柔，烟缕织成愁 ……………………（507）

青玉案 一年春事都来几，早过了、三之二 …………………… (508)
声声令 帘移碎影，香褪衣襟 …………………………………… (509)
临江仙 绿暗汀洲三月暮，落花风静帆收 ……………………… (509)
怨王孙 梦断漏悄，愁浓酒恼 …………………………………… (510)
凤凰阁 遍园林绿暗，浑如翠幄 ………………………………… (510)
祝英台近 剪酴醾、移红药，深院教鹦鹉 ……………………… (511)
鹧鸪天 枝上流莺和泪闻，新啼痕间旧啼痕 ………………… (511)
长相思 红满枝，绿满枝 ………………………………………… (512)
谒金门 春雨足，染就一溪新绿 ………………………………… (512)
探春令 绿杨枝上晓莺啼，报融和天气 ……………………… (513)
点绛唇 春雨濛濛，淡烟深锁垂杨院 ………………………… (513)
点绛唇 莺踏花翻，乱红堆径无人扫 ………………………… (513)
声声慢 梅黄金重，雨细丝轻，园林雾烟如织 ……………… (514)
大圣乐 千朵奇峰，半轩微雨，晓来初过 …………………… (514)
菩萨蛮 金风簌簌惊黄叶，高楼影转银蟾匝 ………………… (515)
捣练子 心耿耿，泪双双，皓月清风冷透窗 ………………… (515)
女冠子 同云密布，撒梨花、柳絮飞舞 ………………………… (516)
满江红 斗帐高眠，寒窗静、潇潇雨意 ………………………… (516)
秋 霁 虹影侵阶，乍雨歇长空，万里凝碧 ………………… (517)
忆秦娥 香馥馥，樽前有个人如玉 …………………………… (518)
柳梢青 有个人人 ………………………………………………… (518)
烛影摇红 乳燕穿帘，乱莺啼树清明近 ……………………… (518)
苏幕遮 陇云沉，新月小 ………………………………………… (519)
昼锦堂 雨洗桃花，风飘柳絮，日日飞满雕檐 ……………… (519)
青玉案 人生南北如歧路，世事悠悠等风絮 ………………… (520)
绛都春 寒阴渐晓，报驿使探春，南枝开早 ………………… (520)
孤 鸾 天然标格 ………………………………………………… (521)
金菊对芙蓉 花则一名，种分三色，嫩红妖白娇黄 ………… (521)
失调名 郎马频嘶竟不来 ………………………………………… (522)
失调名 轻暖轻寒，正是赏花天气 …………………………… (522)

失调名 盼盼秋波 ……………………………………………… (522)
失调名 春色恼人眠不得 ……………………………………… (523)
失调名 千丝万绪惹春风 ……………………………………… (523)
失调名 燕子引雏飞 …………………………………………… (523)
失调名 莫怪沈腰易瘦 ………………………………………… (523)
失调名 双双飞燕柳边轻 ……………………………………… (523)
失调名 帘卷画堂人寂静 ……………………………………… (523)
失调名 一番雨过，池塘十里芰荷香 ………………………… (524)
失调名 湘簟展清波 …………………………………………… (524)
失调名 醉乡天广大 …………………………………………… (524)
失调名 云情雨意商量雪 ……………………………………… (524)
失调名 凤楼帘卷鳌山对 ……………………………………… (524)
失调名 箫鼓向晚 ……………………………………………… (524)
失调名 倚风三喷横竹 ………………………………………… (525)
失调名 卷上珠帘光 …………………………………………… (525)
失调名 轻暖轻寒，正是困人天气 …………………………… (525)
失调名 一种相思两地愁 ……………………………………… (525)
失调名 饮尽莫留残 …………………………………………… (525)
秋　霁 壬戌之秋，是苏子与客，泛舟赤壁 ………………… (525)
贺新郎 步自雪堂去 …………………………………………… (526)
如梦令 韵似江梅标致，美似江梅多丽 ……………………… (527)
忆秦娥 暮云碧，佳人不见愁如织 …………………………… (527)
忆秦娥 娇滴滴，双眉敛破春山色 …………………………… (527)
忆秦娥 秋寂寂，碧纱窗外人横笛 …………………………… (528)
浪淘沙 帘外五更风，吹梦无踪 ……………………………… (528)
满庭芳 碧落横秋，浮云崩浪，夜凉先到梧桐 ……………… (529)
失调名 和尚性好耍，贪恋一枝花 …………………………… (529)
望江南 江南竹，巧匠织成笼 ………………………………… (530)
西江月 早晚以成行色，主人莫与留延 ……………………… (530)
燕山亭 风雨无情，红药吐时，下得恹恹摧挫 ……………… (531)

鹧鸪天　山色晴岚景物佳,暖烘回雁起平沙 …………………(531)
眼儿媚　深闺小院日初长,娇女绮罗裳 ………………………(532)
南乡子　帘卷水西楼,一曲新腔唱打油 ………………………(532)
失调名　帝里元宵风光好,胜仙岛蓬莱 ………………………(532)
酹江月　阳春歌阕,正玉梅翻雪,江涛如海 …………………(533)
水调歌头　明月双溪上,胜景号金华 …………………………(534)
水龙吟　昔人风调谁高,二疏盛日还乡里 ……………………(535)
谒金门　春不老,细数花风犹到 ………………………………(536)
千春词　瞿岭云齐,建溪源远,庆衍英奇 ……………………(536)
酹江月　欢声雷动,问邦民,知道君侯生日 …………………(537)
沁园春　五岳三光,孕秀精神,时生俊髦 ……………………(538)
念奴娇　今年秋早,似常年、人世光阴如电 …………………(539)
水调歌头　早是玉堂客,犹著侍臣冠 …………………………(540)
水调歌头　一线添宫绣,昼景刻初还 …………………………(541)
满江红　蓓蕾江梅,正好是、小春时候 ………………………(542)
满庭芳　北斗璇魁,南闽元帅,西清真地行仙 ………………(543)
水调歌头　三楚诗书帅,人物压中州 …………………………(544)
朝中措　郎星初度一旬前,瑞雪早蹁跹 ………………………(545)
宝鼎现　天高良月 ………………………………………………(546)
沁园春　阊阖初开,羽葆来从,斗畔天南 ……………………(547)
虞美人　翠幈罗幕遮前后,舞袖翻长寿 ………………………(548)
瑞鹤仙　薰风送炎暑 ……………………………………………(548)
万年欢　南极星明,问笙歌弦管,今是何夕 …………………(549)
酹江月　东南钟秀 ………………………………………………(549)
沁园春　天遣东皇,来庆诞辰,和气先回 ……………………(550)
东坡引　人物伊周样,清政龚黄状 ……………………………(551)
木兰花　北湖云锦,铺遍琉璃三万顷 …………………………(552)
八宝妆　是舍人才调,犹采芽、紫芝峰 ………………………(552)
沁园春　学富总龟,英蜚漕鹗,正当少年 ……………………(553)
满庭芳　梅雨初晴,时当夏五,一轮桂魄方圆 ………………(554)

齐天乐 天开图画江山秀，怪得人间希有 ……………………（554）
桂枝香 武夷九曲，甚乐响云韶，旆走星纛 ……………………（555）
满江红 才入新年，喜两见、希奇盛事……………………（556）
贺新郎 四海文章伯……………………（557）
西江月 一派先天妙学，十年克己工夫 ……………………（558）
沁园春 天下知名，今日刘郎，胜如旧时……………………（558）
金缕词 瑞气重闽宇……………………（559）
鹧鸪天 当日名驹产渥洼，追风千里堕君家 ……………………（560）
满庭芳 标格清高，性姿雅淡，群芳独步惟梅 ……………………（560）
鹧鸪天 鹤算遗芳续世传，武夷来作散神仙 ……………………（561）
西江月 一夕凉浮如水，崧高瑞世生贤 ……………………（562）
西江月 侯绩分从东鲁，世勋来在姬公 ……………………（562）
临江仙 良月露浓仙掌润，郁葱佳气充閰 ……………………（562）
醉蓬莱 庆长庚协梦，仙李蟠根，挺生名世……………………（563）
满庭芳 桐叶霜干，芦花风软，晚来一色清秋……………………（563）
七娘子 暖律未回春时候，向旧根、腊底红先透 ……………………（564）
多　丽 近中秋，迥然玉宇澄鲜……………………（564）
百字令 自天钟秀，看人物谁与、君家为比……………………（565）
玉烛新 养高梓里，袖手珍祠，太平五福人物 ……………………（566）
南柯子 花萼清辉近，蓬莱紫气浓 ……………………（567）
满庭芳 威策冰河，兵严玉帐，济时人在壶天 ……………………（567）
水调歌头 金兽袅香穗，银烛灿花枝……………………（568）
水调歌头 天地钟奇秀，山泽有儒仙……………………（569）
水调歌头 来复迈七日，亨泰兆三阳……………………（569）
沁园春 奏捷淮堧，勒功燕石，鼓吹凯旋……………………（570）
西江月 几萼红搀桃径，双茎翠舞蓂阶 ……………………（571）
柳梢青 正好江南，一分春色，梨花白雪……………………（572）
西江月 一片冰霜气概，几多锦绣文章 ……………………（572）
水调歌头 何以作公寿，一纸寄讴吟……………………（573）
满江红 学富胸襟，才名擅、菊潭第一……………………（573）

乳燕飞 指点金蕉叶…………………………………………… (574)
沁园春 眼底高年,如老曾仙,斗南一人 ……………………… (575)
踏莎行 月朏银河,秋生玉宙,金风丛桂香生袖 …………… (575)
望江南 阶蓂舞,才半小春天………………………………… (576)
蝶恋花 风雨一春寒料峭 …………………………………… (576)
鹧鸪天 织女初秋渡鹊河,逾旬蟾苑聘嫦娥 ……………… (577)
满江红 萱草堂开,仙姿秀、金枝玉叶……………………… (578)
八声甘州 渐纷纷、木叶下亭皋,秋容际寒空 …………… (578)
庆灵椿 瑞溪庭,满闺秋色好,帘幕低垂…………………… (579)
万年欢 日暖霜融,画戟门开,锦筵欲振梁尘 …………… (579)
水调歌头 泽国嫩寒月,天气小阳春 ……………………… (580)
满江红 绣线添长,屈指隔、书云三日……………………… (581)
醉瑶池 柳捻金丝花吐绣 …………………………………… (582)
瑞鹤仙 五云翔碧汉………………………………………… (582)
满庭芳 千里旌麾,万家灯火,晓来气霭佳瑞 …………… (583)
酹江月 云幢凤舞,下天风、吹落轮袍仙曲 ……………… (583)
鹊桥仙 凤箫羽扇,霓裳云袂,谩尔人间游戏 …………… (584)
玉楼春 戏彩堂高无溽暑,满座风生闻笑语 …………… (584)
减字木兰花 慈闱生日,恰则今年当八十 ……………… (585)
满江红 指日中秋,便满目、蟾光如洗……………………… (585)
鹧鸪天 冬至阳生才两日,欣逢伯氏绂麟辰 …………… (586)
千秋岁 记当初归我,似德耀、嫁梁鸿……………………… (586)
蝶恋花 急鼓初钟声报晓 …………………………………… (587)
鹊桥仙 东西二府,掖垣一相,谁似硕人兄弟 …………… (587)
沁园春 长至阳生,律转黄钟,门左弧垂…………………… (588)
鹧鸪天 新月光寒昨夜霜,三年不一奉瑶觞 …………… (589)
永遇乐 柏颂才过,梅妆方试,六秀蓂荚…………………… (589)
鹊桥仙 日长槐夏,凉生冰室,又是生辰来到 …………… (590)
菩萨蛮 秋风扫尽闲花草,黄花不逐秋光老 …………… (590)
减字木兰花 祥呈香褓,尝记翁生当己卯 ……………… (590)

鹊桥仙　才临复日，便逢生旦，料想门阑多喜 ……………… (591)
鹧鸪天　云外青山是我家，两年城里作生涯 ……………… (591)
贺新郎　官职从他大…………………………………………… (592)
水调歌头　久雨忽开霁，花靥斗春娇 ……………………… (592)
鹧鸪天　生羡鸡冠与凤仙，时秋华艳遍园田 ……………… (593)
沁园春　甲子一周，织乌相催，又还十年 ………………… (593)
减字木兰花　一丘一壑，野鹤孤云随处乐 ………………… (594)
西江月　好个马山居士，功名富贵浮云 …………………… (594)
满庭芳　月属重三，蓂开二六，于门车马骈阗 …………… (595)
点绛唇　重午日才过，又经四日逢华旦 …………………… (596)
贺新郎　路入蓝桥境…………………………………………… (596)
百字谣　太真姑女，问新来、谁与欢传玉镜 ……………… (597)
鹊桥仙　风流仙客，文章逸少，复见当年佳婿 …………… (597)
清平乐　繁弦急管，喜色门阑满…………………………… (598)
杏花天　弟兄旧说河东凤，怎得似、君家伯仲 …………… (598)
朝中措　几年弱水望蓬莱，心事喜同谐 …………………… (599)
满庭芳　金贴鼓腰，绣妆檐额，吾宗自昔豪奢 …………… (599)
临江仙　乐奏箫韶花烛夜，风流玉女才郎 ………………… (600)
柳梢青　孺子风流，孟尝门地，合下相当 ………………… (600)
少年游　上苑莺调舌，暖日融融媚节 ……………………… (601)
喜迁莺　早梅天气，正绣户乍启，琼筵才展 ……………… (601)
点绛唇　仙子仙郎，两情今是欢娱会 ……………………… (602)
鹧鸪天　烛影摇红玉漏迟，鹊桥仙子下瑶池 ……………… (602)
卜算子　半破玉梅春，小簇金莲炬 ………………………… (603)
鹧鸪天　绛蜡银台晃绣帏，一帘香雾拥金猊 ……………… (603)
水调歌头　人道孰为大，尚小易咸常 ……………………… (603)
沁园春　姑射琼仙，论人间世，学宫样妆 ………………… (604)
西江月　银烛晓催春漏，珠帘暮卷东风 …………………… (605)
满江红　雪意垂垂，算天为、风流酝酿 …………………… (605)
贺新郎　贺鹊冰檐绕…………………………………………… (606)

沁园春　柳眼偷金，梅肌晕玉，春信已催 ……………………(606)
贺新郎　瑞霭笼晴晓………………………………………………(607)
水调歌头　阿谁煎凤髓，续此玉琴弦 ……………………………(607)
鹧鸪天　喜气乘龙步步春，梅花影里送君行 ……………………(608)
青玉案　青螺江上梅花暮，有姑射、神仙侣 ……………………(608)
踏莎行　金鼎休翻，玉壶休倒，为伊弹彻求凰操 ………………(609)
水调歌头　尧历庆良月，嶰管换新冬 ……………………………(609)
百字谣　金秋行令，恰清晨、白露初交中节 ……………………(610)
减字木兰花　向来梅发，雪袂仙裳回绛阙 ………………………(611)
西江月　绛蜡攒宝炬，碧刍香衬金卮 ……………………………(611)
鹧鸪天　菊酾萸残玉未颓，文星喜趁梦熊回 ……………………(611)
长相思　潇洒江梅春早处，天然一种两般奇 ……………………(612)
虞美人　归心正似三春柳，试著莱衣小 …………………………(612)
沁园春　萱草阑干，杨花庭院，夜景澄虚…………………………(613)
水仙子　晚节寒花犹带蕊，隐映老人星瑞世 ……………………(614)
喜迁莺　物中双美 ………………………………………………(614)
鹊桥仙　银河星汉，夜凉如洗………………………………………(615)
玉楼春　天上双星欢迤逦，报道一门双喜 ………………………(615)
沁园春　蛮柳眠风，妃棠醉日，春意方浓…………………………(616)
沁园春　明月呈规，祥烟非雾，载符梦铃…………………………(616)
西江月　积玉堆金闲事，惊天动地虚名 …………………………(617)
桃源忆故人　庭槐沐雨翻新翠，叠雪香罗初试 …………………(618)
喜迁莺　古今三绝 ………………………………………………(618)
剔银灯　古来五子伊谁，有唐室、五王称首 ……………………(620)
鹊桥仙　元家道保，白家阿雀，俱生在、五旬有八………………(620)
木兰花　花间棠棣，匹似人间兄与弟 ……………………………(621)
瑞鹧鸪　试问谢庭兰与芝，根花何似接花奇 ……………………(621)
水调歌头　玉琯届良月，璇极炳明星 ……………………………(622)
酹江月　天高气爽，正金风玉露，安排秋节 ……………………(623)
虞美人　春风吹到深深院，添个人针线 …………………………(624)

柳梢青　玉宇无尘，银蟾低转，渐觉缤纷 ……………………………… (624)
鹧鸪天　象榻香篝冷宝猊，虺蛇吉梦寤惊时 …………………………… (625)
清平乐　梅兄梅弟，桃姊并桃妹 ……………………………………… (625)
柳梢青　家近闽南 ……………………………………………………… (626)
一剪梅　太华峰头□□莲 ……………………………………………… (627)
临江仙　祖德绵绵盛，家声烨烨传 …………………………………… (627)
满江红　月淡风轻，凉意在、碧梧修竹 ……………………………… (628)
沁园春　喜见于门，子月阳生，子舍春回 …………………………… (628)
水调歌头　燕分炳箕宿，鲁野照奎星 ………………………………… (629)
瑞鹧鸪　璇源一派接天流，秀毓君家公共侯 ………………………… (630)
西江月　八月秋中玉律，十分月满瑶台 ……………………………… (631)
清平乐　天潢佳气，钟作人间瑞 ……………………………………… (631)
木兰花　小春良月，尧砌蓂开三数叶 ………………………………… (631)
杏花天　画堂帘幕香风细，郁郁南阳佳气 …………………………… (632)
沁园春　衮绣堂前，福星开度，寿星入垣 …………………………… (632)
六州歌头　扬休玉色，山立秉鸿枢 …………………………………… (633)
好事近　春信到梅梢，欲雪又还晴早 ………………………………… (634)
念奴娇　素娥不老，才胜赏中秋、无边月色 ………………………… (635)
临江仙　香雾菲微笼薄晓，帘栊爱日如春 …………………………… (636)
沁园春　皂盖朱幡，玉节虎符，宏开大藩 …………………………… (636)
满江红　长风送月，近中秋、更无一点尘俗 ………………………… (637)
满江红　银漏穿花，星河浅、窗胧曙色 ……………………………… (638)
满江红　绿鬓将军，是人道、天生韩霍 ……………………………… (639)
水调歌头　箫鼓阗街巷，锦绣裹山川 ………………………………… (639)
沁园春　快阁春边，倚阑干外，东西晚晴 …………………………… (640)
鹧鸪天　溪水连天秋雁飞，藕花风细鲤鱼肥 ………………………… (641)
沁园春　径竹扶疏，直上青霄，玉立万竿 …………………………… (641)
沁园春　有鹤东来，鸣而向余，借篇寿词 …………………………… (642)
水调歌头　学易喜加数，富贵正当年 ………………………………… (643)
减字木兰花　阿兄生日，屈指今年年五十 …………………………… (644)

减字木兰花　喜逢生日，偻指今年方六十 ……………………（644）
西江月　葭管一阳已复，蓂阶五叶还留 ……………………（645）
满江红　在昔尝闻，老彭祖、寿龄八百……………………（645）
满江红　细读箕畴，洛书字、六旬有五……………………（646）
满江红　安乐窝中，庆华髮、苍颜七十……………………（646）
壶中天　古来稀有，只闻道、是个人生七十 ………………（647）
满江红　维岳生贤，天欲补、中兴衮职……………………（648）
最高楼　蟾宫客、未老得清闲，寿算过稀年………………（648）
瑞鹤仙　正迎长佳节…………………………………………（649）
壶中天　人生七十古称稀，何况寿年八十 …………………（650）
西江月　剧饮犹能鲸吸，细书仍作蝇头 ……………………（650）
水调歌　雪霁万山出，和气蔼王正 …………………………（651）
沁园春　意一仙翁，自紫府中，出游戏身…………………（651）
水调歌　一札自天下，五马为民来 …………………………（652）
鹧鸪天　太华峰头十丈莲，春风种种锦城边 ………………（653）
满江红　灯火星桥，元宵过、春□新霁……………………（654）
庆千秋　点检尧蓂，自元宵过了，两荚初飞 ………………（654）
永遇乐　才过元宵，又经四日，门设弧矢…………………（655）
步蟾宫　垂弧门左当今日，恰过了、元宵六夕 ……………（655）
柳梢青　爆竹声收，烧灯节过，恰又经旬…………………（656）
满江红　春色三分，才过一、韶华方好……………………（656）
百字谣　中和节后，云翳净、向夕新蟾飞出 ………………（656）
庆清朝　点检尧阶，蓂生六叶，春深桃杏花开 ……………（657）
最高楼　中和节过，捻指有经旬 ……………………………（658）
壶中天　潇洒幽居，溪园上、新来卜筑……………………（658）
青玉案　柳阴花底春将半，吹不断、祥烟散 ………………（659）
青玉案　红娇绿软芳菲遍，正荏苒、春方半 ………………（659）
汉宫春　四舞阶蓂，花朝节后，二月阳春…………………（660）
西江月　蓂褪尧阶八叶，桃翻禹浪三层 ……………………（660）
念奴娇　池塘风暖，算流觞盛集，恰迟旬日 ………………（661）

鹊桥仙　玉叶流芳，金枝孕秀，那更婺星临照 ……………… (661)
满江红　今日明朝，三月旦、又将来了 ……………… (662)
解佩令　曾妙年拾芥功名易，暂栖鸾、何厌小试 ……………… (662)
齐天乐　百花香里莺声好，晴日暖风天气 ……………… (663)
鹧鸪天　罗袜凌波洛浦仙，谪来潭府话赓缘 ……………… (663)
木兰花　蓂开五叶，正是瑶池逢诞节 ……………… (664)
满江红　曲水兰亭，陪宴后、又还三日 ……………… (664)
木兰花　晓烟生绿树，听叶底、数声莺 ……………… (665)
满江红　曲水流觞，又过了、良辰十二 ……………… (665)
虞美人　贰车领却生朝客，风月都全得 ……………… (666)
福寿千春　柳暗三眠，蓂翻七荚，禀昴萧生时叶 ……………… (666)
千秋岁　园林翠幄，妆点青春色 ……………… (667)
庆清朝　节过重三，日逢四六，真贤应昴初生 ……………… (668)
满江红　五五芳辰，园林遍、十分春景 ……………… (668)
杏花天　婺星呈瑞，对春馀几许，日临三九 ……………… (669)
百字歌　清和天气，月方生，报道曲江生日 ……………… (669)
步蟾宫　蓂开四叶祥光发，又还是、清和时节 ……………… (670)
千秋岁　麟垂绂秀，天纵今司寇 ……………… (670)
归朝欢　才鼓虞弦薰早入，昴日三分今恰一 ……………… (671)
沁园春　申伯嵩神，李白长庚，萧何昴精 ……………… (672)
千秋岁引　词赋伟人，当代一英杰 ……………… (672)
好事近　记紫极真人，前日是他生日 ……………… (673)
满庭芳　仙吕已生，真才方产，较迟五日差强 ……………… (674)
临江仙　结夏踆寻逾六日，蓬壶纪瑞生辰 ……………… (675)
百字歌　清和天气，正风入舜弦，七飞蓂叶 ……………… (675)
水仙子　浮家泛宅生涯好，聚米堆盐多积宝 ……………… (676)
念奴娇　绿云霁雨，倚晴空千尺，长江澄縠 ……………… (676)
贺新郎　鸾凤初成匹 ……………… (677)
满庭芳　律转蕤宾，星流大火，尧阶蓂荚初开 ……………… (678)
水调歌头　玉斧折丹柱，锦绣拂银河 ……………… (678)

柳梢青　荷绽花繁，蓂开六荚，喜溢门阑 ……………………（679）
酹江月　仙翁初度，遇端阳佳节，又还两日 …………………（679）
鹧鸪天　饮了蒲觞五日期，彩丝还系玉麟儿 …………………（680）
醉蓬莱　后端阳六日，梅雨收晴，乍炎天气 …………………（680）
乳燕飞　垛翠云峰远…………………………………………（681）
踏莎行　花县来迎，瓜期欣至，大贤初度今朝是 ……………（682）
菩萨蛮　宫样迎春髻，玉步金莲细 …………………………（682）
念奴娇　垂弧纪节，正尧天日永，蓂飞双绿 …………………（682）
壶中天　乘鸾驾鹤，问神仙何日，嵩高生甫 …………………（683）
望远行　青钱流地，更积满籯金玉 …………………………（684）
感皇恩　天水浴英姿，精神清彻………………………………（684）
满江红　万甲胸中，问谁似、延安范老………………………（685）
点绛唇　五月如秋，日临四六都无暑 ………………………（685）
谒金门　文章士，秀气岳神钟聚………………………………（686）
朝中措　天休令节庆生申 ……………………………………（686）
喜迁莺　生贤时协　…………………………………………（687）
庆清朝　朏月生西，杓星建未，画堂昼景偏长 ………………（687）
临江仙　六月炎天收火伞，南薰洗尽烦蒸　…………………（688）
贺圣朝　阶蓂八叶当炎赫，此际公生日 ……………………（689）
满庭芳　喜镇龙藩，厌调金鼎，薄言衣锦为荣 ………………（689）
百字歌　庚金入伏，细推来、明日又还三五 …………………（690）
水调歌头　律纪林钟月，兔魄夜来圆 ………………………（690）
满庭芳　昴宿储祥，奎星荐瑞，元来天产英姿 ………………（691）
西江月　隆暑正当三伏，明朝又是双旬 ……………………（691）
临江仙　六月翠蓂飞六荚，流空大火将西　…………………（692）
如意令　炎暑尚馀八日，火老金柔时节 ……………………（692）
百字歌　乾坤孕秀，正人间六月，下弦时节 …………………（693）
念奴娇　先秋四日，正祥开弧矢，生申佳节 …………………（693）
水晶帘　谁道秋期远，正旬浃、双星相见……………………（694）
满江红　风露轻清，更十日、却逢七夕………………………（695）

满庭芳　诗礼传家，不名则利，谁能袖手安常 ……………… (695)
鹧鸪天　此夕薰风息舜弦，明朝早振蓐收权 ……………… (696)
壶中天　秋才三日，听画檐外，数声乌鹊……………… (697)
满江红　一叶知秋，正玉律、新吹夷则……………… (697)
蓦山溪　填河鹊喜，巧夕来时候 ……………… (698)
鹊桥仙　星桥才罢，嫩凉如水，一夕祥烟萦绕 ……………… (698)
临江仙　天佑炎图生国瑞，蓝田暂屈英僚 ……………… (699)
千秋岁　金陵秋早，四日中元到 ……………… (699)
水调歌　称彼兕觥后，三日是中元 ……………… (700)
临江仙　长记秋来多好处，清凉遍满人间 ……………… (701)
瑞鹧鸪　中元过后恰三朝，因甚庭闱喜气飘 ……………… (701)
满庭芳　彭郡宗盟，屏山德裔，儒科闻望流传 ……………… (701)
鹧鸪天　秋至人间灏气清，蓂馀三荚映阶庭 ……………… (702)
折丹桂　初秋两两留蓂荚，算恰是、生申佳节 ……………… (702)
水调歌　两只补天手，一片济时心 ……………… (703)
西江月　伴我鹿车鱼釜，从伊裙布钗荆 ……………… (703)
蝶恋花　透户凉生初暑退 ……………… (704)
瑞鹤仙　朔朝逾六后……………… (704)
满庭芳　西掖南宫，黄扉青琐，年来有分终须 ……………… (705)
洞仙歌　桂风高处，渐近中秋节 ……………… (706)
壶中天　才经四日，是中秋，次第月圆如玉 ……………… (706)
水调歌　八月秋欲半，后夜月将圆 ……………… (707)
鹧鸪天　宴罢中秋恰四朝，金炉因甚把香烧 ……………… (707)
好事近　王母庆生辰，方过中秋五日 ……………… (708)
如意令　久羡庞眉鹤髮，闻望孔堂烜赫 ……………… (708)
壶中天　清凉天气，正中秋过后，恰才七日 ……………… (709)
百字歌　蓂飞十荚，觉九分秋色，六分将极 ……………… (709)
水调歌头　縠旦垂弧矢兰闻梦熊罴 ……………… (710)
寿星明　玉露迎寒，金风荐冷，正兰桂香……………… (710)
满庭芳　北斗将移，西风已半，蓂馀一叶阶前 ……………… (711)

应天长 萱堂积庆，桂苑流芳，于门瑞蔼佳气 ……………… (711)
满庭芳 露白风清，菊黄萸紫，重阳五日先期 ……………… (712)
醉蓬莱 正香茱试紫，嫩菊敷黄，九秋佳致 ………………… (713)
风入松 晓来凉气满芙蓉，日到竹阴东 ……………………… (713)
满江红 瑞霭长安，京城里、非烟非雾……………………… (714)
满江红 一片秋光，看天宇、修眉浮绿……………………… (714)
瑞鹤仙 正秋高气肃……………………………………………… (715)
满江红 王母当年，瑶池会、曾充坐客……………………… (716)
贺新郎 喜动神仙屋……………………………………………… (716)
千秋岁 律调无射 ……………………………………………… (717)
鹊桥仙 龙山宴罢，又经旬日，还报生辰来也 …………… (717)
生查子 才生申十日，便小春时候 ………………………… (718)
满江红 万里无云，天同色、祥光满目……………………… (718)
蓦山溪 菊花新过，秋蕊香犹媚 …………………………… (718)
满朝欢 一点箕星，近天边，光彩辉耀南极 ……………… (719)
瑞鹤仙 过重阳三九……………………………………………… (720)
醉蓬莱 望秋高梨岭，星下莆阳，庆生贤哲 ……………… (721)
真珠帘 隔云一雁衔秋去，苏堤上、听得游人相语 ……… (721)
上阳春 两日梅开，先占阳春小…………………………… (722)
西江月 才入冬来三日，人都道小春来 …………………… (722)
西江月 良月才经四日，彭城庆诞真贤 …………………… (723)
满庭芳 瑞霭非烟，小春良月，翠开五叶阶蓂 …………… (723)
鱼水同欢 棣萼楼前佳气蔼 ………………………………… (724)
一箩金 新冬十叶蓂添一，良辰喜是翁生日 ……………… (724)
满江红 好景欣逢，须记取、小阳春暖……………………… (725)
感皇恩 明夜月团圆，小春霜早 …………………………… (725)
沁园春 冰壑平生，如伯伦狂，似希乐豪 ………………… (726)
水调歌头 橘记一年景，梅泄小春英 ……………………… (726)
玉楼春 姑苏台上春光泄，菊老寒轻香未歇 ……………… (727)
满庭芳 良月霜晴，小春寒浅，瑞蓂九叶朝飞 …………… (727)

蓦山溪　月惟四日，又转黄钟律 …………………………（728）
洞仙歌　潭潭仙隐，娄宿光联地 …………………………（729）
水调歌头　今日小春月，后日是周正 ……………………（729）
临江仙　三叶翠蓂开子月，九天降诞文星 ………………（730）
醉蓬莱　正霜融日暖，两两蓂开，阳生时候 ……………（730）
木兰花慢　腊前冬至后，报春意、动南坡………………（731）
水调歌头　宝历契昌运，岳渎启珍符 ……………………（731）
鹧鸪天　月琯循环届仲冬，蓂生十叶气葱葱 ……………（732）
临江仙　鲁观书云方在候，颍川家庆非常 ………………（732）
百字谣　一阳来复，正日临三四，梅英露白 ……………（733）
临江仙　要问南枝消息早，一阳恰喜方回 ………………（733）
满庭芳　阳复今朝，月圆明日，渭溪改观风光 …………（734）
满江红　阳律方回，月圆后、又逾两日……………………（734）
水调歌头　关中有萧相，江左见夷吾 ……………………（735）
万年欢　律应黄钟，蓂飞六荚，今朝是、嵩岳生申 ……（736）
鹊桥仙　朱门列戟，华堂鼎食，那更康强八十 …………（736）
瑞鹤仙　正迎长时节…………………………………………（737）
临江仙　律按黄钟馀七日，左扉弧矢呈祥 ………………（737）
菩萨蛮　蓂留四叶书云后，此日孙枝秀 …………………（738）
江神子　一阳来复气回新，对芳辰，庆生申 ……………（738）
上阳春　疏梅点白，漏泄先春信……………………………（739）
醉蓬莱　看梅腮妆腊，柳眼缄春，小寒交候 ……………（739）
临江仙　数朵寒梅方破腊，良宵新月初生 ………………（740）
满庭芳　梅拆数枝，蓂舒四荚，二阳始觉来临 …………（740）
壶中天　嘉平时候，算尧阶蓂叶，才方开六………………（741）
临江仙（十二月初八）　称觞喜对二阳临 ………………（741）
千秋岁（十二月初九）　斗杓建丑，蓂叶初开九 ………（741）
满江红（十二月初十）　十荚尧蓂开翠羽，
　一番潘貌蒸红颊 ……………………………………………（741）

临江仙(十二月十三日) 欣遇月圆先两日，称觞对二阳来……(742)
水调歌头(十二月十四日) 今日雪飞六出，明夜月圆三五，梅腊正传芳……(742)
壶中天(十二月十五) 霜月团圆天似水，还是神仙诞日……(742)
鹧鸪天(十二月十六) 腊月初开一荚蓂，祥开嵩岳庆生申……(742)
满江红(十二月十八) 雪压梅皴，写不就、岁寒清绝……(742)
乳燕飞(十二月十九日) 问讯绂麟何日是，腊月生辰十九……(742)
瑞鹤仙(十二月廿二) 户庭浮瑞气，八日馀寒，新春来至……(743)
水调歌头(十二月二十四) 瑞溢飞猿峤，秀毓凤凰山……(743)
水调歌头(十二月廿六) 应三元，先五日，庆生申……(743)
水调歌头(十二月廿六) 年春里，归去凤凰池上，国号恰新颁……(743)
小木兰花 日逢三九，相对梅花倾寿酒……(743)
沁园春 淮海知名，今日刘郎，胜如旧时……(744)
千秋岁 欢盈万屋，声杂当庭竹……(744)
贺新郎 父老持杯水……(745)
蝶恋花 名播乡闾人素许……(745)
桂枝香 恩袍草色……(746)
西江月 忆昔钱塘话别，十年社燕秋鸿……(747)
少年游 新竿界断一天游，万弩向云头……(747)
浣溪沙 谁识飞竿巧艺全，儿童群戏艳阳天……(748)
菩萨蛮 宝刀迎面摇寒雪，琼梳掠鬓横新月……(748)
满江红 旧日皆春，气象又重妆束……(749)
失调名 燕子重来寻旧巢……(750)
贺新郎 苏子秋七月……(750)
贺新郎 十月临皋暮……(750)
满江红 不作三公，归来钓、桐庐江侧……(751)

踏莎行 孤馆深沉，晓寒天气，解鞍独自阑干倚 …………… (752)
青玉案 征鞍不见邯郸路，莫便匆匆去 ………………………… (752)
沁园春 法从西清，雅志山东，超然燕怡 ……………………… (753)
水调歌头 蹑足半天下，作意赋归欤 ………………………… (754)
水调歌头 三径当松竹，五亩足烟霞 ………………………… (754)
金缕衣 帝遣司花女 ………………………………………… (755)
失调名 金猊香冷 ………………………………………… (756)
失调名 宝鸭香凝袖 ………………………………………… (756)
失调名 梅传春信 ………………………………………… (756)
失调名 海棠着雨透胭脂 …………………………………… (756)
失调名 碧玉堂前金粟斗 …………………………………… (756)
失调名 王孙去后多芳草 …………………………………… (756)
江城梅花引 遣仙千载独知心 ……………………………… (756)
踏莎行 瘦影横斜，断桥路小，如今梦断孤山了 …………… (757)
满江红 雪后郊原，烟林静、梅花初折 …………………… (758)
失调名 月宫仙桂，被嫦娥试手，移来山谷 ………………… (758)
献仙桃 元宵嘉会赏春光，盛事当年忆上阳 ……………… (759)
献天寿慢 日暖风和春更迟，是太平时 …………………… (759)
献天寿令 阆苑人间虽隔，遥闻圣德弥高 ………………… (760)
金盏子慢 丽日舒长，正葱葱瑞气，遍满神京 ……………… (760)
金盏子令 东风报暖，到头嘉气渐融怡 …………………… (761)
瑞鹧鸪慢 海东今日太平天，喜望龙云庆会筵 …………… (761)
瑞鹧鸪慢 北暴东顽，纳款慕义争来 ……………………… (762)
寿延长 彤云映彩色相映，御座中、天簇簪缨 ……………… (762)
寿延长 青春玉殿和风细，奏箫韶络绎 …………………… (763)
五羊仙 碧烟笼晓海波闲，江上数峰寒 …………………… (763)
五羊仙 缥缈三山岛，千万岁、方分昏晓 ………………… (763)
抛球乐 翠幕华筵，相将正是多欢宴 ……………………… (764)
抛球乐 洞天景色常春，嫩红浅白开轻萼 ………………… (764)
小抛球乐令 两行花窍占风流，缕金罗带系抛球 …………… (765)

失调名　满庭箫鼓簇飞球，丝竿红网总台头　……………… (765)
失调名　频歌覆手抛将过，两行人待看回筹　……………… (765)
失调名　五花心里看抛球，香腮红嫩柳烟稠　……………… (765)
失调名　清歌叠鼓连催促，这里不让第三头　……………… (766)
失调名　箫鼓声声且莫催，彩球高下意难裁　……………… (766)
失调名　恐将脂粉均妆面，羞被狂毫抹污来　……………… (766)
清平令　满庭罗绮流粲，清朝画楼开宴　……………… (766)
惜奴娇　春早皇都冰泮，宫沼东风布轻暖　……………… (766)
万年欢慢　禁籞初晴，见万年枝上，工啭莺声　……………… (769)
忆吹箫慢　血洒霜罗，泪薄艳锦，伊方教我成行　……………… (770)
月华清慢　雨洗天开，风将云去，极目都无纤翳　……………… (770)
感皇恩令　和袖把金鞭，腰如束素……………… (771)
醉太平　厌厌闷着，厌厌闷着……………… (771)
还宫乐　喜贺我皇，有感蓬莱，尽降神仙……………… (771)
清平乐　真主玉历成康，德睿宁安国中良　……………… (772)
荔子丹　鬥巧宫妆扫翠眉，相唤折花枝　……………… (772)
水龙吟慢　玉皇金阙长春，民仰高天欣载　……………… (773)
太平年慢　皇州春满群芳丽，散异香旖旎　……………… (773)
金殿乐慢　驾紫鸾軿，乘风缥缈游仙……………… (774)
安平乐　开琼筵，庆佳辰，彩帘当中月华明……………… (774)
爱月夜眠迟慢　禁鼓初敲，觉六街夜悄，车马人稀……………… (774)
惜花春起早慢　向春来，睹林园，绣出满槛鲜萼……………… (775)
千秋岁令　想风流态，种种般般媚……………… (775)
风中柳令　爱鬓云长，惜眉山，寻乍相见，一时眠起……………… (776)
汉宫春慢　春日迟迟，称游人、尽日赏燕芳菲　……………… (776)
花心动慢　暑逼芳襟，甚全无因依，便教人恶　……………… (777)
行香子慢　瑞景光融　……………… (777)
雨中花慢　宴阕倚栏郊外，乍别芳姿，醉登长陌　……………… (778)
迎春乐令　神州丽景春先到，看看是、韶光早……………… (778)
西江月慢　烟笼细柳，映粉墙、垂丝轻袅……………… (778)

游月宫令　当今圣主座龙楼，圣寿应天长，实钱喷香烟，
玄宗游月宫 ……………………………………………… (779)
桂枝香慢　暖风迟日，正韶阳时节，淑景明媚 ……………… (779)
庆金枝令　莫惜金缕衣，劝君惜、少年时……………………… (780)
百宝妆　一抹弦器，初宴画堂，琵琶人把当头 ……………… (780)
满朝欢令　未央宫阙丹霞住，十二玉楼挥锦绣 ……………… (781)
天下乐令　寿星明久，寿曲高歌沉醉后 ……………………… (781)
感恩多令　罗帐半垂门半开，残灯孤月照窗台 ……………… (781)
解佩令　脸儿端正，心儿峭俊，眉儿长、眼儿入鬓 ………… (782)
沁园春　道过江南，泥墙粉壁，石具在前 …………………… (782)
糖多令　天上谪星班，青牛初度关 …………………………… (783)
长相思　去年秋，今年秋，湖上人家乐复忧 ………………… (783)
祝英台近　掩琵琶，临别语，把酒泪如洗……………………… (784)
汉宫春　横吹声沉，倚危楼红日，江转天斜 ………………… (785)
水调歌头　握虎符，持玉节，佩金鱼 ………………………… (785)
失调名　夜深青女湿微妆 ……………………………………… (786)
失调名　曾教入夜月添白 ……………………………………… (786)
失调名　自有松篁为伴侣 ……………………………………… (786)
忆秦娥　烟漠漠，水天摇荡蓬莱阁 …………………………… (786)
失调名　汉宫梳罢女真妆，望金仙朝朝暮暮 ……………… (787)
失调名　愁烟恨粉 ……………………………………………… (787)
失调名　三生春梦 ……………………………………………… (787)
减字木兰花　舞台歌院，雨后西风寒剪剪 …………………… (787)
虞美人　秋深犹带秋初热，未放秋香发 ……………………… (788)
念奴娇　晓来雨过，见三点两点，催花开却 ………………… (788)
望江南　左右字，从古不曾闻………………………………… (788)
朝中措　与君同是饱虀盐，先达后何淹 ……………………… (789)
忆秦娥　花蹊侧，秦楼夜访金钗客 …………………………… (789)
失调名　往来与月为俦，舒展和天也蔽 ……………………… (790)
倚西楼　禁鼓初传时下打 ……………………………………… (790)

捣练子 云鬟乱,晚妆残 ……………………………… (790)
长相思 花满枝,柳满枝 ……………………………… (791)
乌夜啼 都无一点残红,夜来风……………………… (791)
乌夜啼 一弯月挂危楼,似藏钩……………………… (791)
捣练子 林下路,水边亭,凉吹水面散馀酲 ………… (792)
生查子 闲倚曲屏风,试写相思字 …………………… (792)
贺圣朝影 雪满长安酒价高,度寒宵 ………………… (793)
莫思归 花满名园酒满觞,且开笑口对秾芳 ………… (793)
点绛唇 蹴罢秋千,起来慵整纤纤手 ………………… (793)
减字木兰花 春融酒困,一寸横波千里恨 …………… (794)
菩萨蛮 昔年曾伴花前醉,今年空洒花前泪 ………… (794)
谒金门 山无数,遮断故人何处……………………… (794)
更漏子 解语花,断肠草,谙尽风流烦恼……………… (795)
镜中人 柳烟浓,梅雨润,芳草绵绵离恨……………… (795)
眼儿媚 惨云愁雾罩江天,呵手卷帘看 ……………… (796)
眼儿媚 忆从溪上得相逢,樽酒两心同 ……………… (796)
眼儿媚 平生几度怨长亭,不似这番深 ……………… (796)
乌夜啼 水漫汀洲新绿,云开崦嶂微青 ……………… (797)
与团圆 蛟绡雾縠,没多重数,紧拟偷怜……………… (797)
花前饮 雨馀天色渐寒渗 …………………………… (798)
转调贺圣朝 渐觉一日,浓如一日,不比寻常………… (798)
西江月 昨夜轺车宿处,乱山深锁邮亭 ……………… (799)
望江南 这痴騃,休恁泪涟涟………………………… (799)
鹧鸪天 紫陌朱轮去似流,丁香初结小银钩 ………… (799)
鹧鸪天 镇日无心扫黛眉,临行愁见理征衣 ………… (800)
遍地花 元是竹林旧伴侣,去人日、偶相遇…………… (800)
红窗迥 富春坊,好景致 ……………………………… (801)
小重山 络纬声残织翠丝,金风剪不断、雁来时 ……… (801)
撷芳词 风摇荡,雨濛茸,翠条柔弱花头重 ………… (802)
拨棹子 烟姿媚,冰容薄,芳蕖嫩、隐映新萍池阁………… (802)

香山会 向神前发愿，烧香做咒，断了去、娼家吃酒 …………（803）
品　令 急雨惊秋晓，今岁较、秋风早…………（803）
御街行 霜风渐紧寒侵被，听孤雁、声嘹唳 …………（804）
惜寒梅 看尽千花，爱寒梅暗与、雪期霜约 …………（804）
古阳关 渭城朝雨，一霎裛轻尘…………（805）
永遇乐 孤衾不暖，静闻银漏，敧枕难稳…………（805）
一萼红 断云漏日，青阳布，渐入融和天气…………（806）
霜叶飞 故宫秋晚馀芳尽，轻阴闲淡池阁 …………（806）
檐前铁 悄无人，宿雨厌厌，空庭乍歇…………（807）
娇木笪 酒入愁肠，谁信道、都做泪珠儿滴 …………（808）
林钟商小品 正天气凄凉，鸣幽砌，向枕畔、偏恼愁心，
尽夜苦吟 …………（808）
林钟商小品 戴花殢酒，酒泛金樽，花枝满帽…………（808）
鹧鸪天 全似丹青揾染成，更将何物鬥轻盈 …………（808）
甘露滴乔松 沙堤路近，喜五年相遇，朱颜依旧 …………（808）
满江红 雪共梅花，念动是、经年离折…………（809）
念奴娇 天工谬巧，恁平地、推出崚嶒岩壁 …………（810）
醉落魄 红牙板歇，韶声断、六幺初彻…………（811）
满江红 浪蕊浮花，当不住、晚风吹了…………（811）
西江月 三级掀腾波浪，一堂庆会风云 …………（812）
西江月 身禀五行正气，此心如鉴光明 …………（812）
谒金门 真个美，水墨观音难比…………（812）
水龙吟 邦人前世条缘，福星遇得长庚李 …………（813）
永遇乐 个个修行，人人咽纳，谁悟真道…………（813）
永遇乐 万法由心，应观法界，一切心造…………（813）
永遇乐 学道修心，存神炼性，直要轻举…………（814）
永遇乐 养水养精，养神养血，先须养气…………（814）
渔家傲 至道不遥只在迩，毫厘差失如千里 …………（815）
渔家傲 神是性兮气是命，神不外驰气自定 …………（815）
渔家傲 精养灵根神守气，天然子母何曾离 …………（816）

渔家傲　我有光珠无买价，光明常照芝田下　……………（816）
促拍满路花　抱元能守一，四大自轻安　……………（816）
促拍满路花　人能常清静，天地悉皆归　……………（816）
促拍满路花　若论修养事，知有几多门　……………（817）
鹧鸪天　抛却功名弃却诗，从教身染气球泥　……………（817）
西江月　健体安身可美，喜笑化食堪夸　……………（818）
鹧鸪天　不贪名利乐优游，收转心猿踢气球　……………（818）
西江月　蹴踘场中年少，秋千架上佳人　……………（818）
鹧鸪天　虎掌葵花一锭银，全凭巧匠弄精神　……………（819）
鹧鸪天　巧匠园缝异样花，身轻体健实堪夸　……………（819）
西江月　请知诸郡子弟，尽是湖海高朋　……………（819）
鹧鸪天　轩辕起置号齐云，社祖西川妙道君　……………（820）
苏幕遮　水中金，冲牛斗　……………（820）
碧玉箫　轻暖吹香，薰风涨绿，此窗添得琅玕玉　……………（820）
殢人娇　解了痴绦，泼煞闷火……………（821）
定风波　痛饮形骸骑蹇驴，葛巾不整倩人扶　……………（821）
水调歌头　昭代数人物，谁似我公贤……………（822）
水调歌头　云海漾空阔，风露凛高寒……………（822）
水调歌头　八月秋欲半，后夜月将圆……………（823）
喜迁莺　光风转蕙，正中和节过，艳阳春半……………（823）
附录一：宋人话本小说中人物词……………（826）
梁意娘……………（826）
秦楼月　春宵短，香闺寂寞愁无限……………（826）
茶瓶儿　满地落花铺绣，春色著人如酒　……………（826）
越　娘……………（827）
西江月　一自东君去后，几多恩爱睽离　……………（827）
张师师……………（828）
西江月　一种何其轻薄，三眠情意偏多　……………（828）
钱安安……………（829）
西江月　谁道词高和寡，须知会少离多　……………（829）

张商英 …………………………………………………………（830）
南乡子 向晚出京关，细雨微风拂面寒 ……………………（830）
南乡子 瓦钵与磁瓯，闲伴白云醉后休 ……………………（830）
徐都尉 …………………………………………………………（831）
殢人娇 小苑藏春，信道游人未见，花脸嫩、柳腰娇软 …………（831）
崔 木 …………………………………………………………（832）
最高楼 蹇驴缓跨，迢递至京城……………………………（832）
虞美人 春来秋往何时了，心事知多少 ……………………（832）
黄舜英 …………………………………………………………（833）
虞美人 一从骨肉相抛了，受了多多少 ……………………（833）
贾 奕 …………………………………………………………（834）
南乡子 闲步小楼前，见个佳人貌类仙 ……………………（834）
窃杯女子 ……………………………………………………（835）
鹧鸪天 灯火楼台处处新，笑携郎手御街行 ………………（835）
念奴娇 桂魄澄辉，禁城内、万盏花灯罗列 ………………（835）
刘 锜 …………………………………………………………（836）
鹧鸪天 竹引牵牛花满街，疏篱茅舍月光筛 ………………（836）
陈 义 …………………………………………………………（837）
菩萨蛮 平生只被今朝误，今朝却把平生补 ………………（837）
菩萨蛮 包中香黍分边角，彩丝剪就交绒索 ………………（837）
菩萨蛮 天生体态腰肢细，新词唱彻歌声利 ………………（837）
菩萨蛮 去年共饮菖蒲酒，今年却向僧房守 ………………（837）
梅 娇 …………………………………………………………（839）
满庭芳 一种阳和，玉英初纵，雪天分外精神 ……………（839）
杏 俏 …………………………………………………………（840）
满庭芳 景傍清明，日和风暖，数枝浓淡胭脂 ……………（840）
苏小娘 …………………………………………………………（841）
飞龙宴 炎炎暑气时，流光闪烁，闲扃深院 ………………（841）
张 魁 …………………………………………………………（842）
踏莎行 凤髻堆鸦，香酥莹腻，雨中花占街前地 …………（842）

张枢密 …………………………………………………………… (843)
声声慢 星冠懒带,鹤氅慵披,色心顿起兰房 ………… (843)
申二官人 ……………………………………………………… (844)
踏莎行 葱草身才、灯心脚手,闲时与蝶花间走 ………… (844)
杨岛仙 ………………………………………………………… (845)
失调名 待得团圆时候,樽前问这时节 …………………… (845)
吴德运 ………………………………………………………… (846)
失调名 过平康巷陌绮罗丛 ………………………………… (846)
连静女 ………………………………………………………… (847)
失调名 朦胧月影,暗淡花阴,独立等多时 ……………… (847)
武陵春 人道有情须有梦,无梦岂无情 …………………… (847)
楚 娘 ………………………………………………………… (848)
生查子 去年梅雪天,千里人归远 ………………………… (848)
谢福娘 ………………………………………………………… (849)
南歌子 闲傍药栏西,正是春光三月时 …………………… (849)
张 时 ………………………………………………………… (850)
南歌子 暖日未斜西,正是迷花殢酒时 …………………… (850)
双 渐 ………………………………………………………… (851)
人月圆 碧纱低映秦娥面,咫尺暗香浓 …………………… (851)
黄夫人 ………………………………………………………… (852)
鹧鸪天 先自春光似酒浓,时听莺语透帘栊 ……………… (852)
刘使君 ………………………………………………………… (853)
醉亭楼 平生性格,随分好些春色 ………………………… (853)
李 氏 ………………………………………………………… (854)
浣溪沙 无力蔷薇带雨低,多情蝴蝶趁花飞 ……………… (854)
存目词 ………………………………………………………… (854)
朱希真 ………………………………………………………… (855)
失调名 苦汝临期话别,与君挽手叮咛 …………………… (855)
采桑子 王孙去后无芳草(朱淑真),绿遍书阶(李季兰) …… (855)
存目词 ………………………………………………………… (856)

张幼谦 …………………………………………………………………………（858）
一剪梅 同年同日又同窗，不似鸾凰，谁似鸾凰 ……………（858）
长相思 天有神，地有神，海誓山盟字字真，如今墨尚新 ……（858）
卜算子 去时不由人，归怎由人也 …………………………………（858）
罗惜惜 …………………………………………………………………………（859）
卜算子 幸得那人归，怎便教来也 …………………………………（859）
萧　回 …………………………………………………………………………（860）
应景乐 金陵故国 …………………………………………………………（860）
春　娘 …………………………………………………………………………（861）
阮郎归 胡虏中原乱似麻，此景依稀似永嘉 ……………………（861）
张　生 …………………………………………………………………………（862）
西江月 一望朱楼巧小，四边绣幕低垂 …………………………（862）
小重山 杏火无烟烧断肠 …………………………………………………（862）
郑云娘 …………………………………………………………………………（863）
西江月 一片冰轮皎洁，十分桂魄婆娑 …………………………（863）
存目词 ………………………………………………………………………………（863）
附录二：宋人依托神仙鬼怪词 …………………………………………（864）
吕洞宾 …………………………………………………………………………（864）
减字木兰花 暂游大庾，白鹤飞来谁共语 ……………………（864）
渔家傲 二月江南山水路，李花零落春无主 …………………（864）
望江南 瑶池上，瑞雾霭群仙…………………………………………（865）
梧桐影 落日斜，西风冷 ………………………………………………（865）
促拍满路花 秋风吹渭水，落叶满长安 …………………………（865）
沁园春 七返还丹，在人先须，炼己待时 ………………………（866）
浪淘沙 我有屋三间，柱用八山 ……………………………………（866）
失调名 别无巧妙，与你方儿一个 …………………………………（866）
步蟾宫 坎离乾兑分子午，但认取、自家宗祖 …………………（867）
西江月 落日数声啼鸟，香风满路吹花 …………………………（867）
沁园春 琳馆清标，琼台丽质，何年天上飞来 …………………（867）
失调名 鼎里坎离，壶中天地，满怀风月，一吸虚空 …………（868）

西江月　葆炼中分相火，行持外借方鞋 ……………………（868）
西江月　一日清欢何往、十年旧事重拈 ……………………（868）
霜天晓角　乾坤未裂，有物如何别 ……………………（869）
海　哥 ……………………（870）
失调名　海哥风措，被渔人、下网打住……………………（870）
何仙姑 ……………………（871）
八声甘州　千门万户，尽七颠八倒，掘地寻天 ……………………（871）
宋　媛 ……………………（872）
蝶恋花　云破蟾光穿晓户 ……………………（872）
阮郎归　东风成阵送春归，庭花高下飞 ……………………（872）
吴城小龙女 ……………………（873）
清平乐令　帘卷曲栏独倚，江展暮天无际 ……………………（873）
蔡真人 ……………………（874）
望江南　阑干曲，红飐绣帘旌……………………（874）
懒堂女子 ……………………（875）
烛影摇红　绿净湖光，浅寒先到芙蓉岛 ……………………（875）
巫山神女 ……………………（876）
惜奴娇　瑶阙琼宫，高枕巫山十二 ……………………（876）
瑶台景第二　绕绕云梯，上彻青霄霞外 ……………………（876）
蓬莱景第三　山染青螺缥渺，人间难陟 ……………………（876）
劝人第四　再启诸公，百岁还如电急 ……………………（877）
王母宫食蟠桃第五　方结实累累……………………（877）
玉清宫第六　紫云绛霭，高拥瑶砌……………………（877）
扶桑宫第七　光阴奇，扶桑宫里 ……………………（878）
太清宫第八　显焕明霞，万丈祥云高布，望仙官衣带，
　曳曳临香砌 ……………………（878）
归第九　吾归矣 ……………………（878）
玉　英 ……………………（879）
浪淘沙　塞上早春时，暖律犹微 ……………………（879）

紫　姑 …………………………………………………………………（880）
白　苎　绣帘垂，画堂悄，寒风淅沥 ……………………………（880）
清源真君 ……………………………………………………………（881）
望江南　才举意，玄象照离宫……………………………………（881）
李季萼 ………………………………………………………………（882）
木兰花　东风忽起黄昏雨，红紫飘残香满路 ……………………（882）
随车娘子 ……………………………………………………………（883）
天仙子　别酒未斟心先醉，忽听阳关辞故里 ……………………（883）
紫　姑 ………………………………………………………………（884）
瑞鹤仙　睹娇红细捻，是西子、当日留心千叶 …………………（884）
玉　真 ………………………………………………………………（885）
杨柳枝　已谢芳华更不留，几经秋………………………………（885）
乩　仙 ………………………………………………………………（886）
忆少年　凄凉天气，凄凉院落，凄凉时候…………………………（886）
鹊桥仙　鸾舆初驾，牛车齐发，隐隐鹊桥咿轧……………………（886）
琴　精 ………………………………………………………………（887）
千金意　音音音，音音你负心……………………………………（887）
珍　娘 ………………………………………………………………（888）
浣溪沙　溪雾溪烟溪景新，溶溶春水浸春云 ……………………（888）
附录三：元明小说话本中依托宋人词 ……………………………（889）
钱　易 ………………………………………………………………（889）
蝶恋花　一枕闲敧春昼午 …………………………………………（889）
姚　卞 ………………………………………………………………（890）
念奴娇　小舟横楫，看云峰高拥，千重苍碧 ……………………（890）
赵　旭 ………………………………………………………………（891）
江神子　旗亭谁唱渭城诗，两相思，怯罗衣 ……………………（891）
踏莎行　羽翼将成，功不欲遂，姓名已称男儿意 ………………（891）
浣溪沙　秋气天寒万叶飘，蛩声唧唧夜无聊 ……………………（891）
小重山　独坐清灯夜不眠，寸肠千万缕、两相牵 ………………（892）
鹧鸪天　黄草遮寒最不宜，况兼久敝色如灰 ……………………（892）

浪淘沙　握管泪盈眸，欲写还休 ……………………………… (892)
刘天义 ……………………………………………………………… (894)
后庭花　云鬟堆绿鸦，罗裙簌绛纱 ………………………… (894)
王翠鸾 ……………………………………………………………… (895)
后庭花　无心度岁华，梦魂常到家 ………………………… (895)
章台柳 ……………………………………………………………… (896)
沁园春　弱质娇姿，黛眉星眼，画工怎描 ………………… (896)
元　净 ……………………………………………………………… (897)
如梦令　春色湖光如练，杨柳依稀拂面 …………………… (897)
南　轩 ……………………………………………………………… (898)
如梦令　柳眼笑窥人送，袅娜舞腰纤弄 …………………… (898)
方　乔 ……………………………………………………………… (899)
菩萨蛮　秋风即拟同衾枕，春归依旧成孤寝 ……………… (899)
玉楼春　绿阴扑地莺声近，柳絮如绵烟草衬 ……………… (899)
紫　竹 ……………………………………………………………… (900)
踏莎行　醉柳迷莺，懒风熨草，约郎暂会闲门道 ………… (900)
卜算子　绣阁锁重门，携手终非易 ………………………… (900)
菩萨蛮　约郎共会西厢下，娇羞竟负从前话 ……………… (900)
菩萨蛮　与郎眷恋何时了，爱郎不异珍和宝 ……………… (901)
踏莎行　投方乔誓书 ……………………………………………… (901)
生查子　晨莺不住啼，故唤愁人起 ………………………… (901)
生查子　思郎无见期，独坐离情惨 ………………………… (901)
王　氏 ……………………………………………………………… (902)
望江南　公孙恨，端木笔俱收 ……………………………… (902)
南柯子　鹊喜噪晨树，灯开半夜花 ………………………… (902)
宇文绶 ……………………………………………………………… (903)
踏莎行　足蹑云梯，手攀仙桂，姓名高挂登科记 ………… (903)
播台寺僧 …………………………………………………………… (904)
诉衷情　知伊夫婿上边回，懊恼碎情怀 …………………… (904)

黄妙修 …………………………………………………………………（905）
浪淘沙 稽首大罗天，法眷姻缘 ………………………………………（905）
申　纯 …………………………………………………………………（906）
摸鱼儿 锦城西、一区华屋，天开多少佳趣 …………………………（906）
点绛唇 庭院深沉，迟迟日上荼蘼架 …………………………………（906）
喜迁莺 园林过雨 ………………………………………………………（906）
减字木兰花 春宵陪宴，歌罢酒阑人正倦 ……………………………（907）
西江月 试问兰煤灯烬，佳人积久方成 ………………………………（907）
石州引 懊恨东君，催趱去程，春意牢落 ……………………………（907）
玉楼春 晓窗寂寂惊相遇，欲把芳心深意诉 …………………………（908）
小梁州 惜花长是替花愁，每日到西楼 ………………………………（908）
撷芳词 月如年，风轻扇，文园多病寻芳倦 …………………………（908）
菩萨蛮 绿窗深贮倾城色，灯花送喜秋波溢 …………………………（909）
鹧鸪天 甥馆睽违已隔年，重来窗几尚依然 …………………………（909）
清平乐 尖尖曲曲，紧把红绡蹙 ………………………………………（909）
碧牡丹 一片芳心，被春拘管，重寻云翼盟约 ………………………（910）
渔家傲 情若连环终不解，无端招引傍人怪 …………………………（910）
念奴娇 春风情性，奈少年辜负，窃香名誉 …………………………（910）
相思会 脉脉惜春心，无言耿思忆 ……………………………………（911）
于飞乐 天赋多娇，蕙兰心性风标 ……………………………………（911）
望江南 从前事，今日始知空 …………………………………………（911）
内家娇 灯花何太喜，多情事、天意想从人 …………………………（912）
好事近 一自识伊来，便许绾、同心结 ………………………………（912）
忆瑶姬 蜀下相逢，千金丽质，怜才便肯分付 ………………………（912）
王娇娘 …………………………………………………………………（913）
卜算子 君去有归期，千里须回首 ……………………………………（913）
菩萨蛮 夜深偷展纱窗绿，小桃枝上留莺宿 …………………………（913）
一剪梅 豆蔻梢头春意阑 ………………………………………………（913）
一丛花 世间万事转头空，何物似情浓 ………………………………（914）
菩萨蛮 郎今去也抛奴去，恨共离舟留不住 …………………………（914）

减字木兰花 莲闺爱绝，长向碧瑶深处歇 ……………… (914)
永遇乐 极目秋空，塞鸿飞过，有恨谁寄 ……………… (915)
满庭芳 帘影筛金，簟波浮水，绿阴庭院清幽 ……………… (915)
再团圆 芳心一点，柔肠万转，有意偷怜 ……………… (915)
眼儿媚 □肠镇日锁眉头，无计可消愁 ……………… (916)
飞 红 ……………… (917)
青玉案 花低莺踏红英乱，春心重、顿成愁懒 ……………… (917)
张舜美 ……………… (918)
如梦令 明月娟娟筛柳，春色溶溶如酒 ……………… (918)
如梦令 燕赏良宵无寐，笑倚东风残醉 ……………… (918)
如梦令 漏滴铜壶声咽，风送金猊香烈 ……………… (918)
刘素香 ……………… (919)
如梦令 邂逅相逢如故，引起春心追慕 ……………… (919)
贺怜怜 ……………… (920)
长相思 朝相思，暮相思 ……………… (920)
南乡子 勉强赠行装，愿尔长驱扫夏凉 ……………… (920)
张道南 ……………… (921)
青玉案 缟衣仙子来何处，咫尺近、桃源路 ……………… (921)
郑意娘 ……………… (922)
过龙门 尽日倚危阑，触目凄然 ……………… (922)
好事近 往事与谁论，无语暗弹泪血 ……………… (922)
胜州令 杏花正喷火 ……………… (922)
韩师厚 ……………… (924)
御街行 合和朱粉千馀两，捻一个、观音样 ……………… (924)
西江月 玉貌何劳朱粉，江梅岂类群花 ……………… (924)
刘金坛 ……………… (925)
浣溪沙 标致清高不染尘，星冠云氅紫霞裙 ……………… (925)
潘必正 ……………… (926)
杨柳枝 傍观仙子过茅屋，惊人目 ……………… (926)
杨柳枝 尊姑久矣情疏阔，呼酬酢 ……………… (926)

踏莎行 羽翼将成，功名未遂，偶然撞入鸳鸯会 ……………… (926)
鹧鸪天 卸下星冠作玉容，宛如仙女下巫峰 ……………… (927)
陈妙常 ………………………………………………………… (928)
杨柳枝 襄王梦里雨云期，两心知 ……………………… (928)
杨柳枝 清净堂前不卷帘，景幽然 ……………………… (928)
青玉案 茅屋藏身随所寓 ………………………………… (928)
西江月 松舍清灯闪闪，云堂钟鼓沉沉 ………………… (929)
杨柳枝 昨宵肠断黄昏约，人寂寞 ……………………… (929)
摊破浣溪沙 寂寂云堂斗帐闲，炉香消尽爇沉烟 ……… (929)
鹧鸪天 相堂潭潭数十重，入门马上气如虹 …………… (929)
临江仙 眉如云开初月，纤纤一搦腰肢 ………………… (930)
俞 良 ………………………………………………………… (931)
瑞鹤仙 春闱期近也，望帝京迢递，犹在天际 ………… (931)
鹊桥仙 来时秋暮，到时春暮，归去又还秋暮 ………… (931)
鹊桥仙 杏花红雨，梨花白雪，羞对短亭长路 ………… (931)
龙门令 冒险过秦关，跋涉长江 ………………………… (932)
孔德明 ………………………………………………………… (933)
水调歌头 玉人揎皓腕，纤手映朱唇 …………………… (933)
范学士 ………………………………………………………… (934)
水调歌头 登临眺东渚，始觉太虚宽 …………………… (934)
朱端朝 ………………………………………………………… (935)
浣溪沙 梅正开时雪正狂，两般幽韵孰优长 …………… (935)
马琼琼 ………………………………………………………… (936)
减 兰 雪梅妒色，雪把梅花相抑勒 …………………… (936)
卫芳华 ………………………………………………………… (937)
木兰花慢 记前朝旧事，曾此地、会神仙………………… (937)
陶上舍 ………………………………………………………… (938)
金缕曲 梦觉黄粱熟……………………………………… (938)
阮 华 ………………………………………………………… (939)
菩萨蛮 玉箫一曲无心度，谁知引入桃源路 …………… (939)

王　氏 ………………………………………………………… (940)
秋波媚　流水东回忆故秋,疏雨滴更愁 …………………… (940)
无名氏 ………………………………………………………… (941)
步蟾宫　徐卿二子文章妙,秋风来应兴贤诏 ……………… (941)
临江仙　入手功名如拾芥,文章得力须知 ………………… (941)
昼夜乐　西川自古繁华地,正芳菲、景明媚 ……………… (941)
鹧鸪天　淡画眉儿斜插梳,不忺拈弄绣工夫 ……………… (942)
南乡子　怎见一僧人,犯滥铺摸受典刑 …………………… (942)
眼儿媚　登楼凝望酒阑□,与客论征途 …………………… (942)
缕缕金　几回见你帘儿下,佯不采、把人斜抹 …………… (943)
缕缕金　这几日、言语夹衩,只推道、娘的捱把………… (943)
卜算子　幽花带露红,湿柳拖烟翠 ………………………… (943)
水调歌头　屏开金孔雀,褥隐绣芙蓉 ……………………… (944)
朝中措　凤凰归去碧云空,衰草乱茸茸 …………………… (944)
叠青钱　夏日正长,无奈如焚天气 ………………………… (944)
鹧鸪天　城中酒楼高入天,烹龙煮凤味肥鲜 ……………… (945)
忆瑶姬　姑射真人,宴紫府、双成击破琼苞 ……………… (945)
夜游宫　四百四病人皆有,只有相思难受 ………………… (945)
临江仙　快活无过庄家好,竹篱茅舍清幽 ………………… (946)
西江月　是水归于大海,闲汉总入京都 …………………… (946)
西江月　白髮苏堤老妪,不知生长何年 …………………… (946)
临江仙　自古钱塘难比,看潮人、成群作队 ……………… (947)
行香子　雨后风微,绿暗红稀……………………………… (947)
鹧鸪天　碎似真珠颗颗停,清如秋露脸边倾 ……………… (947)
西江月　年少争夸风月,场中波浪偏多 …………………… (948)
上楼春　名花绰约东风里,占断韶华都在此 ……………… (948)
鹧鸪天　凛冽严凝雾气昏,空中瑞雪降纷纷 ……………… (948)
附录四:误题撰人姓名词存目 ……………………………… (949)
陈彭年 ………………………………………………………… (964)
瑞鹧鸪　尽出花钿散宝津,云鬟初剪向残春 ……………… (964)

杜　衍 …………………………………………………………………… (965)
鸡叫子　翠盖佳人临水立,檀粉不匀香汗湿 …………………… (965)
文　同 …………………………………………………………………… (966)
天香引　三月三、花雾吹晴 ……………………………………… (966)
天香引　正当时、处士山祠 ……………………………………… (966)
李公麟 …………………………………………………………………… (967)
四时乐　桃李花开春雨晴,声声布谷迎村鸣 …………………… (967)
四时乐　火云蔽日当空浮,田头耨草汗欲流 …………………… (967)
四时乐　黄云万里秋有成,村村酒熟家家迎 …………………… (967)
四时乐　寒风十月雪欲飞,居人木榻添纸帏 …………………… (967)
郭　生 …………………………………………………………………… (968)
玉楼春　乌啼雀噪昏乔木,清明寒食谁家哭 …………………… (968)
于真人 …………………………………………………………………… (969)
行香子　阆苑瀛洲,金谷重楼…………………………………… (969)
刘　斧 …………………………………………………………………… (970)
谪仙怨　晴山碍日横天,绿叠君王马前 ………………………… (970)
刘才邵 …………………………………………………………………… (971)
夜度娘　菱花炯炯垂鸾结,懒学宫妆匀腻雪 …………………… (971)
邓　深 …………………………………………………………………… (972)
秋风清　雨飘零,风凄清 ………………………………………… (972)
钱　选 …………………………………………………………………… (973)
行香子　如此红妆,不见春光…………………………………… (973)
郭　新 …………………………………………………………………… (974)
渔　父　山光清,水色绿,春风澹荡看不足…………………… (974)
无名氏 …………………………………………………………………… (975)
点绛唇　美满生离,据鞍兀兀离肠痛 …………………………… (975)
无名氏 …………………………………………………………………… (976)
踏莎行　玉臂宽环,纱衫缓扣,绣窗针线无心久 ……………… (976)
踏莎行　红叶空传,朱绳未绾,天涯可见人难见 ……………… (976)
踏莎行　香罢宵薰,花孤昼赏,粉墙一丈愁千丈 ……………… (976)

踏莎行　佳约易乖，韶光难驻，柳絮飞尽江头树 ……………… (977)
蝶恋花　梳罢晓妆屏上倚 ………………………………………… (977)
无名氏 ……………………………………………………………… (978)
柘枝行　将军奉命即须行，塞外领强兵 ………………………… (978)
附录五　误题撰人姓名词存目(二) …………………………… (979)
丁无悔【补辑】 ……………………………………………………… (983)
满庭芳　道格天渊，令行海岳，凛然名德尊荣 ………………… (983)
满庭芳　偃屋霜清，棱层烟碧，玲珑移在人间 ………………… (983)
杨再可【补辑】 ……………………………………………………… (985)
喜迁莺　腊天初晓，庆五色瑞云，华轩呈绕 …………………… (985)
刘仲讷【补辑】 ……………………………………………………… (986)
水调歌头　昨夜乘秋兴，长啸驭清风 ………………………… (986)
蒋思恭【补辑】 ……………………………………………………… (987)
水调歌头　紫府掣金钥，银汉夜乘槎 ………………………… (987)
水调歌头　风流九霞客，名在五云乡 ………………………… (987)
张成可【补辑】 ……………………………………………………… (989)
洞仙歌　薰风池阁，八叶蓂初展 ………………………………… (989)
丁仲远【补辑】 ……………………………………………………… (990)
醉蓬莱　正霜融日暖，风淡寒轻，小春时候 …………………… (990)
真知柔【补辑】 ……………………………………………………… (991)
水龙吟　碧宵彩旆垂铃，应南极星躔光燦 ……………………… (991)
张时甫【补辑】 ……………………………………………………… (992)
玉楼春　姑苏台上春光发，菊老寒轻香未歇 ………………… (992)
玉楼春　蟠桃十月惊春早，春到玉梅枝上小 ………………… (992)
李朝卿【补辑】 ……………………………………………………… (993)
玉楼春　谪仙暂下金銮殿，开燕瑶池春未晚 ………………… (993)
玉楼春　炉烟不断腾金兽，香雾入帘波影皱 ………………… (993)
玉楼春　厌玉为浆麟作□ ………………………………………… (993)
小重山　春正浓时月正圆，华堂初燕喜，两真仙 ……………… (994)
鹧鸪天　万里霜空爽气高，翩翩天雁薄云宵 ………………… (994)

西江月 盛德须知异禀，天教占尽秋光 ……………………（994）
踏莎行 月挂琼钩，日添绣线，骑花翻浪重帘卷 ………………（995）
鹧鸪天 九凤箫低彩雾高，鸾车鹤驭下层霜 ……………………（995）
谈元范【补辑】 ……………………………………………（996）
青玉案 虾鬚帘上银钩小，筵内轻寒绕 ……………………（996）
倪翼周【补辑】 ……………………………………………（997）
青玉案 烟浓水淡荷香残，近翠幕、闻弦管 ………………（997）
青玉案 四时令节惟重九，况此日、逢佳偶 ………………（997）
青玉案 薰风解尽吾民愠，正蓬渚芳遍 ……………………（997）
青玉案 熙春堂下花无数，红紫映、桃溪路 ………………（998）
段　倚【补辑】 ……………………………………………（999）
醉蓬莱 正星杓首舍，月律开祥，嗣兴芳序 ………………（999）
贺　及【补辑】 ……………………………………………（1000）
新荷叶 莲萼飘香，金风乍扇轻凉 …………………………（1000）
傅伯达【补辑】 ……………………………………………（1001）
沁园春 白帝司权，炎宫回驭，一叶报秋 …………………（1001）
郑达可【补辑】 ……………………………………………（1002）
满庭芳 肥绽梅红，嫩翻荷绿，微凉时起青蘋 ……………（1002）
念奴娇 嫩凉如水，正一天风露，秋容如沐 ………………（1002）
臧馀庆【补辑】 ……………………………………………（1004）
南歌子 橘里风烟好，壶中日月长 …………………………（1004）
鹧鸪天 天与君王管晏才，尚书两曳履声来 ………………（1004）
鹧鸪天 寿菊才开三四葩，秋光着意主人家 ………………（1004）
感皇恩 消息近春来，东风还又 ……………………………（1005）
感皇恩 南岳有真仙，人间祥瑞 ……………………………（1005）
感皇恩 交广出沉香，路遥难致 ……………………………（1006）
胡　于【补辑】 ……………………………………………（1007）
鹧鸪天 去日清霜菊满丛，归来高柳絮缠空 ………………（1007）
鹧鸪天 阿母蟠桃下记春，长沙星里寿星明 ………………（1007）
鹧鸪天 楚楚吾家千里驹，老人心事正开渠 ………………（1007）

鹧鸪天　袅袅薰风响珮环，广寒仙子跨青鸾 ……………… (1008)
中国章【补辑】 ………………………………………… (1009)
鹧鸪天　十载分符衣绣衣，裳阴处处浙东西 ……………… (1009)
陈日章【补辑】 …………………………………………… (1010)
鹧鸪天　内乐清虚息万缘，逍遥真是地行仙 ……………… (1010)
李景良【补辑】 …………………………………………… (1011)
鹧鸪天　清晓祥云绕碧天，老人星忽下南躔 ……………… (1011)
张思济【补辑】 …………………………………………… (1012)
鹧鸪天　衣润红绡梅欲黄，几年欢意属华堂 ……………… (1012)
李夫人【补辑】 ………………………………………… (1013)
减字木兰花　幕天席地，瑞脑香浓笙歌沸 ……………… (1013)
蝶恋花　急鼓疏钟声报晓 …………………………… (1013)
瑞鹧鸪　新晴庭院暑风轻，瑞气朝来特地清 ……………… (1013)
张　藻【补辑】 …………………………………………… (1015)
望海潮　露零金井，尘清玉宇，双蓂呈瑞新秋 ……………… (1015)
胡文卿【补辑】 ………………………………………… (1016)
虞美人　枢庭喜庆生辰到，仙伯离蓬岛 ………………… (1016)
虞美人　香烟绕遍兰堂宴，香鸭珠帘卷 ………………… (1016)
虞美人　寿香烟篆金炉细，寿酒邀宾至 ………………… (1016)
虞美人　香云佳气交盘结，又庆生申节 ………………… (1017)
虞美人　昨宵南极星光现，今日开华宴 ………………… (1017)
阮郎归　良辰佳景列华筵，笙歌奏管弦 ………………… (1017)
阮郎归　谢娘诗礼有家风，吹窗清昼同 ………………… (1018)
阮郎归　薰风吹尽不多云，晓天如水清 ………………… (1018)
杨道居【补辑】 …………………………………………… (1019)
蝶恋花　气禀五行天与秀 …………………………… (1019)
史佐尧【补辑】 ………………………………………… (1020)
苏幕遮　柳垂金，梅褪玉 ………………………………… (1020)
徐去非【补辑】 ………………………………………… (1021)
满庭芳　凤历书元，龟图画泰，瑞蓂两两初开 ……………… (1021)

锦被堆　一种两容仪，红共白、交映南枝 ………………（1021）
卷珠帘　祥景飞光衮绣 ……………………………………（1022）
舒大成【补辑】……………………………………………（1023）
点绛唇　祝寿筵开，华堂深映花如绣 ……………………（1023）
贾少卿【补辑】……………………………………………（1024）
临江仙　月寺星轺尘梦断，如今平地仙人 ………………（1024）
陆汉广【补辑】……………………………………………（1025）
江城子　绿莺庭院燕莺啼 …………………………………（1025）
王阜民【补辑】……………………………………………（1026）
临江仙　家法从来师静治，赵张高掩前踪 ………………（1026）
霍安人【补辑】……………………………………………（1027）
感皇恩　十月小春天，梅飘香细 …………………………（1027）
醉蓬莱　正朱明时候，院宇清和，庆逢佳节 ……………（1027）
满庭芳　桐叶霜干，芦花风软，晓来一色新秋 …………（1028）
张　埴【补辑】……………………………………………（1029）
失调名　玉宇风清，金茎露爽，五日新秋 ………………（1029）
浣溪沙　水上轻盈步月明，凌波仙子袜生尘 ……………（1029）
希　叟【补辑】……………………………………………（1030）
瑞鹤仙　燕堂秋未老 ………………………………………（1030）
沈元实【补辑】……………………………………………（1031）
水调歌头　金关五云里，玉座太微间 ……………………（1031）
游子蒙【补辑】……………………………………………（1032）
满江红　春玉苍山，屏星暖、佳辰难得 …………………（1032）
满江红　雪坞霜林，一夜报、春归消息 …………………（1032）
贾　逋【补辑】……………………………………………（1033）
清平乐　薰梅染柳，借得东君手 …………………………（1033）
吴文若【补辑】……………………………………………（1034）
蝶恋花　玉宇生凉秋恰半 …………………………………（1034）
去　非【补辑】……………………………………………（1035）
满庭芳　龙角辉春，蛾春惊晓，梦兰金翠屏开 …………（1035）

潘熊飞【补辑】……………………………………………………（1036）
南乡子　十日后重阳，甘菊阶前满意黄……………………（1036）
黄庭佐【补辑】……………………………………………………（1037）
水调歌头　露着桂枝晓，霜护菊篱秋　……………………（1037）
赵　□【补辑】……………………………………………………（1038）
失调名　寸心千里　…………………………………………（1038）
吴　氏【补辑】……………………………………………………（1039）
失调名　剪新幡儿，斜插真珠髻　…………………………（1039）
南乡子　楼台里，春风淡荡　………………………………（1039）
南乡子　乍卷珠帘新燕入　…………………………………（1039）
多　丽　几声天外归鸿　……………………………………（1039）
渔家傲　鶗鴂一声初报晓　…………………………………（1040）
周笃文补佚……………………………………………………（1041）
善　昭……………………………………………………………（1041）
十二时　第一决，接引无时节……………………………（1041）
三玄句　…………………………………………………（1042）
十二时　正中来，金刚宝剑拂天开　………………………（1042）
捣练子　或直指，或巧施，解道前纲出后机　……………（1043）
捣练子　言不拘，理不制，正显无功亡渐次　……………（1048）
捣练子　世间人，多无智，不解思量是非起　……………（1051）
捣练子　不从天，不从地，横竖长空无壅滞　……………（1052）
捣练子　一字歌，百万偈，的的相传传子细　……………（1055）
捣练子　有螺筋，有蚌结，皴皴皵皵身爆烈　……………（1057）
捣练子　不装点，勿舒功，能遮劫坏鼓南风　……………（1059）
捣练子　报禅流，猛提取，渡水登山且依怙　……………（1060）
捣练子　软如绵，硬似铁，一片真心常皎洁　……………（1062）
捣练子　常皎洁，体无瑕，随机引接称僧家　……………（1063）
十二时　第一玄，照用一时全　……………………………（1064）
十二时　第一要，根境俱亡绝朕兆　………………………（1064）
十二时歌　鸡鸣丑，百福庄严莫自守　……………………（1065）

重　显 ……………………………………………………（1068）
捣练子　天石麟，岂轻献，日角月角藏亿万 ………（1068）
捣练子　松不直，棘不曲，谁笑卞和三献玉 ………（1068）
捣练子　靡羁束，何必云，素范还真规复复 ………（1068）
十二时　平旦寅，眹兆之前已丧真 …………………（1069）
慈　明 ……………………………………………………（1073）
十二时　第一玄，三世诸佛拟何宣 …………………（1073）
捣练子　北山南，南山北，日月双明天地黑 ………（1075）
法　远 ……………………………………………………（1076）
十二时　九首 ………………………………………………（1076）
（一）　宾中宾，双眉不展眼无筋 ………………（1076）
（二）　宾中主，尽力追寻无处所 ………………（1076）
（三）　主中宾，我家广大实难论 ………………（1076）
（四）　主中主，七宝无亏金殿宇 ………………（1077）
（五）　正中偏，空劫迢迢本寂然 ………………（1077）
（六）　偏中正，浩浩尘中劫清净 ………………（1077）
（七）　正中来，顶后圆光耀古台 ………………（1077）
（八）　兼中至，妙用纵横休拟议 ………………（1078）
（九）　兼中到，格外明机长节操 ………………（1078）
方　会 ……………………………………………………（1079）
十二时　第一妙，古老门风甚奇要 …………………（1079）
法　眼 ……………………………………………………（1081）
十二时　山中行，携篮采蕨称幽情 …………………（1081）
可　真 ……………………………………………………（1082）
十二时　宾中宾，出语不相因 ………………………（1082）
东山简禅师 ………………………………………………（1083）
十二时（减字）　第一诀，真卓绝 ……………………（1083）
法昌倚遇禅师 ……………………………………………（1084）
十二时（减字）　第一诀，衲里三斤铁 ………………（1084）

慧　南 ……………………………………………………………（1085）
捣练子　游江海，涉山川，寻师访道为参禅 ……………（1085）
捣练子　得不得，传不传，归根得旨复何言 ……………（1085）
捣练子　千般说，万般谕，只要教君早回去 ……………（1085）
应　瑞 ……………………………………………………………（1087）
鹧鸪天　六合倾翻劈面来，暂披麻缕混尘埃 ……………（1087）
怀　祥 ……………………………………………………………（1088）
捣练子　南山高，北山低，日出东方夜落西 ……………（1088）
慧　空 ……………………………………………………………（1089）
捣练子　南询歌　三首 ………………………………………（1089）
（一）南询士，标致殊 ………………………………………（1089）
（二）作者前，致一问，分明直得绳床震 ……………（1089）
（三）佛祖言，甚热椀，一剑当头百非划 ……………（1089）
捣练子　送僧　四首 ………………………………………（1090）
（一）空王子，出空门，敏于选佛讷于言 ……………（1090）
（二）龙虎榜，辉乾坤，一字元无作么分 ……………（1090）
（三）有惊群，有独脱，可中丹桂和根拔 ……………（1090）
（四）只如剑，成家活，不犯锋铓有生杀 ……………（1091）
捣练子　禅人求偈　四首 …………………………………（1091）
（一）禅家流，悟自己，开眼曹溪十万里 ……………（1091）
（二）渴转渴，水又非，抬头不觉雁南飞 ……………（1091）
（三）或行棒，或行喝，棒喝交驰如电掣 ……………（1091）
（四）地神恶，天神悦，陕府铁牛得一橛 ……………（1092）
周裕锴补佚 ……………………………………………………（1093）
昙　颖 ……………………………………………………………（1093）
渔家傲　忆昔药山生一虎，朱泾船上寻人度 ……………（1093）
惠　洪 ……………………………………………………………（1094）
浣溪沙　但见杯中春泼面，不知门外雨翻盆 ……………（1094）
浣溪沙　短李貌和髯似棘，王郎耳热气如霓 ……………（1094）
浣溪沙　俊词方觉春照眼，秀句忽惊丝出盆 ……………（1095）

浣溪沙　落笔新诗敏风雨，捻鬚豪气划虹霓 …………………… (1095)
浣溪沙　道乡是宅扶归路，法喜为妻笑鼓盆 …………………… (1095)
浣溪沙　醉里两篇开烂锦，雨前千丈挂穹霓 …………………… (1096)
浣溪沙　幽梦惊回烟雾帐，清泉起弄雪花盆 …………………… (1096)
浣溪沙　绿髮笔端能吐凤，雪髯胸次尚盘霓 …………………… (1096)
浣溪沙　句健未须缠法律，饮豪那暇较瓶盆 …………………… (1097)
浣溪沙　八篇俊逸狂时语，五色光芒雨后霓 …………………… (1097)
浣溪沙　人归西崦步翠麓，月出东峰涌玉盆 …………………… (1098)
浣溪沙　众□俯看显旋磨蚁，忠义平生贯日霓 …………………… (1098)
浣溪沙　世事回头惊破甑，年华脱手堕空盆 …………………… (1098)
浣溪沙　□寨词锋盘屈剑，汲川酒胆倒垂霓 …………………… (1099)
浣溪沙　毳帽驼裘一尾轻，半开便面气如春 …………………… (1099)
浣溪沙　十分春压能眠柳，一再风撩解笑花 …………………… (1100)
净　珪 ……………………………………………………………… (1101)
渔家傲　咄这渔翁何调度，上无片瓦遮风雨 …………………… (1101)
妙　崧 ……………………………………………………………… (1102)
渔家傲　活计从来无寸土，轻舟荡漾芦花浦 …………………… (1102)
慧　远 ……………………………………………………………… (1103)
渔父词　咄遮川僧能蕴苴，杖挑一担敲门瓦 …………………… (1103)
渔父词　六十山藤真重赏，蒲鞋眼正分龙象 …………………… (1103)
渔父词　发足南方明自己，白莲峰顶逢穿耳 …………………… (1104)
渔父词　不向芦花深处卧，移舟尽在波心过 …………………… (1104)
义　青 ……………………………………………………………… (1106)
渔　父　一泛孤舟无寸土，那愁王役差门户 …………………… (1106)
渔　父　晓来风静烟波定，徐摇短艇资闲兴 …………………… (1106)
子　淳 ……………………………………………………………… (1107)
渔家傲　四海无家何拘碍，垂丝坐对烟雾霭 …………………… (1107)
渔家傲　潦倒渔翁无一解，苍苍雪鬓知何载 …………………… (1107)
渔歌子　凛凛严风彻骨寒，扁舟轻泛碧波澜 …………………… (1108)
渔歌子　渔父从来性本宽，满船钓得未为欢 …………………… (1108)

渔父词 鹤发渔翁岁莫论,桑田几变尔常存 ……………… (1108)
渔父词 举目虽亲无可攀,翛鱼独对水云闲 ……………… (1109)
渔父词 青虚为钓复为钩,断索篮儿没底舟 ……………… (1109)
渔父词 轻泛兰舟入海涯,抛钩掷线莫迟疑 ……………… (1109)
渔父词 钓尽江湖晓色分,数声羌笛韵凌云 ……………… (1110)
十二时 正中偏,三更初夜月明前 ……………………… (1110)
正 觉 ………………………………………………………… (1112)
渔歌子 欲渡长芦与琛上人渔家词 ……………………… (1112)
渔歌子 一苇江头老白眉,而今问讯慰相思 ……………… (1112)

彭芳远

彭芳远,生平事迹不详。

满江红

风前断笛平韵

愁满关山,又吹得、芦花雪深。西楼外、天低水涌,龙挟秋吟。回首人间无此曲,数峰江上落馀音。似断云、飞絮两悠悠,何处寻。　江南路,晴又阴,声韵改,泪盈襟。自中郎去后[1],羽泛商沉[2]。牛背斜阳添别恨,鸾胶秋月续琴心[3]。待醉骑、黄鹤度苍寒,霜满林。

(元《草堂诗馀》卷中)

[注释]

①中郎:蔡邕,人称蔡中郎,妙解琴笛。　②羽商:音乐调名,泛指音乐。　③鸾胶:传说用凤喙麟角合煎制成的一种胶,可以续断弦。见《汉武外传》。

戴山隐

戴山隐，生平不详。

满江红

风前断笛

醉倚江楼，长空外、行云遥驻[①]。甚凄凉孤吹，含商引羽[②]。薄夜冷侵沙浦雁，老龙吟彻寒潭雨[③]。蓦凉飙、一阵卷潮来，惊飞去。　重欲听，知何处。谁为我，胡床据。谩寻寻觅觅，凝情如许。旧日山阳空有恨[④]，杏花明月今谁赋。恐凭阑、人有爱梅心，空愁伫。

（元《草堂诗馀》卷中）

[注释]

①行云："响遏行云"缩语，形容笛声悠美。　②商羽：音调中的五音之二。　③老龙吟彻：形容笛声如龙吟。　④"旧日山阳"句：山阳，今河南修武县，嵇康旧庐所在。向秀与嵇康善，嵇康被司马昭杀害后，向秀经其山阳旧居，闻邻笛而作《思旧赋》。后以"山阳闻笛"为对已故旧友的悼念。

李裕翁

李裕翁,生平不详。

摸鱼儿

春　光

计江南、许多风景,繁华只在晴昼。些儿淡沲冲融意[①],到处粘花著柳[②]。疏雨后。更艳艳绵绵,泼眼浓如酒。飞浮宇宙。但借日浮香,随烟著物,巧笔画难就。

惆怅处,曾记苏堤携手[③]。十年惊觉回首。苍埃霁景成阴晦[④],湖水湖烟依旧。凝望久。问燕燕莺莺,识此年华否。长门别有[⑤]。脉脉断肠人,柔情荡漾,长是为伊瘦。

(元《草堂诗馀》卷中)

[注释]

①淡沲(duò):亦作"潭沲"。犹淡荡、荡漾。《全宋词》注:"沲"原作"拖",从《词学丛书》本。　②《全宋词》注:"粘"原作"拈",从《词学丛书》本。　③苏堤:在杭州西湖,苏轼为太守时建。　④霁景:指雨雪过后晴日风景。　⑤长门:本指陈皇后被汉武帝废后所居之宫。后指失宠后妃所居之冷宫。

龙端是

龙端是，生平事迹不详。

忆旧游

题南楼

问南楼月色，十载相疏，何似今宵。旧雨菰蒲国[①]，想波光雁影，远撼沅潇[②]。拟苏堤上杨柳，烟碧为谁摇。叹庾扇尘深[③]，胡床梦浅[④]，翠减香销。　迢迢。谩回首，记酹酒江山，曾共金镳[⑤]。暮色沉西垒，几狂朋来往，舟叶招招。浩歌拍手归去，风月两长桥。算此会何时，刘郎去后多嫩桃[⑥]。　（元《草堂诗馀》卷中）

［注释］

①菰蒲：菰与蒲都是浅水植物。　②沅潇：沅水、潇水，在今湖南境内。　③庾扇尘深：比喻权势者气焰。晋庾亮权重，足倾王导（宰相）。庾在石头，王在冶城坐，大风扬尘，王导以扇拂尘曰："元规（庾亮）尘污人。"见《世说新语》。　④胡床梦浅：庾亮在武昌据胡床，与诸佐吏谈咏竟坐。此代指英才集会。　胡床：指能叠折的坐具。　⑤金镳：马的金勒头。　⑥刘郎：指刘禹锡。刘禹锡《戏赠看花诸君子》："玄都观里桃千树，尽是刘郎去后栽。"

萧东父

萧东父,生平不详。《乐府纪闻》云:“鄱阳姜尧章流寓吴兴……萧东父尤爱其词,以其兄之子妻焉。”

齐天乐

扇鸾收影惊秋晚,梧桐又供疏雨。翠箔凉多①,绣囊香减,陡觉簟冰如许②。温存谁与。更禁得荒苔,露蛩相诉③。恨结愁萦,风刀难剪几千缕。　闲思前事易远,怅旧欢无据,月堕湘浦。软玉分裯④,腻云侵枕⑤,犹忆喷兰低语。如今最苦。甚怕见灯昏,梦游间阻。怨杀娇痴,绿窗还嚏否⑥。

(元《草堂诗馀》卷中)

[注释]

①翠箔(bó):绿色的珠帘。　②簟(diàn):竹席。　③蛩(qióng):蟋蟀。　④裯:被单。　⑤腻云:指女子的鬓髻。　⑥嚏(tì):喷嚏。俗传,为人所念则打喷嚏。

[集评]

卓人月云:“念得舌尖儿碎,你难道喷嚏儿不打一个,耳朵儿不热一回。此吴歌妙句,不意宋人先得之。然嚏字亦不始于此词。《诗》云:‘愿言则嚏’。”(《词统》卷十四)

况周颐云:“‘软玉分裯,腻云侵枕,犹忆喷兰低语。’秾艳极矣,却不堕恶趣。下云:‘如今最苦。甚怕见灯昏,梦游间阻。’极合疏密相间法。”(《蕙风词话》卷三)

王从叔

王从叔，号山樵，庐陵（今江西吉安）人。其他不详。

昭君怨

门外春风几度，马上行人何处。休更卷朱帘，草连天。　　立尽海棠花月，飞到荼蘼香雪。莫怪梦难成，梦无凭。

[集评]

陈廷焯云："节短音长，小令隽品。"（《词则·大雅集》卷四）

阮郎归

风中柳絮水中萍，聚散两无情。斜阳路上短长亭①，今朝第几程。　　何限事，可怜生，能消几度春。别时言语总伤心，何曾一字真。

[注释]

①短长亭：古时设在路边供行人休息的亭舍。

[集评]

陈廷焯云："景中带情，屏去浮艳。"（《词则·闲情集》卷二）

况周颐云："王山樵《阮郎归》云：'别时言语总伤心，何曾一字真。'前人或摘为警句。余嫌其说得太尽，且'心''真'非韵。"（《蕙风词话》卷三）

南柯子

苦　雨

碧树留云湿，青山似笠低[①]。鹧鸪啼罢竹鸡啼。不晓天天何意、要梅肥。　　昨日穿新葛，今朝御夹衣。思家怀抱政难为[②]，只恐归来憔悴、却羞归。

[注释]

①笠：斗笠，雨具。　②政：通“正”。

浣溪沙

梅

水月精神玉雪胎[①]，乾坤清气化生来。断桥流水领春回。　　昨夜醉眠苔上石，天香冉冉下瑶台。起来窗外见花开。

[注释]

①玉雪胎：形容白梅形貌如雪如玉。

秋蕊香

用清真韵

薄薄罗衣乍暖，红入酒痕潮面[①]。絮花舞倦带娇眼，昨夜平堤水浅。　　故人信断风筝线，误归燕。梦魂不怕山路远，无奈棋声隔院。　　（以上元《草堂诗馀》卷中）

[注释]

①酒痕潮面：指饮酒面红。

吴元可

吴元可，号山庭，禾川（今江西永新）人。其他不详。

凤凰台上忆吹箫

秋意

更不成愁，何曾是醉，豆花雨后轻阴。似此心情自可，多了闲吟。秋在西楼西畔，秋较浅、不似情深。夜来月，为谁瘦小，尘镜羞临[①]。　弹筝，旧家伴侣，记雁啼秋水，下指成音。听未稳、当时自误，又况如今。那是柔肠易断，人间事、独此难禁。雕笼近，数声别似春禽。

［注释］

①尘镜：指湖水平如镜。

扬州慢

初秋

露叶犹青，岩花迟动[①]，幽幽未似秋阴。似梅风带溽[②]，吹度长林。记当日、西廊共月，小屏轻扇，人语凉深。对清觞，醉笑醒颦，何似如今。　临高欲赋，甚年来、渐减狂心。为谁倚多才，难凭易感，早付销沉。解事张郎风致[③]，鲈鱼好、归听吴音。又夜阑闻笛，故人忽到幽襟。

［注释］

①岩花：山岩上的花。　②溽（rù）：炎热天气，湿气熏蒸。　③张郎：指张翰。《世说新语·识鉴》：“张季鹰（即张翰）辟齐王东曹掾，在洛，见

秋风起,因思吴中菰菜、莼羹、鲈鱼脍,曰:‘人生贵得适意耳,何能羁宦数千里以要名爵!’遂命驾便归。”

采桑子

春 夜

江南二月春深浅,芳草青时,燕子来迟,剪剪轻寒不满衣。　　清宵欲寐还无寐[①],顾影颦眉[②],整带心思,一样东风两样吹。

[注释]

①唐氏按:“还无寐”三字原缺,据《词学丛书》本元《草堂诗馀》补。　②颦眉:皱眉。

[集评]

陈廷焯云:“‘一样东风两样吹’,轻隽语,自是元人手笔。”(《白雨斋词话》卷六)

浪淘沙

浅约未曾来,一径苍苔。缃桃无数棘花开[①]。怪得闭门机杼静,挑菜初回。　　幽树鸟声催,欲去徘徊。□□别久易相猜[②]。幽绪一晴无处著,戏打青梅。

(以上元《草堂诗馀》卷下)

[注释]

①缃(xiōng):浅黄色。　②唐氏按:空格原无,据《词学丛书》本元《草堂诗馀》补。

李太古

李太古，古芸人。生平事迹不详。

永遇乐

玉砌标鲜，雪园风致，似曾相识。蝉锦霞香[1]，乌丝云湿，吹渴蟾蜍滴[2]。青青白白，关关滑滑，寒损铢衣狂客[3]。尽声声、不如归去，归也怎生归得。　含桃红小，香芹翠软，惆怅宜城山色[4]。百折浮岚，几湾流水，那一些儿直。落花情味，露花魂梦，蒲花消息。抚纤眉，织乌西下[5]，为君凝碧。

［注释］

①蝉锦：薄如蝉翼的绸衣。　②蟾蜍滴：蟾蜍砚的注水口。"渴水双蟾窥海涸"，范成大《蟾砚》诗句。　③铢衣：衣之最轻者。多指舞衫。　④宜城：在今湖北境内。唐时为宜城县。　⑤织乌：太阳升降如织。

恋绣衾

橘花风信满院香。摘青梅、犹自怕尝。向绿密、红疏处，喜相逢、飞下一双。　堪怜堪惜还堪爱，唤青衣、推上绣窗[1]。暗记得、凭肩语，对菱花、啼损晚妆。

［注释］

①青衣：代指婢女。

南歌子

月下秦淮海[1]，花前晏小山[2]。二仙仙去几时还。留得月魂花魄、在人间。　　河汉流旌节[3]，天风袅珮环。满空香雾湿云鬟。何处一声横笛、杏花寒。

[注释]

①秦淮海：北宋词人秦观，号淮海居士。　②晏小山：北宋词人晏几道，号小山。　③旌节：旗帜仪仗。

虞美人

西风海色秋无际，双泪如铅水。白羊成队梦初平[1]，挂杖敲云、云外晓鸿惊。　　小琼闲抱银筝笑，问有芳卿否。玉书分付莫开封，明日人间临水、拾流红[2]。

[注释]

①初平：仙人黄初平。牧羊时不见羊，一声呵斥，白石皆成白羊。见葛洪《神仙传》。　②流红：指红叶题诗的故事。

卜算子

梦中作

尽道是伤春，不似悲秋怨。门外分明见远山，人不见，空肠断。　　朝来一霎晴，薄暮西风远。却忆黄花小雨声，误落下、三四点。　　（元《草堂诗馀》卷下）

黄子行

黄子行，号蓬瓮，修水（今江西修水）人，寓籍分宜。黄庭坚之诸孙。有《蓬瓮寐语》，今佚。能自度曲，尚用典。

西湖月

自度商调

湖光冷浸玻璃，荡一饷薰风，小舟如叶。藕花十丈，云梳雾洗，翠娇红怯。壶觞围坐处，正酒醁吹波红映颊[①]。尚记得、玉臂生凉，不放汗香轻浃。　殢人小摘墙榴[②]，为碎掐猩红，细认裙褶。旧游如梦，新愁似织，泪珠盈睫。秋娘风味在[③]，怎得对银釭生笑靥。消瘦沈约诗腰[④]，仿佛堪捻。

[注释]

①酒醁（lù）：美酒。　②殢人：愁人。“殢人含笑立尊前”，柳永《玉胡蝶》中语。　③秋娘：谢秋娘，唐宪宗时美人，此泛指美女、歌伎。　④沈约诗腰：沈约，南朝梁文学家。曾因瘦，写信与徐勉曰“百日数旬，革带常欲移孔”。后以沈腰代称人瘦。

西湖月

探　梅

初弦月挂林梢，又一番西园[①]，探梅消息。粉墙朱户，苔枝露蕊[②]，淡匀轻饰。玉儿应有恨[③]，为怅望东昏相记忆[④]。便解珮、飞入云阶，长伴此花倾国。　诗腰瘦损刘郎，记立马攀条，倚阑横笛。少年风味，拈花弄蕊，爱香怜色。扬州何逊在，试点染吟笺留醉墨。谩赢得、疏影寒窗,夜深孤寂。

[注释]

①西园:本建安时曹操所建,在邺都。后泛指高贵园林。 ②苔枝:梅树上有苔。 ③玉儿:指玉奴,南朝齐东昏侯潘妃的小名。 ④东昏:指南朝齐东昏侯萧宝卷。

贺新郎

冰 箸[1]

开遍寒梅萼。正东皇、排酥砌玉[2],幻成楼阁。十万琼琚仙女队[3],来趁春光游乐。向醉里、玉簪轻落。零乱不知何处去,甚人间、一夜东风恶。吹起在,画檐角。
参差向晓森如削。似吴姬、妆残粉指,向人垂著。好似西园春笋瘦[4],红锦棚儿乍剥[5]。且莫遣、儿童敲却。拟办羔儿香瓮酒,唤刘叉、来醉尊前约[6]。吟好句,再描摸。

[注释]

①冰箸:冰柱。形似筷子。 ②东皇:春神。一谓天帝。 ③琚(jū):佩玉。 ④西园:原为曹操所建之庭园,后泛指高贵园林。 ⑤红锦棚儿:指红笋壳。 ⑥刘叉:唐诗人,嗜酒成狂。有《冰柱》、《雪车》诗,风格诡异。

满江红

归自湖南题富春馆

津鼓匆匆,犹记得、故人相送。春江上、鸟啼花影,马嘶香鞚[1]。情逐阳关金缕断[2],泪和杨柳春丝重。算别来、几度月明时,相思梦。 山万叠,愁眉耸。春一点,归心动。问风俦月侣[③]，有谁游从。百里家山明日到，一尊芳酒今宵共。任楼头、吹尽五更风，梅花弄。

［注释］

①鞚（kòng）：有嚼口的马络头。　②阳关：关名，在今甘肃敦煌县西南，为通西域要隘，用作别离的典实。　③俦：伴侣、同辈。

花心动

落　梅

谁倚青楼，把谪仙长笛，数声吹裂。一片乍零[①]，千点还飞，正是雨晴时节。水晶帘外东风起，卷不尽、满庭香雪。画阑小，斜铺乱贴，翠苔成缬[②]。　　袅袅馀香未歇。空怅望音尘，两眉愁切。翠袖泪干，粉额妆寒[③]，此恨有谁同说。江南春信无痕迹，馀情在、冷烟残月。梦魂远，兰灯伴人易灭。

［注释］

①乍零：乍落。　②缬（xié）：指色彩斑斓的落花。　③粉额妆：指梅花妆。

小重山

一点斜阳红欲滴。白鸥飞不尽，楚天碧。渔歌声断晚风急。搅芦花，飞雪满林湿。　　孤馆百忧集。家山千里远，梦难觅。江湖风月好休拾。故溪云，深处著蓑笠[①]。

（以上元《草堂诗馀》卷下）

［注释］

①著蓑笠：指隐居山野。

龙紫蓬

龙紫蓬,生平事迹不详。

齐天乐

题滕王阁①

雨帘云栋重寻处,青红半空飞去。槛影侵鸥,檐光送雁,摇荡秋容千里。歌珠舞翠。怎禁得无情,一江流水。可是西山,半眉新绿向人觑②。　　千年留下剩赏,尽登临无限,须付才思。坏堞闲愁③,危樯往恨,欲拍阑干无路。新碑旧记。更今古匆匆,一番兴废。立尽斜阳,共谁评半语。

(元《草堂诗馀》卷下)

[注释]

①滕王阁:在今江西南昌。因唐王勃的《滕王阁序》而名传于世。　②半眉:指新月。　③堞:城上矮墙,女墙,此指城墙。

萧允之

萧允之，号竹屋。其他不详。

渡江云

春感用清真韵

蔷薇开欲谢，峭寒渐少，轩槛俯晴沙。先来愁未了，又听一声，新阕落渔家[①]。徘徊伫立，似玉笛、三弄昭华[②]。春昼长、暗怀谁写，戏墨乱翻鸦[③]。　吁嗟。诗情犹隽，酒兴偏豪，记南楼月下[④]。曾共乐、沉烟绮席，烛影窗纱。秾香秀色知何处，甚忘却、堤柳汀葭。空惆怅，无人共采蘋花。

[注释]

①新阕：代指新歌、新词。　阕：一段、一首。　②昭华：玉笛名。见《晋书·律历志》。　③戏墨乱翻鸦：谦称自己的书法不高，犹如涂鸦。　④南楼：泛指好友相聚之处。

满江红

雨中有怀

冷逼疏帘，浑不似、今春寂寞。风雨横，赏心欢事，总如云薄。柳眼花须空点缀[①]，莺情蝶思应萧索。但绕庭、流水碧潺潺，车音邈[②]。　怀往事，孤素约[③]。酒未饮，愁先觉。甚中年滋味，共谁商略[④]。芳草易添闲客恨，垂杨难系行人脚。谩几回、吟遍夕阳红，阑干角。

[注释]

①柳眼:新生的柳芽。 ②邈:远。 ③孤素约:违约。素,通“夙”。④商略:商量。

琐窗寒

细雨收尘,轻寒弄日,柳丝掠道。桃边杏处,犹记玉骢曾到[①]。对东风、回首旧游,香销艳歇无音耗。怅佳人、有约难来,绿遍满庭芳草。 愁抱。沉吟久,翠珥金钿[②],为何人好。回文细字,尘暗当年纤缟[③]。倚阑干、斜阳又西,欢期易失春易老。待何时、再觅珍丛,共把清尊倒。

[注释]

①玉骢:马的美称。 骢:青白色的马。 ②珥(ěr):女子珠玉耳饰。 ③缟:白色的绢。

蝶恋花

十幅归帆风力满。记得来时,买酒朱桥畔。远树平芜空目断,乱山惟见斜阳半。 谁把新声翻玉管。吹过沧洲[①],多少伤春怨。已是客怀如絮乱,画楼人更回头看。

[注释]

①沧洲:滨水之处。古时多指隐居处。

虞美人

朱楼曾记回娇盼,满坐春风转。红潮生面酒微醺,一曲清歌留住、半窗云。　　大都咫尺无消息，望断青鸾翼[1]。夜长香短烛花红，多少思量只在、雨声中。

[注释]

①青鸾：青鸟，此指信使。

点绛唇

记　梦

花径相逢，眼期心诺情如昨。怕人疑著，佯弄秋千索。　　知有而今，何似留初莫。愁难托，雨铃风铎[1]，梦断灯花落。　　（以上元《草堂诗馀》卷下）

[注释]

①风铎：屋檐角的铃铛。

段宏章

段宏章，号懒融，禾川(似即今江西永新)人。其他不详。

洞仙歌

荼蘼

一庭晴雪[①]，了东风孤注。睡起浓香占窗户。对翠蛟盘雨，白凤迎风，知谁见、愁与飞红流处。　想飞琼弄玉，共驾苍烟，欲向人间挽春住。清泪满檀心[②]，如此江山，都付与、斜阳杜宇[③]。是曾约梅花带春来，又自共梨花，送春归去。　(元《草堂诗馀》卷下)

[注释]

①晴雪：代指荼蘼花色白。此花夏初开放。　②檀心：指荼蘼的赭色花心。　③杜宇：古蜀帝名，化为杜鹃，后人因称杜鹃为杜宇。

刘贵翁

刘贵翁，号桂所，庐陵（今江西吉安）人。其他不详。

满庭芳

萍

宫鸟西飞，杨花北去，春风飘向伊谁。盈盈小小，轻薄不堪肥。天付风流到骨，消不尽、流落青池。谁知道，踏歌朝暮，痴绝待渠归[①]。　　愔愔[②]，春似酒，日痕生绀[③]，裙色明漪。笑东家西沼，到处依依。同是东风种得，独无据，飘泊年时。青梅落，水光帘影，小翠立横枝。

（元《草堂诗馀》卷下）

［注释］

①渠：他。　②愔愔（yín）：安静和悦貌。　③绀（gàn）：一种深青带红的颜色。

黄霁宇

黄霁宇,生平事迹不详。

水龙吟

青丝木香①

丽华一握青丝②,金珠粟粟香环里。春窥绮阁③,新妆风舞,铢衣如碎。翠凤苍虬,骑来下界,蝶惊蜂避。甚三生富贵,垂垂晓露,犹凝满身珠翠。　谁共那人结髮,问何时、蹇修为理④。对花一笑,香茸易剪,碎金难缀。半点芳心,乱愁如织,缕丝传意。倩东皇、拂拭新条,更与作、来生计。　（元《草堂诗馀》卷下）

[注释]

①木香:又名青木香,草本。　②丽华:陈后主宠妃张丽华,髮长七尺,其光可鉴。　③绮阁:陈后主起三阁,张丽华居结绮阁,极奢华。　④蹇修为理:蹇修,媒人代称。屈原《离骚》:“我令蹇修以为理。”

刘天迪

刘天迪，号云闲，西昌（今江西泰和）人。其他不详。

齐天乐

严县尹席上和李观我韵[①]

瑞麟香软飞瑶席[②]，吟仙笑陪欢宴[③]。桐影吹香，梅阴弄碧，一味微凉堪荐。停杯缓劝。记罗帕求诗，琵琶遮面。十载扬州，梦回前事楚云远[④]。　　人生总是逆旅，但相逢一笑，如此何限。采石宫袍[⑤]，沉香醉笔[⑥]，何似轻衫小扇。流年暗换。甚新雨情怀，故园心眼。明日西江，斜阳帆影转。

［注释］

①县尹：县长官。　②瑶席：宴席之美称。　③吟仙：对诗人的赞语。　④楚云：喻男女欢会。　⑤采石宫袍：指李白。《旧唐书·文苑传·李白》："尝夜月乘舟，自采石达金陵，旁若无人。"　⑥沉香：沉香亭。　沉香醉笔：指李白在沉香亭为明皇、贵妃所作的《清平乐》三章。

一萼红

夜闻南妇哭北夫

拥孤衾[①]，正朔风凄紧，毡帐夜生寒。春梦无凭，秋期又误，迢递烟水云山[②]。断肠处、黄茅瘴雨，恨骢马[③]、憔悴只空还。揉翠盟孤，啼红怨切，暗老朱颜。　　堪叹扬州十里[④]，甚倡条冶叶，不省春残。蔡琰悲笳[⑤]，昭君怨曲[⑥]，何预当日悲欢。谩赢得、西邻倦客，空惆怅、今古上眉端。

梦破梅花，角声又报春阑[⑦]。

[注释]

①衾:被子。 ②迢递:远貌。 ③骢马:青白色的马,泛指马。 ④扬州十里:指扬州昔日繁华。 ⑤蔡琰:东汉末流落匈奴的蔡文姬。曾作《悲愤诗》、《胡笳十八拍》悲叹身世之苦。 ⑥昭君:指西汉时王昭君,出塞和亲。 ⑦春阑:春尽。

虞美人

春残念远

子规解劝春归去，春亦无心住。江南风景正堪怜，到得而今不去、待何年。 无端往事萦心曲，两鬓先惊绿。蔷薇花发望春归，谢了蔷薇、又见楝花飞[①]。

[注释]

①楝(liàn)花:又称苦楝花。开于暮春,花缀满树,芳香盈庭。花紫色或淡紫色。

[集评]

况周颐云:"'子规'二句,下句淡而松,却未易道得。并上句'解劝''解'字,亦为之有精神。窃谓词学自宋迄元,乃至云闲等辈,清妍婉润,未坠方雅之遗。"(《蕙风词话》卷三)

蝶恋花

日暮杨花飞乱雪，宝镜慵拈[①]，强整双鸳结。烧罢夜香愁万叠，穿花暗避阶前月。 凤尾罗衾寒尚怯，却悔当时，容易成分别。闷对枕鸾谁共说[②]，柔情一点蔷薇血。

[注释]

①慵：懒。 ②枕鸾：即鸾枕，指成对的枕头，亦指绣鸾凤的枕头。

凤栖梧[1]

舞酒妓

一剪晴波娇欲溜[2]。绿怨红愁，长为春风瘦。舞罢金杯眉黛皱，背人倦倚晴窗绣。 脸晕潮生微带酒。催唱新词，不应频摇手。闲把琵琶调未就，羞郎却又垂红袖。

[注释]

①凤栖梧：即《蝶恋花》的别名。 ②一剪晴波：指眼波流转。

[集评]

陈廷焯云："一时情态，曲曲传出。"（《词则·闲情集》卷二）

点绛唇

书 事

一笑相逢，依稀似是桃根旧[1]。娇波频溜，悄可灵犀透。 扶过危桥，轻引纤纤手。频回首，何时还又，微月黄昏后。 （以上元《草堂诗馀》卷下）

[注释]

①桃根：原为王献之妾。后亦作情人泛称。

张半湖

张半湖，生平事迹不详。

满江红

夏

新绿池塘，一两点、荷花微雨。人正静，桐阴竹影，半侵庭户。攲枕未圆蝴蝶梦[①]，隔窗时听幽禽语。卷沙帏、随意理琴丝，黄金缕[②]。　鲛绡扇[③]，轻轻举。龙涎饼[④]，微微炷。向水晶宫里，坐消袢暑[⑤]。剥啄谁敲棋子响，莺儿林里惊飞去。最好是、活水瀹新茶[⑥]，醒春醑[⑦]。

[注释]

①攲(qī)：斜。　②黄金缕：指柳条，即金线柳。　③鲛绡：传说中的海上鲛人所织的绡丝。　④龙涎：龙涎香。　⑤袢暑：酷暑。　⑥瀹(yuè)：泡茶曰瀹。　⑦醑(xǔ)：美酒。

扫花游

柳丝曳绿，正豆雨初晴[①]，水天朱夏。石榴绽也。看猩红万点，倚亭攲榭。锁闼深中[②]，料想酒阑歌罢。日将下。是那处藕花，香胜沉麝。　窗外风竹打。似戛玉敲金[③]，送声潇洒。共观古画。唤石鼎烹茶，细商幽话。宝鸭烟消，天外新蟾低挂[④]。凉无价。又丁东、数声檐马[⑤]。

（元《草堂诗馀》卷下）

［注释］

①豆雨：豆花雨，俗称八月雨为豆花雨。　②闼（tà）：门，小门。　③戛（jiá）：敲击。　④新蟾：新月。　⑤檐马：挂在屋檐下的铁片。

刘景翔

刘景翔,号溪山,安成(今江西安福)人。其他不详。

念奴娇

瑞　香[①]

甚情幻化,似流酥围暖,酣春娇寐。不数锦篝烘古篆[②],沁入屏山沉水。笑吐丁香,紫绡衬粉,房列还同蒂。翠球移影,媚人清晓风细。　　依约玉骨盈盈,小春暖逗,开到灯宵际。疑是九华仙梦冷[③],误落人间游戏。比雪情多,评梅香浅[④]。三白还堪瑞[⑤]。尘缘洗尽,醒来还又葱翠。

[注释]

①瑞香:亦名睡香。冬春之交开花,香气浓烈。　②古篆:指篆字香。　③九华:山名。因有九峰,形似莲花,故名。在今安徽青阳县西南。　④评梅香浅:即比梅更香之意。　⑤三白:降三次雪。

小重山

枕屏风

山翠晴岚曲曲偎[①],红香浮玉醉窝颓。不烦人筑避风台[②]。潇湘路,随意自徘徊。　　春倦怕频催,琵琶私语近、问谁来。春风那隔锦云堆,梦中蝶,飞去又飞来。

[注释]

①晴岚:晴日山林中的光气。　②避风台:飞燕身轻,汉成帝为筑七

宝避风台，加以呵护。

玉楼春

落　花

可怜又误江南景，雨腻风喧愁入暝[①]。依稀碧玉水边魂，憔悴绿珠楼外影[②]。　点点随人飞远近，薄幸相逢情怎忍。年年三月化香尘，天上人间看梦醒。

［注释］

①雨腻风喧：形容风雨之多。　②绿珠：晋石崇妾。石崇被捕，绿珠坠楼以死。

如梦令

独立荷汀烟渚[①]，一霎锦云香雨。似为我无情，惊起鸳鸯飞去。飞去，飞去，却在绿杨深处。

（以上元《草堂诗馀》卷下）

［注释］

①荷汀：长满荷花的水边。

［集评］

陈廷焯云："'似为我无情'五字妙甚。欲去仍留，结意不尽。"（《词则·闲情集》卷二）

周伯阳

周伯阳,号霁海,名暕。即月泉吟社第十九名周暕,号方山,自署识字耕夫,泰州(今江苏泰州)人。

摸鱼儿

次韵送别

又匆匆、月鞭露镫[①],梅花江上归路。海图破碎来时线,何似彩衣低舞。风雪暮。正望断青山,一髮云横处。浩歌独举。便想见迎门,牵衣儿女,总是旧眉妩。　阳关曲[②],挥洒紫薇花露。妙音清远高古。经寒杨柳休轻折,摇动一溪霜雾。邯郸步[③]。笑布袜青鞋,去住知何许。汀鸥沙鹭。若问我重来,明年有约,今日是前度。

[注释]

①月鞭露镫:比喻日夜兼程赶路。　②阳关曲:指离别。　③邯郸步:比喻模仿他人不成,反而丧失自己原有的本领。见《庄子·秋水》。

春从天上来

武昌秋夜

浩荡青冥[①],正凉露如洗,万里虚明。鼓角悲健[②],秋入重城。仿佛石上三生[③]。指蓬莱云路,渺何许、月冷风清。倚南楼、一声长笛,几点残星。　西风旧年有约,听候蛩语夜,客里心惊。红树山深,翠苔门掩,想见露草疏萤。便乘风归去,阑干外、河汉西倾。笑淹留,划然孤啸,云白天青。　(以上二首见元《草堂诗馀》卷下)

[注释]

①青冥:青空。　②悲健:悲壮。　③石上三生:借指因缘前定。传说唐李源与惠林寺僧圆观友善。圆观与李约定,待彼死后十二年,于杭州天竺寺相见。及期李源如约前往,见一牧童,即是圆观托身,且作歌曰:“三生石上旧精魂,赏月吟风不要论。惭愧情人远相访,此身虽异性长存。”歌毕别去。见《甘泽谣·圆观》。

尹公远

尹公远,号琴泉。其他不详。

尉迟杯

题卢石溪响碧琴所

冰弦语,在竹树、院落深深处。当年野草闲花,何许浮云飞絮。征鸿止止,纵汗漫、游人远回顾[①]。迟琼楼、五色帘开[②],唤醒玄鹤飞舞[③]。　何事梦断湖山,尚九里松声[④],八月潮怒。三十年馀池台泪,应不为、花奴羯鼓[⑤]。想天上、群仙老矣,甚比似、人间更愁苦。倩画阑、留住西风,莫教愁入云去。[⑥]

[注释]

①汗漫:漫无边际。 ②迟:待。 ③玄鹤:旧传鹤千年而色黑。 ④九里松:地名,在西湖。 ⑤花奴:唐玄宗时汝阳王李进小字,善羯鼓,明皇特钟爱。 ⑥词后原注:溪翁琴皆浙音,故云。

齐天乐

赠卢天隐

江湖千里秋风客,翩然白云黄鹄。石鼎烟霏[①],篆书红湿[②],随处菊香泉绿。幅巾野服。尽扫叶开门,抱琴听瀑。何事蓬壶,归来犹待海涛陆[③]。　卢鸿旧时隐处,想斜阳草树,水榭云屋。麈尾玄玄[④],笔花语语,剪尽雨窗残烛。黄庭误读[⑤]。且东老留诗[⑥],采和歌曲[⑦]。后日重寻,洞天三十六。　(元《草堂诗馀》卷下)

[注释]

①石鼎:煎茶之石炉。"石鼎初煎若聚蚊",见皮日休《冬晓章上人院诗》。　②篆书:篆香上旋貌。　③海涛陆:沧海为陆地。　④麈尾玄玄:执拂尘而玄谈,为高士风度。　⑤黄庭:道书名。　⑥东老:指苏东坡。　⑦采和:蓝采和,八仙之一,善吹笛。

李天骥

李天骥，字仁飞，庐陵(今江西吉安)人。其他不详。

摸鱼儿

灯　花

又何须、向明还灭，寒花点缀孤影[①]。玉龙度海吹鱼浪[②]，烟淡宝钗横鬓。斜又整。是虫滴骊珠[③]，两两相交颈[④]。夜长人静。恁玉果低抛[⑤]，金钱暗卜，此意有谁领。

欢娱事，料想凭伊先应。帕绡新泪犹凝。银篦未忍轻挑下，只恐暗风吹烬。重记省。怕莫是、明朝有个青鸾信。怎知无定。算只解窥人，人孤影只，成瘦又成病。

(元《草堂诗馀》卷下)

[注释]

①寒花：灯花。　②玉龙：玉笛。　③虫：虫虫，人人，皆对情人的昵称。　④交颈：男女欢媾。　⑤玉果：佳果。

刘应几

刘应几，字定叟，安成（今江西安福）人。其他不详。

忆旧游

闻 雁

记铜驼载酒[1]，翠陌吹箫，曾听相呼。不尽离离意[2]，觉柔肠如剪，立马踟蹰。人生似此苍鬓，禁得几声疏。想怨入秋深，愁随天远，满目平芜[3]。　音书未曾寄，正人在燕台，忘却回车。奈菰蒲旧地[4]，山空木落，霜老泉枯。月明仙掌何处，转首失栖乌。待说与云间，潇湘近日风卷湖。

（元《草堂诗馀》卷下）

［注释］

①铜驼载酒：铜驼是洛阳街名，为妓女聚居的繁华之处，风流少年常往来于此。　②离离：忧伤貌。　③平芜：远方低矮的芜草。　④菰蒲：浅水植物，多借指思乡之情。

周孚先

周孚先，号梅心，西昌（今江西泰和）人。其他不详。

木兰花慢

富州道中①

访梅江路远，喜春在、剑川湄②。正雁碛云深，渔村笛晚，茸帽斜攲。旧游不堪回首，更文园、多病减腰围③。惟有秋娘声价，风流仍似前时。　依稀壁粉旧曾题，烟草半凄迷。叹单父台荒④，黄公垆寂⑤，难觅佳期。谁家歌楼催雪，遣夜来、风雨紧些儿。醉后唾壶敲缺⑥，龙光摇动晴漪。

［注释］

①富州：云南富宁之旧称。　②剑川：云南丽州有剑川。　湄：水边。　③文园：代指司马相如。相如有消渴病，故言"多病减腰围"。　④单父台：古名胜，故址在今山东单县南。昔时孔子弟子曾为单父宰。　⑤黄公垆：黄公酒店。嵇康、阮籍等竹林七贤曾与此酣饮。后用作悼念亡友之辞。　⑥唾壶敲缺：敲缺唾壶为叹赏诗文之词，又喻抒发壮志之词。见《晋书·王敦传》。

鹧鸪天

禁　酒

曾唱阳关送客时，临歧借酒话分离①。如今酒被多情苦，却唱阳关去别伊②。　欢会远，渺难期。黄垆门掩昼阴迟。青楼更有痴儿女③，谩忆胡姬捧劝词。

［注释］

①岐:路叉口。 ②别伊:别她。 ③青楼:原指贵族女子居住的楼阁。后常用指妓院。

［集评］

况周颐云:“句中有韵,能使无情有情,且若有甚深之情。是深于情,工于言情者,由意境酝酿得来,非小慧为词之比。”(《蕙风词话》卷三)

蝶恋花

舟舣津亭何处树[①]。晓起珑璁[②],回首迷烟雾[③]。江上离人来又去,飘零只似风前絮。 倦倚蓬窗谁共语。野草闲花,一一伤情绪。明日重来须记取,绿杨门巷深深处。

（元《草堂诗馀》卷下）

［注释］

①舣:舟停泊岸边。 ②珑璁:明洁貌。 ③唐氏按:“雾”原作“树”,从《词学丛书》本。

彭泰翁

彭泰翁,字会心,安成(在今江西安福)人。其他不详。

念奴娇

秋日牡丹

九华惊觉[1],又偷承雨露,羞匀春色。岸蓼汀蘋成色界,未必天香人识。粉涴脂凝,霜销雾薄,娇颤浑无力。黄昏月掩,山城那更闻笛。　应是未了尘缘,重来迟暮,草草西风客。莺燕无情庭院悄,愁满阑干苔积。宫锦尊前,霓裳月下[2],梦亦无消息。嫣然一笑,江南如此风日。

[注释]

①九华:山名。山峰九,形似莲花。　②霓裳:传说唐时的霓裳羽衣舞,本月宫舞曲。

忆旧游

雨中海棠

玉环扶浅醉[1],翠袖笼寒,香汗初融。昨夜残妆在,最难胜珠络[2],都沁铅红[3]。朝云低护深约,蜂蝶不知踪。奈燕子情多,斜飞轻触,泪洒羞容。　重逢。记前度,解剪烛调笙,踏月鸣骢。风入人间远,待尘缘洗尽,飞珮凌空。丁宁为我留住,携酒寿东风。便花谱重修,高堂再赋疑梦中。

［注释］

①玉环：指杨贵妃。此比喻海棠。《明皇杂录》：“明皇登沉香亭召贵妃，贵妃醉未醒，侍儿扶掖而至。明皇赞曰：‘岂妃子醉耶？海棠睡未足耳。’” ②珠络：指海棠上的水珠。 ③铅红：脂粉的红色。古人以铅粉化妆。

拜星月慢

祠壁宫姬控弦可念①

雾罥觚棱②，尘侵团扇，恨满哀弹倦理。控雨笼云，共闲情孤倚。敛娥黛、怕似流莺历历，惹得玉销琼碎。可惜阑干，但苔花沉穗。 算天音、不入人间耳。何人谩、裛损青衫泪③。不是旧谱都忘，厌新腔娇脆。多生不得丹青意④，重来又、花锁长门闭。到夜永、笙鹤归时⑤，月明天似水。

（元《草堂诗馀》卷下）

［注释］

①宫姬：宫女。 控弦：弹奏。 ②罥（juàn）：笼罩。 觚棱：此指宫殿。 ③损：沾湿。 青衫：“江州司马青衫湿”，白居易《琵琶行》中句。 ④不得丹青意：没有得到画家为自己造好像，以至被埋没。此用毛延寿丑化王昭君典。 ⑤笙鹤：吹笙乘鹤，指仙家归去。

曾允元

曾允元,号鸥江,字舜卿,西昌(今江西泰和)人。其他不详。

水龙吟

春　梦

日高深院无人,杨花扑帐春云暖。回文未就[①],停针不语,绣床倚遍。翠被笼香,绿鬟坠腻,伤春成怨。尽云山烟水,柔情一缕,又暗逐、金鞍远。　　鸾珮相逢甚处,似当年、刘郎仙苑[②]。凭肩后约,画眉新巧,从来未惯。枕落钗声,帘开燕语,风流云散。甚依稀难记,人间天上,有缘重见。

[注释]

①回文:指回文诗。前秦苏蕙思其夫,为作织锦回文诗寄之。　②刘郎:指汉代刘晨曾遇仙女的故事。

[集评]

许昂霄云:"开口便是梦境。以下层次极细。'凭肩后约'三句,所谓梦中无限风流事也。"(《词综偶评》)

况周颐云:"起调云:'日高深院无人,杨花扑帐春云暖'从题前摄起题神。以下逐层意境,自能迤逦入胜。其过拍云:'尽云山烟水,柔情一缕,又暗逐金鞍远'。尤极远离惝恍,非雾非花之妙。"(《蕙风词话》卷三)

月下笛

次 韵

又老杨花，浮萍点点[①]，一溪春色。闲寻旧迹。认溪头、浣纱碛。柔条折尽成轻别，向空外、瑶簪一掷。算无情更苦，莺巢暗叶，啼破幽寂。 凝立。阑干侧。记露饮东园，联镳西陌[②]。容销鬓减，相逢应自难识。东风吹得愁似海，谩点染，空阶自碧。独归晚，解说心中事，月下短笛。

[注释]

①杨花浮萍：古传杨花落水化为浮萍。 ②镳（biāo）：马具。即马勒。

齐天乐

次韵赵芳谷曲，有香玉之怨[①]

碧梧枝上占秋信，微闻雨声还惬。虹影分晴，云光透晚，残日依依团箑[②]。阑干一霎。又长笛归舟，乱鸦荒堞[③]。两鬓西风，有人心事到红叶。 娇莲相对欲语，奈莲茎有刺，愁不成折。天上欢期，人间巧意，今夜明河如雪。新宽带结。想宝篆频温，翠奁低揭。雾湿云鬟，浅妆深拜月。

[注释]

①香玉：指所思之少女。 ②团箑（shà）：团扇。 ③堞：城墙上之女墙。

点绛唇

一夜东风，枕边吹散愁多少。数声啼鸟，梦转纱窗晓。　　来是春初，去是春将老。长亭道[1]，一般芳草，只有归时好。（以上元《草堂诗馀》卷下）

[注释]

①长亭：古人送别之处。

[集评]

谢章铤云："真善言离情矣。"（《赌棋山庄词话》卷十二）

况周颐云："看似毫不吃力，政恐南北宋名家未易道得。所谓自然从追琢中出也。"（《蕙风词话》卷三）

存目词

《词综》卷二十八载曾允元《谒金门》"山衔日"一首，据金绳武本《花草粹编》卷六，乃曾揆词。

朱元夫

朱元夫，号好山。其他不详。

沁园春

从臾还亲[①]

心上浮香，轩前度影，约久传梅。奈月意风情，枝南枝北，云婚雨嫁，年去年来[②]。几望溪桥，屡肥芳信[③]，历尽冰霜春自回。朝来报，报梢头儿女，并蒂花开。　佩环飞下妆台[④]。喜今度佳期不用催。羡行李三千，金屏翠幄，仙姿第一，玉骨琼腮[⑤]。雌蝶纷纷，雄蜂逐逐，争道工为使与媒。翁知么，有西楼过雁，暗为徘徊。

（《翰墨大全》乙集卷十七）

[注释]

①从臾：同“怂恿”。《汉书·衡山王传》：“日夜怂臾王谋及事。”鼓动之意。　还亲：迎亲、结婚。　②唐氏按：“去”原误作“法”，此从一百二十七卷本《翰墨全书》。　③肥：茂盛。　④“佩环”句：指仙女下凡。　⑤玉骨琼腮：形容女子肤色洁白、气质优雅。

壶中天

寿贺晓山五十九岁，四月十二日生，先年有横讼[①]

人生有酒，得闲处、便合开怀随意。况对寿、龟仙鹤舞，犹直壶天一醉[②]。蚕麦江村，梅霖院落，立夏明朝是。樽前回首，去年四月十二。　依旧洛里吟窝[③]，华台书隐，心事无怀氏[④]。偃鼠醯鸡空扰扰[⑤]，海月天风谁寄。珠壁祯祥,斗牛光景,预可占斯世。先生出否,明年方六十岁。

(《翰墨大全》丙集卷十四)

[注释]

①横讼:被人无端诬告。 ②壶天:道家称仙境为壶天。 ③吟窝:邵雍居洛阳,名其室曰安乐窝、吟窝。 ④无怀氏:一作"亡怀氏"。传说中我国远古时期部落名。其民安居乐业,鸡犬之声相闻,老死不相往来。 ⑤醯(xī)鸡:小虫名。即蠛蠓。

邵桂子

邵桂子，字德芳，号玄同，淳安（今属浙江）人。咸淳七年（1271）进士，有《雪舟脞语》。其他不详。

沁园春

李娶塘东曾①

知是今年，一冬较暖，开遍梅花。有一朵妖娆，塘之东畔，东君爱惜，云幕低遮。小萼微红，香腮傅粉，把寿阳妆取自夸②。谁知道，忽移来秀水③，深处人家。　清香扑透窗纱，渐仙李秾华无等差。这冰姿一样，玉颜双好，月明静夜，疏影横斜。传语曹林④，须将止渴，结子今番早早些。梅自笑，嗔贺新郎曲，待拍红牙。

（《翰墨大全》乙集卷十七）

[注释]

①"李娶"句：李姓友人娶塘东曾氏女子为妻。　②寿阳妆：梅花妆。宋武帝女寿阳公主，人日卧于含章殿下。梅花落公主额上，成五出花，挥之不去。经三日乃落，宫女奇之，乃效梅花妆。　③秀水：浙江嘉兴之旧称。　④曹林：曹操士兵苦渴。操诓曰前有梅林，其渴顿止。

贺新郎

文总管之清江任①

新雨黄花路。看清江、旌旗千骑，使君东去②。万里归来城头角，吹彻家山旧处。惜洲鹭、留君不驻。白髮遗民壶觞语，笑浣花、邻里来襦袴③。夸见早，恨来暮。

故人只在山中住。记年时、肠断相望,天风海雨。满鬓星星华髮少,君鬓尚今青否。休夸说、神仙官府。玉笥平生清入梦[4],会有时、乘兴携吾侣。就君醉,为君舞。

[注释]

①文总管:不详。 之:赴。 清江:江西县名。 ②使君:州太守。 ③来襦袴:指来了一位富民长官。 襦袴:上衣和裤子。廉范任蜀郡太守有政绩,百姓作歌曰:"……民安作,平生无襦今五袴。"见《汉书·廉范传》。 ④玉笥:仙山名。

满江红

税官之扬州任

离却京华,到这里、二千八百。穷醋大、齐齐整整[1],岂无贷揭[2]。随地平章花与柳,为天评品风和月。只留得、一管钝毛锥[3],一丸墨。 初不是,丝绵帛。又不是,茶盐铁。更有苏州破砚,兔园旧册[4]。一领征衣半尘土,两头箬笠几风雪[5]。问栏头、直得几多钱,从头说。

[注释]

①醋大:亦作"措大"。指贫寒读书人。 ②贷揭:举债。 ③毛锥:毛笔别称。 ④兔园旧册:一种启蒙读物。 ⑤箬笠:用蒲织的斗笠。

百字令

韩知事美任

三年幕画[1],是小试相业,桐阴相谱[2]。协赞雍容心似佛,春在螺山螺浦。白玉无瑕,黄扉倚重,一府中流柱。萧然锦满,扁舟明日归去。 此去南北才名,看青云稳驾，玉阶徐步。共说荆州老长史[3]，宰相须还他做。沙路星明，甘棠人远[4]，无计攀辕住。薰香三祝，苍生正望霖雨。

（以上三首见《翰墨大全》庚集卷十五）

[注释]

①幕画：作为幕僚为府主策划。 ②桐阴：宋代韩亿（河南雍丘人）累官尚书左丞，八子皆贵显，多人为相，世称桐阴世家。 唐氏按："桐"原误作"相"，从一百二十七卷本。 ③荆州老长史：唐韩潮宗，曾任荆州长史。 ④甘棠：歌颂地方好官。原指召伯在棠树下听讼，不烦劳百姓。典出《诗经·召南·甘棠》。

彭子翔

彭子翔,号虚寮,宋末元初人。其他不详。

贺新郎

童养合卺[①]

一点阳春小。傍妆台、梅梢粉嫩,桃花红透。合卺尊前人笑语,银烛两行红补[②]。云正暖、流苏香兽。金屋阿娇元共贮,待玄霜、杵就方成偶[③]。□□□,□□□。
西园扑蝶春风早。看浮花、浪蕊飞尽,娟娟闺秀。柳带菖蒲堪绾结,只绾同心未就。算今夜、心都同了。待阙鸳鸯情似海,锦衾温、说到鸡声晓。头白也,镇相守。

[注释]

①童养:即童养媳。长大成婚。 合卺(jǐn):古代结婚仪式之一。后称结婚为"合卺"。 ②唐氏按:"补"字疑误。 ③玄霜:神话中的仙药。

木兰花慢

贺第二娶[①]

仙家春不老,谁说到、牡丹休。算蛮柳樊樱[②],怎生了得,白傅风流。枝头。摽梅实好[③],奈绿阴、庭户不禁愁。幸有琴中凤语,能通镜里鸾求。 锵璆。杂佩下瀛洲。宝篪紫烟浮。望兰情红盼,三生曾识,一见如羞。绸缪。从今偕老,似柳郎、无负碧云秋[④]。莫倚回文妙手,放教远觅封侯。[⑤]

(以上二首见《翰墨大全》乙集卷十七)

[注释]

①第二娶：指纳妾。 ②蛮柳樊樱：白居易家伎有“樱桃樊素口，杨柳小蛮腰”之称。 ③摽梅：言梅熟而落，宜及时出嫁。见《诗经·召南·摽有梅》。 ④柳郎：指柳毅。 ⑤作者自注：“昔柳毅为牧羊女传书，碧云杯酒，意即相属。后柳三娶崔氏，乃牧羊女化身也。”

千秋岁

寿圆北山六十

重阳来未，谁领黄花意。斟玉醑[①]，歌金缕[②]。云山笼瑞彩，风月熔清气。北山顶，寿星一点光无际。 六十今朝是，甲子从头起。堂堂去，千千岁。是非华表鹤，深浅蓬莱水。翁不管，年年先共黄花醉[③]。[④]

[注释]

①醑：美酒。 ②金缕：词曲名，《金缕曲》。 ③黄花：菊花。 ④唐氏按：以上二首，刘毓盘辑《虚寮词》误以为彭元逊作。

声声慢

寿六十一

萸房初荐[①]，橙子新搓[②]，菊松图下捧金荷。看翁将息，后生似、去年些。更眼前、稚子又多。 鬓绿颜酡，对花醉、把花歌。熙宁安乐好行窝。佳辰虽异，翁此兴、不输他。更如何、欢喜也呵。[③]

[注释]

①萸房：茱萸花房。 ②新搓：新摘。 ③作者自注：“熙宁四年邵尧夫欢喜吟云：‘行年六十二，筋骸未甚老。’”

临江仙

寿六十二

佛说波斯王此岁[①],衰颜羞见河流[②]。翁今丹脸发光浮。毗卢金色界[③],烂熳菊花秋。　七个明朝方九日,年年税在今朝[④]。八千秋老又从头。明朝无尽在,蝴蝶不须愁。

[注释]

①"佛说"句:此引自《楞严经》文。　波斯:伊朗之古称。　②作者自注:"此首楞严。"　③毗卢:佛名,即大日如来。　④税:通"悦",喜乐也。

暗　香

寿停云翁七十。其年,云山风月亭火后重建

停云望极。问秀溪何似,英溪风月。劫火灰飞,又见雕檐照寒碧。何事归来归去,似熙载[①]、江南江北。还又向、殊乡初度。故乡人,却为客[②]。　是则,家咫尺。不是有、莼羹鲈鲙堪忆[③]。从心时节,消得山阴几双屐。莫把放翁笑我,又似忆、平泉花石。篱菊老,梅枝亚,不归怎得。[④]

(以上四首见《翰墨大全》丁集卷一)

[注释]

①熙载:韩熙载,唐末人。后仕南唐,乃从洛阳移居江南。　②唐氏按:"却"原作"劫",改从一百二十七卷本《翰墨全书》。　③莼羹鲈脍:指张翰在洛阳作官,秋天想起家乡的莼菜、鲈羹,于是辞官回家。后为思乡之语。　④作者自注:"山阴屐,忆平泉,皆放翁七十诗。"

百　兰

百兰，姓名生平俱不详。

醉蓬莱

怪柳吟翻雪，梅笑冲寒，郁葱如彩[①]。还是瑶池，宴神仙俦侣。罗幕轻掀，绣帘低揭，按霓裳宫羽。宝炷熏浓，佩环声颤，凤飞鸾舞。　　犹记年时，玉箫吹彻，并驾萧郎[②]，共骖嬴女[③]。旋捧麒麟，种旧家前武[④]。政了摘星天上，早约个、嫦娥住[⑤]。妆点华堂，双扶醉玉[⑥]，黑颇如许。

（《翰墨大全》乙集卷十七）

[注释]

①注者按："彩"字未叶韵，疑误。　②萧郎：指秦穆公时人萧史，善吹箫，能引白鹤孔雀于庭。秦穆公以女弄玉妻之，后两人乘凤凰仙去。③嬴女：指秦穆公之女弄玉。秦国姓嬴。　④前武：前人脚印。　唐氏按："种"疑"踵"误。　踵：踏着。　⑤唐氏按："前武"至此，中有讹缺字。⑥醉玉：带醉的美人。

满庭芳

贺晚生子

有分非难，是缘终合，采来还换须臾。少年培植，春意已敷腴[①]。毕竟花多驻果，坚牢是、蚌老生珠[②]。君知否，今番定也，颇不破璠玙[③]。　　遥知纷瑞霭，十分郎罢[④]，黄溢眉须。便何妨燕喜，剩买欢娱。况侍北堂难老，庭阶映、玉树森如。金荷劝，从教酩酊，扶醉看孙株。

（《翰墨大全》丙集卷三）

[注释]

①敷腴:浓郁、丰满。　②蚌老生珠:形容老年得子。　③璠玙:两种美玉。　④郎罢:闽人称父曰郎罢。

雨中花

贺欧文建楼与桥

饤餖云山[1],挨排烟水,六丁午夜文移[2]。道滁翁孙子[3],欲寄游嬉。高趁鹜霞舒啸,低群鸥鹭忘机。牢笼两下[4],楼乘汗漫[5],桥枕清漪。　灞陵吟畅,岳阳登览,百色都副襟期。还好是、行天马渡,探月人归。倚柱荷香扑面,凭栏桂影侵衣。索梅无便,春风不碍,容我追随。

(《翰墨大全》后丁集卷六)

[注释]

①饤餖:即"饤饾、饾饤",堆砌罗列。　②六丁:火神。　文移:发布公文。　③滁翁:欧阳修知滁州,有《醉翁亭记》。　④牢宠:牢笼天地。"牢笼天地,弹压山川",见《淮南子·本经训》。　两下:犹两间,天地也。　⑤汗漫:天空。

丁持正

丁持正，生平事迹不详。

碧桃春

几年辛苦捣元霜[1]，一朝琼粉香。云英缥渺曳仙裳，相将骑凤凰。　　鍧帝乐[2]，酌天浆[3]。千年颜色芳。从兹归去白云乡，碧桃春昼长。　（《翰墨大全》乙集卷十七）

[注释]

①捣元霜：捣药。唐落第秀才裴航经蓝桥遇见老妪及仙女云英。老妪令航捣药。百日药成乃与云英结为夫妻。元霜即玄霜。　②鍧(hōng)：铿鍧，钟鼓之声。　帝乐：天帝乐曲。　③天浆：仙酒。

李石才

李石才,生平事迹不详。

一箩金[1]

武陵春色浓如酒。游冶才郎[2],初试花间手[3]。绛蜡烛残人静后,眉峰便作伤春皱。　一霎风狂和雨骤。柳嫩花柔,浑不禁僝僽[4]。明日馀香知在否,粉罗犹有残红透[5]。

(《翰墨大全》乙集卷十七)

[注释]

①唐氏按:此首别又误作朱秋娘词,见《古今女史》卷十二。　②游冶:游荡寻欢。　③花间手:作词曲。《花间集》为晚唐五代才人词曲集。　④僝僽(chán zhòu):折磨。　⑤粉罗:粉红色罗裙。

魏顺之

魏顺之，生平事迹不详。

水调歌头

人世斗南瑞[①]，天上璧东星[②]。谁分佳种，钟作间世玉麒麟[③]。本是南阳相种[④]，来应瑞龙间气[⑤]，试听即英声。若问贤相敌，君去问参军[⑥]。　质金浑，标玉立，气冰清。梅花时候，结子便可鼎调金[⑦]。人谓丹山苞凤[⑧]，天产渥洼骏骨[⑨]，德毓窦家椿[⑩]。来作汤饼客[⑪]，何幸厕嘉宾[⑫]。

（《翰墨大全》丙集卷三）

[注释]

①斗南：北斗以南，即天下之意。　瑞：人瑞。　②璧东星：璧当作“壁”。壁东星，二十八宿之一。主图书之府。　③间世：隔世旷代。　玉麒麟：指杰出人物。　④南阳相种：诸葛亮曾躬耕南阳，后为蜀相。　⑤间气：天地间的灵气。　⑥问参军：问王沦。《世说新语·排调》：“王浑与钟氏妇共坐，见武子从庭过。浑欣然谓妇曰：‘生儿如此，足慰人意。’妇笑曰：‘若使新妇得配参军，生儿故可不啻如此。’”王沦，即王浑之弟，时任参军。　⑦鼎调金：用梅子调和金鼎，即当宰相之意。调和鼎鼐，为宰相之职。　⑧丹山：凤凰栖息地。　⑨渥洼：天马出生地。　⑩窦家椿：窦禹钧五子登科。冯道赠诗有“灵椿一株老，丹桂五枝芳”之句。　⑪汤饼客：旧俗生儿请客吃汤饼。　⑫厕嘉宾：置身嘉宾之列。

伍梅城

伍梅城,各词原俱题梅城作。《翰墨大全》中屡有伍梅城,应是一人。宋末元初人。

贺新郎

贺李簿生孙[①]

甲子头春雨。知老天、净洗荆扬[②],十年烟雾。夜半堕中星一颗[③],飞下五云深处。帝亲敕、六丁呵护[④]。须信斯人为世瑞,非人龙、定是文中虎[⑤]。关世道,系天数。　此儿殊怕人惊顾。况当家、廷评为祖[⑥],大中为父。料想廷评公一笑,笑对大中共语[⑦]。应自把、小程夸取[⑧]。会见九州熙白日[⑨],做状元、宰相荣门户。年正少,四亲具[⑩]。

[注释]

①李簿:李姓担任簿书签判之类职务的官员。　②荆扬:荆州、扬州,今长江中下游一带。　③中星:二十八宿中运行至中天南方的星。旧说星精下降乃生英杰。　④亲敕:亲下命令。　六丁:道教中的火神。　呵护:保护。　⑤人龙:人中龙。文中虎。指杰才。　⑥廷评:主管刑狱的签判之官。　⑦大中:官名。未详。宋有大中大夫之职。　⑧小程:北宋程颐、程颢兄弟。人称大小程。　⑨熙白日:白日熙和,太平之兆。　⑩四亲具:祖父母、父母俱健。

贺新郎

贺李廉泉螟兄月岩子为子[①]

梦到天宫里。见长庚星颗[②],忽自月边飞至。直奏玉皇金阙道,臣已五年于此五岁。今亦欲、过宫一次[③]。福禄寿星齐赞叹，过宫时、须过廉泉位。帝首肯，从他意。　　朝来鹊送檐前喜。闻廉泉、似是紫岩[④]，螟蛉兄子。是子南轩人物样[⑤]，功业行看相似[⑥]。岂同祖、同闻而已。细把所闻详所梦[⑦]，想天文、实应人间事。况真是，长庚李。

（以上二首见《翰墨大全》丙集卷三）

[注释]

①螟：过继。取他人子为子曰螟蛉。　②长庚星：即太白星。李白传为太白星转世。　③过宫：指过继给李廉泉为子。　④紫岩：张浚，号紫岩，南宋为相。　⑤南轩：张栻，号南轩，张浚子，理学家。　⑥功业：勋业。　行看：眼看。　⑦详所梦：解绎梦中所遇。

最高楼

知君久，勘破利名关[①]。未老得先闲。今年最喜吟身健，生朝更觉酒肠宽[②]。且随宜，将秫种[③]，买花看。　　门外吏、催科无一迹[④]。窗下客、谈诗常经日。儿玉树[⑤]，弟金兰[⑥]。华堂举案齐眉乐，锦天歌客笑声欢[⑦]。问何如，福东海，寿南山。

[注释]

①勘破：识破、参透。　利名关：名利之念。　②生朝：生日。　③秫种：高粱曰秫。　④催科：催缴租税。　⑤玉树：美木良材之称。比喻佳子弟为芝兰、玉树，欲其生于庭阶。见《世说新语·语林》。　⑥作者自注："号友兰。"　⑦锦天：华丽之地。李后主于春日插花居室。曰锦洞天。见《清异录》。

醉蓬莱

寿郁梅野

倚东风笑问，落红啼鸩[①]，清明来未。小雨弄晴，做轻寒天气。南极光中[②]，五云深处，人庆千秋岁。翡翠屏间，琉璃帘下，彩衣明媚[③]。　九老风流[④]，五侯家数[⑤]，如此乾坤，有人如此。天正烦君，作江南一瑞。世上今秦[⑥]，山中古晋[⑦]，尽不经吾意[⑧]。但要牡丹，年年今日，伴人沉醉。[⑨]

（以上二首见《翰墨大全》丙集卷十四）

[注释]

①啼鸩：杜鹃。　②南极光中：南极老人星（寿星）光照之下。　③彩衣：老莱子年七十，常穿彩衣为儿戏以娱双亲。　④九老：唐白居易居洛时与胡杲等九人举行尚齿会，有诗纪盛。　⑤五侯：泛指权贵之家。　⑥今秦：今日如同秦朝。　⑦古晋：指桃花源犹为古代晋时。　⑧尽不：全不。经吾意：合我的心意。　⑨唐氏按：金绳武本《花草粹编》卷十八此首误作梅坡词。本书（今按：指《全宋词》）初版卷二百八十又误作萧育词。

摸鱼儿

送陈太史东归

极知君、腰骑鹤[①]，此心与水相似。梧桐叶上黄昏雨，恨杀无情流水。滔滔地，今日大江头，明日人千里。君思往事，两袖淮云[②]，一轮明月，要亦寻常耳。　君去也，我亦扁舟东矣。尊前何惜同醉。五年未老君犹健，五十行当富贵。书频寄，报王粲、何时可决荆州计。俱胝一纸[③]。更细算何时，五星同会[④]，天下太平未。

（《翰墨大全》庚集卷十五）

[注释]

①骑鹤：腰缠十万贯，骑鹤上扬州。形容既当神仙，又享富贵。　唐氏按："腰"字上下脱一字。　②唐氏按："两袖"上脱一字。　③王粲：东汉末时人学博才富。曾依刘表，后决计劝刘表子刘琮归曹操。　③胝（zhī）：磨出老茧。言写作劳苦。　④五星同会：即五星（金木水火土）联珠，同现一方。古以为祥瑞。

贺新郎

刘快轩新居

上界神仙府[①]。谁移来、登瀛堂畔，五云深处。江水一弓山万朵[②]，竹外梅花千树。看都入、高人庭户。南北两厅相对起，要门前、便是浮岚路[③]。依暖翠，开吟圃。

莺迁喜奉高堂母[④]。向销金帐下[⑤]，坐看秦歌赵舞[⑥]。唐宋几年名阀阅[⑦]，到此步高一步。君听取，邦人庆语。多少朱门随世化，独眼前、突兀新如许。真个是，擎天柱。

（《翰墨大全》后丁集卷六）

[注释]

①上界：天界。　②一弓：一弯。　③浮岚：浮动的山间晴光。　④莺迁：乔迁，搬家。　⑤销金帐：用金线织成的帐子。　⑥秦歌赵舞：秦赵等地的北方歌舞。　⑦阀阅：豪门贵族邸宅之泛称。

丁几仲

丁几仲,生平事迹不详。

贺新郎

贺人妾生子

喜溢蟾宫梦[①]。起推衣、平章窦桂[②],湿鸦飞动[③]。果报佳音传络秀[④],丹穴雏生彩凤[⑤]。想孔释、亲来抱送[⑥]。不羡徐卿秋水澈[⑦],试闻声、识破真英种。培杞梓[⑧],待时用。　　当年绛帐承新宠。问何如归来,碧荷香重[⑨]。都是刘郎看承处,多少温柔从臾[⑩]。会起我嘉宾钦竦[⑪]。左氏公羊[⑫],从初所学,看家传、声誉今腾涌。拚醉舞,与谁共。

(《翰墨大全》丙集卷三)

[注释]

①蟾宫:月宫。　②窦桂:窦禹钧五子登科。冯道赠诗,有"丹桂五枝芳"之句。　平章:评量、议论。　③湿鸦:墨迹。　④络秀:晋周顗母李氏,字络秀。不顾父兄反对嫁为安东将军周浚妾,以联姻贵族为条件,后生子显贵,果如所愿。　⑤丹穴:丹山。凤生之地。　⑥孔释:孔子、释迦。　⑦"不羡"句:本杜甫《徐卿二子歌》"大儿九龄色清澈,秋水为神玉为骨"。　⑧杞梓:优质木材,喻栋梁之材。　⑨荷香:作者自注,"妾名"。　⑩从臾:作者自注,"怂恿"。　⑪佳宾钦竦:晋裴秀好学能文,庶母所生。贵客来访,大母宣氏不令其生母应客。常使进食侍宾,客人皆起。以子之故敬重之。　钦竦:钦敬。　句下作者自注:"裴秀母事。"　⑫左氏公羊:春秋经有左氏传、公羊传、谷梁传。此指家传经学。

禅峰

禅峰，生平事迹不详。

百字谣[1]

贺彭谦仲八月生子

中秋近也，正于门瑞气[2]，葱葱时节。隔岁维熊占吉梦[3]，今夕天生英杰。仙籍流芳，瑞龙毓秀[4]，应是非凡骨。诗书勋业，妙龄行见英发。　好是日满三朝，剩陈汤饼[5]，投辖留宾客[6]。玉果犀钱排绮宴[7]，窈窕歌珠舞雪。枕玉凉时，屏山深处，好事权休说。小蛮杨柳[8]，迩来还可攀折[9]。

（《翰墨大全》丙集卷三）

［注释］

①百字谣：即《念奴娇》。　②于门：西汉于定国父于公为狱吏，办案公平，自谓子孙必有兴者。因高大其门使能过高车大马。后世遂为子孙昌盛之典。　③维熊：俗以为梦熊生男为吉兆。　④毓秀：诞育英才。　⑤剩陈汤饼：举行盛大的汤饼会。　剩：通"盛"。　⑥投辖：将客人车辖（车厢两端的键）投入井中，不令客去。即留客之意。见《汉书·陈遵传》。　⑦玉果：美果。　犀钱：美钱。犀角色黄、与钱同色，东坡《减兰》："犀钱玉果，利市平分沾四座。"后指洗儿钱。　⑧小蛮杨柳：歌舞女伎。"樱桃樊素口，杨柳小蛮腰。"白居易歌咏其家伎樊素、小蛮之句。　⑨迩来：近来。

刘涧谷

刘涧谷,生平事迹不详。

西江月

贺人女晬[1]

淑质生当良月[2],晬辰喜遇今朝。掌心托个儒人苗,早晚夫人争叫。　　阿母神仙苗裔[3],阿爷宰相丰标。阿兄气宇更飘飘,阿弟看看速肖。

(《翰墨大全》丙集卷三)

[注释]

①女晬(zuì):女儿周岁。 ②良月:十月。 ③苗裔:后代。

游稚仙

游稚仙，生平事迹不详。

浣溪沙

贺人女晬

晬日先联瑞日红，寿星明照寿筵中。庆门乐事正重重。　　明日贾逵添戏彩[1]，异时李汉看乘龙[2]。鱼轩玉轴定荣封[3]。　　（《翰墨大全》丙集卷三）

[注释]

①贾逵：后汉著名经学家。　②李汉：字纪南。少师从韩愈，愈以女妻之。官至吏部侍郎。　乘龙：东晋太尉桓焉二女，一妻黄当，一妻李元礼。人谓两女俱乘龙。言得婿如龙。　③鱼轩：贵夫人乘鱼轩。以鱼皮为饰故也。　玉轴：华丽的车轴。　荣封：册封为贵夫人。

李团湖

李团湖,生平不详。

沁园春

六桂传家[①],三槐植庭[②],箕裘大儒[③]。甚二郎意气,拟同稷契[④],一时庆会,致主唐虞。百揆登庸[⑤],双亲未老,此乐人间还有无。那堪更、有棣华韡韡[⑥],听履亨衢[⑦]。朝来天上传呼,便写作、衣冠盛事图。有声容备乐,传宣锡劝,充庭牲饩[⑧],簇拥欢娱。整顿乾坤,巩安宗社,亦有臣功如此乎。中书考[⑨],愿年年此日,春满蓬壶。

(《翰墨大全》丙集卷十三)

[注释]

①六桂:北宋范迪简父子六人相继登科。以六桂名堂。　②三槐:王旦父王祐有阴德手植三槐于庭曰:吾之后必有为三公者。王旦后为北宋名相。　③箕裘大儒:继承家学,世为大儒。　④稷契:稷,后稷。契,帝喾之子。二人皆舜之贤臣。　⑤百揆:百官。　登庸:举用。　⑥棣(dì)华韡韡:言兄弟(棠棣)皆光鲜照人。　韡韡(wěi):光彩貌。　⑦亨衢:大道。　⑧牲饩(xì):祭祀用的牲口。　⑨中书:中书令、宰相。

黄诚之

黄诚之，生平事迹不详。

满江红[①]

寿韩尚书

五岳三光[②]，钟秀气、笃生人杰[③]。天付与、心肠锦绣，精神冰雪。姓字早登龙虎榜，文书夜直丝纶阁[④]。谢君王、特地掇鸾坡[⑤]，来闽粤。　几千顷，恩波阔。十万户，欢声浃[⑥]。看致君尧舜，归班夔契[⑦]。谈笑扫清沙漠净，弥缝补就苍天缺[⑧]。愿年年、长醉腊前春，梅梢月。

（《翰墨大全》丙集卷十三）

[注释]

①唐氏按：调名原误作《念奴娇》。　②三光：日月星。　③钟秀气：凝聚灵秀之气。　笃：厚。　④龙虎榜：考中进士，名列金榜。　夜直丝纶阁：晚上入直内廷为皇上起草诏令。　丝纶阁：论政之地。　⑤掇鸾坡：提拔到翰林院任职。　⑥浃（jiá）：周遍。　⑦夔契：舜时的贤臣。　⑧弥缝：弥补、完善。

熊子默

熊子默，生平事迹不详。

洞仙歌

寿刘帅

春逢花好，一笑长相见。令似当年徊仙苑[①]。况歌翻桃叶[②]，香绕莱衣[③]，须信道，人与千秋共远。　不妨留绛节[④]，看即沙堤，玉笋班高侍金辇[⑤]。问人间、缘底事，犹欠河清[⑥]，须妙手、鸿钧一传[⑦]。待整顿乾坤、却归来，唤舞鹤翔云，洞天游伴。　（《翰墨大全》丙集卷十三）

[注释]

①徊仙苑：在仙馆游赏。　徊：徘徊。　②桃叶：王献之歌姬名桃叶。　③莱衣：老莱子年七十穿彩衣，自舞娱亲。　④绛节：古代使节所持之红色节杖。　⑤玉笋班：英才济济的朝班。　⑥河清：黄河清，为太平盛世之兆。　⑦鸿钧一传：当为“鸿钧一转”之讹。　鸿钧：天。　转：转换。

陈惟喆

陈惟喆，生平事迹不详。

水调歌头

寿曹太守

近畿贤太守①，陆地隐神仙。功高玉记②，名通紫府自长年③。拂拭壶中光景④，游戏人间风月，富贵本青毡⑤。十载五分牧⑥，惠泽浸江天。　把文章，做勋业，德才全。龟峰堂上⑦，满城和气入歌筵。春在百花庭院，坐拥十眉珠翠⑧，寿酒吸长川。来岁称觞处，稳向凤池边⑨。

（《翰墨大全》丙集卷十三）

［注释］

①近畿：京城附近的地区。　②玉记：玉册，朝廷记载功勋的典籍。　③紫府：神仙洞府。　④壶中：神仙洞天。壶公与费长房俱入壶中，内有玉堂严丽，旨酒甘肴。见《后汉书·方术传下·费长房》。　⑤青毡：清流世家。有偷儿入王献之家，盗物都尽，献之徐曰："青毡我家旧物，可置下"。见《晋书·王羲之传附王献之》。　⑥分牧：调任州郡长官之职。　⑦龟峰：苏州邓尉山北有龟峰。　⑧十眉：十样宫眉，指美女众多。⑨凤池：中书省，一名凤凰池。

欧阳朝阳

欧阳朝阳，号后林，宋末元初人。其他不详。

摸鱼儿

寿柴守，八月二十七日生，正是夫子绂麟之日

正当绂麟时候[①]，秋香还弄清晓。双旌五马人间贵[②]，千里共腾欢笑。人未老。看绿鬓朱颜，赢得花簪帽。兽炉篆袅[③]。听檀板轻敲，歌珠一串，依约似蓬岛[④]。　青云步，九万论程未了。芹宫多世仪表[⑤]。提封晋郡重拈出[⑥]，留样他年称好。书上考[⑦]。怕种满棠阴[⑧]，丹诏催归早[⑨]。安期献枣[⑩]。对鹤健丹香，龟轻莲叶[⑪]，起舞醉清醥[⑫]。

（《翰墨大全》丙集卷十三）

[注释]

①绂麟：生日。传说孔子生时，其母以绣绂（丝绳）系麟角。见王子年《拾遗》。　唐氏按：此句少一字。　②双旌五马：成双的旌旗、五马拉的车驾。指太守的仪仗。　③兽炉：熏烟的铜炉。　篆：香烟盘旋上升貌。　④蓬岛：蓬莱仙岛。　⑤芹宫：学宫。　⑥提封：管辖城邦。　⑦上考：上寿。　⑧棠阴：棠树阴浓。古为惠政之代称。　⑨丹诏：皇上的诏书。　⑩安期：仙人安期生。　献枣：枣大如瓜，食之长生。　⑪龟轻：旧称龟千岁则身轻可游于莲叶之上。　⑫清醥（piǎo）：清酒。

碧　虚

碧虚，生平事迹不详。

贺新郎

寿毕府判①

衮衮登台阁②。问诸公、谁讲谁明，诗书礼乐。前日毕星光焰里③，有一濂渠伊洛④。被翠玉、江山占却。天下国家多少事，好人才、半刺东南角⑤。当路者，欠商确。
寿杯端拜深深酌。把寻常、祝颂芜词，一时删削。引饮莱公同鼎轴⑥，共定澶渊一著⑦。二百载、无人能学。文简毕公真事业⑧，非先生之托谁之托。龟鹤舞，蛟龙跃。

（《翰墨大全》丙集卷十三）

［注释］

①府判：署理府郡事务的判官、长史。　②衮衮：络绎不绝。　台阁：尚书之别称。　③毕星：二十八宿之一。此指毕府判。　④濂渠伊洛：即濂溪周敦颐，横渠张载与伊水、洛水的程颢、程颐，皆北宋理学家。　⑤半刺：州郡副职，亦称半刺。　⑥莱公：寇准封莱国公。　鼎轴：指为宰相。　⑦共定澶（chán）渊一著：毕士安与寇准同心，力促澶渊出兵，击退辽军。　⑧文简：毕士安谥号。

彭正大

彭正大，号正斋。生卒不详。

琐窗寒

寿欧阳教授

千里儒流[1]，称觞此际[2]，梅花三度[3]。书台最上，健羡一翁如许[4]。问吴江、别来旧人，当时折柳凭谁语。但春在芹宫[5]，芳滋兰畹[6]，一帘今雨[7]。　凭阑、凝望处。有绿水青山，乾坤付与。百年家谱，曾是斯文宗主[8]。世间好景相寻，墨客骚人为伴侣。待西风、桂子重开[9]，又步青云去。

（《翰墨大全》丙集卷十三）

[注释]

①"千里儒流"二句：谓儒士不远千里，前来祝寿。②觞：酒杯。③三度：三年。④健羡：极羡。⑤芹宫：学宫。⑥芳滋兰畹：培育优秀的学生。⑦今雨：新友。⑧宗主：领袖。⑨桂子重开：唐宋称开科考试为桂科，桂花正开时也。

叶巽斋

叶巽斋，生平事迹不详。

感皇恩

寿王簿

冬岭秀乔松[①]，江南飞雪。数朵梅花弄春色。玉颜苍鬓，人似松梅标格。岁寒长不老，人奇绝。　簿领馀闲[②]，长生有道，福寿从今更千百。孙枝浸盛[③]，万卷家传方册[④]。樽前频醉，此宵风月。

（《翰墨大全》丙集卷十三）

［注释］

①乔松：高大的松树。　②簿领馀闲：工作馀暇。　簿：簿书，指公务。　③孙枝：孙辈。　浸盛：渐多。　④方册：书籍。

铁笔翁

铁笔翁,姓名事迹不详。

庆长春

寿戴一轩

有酒如渑[①],便开怀痛饮,我歌君拍。世事轮云都莫问[②],只要颜红鬓黑。鹂燕风清,鸳鸯水暖,打当生申节[③]。薰风来也,几人感戴翁德。　好是驾海胸襟,屠龙手段,一笑乾坤窄。门外尘涛三百尺,不博剡溪一雪[④]。绿幕红围,妙歌细舞,且醉三千客。问翁年纪,广成千有二百[⑤]。

(《翰墨大全》丙集卷十四)

[注释]

①渑(shéng):水名,在今山东临淄附近。　②轮云:流云。　③打当:打点安排。　生申:申伯(周之贤臣)诞生。　④不博:不抵。　剡(shàn)溪:水名,在浙江嵊县。晋王子猷雪夜乘舟访戴逵,至门不入而返。人问其故,曰:吾本乘兴而来,兴尽而返,何必见戴。见《世说新语·任诞》。　⑤广成:指仙人广成子。

刘性初

刘性初，生平事迹不详。

醉蓬莱

喜首夏清和，槐绿成阴，榴红正朵。仙鹤蹁跹，来致千秋贺。南极长明，后天不老，瑞霭浮青琐[①]。满树蟠桃，瑶池捧献，一年一颗。　好敞亭台，剩添花柳[②]，时醉时歌，时行时坐。受用黄庭[③]，宝熟丹田火[④]。晓对青山，日吟白髪，尽功名江左[⑤]。戏彩亭边[⑥]，陶陶自得，有何不可。

（《翰墨大全》丙集卷十四）

[注释]

①青琐：宫门上镂刻的青色图案。　②剩添：更添。　③黄庭：道家有《黄庭经》。　④丹田：道家以脐下三寸为丹田，相传修炼得宝丹，可以长生。　⑤江左：江东。　⑥戏彩亭边：老莱子年七十，穿彩衣为小儿戏，以娱双亲。见刘向《列女传》。

刘学颜

刘学颜,生卒不详,号山村,宋末元初人。

齐天乐

寿刘畊斋

红冈小塔枫林路,曾见承平歌舞[①]。舞罢人归,月斜影转,重见郎官星度[②]。乡关境土,又二十馀年,桑麻深露。说与闾巷,少年知得当时否。　如今苍颜白髮,问耕聊尔耳[③],依稀农圃。父老吾伊[④],深山鸡黍[⑤],谁念乱离父母。村南昼午。谩对客烹茶[⑥],笑谈今古。千岁迢迢,竹风时扫户。（《翰墨大全》丙集卷十四）

[注释]

①承平:太平。　②郎官星度:旧说郎官上应天上星宿。　度:过。　③聊尔耳:如此而已。　④吾伊:谈话声。　⑤鸡黍:杀鸡煮黍为饭,以待客人。　⑥谩:通“漫”,随意。

江史君

江史君，生平事迹不详。

好事近

寿六十

耳顺恰当年[①]，甲子方周一数。绛县老人曾纪[②]，四百四十五。　　孙弘博士适遭逢[③]，马援击蛮未遇[④]。五福祝君全备[⑤]，更尊荣安富。　　（《翰墨大全》丁集卷一）

[注释]

①耳顺：六十岁为耳顺之年。见《论语·为政》。　②绛县老人：晋悼公夫人款待筑城民工。问绛县老人年纪。答云：我是正月甲子朔生的，至今已四百四十五甲子了。（注者按：即七十三岁）后以为祝寿之典。见《左传·襄公二十年》。　③孙弘：即西汉公孙弘。后为丞相。　作者自注："公孙弘六十为博士。"　④马援：东汉马伏波将军六十二岁请击蛮夷。作者自注："六十二请击蛮夷。"　⑤五福：一曰寿，二曰富，三曰康宁，四曰攸好德，五曰考终命。旧日所说之五福。

徐架阁

徐架阁[①],生平事迹不详。

最高楼

寿七十

年高德劭[②],休叹老而传[③]。纵白髮,尚红颜。楚丘且谓吾始壮[④],大致仕亦宜然[⑤]。更尊荣,安富贵,寿绵延。

闻道生辰当月吉,万福千祥降自天。献春酒,展华筵。从心奚止不逾矩[⑥],绛人彭祖信齐肩[⑦]。更殷勤,加颂祷,等椿年[⑧]。

（《翰墨大全》丁集卷一）

[注释]

①架阁:官名。主管架阁库账籍文案的官吏。　②德劭:德美。　③老而传:传名较晚之意。　④楚丘:齐国楚丘先生七十岁往说孟尝君。⑤唐氏按:此句有讹夺字。　注者按:于律"大"字下脱一平声字。　⑥从心:"七十从心所欲不逾矩。"见《论语·为政》。　奚止:岂止。　⑦绛人:绛县长寿老人。　彭祖:古之长寿者。　齐肩:相同。　⑧等椿年:与大椿等寿。　大椿:传说中的长寿之树,以八千岁为春,八千岁为秋。见《庄子·逍遥游》。

立　斋

立斋，生平事迹不详。

沁园春

寿白侍从八十

表表耆英[①]，松柏贞刚，冰霜洁清。正持囊紫禁[②]，急流勇退，步角巾绿野[③]，闲处安身。里社鸡豚，家山猿鹤，物我相忘法从荣[④]。东溪畔，似非熊尚父[⑤]，在渭之滨。　闲来袖手梅亭，似桃李纷纷谷自春。算高风难进，缙绅楷式[⑥]。颓波屹立[⑦]，乡曲仪刑[⑧]。厚德清名，疏星碧落，屈指如公今几人。无他祝，但似山难老，镇压嚣尘[⑨]。

（《翰墨大全》丁集卷一）

［注释］

①耆英：元老大臣。　②持囊：捧着笔袋。　紫禁：朝廷。　③角巾：休闲时戴的便帽。　绿野：堂名，在洛阳。唐相裴度之别墅名。　④法从荣："从"，疑当作"后"。后荣，晚盛也。　⑤非熊：周文王梦见猎获非熊非罴之物。后于渭滨遇吕尚，尊为尚父。　⑥缙绅楷式：官场典范。　缙绅：赤色腰带，官人之服。　⑦屹：原误为"蛇"。　⑧乡曲仪刑：乡里的榜样。刑，通"型"。　⑨镇压：平息，澄清。　嚣尘：喧嚣的浮尘。

罗子衎

罗子衎(kào),生平事迹不详。

三登乐

庆黄守　正月廿二

过了元宵,见七叶蓂又飞[①],恰今朝、昴宿降瑞[②]。初度果生贤[③],尽道丰姿绝异。翰林人物,云霄富贵。
自栖鸾展骥[④],迤逦黄堂[⑤],每登要路无留滞。暂归来,访松菊,趣装行用济[⑥]。增崇福禄,寿延千百岁。

(《翰墨大全》丁集卷二)

[注释]

①七叶蓂又飞:传说蓂荚,初一至十五,日生一叶。十六日后日落一叶。飞去七叶,是二十二日。　②昴宿:廿八宿之一。此言黄守是昴宿降生。旧称萧何是昴精降生。　③初度:生日。　④栖鸾展骥:鸾凤得所,良骥展才,比喻贤才得位。　⑤黄堂:太守的官衙。　⑥趣(cù)装:催促备好行装。　用济:用事,为国家出力。

刘公子

刘公子，生平事迹不详。

虞美人

寿女人　二月十一

挽先四日花朝节[①]，红紫争罗列。传言玉女降生朝，箕宿光联婺宿、灿云霄[②]。　褊衣红袖齐歌舞[③]，称颂椒觞举[④]。群仙列侍宴瑶池，王母麻姑同寿、更无期[⑤]。

（《翰墨大全》丁集卷二）

[注释]

①花朝：俗传二月十五日为花朝，祭花神。　挽先：抢先，提前。　②箕宿、婺宿：廿八宿星名，皆主女子富贵寿昌。　③褊（bān）衣：彩衣。　④椒觞：盛椒酒的杯子，用以祝寿。　⑤麻姑：仙女名，王母侍女。

三　槐

三槐,生平事迹不详。

百字谣

寿主簿　二月廿一

武夷秀气萃君家[①],春色融和时节。赏了花朝才六日,曾记挺生英杰。量吸鲸川[②],志吞牛渚[③],标格冰壶洁[④]。台星明处[⑤],年年辉映南极。　须信早晚横翔,云霄直上,宁久栖鸾棘[⑥]。富贵荣华年正少,谢砌芝兰秀发[⑦]。行及瓜期[⑧],荣趋花县[⑨],百里民怀德。交腾荐剡[⑩]。褒迁大振勋业。

(《翰墨大全》丁集卷二)

[注释]

①萃:聚集。　②鲸川:本杜甫诗"饮如长鲸吸百川",形容酒量极大。　③牛渚:在今安徽当涂县境,为兵家要塞。相传晋温峤燃犀角于此照见水中灵怪。李白抱月、袁宏高咏,皆发生于此。　④冰壶洁:比喻品质高洁。　⑤台星:天上三台星。喻人间三公之位。　⑥鸾棘:鸾栖荆棘,喻才人失位。　⑦谢砌:谢玄云"芝兰玉树欲使生于阶庭",比喻子侄优秀。　⑧瓜期:瓜熟换防。指任期已满。　⑨荣趋花县:荣耀地去当县令。潘岳任河阳令。广植桃李,称之为河阳一县花。　⑩荐剡:晋扬州刺史殷浩推荐怀才不遇的李充去当剡县县令。

程东湾

程东湾，生平事迹不详。

沁园春

二月廿七

毓德娄虚[①]，联辉魁宿[②]，天启儒英。正仲春蓂阶，三留叶秀，晓来蓬矢[③]，六挂门荣。星昴诞萧[④]，神嵩降甫[⑤]，怎似今朝记始生。当此际，有满城和气，万井欢声。
龚黄政事勋名[⑥]，镜里文书吏胆惊。况百年经界[⑦]，于今修复，四贤道学[⑧]，至此彰明。月对艳阳，日逢初度，紫诏行催觐玉京[⑨]。黄堂上、寿觞称处[⑩]，介福邦民[⑪]。

（《翰墨大全》丁集卷二）

［注释］

①娄虚：娄宿与虚宿之交，古为青州与扬州交界地。此指寿翁生地。　②魁宿：北斗七星之第一星，主掌人间文运。　③蓬矢：古俗生男子以桑弓蓬矢射天地四方以示男儿远大之志。　④诞萧：诞生萧何。　⑤降甫：降生甫侯，周之贤臣。　⑥龚黄：汉之龚遂、黄霸，以清廉强干著称。　⑦经界：地界。　⑧四贤：指周敦颐（濂）程颐、程颢（洛）张载（关）朱熹（闽）。宋代开创的道学。　⑨紫诏：皇帝的诏令。　⑩黄堂：太守官衙。　⑪介福：赐福，造福。

张　倅

张倅[1],生平事迹不详。

百字谣

寿叶教　三月初九

榆烟新起[2],正清明节过,翠蓂九叶。欣会谪仙初度日,凤穴产真鸑鷟[3]。心肠琅琅,文章锦绣,看镜期勋业[4]。暂居马帐[5],后知有赖先觉。　　可想大器晚成,功名有志,未逊苏秦学[6]。奈不在身先在子[7],果向秋风抟鹗[8]。诗酒琴棋,风花雪月,养浩全真乐[9]。寿觞五福,太公须遇文猎。

(《翰墨大全》丁集卷二)

[注释]

①倅:州县判官、主簿等副职之称。　②榆烟:古有改火之俗此用榆木钻取新火。　③鸑鷟(yuè zhuō):凤凰。　④看镜:"勋业频看镜",杜甫诗。形容人已老而功未立。　⑤马帐:东汉通儒马融设绛帐,教授子弟。　⑥苏秦:战国策士,以纵横之策游说各国,佩六国相印。　⑦"奈不"句:谓其子仕途先于其本人(身)获得发展。　⑧抟鹗:鹗鸟高飞,比喻青云得路。　⑨养浩:养浩然正气,语出《孟子》。　全真:保全本真济世,语出《庄子》。

胡德芳

胡德芳，生平事迹不详。

水调歌

寿黄邦彦　四月初八

湛湛玉清水，矗矗炼丹山。秀环侯泮[①]，广文分得括苍仙[②]。虞殿薰风初入[③]，尧陛祥蓂七叶[④]，此际诞真贤。学术瑞王国，声誉蔼人寰[⑤]。　绿槐宫，丹桂殿，杏花坛。英华粲发，聊将文教布龙藩[⑥]。我亦执经北面[⑦]，喜见发祥南斗[⑧]，再拜祝长年。丹诏烂鸦墨[⑨]，绿鬓映貂蝉[⑩]。

（《翰墨大全》丁集卷二）

[注释]

①侯泮：州县的学宫叫泮宫。古代诸侯兴办，故又称侯泮。　②广文：指教官。　括苍山：在今浙江东南部仙居县一带。　③虞殿：虞舜的殿堂。　薰风：舜抚琴而歌"南风之薰兮，可以解吾民之愠兮"。　④"尧陛"句：帝尧的陛阶有蓂荚瑞草呈祥。　⑤蔼：隆盛。　⑥文教：德教。　龙藩：似指边远落后地区。　⑦北面：朝向北方，执弟子礼。　⑧发祥南斗：指在南方涌现了一批有出息的弟子。　⑨丹诏：圣旨。　烂：灿烂。　鸦墨：墨书的字迹。　⑩貂蝉：达官的冠饰。

赵　宰

赵宰[1]，生平事迹不详。

声声慢

寿吴宪　四月十三

洞宾仙客[2]，诞节明朝，方斋今日称觞[3]。为有金丹，希年近也康强[4]。平生铁石肺腑，肯依阿、贪恋朝行。芹溪上，把等闲出处，付与沧浪[5]。　花竹午桥葱倩[6]，身退静、功名大耐偏长。济世经纶[7]，暂时收敛何妨。黄扉有分须到[8]，况玉皇、久待平章[9]。康时了[10]，万千年、姓字弥香。

（《翰墨大全》丁集卷二）

［注释］

①宰：县令。　②洞宾：吕洞宾，八仙之一。　③称觞：举杯祝寿。方斋：作者自注，“自号”。　④希年：七十曰古稀。　⑤付与沧浪：归隐山水。　⑥午桥：裴度别墅绿野堂，在洛阳午桥。　葱倩：葱茏。　⑦经纶：治国方略。　⑧黄扉：宰相的官署。　⑨平章：商量处理政务。　⑩康时：匡时，治理好政事。

张　宰

张宰，生平事迹不详。

满庭芳

寿李守　四月十四

气吐虹霓[①]，笔飞鸾凤[②]，从来锦绣文章。谪仙才调，复见庆流芳。向自题名雁塔[③]，不十载、德播河阳[④]。慰民望，一麾出守[⑤]，风月任平章。　清和，时欲半，吕仙诞日，正此相当。欣逢初度旦，敢献椒觞。只恐经纶大手，应休期、便趣曹装[⑥]。愿箕宿，照临南极，拱北远流光。

（《翰墨大全》丁集卷二）

[注释]

①气吐虹霓：比喻气概不凡，神采飞扬。　②笔飞鸾凤：下笔龙飞凤舞，文章出色。　③雁塔：唐代新科进士必游曲江，登雁塔（今西安南）题诗留念。　④河阳：晋潘岳为河阳令，深得民心。　⑤一麾：一面太守的旌旗。　⑥曹装：曹参闻萧何逝世，告舍人，促整行装入朝任相职。后用为升迁典故。见《汉书》本传。

梁大年

梁大年,生平事迹不详。

满江红

寿太守　四月三十

九十炎光,又过了、三分之一。记当年光际,诞生良弼[①]。崧岳降神钟秀气[②],孕成间世真英杰[③]。妙文章、拾芥立功名[④],谁能敌。　　周孔业,邹轲质[⑤]。伊尹志[⑥],渊明节。袖经纶妙手,屡投班笔[⑦]。富贵一朝知己逼,封侯谈笑真堪觅。信功名、管取出长年,看箕翼[⑧]。

(《翰墨大全》丁集卷二)

[注释]

①良弼:贤良的辅佐大臣。　②崧岳:嵩山。　降神:降生贤臣。　③间世:隔世,并非每世都有。　④拾芥:形容轻而易举。　⑤邹轲:孟轲,邹国人。　⑥伊尹:商汤的贤相。　⑦班笔:班超投笔而起,立功边塞,封定远侯。　⑧箕翼:天上星宿名。

水调歌头

寿隐者　十一月初七

南极寿星现,佳气蔼庭除[①]。谁为绛人甲子[②],为我一轩渠[③]。恰喜亥成二首[④],还庆阳来七日[⑤],和气渐舒徐。敬为图南祝[⑥],一瓣问兴居[⑦]。　　傲松筠,抚龟鹤,乐蓬壶[⑧]。斑衣戏舞,春满兰玉正森如[⑨]。却忆杜陵老子[⑩],因羡碧山学士[⑪],茅屋换银鱼[⑫]。何似温柔地,丝竹伴琴书。

(《翰墨大全》丁集卷四)

[注释]

①蔼庭除：和气充满庭阶。 除：台阶。 ②绛人甲子：以甲子计日的绛地老人。指长寿老人。见《左传·襄公三十年》。 ③轩渠：笑貌。 ④亥成二首：指生日，参见《左传·襄公三十年》。 ⑤阳来七日：冬至后的七天。冬至日一阳复生。 ⑥图南：宋初隐士陈抟，字图南。 ⑦一瓣：一炷香。 兴居：起居。 ⑧蓬壶：蓬莱仙境。 ⑨兰玉森如：喻子孙众多而且优秀。见《世说新语·言语》。 ⑩杜陵老子：杜甫自称杜陵野老。 ⑪碧山学士：指隐居山林之人。 ⑫银鱼：达官所佩饰物。

鼓 峰

鼓峰,姓名事迹未详。

烛影摇红

五月初三

风入虞弦[①],麦秋向晚梅天润[②]。彩丝长命鬥新奇,还是端阳近。想见瑶池仙韵。对蟠桃、朱颜相映。篆飘宝鼎,酒满霞觞,黄堂深静。 超悟真筌[③],凤归不作登台恨[④]。庆馀有子在河图[⑤],详试龚黄政[⑥]。好是棠阴清永。且游戏、壶中光景。会有飞诏,却奉轻轩[⑦],天朝归觐。

(《翰墨大全》丁集卷三)

[注释]

①虞弦:虞舜抚弦而歌南风。 ②梅天:初夏梅子黄时阴雨不止,曰梅天。 ③真筌:一作“真诠”,即真谛。 ④“凤归”句:化用李白“凤去台空江自流”诗意。表达了一种面向未来的积极态度。 ⑤庆馀:“积善之家必有馀庆”,即吉祥之意。见《易经·坤》。 河图:“河出图,洛出书,圣人则之。”古人认为河图洛书是圣君受命之瑞。见《易经·系辞》。“有子在河图”,即兆应河图生子大贵。 ⑥龚黄:龚遂、黄霸,汉之贤郡守。 ⑦轻轩:轻快的马车。

程霁岩

程霁岩，生平事迹不详。

水龙吟

寿吴尉　七月初一

夏秋晦朔之间，伊谁为作交承主[①]。颙昂仙伯[②]，挺生此日，宾凉饯暑[③]。绛县老人，问将甲子，恰今岁数[④]。举香山晏会[⑤]，才先一载，愚深幸、获叨预[⑥]。　何以寿君初度。愿朱颜、年年如许。棘栖鸾凤[⑦]，瑞浮鸂鶒[⑧]，争如燕处。双桂渐香，灵椿好在，福全九五[⑨]。向画堂深处，不妨重按，旧时歌舞。

[注释]

①交承主：办理交接的人。　②颙昂：肃敬轩昂，气宇不凡。"昂"，原误作"昻"。　③宾凉饯暑：迎来了凉天，送走了暑热。　④恰今岁数：绛县老人岁数为七十三。见《左传·襄公三十年》。　⑤香山晏会：白居易在洛阳办九老会亦七十三岁。　晏：当作"宴"。　⑥叨预：参与，出席。　⑦棘栖鸾凤：凤栖荆棘喻贤才失位。　⑧瑞浮："瑞"疑当作"湍"。湍急溪流，容不得紫鸳鸯（鸂鶒）栖息。　⑨九五：本《易经·乾卦》"九五飞龙在天，利见大人"。这里是说能得君王器重。

满庭芳

寿徐佑卿　七月初五

一叶鸣秋[①]，五蓂纪瑞，申月还庆生申[②]。巍巍郎宿[③]，辉映寿星明。一段精神玉立，秋潭自、足副徽称[④]。长生箓，只在公丹府，何待祝修龄。　粉垣[⑤]，才过了，便持荷橐[⑥],光近枫宸[⑦]。况金瓯将启,庆满槐庭。朝旆行行入侍,彩衣映、衮冕辉新[⑧]。从今去,相门出相,未数汉韦平[⑨]。

(以上二首见《翰墨大全》丁集卷三)

[注释]

①一叶鸣秋:一叶落而知秋至。 ②申月:七月。 生申:诞生申伯这样的贤人。 ③郎宿:即郎位第十五星。在帝星东北,郎官之象征。 ④徽称:美称。 ⑤粉垣:尚书省的别称。 ⑥荷橐:囊袋,盛放文具用。 ⑦枫宸:宫殿,指君王。 ⑧衮冕:衮衣(礼服)和冠冕。 ⑨韦平:两汉韦贤与韦玄以及平当和平晏父子都相继为相。

存目词

调名	首句	出处	附注
虞美人	江南载酒平生事	《扬州琼华集》	晁补之作,见《晁氏琴趣外篇》卷四

翠微翁

翠微翁，姓名生平不详。

水调歌头

贺赵可父　七月初六

蓂荚才开六[①]，宝历已当千[②]。人间收尽繁溽，凉意入琴弦。尽道荐衡交剡[③]，更值生申时节，喜色动闾阎。终夜望银汉，文宿贯台躔[④]。　定燕秦，封晋魏，信当然。处处红莲开幕[⑤]，曹掾岂能淹[⑥]。见说玉堂飞诏[⑦]，已许金闺通籍[⑧]，蓬岛伴神仙。来岁寿卮酒，应醉御炉烟。

（《翰墨大全》丁集卷三）

[注释]

①开六：初六。传说蓂荚每日长一叶。　②宝历：国运。　当千：千年，喻国运久长。　③荐衡：荐贤。用孔融推荐祢衡典故。　交剡：上交荐贤之牍章。　剡：剡地出纸，可作牍章。　④台躔：天上三台星座。此祝寿翁可为三公。　⑤红莲开幕：指幕府得贤才。见《南史·庾杲之传》。　⑥曹掾（yuàn）：指文秘、主簿一类的官员。　⑦玉堂：朝堂。　⑧金闺：汉代金马门，亦称金闺。　通籍：指中进士。

菊　翁

菊翁，姓名生平不详。

朝中措

庆友人　八月十三

桂花庭院是蓬壶，行地列仙图。月姊搀先两日[①]，捧觞来庆垂弧[②]。　埙篪伯仲[③]，翁前再拜，彩袖嬉娱。人羡一经教子[④]，君今满屋皆书。

（《翰墨大全》丁集卷三）

［注释］

①搀先：提前。　②垂弧：生日。　③埙篪（xūn chí）："伯氏吹埙，仲氏吹篪"，见《诗经·小雅·何人斯》。指兄弟。　④一经教子：晋刘殷有七子，其中五人各授一经（一部儒家经典），馀二人授《史记》、《汉书》。

赵佥判

赵佥判[①]，生卒及其他均不详。

水龙吟

寿太守　九月初一

老人星照螺川[②]，丽谯瑞霭笼晴昼。使君初度，满城和气，欢声盈口。篱菊浮金，茱萸泛紫，重阳时候。算年年长是，节前八日，先满□、为公寿[③]。　一代文章山斗[④]，拥朱幡、暂劳分守。崇墉万堞[⑤]，浮梁千丈[⑥]，此恩难朽。襦袴方谣[⑦]，丝纶已下[⑧]，即登班首[⑨]。看明年今日，开筵凤池，赐黄封酒[⑩]。　（《翰墨大全》丁集卷四）

［注释］

①佥判：官名，州县佐吏。　②老人星：南极寿星。　漯川：即漯江，在福州东。　③《全宋词》注：空格据律补。　④山斗：泰山北斗。　⑤崇墉：高峻的城墙。　万堞：城墙上面以万计的齿状垛口。　⑥浮梁：浮桥。　⑦襦袴：短上衣和裤子。歌五袴是百姓对州官的赞美。　⑧丝纶：皇帝的诏书。语本《礼记》“王言如丝，其出如纶”。　⑨班首：朝廷的领班大臣。　⑩黄封酒：宫中御酒。

李慧之

李慧之,生平事迹不详。

沁园春

寿韦轩八十一岁　九月初二

八九十翁,似婴儿戏,汉司马迁。记渭川垂钓①,一年之长②,龙山吹帽③,七日之前。口角春风④,襟期秋月⑤,万事从来只任缘。随渠道,更登天富贵,陆地神仙。

儿孙绿绶青编⑥,看鼓舞云霄高刺天。但阶移花影,闲寻棋局,风斜竹径,缓起茶烟。心迹逾清,精神越健,不用金丹资节宣⑦。洪崖老⑧,笑将眉寿,祝我老人轩⑨。

(《翰墨大全》丁集卷四)

[注释]

①渭川垂钓:吕尚(姜子牙)钓于渭川,得遇文王。　②一年之长:长于吕尚得遇文王时一年,即八十一岁。　③龙山吹帽:重阳登山,大风吹落孟嘉之帽,为晋代故事。　④口角春风:言谈温煦,给人教益。　⑤襟期:心地。　⑥绿绶:银印绿绶,官员之服。　青编:史册。　⑦节宣:增减。　⑧洪崖:传为黄帝之臣。尧时尚在,号洪崖。　⑨"祝我"句:于律为四字,"我"字疑衍。

留晚香

留晚香，生平事迹不详。

最高楼

寿梅屋儒学谭提举[①] 九月十九

西江水，分润到全闽。芹藻亦生春[②]。秀钟东壁双躔瑞[③]，祥开南极一星明。把紫阳、年月算[④]，恰同庚[⑤]文公庚戌九月十五生。 前十日、重阳秋正好。后十日、小阳春未透。梅与菊，此交承。酌公菊水来称寿，期公梅实去和羹。要教人，看久远，是功名。 （《翰墨大全》丁集卷四）

［注释］

①梅屋：即谭提举之别号。 ②芹藻：水菜，这里指学宫的生员。 ③东壁：东壁二星主文章、图书。 躔：星的运行轨道。 ④紫阳：朱熹书斋名。 ⑤同庚：同年。

杨 守

杨守,生平事迹不详。

八声甘州

寿萧帅参[①] 九月廿三

问梅边消息有还无,似微笑应人。道近来别有,相家一种[②],叶叶都新。趁得嫩寒轻暖,七日小阳春[③]。一点和羹意,来做生辰。 锦绣香中开国[④],向绮霞洞里,暂寄闲身。欠朝家多少,未了底经纶[⑤]。便如何、偷闲去得,也须烦、妙手略调钧[⑥]。归来也,恨寻棋局,点检园椿[⑦]。

(《翰墨大全》丁集卷四)

[注释]

①帅参:经略安抚司的参军。 ②相家:宰相之家。 ③小阳春:农历十月称小阳春。 ④开国:开创功业。亦指五等封爵前加的称号。 ⑤经纶:治国方略。 ⑥调钧:治国。 ⑦园椿:园中椿树。大椿为长寿的象征。

草夫人

草夫人[1]，生平不详。

满江红

寿妇人又受命[2]　十月廿七

清晓新妆，鸾台畔、潜呼小玉[3]。问阿谁庭院，调长生曲[4]。报道隔邻人庆寿，新来荣领金花轴[5]。细推来、阳月已将周，惟三宿。　陈□颂，年多祝。环珠翠，人如簇。奉金杯相庆，满斟醽醁[6]。愿享麻姑难老福，屡餐王母蟠桃熟。更儿孙、岁岁献莱庭[7]，蓝袍绿[8]。

（《翰墨大全》丁集卷四）

[注释]

①唐氏按："草"疑"莫"字之讹。　②受命：得到朝廷的封赠诏书。　③小玉：神话中仙人的侍女名。　④长生曲：即长生殿之乐曲。　⑤新来：近来。　金花轴：金花卷轴，指封赠的诰命文书。　⑥醽醁：美酒。　⑦莱庭：指老莱子彩衣娱亲。　⑧蓝袍绿：换蓝袍为绿袍，指书生入仕为官。

游　慈

游慈,生平事迹均不详。

多　丽

寿侍郎　十二月初七

约梅花,年年开向华筵。借清香,飞入寿杯中,永祝英贤。才履长、便登八帙[①],那须要、更待来年。和气先春,祥风破腊,蓂开七荚正敷妍[②]。君不见,太公此际,犹欲钓磻川[③]。　　争知道、副车已办[④],西伯来畋[⑤]。驻东阳、清谈终日[⑥],种成桃李森然。向庭闱、绯衣戏彩,更孙(下缺)。[⑦]

(《翰墨大全》丁集卷四)

[注释]

①履长:进入冬至(长至日)。　八帙:同"八秩",八十岁。　②蓂荚:蓂草,一日一叶,月半而十五荚。十六日后日减一荚。用以计日。敷妍:长得很美。　③磻川:渭水磻溪。　④副车:随行之车。　⑤畋(tián):打猎。　⑥东阳:今浙江金华古称东阳郡。　⑦唐氏按:二百零四卷元刻元印本《翰墨大全》有缺叶,此首末及其下十馀首俱俟另觅得未缺之善本录补。

静　山

刘辰翁《须溪词》中有陈静山。宋末又有汪静山，名会龙，咸淳四年进士。未知孰是。

摸鱼儿

黄时中入郡幕

晓峰高、飞泉如瀑，潜虬鞭驾轩翥[①]。为他一片韩山石[②]，直到红云天尺五[③]。想应道、公皆安在来何暮。金川小渚[④]。那韶石参天[⑤]，郡纲宜录[⑥]，为我分南顾[⑦]。

锦衣昼[⑧]，满袖尚疑香雾。催人富贵如许。岭云见说今如砥[⑨]，凤挟九成迎舞[⑩]。烦道甫[⑪]。问金镜铁胎[⑫]，还记开元否。封词寄与。但目送河桥，吟消醉拍，载酒满江浒。

（《翰墨大全》庚集卷十五）

［注释］

①潜虬：指在民间的贤才。　轩翥：高飞。　②韩山石：温子升撰《韩陵山寺碑》富有文彩，深得庾信赞美。此指黄时中为独步一时之文士。　③天尺五：离天尺五，极言其高。　唐氏按："天尺五"上下有脱字。　④金川：指韶石附近的利川。　⑤韶石：在曲江（今韶关）北潼溪。石高百仞，两相对峙。传为舜奏韶乐之地，故名。　⑥郡纲：治郡的政纲。　⑦分南顾：分担对南方政情的关注。　⑧锦衣昼：锦衣昼行，即荣归故里之意。　⑨岭云：五岭山上的云彩。　如砥：指道路平坦。　⑩九成：奏九遍而乐成。"箫韶九成，凤凰来仪。"见《尚书》。天下太平之意。　⑪烦道甫：问讯朋友之意。杜甫《送孔巢父谢病归游江东兼呈李白》诗："南寻禹穴见李白，道甫问讯今何如。"　⑫金镜铁胎：指张九龄。玄宗遣使祭九龄陈金镜，并铸铁为像。郭祥正诗："当年主祭陈金镜，后世空祠见铁胎。"喻为官刚正廉明。

水龙吟

送人归江西

片帆天际归舟，好风动、吹来消息。浪间双桨，回头春杪[①]，去来几日。十八滩头[②]，水飞如舞，石巉如壁。把连樯白粲[③]，等闲卸却，更呼取、艅艎入[④]。　不羡公家事了，羡二难、一番游历[⑤]。江花江水，无边风月，不知行役。和郁孤词[⑥]，倚崆峒剑[⑦]，唤醒龙蛰。试问君，过我青原[⑧]，听得几声羌笛。

（《翰墨大全》壬集卷八）

[注释]

①春杪：春末。　②十八滩头：赣江有十八险滩。　③白粲：白米。　④艅艎（yú huáng）：船。　⑤二难：指主雅、宾贤，二者难得。　⑥郁孤：山名，在赣州境内。有台，题咏甚多。　⑦崆峒：传为广成子得道处。　⑧青原：山名，在江西吉安东南。

刘　守

刘守，生平不详。

满江红

刘守解任

归去来兮，要待足、何时是足。荣对辱、饮河鼹鼠①，无过满腹。浴月朝霞红赛锦，排云晚岫青如玉。更修筠、与合抱长松②，依梅麓。　森画戟③，谩符竹④。舞袖短，辕驹局⑤。惟茧丝堡障⑥，医疮剜肉。节对开炉应去也⑦，钗头又有长生箓⑧。算归程、恐到荔枝乡，已过熟。

（《翰墨大全》庚集卷十五）

［注释］

①鼹鼠：田鼠。　②修筠：修竹。　③森画戟：威严地陈列着兵器。　画戟：长兵器，常作仪仗。　④符竹：郡守的竹制符信。　谩：不重视。　⑤辕驹：拉车的马。　局：拘束。　⑥茧丝堡障：作茧自缚。　⑦开炉：古俗寒食节禁火数日。节过举火，曰开炉节。　⑧长生箓：长生不老的仙符。

逸 民

逸民,生平不详。

江城子

中秋忆举场

秀才落得甚干忙[①]。冗中秋[②],闷重阳。百年三万[③],消得几科场。吟配十年灯火梦[④],新米粥,紫苏汤。

如今且说世平康。收战场,息欃枪[⑤]。路断邯郸,无复梦黄粱[⑥]。浪说为农今决矣,新酒熟,菊花香。

(《翰墨大全》壬集卷八)

[注释]

①干忙:白忙。 ②冗中秋:中秋忙忙碌碌。 ③百年三万:即百年三万六千日之省文。 ④配:伴。 ⑤欃枪:彗星,古人以为是战争之象。 ⑥黄粱:指官场富贵之梦。见沈既济《枕中记》。

无何有翁

无何有翁，生平不详。

江城子

和

小年底死踏槐忙[①]。叹蝉声，早斜阳。今夕何年，白骨照沙场。天上人间都是梦，石中火[②]，镬中汤[③]。　人如今且免秀才康[④]。驰大马，试长枪。说与儿门[⑤]，书里有膏粱[⑥]。万万古来同一月，斫不尽、广寒香[⑦]。

（《翰墨大全》壬集卷八）

[注释]

①小年：少年。　底死：分外。　踏槐忙：踏着槐花去赶考。　②石中火：击石取火，比喻人生短暂。　③镬中汤：在锅里煎煮，比为受罪。　④唐氏按："人"字疑衍。　又："秀"字原作"香"，误。　⑤儿门：儿郎们。　⑥膏粱：肥肉细粮，比喻富足的生活。　⑦斫不尽：砍不完。　广寒香：桂花香。传说月中有桂树，吴刚受罚砍桂树。　唐氏按："广"原讹作"黄"。

任翔龙

任翔龙，生平不详。

沁园春

赠谈命许丈[①]

客有问余，号曰汝水[②]，逸民者谁。是胸罗星斗，熟知天命，口分造化，妙泄天机。百十日前，再三地说，端的秋来攀桂枝[③]。那时节，果鳌头高跨[④]，鹗首横飞[⑤]。　君休说是谈非。是则是干支带得来[⑥]。也要他有个、读书种子，一丁不识[⑦]，富贵何为。报道长安，梅边春色，早趁东风掠马蹄[⑧]。重逢处，办一封好纸，觅状元诗。

（《翰墨大全》壬集卷十四）

[注释]

①谈命：算命，占卜。　②汝水：水名，在今河南。　③攀桂枝：折桂，中试登科。　④鳌头高跨：中状元。　鳌：唐氏按，原作“龟”，改从一百二十七卷本《翰墨全书》。　⑤“鹗首”句：比喻人才杰出，如鹗鸟之高飞。　⑥干支：天干地支。古代计时、推命多由此推测。　⑦一丁不识：一字不识。　⑧“早趁东风”句：即孟郊《登科后》“春风得意马蹄疾，一日看遍长安花”之意。

程梅斋

程梅斋，生平不详。

西江月

赠造浮桥匠者簇①

刻木工夫最巧，舆梁底事尤精②。玉虹饮水映波明③，彼此往来利济。　　真个作家手段，从今名播寰瀛。人从鳌背获安行，镇作城南景致④。

（《翰墨大全》壬集卷十六）

[注释]

①簇：未详。或为匠者之名。　②舆梁：桥梁。　底事：何事。　③玉虹：形容桥映水中，如玉虹飞跨。　④“镇作”句：威风凛凛地成为城南一道风景。

刘省斋

刘省斋,生平不详。

沁园春

赠较弓会诸友[1]

男子才生,桑弧蓬矢,志期古同[2]。况平生慷慨,胸襟磊落,弛张洞晓[3],经艺该通[4]。笔扫云烟,腹储兵甲,志气天边万丈虹。行藏事,笑不侯李广[5],射石夸雄[6]。　仰天一问穷通,叹风虎云龙时未逢。羡傅岩版筑[7],终符求象,渭滨渔钓[8],果兆非熊。白额未除[9],长鲸未脍[10],臂健何嫌二石弓[11]。天山定[12],任扶桑高挂[13],凌阁图功[14]。

(《翰墨大全》壬集卷十六)

[注释]

①较弓会:比赛射箭之会。　②古同:与古人相同。　③弛张:松与紧,指治国之道。　④该通:通晓。　⑤不侯李广:李广虽战功卓著,但未获封侯。　⑥射石:李广曾误石为虎,射之,矢没石中。　⑦傅岩:传说沦为筑墙的仆役之贤人。因与殷高宗梦合,用以为相。　⑧渭滨渔钓:指吕尚钓于渭水,为文王寻得,委以相职。　⑨白额:白额虎,指强敌。　⑩长鲸:鲸鱼,指强敌。　脍:宰杀。　⑪二石弓:二百斤臂力才拉得开的硬弓。　⑫天山定:唐薛仁贵三箭连杀三敌遂平天山之敌。　⑬扶桑高挂:日出中天。　⑭凌阁图功:唐太宗与代宗时在凌烟阁上图画功臣之像。

刘仁父

刘仁父，生平不详。

踏莎行

赠傀儡人刘师父[①]

不假牵丝，何劳刻木，天然容貌施妆束。把头全仗姓刘人，就中学写秦城筑[②]。　　伎俩优长，恢谐软熟，当场喝采醒群目。赠行无以表殷勤，特将谢意标芳轴[③]。

（《翰墨大全》壬集卷十六）

［注释］

①傀儡人：木偶艺人。　②秦城筑：扮演秦始皇筑长城故事。　③芳轴：题诗赞美的卷轴。

刘南翁

刘南翁，生平不详。《翰墨大全》后甲集卷十所载一词，原题南翁作。丙集卷三另有刘南翁诗，当是同一人之作。

如梦令

春　晚

没计断春归路[①]，借问春归何处。莺燕也含愁，总对落花无语。春去，春去，门掩一庭疏雨。

（《翰墨大全》后甲集卷十）

[注释]

①“没计”句：无法阻挡春天归去。

勿 翁

勿翁，宋末元初人。馀不详。

贺新郎

端午和前韵[①]

庭外潇潇雨。对空山、再度端阳，悄无情绪。旧日文君今瘦损[②]，寻旧曲、不成腔谱。更不周郎回顾[③]。尚喜庭萱春未老[④]，捧蒲觞、细细歌金缕[⑤]。儿女醉，笑还语。
醉馀更作婆娑舞。又谁知、灵均心事[⑥]，菊英兰露。最苦当年哀郢意[⑦]，因甚夫君未许。却枉使、蛾眉见妒。在再章台才十载[⑧]，笑关河、失报应旁午[⑨]。愁读到，楚辞句。

（《翰墨大全》后甲集卷十）

[注释]

①唐氏按：此首原书编詹无咎端午《贺新郎》之后。词题所云和前韵，即指和无咎一首之韵。 ②文君：卓文君。此指歌女。 ③周郎：吴谚云：“曲有误，周郎顾。”指周瑜妙解音乐。此为作者自喻。 ④庭萱：北堂萱草。比喻母亲。 ⑤唐氏按：“缕”原作“纹”，误，依韵改。 ⑥灵均：屈原，字灵均。 ⑦哀郢：屈原《九章》中篇名。 ⑧章台：秦宫名。汉唐时为歌舞游乐之地。 唐氏按：“在再”疑是“荏苒”之误。 ⑨旁午：交错、纷繁。

曹休斋

曹休斋，自宋入元人，其他不详。

贺新郎

海棠次刘草窗韵[1]

旧事凭谁诉。记锦宫、初试秾妆，前身天女。玉辇行春娇侍夜，浴殿温泉轻注。一点点、猩红啼吐。绣幄篝香春睡足[2]，细温存，怕遣惊风雨。春梦散，黯凝伫。　韶华寂寞今何许。想故宫、柳亦凝愁，倚栏停舞。欲趁啼鹃归月下，可奈川回山阻。倩万里、鹄来衔子。工部无诗虽结恨[3]。道无香、更恨痴人语。拌绝艳，付黄土。

（《新编事文类聚翰墨大全》后戊集卷五）

［注释］

①刘草窗：生平不详。　②春睡足：此以海棠比杨贵妃。唐明皇召太真妃，妃被酒新起。帝曰：此乃海棠花睡未足耳。见《杨妃传》。　③工部：杜甫。其集中无咏海棠之作。

李君行

李君行,生平事迹不详。

沁园春

刘山春新居

三岛十洲①,移掇者谁②,玉城稚仙③。解运诗之巧,裁山剪水,用诗之力,斡地回天④。大笑宋初,秀才屋子⑤,著不得官家十万钱。又谁说,李膺豪放⑥,门号龙门。

我家呼喝山川,道今日山春莺已迁。汝南山顶上,虎毋久卧,秀溪底下,龙莫长眠。打起精神,护持诗府,推出诗城障山边。山川道,如稚仙肯出,当拜君言。

（《翰墨大全》后丁集卷六）

[注释]

①三岛十洲:传说中的海上仙山。 ②移掇:搬移,安置。 ③玉城:仙界。 稚仙:葛洪,名稚川,人称小葛仙翁。 ④斡:旋转。 ⑤秀才屋子:“措大眼孔小,赐与十万贯,则塞破屋子矣。”是宋太祖批评梁维翰的话。见《东轩笔录》。 ⑥李膺:东汉名臣,得到他的接待称为登龙门。

赋　梅

赋梅,姓名生平不详。

齐天乐

令狐佥迁新廨[①]

雕阑曲曲芙蓉水,天然一时潇洒。露浥冰壶[②],风摇玉佩,缥缈蓬莱如画。银烛欲下。照藻桷翚飞[③],杏梁虹架。如此规模,杜陵何止万间厦[④]。　明年春燕归早,卷帘应认得,旧家王谢[⑤]。袖里经纶,幕中佳话,高斸云根谁写[⑥]。青冥纵靶[⑦]。看人在金坡[⑧],炬莲盈把。句忆湘南,渌池明月夜。

（《翰墨大全》后丁集卷六）

[注释]

①佥(qiān):佥事。州郡属官。　新廨(xiè):新官舍。　②冰壶:形容屋宇光明如玉壶冰洁。　③藻桷(jué):绘有藻纹的屋椽。　翚(huī)飞:屋檐伸出如鸟翅飞动。　④"杜陵"句:杜甫诗有"安得广厦千万间"之句。　⑤王谢:东晋贵族王谢世居乌衣巷。刘禹锡诗:"旧时王谢堂前燕,飞入寻常百姓家。"　⑥斸(zhǔ):砍。　⑦靶:缰绳。　⑧金坡:金銮坡,即朝廷。

易少夫人

易少夫人，生平不详。

临江仙

咏熟水[①]

何处甘泉来席上，嫩黄初汤银瓶[②]。月团尝罢有馀清[③]。惠山名品在[④]，歌舞暂留停。　欲赏壑源新气味[⑤]，不应兼进豨苓[⑥]。此中端有淡交情。相如方病酒[⑦]，一饮骨毛轻。（《翰墨大全》后丁集卷十四）

[注释]

①唐氏按：此首原书文字多误，此据《彤管遗编》后集卷十二。　熟水：一种以香料果实浸泡的饮料。　②汤（tàng）：烫。用热水浸泡。　③月团：圆月形的茶饼。　④惠山：无锡惠山泉水甘洌，为烹茶妙品。　⑤壑源：壑源口，在福建建瓯县，产名茶。　⑥豨（xī）苓：药材名。此处意谓以次代好。　⑦相如：司马相如，晚患消渴病。

临江仙

咏熟水话别[①]

记得高堂同饮散，一杯汤罢分携。绛纱笼影簇行旗[②]。更残银漏急[③]，天淡玉绳低[④]。　只恐曲终人不见，歌声且为迟迟。如今车马各东西。画堂携手处，疑梦又疑非。（《彤管遗编》后集卷十二）

[注释]

①唐氏按：此首原见《翰墨大全》后丁集卷十四，与上一首衔接，无撰

人姓名,题作“咏汤”。疑以作无名氏词为是。　又按:以上二首别又误作刘鼎臣妻词,见《历代诗馀》卷三十八。　②簇行旗:人马簇拥的旌旗仪仗。　③银漏:银制的计时漏壶。　④玉绳:星名。

胡平仲

胡平仲[①]，号虎溪。生平不详。

减字木兰花

咏 梅

东坡咏梅成三十篇，《红梅》诗有云："诗老不知梅格在，更看绿叶与青枝。"谓石曼卿有"认桃无绿叶，辨杏有青枝"之句也。夫梅红与艳杏、夭桃固异，不待观枝叶，而辨已明矣。然人常言所不能到，予甚爱之，乃集其诗句作《减字木兰花》二曲，一咏红梅，一咏江梅，仍同韵，以贻好事者

天然标格[②]，不问青枝和绿叶。仿佛吴姬[③]，酒晕无端上玉肌。　　怕愁贪睡，谁会伤春无限意。乞与徐熙[④]，画出横斜竹外枝。

[注释]

①唐氏按：二百零四卷元刊元印本《翰墨大全》原作胡仲平，而一百二十七卷本《翰墨全书》则作胡平仲，《渚山堂词话》卷一亦作胡平仲，今从之。 ②标格：风致。 ③吴姬：吴地美女。 ④徐熙：五代唐花鸟画家。

[集评]

陈霆云："胡平仲因用坡句作《减字木兰花令》云……夫红梅与桃杏迥异，不待观枝叶而辨已明矣。予甚爱坡语，用特录胡词，贻之好事者。"（《渚山堂词话》卷一）

减字木兰花

兰凋蕙歇，野店酒初尝竹叶[①]。绝艳幽姿，洗出铅华见雪肌[②]。　　云阶月地[③]，凭仗幽人须着意。一夜花飞，

一点微酸已著枝[④]。 （《翰墨大全》后戊集卷五）

［注释］

①竹叶：酒名。 ②铅华：脂粉。 ③云阶月地：云月掩映的庭院。 ④微酸：指梅已结子。

曹　遇

曹遇，生平不详。

宴桃源[1]

游西湖

西湖避暑棹扁舟[2]，忘机狎白鸥[3]。荷香十里供瀛州[4]，山光翠欲流。　歌浩浩，思悠悠，诗成兴未休。清风明月解相留，琴声万籁幽。

[注释]

①《全宋词》注：按词律调名当作《醉桃源》。　②棹：划桨。　③忘机：忘了巧诈机谋之心。　狎：嬉戏。　④瀛洲：仙洲。

宴桃源

廉纤小雨养花天[1]，池光映远山。蕙兰风暖正暄妍，归梁燕翼偏。　芳草碧，绿波涟，良辰近禁烟[2]。酒酣午枕兴怡然，莺声惊梦仙。[3]

（以上二首见《永乐大典》卷二千二百六十五“湖”字韵引《曹遇集》）

[注释]

①廉纤：细密。　②禁烟：寒食节，旧俗禁烟火，以纪念焚死之介子推。　③唐氏按：以上二首别又作曹冠词，见四印斋所刻词本《燕喜词》。

蓦山溪

游鉴湖[①]

鉴湖千顷，四序风光好[②]。拨棹皱涟漪，极目处、青山缭绕。微茫烟霭，鸥鹭点菰蒲，云帆过，钓舟横，俱被劳生扰[③]。　知章请赐[④]，独占心何小。风月本无私，同众乐、宁论多少。浮家泛宅，它日效陶朱[⑤]，烹鲈鳜，酌松醪[⑥]，吟笔千篇扫。

（《永乐大典》卷二千二百六十七“湖”字韵引《曹遇集》）

[注释]

①鉴湖：原名镜湖，在浙江绍兴境内。　②四序：四季。　③劳生：辛苦的人生。　④知章：唐贺知章，请回乡为道士。玄宗赐镜湖一角，以供渔樵之用。　⑤陶朱：范蠡归隐后，号陶朱公。　⑥松醪：用松花酿制的酒。

水调歌头

造物巧能赋，新腊报花期[①]。江梅清瘦、只是洁白逞芳姿。我欲超群绝类，故学仙家繁杏，秾艳映横枝。朱粉腻香脸，酒晕著冰肌。　玉堂里[②]，山驿畔，最希奇。谁将绛蜡笼玉[③]，香雪染胭脂。好向歌台舞榭，鬥取红妆娇面，偎依韵偏宜。羌管莫吹动[④]，风月正相知。

（《永乐大典》卷二千八百零九“梅”字韵引《曹遇集》）

[注释]

①新腊：刚进腊月（十二月）。　②玉堂：朝堂，泛指富贵之家。　③绛蜡：红蜡。　笼玉：蒙罩在白色梅花上。　④羌管：笛。

西江月

示彦忠

秋霁嫦娥二八[①]，寒光逼散浮云。小山丛桂吐清芬，犹带蟾宫风韵。　因念两登仙籍[②]，恩沾雨露方新[③]。汝今妙岁已能文，早折高枝荣奋。

（《永乐大典》卷一万三千三百四十四"示"字韵引《曹遇集》）

［注释］

①秋霁：秋雨停。　二八：十六日。　②两登仙籍：两次科考得中。　③恩沾：皇恩普降。

白君瑞

白君瑞,生平不详。

满江红

木芙蓉

木落林疏,秋渐冷、芙蓉新折。傍碧水,晓妆初鉴,露匀妖色。故向霜前呈艳态,想应青女加怜惜[①]。映朝阳、翠叶拥红苞,闲庭侧。 岩桂香,随飘泊。篱菊嫩,陪幽寂。笑春红容易[②],被风吹落。满眼炯然宫锦烂[③],一身如寄神仙宅。把绿尊、莫惜醉相酬[④],春工力。

(《永乐大典》卷五百四十“蓉”字韵)

[注释]

①青女:传说中的霜雪之神。 ②春红:春花。 ③炯然:鲜明耀眼。 ④绿尊:盛满绿酒的杯子。

水调歌头

凉吹拂衣袂[①],助我上高台。云檐风栋,窗户绝纤埃。四绕江山雄丽,万古盘龙踞虎[②],壮气锁崔嵬。二水中分远[③],艇子自归来。 望白云,迎碧汉,俯长淮。铎声到耳[④],亭亭孤塔现林隈。烟惹宫城深树,日照酒楼帘幕,物象眼前排。长啸下梯径,欲去更徘徊。

(《永乐大典》卷二千六百零三“台”字韵)

[注释]

①凉吹:凉风。 衣袂:衣袖。 ②盘龙踞虎:龙蟠虎踞为诸葛亮论

金陵（南京）形势的话。　③二水中分：指白鹭洲。李白诗：“二水中分白鹭洲。”　④铎声：塔上铃声。

柳梢青[①]

曹溪英墨梅

玉骨冰姿，天然清楚，雪里曾看。物外幽人[②]，细窥天巧，收入毫端。　一枝影落云笺[③]，便似觉、清风夜寒。试向松窗，等闲一展，俗虑都捐[④]。

（《永乐大典》卷二千八百十三“梅”字韵）

[注释]

①唐氏按：《大典》原无调名，兹据律补。　②物外：世外。　③云笺：白色的笺纸。　④俗虑：俗念。　都捐：都消。

风入松

寄故人

一冬不见雪花飞，爱日荡晴晖[①]。腊残未解寒塘冻，东风细、已露春期。正是年时策马[②]，相随村落寻梅。

故人别久信音稀，排闷有新诗。雁声北去江城暖，暗舒展、花柳容仪[③]。屈指烧灯不远[④]，等闲休锁双眉。

[注释]

①爱日：暖阳。　②年时：往年。　策马：鞭马前行。　③容仪：姿态。　④烧灯：元宵节，万户张灯，亦称烧灯。

念奴娇

寄临安友

江干蹭蹬[1]，镇寻常、怀想京城春色[2]。静倚山亭凝望处，惟见鸟飞云幂[3]。拂面埃尘，跳□□□，老却风流格。年来却有，短蓑轻棹胸臆。　　闻与俊逸嬉游，笙歌丛里，眷恋中华国。况是韶阳将近也[4]，应办青骢金勒[5]。丰乐阑干[6]，西湖烟水，遍赏苏堤侧。举觞须酹，天隅犀渚孤客[7]。

（以上二首《永乐大典》卷一万四千三百八十一“寄”字韵）

[注释]

①江干：江边。　蹭蹬（cèng dèng）：落魄失意貌。　②镇寻常：总时常。　③云幂（mì）：云遮。　幂：幔。　④韶阳：春阳。　⑤青骢：青白色的大马。　⑥丰乐：杭州酒楼名。　⑦犀渚：牛渚山。旧传晋温峤夜过牛渚，燃犀下照见鬼怪神物。

贾　应

贾应,生平不详。

水调歌头

呈判府宣机先生乞赐笑览①

晚日浴鲸海,璧月挂鳌峰②。不知今夕何夕,灯火万家同。楼外芙蕖开遍,人在琉璃影里,语笑隔帘重。对景且行乐,一醉任东风。　黄堂宴③,春酒绿,艳妆红。文章太守,和气都在笑谈中。正此觥筹交错④,只恐笙歌未散,温诏促追锋⑤。来岁传柑处⑥,侍宴自从容。

（《永乐大典》卷一万一千零一“府”字韵）

[注释]

①判府:知府、知州。宋制以大兼小曰判。与判官有别。　②鳌峰:堆朵彩灯为山形称鳌峰。　③黄堂:太守官衙。　④觥(gōng):酒盏。筹:筹码。　⑤温诏:情词恳切的诏书。　追锋:跑得快的驿车。　⑥传柑:宋时元宵节宫中聚会,争以黄柑相送。

杨元亨

杨元亨,生平不详。

沁园春

无为灯夕上陆史君①

一棹横江,问讯盟鸥②,太守谓谁。道皇华使者③,光风洒落,元宵三五,乐与民俱。宝榼金韉④,玉梅钗燕⑤,鬥鸭阑干花影嬉⑥。人迎笑,似玉京春浅,长是灯时。
风流不减人知,算岳牧词人谁似之⑦。把南楼风月⑧,渚宫丘壑⑨,竹西歌舞⑩,行乐濡须⑪。万斛金莲⑫,满城开遍,朵朵留迎学士归。明年宴,看柑传天上⑬,月在云西。

(《永乐大典》卷二万零三百五十四"夕"字韵引《宝祐濡须志》)

[注释]

①无为:地名,在江北,宋时为无为军。 史君:州郡长官,即使君。 ②盟鸥:结为盟友的鸥鸟。指归返自然。事出《列子·黄帝》。 ③皇华使者:皇帝派遣的使臣。 ④宝榼(kē):华贵的酒具。 金韉:饰金的鞍韉。⑤钗燕:燕状玉钗。 ⑥鬥鸭阑干:置鸭阑干中,观其相鬥。 ⑦岳牧:州牧,指州郡长官。 ⑧南楼风月:晋庾亮在武昌南楼与殷浩等名士赏月谈咏。 ⑨渚宫丘壑:南齐竟陵王萧子良与谢朓等结为八友游赏于渚宫一带。 渚宫:楚国别宫。 ⑩竹西:扬州地名。"谁知竹西路,歌吹是扬州。"见杜牧《题扬州禅智寺》诗。 ⑪濡须:水名。流经无为境内。 ⑫万斛金莲:万朵莲灯。 ⑬传柑天上:指调回京城,参加宫中的传柑聚会。

林实之

林实之，生平不详。

八声甘州

客星堂下水[①]，碧浮空、烟树几重重。想故人当日，论情蓬藋[②]，际会云龙[③]。底事泥涂轩冕[④]，不肯作三公。千仞钓江浒[⑤]，此意谁同。　应笑赤松黄石[⑥]，效痴儿成事，犹自言功。怎知他箕颍[⑦]，袖手独春容[⑧]。幸风月、有人料理，自家山叟与溪翁。鸣榔晚[⑨]，一声长啸，相送冥鸿[⑩]。

（《钓台集》卷六）

［注释］

①客星：严光为光武故人。夜与光武同宿，脚加帝腹。翌日太史奏客星犯帝座。见《后汉书》。　②蓬藋（diào）：蓬草与藋草。比喻贫贱之交。　③际会云龙：比喻君臣相合功业有成。　④底事：何事，为何。　泥涂轩冕：置礼服车马坐于泥泞中，表示不愿做官。　⑤江浒：江边。　⑥赤松黄石：赤松子、黄石公，传说中的仙人。　⑦箕颍：许由让天下，隐于颍水之阳，箕山之下。见皇甫谧《高士传》。　⑧春容：从容。　⑨榔：叩船惊鱼之木。　⑩冥鸿：高天之鸿雁。

刘　灦

刘灦[1],生平不详。

水调歌头

几载沧江梦,此夕复经过。双台双峙如画,空翠滴晴波。不是先生高节[2],激起清风千古,汉鼎复如何[3]。矫首望天际[4],烟树翠婆娑。　危楼下,数不尽,去帆多。人人惊肉生髀[5],却日欲挥戈[6]。谁识砚边泉石,别有壶中天地[7],烟雨一青蓑。自笑亦华髮,三叹吊岩阿[8]。

(《钓台集》卷六)

[注释]

①灦:源的异体。　②先生:指严光。　③汉鼎:汉朝的国运。　④矫首:抬头。　⑤惊肉生髀:大腿里侧长肉。刘备说:"今不复骑,髀里肉生。"见《三国志·蜀书·先主传》。　⑥却日:使太阳倒退。鲁阳向日挥戈,见《淮南子·览冥训》。　⑦壶中天地:道家仙境。　⑧岩阿:山岩边侧,常指隐居之地。

曾中思

曾中思，生平不详。

水调歌头

有客泛轻舸[①]，迤逦到桐庐[②]。山湾水曲，个中依约是仙区。试唤清江渔父，为问来今往古，兴废事如何。笑指寒烟里，此是子陵居。　汉光武，兴皇运，握乾符[③]。客星侵座，方见不与故人疏。自是先生高尚，无限经纶才略[④]，飘泛寄江湖。凛凛亘千载[⑤]，风月属樵渔。

（《钓台集》卷六）

［注释］

①轻舸：快船。　②迤逦：曲曲折折。　桐庐：浙江县名。严子陵隐居于此。　③乾符：天命。　④经纶才略：治国方略。　⑤亘千载：经历千年。

黄子功

黄子功,生平不详。

水调歌头

绾纤钓台下[①],敛衽谒严陵[②]。石矾封藓,一笑挟策独先登[③]。山献修蛾几抹,江绕青罗千顷,今古富春声。行有二三子,心迹喜双清。　　吊羊裘,追往躅[④],尚仪型[⑤]。丹青洒落三反[⑥],谁动紫垣星[⑦]。重袖调元大手[⑧],归傲纶巾一线[⑨],志不在寒鲸[⑩]。千载仰风节,鸿鹄自冥冥[⑪]。

(《钓台集》卷六)

[注释]

①绾纤(qiàn):挽住纤绳,使船前进。　②敛衽(rèn):提起衣襟,准备敬礼跪拜。　严陵:汉严光,字子陵。　③挟策:挟着书册。　策:竹简,泛指书册。　④羊裘:严子陵披羊裘钓泽中。　往躅(zhuó):往事。　躅:足迹。　⑤尚仪型:崇敬的典型。　⑥三反:多次往返聘请。　⑦紫垣星:帝星。　⑧调元:调理元气,比喻治国。　⑨纶巾:青丝巾。这里指钓丝。　⑩寒鲸:指钓寒水大鱼。喻沽名钓誉。　⑪冥冥:高空。

张嗣初

张嗣初，生平不详。

水调歌头

名节本来重，轩冕亦何轻[①]。人间儿戏，刚自指点客星明。黄屋龙旂九仞[②]，苍石渔丝千尺，谁辱又谁荣。会得傥来意[③]，方识古交情。　想当时，奇男子，汉真人[④]。龙潜豹隐[⑤]，胸中同是一经纶。公办中兴事业，我向沧浪学钓，各自寄吾真。谁信往来客，千古诵清名。

（《钓台集》卷六）

[注释]

①轩冕：高车与官帽。代指高官厚禄。　②黄屋：帝王的车盖，以黄缯为衬。　龙旂：龙纹的旗帜。　③傥来：意外得来之物。　④汉真人：指刘秀。　⑤龙潜：比喻尚未得位之帝王。　豹隐：比喻贤者远祸，入山林自保。南山玄豹，雾雨不出，藏而远害。见《列女传》。

沈明叔

沈明叔,荆溪(今江苏宜兴)人。

水调歌头

汉事正犹豫,足迹正跫然[1]。严陵老子,当时底事动天顽[2]。曾把丝纶一掷,藐视山河九鼎[3],高议凛人寒。竹帛非吾事,霄汉任腾骞[4]。　问云台[5],还得似,钓台巅。几年山下,使人犹识汉衣冠。寄语功名馀子[6],今日成尘何在,百战亦多艰。一笑桐江上[7],来往钓名船。

(《钓台集》卷下)

[注释]

①跫(qióng)然:脚步声。　②天顽:天生的固执与豁达的脾气。　③九鼎:九州,天下。大禹铸九鼎以象九州,见《史记·武帝本纪》。　④腾骞:高飞。　⑤云台:东汉宫中高台。汉明帝将中兴功臣之像画在台上,以示褒奖。　⑥馀子:指云台以外的有功之人。　⑦桐江:即富春江。严光隐居处。

寇寺丞

寇寺丞[1]，生平不详。

点绛唇[2]

遗　妓[3]

春睡腾腾，觉来鸳被堆香暖。起来慵懒[4]，触目情何限。　深院日斜，人静花阴转。柔肠断。凭高不见，芳草连天远。（《花草粹编》卷一）

［注释］

①寺丞：官名，在宋代通称九寺（太常、光禄、大理、司农等）的副职佐僚。　②唐氏按：此首别又作王安礼词，见杨金本《草堂诗馀前集》卷下。　③遗（wèi）妓：赠妓。　④慵：懒。

苏小小

苏小小[1]，南宋名妓，其他不详。

减字木兰花

别离情绪，万里关山如底数[2]。遣妾伤悲，未必郎家知不知。　　自从君去，数尽残冬春又暮。音信全乖[3]，等到花开不见来。　　（《花草粹编》卷二）

[注释]

①苏小小：南宋名妓名，与南齐之苏小小有异。　②如底数：如何计算。　③全乖：全违。

李秀兰

李秀兰，生平不详。

减字木兰花

自从君去，晓夜萦牵肠断处。绿遍香阶，过夏经秋雁又来。　想伊那里[1]，应也情怀愁不止。渺渺书沉[2]，直至如今没信音。　（《花草粹编》卷二）

[注释]

①伊：他。　②书沉：信断。

胡夫人

胡夫人,生平不详。

采桑子

与君别后愁无限,永远团圞[①],间阻多方,水远山遥寸断肠。　　终朝等候郎音耗[②],捱过春光,烟水茫茫,梅子青青又待黄。

（《花草粹编》卷二）

[注释]

①团圞(luán):团圆。　②音耗:音信。

窦夫人

窦夫人，生平不详。

失调名

去时梅蕊全然少。

（《花草粹编》卷二朱秋娘《采桑子》集句）

王娇姿

王娇姿，生平不详。

失调名

兀自未归来。

（《花草粹编》卷二朱秋娘《采桑子》集句）

洛阳女

洛阳女,生平不详。

御街行

书岐阳邮亭[①]

一身萍梗随邮转[②],恨归路、如天远。近来魂梦也疏人,不似旧时常见。剩衾馀枕,冷清清地,空恁闲一半[③]。

（《花草粹编》卷八）

[注释]

①《全宋词》注:词只半阕。 岐阳:岐山南部。 邮亭:驿馆。 ②萍梗:萍浮梗泛,漂泊之意。 ③恁:如此,这样。

丁羲叟

丁羲叟，生平不详。

渔家傲

十里寒塘初过雨[①]，采莲舟上谁家女。秋水接云迷远树。天光暮，船头忘了回来路。　　却系兰舟深处住，歌声惊散鸳鸯侣。波上清风花上雾。无计去，月明肠断双栖去。

（《花草粹编》卷七）

[注释]

①过雨：阵雨已过。

陶　氏

陶氏，生平不详。

苏幕遮

闺　怨

与君别，情易许[1]。执手相将[2]，永远成鸳侣。一去音书千万里。望断阳关，泪滴如秋雨。　到如今，成间阻。等候郎来，细把相思诉。看著梅花花不语。花已成梅，结就心中苦。（《花草粹编》卷七）

[注释]

①情易许：易将爱情托付给人。　②相将：相随。

吴 奕

吴奕,生平不详。

升平乐

水阁层台,短亭深院,依稀万木笼阴。飞暑无涯,行云有势,晚来细雨回晴。庭槐转影,纱厨两两蝉鸣[①]。幽梦断枕[②],金猊旋热[③],兰炷微薰[④]。　堪命俊才俦侣,对华筵坐列,朱履红裙。檀板轻敲,金樽满泛,纵交畏日西沉[⑤]。金丝玉管,间歌喉、时奏清音。唐虞景[⑥],尽陶陶沉醉,且乐升平。

(《花草粹编》卷十一)

[注释]

①纱厨:纱帐。　②幽梦断枕:幽梦在枕上做完。　③金猊旋热:金炉马上烧暖。　④兰炷:散发兰香的香炷。　⑤纵交:纵教,纵使。　⑥唐虞:唐尧、虞舜。

杨太尉

杨太尉[①]，生平不详。

选冠子

碧眼连车[②]，黄头间座[③]，望断故人何处。当时胜丽[④]，旧日繁华，都变虏言胡语[⑤]。万里衔冤，几年埋恨，仔细向谁分诉。对南风凝眸，眺神旌、触目泪流如雨[⑥]。

今幸会，电扫雷驱，云开雾敛，一旦青天重睹。桃林卧草[⑦]，华岳嘶风[⑧]，行迓太平周武[⑨]。洗尽腥膻巷陌[⑩]。从此追欢，酒杯频举。任笙箫声里，花朝月夕，醉中歌舞。

（《花草粹编》卷十二）

[注释]

①太尉：宋代最高官阶的武官。 ②碧眼：绿眼珠，指胡人。 ③黄头：金黄色头髮。 ④胜丽：壮丽。 ⑤虏言胡语：指元兵的言语。 ⑥神旌：神州（宋朝）的旗帜。 ⑦桃林卧草：放牛于桃林之野。天下太平之意。 ⑧华岳嘶风：放马于华山之下，意味战争停息。 ⑨周武：周武王。 迓：迎来。 ⑩膻腥巷陌：被胡人占领的城市。

[集评]

梁亦犁云：“慷慨悲歌，流注笔端，却极尽曲折。开端为眼前景，心中情。上片今昔对比，抒元人占领后无限悲怆情怀。下片，以想像笔触，展示未来的胜利、太平景象。”（《滴水轩词话》）

李子申

李子申，生平不详。

多　丽

好人人[①]，去来欲见无因。记当时、窃香倚暖[②]，岂期蝶散鹣分[③]。到而今、漫劳梦想，嗟后会、惨啼痕。绣阁银屏，知他何处，一重山尽一重云。暮天杳、梗踪萍迹，还是寄孤村。寂寥月，今宵为谁，虚照黄昏。　细追思、深诚密意，黯然一饷消魂[④]。仗游鱼、漫传尺素[⑤]，望塞雁、空嗌回纹[⑥]。帐衾寒、香消尘满，博山沉水更谁薰[⑦]。断肠也、无聊情味，惟有殢芳尊[⑧]。沉吟久，移灯向壁，掩上重门。[⑨]

（《花草粹编》卷十二）

[注释]

①人人：对情人的昵称。　②窃香倚暖：偷情欢会。　③蝶散鹣分：情侣分手。　鹣(jiān)：比翼鸟。　④一饷：一阵。　⑤尺素：书信。　⑥回纹：回文诗。苏蕙将思念丈夫的诗句用回文的形式织成锦字，以记相思。见《晋书·列女列传》。　⑦博山沉水：博山香炉烧沉水之香料。暗喻男女两情相好。　⑧殢芳尊：沉醉在美酒中。　⑨唐氏按：此词《词综》卷十六误引作李漳词。

闾丘次杲

闾丘次杲，生平不详。

朝中措[1]

横江一抹是平沙，沙上几千家。得到人家尽处，依然水接天涯。　　危栏送目，翩翩去鹢[2]，点点归鸦。渔唱不知何处，多应只在芦花。　　（《词综》卷十六）

[注释]

①此词题下《词综》本有“浮远堂”三字。浮远堂，在江阴，为登览胜地。　②去鹢：远去的船只。　鹢（yì）：指船头画的水鸟。

[集评]

李调元云：“可称逸品。”（《雨村词话》卷二）

危昂霄

危昂霄，字次房，光泽人。耽嗜经史，不乐仕进。从游者就田间问学，称为渠滦先生。

眼儿媚

题九里桥[1]

晴云十丈跨杉溪，偏称夜凉时。我来正值，一滩月朗，万木霜飞。　谪仙不住人间世[2]，此恨有谁知。何人画我，倚阑得句，听水忘归。　（《光泽县志》卷八）

[注释]

①九里桥：在光泽县城西九里，故名。　②谪仙：李白，号谪仙人。

万　某

万某，生平不详。

水调歌头

九日修故事访南山，崖间有前太守所作水调歌头，率尔次韵[①]

卷尽风和雨，晴日照清秋。南山高处回首、潇洒一扁州[②]。且向飞霞瀹茗[③]，还归云间书院，何幸有从游。随分了公事[④]，同乐与同忧。　少年事，湖海气，百尺楼。萧萧华髮、归兴只念故山幽。今日聊修故事，□岁大江东去，应念我穷愁。不但莼鲈□[⑤]，杜若访芳洲。

（《巴州志》卷八）

［注释］

①修故事：遵循传统的习惯。指九日登高。　率尔：随意。　②扁州：小州。此谓巴州狭小。　③瀹（yuè）茗：烹茶。　④随分：随缘随例。　⑤莼鲈：莼羹、鲈脍。用晋张翰因思莼鲈辞官归隐的典故。

蔡士裕

蔡士裕,生平不详。字子后,号古梅,蔡必荐长子。

金缕曲

罗帛剪梅缀枯枝[①],与真无异作

怪得梅开早。被何人、香罗剪就,天工奇巧。茅舍竹篱容不得,移向华堂深悄。别一样、风流格调。玉质冰姿依然在,算暗中、只欠香频到。著些子[②],更奇妙。 有时来伴金尊倒。几徘徊、认成真后,又还误了。费尽东君回护力,空把芳心萦绕。竟不解、索他一笑[③]。夜月纱窗黄昏后,为爱花、翻被花情恼。个恩爱[④],负多少。

[注释]

①罗帛剪梅:剪帛作梅花。 ②著些子:加一点香气。 ③索:讨、博得。 ④个:此,这。

浦湘曲

为金坛教谕干寿道考满怅词[①]

功名早,步武青云缭绕[②]。斯文近有成效。绛纱拍拍春风满[③],香动一池芹藻[④]。 瓜期到[⑤]。便勇撤皋比[⑥],此去应光耀。立登枢要[⑦]。向红药阶前紫薇阁[⑧],管不负年少。 (以上二首见《曲阿词综》卷一[⑨])

[注释]

①教谕:学官名。 考满:任满。 怅词:怅然填词告别。 ②步武:

步伐、行走。 ③绛纱：绛纱帐。马融授课设绛帐。前列生徒，后列女乐。 ④芹藻：芹、藻两种水菜。为学宫祭品。 ⑤瓜期：换班的日期，又称瓜代。 ⑥皋比：虎皮，用作教官椅子的饰物。 ⑦枢要：朝廷的要职。 ⑧紫薇阁：中书省的别称。 ⑨唐氏按：《曲阿词综》所收之词，不可信者极多。蔡士裕是否确有其人，其词是否为其所作，俱有可疑，俟考。

覃怀高

覃怀高,生平不详。

水调歌头

游武夷

翠蕤插云表[①],初意隔仙凡。临风据案一见,邂逅似开颜[②]。几欲挐舟九曲[③],便拟扪参绝顶[④],直下俯尘寰。聊此税吾驾[⑤],赢得片时闲。　　问仙人,缘底事,去不还。长风浩浩,何许清梦杳难攀。只有苍烟古木,好在清湍白石[⑥],依旧画图间。回首武夷路,杳霭没云鬟。

(《武夷山志》卷十五)

[注释]

①翠蕤:绿色,此指绿色的山峰。　②邂逅:偶然相遇。　③挐(rú)舟:荡桨。　④扪参(shēn):用手触到天上的星辰。　参:星名。　⑤税(tuō)驾:停车、下车。　⑥清湍:清流。

巴州守

巴州守，生平不详。

水调歌头

霁色满空碧[①]，爽气正横秋。登高行乐，□来只说古巴州[②]。扫□尘埃来坐，携取烟云杖屦[③]，容□□清游。坐上尽佳客，一醉破千忧。　倚虚壁[④]，绝临□，上层楼。黄花赤叶，鸟□啼断四山幽。醉里不知归去，空有乱云衰草，落日几多愁。舞鹤在霄汉，宿鹭点汀洲。

（《巴州志》卷八）

[注释]

①霁色：雨过天晴的颜色。　②巴州：今四川巴中县，古名巴州。　③杖屦：手杖与鞋子。　④虚壁：空谷。

江无□

江无□,生平不详。

满江红

衡岳词[1]

使节行秋[2],算天也、知公风力。长啸罢、烟云尽卷,□□□□。重九汉峰黄泛酒[3],五更泰岳□观日。问扬公、去后有谁□,□朝集。　大华□,□□□。今古□,□陈迹。甚牛山□□,□□□□。□□□嫌□愒薄[4],高怀□□□□□□。□□□、黄鹤□□□,□相识。

(《八琼室金石补正》卷九十三)

[注释]

①衡岳:即南岳衡山。　②使节:指朝廷派出巡视督察政务之官员。　③汉峰:不详,似指南岳诸峰高插云汉。　④愒(kài):贪。

无际道人

无际道人，即无际禅师。新会梁氏子。敕谥定应无际禅师。

渔家傲

七坐道场三奉诏[①]，空花水月何时了。小玉声中曾悟道[②]，真堪笑，从来漫得儿孙好。　辩涌海潮声浩浩，明如皓月当空照。飞锡西归云杳渺[③]，巴猿啸，大家唱起还乡调。

（见《感山云卧纪谈》）卷下

[注释]

①道场：佛寺。　奉诏：应皇帝命出山做佛事。　②"小玉"句：禅宗公案云：有禅者从"频呼小玉元无事，只要檀郎认得声"二句悟道。　小玉：侍女名。见《五灯会元》卷十九。　③飞锡：接锡杖飞步西归。此用达摩之传说。

崔 中

崔中,生平不详。

沁园春

自己阳生[①],正是中虚,静极动时。默地雷微震,冲开玉户[②],天心朗彻,放下帘帏。真火冲融,灵泉复凑,不昧谷神何险危。自然妙,若三川龙跃,九万鹏飞。　中中二土成圭,意眷恋浓如母护儿。这恍惚真容,不空不色,窈冥妙象,无识无知。命住丹圆,全真体道,奋志精修休自迟。收功了,把三才全理,一贯全归。

(《纯阳帝君神化妙通纪》卷五)

[注释]

①阳生:谓修炼元阳真气,已生于丹田。　②玉户:似即玉关,指脑中神门。

何锟翁

何锟翁，生平不详。

满庭芳

二气旋还，三宫升降，往来于是无穷。透关神水，铅汞过三峰。返复周流八脉，戊己炼、阴虎阳龙[1]。凝情处，金光朗朗，身处见形容。　灵光，真造化，天机深远，推测难通。算利名酒色，恰似秋风。大道玄炉进火，三田内养出神功[2]。功成后，金书来诏，平步赴瑶宫。

（《修真十书》卷二十三杂著捷径）

[注释]

①戊己：戊己属土。丹家以为修得坤土之精华。　②三田：两眉之间为上丹田，心为中丹田，脐下为下丹田。

无名氏

头盏曲

黄阁方开[①],金鼎和羹正待梅[②]。(《湘山野录》卷上)

[注释]

①黄阁:汉代的丞相、太尉和汉以后的三公官署,厅涂黄色,以别于天子,称为“黄阁”。　②和羹:烹治羹汤,调和诸味。喻良臣辅佐人君以成其德。谓之“和羹”。

浣溪沙[①]

武进厅壁

倦客东归得自由,西风江上泛扁舟。夜寒霜月素光流。　想得故人千里外,醉吟应上谢家楼。不多天气近中秋。

[注释]

①唐氏按:此首《词综》卷二十二误作杨彦龄词。

浣溪沙[①]

北固江头浪拍空[②],归帆一夜趁秋风。月明初上荻花丛。　渐入三吴烟景好[③],此身将过浙江东。梦魂先在鉴湖中[④]。　(以上二首见《杨公笔录》)

[注释]

①唐氏按:此首《全宋词》旧版卷二百七十九误作杨彦龄词。　②北

固山：在镇江，北峰临江，形势险要。　③三吴：泛指江浙一带。其说不一。有以吴兴、吴郡、会稽为三吴之说。　④鉴湖：绍兴镜湖之别称。

沁园春

小阁深沉，寸心怀感，暗忆旧时。念母兄贫窘，姻亲劝诱，一身权作，七岁为期。及到门阑，小君猜忌①，如履轻冰愁过违。多磨难，是房中诟骂，堂上鞭笞。　堪悲，命运乖衰，甚长个孩儿朝夜啼。叹此生缘业，两餐淡薄，无时无泪，如醉如痴。暗里相逢，低声说与，此个恩情休谩为。须知道，联难为夏竦②，不易张祁③。

（曾慥本《东坡词拾遗》④）

［注释］

①小君：妻子。　②夏竦：北宋江州德安（今属江西）人，字子乔。仁宗时以文学起家，累官至节度使，治军尤严，为一代名相。　联难：未详所指。　③张祁：南宋人。力主抗金，深受张浚器重。却被主和派以张皇生事罢黜。　④《全宋词》注：此首不似苏轼所作。明刊本《东坡全集》卷七十四作附录词。

失调名

解下痴绦。　　（《豫章黄先生词》醉落魄词序）

王子高六么大曲

梦中共跨青鸾翼。……一簇楼台。

（《集注分类东坡先生诗》卷四芙蓉城诗赵次公注）

失调名

十五年来，从事风流府。

（《后山词》减字木兰花词注引古词）

误桃源

砥柱勒铭赋[①]，本赞禹功勋。试官亲处分，赞唐文。秀才冥子里[②]，銮驾幸并汾。恰似郑州去，出曹门[③]。

（《明道杂志》）

[注释]

①砥柱勒铭赋：为唐太宗铭禹功所立。《明道杂志》称，掌禹锡学士，厚德老儒，而性涉迂滞，尝言一生读书，但得佳赋题数首，每遇差考辄用之，用亦几尽。尝试监生，试《砥柱勒铭赋》，此铭今具在，乃唐太宗铭禹功，而掌公误记为唐太宗自铭其功。宋涣中第一，其赋悉用太宗自铭。韩玉汝时为御史，因章劾之。有无名子作阕嘲之。 ②冥子里：俗谓糊涂。 ③出曹门：曹门为汴梁（今开封）城东部之门，与去郑州，东西相背。言人甚糊涂。

鬓云松令[①]

般涉 送傅国华奉使三韩[②]

鬓云松[③]，眉叶聚。一阕离歌，不为行人驻。檀板停时君看取。数尺鲛绡[④]，果是梨花雨。 鹭飞遥，天尺五。凤阁鸾坡，看即飞腾去。今夜长亭临别处。断梗飞云，尽是伤情绪。[⑤]

[注释]

①《全宋词》注：按词律调名当作《苏幕遮》。 ②三韩：汉时朝鲜南

部分为马韩、辰韩、弁辰三国。至晋，弁辰亦被称为弁韩，是为三韩。后即用为朝鲜的代称。　③鬓云：指面颊两边近耳的头发。　④鲛绡：又名龙纱，传说出自南海，鲛人所织。以其为服，入水不濡。　⑤《全宋词》注：此首原见吴讷《唐宋名贤百家词》本《片玉集》抄补，亦见《汲古阁》本《片玉词》。近人王国维《清真先生遗事》考非周邦彦作。

胜胜慢

严凝天气，近腊时节，寒梅暗绽疏枝。素艳琼苞，盈盈掩映亭池。雪中欺寒探暖，替东君、先报芳菲[①]。暗香远，把荒林幽圃，景致妆迟。　别是一般风韵，超群卉、不待淡荡风吹。雅态仪容，特地惹起相思。折来画堂宴赏，向尊前、吟咏怜伊。渐开尽，算闲花、野草怎知。

[注释]

①东君：神名。即司春之神。

胜胜慢

寒应消尽，丽日添长，百花未敢先拆。冷艳幽香，分过溪南春色。调酥旋成素蕊，向碧琼、枝头匀滴。愁肠断，怕韶华三弄[①]，雪映溪侧。　应是酒阑人静，香散处、惟见玉肌冰格。细细疏风，清态为谁脉脉。芳心向人似语，也相怜、风流词客。待宴赏，伴娇娥、和月共摘[②]。

[注释]

①三弄：用笛吹奏三个乐曲。后多以桓伊三弄喻吹笛高手。　②娇娥：即嫦娥。为月神，亦代指月。

汉宫春

梅萼知春，见南枝向暖，一朵初芳。冰清玉丽，自然赋得幽香。烟庭水榭，更无花、争染春光。休谩说、桃夭杏冶[1]，年年蝶闹蜂忙。　　立马伫、凝情久，念美人自别，鳞羽茫茫[2]。临岐记伊，尚带宿酒残妆。云疏雨阔，怎知人、千里思量。除是托、多情驿使，殷勤折寄仙乡。

[注释]

①谩说：乱道。　②鳞羽：犹言鱼雁传书。

汉宫春

雪打风摧。正篱枯壁尽，却有寒梅。衰柳败蒲碍眼，喜见芳蕾。江村路曲，问青帘、与酌馀醅[1]。须凭取，东君为我，一枝先寄春来。　　寂寞槿门牛巷[2]，有清香自倚，不怕低回。终须会逢赏目，健步移栽。孤芳素艳，敢烦他、蜂蝶相陪。偏爱有、春风靳惜，同时不放花开。

[注释]

①青帘：指酒旗。　②槿：即木槿，为落叶小灌木，人家多种之为藩篱。槿门即篱门。

汉宫春

点点江梅，对寒威强出，一弄新奇[1]。零珠碎玉，为谁密上南枝。幽香冷艳，纵孤高、却遣谁知。惟只有、江头驿畔，征鞍独为迟迟。　　聊捻粉香重问，问春来甚日，春去何时。移将院落，算应未肯头低。无人共折，傍溪桥、雪压霜欺。君不见、长安陌上，只夸桃李芳菲。

[注释]

①《全宋词》注："弄"原作"卉"，从《花草粹编》卷七。

鼓笛慢[①]

雪霏冰结霜凝，是谁透得春工意。南枝向暖，江边岭上，独先众卉。闲态幽姿，绿窗红蒂，粉英金蕊。念冰肤秀骨，人间要见，除非是、真仙子。　羌管且休横吹[②]。待佳人、新妆初试。鸾台晓鉴[③]，人花相对，何须更比。疏影横斜，暗香浮动，月低风细。又岂知，渐结枝头翠玉，有和羹美。

[注释]

①唐氏按：此首《历代诗馀》卷七十四误引作柳永词。　②羌管：乐器，又名羌笛。传为汉武帝时丘仲所作。因出于羌中故名。　③鸾台：官署名，原称门下省。唐改门下省为鸾台。掌献纳谏正及司进御之职。

鼓笛慢[①]

去年今日关山路，疏雨断魂天气。据鞍惊见，梅花的皪[②]，篱边水际。一枝折得，雪妍冰丽，风梳雨洗。正水村山馆，倚阑愁寄，有多少、春情意。　好是孤芳莫比。自不分、歌梁舞地[③]。砌香砌影，高禅文友，清谈相对。琴韵初调，茗瓯催瀹[④]，炉薰欲试。向此时，一段风流，付与晋人标致[⑤]。

[注释]

①唐氏按:此首《历代诗馀》卷七十六误引作孔方平词。 ②的皪:明亮、鲜明貌。 ③歌梁:即歌声绕梁。形容歌声高亢回旋,经久不息。“韩娥过雍门高歌假食。既去,而馀音绕梁欐,三日不绝。”事见《列子·汤问》。 ④瀹(yuè):意为煮。煮茶曰瀹茗。 ⑤晋人标致:指晋代文士狂放自由的风度。

鼓笛慢[①]

淡烟池馆,霜飙乍紧,又是年华暮。黄花老尽,丹枫舞困,江梅初吐。点缀南枝,暗传春信,玉苞微露。凭危阑空断,谁家素脸,遥山远、空凝伫。 昨夜一枝开处。正前村、雪深幽曙。看来只恐,瑶台云散[②],玉京人去[③]。庾岭寒馀[④],汉宫妆晓,飞堆行雨。仗谁人惜取,孤芳雅致,作春光主。

[注释]

①唐氏按:此首《历代诗馀》卷七十四误引作孔武仲词。 ②瑶台:以美玉砌成的楼台。古人喻神仙居处。 ③玉京人:喻指仙人。 ④庾岭:即大庾岭,五岭之一。

念奴娇

雨肥红绽,把芳心轻吐,香喷清绝。日暮天寒,独自倚修竹,冰清玉洁。待得春来,百花若见,掩面应羞杀。当风抵雨,犯寒则怕吹霎[①]。 潇潇爱出墙东,途中遥望,已慰人心渴。鬥压阑干[②],人面共花面,难分优劣。嚼蕊寻香,凌波微步,雪沁吴绫袜[③]。玉纤折了,殢人须要斜插。

[注释]

①吹霎：作伤寒感冷意。语不多见，据《癸辛杂识》。 ②鬥压阑干："压"为"鸭"。"鬥鸭栏干"即鬥鸭场周围栏干。"吴建昌侯孙虑，于堂前作鬥鸭栏，颇施小巧。陆逊曰，君侯勤览经典，用此何为？虑即毁之。"事见《三国志·吴书·陆逊传》。 ③吴绫：为会稽所产。"会稽郡开元贡交梭白纱，贞元之后别贡异纹吴绫。"事见《元和志》。

念奴娇

岁华渐杪，又还是春也，难禁愁寂。欲探疏梅，独自个、寻访山村水驿。路转溪斜，竹低墙短，应是瑶姬宅[①]。玉蕤不动[②]，月轮寒浸国色。 回首故国风光，只因清好，重作江南客。堪笑广平[③]，争解我、羁旅芳心脉脉。不借铅华[④]，枝头雪霁，愈见香肌白。高楼且住，恁渠一弄羌笛。

[注释]

①瑶姬：即姚姬，巫山之女。事见《文选·宋玉〈高唐赋〉》。 ②玉蕤(ruí)：白色梅花。 ③广平：唐玄宗时名相宋璟，字广平。谓宋广平有梅花赋，甚得称美。 ④铅华：即铅粉，妇女化妆用品。宋词中多借铅华来状物，用的是拟人手法，但词义不变。

念奴娇

兰枯蕙死，向竹斋深处，谁传消息。霜雪丛中浑似个，缥缈吴人标格[①]。绛萼微深，琼苞不露，自与尘凡隔。黄昏遥见，一枝烟淡笼白。 曾记雾阁云窗，轻飞香篆[②]，佳句应难得。道韫能文[③]，终未胜、潇洒风流姿质。待到春来，满城桃李，相并无颜色。殷勤祝付，画楼休品长笛。

[注释]

①标格:谓风度。事见《尚书故实》。 ②香篆:香烟浮起回环屈曲如篆文一样。 ③“道韫”句:东晋女诗人谢道韫咏柳絮出名。此言柳絮终不如梅花。

洞庭春色

绛萼欺寒,暗传春信,一枝乍芳。向篱边竹外,前村雪里,青梢犹瘦,疏影溪傍。惹露和烟凝酥艳,似潇洒玉人初试妆[1]。江南路,有多情伫立,回尽柔肠。 倚楼最难忘处,正浩月、千里流光。纵广平心劲[2],难思丽句,少陵诗兴[3],犹爱清香。休怪东君先留意,问他日和羹谁又强。还轻许,笑凌空桧影,松荫交相。[4]

[注释]

①“似潇洒”句:指代梅花如美人弄妆。 ②广平:唐玄宗名相宋璟,字广平,性刚毅,人谓其“铁肠石心,不解吐婉媚辞”。 ③少陵:唐杜甫自号少陵野老。 ④唐氏按:《历代诗馀》卷八十七误引作曾巩词。

沁园春

山驿萧疏,水亭清楚,仙姿太幽。望一枝颖脱[1],寒流林外,为传春信,风定香浮。断送光阴,还同昨夜,叶落从知天下秋。凭阑处,对冰肌玉骨,姑射来游[2]。 无端品笛悠悠,似怨感长门人泪流[3]。奈微酸已寄,青青杪,助当年太液,调鼎和羹。樵岭渔桥,依稀精彩,又何藉纷纷俗士求。孤标在,想繁红闹紫,应与包羞[4]。

[注释]

①颖脱：颖锥之末。言其末体脱出。喻人能自显其才。　②姑射(yè)：藐姑射之省文，借指美貌仙人。事见《庄子·逍遥游》。　③长门：本是陈皇后被汉武帝废弃时所居宫室，后指失宠后妃所居冷宫。此喻人之感怨。　④包羞：言所包承之事，唯羞辱而已。

真珠髻

红　梅

重重山外，苒苒流光，又是残冬时节。小园幽径，池边楼畔，翠木嫩条春别。纤蕊轻苞，粉萼染、猩猩鲜血。乍几日，好景和风，次第一齐催发[①]。　天然香艳殊绝。比双成皎皎[②]，倍增芳洁。去年因遇东归使，指远恨、意曾攀折。岂谓浮云，终不放，满枝明月。但叹息，时饮金钟，更绕丛丛繁雪。[③]

[注释]

①次第：转眼间。宋时口语。　②双成：仙女董双成。此喻梅花之美。　③唐氏按：《历代诗馀》卷八十四误作晏几道词。

远朝归[①]

新律才交，早旧梢南枝，朱污粉腻。烟笼淡妆，恰值雨膏初细。而今看了，记他日、酸甜滋味。多应是，伴玉簪凤钗，低挜斜坠[②]。　迤逦[③]。对酒当歌，眷恋得芳心，竟日何际。春光付与，尤是见欺桃李。叮咛寄语，且莫负、尊前花底。拚沉醉，尽铜壶、漏传三二。

[注释]

①唐氏按:此首《花草粹编》卷八误作赵耆孙词。 ②掗(yà):摆动。 ③迤逦:曲折蜿蜒,引申曲折前行。

击梧桐

雪叶红凋,烟林翠减,独有寒梅难并。瑞雪香肌,碎玉奇姿,迥得佳人风韵。清标暗折芳心,又是轻泄,江南春信。最好山前水畔,幽闲自有,横斜疏影。 尽日凭阑[①],寻思无语,可惜飘琼飞粉。但怅望、王孙未赏[②],空使清香成阵。怎得移根帝苑,开时不许众芳近。免教向、深岩暗谷,结成千万恨。

[注释]

①凭阑:靠着栏干站着。在词作中与"倚栏"同义。 ②王孙:古代贵族子弟的通称。

泛兰舟

霜月亭亭时节,野溪开冰灼。故人信付江南,归也仗谁托。寒影低横,轻香暗度,疏篱幽院何在,秦楼朱阁[①]。称帘幕。 携酒共看,依依承醉更堪作。雅淡一种天然,如雪缀烟薄。肠断相逢[②],手捻嫩枝,追思浑似,那人浅妆梳掠。

[注释]

①秦楼:即凤台,又称凤女台。相传是秦穆公为他女儿弄玉修建。
②肠断:形容极度悲痛。《世说新语·黜免》称:"桓公入蜀,至三峡中,部伍中有得猿子者,其母缘岸哀号,行百馀里,不去,遂跳上船,至便即绝,破

视其腹中，肠皆寸寸断。公闻之，怒，命黜其人。”

[集评]

潘慎云：“‘称帘幕’三字，旧刻俱作前段结句，今从词律本改定（用作换头）……帘幕乃动词‘称’之宾语……拉开帘幕，携酒共看梅花，是很协调的。此句归作上结，反而显得无理。”（《中华词律词典》）

十月梅

千林凋尽，一阳未报，已绽南枝。独对霜天，冒寒先占花期。清香映月浮动，临浅水、疏影斜攲。孤标不似，绿李夭桃，取次成蹊。　　纵寿阳、妆脸偏宜[①]。应未笑、天然雅态冰肌。寄语高楼，凭栏羌管休吹。东君自是为主[②]，调鼎鼐、终付他时[③]。从今点缀，百草千花，须待春归。

（以上《梅苑》卷一）

[注释]

①寿阳：宋武帝刘裕的女儿寿阳公主。《太平御览》时序部引《杂五行事》云：“宋武帝女寿阳公主，人日（正月初七）卧于含章殿檐下，梅花落公主额上，成五出花，拂之不去。皇后留之，看得几时；经三日，洗之乃落。宫女奇其异，竞效之，今梅花妆是也。”词人往往反用其典，以寿阳妆比喻梅花。　②东君：春之神。《楚辞·九歌》有《东君》篇。　③鼎鼐：二礼器名，因谓相位为鼎鼐。

蓦山溪

冰肌玉骨[①]，不与凡花数。一点破清香，这心情、更谁为主。愁春归晚，时被雨廉纤[②]，琼枝上，泪淋浪，似恨孤芳处。　　幽姿标格，独向江头路。拟待使君来，把芳心、丁宁分付。疏篱茅舍，回首试轻辞，争望远，嫁东风，对玉堂同处[3]。

[注释]

①冰肌玉骨:形容女子肌肤洁润。后蜀主孟昶,夜起与花蕊夫人避暑摩诃池上,作词:冰肌玉骨自清凉无汗。 ②廉纤:微雨貌。 ③玉堂:仙人所居处,亦泛指豪贵第宅。

蓦山溪

梅传春信,又报年华晚[1]。昨夜半开时,似雪到、梢头未遍。凝酥缀粉,绰约玉肌肤[2],香黯淡,月朦胧,谁是黄昏伴。 故园深处,想见孤根暖。千里未归人,向此际、只回泪眼。凭谁为我,折寄一枝来,凝睇久,俯层楼,忍更闻羌管[3]。

[注释]

①年华:谓年岁。 ②绰约:姿态柔美貌。 ③羌管:乐器名。原为我国西部地区少数民族乐器,两汉之际传入中原。

蓦山溪

素苞淡注,自是东君试。占断陇头光[1],正雪里、前村独步。一枝竹外,日暮怯轻寒,山色远,水声长,寂寞江头路。 小桥斜渡,人静销魂处。淡月破黄昏,影浮疏、清香暗度。竹篱茅舍,斜倚为谁愁,应有恨,负幽情,惟恐风姨妒[2]。

[注释]

①陇头:本指《寄江南梅》词。南朝宋陆凯《赠范晔》诗:“折梅逢驿

使，寄与陇头人。江南无所有，聊赠一枝春。”以赠梅表示对友人的慰问和关怀。 ②风姨：亦称封姨，即风神。

蓦山溪

沙塘水浅，又一番春信。玉体不知寒，衬修篁、几芭隐映[1]。幽香荏苒，不让洒蔷薇，弯月冷，漫涟漪，云断暗香影。 朱扉深处，谢绝尘埃境。百草未开花，□茕然、教伊孤冷[2]。东风世态，只恋碧桃枝[3]，曲玉管，且休吹，免使成遗恨。

［注释］

①修篁：长竹。 ②茕（qióng）：孤独。 ③碧桃：即神话中之仙桃。事见《集仙录·尹喜内传》。

蓦山溪

前村昨夜，先报春消息。庾岭一枝开，见行人、频频顾惜。东君布巧，妆蕊似裁□，疏竹外，小溪边，雪里藏春色。 朔风吹绽，不假和风折。根暖独亨嘉，向百花、头先占得。高楼羌笛，且劝莫凄然，协帝梦[1]，起商岩[2]，须尽调羹力。

［注释］

①帝梦：殷高宗梦得傅说，遂举以为相。事见《尚书·说命上》。②商岩：指殷商的傅岩。指代在野贤士。事见《史记·殷本纪》。

蓦山溪

冰肌玉骨，不假铅黄借[1]。岂是占年芳，又只恐、嫌春不嫁。十分清瘦，可嗽有闲愁[2]，沙路晚，雪村晴，半幅江南画。　　林间系马，曾忆关山夜[3]。醉袖惹香归，误几回、灯前娇雅。如今老矣，无计奈春何，人去后，独来时，风月闲亭榭。

[注释]

①铅黄：即铅华，搽脸的粉。　②嗽（shà）：表感叹。　③关山：泛指关塞山川。

蓦山溪

前村雪里，度一枝春信。况自占年芳，淡妆梳、常嫌脂粉。樱唇轻捧，何似鹤头红[1]，香阵阵。回舆认。摘有金卮酝。　　佳人嗅处，微把香尘喷。懊恼故无言，使人□、重重再问。它年寄与，惟有陇头人，春未困。香尤嫩。好与添风韵。

[注释]

①鹤头红：即鹤顶红，为鹤之丹顶。

蓦山溪

郊居牢落[1]，一水流清浅。忆得去年冬，数枝梅、低临水畔。今朝重见，把酒祝东风，和雪看。整凝眸，宛若江南岸。　　浮生瞥尔[2]，劝汝休嗟叹。不觉失芳心，柳腰□、纤纤仍换。一朝光景，休恁作浑闲，春不远。且追游，又办寻芳宴。

[注释]

①牢落：稀疏零落貌。 ②浮生：诣生命短促，世事无定。

蓦山溪

重黎默运[1]，可意萦人处。清楚玉蕤仙，独幽栖、村溪月坞。冰腮露鬓，佳致在西湖，月出早，雪消迟，立马红墙序。 寒梢微萼，点点蝇头许。欲露小檀心[2]，似生怕、施朱红紫。返魂香细，堪吊独醒人，临泽国，袭清风，且咏离骚句。

[注释]

①重黎：重与黎为羲和二氏之祖先。一管天，一管地。 默运：谓四季在暗中交换。 ②檀心："檀"为浅红色，"檀心"喻红心。《词苑萃编》卷二十一引顾茂伦语云，"潘安小字檀郎"。

蓦山溪

前村雪里，漏泄春光早。似待故人来，束芳心、幽香未老。溪边昨夜，雨过却参横[1]，云旖旎，玉玲珑，不遣纤尘到。 无情有意，寂寞谁知道。幽梦觉来时，淡无言、风清月暸。何郎去后[2]，憔悴少新诗，空怅望，倚楼人，玉笛霜天晓。

[注释]

①参横：参星打横，表示即将天亮。 ②何郎：指何逊，为六朝梁诗人，以咏梅见称，唐宋诗人咏梅多取以为故实。

蓦山溪

竹篱茅舍，底是藏春处。玉蓓锁檀心，带黄昏、轻烟细雨。神清骨莹，端似雪堂仙，临岁晚，傲寒威，寂寞江村住。　　琼林阆苑，有信终归去。冷暖笑凡情，辨南枝、北枝几许。灵芳绝艳，知肯为谁容，东阁里，西湖畔，总与花为主。

蓦山溪

岁寒辽邈，望断江南信①。墙外一枝斜，对兰堂、绮罗隐映。水清月淡，疑是寿阳妆，烟浪急，小桥横，点点疏清影。　　天姿潇洒，不减瑶台韵。占断玉楼春，被松筠、笑他孤冷②。幽人何在③，无处觅馀寒，疏雨过，泪痕深，枉了衷肠恨。

[注释]

①望断：一望再望，望煞的意思。　②松筠：松树和竹子。　③幽人：幽居之人，指隐居或独处之人。

蓦山溪

剪彩梅花

危栏独倚，往事思量遍。回首掩朱扉，敛云鬟、闲拈针线。轻罗碎翦，缝个小梅花，灯闪闪，夜沉沉，玉指轻轻捻。　　寒苞素艳，浑似枝头见。半折与初开，谁赢得、江南手段。玉冠斜插、惟恨欠清香，风动处，月明时，不怕吹羌管。

蓦山溪[1]

画 梅

孤村冬杪，有景真堪画。茅舍绕疏篱，见一枝、寒梅潇洒。欲将诗句，拟待说包容，辞未尽，意悠悠，难把精神写。　　临溪疏影，都是前人话。此外更何如，更须索、良工描下。明窗净几，长做小图看，高楼笛，尽教吹，不怕随声谢。

[注释]

①唐氏按：《永乐大典》二千八百十三“梅”字韵误引作周忘机词。

蓦山溪

蜡 梅

梅梢破萼，已见春心了。别有淡容仪，又不与、嫣然同笑。东风剪蜡，簇作闹蛾儿[1]，冰未泮，水犹寒，散在千林表。　　轻衫小帽，行尽荒山道。一点麝脐香，恼著人、多多少少[2]。月斜门掩，消损怕黄昏，清影乱，翠帏深，且喜归来早。

[注释]

①闹蛾儿：古代节日妇女头上的一种剪彩为之的饰物。　②著：《全宋词》注，原作“看”，从《永乐大典》卷二千八百十二“梅”字韵。

蓦山溪

蜡 梅

小山苍翠，竹影横窗畔。青缕断薰炉，觉身居、风台月观。清香招近，谁为植幽丛，金作蓓，蕾成花，尚带鹅黄浅。　　汉宫半额[1]，未许人间见。不比岭前梅，问无因、天高水远。宜烟宜雨，淡淡一枝春，乘好兴，缀新诗，只恐冰生砚。

[注释]

①半额：额之一半。言化妆之甚。“城中好广眉。四方且半额。”见《后汉书·马廖传》。

蓦山溪

蜡　梅

江南春信，已过长安路。柳眼尚贪眠，又争知、先传春去。东风漏泄，休更殢垂杨，深雪里，一枝开，谁占先春处。　　当时马上，回首曾凝顾。水浅月黄昏，倚琼枝、谁家亭户。一声羌管，遗恨到如今，凭栏处，赏花时，莫使花轻负。

蓦山溪

野　梅

当时曾见，上苑东风暖。今岁却相逢，向烟村、亭边驿畔。垂鞭立马，一晌黯无言，江南信，寿阳人[1]，怅望成肠断。　　琼妆雪缀，满野空零乱。谁是倚阑干，更那堪、胡笳羌管[2]。疏枝残蕊，犹懒不娇春，水清浅，月黄昏，冷淡从来惯。[3]

[注释]

①寿阳人：以寿阳妆典代称梅花。 ②胡笳：北方少数民族的一种管乐器。 ③唐氏按：以上四首《永乐大典》卷二千八百十一误引作费时举词。

梅花引

园林静，萧索景。寒梅漏泄东君信。探春回，探春回。四时却被，伊家苦相催。江村畔，开烂熳，看看又近年光晚。绽芬芳，喷清香。寿阳宫里，爱学靓梳妆[1]。 夭桃红杏夸颜色[2]，争似情怀雪中折。冒严寒，冒严寒。游蜂戏蝶，莫作等闲看。故人别后知何处，春色岭头逢驿使。赠新诗，折高枝。楼上一声，羌管不须吹。

[注释]

①靓梳妆：以粉黛为妆饰。 ②夭桃：以桃树的茂盛，喻女少貌美。或比喻美景。

绿头鸭

敛同云，破腊雪霁前村。占阳和、孤根先暖[1]，数枝已报新春。如青女、谩同素质[2]，笑姑射、难并天真[3]。疏影横斜，澄波清浅，暗香浮动月黄昏。山驿畔，行人立马，回首几销魂。江南远，陇使趁程，踏尽冰痕。 有个人人，玉肌偏似，移我常对金尊。捻纤枝、鬓边斜戴，嗅芳蕊，眉晕潜分。素脸笼霞，香心喷日，寿阳妆罢酒初醒。待调鼎、须贪结子[4]，忍见落纷纷。霜天晓，愁闻画角[5]，声断谯门。

[注释]

①阳和:阳春之意。 ②青女:传说中掌管霜雪的天神。也用以指霜。《淮南子·天文训》:“至秋之月……青女乃出,以降霜雪。” ③姑射(yè):山名,藐姑射之省称。借指貌美仙人。 ④调鼎:对大臣宰辅的赞词。亦用作为梅的典故。 ⑤画角:用颜色涂饰的军中号角。画角多于城楼高处吹奏,以司昏晓。

金盏倒垂莲

依约疏林,见盈盈春意,几点霜蕤。应是东君,试手作芳菲[①]。粉面倚、天风微笑,是日暖、雪已晴时。人静么凤翩翩[②],踏碎残枝。 幽香浑无著处,甚一般雨露,独占清奇。淡月疏云,何处不相宜。陌上报春来也[③],但绿暗、青子离离[④]。桃杏应仗先容,次第追随。

[注释]

①芳菲:芳菲时节的省称。作品中多指春时。 ②么凤:鸟名。鹦鹉的一种,据称么凤喜欢梅花。又名桐花凤。 ③陌上:陌上花之省称。苏轼《陌上花诗引》云:“吴越王妃每岁春必归临安。王以书遗妃曰,陌上花开,可缓缓归矣。”吴人用其语为歌。

梅香慢

高阁寒轻,映万朵芳梅,乱堆香雪。未待江南,早冠百花,先占一阳佳节[①]。剪彩凝酥,无处学、天然奇绝。便寿阳妆,工夫费尽,艳姿终别。 风里弄轻盈,掩珠英明莹,待腊飘烈。莫放芳菲歇。剩永宵欢赏,酒酣吟折。倒玉何妨[②],且听取、樽前新阕。怕笛声长,行云散尽,谩悲风月[③]。

[注释]

①一阳：即冬至节。 ②倒玉：本指嵇康醉酒状。后喻酒醉人倒。③唐氏按：此首《历代诗馀》卷七十三误作贺铸词。

四马索

晓窗明，庭外寒梅向残月。吴溪庾岭，一枝偷把阳和泄。冰姿素艳，自然天赋，品格真香殊常别。奈北人、不识南枝，唤作腊前杏先发。 奇绝。照溪临水，素禽飞下，玉羽琼芳鬥清洁[1]。懊恨春来何晚，伤心邻妇争先折。多情立马，待得黄昏，疏影斜斜微酸结。恨马融、一声羌笛起处[2]，纷纷落如雪。

[注释]

①唐氏按："鬥"原作"闻"，从《花草粹编》卷十二。 ②马融：东汉人，为世通儒，著述甚富。好吹笛，有《长笛赋》传世。

定风波慢

漏新春、消息前村，数枝楚梅轻绽。□雪艳精神，冰肤淡伫，姑射依稀见。冷香凝，金蕊浅。青女饶伊妒无限。堪羡。似寿阳妆阁，初匀粉面。 纤条绿染。异群葩、不似和风扇。向深冬、免使游蜂舞蝶，撩拨春心乱。水亭边，山驿畔。立马行人暗肠断。吟恋。又忍随羌管，飘零千片。

庆春泽

晓风严，正萧然兔园[1]，薄雾微罩。梅渐弄白，耸危苞、匀胜胭脂，半点琼瑰小[②]。望江南、信息何杳。纵寿阳妍姿，学就新妆，暗香须少。　幽艳满寒梢，更游蜂舞蝶，浑无飞绕。天赋品格，借东皇施巧[③]。孤根占得春前俊，笑雪霜、谩欺容貌。况此花高强，终待和羹，肯饶芳草。[④]

[注释]

①兔园：园名，亦称梁苑。汉梁孝王好营宫室苑囿之乐，以通宾客。汉枚乘有《梁王兔园赋》。　②琼瑰：为琼玉瑰珠。声伯梦涉洹，或与己琼瑰。食之，泣而为琼瑰，盈其怀。事见《左传》。　③东皇：为春神，亦谓天帝。　④唐氏按：以上二首抱经斋抄本《珠玉词补遗》误作晏殊词。

尉迟杯

岁云暮，叹光阴苒苒能几许。江梅尚怯馀寒，长安信音犹阻。春风无据。凭阑久，欲去还凝伫。忆溪边月下徘徊，暗香疏影庭户。　朝来冻解霜消，南枝上，香英数点微露。把酒看花，无言有泪，还是那时情绪。花依旧、晨妆何处。谩赢得、花前愁千缕。尽高楼，画角频吹，任教纷纷飞絮。

木兰花慢

望阳生渐布[①]，见梅萼、暖初回。向雪里、一枝才苞，素艳已占春台。烟笼半含粉面，透清香、暗触满襟怀。可惜前村望断，魏林庾岭栽培[②]。　皑皑。嫩蕊清光，凝笑也恁风猥。但折取行人，途中对酒，不用尊罍[③]。芬芳正当岁暮，谩休夸桃李苦相催。早报明年律应[④]，又还依旧先开。

[注释]

①阳生:冬至一阳生,谓地气日渐回暖。 ②魏林:魏武帝失道,军士大渴。乃曰:“前有梅林,结子甘酸,可以止渴。” ③尊罍:即酒尊。因刻画成云雷形,故名罍。 ④律应:古代以十二律配十二月,故有此说。

木兰花慢

饱经霜古树,怕春寒、趁腊引青枝。逗一点阳和,隔年信息,远报佳期。凄葩未容易吐[①],但凝酥半面点胭脂。山路相逢驻马,暗香微染征衣。 风前袅袅含情,虽不语、引长思。似怨感芳姿,山高水远,折赠何迟。分明为传驿使,寄一枝春色写新词[②]。寄语市桥官柳,此先占了芳菲。

[注释]

①凄葩:冷花,指梅花。 ②“分明”二句:化用陆凯《赠范晔》诗。

最高楼

梅花好,千万君须爱。比杏兼桃犹百倍。分明学得嫦娥样[①],不施朱粉天然态。蟾宫里[②],银河畔,风霜耐。 岭上故人千里外,寄去一枝君要会。表江南信相思瞰。清香素艳应难对,满头宜向尊前戴。岁寒心,春消息,年年在。

[注释]

①嫦娥:为月中仙子。嫦娥因盗食西王母不死药,得奔月宫。 ②蟾

宫:指月宫。又因月宫有桂树,旧时考试中者为折桂,蟾宫又用以喻科举。

尾 犯

轻风淅淅,正园林萧索,未回暖律[①]。岭头昨夜,寒梅初发,一枝消息。香苞渐折。天不许、雪霜欺得。望东吴,驿使西来,为谁折赠春色。　　玉莹冰清容质,迥不同、群花品格。如晓妆匀罢,寿阳香脸[②],徐妃粉额[③]。好把琼英摘。频醉赏、舞筵歌席。休待听,呜咽临风,数声月下羌笛。

[注释]

①暖律:即温暖的节候。　②寿阳:南朝宋武帝的女儿寿阳公主。古代常以寿阳妆比喻梅花。　③徐妃:指唐太宗妃徐惠。因她主张俭约,不事盛妆,诗词中因以喻淡雅、素洁。

望远行

重阴未解,又早是、年时梅花争绽。暗香浮动,疏影横斜,月淡水清亭院。好是前村,雪里一枝开处,昨夜东风布暖。动行人、多少离愁肠断。　　凝恋。天赋自然雅态,似寿阳、初匀粉面。故人折赠,欣逢驿使,只恐陇头春晚。寄与高楼,休学龙吟三弄[①],留取琼花烂熳。正有人、同倚阑干争看。[②]

[注释]

①龙吟:形容吹笛时,发出的美妙声音。　三弄:用笛吹奏三个乐曲。后多以喻吹笛高手。　②唐氏按:此首原在“凝恋”下分段,此从《花草粹编》卷十二。

宝鼎现

东君著意，化工恩被[①]，灼灼妖艳。袅嫩梢轻蓓[②]，萦风惹露，偏早香英绽。似向人、故矜夸标致，倚阑全如顾盼。尚困怯馀寒，柔情弱态，天真无限。　断桥压柳时非浅。先百花、风光独占。当送腊初归，迎春欲至，芳姿偏婉娈[③]。料碎剪就，缯纨辉丽，更把胭脂重染。自赋得、一般容冶，宛胜神仙妆脸。　折送小阁幽窗，酷爱处、令亲几砚。尽孜孜观赏，不枉人称妙选。待密付、如膏雨泽，金玉仍妆点。任扰扰、百卉千花掩迹，一时羞见。

[注释]

①化工：谓之天工。　②唐氏按："蓓"原误作"善"，从《花草粹编》卷十二改。　③婉娈：年少而美好。

望梅花

寒梅堪羡，堪羡轻苞初展。被天人、制巧妆素艳[①]。群芳皆贱。碎剪月华千万片，缀向琼枝欲遍。　小庭幽院，雪月相交无辨。影玲珑、何处临溪见。谢家新宴[②]，别有清香风际转，缥缈著人头面。[③]　（以上《梅苑》卷二）

[注释]

①天人：犹天公。有时对才学、容貌出众之人，亦称天人。　②谢家：多指东晋谢安等贵家门第，有时也代指官宦之家。　③唐氏按：此首别误作蒲宗孟词，见《花草粹编》卷八。

喜迁莺

南枝向暖。乍秀出庾岭，梅英初吐。玉颊轻匀，琼腮微抹,姑射冰容相许。几回立马凝伫,影映寒光霜妒。□尽占,在百花头上,严冬独步。　　芳华春意早,昨夜一番,雪里开无数。万蕊千梢,铅堆粉污,总是化工偏赋。月明暗香浮动,休使龙吟声苦。且留取。待时时,频倚阑干重顾。

喜迁莺

腊残春未。正候馆梅开[1],墙阴雪里。冷艳凝寒,孤根回暖,昨夜一枝春至。素苞暗香浮动,别有风流标致。谢池月[2],最相宜,疏影横斜临水。　　谁为,传驿骑。陇上故人[3],不见今千里。寄与东君,徒教知人,别后岁寒清意。乱山万叠何在,但有飞云天际。故园好,早归来,休恋繁桃秾李。

[注释]

①候馆:原指国家设置的望候之馆,唐宋时期即指旅馆。　②谢池:谢灵运有“池塘生春草”诗句,谢池即指此。　③陇上:范晔在陇上,陆凯折梅相寄。

喜迁莺

霜凝雪沍[1],正斗标临丑[2],三阳将近[3]。万木凋零,群芳消歇,禁苑有梅初盛。异香似薰沉水,素色端如玉莹。人尽道,第一番,天遣先占春信。　　标韵。尤耿耿。月观水亭,谁解怜疏影。何逊扬州[4],拾遗东阁[5],一见便生清兴。望林止渴功就,不数夭桃繁杏。岁寒意,看结成秀子,归调商鼎。

[注释]

①雪沍(hù)：谓严寒冻闭之象。 ②斗：北斗。 临丑：农历十二月。 ③三阳：指春月。正月为春，三阳已生，即指此。 ④何逊扬州：南朝著名诗人。他在扬州时，早梅盛开，曾写有咏早梅诗，唐宋诗人咏梅之作，多取以为故实。 ⑤拾遗东阁：杜甫曾任左拾遗。有“东阁官梅动诗兴”之句。

喜迁莺

一阳初起[①]。渐庾岭梅雪，才苞香蕊。品格清高，姿容闲雅，别受化工深意。放开独占严景，不使混同凡卉。微雨霁。似玉容寂寞，无言有泪。 难比。凝素态，不共艳阳，桃杏争妍丽。疑是佳人，巧捻香酥，枝上玉纤轻缀。前村可惜无赏，好近天庭阶砌[②]。成实后，有调和鼎鼐，一般滋味。

[注释]

①一阳：《周易》以坤卦为阴，阴历十月为坤卦，纯阴无阳。至十一月冬至为复卦，则阳气初起。 ②天庭：谓帝王之庭曰“天庭”。

折红梅

陇上消残雪，曲水流断，淑气潜通。群花冷未吐，夜来梅萼，数枝繁红。光夺化工。发艳色、不染东风。信凭晓风，难压精神，占青春未上，别是标容。 天香渐杳，似蓬阙玉妃[①]，酒困娇慵。只愁恐、上阳爱惜[②]，和种移向瑶宫。西归驿使，折赠处、庾岭溪东[③]。又须寄与，多感多情。道此花开早，未识游蜂[④]。

［注释］

①蓬阙玉妃：指仙境、仙女。 ②上阳：宫名。宫在洛阳。唐白居易写有《上阳人》诗。 ③庾岭溪东：《全宋词》注，原空格，从《永乐大典》卷二千八百零九“梅”字韵补。 ④游蜂：蜂群中之雄蜂，因不事工作，故曰游蜂。

折红梅

倚花阑清晓，徘回探得，南枝初绽。通春意、漏巧鬥奇，东君首先回暖。盈盈素面[①]。刚强点、胭脂深浅。是他自有，标格清香，忞千种妖饶，万般闲雅[②]。 移时细看。算浓雪严霜，怎生拘管。也拟是、小桃未蕊，依约杏添清伴。笛声休怨。怕恐使、群芳零乱。待须把酒，守著花枝，愿期与花枝，久长相见。

［注释］

①盈盈：仪态美好貌。 ②闲雅：从容大方。

折红梅

忆笙歌筵上，匆匆见了[①]，□□相别。红炉暖、画帘绣阁，曾共鬓边斜插。南枝向暖，北槛里、春风犹怯[②]。也应别后，不减芳菲，念咫尺阑干，甚时重折。 清风间发，如天与浓香，粉匀檀颊。纱窗影、故人凝处，冷落暮天残雪。一轩明月，怅望花争清切。便教尽放，都不思量，也须有，蓦然上心时节。

［注释］

①唐氏按：“匆”原作“忽”，从《永乐大典》卷二千八百零九“梅”字韵

改。　②唐氏按:“北”原作“比”,从《永乐大典》卷二千八百零九“梅”字韵改。

折红梅

睹南翔征雁[1],疏林败叶,凋霜零乱。独红梅、自守岁寒,天教最后开绽。盈盈水畔,疏影蘸、横斜清浅。化工似把[2],深色胭脂,怪姑射冰姿,剩与红间。　谁人宠眷。待金锁不开,凭阑先看。曾飞落、寿阳粉额,妆成汉宫传遍。江南风暖,春信喜、一枝清远。对酒便好,折取奇苞,捻清香重嗅,举杯重劝。[3]

[注释]

①南翔:《全宋词》注,原作“翔南”,兹从《永乐大典》及《花草粹编》卷十二。　②化工:天公,造化。　③唐氏按:以上四首《永乐大典》卷二千八百零九“梅”字韵误作吴感词。

满庭霜

一种江梅,偷传春信,夜来先绽南枝。嫩苞寒萼,妆点缀胭脂。雪里浑迷素质,明月下、惟有香肌。山村路,人家舍窄,低亚水边篱[1]。　偏宜。寿阳女,新妆淡淡,粉面曾施。更胡笛羌管,塞曲争吹。陌上行人暂听,香风动、都入愁眉。音书杳,天涯望断,折寄拟凭谁。[2]

[注释]

①低亚:低垂。　②唐氏按:此首《花草粹编》卷九误作李璆词。

满庭霜

蜡 梅[1]

园林萧索，亭台寂静，万木皆冻凋伤。晓来初见，一品蜡梅芳。疑是黄酥点缀，超群卉、独占中央。堪闲玩，檀心紫蕊，清雅喷幽香。 华堂。欢会处，陶陶共醉[2]，相劝瑶觞。逞风流开早，不畏严霜。才子佳人属意，搜新句、吟咏诗章。歌筵罢，醺醺归去，蟾影照回廊。

[注释]

①唐氏按：《永乐大典》卷二千八百十一误引作周忘机词。 ②陶陶：和乐貌。

黄莺儿

香梢匀蕊先回暖，点点胭脂轻衬。红苞隐映疏篁[1]，红翠相间。方瑞雪乍晴时，爱日初添线[2]。五云楼上遥看[3]，似睹溪边，仙子妆面。 堪羡。影转玉枝斜，艳拂朝霞浅。就中妖娆，独得芬芳，偏教容易琼苑。闻又报一阳时[4]，不似莺声唤。肯与梅脸争春[5]，靓笑群芳晚。[6]

[注释]

①疏篁：谓稀疏的竹园。 ②添线：晋魏间宫中以红线量日影。冬至后每日添长一线。事见《事文类聚》。 ③五云：本指五色的云彩。诗词中多喻宫阙之处。 ④唐氏按："苑闻"原作"花开"，从《永乐大典》。⑤梅脸：指寿阳公主梅花落面，成五瓣花。 ⑥唐氏按：《永乐大典》卷二千八百零九误涉上首引作王晋卿词。

锦堂春

雪　梅

腊雪初晴，冰销凝泮，寻幽闲赏名园。时向长亭登眺，倚遍朱阑。拂面严风冻薄，满阶前、霜叶声干。见小台深处，数叶江梅，漏泄春权[①]。　　百花休恨开晚，奈韶华瞬息，常放教先。非是东君私语，和煦恩偏。欲寄江南音耗，念故人、隔阔云烟。一枝赠春色，待把金刀，剪倩人传[②]。

［注释］

①春权：春信。　②倩：请。

瑶台月

严风凛冽，万木冻，园林肃静如洗。寒梅占早，争先暗吐香蕊。逞素容、探暖欺寒，遍妆点、亭台佳致。通一气，超群卉。值腊后，雪清丽。开筵共赏，南枝宴会。　　好折赠、东君驿使。把岭头信息远寄。遇诗朋酒侣，尊前吟缀。且优游，对景欢娱，更莫厌、陶陶沉醉。羌管怨，琼花缀。结子用调鼎饵。将军止渴，思得此味。

玉梅香慢

寒色犹高，春力尚怯。微律先催梅拆。晓日轻烘，清风烦触[①]，凝散数枝残雪[②]。嫩英妒粉，嗟素艳、有蜂蝶。全似人人[③]，向我依然，顿成离缺。　　裴回寸肠万结[④]。又因花、暗成凝咽。捻蕊怜香，不禁恨深难绝。若是芳心解语，应共把、此情细细说。泪满阑干，无言强折。⑤

[注释]

①烦:《全宋词》注，原误作“额”，从《永乐大典》卷二千八百十“梅”字韵改。 ②凝:《全宋词》注，原作“疑”，从《永乐大典》。 ③人人:情人。 ④裴回:同“徘徊”。 ⑤唐氏按:《永乐大典》卷二千八百十误引作王晋卿词。

双头莲

触目庭台，当岁晚凋残，恁时方见。琼英细蕊，似美玉碾就，轻冰裁剪。暗想蜂蝶不知，有清香为援①。深疑是，傅粉酡颜②，何殊寿阳妆面。　　惟恐易落难留，仗何人巧把，名词褒美。狂风横雨，枉坠落、细蕊纷纷千片。异日结实成阴，托称殊非浅。调鼎鼐③，试作和羹，佳名方显。

[注释]

①为援:语义难解。于律“援”字当押韵。此为讹文。 ②酡颜:谓饮酒而面红。 ③鼎鼐:本为烹调饮食的二器具。旧以和羹喻执政，因谓相位为鼎鼐。

夏云峰

琼结苞，酥凝蕊，粉心轻点胭脂。疑是素娥妆罢①，玉翠低垂，化工深意，巧付与、别个标仪。怎奈向，风寒景里，独是开时。　　缘何不与春期。此花又、岂肯争竞芳菲。疑雨恨烟，忍见岭畔江湄②。冷烟幽艳，曾不许、霜雪相欺。只恐向、笛声怨处，吹落残枝。

[注释]

①素娥：为嫦娥的别称，亦泛指月宫中仙女。 ②江湄：江畔。

庆清朝

北陆严凝，东郊料峭，化工争付归期[①]。前村夜来雪里，先见纤枝。想像靓妆淡伫，钗头翡翠茧蛾儿。冰壶莹[②]，坐间静对，姑射仙姿[③]。 潇洒处，非艳冶最奇。是名赋、处士新诗[④]。尊前坐曲，忍听羌管频吹。试问占先众卉，微笑不奈苦寒欺。何须问，定应未羡，桃李芳菲。

[注释]

①化工：即天工，生长万物的自然功能。 ②冰壶：盛冰的玉壶。形容表里莹澈。多指人心地光明，品行高洁。 ③姑射：山名，藐姑射之省称。借指美貌仙人。 ④处士：谓不仕之士为处士。

烛影摇红

点点飞香，见梅知道春心透。怕寒不卷玉楼帘，羞与花同瘦。手捻青枝频嗅。诮冷落、蔷薇金斗。翻惊绿鬓，不似芳姿，年年依旧。 才破凝酥，满园桃李看看又。江南幽梦了无痕，啼晕残襟袖。鸳被有谁温绣。怎敢更、十分殢酒[①]。伴君独自，几个黄昏，月明时候。

[注释]

①唐氏按："怎敢"上原衍"初"字，据《花草粹编》删。 殢(tì)酒：病酒。

凤凰台忆吹箫

红蓓珠圆，素蕤玉净，南荒已报春还。便迤逦，云开五岭，雪霁群峦。喜见东君信息，应不管、潘鬓新班[①]。凭谁寄，心萦秋水，目断春山。　长记小桥斜渡，潇洒处，苇篱茅舍三间。肯伴我，风光赏遍，月影疑残。好为调羹结子，玉铉冷、金鼎空闲。北枝畔，谁念嶰律犹寒[②]。

[注释]

①潘鬓：形容年貌衰老。晋潘岳三十二岁时两鬓已斑。　②嶰(xiè)律：形容乐曲的优美。黄帝使伶伦取竹于嶰谷，断两节间而吹之，以为黄钟之宫。

东风第一枝

腊雪犹凝，东风递暖，江南梅早先拆。一枝经晓芬芳，几处漏春信息。孤根寒艳，料化工、别施恩力。迥不与、桃李争妍，自称寿阳妆饰。　雪烂漫、怨蝶未知，嗟燕孤、画楼绮陌。暗香空写银笺，素艳谩传妙笔。王孙轻顾，便好与、移栽京国。更免逐、羌管凋零，冷落暮山寒驿。

东风第一枝

溪侧风回，前村雾散，寒梅一枝初绽。雪艳凝酥，冰肌莹玉，嫩条细软。歌台舞榭，似万斛、珠玑飘散。异众芳，独占东风，第一点装琼苑。　青萼点、绛唇疏影，潇洒喷、紫檀龙麝。也知青女娇羞[①]，寿阳懒匀粉面。江梅腊尽，武陵人、应知春晚[2]。最苦是，皎月临风，画楼一声羌管。

[注释]

①青女：传说中掌管霜雪的女神。 ②武陵人：用陶潜《桃花源记》中捕鱼人典。

昼夜乐

一阳生后风光好。百花瘁[1]，群木槁。南枝探暖欺寒，嘉卉争先占早。晓来风送清香杳。映园林、报春来到。素艳自超群，似姑射容貌。 画堂开宴邀明友，赏琼英，同欢笑。陇头寄信丁宁，楼上新妆鬥巧。对景乘兴倾芳酒，拚沉醉、玉山频倒。结实用和羹，是真奇国宝。

[注释]

①百花瘁：百花凋零。

柳初新

千林凋谢严凝日，青帝许[1]、梅花折。孤根回暖，前村雪里，昨夜一枝凝白。天匠与、雕琼镂玉，淡然非、人间标格。 别有神仙第宅，绣帘垂、碧纱窗隔。月明风送，清香苒苒，著摸美人词客[2]。向晓来、芳苞乍摘。对菱花、倍添姿色。

（以上《梅苑》卷三）

[注释]

①青帝：春神，为五天帝之一。 ②著摸：犹捉磨。此谓打动、吸引之意。

蜡梅香[①]

爱日初长。正园林才见，万木凋黄。槛外朝来，已见数枝，复欲掩映回廊。赐与东皇[②]，付芳信、妆点江乡。想玉楼中，谁家艳质，试学新妆。　桃杏苦寻芳，纵成蹊、岂能似恁清香[③]。素艳妖娆，应是尽夜，曾与明月添光[④]。瑞雪冰霜，浑疑是、粉蝶轻狂。待拚吟赏，休听画楼，横管悲伤。

[注释]

①唐氏按：此首《永乐大典》卷二千八百十一"梅"字韵误引作喻陟词。　②东皇：日神。　③"桃杏"二句：用"桃李不言，下自成蹊"典。④唐氏按："添"原作"风"，从《永乐大典》。

满江红

林外溪边，深深见、一林寒雪。惟觉有、袭人襟袖，暗香不绝。天与风流标格在，肯同桃杏开时节。也须烦、玉手折将来，和明月。　调鼎事，君休说。龙笛韵，空悲咽。将何助清赏，待传佳阕。君不见广平词赋丽[①]，挥毫弄翰心如铁。便直饶、何逊在扬州[②]，成虚设。

[注释]

①广平：即宋璟。其人虽心肠如铁，而赋花却极富艳。事见唐皮日休《桃花赋序》。　②何逊：南朝梁诗人。他在扬州时，早梅盛开，曾写有《咏早梅诗》，唐宋诗人咏梅之作多取以为故实。

选冠子

憔悴江山，凄凉古道，寒日淡烟残雪。行人立马，手折江梅，红萼素英初发。月下瑶台，弄玉飞琼[1]，不老年年春色。被东君、唤遣娆红，高韵且饶清白。　　因动感、野水溪桥，竹篱茅舍，何似玉堂金阙[2]。天教占了，第一枝春，何处不宜风月。休问庾岭止渴，金鼎调羹，有谁如得。傲冰霜、雅态清香，花里自称三绝。

［注释］

①弄玉飞琼：女仙名。此形容梅花风姿之美。　②金阙：金殿。

选冠子

庾岭烟光，江南风景，冷落岁寒庭院。疏林万木冻折[1]，孤根独犯，晓霜回暖。萼点胭脂，粉凝芳叶，依稀几枝初绽。上层楼、月夜凭阑，风送暗香清远。　　嗟往昔、汉妃临鸾[2]，新妆才饰，艳绝人间金钿。东君信息，造化工夫[3]，却笑众葩开晚。若是芳菲迅速，终与和羹，凤池仙馆。愿楼头、羌笛休吹，免使为花肠断。

［注释］

①唐氏按："万木"二字原无，从《花草粹编》卷十二补。　②汉妃：指王昭君。　③造化：谓创造化育。事见《淮南子·览冥训》。

落梅慢

带烟和雪，繁枝淡伫，谁将粉融酥滴。疏枝冷蕊压群芳，年年常占春色。江路溪桥谩倒，袅袅风中无力。暗香浮动冰姿，明月里，想无花比高格。　　争奈光阴瞬息[1]。动幽怨、潜生羌笛。新花鬥巧，有天然闲态，倚阑堪惜。

零乱残英片片，飞上舞筵歌席。断肠忍泪念前期，经岁还有芳容隔。

[注释]

①争奈：急奈。

早梅香[①]

北帝收威[②]，又探得早梅，漏春消息。粉蕊琼苞，拟将胭脂，轻染颜色。素质盈盈，终不许、雪霜欺得。奈化工、偏宜赋与[③]，寿阳妆饰。　　独自逞冰姿，比夭桃繁杏，迥然殊别[④]。为报山翁，逢此有花，樽前且须攀折。醉赏吟恋，莫辜负、好天风月。恐笛声悲，纷纷便似，乱飞香雪。

[注释]

①唐氏按：此首《永乐大典》卷二千八百零八误作程过词。　②北帝：指司冬之神。　③唐氏按："工"字下原有空格，从《永乐大典》及《花草粹编》卷九删。　④唐氏按："迥然"二字原无，从《永乐大典》、《花草粹编》补。

马家春慢

珠箔风轻，绣帘浪卷，乍入人间蓬岛。鬥玉阑干，渐庭馆帘栊春晓。天许奇葩贵品，异繁杏、夭桃轻巧。命化工、倾国风流，□与一枝纤妙。　　樽前五陵年少[①]。纵丹青异格，难别颜貌。悲露凝烟，困红娇额，微颦低笑[②]。须信浓香易歇，更莫惜、醉攀吟绕。待舞蝶游蜂，细把芳心都告。[③]

[注释]

①五陵:原指西汉几个皇帝的陵墓。因周围为豪富聚居之所,即用以代权财之家。 ②微颦:微微皱眉。 ③唐氏按:《历代诗馀》卷七十三此首误作贺铸词。

望 梅

画阑人寂,喜轻盈照水,犯寒先折。袅芳枝、云缕鲛绡[①],露浅浅涂黄,汉宫娇额。剪玉裁冰,已占断、江南春色。恨风前素艳,雪里暗香,偶成抛掷。 如今眼穿故国。待拈花嗅蕊。时话思忆。想陇头、依约飘零,甚千里芳心,杳无消息。粉怯珠愁,又只恐、吹残羌笛。正斜飞、半窗晓月,梦回陇驿。[②]

[注释]

①鲛绡:《述异记》云,"南海出鲛绡,一名龙纱,以为服,入水不濡"。 ②唐氏按:《花草粹编》卷十二此首误题王圣与作,各家俱误补入王沂孙《花外集》,金绳武本《花草粹编》卷二十三又误作王梦应词。

望 梅

小寒时节,正同云暮惨[①],劲风朝烈。信早梅、偏占阳和,向日暖临溪,一枝先发。时有香来,望明艳,瑶枝非雪。想玲珑嫩蕊,绰约横斜,旖旎清绝。 仙姿更谁并列。有幽香映水,疏影笼月。且大家、留倚阑干,对绿醑飞觥[②],锦笺吟阅。桃李繁华,奈比此、芬芳俱别。等和羹大用,休把翠条谩折。[③]

[注释]

①同云:寒云,将下雪之云色。 ②绿醑(xǔ):绿色美酒。 觥(gōng):酒器。 ③唐氏按:此首《类编草堂诗馀》卷四误作柳永词。

洞仙歌

蓬莱宫殿[1],去人间三万。玉体仙娥有谁见。被月朋雪友,邀下琼楼,溪桥畔,相对寒光浅浅。 一般天上格,独带真香,冰麝犹嫌未清远。似太真望幸[2],一饷销凝,愁未惯。消瘦难禁素练。又只恐、东风破寒来,伴神女同归,阆峰仙苑。

[注释]

①蓬莱:传说中的神山名。后用来泛指想象中的仙境。 ②太真:即杨贵妃。

洞仙歌

摧残万物,不忍临轩槛。待得春来是早晚。向纷纷、雪里开,一枝见。清香满,漏泄东君先绽。 暗香浮动、疏影横斜,只这些儿意不浅。怎禁他,淡淡地、匀粉弹红,争些儿、羞杀桃腮杏脸。为传语、东风共垂杨,奈辛苦,千丝万丝撩乱。

洞仙歌

断云疏雨,冷落空山道。匹马骎骎又重到[1]。望孤村,两三间、茅屋疏篱,溪水畔、一簇芦花晚照。 寻思行乐地,事去无痕,回首湘波与天杳[2]。叹人生几度,能醉金钗、青镜里、赢得朱颜未老。又枝头、一点破黄昏[3]，问客路春风，为谁开早。

[注释]

①骎骎：马速行貌。 ②"回首"句：谓湘水与天浑然一片。 ③唐氏按："又"原作"入"，从《花草粹编》卷八。

洞仙歌

梳风洗雨，兰蕙摧残后。玉蕊檀芳做霜晓。板桥平，溪岸小，月下归来、乘露冷，赢得清香满抱。 一枝春在手，细嗅重看，风味人间自然少。拟欲问东君，妙语难寻，搜索尽、池塘春草。想不是、诗人赏幽姿，纵竹外横斜，是谁知道。

摸鱼儿

岁华向晚，遥天布同云，霰雪轻飞[1]。前村昨夜漏春光，楚梅先放南枝[2]。叹东君运巧思，裁琼镂玉妆繁蕊。花中偏异。解向严冬逞芳菲。免使游蜂粉蝶戏。 梁台上，汉宫里。殷勤仗、高楼羌管休吹。何妨留取凭阑干，大家吟玩欢醉。待明年，念芳草、王孙万里。归未得、仙源应是。又被花、开向天涯、泪洒东风对桃李。

[注释]

①霰（xiàn）：小冰粒。 ②楚梅：楚地之梅，指长江中下游一带。

春雪间早梅

梅将雪共春，彩艳灼灼不相因。逐吹霏霏能争密，排枝碎碎巧妆新。谁令香来满坐，独使净敛无尘。芳意饶呈瑞，寒光助照人。玲珑次第开已遍，点缀坐来频。 那是俱怀疑似，须知造化，两各逼天真。荧煌清影初乱眼[①]，浩荡逸气忽迷神。未许琼花并重[②]，将从玉树相亲。先期迎献岁，更同歌酒占兹辰[③]。六华蜡蒂相辉映[④]，轻盈敢自珍。

［注释］

①唐氏按："清影"二字原空格，据《词谱》卷三十六补。 ②唐氏按："并"字据《花草粹编》卷十二补，惟《粹编》少"重"字。 ③兹辰：即此时。 ④六华：指雪花。因雪花为六瓣，"华"与"花"相通。即用六华代雪花。

万年欢

北陆风回[①]，顿园林凋尽，庭院岑寂。潇洒寒梅，偷报艳阳消息。素淡英姿粹质，天赋与、出伦标格[②]。一枝向、雪里初开，纤说清香寻得。 神仙乍离姑射。更琼妆翠佩，冰莹肌骨。仿佛华清浴罢，懒匀脂泽。陇上休轰怨笛。且留取、累累成实。终须待、金鼎调羹，偏与群芳春色。

［注释］

①北陆：日行北陆，谓之冬。此言时为冬季。 ②标格：风度。

万年欢

天气严凝，乍寒梅数枝，岭上开折。傅粉凝脂，疑是素娥妆饰。先报阳和信息，更雪月、交光一色。因追念，往日欢游，共君携手同摘。　　别来又经岁隔。奈高楼梦断，无计寻觅。冷艳寒容，啼雨恨烟愁湿。似向人前泪滴，怎不使、伊家思忆。惟只恐，寂寞空枝，又随昨夜羌笛。

雨中花

梦破江南春信，渐入江梅，暗香初发。乞与横斜疏影，为怜清绝。梁苑相如[①]，平生有赋，未甘华发。便广寒争遣[②]，韶华惊怨，讵妨轻折。　　扬州二十四桥歌吹[③]，不道画楼声歇。生怕有、江边一树，要堆轻雪。老去苦无欢事，凌波空有纤袜[④]。恨无好语，何郎风味[⑤]，定教谁说。[⑥]

［注释］

①梁苑：即梁园，汉梁孝王刘武所造。故址在今河南开封东。梁孝王尝宴宾客于此。　②广寒：即广寒宫。旧以称月宫。　③二十四桥：在扬州市境。为唐时繁盛之地。　④凌波：本为形容洛神行步之美。后亦用指美女。　⑤何郎：指何逊。　⑥唐氏按：《大典》本吴则礼《北湖集》亦收此首，盖《大典》之误也。

早梅芳

雪　梅

冰唯清、玉唯润，清润无风韵。此花风韵，自然清润传香粉。故应春意别，不使凡英恨。到春前腊后，长是寄芳信。　　此情闲，此意远，一点萦方寸[1]。风亭水馆，解与行人破离恨。广寒宫未有，姑射仙曾认。向雪中月下，吟未尽。[2]

[注释]

①方寸：指心。　②唐氏按：《永乐大典》二千八百零八误引作曾公衮词。

婆罗门

江南地暖，数枝先得岭头春。分付似、剪玉裁冰。素质偏怜匀淡，羞杀寿阳人。算多情留意，偏在东君。　　暗香旋生，对淡月与黄昏。寂寞谁家院宇，斜掩重门。墙头半开，却望雕鞍无故人。断肠处、容易飘零。

踏青游

岭上梅残，堤畔柳眠娇小。绽数枝、横烟临沼。既大雅，且秾丽，繁而不扰。冒寒来、游蜂戏蝶尚阻，年年占得春早。　　淡白轻红，清香迎芳道。更情与、碧天如扫。魏台妆[1]，吴姬袖[2]，妖妍多少。为传语、无言分付甘桃李，不比闲花浪草。

[注释]

①魏台妆：魏宫女子的妆束。犹言时妆美人。　②吴姬：泛指吴地女子。

绛都春

东君运巧。向枝头点缀，琼英虽小。全是一般，风味花中最轻妙。横斜疏影当池沼，似弄粉、初临鸾照[①]。众芳皆有，深红浅白，岂能争早。　　莫厌金樽频倒。把芳酒赏花，追陪欢笑。有愿告天，愿天多情休教老[②]。奇花也愿休残了，免乐事、离多欢少。易老难叙衷肠，算天怎表。

[注释]

①鸾照：对镜照影。　②唐氏按："天"字原空格，据《词谱》卷二十八补。

雪梅香

岁将暮，云帆风卷正凄凉。见梅花呈瑞，素英淡薄含芳[①]。千片逞姿向江国，一枝无力倚邻墙。凝眸望，昨夜前村，雅态难忘。　　争妍斗鲜洁，皓彩寒辉，冷艳清香。姑射真人，更兼粉傅容光。梁苑奇才动佳句[②]，汉宫娇态学严妆[③]。无憀恨，独对光辉，别岸垂杨。

[注释]

①唐氏按："素"字原空格，据《词谱》卷二十三补。　②梁苑：即梁园。在梁苑中集有司马相如、枚乘等众多名士。　③汉宫娇态：指汉成帝后赵飞燕。赵后体轻善舞，常被用来喻花木之美。

雪梅香

冻云深，六出瑶花满长空[①]。渐飘来呈瑞，皑皑万里皆同。荒野枯冰竦欲折，小亭寒梅吐轻红。香清□，疏影横斜，照水溶溶。　　临风。传芳信，驿使来自，庾岭南峰。占早争先，总无粉蝶游蜂。妆点鲜妍汉宫里，羌笛呜咽画楼东。赏南枝，倚阑凝望，时见征鸿。

（以上《梅苑》卷四）

[注释]

①六出：指雪花。《韩诗外传》云："草木花多五出，雪花独六出，其数属阴也。"

千秋岁

腊残春近，江上梅开粉。一枝漏泄东君信。寿阳妆面靓，姑射冰姿莹。似浅杏，清香试与分明认。　　只恐霜侵破，又怕风吹损。待折取，还不忍。莫将花上貌，来点多情鬓。凝睇久，行人立马成遗恨。

月上海棠①

南枝昨夜先回暖，便临寒、开花暗香远。化工忒瞰，把琼瑶、恣情裁剪。皑皑的、点缀梢头又遍。　　横斜影蘸清溪浅，似玉人、临鸾照粉面。大家休折，且迟留、对花开宴。祝东风、吹作和羹未晚。

[注释]

①《全宋词》注：曹元忠据《花草粹编》补此阕。

眼儿媚

前时同醉曲江滨①，初样小梅春。花残人远，几经风雨，结子青青。　　谁知别后无肠断，行尽水云程。修峰万仞，邮亭息鞚[2]，独对黄昏。

[注释]

①曲江：水名，在长安东南，汉唐风景胜地。　②息鞚（kòng）：停止前进。　鞚：马络头，代指马。

相见欢

月明疏影林间，水潺潺。一点浓香十里、渡关山[1]。　　且莫负，好分付，冷无眠。只怕笛声呜咽、到愁边。

[注释]

①关山：泛指关塞山川，亦用借指遥远的地方。

捣练子

八　梅[1]

捣练子，赋梅枝，暖借东风次第吹。自是百花留不住，让教先发放春归。

捣练子，赋梅芳，柳绿桃红谩点妆。试问仙标横竹外，敢同高节伴冰霜。

捣练子[2]，赋梅红，玉体凝酥半醉中。诗酒兴来须要早，忍看红雨落西东。[3]

捣练子，赋梅香，蕙魄兰魂又再阳。只为人间无著处，借他龙笛返仙乡。

捣练子，赋梅英，枝上商量细细生。不是根株贪结子,被吹羌笛两三声。

捣练子,赋梅妆,镜里佳人傅粉忙。额子画成终未是,更须插向鬓云傍。

捣练子,赋梅音,云底江南树树深。怅望故人千里远,故将春色寄芳心。

捣练子,赋梅青,休共檀梨取次争[4]。叶底青青如豆小,已知金鼎待和羹。 (以上《梅苑》卷五))

[注释]

①八梅:即《捣练子》之别名。《梅苑》无名氏作此体八首,皆赋梅花,遂名。 ②唐氏按:《永乐大典》卷二千八百零九误引此首作房舜卿词。 ③唐氏按:以上三首,又见《历代诗馀》卷一,误作王之望词。 ④檀梨:红梨。

鹧鸪天

冷落人间昼掩门,泠泠残粉縠成纹[1]。几枝疏影溪边见,一拂清香马上闻。 冰作质,月为魂。萧萧细雨入黄昏。人间暂识东风信,梦绕江南云水村。

[注释]

①泠泠:清凉意。

鹧鸪天

梦草池塘春意回,巧传消息是寒梅。北枝休羡南枝暖,凭仗东风次第开。 酥点萼,粉匀腮。未攀已得好香来。西邻且莫吹羌笛,留待行春把酒杯。

鹧鸪天

雪屋冰床深闭门，缟衣应笑织成纹。雨中清泪无人见，月下幽香只自闻。　　长在眼，远销魂。玉奴那忍负东昏[1]。偶然谪坠行云去，不入春风花柳村。

［注释］

①玉奴：南朝齐东昏侯潘妃的小名。玉儿，诗中多称玉奴。

鹧鸪天

小槛冬深未破梅，孤枝清瘦耐风埃。月中寂寞无人管，雪里萧疏近水栽。　　微雨过，早春回。阳和消息自天来。才根多谢东君力，琼蕊葩红一夜开。

鹧鸪天

春入江梅破晚寒，冻枝惊鹊语声干。离愁满抱人谁问，病耳初闻心也宽。　　风细细，露珊珊。可堪驿使道漫漫。斜梢待得人来后，簪向乌云仔细看[1]。

［注释］

①乌云：喻女子头髮。

鹧鸪天

蜡　梅

别得东皇造化恩[1]，黛消铅褪自天真。耻随庾岭花争白，疑是东篱菊返魂。　　风淡淡，月盈盈。麝煤沉馥动孤根[2]。寒蝉冷蝶知何处,惟有蜂房不待春。[3]

[注释]

①东皇:春神。一谓天帝。 ②麝煤:即香煤。诗词中多以"麝煤"代香。一谓墨之别称。传说古代制墨和以麝香,故名。 ③唐氏按:此首《永乐大典》卷二千八百十一误引作孔处度词。

浣溪纱

水净烟闲不染尘,小山斜卧几枝春。夜寒香惹一溪云。 粉淡朱轻妆未了,十分孤迥好精神[1]。为伊清瘦却愁人。

[注释]

①孤迥:寂寥高远。

浣溪沙

苒苒飞云横画阑,黄昏烟雨满江干。小梅香浅不禁寒。 楼上风轻帘不卷,酒红销尽昼妆残。玉人斜捻一枝看。

浣溪沙

十月开花是子真[1],小春分付与精神[2]。折来含露晓妆新。 暖意便从窗下见,粉容何待鉴中匀。宛然长似玉华清。

[注释]

①子真:汉代高士郑子真,隐居谷口,名动京师。此以之比梅花。②小春:农历十月,因天气和暖如春,故称小春。

浣溪沙

梅粉初娇拟嫩腮,一枝春信腊前开。玉英珠颗傍妆台。　　明月泛将疏影去,暗香疑是那人来。消魂独自立空阶。

浣溪沙

茶　梅

剪碎红娘舞旧衣,汉宫妆粉满琼枝。东风来晚未曾知。　　颜色不同香小异,瑶台春近宴回时。宝灯相引素娥归。

浣溪沙

蜡　梅

梅与为名蜡与容,寒枝遍缀小金钟。插时只恐鬓边熔。　　疑是佳人熏麝月,起来风味入怀浓。暗香依旧月朦胧。

浣溪沙

蜡　梅

梅与称名蜡与黄,枝无袅娜色无光。掩檀欺麝冠群芳。　　结处定缘蜂力就，开时微带蜜脾香。风标不减寿阳妆。

太常引

行云踪迹杳无期，梅梢上，又春归。不道久别离，这一度、清香为谁。　　多情嘱付，庾楼羌管[1]，凭仗且休吹。留取两三枝，待和泪、封将寄伊。

［注释］

①庾楼：指晋朝庾亮所登临的鄂城南楼。后人常用为英才集会之典。

太常引

江梅开似蕊珠宫[1]，报桃李、又春风。蓦岫看前峰[2]，待摘取、横斜盏中。　　魏林楚岭[3]，素妆清绝，不与众芳同。和月映帘栊，羡几点、施朱太红。

［注释］

①蕊珠宫：仙人所居宫殿。　②蓦岫：站在山峦上。骑在马上曰蓦。　③魏林楚岭：泛指中原，南方一带山岭。

小重山

竹里清香帘影明，一枝照水弄精神。楼头横管罢龙吟[1]，休三弄，留为与调羹。　　紫陌与青门[2]，溪边浮动处，绝纤尘。等闲休付寿阳人，潇洒处，月淡又黄昏。

[注释]

①龙吟:形容吹笛时发出的美妙声音。杜甫《刘九法曹郑瑕丘石门宴集》诗:“晚来横吹好,泓下亦龙吟。” ②紫陌:京城内的街道叫紫陌。 青门:即青琐门。古代宫廷门户皆为连琐,涂以青色,称青琐门,简称青门。

小重山

不是蛾儿不是酥,化工应道也难摹。花儿清瘦影儿孤,多情处,时有暗香浮。 试问玉肌肤,夜来霜雪重,怕寒无。一枝欲寄洞庭姝,可惜许,只有雁衔芦。

小重山

天际春来都为君,依稀丹萼动,泛红云。恼人天气近黄昏,霜月底,山麝鬥微薰。 标格自天真,寿阳仙骨瘦,玉无纹。芳容临鉴洗馀醺,双蛾稳,花面两难分。

西地锦

不与群花相续,独占春光速。幽香远远散西东,惟竹篱茅屋。 羌管谁调一曲,送月夜、犹芬馥。凭君折取向玉堂,只这些清福。

西地锦

岭上初消残雪,有梅花先坼①。东君造化多成翠,巧风韵奇绝。 小院黄昏时节,暗香浮、疏影横斜。寄取和羹未晚,却免教攀折。

[注释]

①坼(chè):开。

踏 歌

带雪，向南枝，一朵江梅坼。许多时、甚处收香白。占千葩百卉、先春色。拟莹洁，正广寒宫殿人窥隔[①]。销魂处、画角数声彻[②]。　　暗香浮动黄昏月，最潇洒处最奇绝。孤标迥、不与群芳列。吟赏竟连宵，痛饮无休歇。输有心牧童偷折。

[注释]

①广寒宫：即月宫。　②画角：用彩色涂饰表面的军中号角。

感皇恩

剪玉蹙花苞，腊寒时候。间竹横溪自清瘦。黄昏时候，拂拂暗香微透。寿阳妆面恨，眉频斗。　　堪赏占断，三春先手[①]。不是东君意偏有。百花羞尽，故教孤芳独秀。只愁明月夜，笛声奏。

[注释]

①三春：旧称农历正月为孟春，二月为仲春，三月为季春，合称三春。

枕屏儿

江国春来，留得素英肯住[①]。月笼香，风弄粉，诗人尽许。酥蕊嫩，檀心小，不禁风雨。须东君、与他做主。　　繁杏夭桃[②]，颜色浅深难驻。奈芳容，全不称，冰姿伴侣。水亭边，山驿畔[3]，一枝风措[4]。十分似、那人淡伫[5]。

[注释]

①素英：白色梅花。 ②夭桃：盛开的桃花。 ③山驿：山间的驿站。 ④风措：风姿举止。 ⑤淡伫：风致淡雅。

忆秦娥

瑶台月，寒光零乱蒙香雪。蒙香雪，横枝疏影，动人清彻。　　分明姑射神仙骨[1]，冰姿雪里难埋没。难埋没，百花头上，为春先发。

[注释]

①姑射：藐姑射山的简称。山上有仙子，貌美有冰雪姿。

望江南

梅花好，满树锦江边[1]。不似武陵曾见日[2]，清香冷艳扑尊前。销得醉留连。　　凭造化，分付与花权[3]。已共雪光争腊早，且将春信为君传。桃李莫夸先。

[注释]

①锦江：岷江支流，流经成都平原。 ②武陵：今常德一带，古为武陵郡地。 ③花权：指造化赋予梅花早期开放的权利。

望江南

梅花好，依约透春光。记得佳人初睡起，巧临鸾鉴试新妆[1]。粉面鬥琼芳。　　江亭上,绕树嗅清香。拟把一枝传信去,不知何处是兰房[2]。独自暗凄凉。

[注释]

①鸾鉴:妆台的明镜。　②兰房:兰闺,女子闺房的美称。

品　令

山重云起,断桥外、池塘水。晓来风定,竹枝相亚[1],残阳影里。多少风流,都在冷香疏蕊。　　江南千里,问折得、谁能寄[2]。几番归去,酒醒月满,阑干十二。且隐深溪,免笑等闲桃李。

[注释]

①相亚:依偎。　②谁能寄:陆凯曾折梅远寄陇上的范晔。见《赠范晔》诗。

品　令

一阳生暖[1],见庚岭、梅初绽[2]。琼枝玉树,浑如傅粉[3],寿阳妆面[4]。疏影横斜,隐隐月溪清浅。　　前村雪里,向雪里、真难辨。倩谁说与[5],高楼人道,休吹羌管。且与从容,来岁和羹未晚[6]。

[注释]

①一阳生暖:旧说冬至阴气已极而一阳生动、阳气来复,而日渐回暖。　②庚岭:即大庚岭,盛产红白梅花。　③傅粉:着粉。　④寿阳:南朝宋武帝女寿阳公主。人日卧含章殿下。梅花着额成五瓣状,名梅花妆。　⑤倩:请。　⑥和羹:梅性酸,古时用作烹调作料。后为称美相业

之词。“若作和羹，汝惟盐梅。”见《尚书·说命》。

品令

雪花飞坠，有人报、江南意。博山炉畔[1]，砚屏风里，铜槃寒水[2]。赋得幽香，疏淡数枝相倚。　绛肤黄蕊[3]，另一种，高标致。笛中芳信，岭头春色，不传红紫。寂寞闲亭，月下夜阑影碎。

［注释］

①博山炉：香炉名，产于博山（今山东淄博）故名。　②铜槃：即铜盘。　③绛肤：红色的花瓣。

相思引

笑盈盈，香喷喷，姑射仙人风韵。天与肌肤常素嫩，玉面犹嫌粉[1]。　斜倚小楼凝远信[2]，多少往来人恨。只恐乘云春雨困，迤逦娇容褪[3]。

［注释］

①玉面：形容花色素白。　②凝远信：凝望远方信使到来。　③迤逦：络绎不断。

相思引

半苞红，微露粉，潇洒早梅犹嫩。香入梦魂残酒醒，芳意相牵引。　不畏晓霜侵手冷，欲折一枝芳信[1]。折得却无人寄问，争信相思损[2]。

[注释]

①芳信:春天的信息。 ②争信:怎信。

庆金枝

新春入旧年[1],绽梅萼、一枝先。陇头人待信音传,算楚岸[2]、未香残。 小枕风雪凭栏干,下帘幕、护轻寒。年华永占入芳筵,付尊前、渐成欢。

(以上《梅苑》卷六)

[注释]

①“新春”句:意谓春光已来到残年腊月之时了。 ②楚岸:泛指江南一带,战国时属楚,故名。

菩萨蛮

天威乱糁琼蕤密[1],一光吞尽千山碧。梅与雪争妍,孤香风暗传。 玉骨从来瘦,不奈春僝僽[2]。羌管一声残,水乡生暮寒。

[注释]

①糁(sǎn):飘洒。 琼蕤:美玉样的梅花。 ②僝僽(chán zhòu):折磨、烦恼。

菩萨蛮

黄昏月暗清溪色,帘垂小阁霜华白。一夜玉玲珑[1],横斜水月中。 小行孤影动,生怕惊花梦。半夜得春归,屏山人未归[2]。

［注释］

①玉玲珑：此指梅花晶莹洁白如玉。 ②屏山：屏风。

菩萨蛮[①]

霜天不管青山瘦，轻云浅拂修眉皱[②]。烟树隔潇湘，隔帆吹异香[③]。　　影残春恨小，淡墨攲斜倒[④]。无处著消愁，笛寒人倚楼。

［注释］

①唐氏按：刘毓盘辑《月岩集》误以此首为李廌词。 ②修眉：细长的眉毛。此指月亮。 ③吹异香：指笛中吹出梅花古曲。 ④攲斜：歪斜。指字迹潦草。

南乡子

梅蕊露鲜妍，雪态冰姿巧耐寒。南北枝头香不断，堪观，露浥琼苞粉未干[①]。　　画手写应难，横管休吹恐易残[②]。留得佳人临晓际，凭栏，试把新妆比并看[③]。

［注释］

①浥（yì）：润湿。 ②横管：横笛。 ③“新妆”句：指以梅花与新妆女子争香鬥艳。

南乡子

把酒对江梅，个是花中第一枝[①]。冰雪肌肤潇洒态，须知，姑射仙人正似伊。　　东阁赋新诗[②]，惭愧当年杜拾遗[③]。月里何人横玉笛，休吹，正是芳梢著子时。

[注释]

①个是:真个是。真是。 ②东阁:开东阁延揽贤士,事见《汉书·公孙弘传》。南朝梁何逊为建安王记室,曾在东阁赋梅。杜甫诗“东阁官梅动诗兴,还如何逊在扬州”用为典故。 ③杜拾遗:即杜甫,曾在肃宗时任左拾遗。

南乡子

莫作俗花看,珠有清香雪太寒[①]。拟把千钟酬国艳[②],林间,醉倒犹嫌酒量悭[③]。 欲去更重攀,送尽斜阳未忍还。争得重城休上锁,留连,借取冰轮照玉颜[④]。

[注释]

①“珠有”句:谓与珍珠相比,有清香;与雪相比,梅不寒冷。 ②国艳:谓梅花美冠群芳,称为国花。 ③悭(qiān):小,不足。 ④冰轮:月亮。

南乡子

醉捻一枝春[①],此意谁人会得君。嫩白轻红才入手,盈盈,一似前时酒半醺[②]。 心眼两相亲,绝代风流恼杀人。粉蝶霜禽休怅望,叮咛,只要扬州作主盟[③]。

[注释]

①捻:拈。 一枝春:梅花。 ②半醺:半醉。 ③“扬州”句:指何逊在扬州作早梅诗,蔚成风气。 主盟:盟主。

南乡子

栏槛对幽堂,翠叶村头万朵霜。檀口乍开龙麝喷[①],

非常，体胜佳人异骨香。　花与月争光，偏引蜂儿戏绕墙。不与群英争艳丽，芬芳，溪落东君只淡妆[2]。

［注释］

①檀口：刚张开的浅红色的梅花。　②溪落：同奚落嘲弄。　东君：春神。

南乡子

凛冽苦寒时，万木凋枯力渐衰。昨夜前村深雪里，春回，庾岭南枝绽早梅。　映月与清辉，驿使加鞭喜探回[1]。风送馨香来小院，芳时，料想群花尚未知。

［注释］

①驿使：信使。

南乡子

催　梅

把酒祝江梅，春到南枝早早开[1]。人在陇头凝望久[2]，徘徊，驿使如今尚未来。　寄语莫相催，直待东风细剪裁。只恐未能传信息，妆台，先要飞来衬粉腮。

［注释］

①南枝：南向的梅枝。“昨宵深雪里，南向一枝开”为齐己诗句。　②“人在陇头”句：指陆凯折梅交驿使寄与远在陇山的范晔之事。

戛金钗

梅蕊破初寒，春来何太早。轻傅粉、向人先笑。比并年时较些少[①]。愁底事[②],十分清瘦了。　　影静野塘空,香寒霜月晓。风韵减,酒醒花老。可杀多情要人道。疏竹外,一枝斜更好。

[注释]

①比并:比较。　年时:去年。　②底事:何事。

人月圆

园林已有春消息,寻待岭头梅[①]。一枝清淡,疏疏带雪,昨夜初开。　　芳心几点,东风多少,先为传来。不随红紫[②],纷纷闹闹,蝶妒蜂猜。

[注释]

①寻待:待寻。等着去探寻。　②红紫:指缤纷五色的热闹春光。

一斛珠

寒冰初泮[①],岭头一朵香苞绽。菡萏如画真堪羡[②]。休逞随风、柳絮垂金线。　　月宫每嫖开较晓[③],寿阳又喜匀妆面。更闻何处呜羌管。一曲一声、惹起神撩乱。

[注释]

①初泮:初融。　②菡萏(hàn dàn):荷花之别名,此借指梅花。　③每嫖:当为"梅摽"之误。摽,落也。见《诗经·召南·摽有梅》注。　晓:疑为"晚"字之误,此处应为韵脚,"晓"则失韵。

解佩令[①]

蕙兰无韵,桃李堪扫。都不数、凡花闲草[②]。对月临风，长是伊、故来相恼[3]。和魂梦、被他香到。　江头陇畔，争先占早。一枝枝、看来总好。似恁风标[4]，待发愿、春前祈祷。祝东君，放教不老。

［注释］

①唐氏按：此首《词谱》卷十五误引作许将词。　②都不数：全不算。　③伊：指梅花。　④恁（rèn）：如此，这样。　风标：风致。

醉花阴[1]

粉妆一捻和香聚[2]，教露华休妒[3]。今日在尊前，只为情多，脉脉都无语。　西湖雪过留难住，指广寒归去。去后又明年，人在江南，梦到花开处。

［注释］

①唐氏按：此首《历代诗馀》卷二十七误引作舒亶词。　②一捻：一小撮。　③露华：露水。

醉花阴

霓裳浅艳来何处[1]，不是闲云雨。雪苑旧精神，燕席吟窗[2]，昨夜生轻素[3]。　𨷖珊岂是东风妒[4]，惜暗香分付。香在玉清宫[5]，不惹年华，只带春寒去。

［注释］

①霓裳：浅红色的衣裳。传为仙人之服。　②燕席：宴席。　③轻素：轻而白洁的梅花。　④𨷖珊：即阑珊，零落之意。　⑤玉清宫：道家所说的仙境。

扫地舞

酥点萼[①]，玉碾萼，点时碾时香雪薄。才折得，春方弱。半掩朱扉，垂绣幕，怕吹落。　　捻一饷[②]，嗅一饷，捻时嗅时宿酒忘。春争上，不忍放。待对菱花[③]，斜插向，宝钗上。

[注释]

①酥点萼：白嫩花心状如点酥。　②一饷：一会儿。饷，通"晌"。③菱花：妆镜之别称。

玉楼人[①]

去年寻处曾持酒，还是向、南枝见后[②]。宜霜宜雪精神，没些儿、风味减旧。　　先春似与群芳鬥[③]。暗度香、不待频嗅。有人笑折归来，玉纤长、尽露罗袖[④]。

[注释]

①唐氏按：此首抱经斋抄本《珠玉词补遗》误引作晏殊词。　②"还是"句：犹言今年在向南的枝条上又见到早开的梅花。　③先春：春前。　④玉纤长：女子细长的手指。

燕归梁

月里云装冷艳裁，独秀在岩隈[①]。雪中昨夜一枝开，探春色、岁前来。　　清香折得，多情寄与，人向陇头回。凭君移取近瑶台，伴桃李、日边裁[②]。

[注释]

①岩隈:山岩险要之处。 ②日边栽:栽向帝京。“日边红杏倚云栽”,为唐人高蟾的诗句。

忆人人

密传春信,微妆晓景[①],淡伫香苞欲绽。临风虽未吐芳心,奈暗露、盈盈粉面。 何人月下,一声长笛,即是飞英凌乱。凭阑无惜赏芳姿[②],更莫待、倾筐已满。

[注释]

①晓景:景,《词系》本作“艳”,为韵脚字,是。 ②无惜:一本作“莫惜”。

忆人人

前村深雪,难寻幽艳,无奈清香漏绽。烟梢霜萼出墙时[①],似暗妒、寿阳妆面[②]。 幽香浮动,无缘攀赏,但只心劳魂乱。不辞他日醉琼姿,又只恐、阴成子满[③]。[④]

[注释]

①烟梢霜萼:雾气和霜花笼罩着梅蕊。 ②“似暗妒”句:指出墙的梅萼似乎在与寿阳公主的梅花妆争奇鬥胜。 ③阴成子满:谓误了花时,只能看到绿叶阴中的梅子了。 ④唐氏按:以上二首抱经斋抄本《珠玉词补遗》误作晏殊词。

采桑子

阳和欲报春来也[①],先上南枝。桃李休疑,折遍香梢人未知。　　黄昏小院谁攀折，疏影斜攲[②]。半掩朱扉，旋嗅清香月下归。

[注释]

①阳和：春气和熙。　②斜攲(qī)：横斜不正。

采桑子

江南春信梅先赋，休道春迟，映竹开时，姑射仙人雪作肌。　　青楼且莫吹羌管[①]，留劝金卮[②]，折取高枝，香满名园蝶未知。

[注释]

①青楼：豪门大宅。曹植《美女篇》："青楼临大路，高门结重关。"后转为歌楼妓馆之称。　羌管：羌笛。　②金卮：金杯。

采桑子

南枝淡伫无妖艳，蜡蕊羞黄[①]，争似红妆，不假施朱弄晓光[②]。　　雪融日暖琼肌腻，酒晕生香，桃脸相当，尤笑桃花混众芳。

[注释]

①腊蕊羞黄：令黄色的梅花自愧不如。此指红梅。　②不假：不须借助。

采桑子

幽芳莹白前村里[①]，岂藉春工[②]，胜尽群红，琼捻凝酥向不同[3]。　一声羌管愁人处，片片西东，睹此遗踪，不怨狂风怨马融[4]。

[注释]

①莹白：洁白如玉。　②春工：春神。　③琼捻凝酥：指梅花如美玉、酥油一样光洁可爱。　④马融：东汉学者，著有《长笛赋》。此指笛声。

采桑子

东君有意观群卉[1]，故放争先，带露含烟，对月偏宜映水边。　琼苞素蕊胭脂淡，雪后风前，堪赏堪怜，曾与歌楼佐管弦[2]。

[注释]

①群卉：群芳。　②佐管弦：指梅花谱入弦管为歌者传唱。

采桑子

群芳尽老园林烬[1]，独有寒梅，探得春回，昨夜前村一朵开。　轻盈雪里孤根秀，素脸香腮，羌管休催[2]，留取琼葩佐酒杯。

[注释]

①烬：灭。　②羌管休催：笛曲有《梅花落》。　休催：即莫吹此曲留住春光之意。

采桑子

霜风漏泄春消息，折破孤芳[1]，野兴彷徨，姑射神仙触处藏。　新妆不假施朱粉，雪月交光，欲赠东皇[2]，冷淡龙涎点点香[3]。

[注释]

①折破：疑为“拆破”之讹。拆，开绽。　②东皇：司春之神。　③龙涎：香料名。此指梅花。

采桑子

烟笼淡月寒宵永，悄悄帘栊[1]，微度香风，几点梅开小院中。　拥衾攲枕难成寐，萧寺初钟[2]，雁响遥空，家在青山千万重。

[注释]

①帘栊：门帘、窗栊。　②萧寺：佛寺。梁武帝萧衍大建佛寺，叫萧子云写了一个很大的“萧”字，故称萧寺。

采桑子

再雪中

飞琼欲赴瑶台宴[1]，先具威仪[2]，云驾霓衣，从者皆骑白凤飞。　人间尽变为银海，此景偏奇，姑射冰姿，昨夜前村见一枝。

[注释]

①飞琼：许飞琼，女仙名。　②威仪：此指随从仪仗庄严。

采桑子

蜡　梅

熔金脱得花钿小[①]，点缀琼枝，月淡风微，露浥香肌自是奇[②]。　　玉人呵手昂头剪，纤鬓边垂，似簇蜂儿，春入芳容不肯飞。

［注释］

①"熔金"句：形容黄色的蜡梅如同金铸的小花钿。　②露浥：露湿。

［集评］

笃文云："形容黄色蜡梅花插入鬓边，如同蜜蜂扑住花丛不动，可谓巧思妙想。"

寻　梅[①]

幽香浅浅湿未透，认雪底、思来始有。剪裁尚觉琼瑶皱，苦寒中、越恁骨清肌瘦[②]。　　东风气象园林旧，又去年、而今时候。急宜小摘当尊酒[③]，选一枝、且付玉人纤手。

［注释］

①唐氏按：此首《花草粹编》卷七误引作沈会宗词。　②越恁：越发如此。　③当尊酒：对酒赏花。

鞓　红

粉香尤嫩，衾寒可惯。怎奈向、春心已转。玉容别是[①]，一般闲婉[②]。悄不管、桃红香浅。　　月影帘栊，金琼波面[3],渐细细、香风满院。一枝折寄,故人虽远,辄莫使、江南信断。

[注释]

①玉容:白梅。 ②闲婉:静美。 ③金琼波面:水面上映出黄金和美玉般的梅花倒影。

武林春

昨夜前村深雪里,春信为谁传。风送清香满座间,不用热沈檀[1]。 竹外一枝斜更好,偏称玉人攀。休放游蜂去又还,嫌怕损芳颜。 (以上《梅苑》卷七)

[注释]

①沈檀:沉香,檀香,均为珍贵香料。沈,通"沉"。

瑞鹧鸪

临鸾常恁整妆梅[1],枝枝仙艳月中开。可杀天心[2]、故与多端丽,那更罗衣峭窄裁。 几回瞻觑魂消黯[3],芙蕖匀透双腮。好将心事、都分付与,时暂到、小庭来。玉砌红芳点绿苔。

[注释]

①临鸾:临镜。鸾镜,妆台的明镜。 ②可杀:该死的,此为反意正用,意同"可爱"。 天心:天意。 ③瞻觑:观看。 消黯:心魂动荡。

瑞鹧鸪

蜡 梅

汉宫铅粉净无痕[1]，蜡点寒梢水畔村。忍犯冰霜欺竹柏[2]，肯同雪月吊兰荪[3]。　骚人咏去清诗健，驿使传来旧典存[4]。病眼浑疑春思早，一枝聊洗画图昏。

［注释］

①汉宫铅粉：《西京杂记》载，汉初修上林苑。群臣各献名果。有侯梅、朱梅、紫梅、同心梅等。　②唐氏按："忍"原作"愁"，从《永乐大典》。　③兰荪：兰草、荪草，皆香草名。　唐氏按："雪"原作"云"，从《永乐大典》。　④唐氏按："典"原作"兴"，从《永乐大典》。

瑞鹧鸪

蜡点梅花

柳未回青兰未芽，谁知此物在君家。绿窗借得先春手[1]，黄蜡吹成耐冻花[2]。　衣麝暗薰香仿佛，山蜂误认影横斜。凭君说与徐熙道[3]，翰墨从今不足夸。[4]

［注释］

①先春手：指梅花先春而开。　②黄蜡：蜡梅色黄。早开而耐冻。③徐熙：五代的著名花鸟画家。　④唐氏按：以上二首《永乐大典》卷二千八百十一误引作周忘机词。

一落索[1]

腊后东风微透[2]，越梅时候[3]。一枝芳信到江南，来报先春秀。　宿醉频拈轻嗅[4]，堪醒残酒。笛声容易莫相催，留待纤纤手。

[注释]

①唐氏按：刘毓盘辑《聊复集》此首误作赵令畤词。 ②腊：农历十二月为腊月。 ③越梅：泛指南方的梅花。 ④宿醉：头一天的馀醉。

鬓边华

小梅香细艳浅，过楚岸、尊前偶见[1]。爱闲淡，天与精神，掠青鬓、开人醉眼[2]。 如今抛掷经春[3]，恨不见、芳枝寄远。向心上、谁解相思，赖长对、妆楼粉面。

[注释]

①楚岸：江南一带，古属楚国。 ②青鬓：黑髮。 ③抛掷经春：阔别一年。

御阶行

平生有个风流愿，愿长与梅为伴。问伊因甚破寒来[1]，只恐百花先绽。比兰比麝[2]，比酥比玉，休恁闲撩乱。 瑶台月下分明见，依旧残妆浅。不知分得几多香，一片清如一片。直须遮断，恐人眼毒[3]，不解轻轻看。

[注释]

①伊：它，指梅花。 ②比兰比麝：言梅花香如兰花、麝香。 ③眼毒：眼贪。

西江月

北岭天饶瑞雪[①]，南枝地段红苞。朦胧霁月映寒梢[②]，谁把玉人纱罩。　　香胜炉薰龙麝[③]，奇过庭拥琼瑶。一杯清酒愿相招，慰我茅堂清瘦。

［注释］

①天饶：天多。　②霁月：雨雪止月出。　③龙麝：龙涎香、麝香。

西江月

翡翠枝头晚萼[①]，婵娟月里飘香。春兰秋蕙作寻常，不与夭桃朋党[②]。　　笑见深红浅白，从教蝶舞蜂忙[③]。风流标致道家妆，潇洒得来别样。

［注释］

①翡翠：鸟名。《龙城录》载，赵师雄于罗浮林间遇素妆美人。醉醒见梅花树上有翡翠鸣于树上，所见盖梅花之神。　②“不与”句：不屑与桃花为伍。　③从教：听任。

西江月

蜡　梅

黄蜡谁将点缀[①]，红膏不许施妆。孤根来自水云乡，风味天然酝酿[②]。　　看取玉奴呵手[③]，摘来珠露沾裳。翠鬟斜插一枝香，似簇蜂儿头上。

［注释］

①黄蜡：蜡梅以黄如蜡，故名。　②天然酝酿：天性如此。　③玉奴：

"玉奴纤手嗅梅花",东坡《四时词》中句。玉奴,齐东昏侯妃潘氏,小名玉儿。后泛指美女。　唐氏按:"手"原作"子",从《永乐大典》。

西江月

万木经霜冻折,孤根独报春来。前村雪里一枝开,将缓月华光彩[①]。　一点唇红不褪,妆如傅粉皑皑[②]。和羹端的禀天才[③],终入庖人鼎鼐。[④]

[注释]

①"将缓"句:谓梅雪交辉,令月光减色。　②皑皑:白洁貌。　③"和羹"句:梅性酸,可以调治羹汤。古以调和鼎鼐为宰相之职。　禀:天性。④唐氏按:以上二首《永乐大典》卷二千八百十一误引作惠洪词。

蝶恋花

暖发黄宫和气软[①]。雪里精神,巧借东君剪。嫩蕊商量春色浅[②],青枝疑是香酥溅。　谁道和羹芳信远。点点微酸,已向枝头见。休待玉英飞四散[③],且移疏影横金盏[④]。

[注释]

①黄宫:古以十二乐律代十二月。黄宫为农历十一月冬至一阳生,故曰"暖发"。　②商量:商略、准备。　③玉英:白色花瓣。　④金盏:金钟,酒杯。

桃源忆故人

园林万木凋零尽,惟是寒梅香喷。不许雪霜欺损,迴有天然性[1]。　　南枝渐吐红苞嫩，冠绝夭桃繁杏[2]。不记故人音信，对景成离恨。

［注释］

①迥：迥然，显然，与众不同的特性。　②冠绝：远远超过。

桃源忆故人

江天雪意云飞重，却倚阑干初冻。回傍小楼独拥，尽日无人共。　　墙梅未落春先纵[1]，欲寄一枝谁送。月夜暗香浮动，似作离人梦。

［注释］

①春先纵：春光先从梅花上泄漏出来。

桃源忆故人

蜡　梅

南枝向暖清香喷，谁付骚人词咏[1]。一种陇头春信[2]，不借胭脂晕。　　梢头谁把轻黄揾[3]，浑似不忺施粉[4]。疑是寿阳孤冷，染得相思病。

［注释］

①骚人：诗人词家。　②陇头春信：指陆凯折梅寄与远在陇头的范晔之事。　③轻黄：淡黄色。　④不忺：不愿。

桃源忆故人[1]

寒苞初吐黄金莹，色染蔷薇犹嫩。枝上紫檀香喷，洒落饶风韵。　南枝一种同春信，何事不忺朱粉。自称霓裳孤冷[2]，怨感宫腰恨[3]。

[注释]

①唐氏按：此首《永乐大典》卷二千八百十一误引作王逸民词。　②称：相称，相配。自是与仙女相称。　③宫腰恨：后宫失宠嫔娥的幽恨。

添字浣溪沙

白　梅

雪态冰姿好似伊，料应尝笑水仙迟[1]。驿使初传芳信早，赏佳期。　暗想花神多巧妙，黏酥缀玉压纤枝。粉面临鸾宜月殿[2]，整妆时。

[注释]

①尝笑：渐笑。　水仙迟：谓梅花先水仙而开。　②临鸾：对镜。月殿：月宫。

添字浣溪沙[1]

红　梅

谁染深红酥缀来[2]，意浓含笑美颜开[3]。误认浣溪人饮罢[4]，上香腮。　辨杏疑桃称好句[5]，名园色异占多才。折得一枝斜插鬓，坠金钗。

[注释]

①唐氏按：此首《永乐大典》卷二千九百零九误引作王逸民词。　②唐氏按："红"原作"林"，从《永乐大典》改。　③唐氏按："美"原作"笑"，从《永乐大典》。　④浣溪人：西施曾为浣纱女。　⑤辨杏疑桃："认桃无绿

叶，辨杏有青枝”，为曼卿咏梅诗句。

添字浣溪沙

取次匀妆粉有痕[①]。参差玉软淡精神[②]。姑射重绡风卷乱，喜相迎。　　蝶戏飞层双翅重，清中富贵最多情。全似寿阳当日事，点残英。

［注释］

①取次：随便。　唐氏按："粉"原作"玉"，从《永乐大典》。　②玉软：形容白梅花如软玉光洁。

添字浣溪沙[①]

蜡　梅

蜜室蜂房别有香，腊前偏会泄春光。凝伫清容何所似，笑姚黄[②]。　　蜡注金钟诚得意[③]，风飘气味压群芳。不似寿阳夸粉面，道家妆。

［注释］

①唐氏按：此首《永乐大典》二千八百十一误引作王逸民词。　②姚黄：洛阳姚氏所种黄色牡丹，为名贵品种。　③蜡注金钟：谓蜡梅花形似黄色金钟（酒具）。

玉交枝

胆样瓶儿几点春[①]，剪来犹带水云痕。且移孤冷，相伴最深樽[②]。　　每为惜花无晓夜，教人甚处不销魂。为君惆怅，独自倚黄昏。

[注释]

①胆样瓶儿:长颈大腹形如悬胆之花瓶。 ②深樽:长形酒杯。

玉交枝

蜡　梅

蕙子兰孙小样儿[①],化工簇就寄南枝。笑他兰蕙,虽韵带轻肥[②]。　　香霭紫檀和雾重[③],色攒黄蜡界金徽[④]。有人潇洒,插向鬓边宜。

[注释]

①“蕙子兰孙”句:谓蜡梅与蕙兰之花相比,形态偏小。 ②轻肥:轻裘肥马,举止豪放。此指兰蕙大于蜡梅。 ③紫檀:蜡梅有深黄如紫檀,花密香浓,最为名贵。 ④攒:聚。 界:划开。 金徽:金色琴徽。

玉交枝

谁道花房采蜜脾[①],剪成黄蜡小花儿。恶嫌朱粉,不肯肖青枝[②]。　　檀吐暗香兰许韵[③],月移芳影雪生肌。不妨花蕊,羌笛尽教吹。[④]

[注释]

①蜜脾:蜜蜂酿蜜的房,其形如脾。 ②肖:似。 ③兰许韵:韵如兰花。 ④唐氏按:以上二首《永乐大典》卷二千八百十一误引作房舜卿词。

玉楼春

迢递前村深雪里[①],望断行云香细细[②]。笛中宫里慕芳姿,怨曲啼妆长见泪。　　不会同心荣落易[③],冷艳翻随分岭水。有谁曾念陇头人，远寄江南春日意。

［注释］

①迢递：遥远。 ②行云：指所爱的女子。巫山神女，朝为行云，暮为行雨。见宋玉《高唐赋序》。 ③荣落：花开花落。

玉楼春

萧萧海上风长起，也有梅花开玉蕊。爱君风措莹如冰[①]，伴我情怀清似水。 诗人纵复工难拟，莫把闲花容易比。浓香吹尽不须愁，细雨微风催结子。

［注释］

①风措：风致。 莹如水：水玉一样光洁。

玉楼春[①]

蜡 梅

腊前先报东君信，清似龙涎香得润。黄轻不肯整齐开[②]，比着红梅仍旧韵。 纤枝瘦绿天生嫩，可惜轻寒摧挫损。刘郎只解误桃花[③]，怅恨今年春又尽。

［注释］

①唐氏按：《永乐大典》卷二千八百十一“梅”字韵误作李清照词。②黄轻：指蜡梅色泽轻盈如黄蜡般可爱。 ③刘郎：唐刘禹锡重访玄都观，而桃花已净。赋诗云：“种桃道士归何处，前度刘郎今又来。”

捣练子

欺万木，怯寒时。倚阑初认月宫姬[①]。拭新妆，披素衣。　　孤标韵[②]，暗香奇。冰容玉艳缀琼枝。借阳和[③]，天付伊。

[注释]

①月宫姬：嫦娥，此指梅花。　②孤标韵：孤高清隽的风致。　③阳和：和熙的春光。

喜团圆[①]

轻攒碎玉，玲珑竹外，脱去繁华。尤殢东君[②]，最先点破，压倒群花。　　瘦影生香，黄昏月馆，清浅溪沙。仙标淡伫，偏宜幺凤，肯带栖鸦。　　（文字从《词谱》卷七）

[注释]

①唐氏按：赵琦美《小山词补遗》误以此首为晏几道作。　②尤殢（tì）：缠绵、迷恋。

愁倚栏

冰肌玉骨精神，不风尘[①]。昨夜窗前都折尽，忽疑君。　　清泪拂拂沾巾，谁相念、折赠芳春。羌管休吹别塞曲[②]，有人听。　　（以上《梅苑》卷八）

[注释]

①不风尘：没有沾染俗气。　②"羌管"句：意谓羌笛不要吹奏《梅花落》等乐曲，怕引起征人的思念。

减字木兰花

庭梅初绽，风递幽香清更远[①]。别有孤根，不待阳和一点恩。　　雪中风韵，皓质冰姿真莹静。月下精神，来到窗前疑是君。

［注释］

①风递：风送。

减字木兰花

疏梅风韵[1]，不许游蜂飞蝶近。要识芳容，除向瑶台月下逢。　　尊前一见，换尽平生桃李眼。却笑襄王[2]，楚梦无踪空断肠。

［注释］

①疏梅：清疏不密的梅花。　②襄王：楚襄王曾于高唐梦遇朝为行云暮为行雨的神女。见宋玉《高唐赋序》。

减字木兰花

山城驿近，又报寒梅传驿信。远水孤村，月下何人与断魂。　　幽芳在手，花木无情那得瘦。似此天真，好赠东阳姓沈人[1]。

［注释］

①姓沈人：梁朝诗人沈约，曾任东阳太守。自言“百日数旬，革带（皮带）常移数孔”，以体瘦腰细著名。

减字木兰花

香肌清瘦，泪湿轻红疏雨后。笑靥微开[1]，宿雨微醺越女腮[②]。　　多情无奈,玉管休吹帘影外。薄晚池台[③],惆怅繁华梦里来。

[注释]

①笑靥(yè):颊上的酒涡。　②越女:浙江绍兴,古为越都,出美女,西施即生于此。　③薄晚:傍晚。

减字木兰花

东君有待,留得一枝香雪在[①]。晚日融融[②],只恐轻酥暖渐熔。　　歌催管送,芳酒一尊谁与共。寂寞墙东,潇洒黄昏满院风。[③]

[注释]

①香雪:白色的梅花。　②晚日融融:夕阳和煦。　③唐氏按:以上二首刘毓盘辑《柯山集》误作张耒词。

减字木兰花

蜡　梅

鹅黄初吐[①],无数蜂儿飞不去。别有香风,不与南枝斗浅红[②]。　　凭谁折取,拟把玉人分付与[③]。碧玉搔头[④],淡淡霓裳人倚楼。

[注释]

①鹅黄:淡黄色。　②南枝:此指一般的红、白梅花,与蜡梅不同。③唐氏按:"玉人",《永乐大典》作"蛮笺"。　④碧玉搔头:碧玉簪。

减字木兰花

园林衰槁，一品梅花开太早[①]。紫蕊檀心[②]，独占中央色似金。　　幽香清远，对景开尊同赏玩。雅称仙姿，莫是多情染相思。[③]

[注释]

①一品梅花：《花经》列梅花为一品。特为名贵。　②檀心：黄色的花心。　③唐氏按：以上二首别误作叶梦得词，见《永乐大典》卷二千八百十一"梅"字韵。

临江仙

漏出春光三四朵，冰肌玉骨偏宜。乍开应笑百花迟。将军曾止渴[①]，画角已先知[②]。　　素艳不容蜂蝶采，清香自有人知。而今虽被霜雪欺。和羹终待手，金鼎自逢时[③]。

[注释]

①止渴：曹操之部队失去水源，口渴。操下令曰，前有大梅林，可以解渴。士卒闻之，口皆出水。事见《世说新语·假谲》。　②画角：军号有梅花角。　③金鼎：金色大鼎。喻宰相以调和鼎鼐手段治理国政。

临江仙

陇首云收天色暮，寒光射月初开。昆荆山玉莫疑猜[①]。琳琅疑此地[②]，仙子不红腮。　　丽质霜裾真性雅[③]，馀香暗送人来。乱将碎玉缀枝排。雪中寻不见，青萼辨奇才。

[注释]

①昆荆:昆山、荆山以产美玉著称。 ②琳琅:美玉。此指白梅。③霜裾(jū):白色衣襟。此代指衣服。

临江仙

昨夜新阳回候馆[1],芳菲正满霜林。此时珍赏重千金[2]。谁知红粉艳,还有岁寒心。 风动霞衣香散漫,酒醺丹脸深沉。妖娆偏称美人簪。一枝无处赠,折得自孤吟。[3]

[注释]

①新阳:新生的阳气。冬至一阳生,故曰新阳。 候馆:驿馆。 ②《全宋词》注:"赏"原作"重",从《永乐大典》。 ③唐氏按:此首别误作叶梦得词,见《永乐大典》卷二千八百零九"梅"字韵。

临江仙

爱日新添春一线[1],化工先到寒梅。不随桃李傍熙台[2]。前村深雪里,昨夜一枝开。 姑射仙人标格韵,凝墙粉谢香腮。数家清弄笛声哀。愁人不怨听,自向枕边来。

[注释]

①春一线:冬至后阳气日长,旧说一日可添一线。 ②熙台:和熙的台阁。

临江仙

玉貌香腮天赋与,清姿不假铅华[1]。素芳寻在五陵家[②]。欲知春信息，庾岭一枝斜。　别有玲珑潇洒处，月梢淡影笼遮。休教羌笛一声嗟。宫妆犹未似，留取意无涯。

[注释]

①铅华：搽脸用的铅粉。　②五陵：汉代陵墓区，在长安。豪贵多聚居于此。

踏莎行

枝绿初匀[①]，萼红犹浅。化工妆点年华晚[②]。暗香疏影水亭边，黄昏月下依稀见。　十二危楼[③]，谁人倚遍。只愁羌笛声幽怨。少留情意待春来，东君准拟长拘管。

[注释]

①枝绿初匀：梅枝刚刚发青。　②年华晚：岁暮，一年将尽。　③危楼：高楼。

踏莎行

萼破前村，枝横江路。铁心应也频凝伫[①]。怕愁惟恐不禁愁，宁教雪月相分付[②]。　不测春来，难追香去。无人知我心先误。多情总道是东君，东君也有无情处。

[注释]

①铁心：硬心肠的人。　凝伫：伫立、凝视。　②宁教：宁让。

踏莎行

点点琼酥[①]，初寒乍结[②]。看来未忍轻轻折。园林正告久萧条，春工著意饶先发[3]。　眼底不凡，枝头自别。也知彻苦宜霜雪[4]。这般风味恁馨香，怎教桃李同时节。

[注释]

①琼酥：美玉般晶莹的酥油制品，此指梅花。　②乍结：刚作花苞。③饶先发：使它先开。　④彻苦宜霜雪：长时耐受霜雪之苦。

踏莎行

玉母池边[1]，曾记旧识。玉京仙苑新移得[2]。素娥青女好精神[3]，比看终是无颜色。　传入汉宫，偷拟妆饰。寿阳空恁劳心力[4]。寒香都不为春来，莫将远寄春消息。

[注释]

①玉母：当是"王母"之讹。　②玉京：道教称玉帝居所曰玉京。　③素娥：嫦娥。　青女：霜雪之神。　④寿阳：宋武帝女寿阳公主，梅落额上，乃作梅花妆。事见《金陵志》。

渔家傲[1]

蕙死兰枯篱菊槁，返魂香入江南早[2]。竹外一枝斜更好[3]。谁解道，只今惟有东坡老。　去岁花前人醉倒，酒醒花落嫌人扫。人去不来春又到。愁满抱，青山一带连芳草。

[注释]

①唐氏按：此首别误入赵长卿《仙源居士惜香乐府》卷三。　②返魂香：相传汉武帝时月氏国进返魂香，可治瘟疫，此指梅花。　③竹外一枝斜更好：此为东坡赠秦观诗句。

渔家傲

雪点江梅才可可[1]，梅心暗弄纤纤朵。疑是月娥庭下过。仙翘亸[2]，云衫密缀真珠颗。　玉斝金瓯连臂坐[3]，芳辰莫把离魂挫。一曲绣筵娇婀娜。情无那[4]，阳关声里樱桃破[5]。

［注释］

①可可：一点点。　②仙翘亸（duǒ）：仙娥的头饰低低地垂下。亸：下垂貌。　③玉斝（jiǎ）：玉盏、玉杯。　④无那：无奈。　⑤阳关：《阳关曲》，一名《渭城曲》。　樱桃破：形容唱歌则樱唇绽开。

定风波

又是春归烟雨村，一枝香雪度黄昏[1]。竹外云低疏影亚[2]，潇洒，水清沙浅见天真。　瘦玉欺寒香不暖。堪羡。冰姿照夜月无痕。楼上笛声休听取。说与，江南人远易销魂。

［注释］

①度黄昏：度过、消磨黄昏时候。　②亚：通“压”，低垂貌。

定风波

一树寒梅傍小溪，夜来陡觉绽南枝[1]。冷艳冰姿金蕊浅，堪羡，凝明因与雪霜期[2]。　折赠美人临宝鉴，云脸，鬓边斜插最相宜。凭仗高楼频祝付[3]，说与，马融羌管且停吹。

[注释]

①陡觉:突然发觉。 ②凝明:鲜明。 ③祝付:嘱托。

鹊踏枝

南国寒轻山自碧。庭际梅花,先报春消息。绮萼玉英何忍摘[1],真堪树下陈瑶席[2]。 旋嗅清香消酒力。剪采无功,粉笔争描得。一曲新欢须共惜,等闲零落随羌笛。

[注释]

①绮萼:美丽的花朵。 ②瑶席:美玉一般的席子。

鹊踏枝

故里山遥春霭碧[1]。为想繁枝,清梦何曾息。缥带霜英人不摘,纷纷日暮飘细席[2]。 休抱离肠凭酒力。只有轻纨[3],依约应传得。白髮未归空自惜,柔肠寄尽平阳笛。

[注释]

①春霭:春天的云雾之气。 ②细席:地毯。 ③轻纨:轻绢,指作画。

清平乐

寒溪过雪[1],梅蕊春前发。照影弄姿香苒苒[2],临水一枝风月[3]。 梦游仿佛仙乡,绿窗曾见幽芳。事往无人共说,愁闻玉笛声长。

[注释]

①过雪:下过雪。 ②苒苒:轻柔貌。 ③风月:清风明月。

春光好[1]

看看腊尽春回，消息到、江南早梅。昨夜前村深雪里，一朵花开。　盈盈玉蕊如裁，更风细、清香暗来。空使行人肠欲断，驻马裴回[2]。

[注释]

①唐氏按:《永乐大典》卷二千八百零八"梅"字韵误引作李易安词。 ②裴回:徘徊，来回走。

殢人娇[1]

后庭梅花开有感

玉瘦香浓，檀深雪散[2]。今年恨、探梅较晚。江楼楚馆[3]，云闲水远。清昼永，凭阑翠帘低卷。　坐上客来，尊中酒满。歌声共、水流云断。南枝可插，便须频剪。莫直待、西楼数声羌管。

[注释]

①唐氏按:《花草粹编》卷七误引作李易安词。 ②檀深:紫檀色花瓣颜色渐深。 ③楚馆:歌舞场所。

二色宫桃

镂玉香苞酥点萼[1]，正万木、园林萧索。惟有一枝雪里开，江南有信凭谁托。　前年记赏登高阁，叹年来、

旧欢如昨。听取乐天一句云[②],花开处、且须行乐。

[注释]

①香苞:梅花苞。 ②乐天:白居易号乐天。

河 传

香苞素质,天赋与、倾城标格[①]。应是晓来,暗传东君消息。把孤芳、回暖律[②]。 寿阳粉面增妆饰,说与高楼,休更吹羌笛。花下醉赏,留取时倚阑干,鬥清香、添酒力。

[注释]

①倾城:绝美女子古称有倾城倾国之貌。 标格:风度。 ②回暖律:唤回温暖的春光。古以律吕十二管埋地下置灰其中,俟其灰动以测气候之回暖。

七娘子

清香浮动到黄昏,向水边、疏影梅开尽。溪畔清蕊,有如浅杏。一枝喜得东君信。 风吹只怕霜侵损,更新来、插向多情鬓。寿阳妆鉴,雪肌玉莹。岭头别后微添粉[①]。

[注释]

①岭头:大庾岭以产梅著称。 唐氏按:"后"字原脱,从《永乐大典》补。

忆少年

疏疏整整，斜斜淡淡，盈盈脉脉。徒怜暗香句，笑梨花颜色。　　羁马萧萧行又急[①]，空回首、水寒沙白。天涯倦牢落[②]，忍一声羌笛。[③]

[注释]

①羁马：在旅途上奔走之马。　萧萧：马鸣声。　②牢落：落魄、流落无依。　③唐氏按：以上三首《永乐大典》卷二千八百十“梅”字韵误引作李清照词。

浪淘沙

春色入横塘[①]，变尽凄凉。青梢弄粉雪溪傍。疑是化工偏著意，欲试新妆。　　玉蓓锁春藏[②]，占断寒芳。他时鼎鼐不须忙[③]。泄漏清香方有思，别是春光。

[注释]

①横塘：苏州西南有横塘。　②玉蓓：玉似的蓓蕾。　春藏：春意。　③鼎鼐：大鼎曰鼐。朝廷礼器象征执政地位。用盐梅调和鼎鼐，为宰相之职。

浪淘沙

雪里暗香浓，乍吐琼英。横斜疏影月明中。学傅胭脂桃与杏[①]，虚废春工。　　素艳有谁同，不并妖红[②]。应如褒姒笑时容[③]。绝胜梨花春带雨，旖旎春风[④]。

[注释]

①傅:通“敷”,搽抹。 ②夭红:艳红。 ③褒姒:周幽王宠妃。幽王举烽火以引她发笑。比喻梅花美艳难得。 ④旖旎(yǐ nǐ):柔美貌。

浪淘沙

村左小溪傍,粉黛宜芳[1]。寒添潇洒冷添霜。清瘦几枝堪入画,竹映苔墙。 疏影浸横塘,月暗浮香。当时曾伴寿阳妆。不似东君先倚槛,泄漏春光。

(以上《梅苑》卷九)

[注释]

①粉黛:香粉与黛青。 黛:女子用以画眉。

点绛唇

破萼江梅,迥然标格冰肌莹[1]。暗香疏影,月张银塘静[2]。 折取一枝,与插多情鬓。临鸾镜,粉容相并,试问谁端正。

[注释]

①“迥然”句:以冰肌玉骨的女子来形容梅花,格调与凡花迥然不同。 ②月张银塘:月光照映下银塘光彩闪烁的景象。张,通“胀”。

点绛唇

烟淡黄昏,小移疏影横斜去。暗香微度[1],点缀梢头雨。 玉管休吹,更要留春住。人何处,对花无语,望断江南路[2]。

[注释]

①微度：微微吹过来。　②望断：望尽。

点绛唇

点点江梅，向疏篱处香风逗[①]。未容春透[②]，花亦知人瘦。　　姑射山头，谁伴黄昏后。君知否，自然孤秀，横玉休三奏[③]。

[注释]

①香风逗：梅花逗弄着阵阵清香。　②春透：春意浓酣。　③横玉：横笛。　三奏：梅花三弄。

点绛唇

雪里芳丛，岭头还报东君信。寿阳妆靓[①]，姑射冰肌莹。　　曲岸横斜，清浅波相应。风不定，暗香疏影，占断花中韵。

[注释]

①靓（jìng）：艳丽。

点绛唇

万木凋残，早梅独占孤根暖。前村雪满，昨夜南枝绽。　　堪恨倚栏，容易吹羌管。飘琼片，翠蛾争选[①]，贴向桃花面。

[注释]

①翠蛾:美女。 翠:绿色秀眉,代指女郎。

点绛唇

昨夜寒梅,一枝雪里多风措[1]。幽香无数,不与群花语。 最是凝情[2],月夜交光处。谁为主,待须折取,羌管休轻举。

[注释]

①风措:风度举止。 ②凝情:动情。

点绛唇

春日芳心,暗香偏向黄昏逗[1]。玉肌寒透,抵死添清瘦[2]。 影落横塘,月淡人归后。君知否,一枝先秀,应向东君奏。

[注释]

①黄昏逗:黄昏时香气勃发。 ②抵死:分外,特别。

点绛唇

赋雪归来,绿窗一夜霜风紧[1]。也知春信,消息南枝近。 隐映斜阳,玉暖香成阵[2]。西湖景,繁英有恨,只□□□□。[3]

[注释]

①绿窗:绿色纱窗,女子的居室。 ②玉暖:白梅花瓣。 ③唐氏按:

以上五首刘毓盘辑《宝月词》误收作仲殊词。

惜双双

冒雪披风开数点[①]，万花压、欺寒探暖。掩映闲庭院。月下疏影横斜，幽香远。　　命友开尊同宴玩。听丽质、歌声宛转[②]。对景侧金盏[③]。任他结实和羹[④]，归仙馆。[⑤]

[注释]

①冒雪披风：冒雪顶风。　②丽质：美女。　③侧金盏：倾倒金杯饮酒。　④结实和羹：用结成的酸梅去调理羹汤。　⑤《全宋词》注：赵万里据《花草粹编》补。

朝中措

山城水隘小桥傍[①]，竹里早梅芳。纵有丹青图画，难描幽韵清香。　　妖娆天赋，偏宜素淡，杨氏宫妆[②]。雅态何须艳丽，孤标不在春光。[③]

[注释]

①水隘：水边险要之地。　②杨氏宫妆：杨贵妃之妹，虢国夫人，不施粉黛，素面入宫朝见天子。这是比喻梅花之素雅。　③《全宋词》注：曹元忠据《花草粹编》补。

虞美人

清江一曲君应见，昨夜潮头浅。不争落落斗奇奇[①]，看取水边寒蕊、雪边枝。　　日斜疏影还攲倒，沙上娇鹊老[②]。只今何处有新诗，好在小春十月、醉翁辞[③]。

[注释]

①落落:高卓。 奇奇:突出。 ②娇鹈:即鸡鹈,池鹭。 ③醉翁辞:欧阳修《渔家傲》有“十日小春梅花绽”之句。

醉落魄

琼搓粉滴[①],南枝只报江南坼[②]。横斜疏影溪边窄。剪碎白云,分付陇头客。 冰肌绰约疑姑射,铅华消尽见真色。不随桃李开红白。我为东君,来报春消息。

[注释]

①琼搓粉滴:形容梅花白如琼玉,香如脂粉。 ②坼:绽开。

醉落魄

赏 梅

梅花似雪,赏花记得同欢悦。更阑犹自贪攀折[①]。不怯春寒,须要待明月。 如今月上花争发,疏枝冷蕊对离缺[②]。人心只道花争别。不道人心,不似旧时节。[③]

[注释]

①更阑:更漏已尽,快要天明了。 ②离缺:人离月缺。 ③唐氏按:《大典》本《北湖集》收此首,盖《大典》误引。

更漏子

宝香瓶,桐叶卷,荡水痕微还远。思乡信,觉春迟,野梅初见时。 上潮风,临晚渡,人欲过西江去[①]。吹寒管,陇云低,江南花未知。

［注释］

①西江：唐宋人多称长江中下游为西江。

更漏子

绛纱笼[①]，金叶盏，向晓灯花犹在。冰未结，小琉璃[②]，陇梅香满枝。　雪无香，花有意，不是江南新寄。霜月尽，碧天寒，玉楼人倚阑。

［注释］

①绛纱笼：红纱灯笼。　②小琉璃：形容梅蕊光洁如琉璃小珠。

落梅风

宫烟如水湿芳晨[①]，寒梅似雪相亲。玉楼侧畔数枝春，惹香尘。　寿阳娇面偏怜惜，妆成一面花新。镜中重把玉纤匀[②]，酒初醺。[③]

［注释］

①宫烟：宫中飘荡的瑞烟。　②玉纤：玉指。　③《全宋词》注：此首文字依《词谱》卷六，原无“寒”字及“玉楼侧畔”四字。　又按：此首《历代诗馀》卷四误作张先词。

古　记[①]

一枕恹恹春困[②]，记得小梅风韵。何处最关情，嫩蕊初传芳信。堪恨，堪恨，谁傍横斜疏影。

[注释]

①古记:即《如梦令》。 ②恹恹:无精打采。

古　记

腊半雪梅初绽,玉屑琼英碎剪[①]。素艳与清香,别有风流堪羡。苞嫩,蕊嫩,羞破寿阳人面。

[注释]

①玉屑:雪花似玉粉。 琼英:白玉似的梅花。

古　记

疑是水晶宫殿[①],云女天仙宝宴[②]。吟赏欲黄昏,风送一声羌管。烟淡,霜淡,月在画楼西畔。

[注释]

①水晶宫殿:即水精宫。传说吴王阖闾造水晶宫于苏州,极为豪华。
②云女:神女。

生查子

朔风吹冻云[①],云破天容碧。新月过溪来,隐见横云色。　天与水争妍,花与月争白。一倩管城君[②],寄此春消息。[③]

(以上《梅苑》卷十)

[注释]

①朔风:北风。 ②倩:请。 管城君:毛笔。 ③唐氏按:以上《梅

苑》用武进李氏圣译楼刊本。

蓦山溪

青春三月。（《东京梦华录》卷七）

失调名

夜寒斗觉罗衣薄[1]。（《邵氏闻见后录》卷十九）

［注释］

①斗觉：陡觉。陡，突然。

失调名

深诚杳隔无疑。（《墨庄漫录》卷四）

调笑集句

盖闻：行乐须及良辰，钟情正在吾辈[1]。飞觞举白[2]，目断巫山之暮云；缀玉联珠，韵胜池塘之春草[3]。集古人之妙句，助今日之馀欢。

珠流璧合暗连文，月入千江体不分[4]。此曲只应天上有，歌声岂合世间闻。

巫　山

巫山高高十二峰，云想衣裳花想容。欲往从之不惮远[5]，丹峰碧障深重重。楼阁玲珑五云起，美人娟娟隔秋水。江边一望楚天长，满怀明月人千里千里，楚江水。明月楼高愁独倚，井梧宫殿生秋意。望断巫山十二，雪肌花貌参差是[⑥]。朱阁五云仙子。

[注释]

①钟情：多情。 ②飞觞举白：举杯饮酒。 觞：酒杯。 白：大白，酒杯名。 ③池塘之春草："池塘生春草"为谢灵运《登池上楼》之名句。 ④月入千江：月印千江，化身千万，为佛家话头。 ⑤惮：畏。 ⑥参差是：仿佛是。

桃　源[①]

渔舟容易入春山，别有天地非人间。玉颜亭亭花下立，鬓乱钗横特地寒。留君不住君须去，不知此地归何处。春来遍是桃花水，流水落花空相误

相误，桃源路，万里苍苍烟水暮。留君不住君须去，秋月春风闲度。桃花零乱如红雨[②]，人面不知何处。

[注释]

①桃源：即世外桃源，相传在武陵桃花源（今常德市境）。见陶渊明《桃花源记》。 ②红雨：落花。

洛　浦[①]

艳阳灼灼河洛神，态浓意远淑且真[②]。入眼平生未曾有，缓步佯羞行玉尘[③]。凌波不过横塘路，风吹仙袂飘飘举。来如春梦不多时，夭非花艳轻非雾

非雾，花无语，还似朝云何处去。凌波不过横塘路，燕燕莺莺飞舞。风吹仙袂飘飘举，拟倩游丝惹住。

[注释]

①洛浦：洛水之滨。曹植有《洛神赋》写洛水女神。　②淑且真：善且纯。　③行玉尘：行走在玉屑一样的波面上。

明　妃[1]

明妃初出汉宫时，青春绣服正相宜。无端又被东风误，故著寻常淡薄衣。上马即知无返日，寒山一带伤心碧。人生憔悴生理难，好在毡城莫相忆[2]

相忆，无消息。目断遥天云自白，寒山一带伤心碧。风土萧疏胡国[3]。长安不见浮云隔，纵使君来争得。

[注释]

①明妃：王昭君，避晋司马昭讳称明妃。　②毡城：指匈奴单于的毡房。　③胡国：匈奴。

班　女[1]

九重春色醉仙桃[2]，春娇满眼睡红绡。同辇随君侍君侧，云鬓花颜金步摇[3]。一霎秋风惊画扇，庭院苍苔红叶遍。蕊珠宫里旧承恩[4]，回首何时复来见

来见，蕊宫殿。记得随班迎凤辇，馀花落尽苍苔院。斜掩金铺一片[5]。千金买笑无方便，和泪盈盈娇眼。

[注释]

①班女：班婕妤，汉成帝妃。　②九重：皇宫。　③金步摇：头饰。④蕊珠宫：亦名蕊珠殿，道家所称的仙府。　⑤金铺：宫门上的金饰，用以衔环者。

文 君[1]

锦城丝管日纷纷[2],金钗半醉坐添春。相如正应居客右,当轩下马入锦裀[3]。斜倚绿窗鸳鉴女,琴弹秋思明心素[4]。心有灵犀一点通[5],感君绸缪逐君去[6]

君去,逐鸳侣。斜倚绿窗鸳鉴女,琴弹秋思明心素。一寸还成千缕。锦城春色知何许,那似远山眉妩[7]。

[注释]

①文君:卓文君,成都临邛人,司马相如之妻。 ②锦城:成都亦名锦官城。 ③当轩:对着大门。 锦裀:华美的地毯。 ④心素:心曲,心事。 ⑤灵犀:旧传犀角有白线通两头者有神异功能,曰灵犀。后指心心相印为灵犀一点通。 ⑥绸缪:缠绵。 ⑦远山:眉名,弯曲为远山之形。

吴 娘[1]

素枝琼树一枝春,丹青难写是精神。偷啼自揾残妆粉[2],不忍重看旧写真。珮玉鸣鸾罢歌舞[3],锦瑟华年谁与度[4]。暮雨潇潇郎不归,含情欲说独无处

无处,难轻诉。锦瑟华年谁与度,黄昏更下潇潇雨。况是青春将暮。花虽无语莺能语,来道曾逢郎否。

[注释]

①吴娘:唐代杭州名妓,有吴二妃曲,中云“暮雨潇潇郎不归”。 ②自揾:自拭。 ③珮玉鸣鸾:玉佩与车前鸾铃的声音响成一片。 ④锦瑟华年:青春年华。

琵　琶[1]

十三学得琵琶成，翡翠帘开云母屏[2]。暮雨朝来颜色故，夜半月高弦索鸣。江水江花岂终极，上下花间声转急。此恨绵绵无绝期，江州司马青衫湿[3]

衫湿，情何极。上下花间声转急，满船明月芦花白。秋水长天一色。芳年未老时难得，目断远空凝碧。

[注释]

①琵琶：指九江江上为白居易弹奏琵琶之歌女。　②翡翠帘：绿玉缀成的帘栊。　云母屏：云母装饰的屏风。　③江州司马：白居易曾贬为江州司马，听琵琶女弹琵琶作了著名的长诗《琵琶行》。

放　队[1]

玉炉夜起沉香烟[2]，唤起佳人舞绣筵。去似朝云无处觅，游童陌上拾花钿[3]。

[注释]

①放队：犹言散队，一曲之尾声。　②沉香烟：玉炉所燃之沉香。沉香：名贵香料。　③陌上：道上。　花钿：女子头饰。

九张机[1]

醉留客者，乐府之旧名；九张机者，才子之新调。凭戛玉之清歌[2]，写掷梭之春怨。章章寄恨，句句言情。恭对华筵，敢陈口号

一掷梭心一缕丝，连连织就九张机。从来巧思知多少，苦恨春风久不归

一张机，织梭光景去如飞。兰房夜永愁无寐[3]，呕呕

轧轧[4],织成春恨,留著待郎归。

两张机,月明人静漏声稀。千丝万缕相萦系,织成一段,回纹锦字[5],将去寄呈伊。

三张机,中心有朵耍花儿[6]。娇红嫩绿春明媚。君须早折,一枝浓艳,莫待过芳菲。

四张机,鸳鸯织就欲双飞。可怜未老头先白,春波碧草,晓寒深处,相对浴红衣[7]。[8]

五张机,芳心密与巧心期。合欢树上枝连理,双头花下,两同心处,一对化生儿[9]。

六张机,雕花铺锦半离披[10]。兰房别有留春计,炉添小篆,日长一线,相对绣工迟。

七张机,春蚕吐尽一生丝。莫教容易裁罗绮,无端剪破,仙鸾彩凤,分作两般衣。

八张机,纤纤玉手住无时。蜀江濯尽春波媚[11],香遗囊麝[12],花房绣被,归去意迟迟。

九张机,一心长在百花枝。百花共作红堆被,都将春色,藏头裹面,不怕睡多时。

轻丝,象床玉手出新奇。千花万草光凝碧,裁缝衣著,春天歌舞,飞蝶语黄鹂。

春衣,素丝染就已堪悲。尘世昏污无颜色,应同秋扇,从兹永弃,无复奉君时。

歌声飞落画梁尘,舞罢香风卷绣茵。更欲缕成机上恨,尊前忽有断肠人。敛袂而归,相将好去。

[注释]

①九张机：词牌名。系大曲联章。曾慥《乐府雅词》列“转踏”类。②戛玉：敲玉。 ③兰房：女子闺房之美称。 ④呕呕轧轧：象声词。形容织机磨轧声。 ⑤回纹锦字：窦滔妻苏蕙将思念丈夫的话编织成八百四十字的长诗织入锦内，回环可读。事见《晋书·列女列传·窦滔妻苏氏》。 ⑥耍花儿：可爱的花朵。 ⑦浴红衣：在水中洗刷整理红色的羽毛。 ⑧唐氏按：沈雄《古今词话·词话》卷上误以此首为元女子作。⑨化生儿：变化所生的仙人。 ⑩离披：枝叶分披貌。 ⑪蜀江：成都之锦江，以水濯锦花色鲜明。 ⑫囊麝：藏着麝香的荷包。

九张机

一张机，采桑陌上试春衣。风晴日暖慵无力[①]，桃花枝上，啼莺言语，不肯放人归。

两张机，行人立马意迟迟。深心未忍轻分付[②]，回头一笑，花间归去，只恐被花知。

三张机，吴蚕已老燕雏飞。东风宴罢长洲苑[③]，轻绡催趁[④]，馆娃宫女[⑤]，要换舞时衣。

四张机，咿哑声里暗颦眉。回梭织朵垂莲子，盘花易绾[⑥]，愁心难整，脉脉乱如丝。

五张机，横纹织就沈郎诗[⑦]。中心一句无人会，不言愁恨，不言憔悴，只恁寄相思。

六张机，行行都是耍花儿。花间更有双蝴蝶，停梭一晌，闲窗影里，独自看多时。

七张机，鸳鸯织就又迟疑。只恐被人轻裁剪，分飞两处，一场离恨，何计再相随。

八张机,回纹知是阿谁诗[8]。织成一片凄凉意,行行读遍,厌厌无语,不忍更寻思。

九张机,双花双叶又双枝。薄情自古多离别,从头到底,将心萦系,穿过一条丝。

(以上二十八首见《乐府雅词》卷上)

[注释]

①慵:懈怠貌。 ②深心:深情。 ③长洲苑:春秋时吴国的宫苑,在今苏州西南。 ④轻绡:轻细的生丝绢。 ⑤馆娃宫:西施所住的宫殿,在今苏州灵岩山上。 ⑥绾:盘挽。 ⑦沈郎:南朝梁诗人沈约。其寄范安仁诗云:"梦中不识路,何以慰相思。" ⑧阿谁:谁。

[集评]

陈廷焯云:"自是逐臣弃妇之词。凄婉绵丽,绝妙古乐府也。'双花'七字,何等亲切。'从头'三句,更慎重,可以观,可以怨。……《九张机》纯自《小雅》、《离骚》变出。词至是,已臻绝顶。虽美成、白石亦不能为。《九张机》全是音怨之作。词至《九张机》,高处不减《风》《骚》,次亦《子夜》怨歌之匹,千年绝调也。皋文《词选》独遗之,亦不可解。"(《白雨斋词话》卷五)

南歌子

席近浑如远[1],帘高故放低。偏它能画鬥头眉[2]。戴顶烧香铺翠、小冠儿[3]。　　酒伴残妆在,花随秀鬓垂。薄罗小扇写新诗。解下双双罗带、要重题。

[注释]

①浑如:全如。 ②鬥头眉:眉头相碰之新式样。 ③铺翠:插着翠鸟羽毛的新式帽子。

南歌子

象戏红牙局[①]，琵琶绿锦绦[②]。小窗方簟困香醪[③]。帘外拂檐宫柳、翠阴交。　烟媚莺莺近，风微燕燕高。更将乳酪伴樱桃。要共那人一递、一匙抄[④]。

[注释]

①象戏：下象棋。　红牙局：象牙镶嵌的檀木棋枰。　②锦绦：锦纹丝带。　③簟：竹席。　香醪：喷香的酒酿。　④一递一匙抄：你一匙我一匙地舀起来吃。

南歌子

小小生金屋[①]，盈盈向凤帏[②]。斜枝石竹绣罗衣。为怕春来风日、卷帘稀。　金殿承恩久，兰堂得梦回。薰炉空惹御香归[③]。今夜花前还是、日平西。

[注释]

①小小：小巧。　金屋：藏娇的新房。汉武帝幼时说娶阿娇，藏之金屋。事见《汉武故事》。　②凤帏：后宫。　帏：窗帘。　③空惹：空染。御香：君王御炉的香气。

南歌子

阁儿虽不大，都无半点俗。窗儿根底数竿竹，画展江南山景、两三幅。　彝鼎烧异香[①]，胆瓶插嫩菊。翛然无事净心目，共那人人相对、弈棋局。

[注释]

①彝鼎:青铜鼎。 彝:古鼎之别称。

南歌子

风动槐龙舞[1],花深禁漏传[2]。一竿红日照花砖,走马晨晖门里、快行宣[3]。 百五开新火[4],清明尚禁烟。鱼符不请便朝天[5],醉里归来疑是、梦游仙。

[注释]

①槐龙:盘屈如龙的槐树。 ②禁漏:宫中的滴漏(报时之具)。 ③行宣:发布诏书、命令。 ④新火:冬至后一百五日为寒食,旧俗要禁止烟火三日。然后于清明日钻取榆柳新火以炊食,叫改火。 ⑤鱼符:鱼形符徽,执此以验证身份。

感皇恩

暖律破寒威[1],春回宫柳。晴景初曦上元候[2]。禁城烟火,移下一天星斗。素娥凝碧汉[3],明如昼。 绣毂电转[4],锦鞯飞骤[5]。九踏笙歌按新奏。胜游方凝[6],忽听晓钟银漏。两两归去也,应回首。

[注释]

①暖律:暖气。旧传以律管观测地气之回暖,故云。 ②曦:日光。③素娥:嫦娥,月亮。 碧汉:银河。 ④绣毂:华美的车轮。 毂:车轮插轴之处。 ⑤锦鞯:华美的马鞍垫子。 ⑥胜游:快游。 凝:停止。

鱼游春水[1]

秦楼东风里,燕子还来寻旧垒。馀寒微透,红日薄侵罗绮。嫩笋才抽碧玉簪，细柳轻窣黄金蕊[②]。莺啭上林，鱼游春水。　　屈曲阑干遍倚，又是一番新桃李。佳人应念归期，梅妆淡洗。凤箫声杳沉孤雁[③]，目断澄波无双鲤[④]。云山万重，寸心千里。

［注释］

①鱼游春水：见《全唐诗·附词》，列为无名氏作。取词中语“莺啭上林，鱼游春水”而定名。宋徽宗时始发现，年代与作者不详。　唐氏按：《类编草堂诗馀》卷二误以此首为阮逸女作。《词综补遗》卷二又误以此首为袁绹作。或以为唐人作，见《唐词纪》卷十一。　②窣（sū）：突然出现。　③沉孤雁：传书的孤雁已无踪影，说明音信全无。　④无双鲤：没有了传递书信的双鲤。

五彩结同心[①]

珠帘垂户，金索悬窗，家接浣沙溪路。相见桐阴下，一钩月、恰在凤凰栖处。素琼捻就宫腰小[②]。花枝袅、盈盈娇步[③]。新妆浅，满腮红雪，绰约片云欲度[④]。　　尘寰岂能留住。唯只愁、化作彩云飞去。蝉翼衫儿[⑤]，薄冰肌莹，轻罩一团香雾。彩笺巧缀相思苦[⑥]。脉脉动、怜才心绪。好作个、秦楼活计[⑦]，吹箫伴侣[⑧]。

［注释］

①唐氏按：此首别误作袁裪词，见《词综补遗》卷二。　②素琼：白玉，形容貌美如玉。　宫腰：细腰。楚宫好细腰，故名。　③袅：形态婀娜多姿。　④绰约：娇美貌。　⑤蝉翼衫儿：薄而透明的衣衫。　⑥彩笺：彩色信笺。　⑦秦楼：秦穆公女弄玉住地，亦曰凤楼。　⑧吹箫伴侣：萧史善吹箫，能引来凤凰，穆公以弄玉妻之。

侍香金童

宝台蒙绣[①],瑞兽高三尺[②]。玉殿无风烟自直,迤逦传杯盈绮席。苒苒菲菲[③],断处凝碧。　是龙涎凤髓[④],恼人情意极。想韩寿、风流应暗识[⑤],去似彩云无处觅。惟有多情,袖中留得。[⑥]

[注释]

①宝台蒙绣:以绣帏装饰的宝台。　②瑞兽:香炉。上镂有兽形图案。　③苒苒:连绵不断。　菲菲:香气充盈。　④龙涎凤髓:形容香料名贵。　⑤韩寿:晋武帝时贾充的下属。美姿容,贾女悦之,赠以进贡之名香。为贾充所觉,以女妻之。　⑥唐氏按:《历代诗馀》卷四十三误以此首为梁寅作。

洞仙歌

溶溶泄泄[①],似飘扬愁绪。不是因风等闲度[②]。道无心用甚,却又情多,行未驻,还作高阳暮雨[③]。　襄王情尚浅,会少离多,空自朝朝又暮暮。肠断晓光中[④],一缕归时,销散后、不知何处。试密锁、琼楼洞房深,与遮断江皋[⑤],楚台归路[⑥]。[⑦]

[注释]

①溶溶泄泄:水波荡漾貌。此指行云。　②等闲度:轻易飘过。　③高阳暮雨:楚襄王梦神女朝为行云,暮为行雨,朝朝暮暮,阳台之上。见宋玉《高唐赋序》。　④晓光:晨曦。　⑤江皋:水边高地。　⑥楚台:阳台。⑦唐氏按:此首误入卢祖皋《蒲江词稿》。

[集评]

笃文云："通篇以云喻所思女子。道是无心却又时时来顾，云雨为欢。道是有情却晨光一露，即归无定处。不如锁住洞房，遮断归路。留下来，长相厮守。不粘不脱，空灵而有致。"

永遇乐

功名闲事，利禄休问，莫系心上。幸有衣食，随缘过得，著甚干劳攘[1]。风前月下，三杯两盏，撞著即莫与放。且与个、山庄道友，退闲故人来往。　新来做得，一个宽袖布衫，著来也畅。出户迎宾，入城干事，恰似王保长。我咱忺后[2]，神歌鬼舞，任尔万般毁谤。死来后，一家一个，那底怎向[3]。

[注释]

①干劳攘：瞎吵吵，白费劲。　②我咱忺后：我满意后。　③那底怎向：那又怎样？

西江月

灯火楼台欲下，笙歌院落将归[1]。冰瓷金缕胜琉璃[2]，春笋捧来纤细[3]。　饮罢高阳人散[4]，曲终巫峡云飞。千方修合鬥新奇，须带别离滋味。

[注释]

①"灯火"二句："笙歌归院落，灯火下楼台。"晏殊以为善言富贵。见《归田录》。　②冰瓷：洁白的瓷器。　金缕：嵌以金线。　③春笋：女子的纤指。　④高阳：河北有高阳县。郦食其善饮，自称高阳酒徒。

水调歌头

帆落松陵浦[①],枯柳缆琼艘。杖策无人独步,浪压百花桥。我挂风裳水珮,一笑波寒月白,馀韵触惊涛。绝景有谁赏,雾幕闭三高[②]。　　不须臾,千古事,一萧条。鲈鱼纵有,泽荒甫里失溪桥[③]。更吾名高业茂,终归荒田野草,且稳一枝巢[④]。举酒酹空阔,烟远路迢迢。

[注释]

①松陵浦:吴淞江的别名。　②三高:宋时在吴江筑三高亭以祠范蠡、张翰、陆龟蒙。　③甫里:即角直。陆龟蒙居此,称甫里先生。　④一枝巢:鷦鹩巢于深林,不过一枝。比喻所求不多。

菩萨蛮[①]

江城烽火连三月,不堪对酒江亭别。休作断肠声,老来无泪倾。　　风高帆影疾,目送舟痕碧。锦字几时来[②],薰风无雁回[③]。

[注释]

①唐氏按:此首误入赵长卿《惜香乐府》卷九,又作李弥逊词,见《中兴以来绝妙词选》卷二。　②锦字:锦书,指信。　③薰风:春风。

减字木兰花[①]

蔷薇叶暗[②],满架浓阴风不乱。午酒才醒,历历黄鹂枕上听[③]。　　此情难遣,不比红蕉心易展。要识离愁,只似杨花不自由。

[注释]

①唐氏按：此首《花草粹编》卷二误作吴亿词。　②叶暗：树叶浓密，夏天景象。　③历历：清晰可辨。

浣溪沙

酴　醿

梦入瑶台千步芳，万妃相向玉为装[①]。同心鞶带翠罗长[③]。　浓艳只宜供枕席，醉魂长是傍壶觞[③]。绀纱囊薄为谁香[④]。

[注释]

①"万妃"句：形容酴醿花白而繁密，如万玉妃相聚争奇鬥美。　②鞶(pán)带：皮质腰带。　翠罗：绿色的藤条。　③壶觞：酒壶与酒杯。　④绀纱：青红色的轻纱。

浣溪沙[①]

白玉楼中白雪歌[②]，更将白纻衬春罗[③]。软红香里最么麽[④]。　桃叶桃根随处有[⑤]，江南江北见来多。风前月底奈愁何。

[注释]

①唐氏按：此首《花草粹编》卷二误作吴亿词。　②白玉楼：传说天帝白玉楼成，召李贺为记。见《李长吉小传》。　白雪：阳春白雪，为曲高和寡之高雅艺术。　③白纻：乐府歌曲名。梁沈约有《白纻四时歌》。　④么麽：最细小、娇小。　⑤桃叶桃根：王献之爱妾名。

临江仙

闻郡守移传芗林[①]

竹里行厨草草[②],花边系马匆匆。使君移传意何穷。儿童随骑火[③],猿鹤避歌钟。　梅雪自欺舞态,烛花先放春红。酒醒人散夜堂空。殷勤松上月,独照老仙翁。

[注释]

①移传:移席。移至他地宴饮。　芗(xiāng)林:宋向子諲退休,名其居地曰芗林。　②行厨:出游时携带的酒食。　③骑火:随从人马与照明的灯火。

阮郎归

山池芳草绿初匀,柳寒眉尚颦[①]。东风吹雨细如尘,一庭花脸皴。　莺共蝶,怨还嗔。眼前无好春。这番天气杀愁人,人愁旋旋新[②]。

[注释]

①颦:蹙眉。此指柳叶尚未舒展。　②旋旋新:不断翻新。

浣溪沙

春院无人花自香,飞来蜂蝶意何狂。玉钩帘卷日偏长。　笑又不成愁未是,曲屏闲倚绣鸳鸯[①]。归时应供□□妆。

[注释]

①曲屏:曲折的屏风。

南乡子

李郭共仙舟[①]，准拟苏台烂熳游[②]。风雪为谁留住也，沧洲，一尺银沙未肯收。　无语只关愁，强殢金卮不计筹[③]。想得人人梳洗懒，妆楼，只窣帘儿不上钩[④]。

［注释］

①李郭：东汉李膺、郭泰。郭归乡里，与李膺同舟而济。众人望之，以为神仙。见《后汉书·郭泰传》。　②苏台：姑苏台。　③强殢：强饮。金卮：金质酒杯。　筹：筹码。　④"只窣"句：只是把头伸出帘子瞧瞧，并不把帘子挂起来。

凤栖梧

姑射仙人游汗漫[①]。白凤翩翩，银海光凌乱。龟手儿童贪戏玩[②]，风檐更折梅梢看。　漠漠银沙平晚岸。笑拥寒蓑，聊作渔翁伴。横玉愁云吹不断[③]，归舟又载蘋花满。

［注释］

①姑射：姑射山之女神。　汗漫：空旷无边的天宇。　②龟（jūn）手：手皴裂。　③横玉：横笛。

归自谣

愁冉冉，目送书空鸿数点[①]。落霞风剪江分染[②]，胜处屏云犹未掩[③]。羞娥敛[④]，红潮怕上春风脸。

[注释]

①书空:鸿雁天空中列阵作字形飞行。 ②江分染:落霞把江染成各种不同的颜色。 ③胜处:妙处。 屏云:云母屏风。 ④羞娥:羞答答的眉。 娥:通“蛾”。

卜算子

曾约再来时,花暗春风树。今日人来花未开,春未知人处。 坐客有疏狂[1],彩笔题新语。浑为玉人颓玉山[2],忘了阳关路[3]。

[注释]

①疏狂:清狂不拘小节。 ②颓玉山:玉山倾倒,比喻人之醉态。见《世说新语·容止》。 ③阳关路:在敦煌县西南。古通西域之大道。

卜算子

烟髻绾层巅[1],云叶生寒树。斜日行人窈窕村[2],愁阵纵横处。 细细写蛮笺[3],道寄相思语。会倩春风展柳眉,回马章台路[4]。[5]

[注释]

①烟髻:形如髪髻的烟云。 绾:通“挽”,打结。 层巅:重重叠叠的山峰。 ②窈窕村:幽深曲折的山村。 ③蛮笺:蜀地的信笺。 ④章台路:秦之章台在咸阳北。汉长安亦有章台,多妓馆。章台走马,指豪贵之游赏生活。 ⑤唐氏按:以上二首别误作康仲伯词,见《花草粹编》卷二。

好事近

萧洒小楼东,斜亚一枝梅雪[1]。若在玉溪仙馆[2],更风流奇绝。　　花神应为护芳心，付与何人折。行客几回搔首，认暗香浮月。

[注释]

①斜亚：斜出。　②玉溪：玉一样的溪流。

谒金门[①]

江上路，依约数家烟树[②]。一枕归心村店暮，更乱山深处。　　梦过江南芳草渡，晓色又催人去。愁似游丝千万缕，倩东风约住。

（以上二十七首见《乐府雅词拾遗》卷上）

[注释]

①唐氏按：《花草粹编》卷三此首作程过词。　②依约：隐约。

杜韦娘

华堂深院，霜笼月采生寒晕[①]。度翠幄、风触梅香喷[②]。渐岁晚、春光将近。惹离恨万种，多情易感，欢难聚少愁成阵[③]。拥红炉，凤枕慵攲，银灯挑尽。　　当此际，争忍前期后约，度岁无凭准[④]。对好景、空积相思恨。但自觉、恹恹方寸[⑤]。拟蛮笺象管，丹青好手，写出寄与伊教信。尽千工万巧[⑥]，唯有心期难问[⑦]。

[注释]

①月采：月光。　寒晕：四周的光环。渗透着寒意。　②翠幄：绿色的帐篷。　③欢难聚少：欢会聚首的机会太少。　④无凭准：没有确定的安排。　⑤恹恹方寸：心中苦闷，情绪不佳。　⑥尽：纵然。

⑦心期:心愿。

摸鱼儿

被谁家、数声弦管,惊回好梦难省[①]。起来无语疏雨过,芳草嫩苔侵径。春昼永,迟日暮[②],碧沼浪浸红楼影。卷帘人静。被风触,一叶两叶,杏花零乱对残景。　依前是,撩拨春心堪恨。檀郎言约无定[③]。不知何处贪欢笑,恣纵酒迷歌逞。珠泪迸。自别后,每忆翠黛凭谁整[④]。芳年相称。又到得今来,却成病了,羞懒对鸾镜。

[注释]

①难省:难记。　②迟日:春光明媚的景象。　③檀郎:潘安,小字檀奴。后指所爱男子。　④翠黛:翠眉。　凭谁整:为谁修饰。

满庭芳

五㪷相逢[①],千钟一饮[②],古今乐事无过。香生银瓮,浮蚁浴春波[③]。潋滟光凝盏面[④],轻风皱、浅碧宫罗。乘欢处,倾罍痛饮[⑤],珠贯引清歌[⑥]。　云何。君不饮,良辰美景,聚少离多。忍怎放春风,容易蹉跎。但愿一樽常共,花阴下、急景如梭。须乘醉,雕鞍归去[⑦],争看醉颜酡[⑧]。

[注释]

①五㪷:唐王绩好酒,一饮五斗,号五斗先生。㪷,同“斗”。　②千钟:千杯。　③浮蚁:酒面上的浮沫。　④潋滟:水光闪动貌。　⑤倾罍:倾倒酒罍。　⑥珠贯:形容歌声圆润,如贯珠历历入耳美听。　⑦雕鞍:华丽的鞍具。　⑧醉颜酡(tuó):醉颜红。

潇湘静

画帘微卷香风逗[①]，正明月、乍圆时候。金盘露冷，玉炉篆消[②]，渐红鳞生酒[③]。娇唱倚繁弦，琼枝碎、轻回云袖。风台歌短[④]，铜壶漏永[⑤]，人欲醉、夜如昼。　因念流年迅景，被浮名、暗辜欢偶。人生大抵，离多会少，更相将白首。何似猛寻芳，都莫问、积金过斗[⑥]。歌阑宴阕[⑦]，云窗凤枕，钗横麝透。

[注释]

①香风逗：香风散发出来。　②篆消：篆形上升的炉烟熄灭了。　③红鳞：红色的鱼，用以侑酒。　④风台：凉台，四面透风的台榭。　⑤漏永：夜晚很长。　漏：古代计时的漏壶。　⑥过斗：堆到北斗上边。　⑦宴阕：宴终。

十月桃

东篱菊尽，遍园林败叶，满地寒荄[①]。露井平明[②]，破香笼粉初开。佳人共喜芳意，呵手剪、密插鸾钗。无言有艳，不避繁霜，变作春媒。　问武陵溪上谁栽[③]。分付与南园，舞榭歌台。恰似凝酥衬玉，点缀装裁。东君自是为主，先暖信、律管飞灰[④]。从今雪里，第一番花，休话江梅。[⑤]

[注释]

①寒荄（gāi）：寒冷的草根。　②露井：敞口的井。　③武陵溪：桃花源在武陵溪上。　④先暖信：先于春信。指桃花开在春先。　⑤唐氏按：以上二首刘毓盘辑《冠柳集》误作王观词。

汉宫春

江月初圆，正新春夜永，灯市行乐[①]。芙蕖万朵[②]，向晚为谁开却。层楼画阁，尽卷上、东风帘幕。罗绮拥，欢声和气，惊破柳梢梅萼。　绰约。暗尘浮动，正鱼龙曼衍[③]，戏车交作[④]。高牙影里[⑤]，缓控玉羁金络[⑥]。铅华间错[⑦]，更一部、笙歌围著。香散处，厌厌醉听，南楼画角。

［注释］

①灯市：此指元宵观灯。　②芙蕖万朵：万朵莲花灯。　③鱼龙曼衍：鱼龙变化，指灯市杂戏。　④戏车：表演杂耍的车子。　⑤高牙：高耸的旗杆。　⑥玉羁金络：金玉装饰的络马笼头。　⑦间错：交错。

汉宫春[①]

玉减香销，被婵娟误我[②]，临镜妆慵。无聊强开强解，蹙破眉峰。凭高望远，但断肠、残月初钟。须信道，承恩在貌[③]，如何教妾为容[④]。　风暖鸟声和碎[⑤]，更日高院静，花影重重。愁来待只殢酒，酒困愁浓。长门怨感[⑥]，恨无金、买赋临邛。翻动念，年年女伴，越溪共采芙蓉。

［注释］

①唐氏按：此首别误作张先词，见《知不足斋丛书》本《张子野词补遗》下。　②婵娟：容貌娇好。　③承恩在貌：受到君王的恩宠全在容貌美丽。　④为容：进行妆扮。　⑤和碎：声音和谐、细密。　⑥长门怨感：汉武帝后陈阿娇失宠，处长门宫，以百金请司马相如作《长门赋》，以感悟君王。

风流子[①]

淑景皇州满[②]，和风渐、催促柳花飞。过清明骤雨，五侯台榭[③]，青烟散入，新火开时。绣帘外、傍人飞燕子，映叶语黄鹂。秋千昼永，绮罗人散，花阴笑隔，红粉墙低。　青门多行乐[④]，寻芳处、何计强逐轻肥[⑤]。空对旧游满目，谁共开眉。遇有时系马，垂杨影下，风前伫立，惆怅佳期。回望故园桃李，应待人归。

[注释]

①唐氏按：刘毓盘辑《柯山词》此首误作张耒词。　②淑景：美景。皇州：京都。　③五侯：后汉桓帝一日封单超等五人为侯，宠幸无比。后以五侯泛指贵族。韩翃《寒食诗》云："日暮汉宫传蜡烛，轻烟散入五侯家"，此处略用其意。　④青门：长安城东霸城门色青亦称青门。霸桥一带，为行乐游冶及送别之地。后泛指游乐之所。　⑤轻肥：轻车肥马。

夏日宴黉堂[①]

日初长。正园林换叶，瓜李飘香。帘外雨过，送一霎微凉。萍芜径，曲凝珠颗，衬汀沙、细簇蜂房。被晚风轻飐[②]，圆荷翻水，泼觉鸳鸯。　此景最难忘。趁芳樽泛蚁[③]，筠簟铺湘[④]。兰舟棹稳，倚何处垂杨。岂能文字成狂饮，更红裙、闲也何妨。任醉归明月，虾鬚帘筛[⑤]，几线馀霜。

[注释]

①黉(hóng)堂：学堂。　②轻飐：轻轻吹开。　③泛蚁：酒面上浮起的蚁状浮沫。　④筠簟：竹席。　湘：湘竹。　⑤虾鬚：精美细密的帘子。唐陆畅《帘》诗："劳将素手卷虾鬚，琼室流光更缀珠。"

渔家傲

轻拍红牙留客住[①],韩家石鼎联新句[②]。珍重龙团并凤髓[③],君王与。春风吹破黄金缕[④]。 往事不须凭陆羽[⑤],且看盏面浓如乳[⑥]。若是蓬莱鳌稳负[⑦],知何处。玉川一枕清风去[⑧]。

[注释]

①红牙:打拍子的乐板,多用檀木。 ②石鼎:石制烹茶用具。 石鼎联新句:见韩愈《石鼎联句》诗。 ③龙团、凤髓:团茶的美称。 ④黄金缕:茶饼名。苏轼《行香子》:“盾兮香饼,黄金缕、密云龙。” ⑤陆羽:唐人,著有《茶经》三篇,后世称为“茶圣”。 ⑥浓如乳:宋人饮茶,注汤击沸,少顷白乳浮盏面。见《延福宫曲宴记》。 ⑦鳌稳负:神话称蓬莱为海上仙山,帝使鳌以首负之,不使漂流。 ⑧玉川:卢仝,号玉川子。善品茶,所作《茶歌》多警句。

醉春风[①]

陌上清明近,行人难借问。风流何处不来归,闷闷闷。回雁峰前[②],戏鱼波上,试寻芳信。 夜久兰膏烬[③],春睡何曾稳。枕边珠泪几时干,恨恨恨。惟有窗前,过来明月,照人方寸。

[注释]

①唐氏按:此首别误作赵德仁词,见《类编草堂诗馀》卷二。别又误作赵与仁词,见《历代诗馀》卷四十三。 ②回雁峰:湖南衡阳有回雁峰。相传雁至此不再南飞。 ③兰膏:用泽兰炼油点灯,曰兰膏。也泛指有香气的油脂。

卓牌儿

当年早梅芳，曾邂逅、飞琼侣[①]。肌云莹玉[②]，颜开嫩桃，腰支轻袅，未胜金缕[③]。佯羞整云鬟，频向人、娇波寄语。湘佩笑解[④]，韩香暗传[⑤]，幽欢后期难诉。　梦魂顿阻。似一枕、高唐云雨。蕙心兰态，知何计重遇。试问春蚕丝多少，未抵离愁半缕。凝伫，望凤楼何处。

［注释］

①邂逅：不期而遇。　飞琼：传为西王母侍女，后泛指美女。　②肌云：据《词谱》，"云"当作"雪"。　③金缕：金线绣成的华丽衣服。　未胜：不堪。形容体质娇弱。　④湘佩：湘妃所戴的玉佩。喻指传情的信物。　⑤韩香：韩寿得贾女私赠名香。

南乡子[①]

晓日压重檐，斗帐犹寒起未忺[②]。天气困人梳洗倦，眉尖，淡画春山不喜添。　闲把绣丝挦[③]。纴得金针又怕拈[④]。陌上行人归也未，恹恹，满院杨花不卷帘。

［注释］

①唐氏按：此首别作孙夫人词，见《草堂诗馀》后集卷下。别又误作郑文妻词，见《彤管遗编》后集卷十二。　②斗帐：形如覆斗的小帐。　起未忺：不愿起来。　③挦（xián）：扯。　④纴：用线穿针。

南乡子

咏双荔支

深结花工知[①]，赐与衣裳尽是绯[②]。曾向玉盘深处见，隈随，两个心肠一片儿。　　从小便相依，酒伴歌筵不暂离。只恐被人分擘破[3]，东西，怎得团圆似旧时。

[注释]

①花工：于律、于意当是“化工”之讹。此词亦见《东坡乐府》，仅有小异。起句云“天与化工知”，是。　②绯：红。　③擘(bò)：掰开。

望远行

当时云雨梦[1]，不负楚王期。翠峰中、高楼十二掩瑶扉。尽人间欢会，只有两心自知。渐玉困花柔香汗挥。　　歌声翻别怨，云驭欲回时[2]。这无情红日，何似且休西。但涓涓珠泪，滴湿仙郎羽衣[3]。怎忍见、双鸳相背飞。[4]

[注释]

①云雨梦：此用巫山神女与楚襄王幽会之典故，喻人间之爱情。　②云驭：云车。　③羽衣：仙家飞升所着之羽服。　④《全宋词》注：此首原有缺字，据《花草粹编》卷八补。

归田乐

水绕溪桥绿，泛蘋汀、步迷花曲[1]。衣巾散馀馥[2]，种竹更洗竹。咏竹题竹，日暮无人伴幽独。　　光阴双转毂[3]，可惜许、等闲愁万斛[4]。世间种种，只是荣和辱。念足又愿足，意足心足。忘了眉头怎生蹙。

[注释]

①汀：水边平地。　花曲：花木深处。　②馀馥：馀香。　③双转毂：

转动双轮形容光阴似箭。 毂:车轮中心之圆木。 ④等闲:轻易地。斛:容器。古以十斗为斛,后改五斗。

临江仙

促坐重燃绛蜡[①],香泉细泻银瓶。一瓯月露照人明[②]。清真无俗韵,久淡似交情。 正味能销酒力,馀甘解助茶清。琼浆一饮觉身轻[③]。蓝桥知不远[④],归卧对云英。

[注释]

①促坐:促膝对坐。 绛蜡:红烛。 ②月露:此指甘泉。 ③琼浆:玉液,此指泉水。 ④蓝桥:在今陕西蓝田县蓝水上。传为裴航遇仙女云英之处。

行香子

天与秋光,转转情伤[①]。探金英、知近重阳[②]。薄衣初减,绿蚁初尝[③]。渐一番风,一番雨,一番凉。 黄昏院落,恓恓惶惶。酒醒时、往事愁肠。那堪永夜,明月空床。问砧声捣[④],蛩声细[⑤],漏声长[⑥]。

[注释]

①转转:渐渐。 ②金英:菊花。 ③绿蚁:酒名。 ④砧声:在水边砧石上捣洗衣服的声音。 ⑤蛩声:蟋蟀的鸣声。 ⑥漏声:报时更漏之声。

诉衷情

碧天明月晃金波,清浅滞星河。深深院宇人静,独自问姮娥[①]。　圆夜少，缺时多，事因何。嫦娥莫是，也有别离，一似人么。

[注释]

①姮娥：即嫦娥。因汉文帝名恒，避讳改嫦娥。

绕池游

渐春工巧，玉漏花深寒浅[①]。韶景变、融晴蕙风暖[②]。都门十二，三五银蟾光满[③]。瑞烟葱茜[④]，禁城阆苑[⑤]。　棚山雉扇[⑥]，绛蜡交辉星汉。神仙籍、梨园奏弦管[⑦]。都人游玩，万井山呼欢抃[⑧]。岁岁天仗[⑨]，愿瞻凤辇。

[注释]

①玉漏：宫中记时的滴漏。此指时节。　②韶景：美景。　蕙风：花木的芳风。　③三五：正月十五。　银蟾：月光。　④葱茜：草木葱茂状。此指云气郁盛。　⑤禁城：紫禁城、皇宫。　阆苑：仙境。　⑥棚山：灯山。　雉扇：雉尾扇，帝王仪仗之一。　⑦梨园：唐明皇教授伶工之地。后指戏班。　⑧欢抃(biàn)：欢呼鼓掌。　⑨天仗：天子出巡的仪仗。

好事近

小院看酴醾，正是盛开时节。莫惜大家沉醉，有春醅初泼[①]。　花前月下细看来，无物比清绝。若问此花何似，似一堆香雪。

[注释]

①春醅：春天酿制的酒。　泼：倾倒。

阮郎归[①]

春风吹雨绕残枝，落花无可飞。小池寒渌欲生漪[②]，雨晴还日西。　帘半卷，燕双归，讳愁无奈眉[③]。翻身整顿著残棋，沉吟应劫迟[④]。

[注释]

①唐氏按：此首别误作秦观词，见《类编草堂诗馀》卷一。　②寒渌（lù）：寒凉清澈。　漪：涟漪，细浪。　③讳愁：不想言愁。　④应劫：应敌。《棋经》："劫，夺也。先投子曰抛，后应子曰劫。"

[集评]

李攀龙云："落花归燕，俱是抚景伤情之语。"（《草堂诗馀集》卷二）

杨慎云："'翻身'二句，愁人之致，极宛极真。此等情景，匪夷所思。"（《草堂诗馀》批语）

卓人月云："'讳愁'五字，不知费多少安顿。"（《古今词统》卷六）

点绛唇

公子归来，画堂深院丛罗绮[①]。绿杯浮蚁，风皱红鳞起[②]。　信马斜阳，误入桃源里。珠帘底，淡妆斜倚，一寸秋江水[③]。

[注释]

①丛罗绮：美女丛中。　罗绮：美人衣服。　②风皱红鳞起：风吹皱波纹，红色的金鱼浮现出来。　③一寸秋江水：一寸明眸。形容女子眼神如秋水清澈。

海棠春[①]

晓莺窗外啼春晓，睡未足、把人惊觉。翠被晓寒轻，宝篆沉烟袅[②]。 宿酲未解[③],双娥报道。别院笙歌宴早。试问海棠花,昨夜开多少。

[注释]

①唐氏按:此首别误作秦观词,见《类编草堂诗馀》卷一。 ②宝篆:形容熏炉烟气盘旋上升,有如篆字。 ③宿酲:旧酒。

宴桃源[①]

落日霞消一缕,素月棱棱微吐[②]。何处夜归人,呕嗄几声柔橹[③]。归去,归去,家在烟波深处。

[注释]

①唐氏按:杨金本《草堂诗馀前集》卷下此首作陈与义词,而《无住词》不载。 ②棱棱:寒凉貌。 ③呕嗄:象声词,状摇橹之声。与"呕轧"通。

祝英台

海棠开、花影下、忆得共游戏。恰似双鸾[①],同步彩云里。梦回雨收云散[②],匆匆归去,一枕乍、惊回浓睡。 甚情味。人去花亦雕零,秾芳伴憔悴。点点飞红,知是去时泪。可堪冷落黄昏,潇潇微雨,断魂处,朱阑独倚。

[注释]

①双鸾:一对鸾凤,这里指情侣。 ②雨收云散:云雨指男女欢情。此比喻离散。

夜游宫

是处追寻侣，灯光散、九衢红雾[1]。人在星河繁闹处。暗相逢，惹天香[2]，飘满路。　　游困先归去，奈怨别、相思情绪。闲傍小桃□独步。月明寒，捻宜男[3]，无一语。

［注释］

①九衢：九街，首都的大街。　红雾：红尘。　②天香：皇宫燃点之名香。　③宜男：萱草之别名。旧传怀孕妇女佩萱草则生男。

杨柳枝

簌簌花飞一雨残[1]，乍衣单。屏风数幅画江山，水云闲。　　别易会难无计那[2]，泪潸潸[3]。夕阳楼上凭栏干，望长安。

［注释］

①簌簌（sù）：花落声。　②无计那（nuò）：无奈，无可奈何。　③潸潸（shān）：泪流不止。

摊破浣溪沙[1]

相恨相思一个人，柳眉桃脸自然春。别离情思、寂寞向谁论[2]。　　映地残霞红照水，断魂芳草碧连云。水边楼上、回首倚黄昏。

［注释］

①摊破浣溪沙：即增字浣溪沙。将上、下片末句之七字，增为九或十字之长句。　②向谁论：对谁倾诉。

一剪梅

恨入椒觞暖未拈[①]。春葱微蘸[②]，谁是纤纤。别来愁夜不胜长，明日从教一线添。　　夜久寒深睡未忺[③]。旧愁新恨，占断眉尖。一钩斜月却知人，直到天明，不下疏帘。

[注释]

①椒觞：以花椒子浸制之酒。旧俗年初一饮用。　②春葱：形容少女纤长手指如葱之修长。　③忺（xiān）：欣快。

卜算子

垂螺近额时[①]，只怕莺声老。尽日贪花鬥草忙，不信有闲烦恼。　　凤鬟已胜钗，恨别王孙早[②]。若把芳心说与伊，道绿遍、池塘草[③]。

[注释]

①垂螺近额：螺形髪髻下垂，靠近额角，指少女头饰。　②王孙：指贵族公子。“春草生兮萋萋，王孙游兮不归。”见淮南小山诗。　③池塘草：“池塘生春草”，谢灵运《登池上楼》诗句。

忆王孙

杨柳风前旗鼓闹，正陌上、闲花芳草。忍将愁眼觑芳菲[①]，人未老，春先老。　　长安比日知多少[②]，日易见、长安难到。无情苕水不西流[③]，渐迤逦、仙舟小。

[注释]

①觑（qù）：瞅，瞧。 ②“长安”句：“长安近还是日近？”为晋元帝问其子司马绍之语。绍先曰：“长安近。但闻人从长安来，不闻日边来。”异日改曰：“日近。举头见日，不见长安。”事出刘劭《幼童传》。 ③苕水：即苕溪。流经浙江吴兴，入太湖。

南歌子①

夕露沾芳草②，斜阳带远村。几声残角起谯门③。撩乱栖鸦飞舞、闹黄昏。　　天共高城远，香馀绣被温。客程常是可销魂。乍向心头横著、个人人④。

[注释]

①唐氏按：此首别误作秦观词，见龙榆生辑《淮海居士长短句补遗》。②沾：打湿。 ③谯门：城门，上设楼观以望敌情。 ④人人：情人之昵称。

南歌子①

楼迥迷云日②，溪深涨晓沙。年来憔悴费铅华③，楼上一天春思、浩无涯。　　罗带宽腰素④，真珠溜脸霞⑤。海棠开尽柳飞花，薄幸只知游荡、不思家⑥。

[注释]

①唐氏按：此首别又误作秦观词，见《历代诗馀》卷二十四。 ②楼迥：楼高。 ③铅华：铅粉，女性化妆用品。 ④宽腰素：形容体瘦。带宽（松）则体瘦。 ⑤真珠：指眼泪。 ⑥薄幸：薄情之浪子。

南歌子①

玉殿分时果，金盘弄赐冰②。晚来阶下按歌声，恰好一方明月、可中庭[3]。　露下天如水,风来夜又清。偏他不肯大家行[4],漾下扇儿拍手、引流萤[5]。

（以上三十四首见《乐府雅词拾遗》卷下）

[注释]

①唐氏按:此首又见汲古阁本《片玉词》。　②赐冰:指朝廷赏赐近臣消暑的冰块。　③可中庭:指月亮将照到庭院中央。　④不肯大家行:不愿与大伙一道游玩。　⑤漾下:扔下。

失调名

千里伤行客。

失调名

黄叶无风自落,彩云不雨空归[1]。

[注释]

①彩云:此指女郎美丽的身影。

玉珑璁[1]

城南路,桥南路,玉钩帘卷香横雾。新相识,旧相识,浅颦低拍[2],嫩红轻碧[3]。惜惜惜。　刘郎去,阮郎住[4],为云为雨朝还暮[5]。心相忆,空相忆,露荷心性[6],柳花踪迹。得得得。

[注释]

①玉珑璁:即《钗头凤》。　②浅颦:浅描眉毛。　低拍:弯着腰打拍

子。 ③嫩红轻碧：浅红的脸颊与淡扫的眉毛。 ④阮郎住：泛指与女子为欢的男子。 ⑤为云为雨：巫山神女朝为行云，暮为行雨，见宋玉《高唐赋序》。此指妓女的卖笑生涯。 ⑥露荷心性：荷上露，一晒即干。此言短暂的欢爱。

浣溪沙

蔡州瓜陂铺有用篦刀刻青泥壁为词[1]

碎剪香罗浥泪痕[2]，鹧鸪声断不堪闻[3]。马嘶人去近黄昏。 整整斜斜杨柳陌，疏疏密密杏花村。一番风月更销魂。

[注释]

①蔡州：河南汝南，古称蔡州。 ②香罗：香罗手帕。 浥：湿。 ③鹧鸪声断：俗说鹧鸪其啼声为“行不得也，哥哥”！

点绛唇

丰城南禅寺题壁[1]

燕子依依，晓来总为谁归去。淡云生处，已觉宾鸿度[2]。 浅笑深颦[3]，便面机中素[4]。乘鸾女[5]，琐窗琼宇[6]，会有明年暑。[7]　（以上《能改斋漫录》卷十六）

[注释]

①丰城：江西地名。 ②宾鸿度：指鸿雁飞过。 度：飞过。 ③深颦：深攒眉头，不悦之貌。 ④便面：纨扇之别称。不欲见人，以此遮面。 ⑤乘鸾女：仙女。 ⑥琐窗：雕花窗棂。 琼宇：华美的房舍。 ⑦唐氏按：本书（今按：指《全宋词》）初版卷一百七十五误以此首为方有开词。

踏青游[①]

游崔念四妓馆

识个人人，恰正二年欢会。似赌赛、六只浑四[②]。向巫山、重重去，如鱼水，两情美。同倚画楼十二，倚了又还重倚。　　两日不来，时时在人心里。拟问卜、常占归计。拚三八清斋[③]，望永同鸳被。到梦里，蓦然被人惊觉，梦也有头无尾。

[注释]

①唐氏按：此首别又误作苏轼词，见《草堂诗馀别集》卷三。　②六只浑四：旧时赌骰子，得六只全么或六只全四，叫满堂红，全胜。　③拚三八清斋：宁愿长时间持斋祈祷。　三八：二十四日，言时间很长。

玉楼春

铅山驿壁[①]

东风杨柳门前路，毕竟雕鞍留不住[②]。柔情胜似岭头云，别泪多如花上雨。　　青楼画幕无重数，听得楼边车马去。若将眉黛染情深，且到丹青难画处。

[注释]

①铅山：江西县名。　②雕鞍：华丽的马鞍，此指行人。

浣溪沙

云锁柴门半掩关[①]，垂纶犹自在前湾[②]。独乘孤棹夜方还。　　任使有荣居紫禁[③]，争如无事隐青山。浮名浮利总输闲。

[注释]

①掩关:关门。 关:门闩。 ②垂纶:垂钓。 纶:钓丝。 ③紫禁:紫禁城,指朝廷。

浣溪沙

一副纶竿一只船,蓑衣竹笠是生缘[①]。五湖来往不知年[②]。 青嶂更无荣辱到,白头终没利名牵。芦花深处伴鸥眠。

[注释]

①生缘:生涯。 ②五湖:太湖流域。

浣溪沙

钓罢高歌酒一杯,醉醒曾笑楚臣来[①]。夕阳维缆碧江隈[②]。 蓑笠每因山雨戴,船窗多为水花开。安居流景任相催。

[注释]

①楚臣:屈原曾任楚国三间大夫,故名。 ②维缆:系住缆绳。 隈(wēi):山水弯曲处。

浣溪沙

雨气兼香泛芰荷[①],回舟冒雨懒披蓑。夜阑风静水无波[②]。 白酒追欢常恨少,青山入望岂嫌多。人间荣辱尽从他。

[注释]

①芰荷:菱荷。 ②夜阑:残夜。

定风波

雨雾云收望远山,钓竿林下恣清闲[①]。蝉噪日斜林影转,溪岸,绿深红浅画屏间。 对酒狂歌时鼓枻[②],更邀同志醉前湾。待月却寻维缆处,归来[③],烟萝一径接柴关。

[注释]

①恣清闲:尽情闲适。 ②鼓枻(yì):划桨。 枻:船舷、短桨。 ③归来:依韵"来"字疑是"去"字之误。

雨中花

改冯相三愿词[①]

我有五重深深愿。第一愿、且图久远。二愿恰如雕梁双燕。岁岁后、长相见。 三愿薄情相顾恋。第四愿、永不分散。五愿奴留收园结果[②],做个人宅院[③]。

[注释]

①冯相:冯延巳,任南唐宰相。有《长命女》词:"一愿郎君千岁;二愿妾身长健;三愿如同梁上燕,岁岁长相见。" ②收园结果:好结局。 ③宅院:成家当女主人。

望海潮

吊杨芳与黄岩妓投江[①]

彩筒角黍[②],兰桡画舫,佳时竞吊沅湘。古意未收,新愁又起，断魂流水茫茫。堪笑又堪伤。有临皋仙子[③]，连壁檀郎[④]。暗约同归，远烟深处弄沧浪。　倚楼魂已飞扬。共偷挥玉箸[⑤]，痛饮霞觞。烟水无情，揉花碎玉，空馀怨抑凄凉。杨谢旧遗芳。算世间纵有，不恁非常。但看芙蕖并蒂，他日一双双。　（以上《能改斋漫录》卷十七）

[注释]

①吴曾《能改斋漫录》："台之黄岩妓有谢姓者，与杨芳情好甚笃。为妪所制。相约夜投诸江。好事者为《望海潮》以吊之。"　②筒：竹筒。　角黍：粽子。　③临皋：水边坡地。　④连壁：连城之璧。　⑤玉箸：眼泪。

失调名

喜则喜、得入手。愁则愁、不长久。忻则忻、我两个厮守[①]。怕则怕、人来破鬥[②]。

[注释]

①忻：喜。　厮：互相。　②破鬥：破坏。

扑蝴蝶[①]

烟条雨叶[②]，绿遍江南岸。思归倦客，寻芳来较晚。岫边红日初斜，陌上飞花正满。凄凉数声羌管。　怨春短。玉人应在，明月楼中画眉懒。蛮笺锦字[③]，多时鱼雁断[④]。恨随去水东流，事与行云共远。罗衾旧香犹暖。

[注释]

①唐氏按：此首别又作晏小山（晏几道）词，见《阳春白雪》卷二，未知孰是。明温博《花间集补》卷下又以此首为唐人词，未知何据。　②烟条

雨叶:烟雨笼罩着草木的枝叶。 ③蛮笺:蜀锦,一曰蛮笺。 锦字:书信。 ④鱼雁:俗传鱼雁可以传递书信。

侍香金童[1]

喜叶之地[2],手把怀儿摸。甚恰恨、出题厮撞著[3]。内臣过得不住脚[4]。忙里只是,看得斑驳[5]。 骇这一身冷汗,都如云雾薄。比似年时头势恶,待检又还猛想度[6]。只恐根底,有人寻着。

(以上三首见《苕溪渔隐丛话》后集卷三十九)

[注释]

①侍香金童:据《上庠录》此为应试举子讽刺考官蔡嶷严禁挟带而改写的怀挟词。形容作弊士人的心态颇为生动。 ②喜叶之地:指私藏册页之处。"之"字,当为"叶"字之讹。叶,书页。 ③厮撞着:正好碰着了。 ④内臣:指担任考官的朝廷文臣,与在外的地方官相对而言。 ⑤看得斑驳:看不真切。 ⑥想度:猜想、忖度。

啄木儿

洗出养花天气。 (《傅幹注坡词》卷八)

柳梢青

晓星明灭,白露点、秋风落叶。故址颓垣,荒烟衰草,溪前宫阙。 长安道上行客[1],念依旧、名深利切。改变容颜,销磨古今,垅头残月。 (《投辖录》)

[注释]

①长安道:京都大道,喻指奔走官场。

眉峰碧[①]

蹙破眉峰碧[②],纤手还重执。镇日相看未足时[③],忍便使、鸳鸯只。　　薄暮投村驿,风雨愁通夕[④]。窗外芭蕉窗里人,分明叶上心头滴。　　(《玉照新志》卷二)

[注释]

①眉峰碧:即《卜算子》。　②蹙破:紧攒。　眉峰碧:以碧黛画眉,故名。　③镇日:整日。　④通夕:整夜,通宵。

[集评]

赵佶云:"此词甚佳。"(《玉照新志》卷二)

王明清云:"裕陵亲书其后云:'此词甚佳,不知何人所作。'"(《玉照新志》)

沈雄云:"真州柳永少读书时,以无名氏《眉峰碧》词题壁,后悟作词章法。"(《古今词话·词辨》卷上)

失调名

送千里蟾宫客[①]。

[注释]

①蟾宫:月亮,月宫。

失调名

来春高步过南宫[①],更答取龙头策[②]。

[注释]

①南宫:礼部掌考试之地。 ②龙头策:考中状元。

失调名

恐伊不信是龙头,和书寄与三题草。

失调名

问醉吟今夜,何处凤楼偏好。

(以上见《诗律武库》卷三)

失调名

光生里闬[1],荣破天荒[2]。 (《诗律武库》卷四)

[注释]

①里闬(hàn):里弄。 ②破天荒:指荣中进士,改变了过去不出人材的局面。唐刘蜕舍人以荆州举子应试及第,号破天荒。见《唐摭言》。

行香子

清要无因[1],举选艰辛。系书钱、须要十分。浮名浮利,虚苦劳神。叹旅中愁,心中闷,部中身[2]。 虽抱文章,苦苦推寻。更休说、谁假谁真。不如归去,作个齐民[3]。免一回来,一回讨,一回论。 (《容斋四笔》卷十五)

[注释]

①清要无因:无机缘当上清要官职。 ②部中身:指移交吏部讨论。③齐民:平民。

[集评]

洪迈云："绍兴初，范觉民为相。以自崇宁以来，创立法度，例有泛赏……建议讨论。又行（文）下吏部，若该载未尽名色，并合取朝廷指挥，临时参酌。追夺事件，遂为画一规式，有至夺十五官者，虽公论当然，而失职者胥动造谤，浮议蜂起。无名子因改（东）坡语云：清要无因……朝论虑摇惑人心，丞罢讨论之举。范公用是为台谏所攻，竟去相位云。"（《容斋四笔》卷十五）

失调名

君是园中杨柳，能得几时青。趁金明、春光尚好[①]，尊酒赏闲情。他年归去，强山阴处，一枕晓霞清。

（《夷坚乙志》卷五）

[注释]

①金明：即金明池，北宋汴京之湖泊。

[集评]

洪迈云："乐士人李南金，绍兴二十七年登科。才唱名罢，归旅舍。梦二女执板歌词以侑酒曰："君是园中杨柳……觉而记其语，不晓强山为何处。既调官得光化军教授，去赴。未谒提点坑冶李植，献新发铁山，自督工烹炼。一日，见巨蛇仰首向炉，如有所诉。李戒坑户勿得害，既而杀之。……李甚骇，即觉体中不佳，遂归。先是其家人梦一姥来寻李教授，曰：枉杀我儿。及是知其不可起，数日而卒。"（《夷坚乙志》）

失调名

（上缺）华宫瑶馆游毕[①]，却返绛节、回鸾翼[②]。荷殷勤、三斝香醪[③]，供养我、上真仙客。　　赤霭浮空，祥云远布，是我来时节。且频修，同泛舸、上云秋碧。

（《夷坚乙志》卷十一）

[注释]

①华宫瑶馆:犹瑶池仙府。 ②绛节:仙人所持仪仗。 ③斝(jiǎ):玉质大酒杯。

湘灵瑟[1]

霜风摧兰,银屏生晓寒。淡扫眉山[1],脸红殷[2]。 潇湘浦,芙蓉湾。相思数声哀叹,画楼尊酒闲。

(《夷坚乙志》卷十四)

[注释]

①唐氏按:此首原无调名,据刘塤词补。 ②眉山:形如远山之弯眉。③红殷(yān):鲜红。

失调名

平地一声雷。 (《夷坚丁志》卷十一)

失调名

休休得也□,云深处、高卧斜阳。

(《夷坚丁志》卷十八)

失调名

单于若问君家世,说与教知。便是红窗迥底儿[1]。

[注释]

①红窗迥底儿:曹勋出使金国,好事者戏作小词,末云:"单于若问君家世,说与教知,便是红窗迥底儿。"其父曹组善词,《红窗迥》乃其著名之

词曲也。见《夷坚支志》乙卷六。

失调名

说与教知。便是中朝一汉儿[①]。

[注释]

①汉儿:宦官养子不阉者,宋时称为汉儿。见《夷坚支志》。

失调名

便是盐商孟客儿[①]。　　（以上《夷坚支志》乙卷六）

[注释]

①孟客儿:《夷坚支志》乙卷六云,知閤门事孟思恭出使北国。或又改曰:便是盐商孟客儿。谓思恭亡父为贩盐巨贾也。

减字木兰花[①]

家门希差[②],养得一枚依样画。百事无能,只去篱边缠倒藤[③]。　　几回水上,轧捺不翻真个强[④]。无处容他,只好炎天瞰作巴[⑤]。　　（《夷坚支志》景卷四）

[注释]

①唐氏按:本书(今按:指《全宋词》)初版卷一百四十三此首误作洪迈词。　②希差:希奇古怪。　③缠倒藤:谓壶芦苗茎缠附倒藤上长。④轧捺:按捺。　⑤瞰:通“晒”。　作巴:作为容器。　巴:盎瓮之类。

满庭芳

嘲蔡京①

光芒。长万丈，司空见惯，应谓寻常。……仍传□、儋崖父老②，祗候蔡元长③。（《夷坚三志》己卷第六）

［注释］

①嘲蔡京：蔡京为左仆射官兼司空，以彗星现去职。太学生作词讥之云云。见《夷坚三志》。 ②儋崖：儋州、崖州，在今海南岛。 ③祗候：恭候。

失调名

妙手庖人，搓得细如麻线①。面儿白、心下黑，身长行短。蓦地下来后，吓出一身冷汗。这一场欢会，早危如累卵。 便做羊肉燥子②，勃推饤碗③。终不似、引盘美满。舞万遍，无心看。愁听弦管。收盘盏，寸肠暗断④。

［注释］

①麻线：形容粉丝之细。此词为馋客席上咏粉作品。语调滑稽。②燥子：即臊子，细切的肉丝。 ③勃推：满堆着。“推”，疑为“堆”字之讹。 饤碗：盘盏碗碟。 ④寸肠暗断：俗称粉为断肠羹。

浪淘沙

水饭恶冤家①，些小姜瓜。尊前正欲饮流霞②。却被伊来刚打住，好闷人那。 不免着匙爬，一似吞沙。主人若也要人夸。莫惜更挽三五盏③，锦上添花。④

[注释]

①水饭:稀饭。 ②流霞:酒。 ③更搀:更添。 ④唐氏按:以上二首本书(今按:指《全宋词》)初版卷一百二十八误作王季明词。

夜游宫

因被吾皇手诏[1],把天下、寺来改了。大觉金仙也不小[2],德士道,却我甚头脑。 道袍须索要,冠儿戴、恁且休笑[3]。最是一种祥瑞好,古来少,葫芦上面生芝草[4]。

[注释]

①吾皇:此指宋徽宗。宣和元年正月,下手诏废佛,改僧名为德士,令加冠带。 ②大觉金仙:宣和废佛,改佛为大觉金仙。 ③恁:如此。④葫芦:指和尚的光头。 芝草:形容头上的帽子。

西江月

早岁轻衫短帽[1],中间圆顶方袍[2]。忽然天赐降宸毫[3],接引私心入道。 可谓一身三教[4],如今且得逍遥。擎拳稽首拜云霄[5],有分长生不老[6]。

[注释]

①轻衫短帽:指秀才装束。 ②圆顶方袍:指和尚装束。 ③宸毫:皇帝御笔诏书。 ④一身三教:指初为秀才,中为和尚,最后当了道士。身历儒释道三教。 ⑤稽首:叩头。 ⑥有分:有缘。

青玉案

咏举子赴省

钉鞋踏破祥符路[1],似白鹭、纷纷去。试盏幞头谁与度[②]。八厢儿事[③]，两员直殿[④]，怀挟无藏处[⑤]。　时辰报尽天将暮，把笔胡填备员句[⑥]。试问闲愁知几许。两条脂烛，半盂馊饭，一阵黄昏雨。

（以上五首见《夷坚三志》己卷七）

[注释]

①祥符路：通向汴京考场的道路。　祥符：县名，汴京属县。　②盝（lù）：装首饰的匣子。　幞头：古代的头巾，以皂绢为之。　度：端详、品详。　③八厢儿事：八名厢兵站列两旁。　④直殿：殿上值班。直，通“值”。　⑤怀挟：怀藏作弊材料。　⑥备员：凑数。

失调名

瘦得脸儿两指大。（《夷坚三志》己卷九）

失调名

柳丝只解风前舞。诮系惹、那人不住[①]。

（《夷坚志补》卷八）

[注释]

①诮：责备。讥讽。

滴滴金[①]

当初亲下求言诏[②]，引得都来胡道。人人招是骆宾王，并洛阳年少[③]。　自讼监宫并岳庙[④]，都一时闲了。误人多是误人多，误了人多少。（《中吴纪闻》卷五）

[注释]

①唐氏按：原无调名，此据《花草粹编》卷四。 ②求言诏：征求意见的诏书。据《中吴纪闻》，徽宗即位，下诏求直言。上书者多得罪。有小词云云。 ③招是：号是、道是。 洛阳年少：西汉贾谊少年有才，曾上书皇帝，陈述政见。 ④自讼：自己呼冤叫屈。 监宫并岳庙：提举宫观为宋代安置罢政官员的散职。

水调歌头[①]

平生太湖上，短棹几经过[②]。如今重到，何事愁与水云多。拟把匣中长剑，换取扁舟一叶，归去老渔蓑。银艾非吾事[③]，丘壑已蹉跎。 脍新鲈[④]，斟美酒，起悲歌。太平生长，岂谓今日识兵戈。欲泻三江雪浪，净洗胡尘千里[⑤]，不用挽天河。回首望霄汉，双泪堕清波。

[注释]

①唐氏按：此首又见元徐大焯《烬馀录》乙编，作顾淡云词，殆出依托，不可据。 ②短棹：短桨，指小船。 ③银艾：银印绿绶，官员所佩印信。 ④脍：切肉为薄片。 ⑤胡尘：金兵。《中吴纪闻》载，建炎庚戌，两浙被兵祸。有题《水调歌头》于吴江者，意极悲壮，即指此词。

失调名

做园子[①]，得数载。栽培得、那花木，就中堪爱。特将一个、保义酬劳[②]，反做了、今日殃害。 诏书下来索金带。这官告、看看毁坏。放牙笏、便担屎担，却依旧种菜。

[注释]

①园子：花匠。据《中吴纪闻》载，朱冲、朱勔父子以经营花石，得徽宗观赏，俱建节钺。园夫畦子及能选石为山者，朝释负担，暮纡金紫。及勔

败,前时之受诰身者尽褫之。当时有谑词嘲之。 ②保义:官职名,宋有保义郎等。

失调名

叠假山、得保义。幞头上、带著百般村气[①]。做模样、偏得人憎,又识甚条例[②]。 今日伏惟安置[③],官诰又来索气[④]。不如更叠个盆山,卖八文十二。

[注释]

①村气:土气。 ②条例:规矩。 ③伏惟安置:蒙恩安排。 ④索气:索取。

结带巾[①]

头巾带,谁理会。三千贯赏钱,新行条例。不得向后长垂,与胡服相类。 法甚严,人尽畏。便缝阔大带,向前面系。和我太学先辈,被人呼保义。

(以上四首见《中吴纪闻》卷六)

[注释]

①唐氏按:原无调名,此据《花草粹编》卷五。 结带巾:《中吴纪闻》载,宣和初,有旨令士子结带巾,否则以违制论。士人甚苦之,当时有谑词云云。

失调名

却折花枝斜插鬓。

失调名

薰风时送芰荷香。

失调名

花有重开月再圆。　　　　（以上胡伟《宫词集句》）

鹊桥仙

柳家一句最著题[①]，道暮雨、芳尘轻洒。

（《寓简》卷十）

［注释］

①柳永《二郎神》："炎光谢，过暮雨，芳尘轻洒。"

失调名

咏纸钱谑词[①]

你自平生行短，不公正、欺物瞒心[②]。交年夜、将烧毁，犹自昧神明。若还替得，你可知好里，争奈无凭。　我虽然无口，肚里清醒。除非阎家大伯，一时间、批判昏沉[③]。休痴呵，临时恐怕，各自要安身。

（《说郛》本《因话录》）

［注释］

①咏纸钱谑词：据《因话录》载，纸钱起自唐时。纸画代人，未知起于何时。刻板印染肖男女之形而无口，除夕焚之。有谑词云云。　②瞒心：昧心。　③批判：批写判词。

失调名

琵琶行大曲

别有暗愁深意。

（陈元龙《详注周美成词片玉集》卷五风流子词注）

失调名

晓风吹人，酒醒时候。（同上卷九绮寮怨词注）

失调名

海棠花谢清明后。（《瓮牖闲评》卷八）

鹧鸪天

上元词①

春晓千门放钥匙②，万官班从出祥曦③。九重彩浪浮龙盖④，一点红云护赭衣⑤。　车马过，打球归。芳尘洒定不教飞。钧天品动回銮曲⑥，十里珠帘待日西。

[注释]

①上元词：正月十五，元宵节，亦称上元节。此十五首组词，见载于刘昌诗《芦蒲笔记》，备述宣和、政和盛况，非想象者所能道。　②放钥匙：打开皇城城门。　③班从（zòng）：上朝立班的位置。　祥曦：朝日。　④龙盖：绣着龙形的车盖，指帝王车驾。　⑤赭衣：赭黄色龙袍，指帝王。　⑥钧天：即钧天广乐。指帝王的音乐。　品动：奏响。

鹧鸪天

上元词

日暮迎祥对御回[①]，宫花载路锦成堆。天津桥畔鞭声过[②]，宣德楼前扇影开[③]。　奏舜乐，进尧杯。传宣车马上天街。君王喜与民同乐，八面三呼震地来。

［注释］

①对御回：两队仪仗夹侍而回。　②天津桥：汴京桥名。　③宣德楼：汴京御楼名。

鹧鸪天

上元词

紫禁烟光一万重[①]，五门金碧射晴空。梨园羯鼓三千面[②]，陆海鳌山十二峰[③]。　香雾重，月华浓。露台仙仗彩云中。朱栏画栋金泥幕[④]，卷尽红莲十里风[⑤]。

［注释］

①紫禁：紫禁城，皇宫。　②梨园：唐玄宗教习伶人之地。后指演剧之所。　③鳌峰：海上仙山。此指元宵所系之灯山。　④金泥幕：绣有金花之帷幕。　⑤红莲：指彩灯。

鹧鸪天

上元词

香雾氤氲结彩山[①]，蓬莱顶上驾头还[②]。绣鞯狨坐三千骑[③]，玉带金鱼四十班[④]。　风细细，珮珊珊[⑤]。一天和气转春寒。千门万户笙箫里，十二楼台月上栏。

[注释]

①氤氲:香气浓烈貌。 结彩山:结灯棚如山形。 ②驾头:帝王的法座,香木髹金。帝王行,老内监于马上抱之以行。 ③狨座:金丝猴皮缝制的座垫。文臣两制、武臣节度使以上方许用之。 ④金鱼:指官员佩饰之金鱼符。 ⑤珊珊:玉声。

鹧鸪天

上元词

禁卫传呼约下廊[1],层层掌扇簇亲王[2]。明珠照地三千乘,一片春雷入未央。 宫漏永,御街长。华灯偏共月争光。乐声都在人声里,五夜车尘马足香。

[注释]

①禁卫:皇帝的侍卫。 约下廊:(声音)缭绕在廊下。 ②掌扇:仪仗中长柄掌形扇子。

鹧鸪天

上元词

宝炬金莲一万条[1],火龙围辇转州桥[2]。月迎仙仗回三殿,风递韶音下九霄[3]。 登复道,听鸣鞘[4]。再颁酥酒赐臣僚[5]。太平无事多欢乐,夜半传宣放早朝。

[注释]

①宝炬:华贵的蜡烛。 金莲:莲形灯笼。 ②州桥:汴京皇宫正门外的桥名,正名为大汉桥。 ③风递:风送。 韶音:美妙的音乐。 ④鸣鞘:响鞭,用以警示路人。 ⑤酥酒:酒名。

鹧鸪天

上元词

玉座临轩宴近臣[①]，御楼灯火发春温。九重天上闻仙乐，万宝床边侍至尊。　　花似海，月如盆。不任宣劝醉醺醺[②]。岂知头上宫花重，贪爱传柑遗细君[③]。

[注释]

①玉座：皇帝的宝座。　②不任：不胜。　③传柑：宋时风俗，上元夜宫中以黄柑颁赐近臣，曰传柑。　细君：妻妾。

鹧鸪天

上元词

九陌游人起暗尘[①]，一天灯雾锁彤云[②]。瑶台雪映无穷玉[③]，阆苑花开不夜春[④]。　　攒宝骑，簇雕轮。汉家宫阙五侯门[⑤]。景阳钟动才归去[⑥]，犹挂西窗望月痕。

[注释]

①九陌：京城的大街。　②彤云：红色云雾。　③瑶台：琼楼玉宇，形容仙人楼台。　④阆苑：仙境。　⑤五侯：东汉桓帝一日封宦者五人为侯。此指权贵。　⑥景阳钟：南齐于景阳宫置报时钟，宫人闻钟梳洗。后遂为典故。

鹧鸪天

上元词

宣德楼前雪未融[①]，贺正人见彩山红[②]。九衢照影纷纷月，万井吹香细细风。　　复道远，暗相通。平阳主第五王宫[3]。凤箫声里春寒浅,不到珠帘第二重。

[注释]

①宣德楼:汴京大内(皇宫)正门建宣德楼。 ②贺正:祝贺元旦。③平阳主第:汉平阳公主之宅邸。此指宋时贵族楼馆。 五王:唐明皇封兄弟五人为王。此为泛指。

鹧鸪天

上元词

风约微云不放阴[1],满天星点缀明金。烛龙衔耀烘残雪[2],羯鼓催花发上林[3]。 河影转,漏声沉。缕衣罗薄暮云深。更欺明夜相逢处,还尽今宵未足心。

[注释]

①"风约"句:风将微云约束住,不教流动。 ②烛龙:传说有神龙衔烛,以照九阴。身长千里。见《山海经》。 ③上林:皇家园林。

鹧鸪天

上元词

五日都无一日阴,往来车马闹如林。葆真行到烛初上[1],丰乐游归夜已深[2]。 人未散,月将沉。更期明夜到而今。归来尚向灯前说,犹恨追游不称心。

[注释]

①葆真:修真养性。 ②丰乐:楼名。旧名樊楼,为汴京著名欢场。

鹧鸪天

上元词

彻晓华灯照凤城[①]，犹嗔宫漏促天明[②]。九重天上闻花气，五色云中应笑声。　频报道，奏河清[③]。万民和乐见人情。年丰米贱无边事，万国称觞贺太平[④]。

［注释］

①凤城：帝京。　②宫漏：宫中报时的漏刻。　③河清：黄河水清，谓太平盛世之象征。　④称觞：举杯。

鹧鸪天

上元词

忆得当年全盛时，人情物态自熙熙[①]。家家帘幕人归晚，处处楼台月上迟。　花市里，使人迷。州东无暇看州西。都人只到收灯夜，已向樽前约上池。

［注释］

①熙熙：和乐貌。

鹧鸪天

上元词

步障移春锦绣丛[①]，珠帘翠幕护春风。沉香甲煎薰炉暖[②]，玉树明金蜜炬融。　车流水，马游龙。欢声浮动建章宫[③]。谁怜此夜春江上，魂断黄粱一梦中。

[注释]

①步障:贵人出行时遮挡风尘之帷幕。　②沉香:香料名。　甲煎:香料名,以甲香与沉麝诸药和制而成。　③建章宫:本西汉宫殿,在长安。此指汴京宫室。

鹧鸪天

上元词

真个亲曾见太平,元宵且说景龙灯[①]。四方同奏升平曲,天下都无叹息声。　长月好,定天晴。人人五夜到天明[②]。如今一把伤心泪,犹恨江南过此生。

(以上十五首见《芦浦笔记》卷十)

[注释]

①景龙灯:大龙灯。　②五夜:五更。

失调名

有个秀才姓汪,骑个驴儿过江。江又过不得,做尽万千趋锵[①]。

[注释]

①趋锵:犹踉跄,进退狼狈之貌。

失调名

有个秀才姓汪,住在祁门下乡[①]。行第排来四八,做尽万千趋锵。[②]

(以上二首见《程史》卷六)

[注释]

①祁门：地名。今安徽祁门县。 ②唐氏按：此二首原无曲名，据《宋史·五行志四》补。又《宋史》作"骑驴度江，过江不得"，文字不同，未知孰是。《宋史》所载，兹不另出。

失调名

何时一尊酒，重与细论文。

（《荆溪林下偶谈》卷三）

失调名

六论不知出处[①]，写得乌梅几字[②]。圣恩广大如天，也赐束帛归去[③]。

（《四朝闻见录》丙集）

[注释]

①六论：宋科举考试要出论题六道。 ②乌梅：指字形如乌梅大小。 ③束帛：将五匹帛捆在一起曰束。

失调名

高文虎[①]，称伶俐。万苦千辛，作个放生亭记。后头没一句说著朝廷，尽把师睪归美。 这老子忒无廉耻，不知润笔能几[②]。夏王说不是商王，只怕伏生是你[③]。

（《四朝闻见录》戊集）

[注释]

①高文虎：字炳如。曾任国子司业。赵师睪为京兆尹将西湖改为放生池，禁捕鱼。高文虎作放生亭记，刊石立碑，文中误"夏"为"商"，有士子作词嘲之。 ②润笔：稿酬。 ③伏生：汉初儒师，曾口授《今文尚书》。

失调名

十年前事,浑似梦初惊。

失调名

千里有个好相识,望青山一色。

失调名

五马游春[①],彩佩照人,光生南陌。

(以上萧闲老人《明秀集注》卷一)

[注释]

①五马:汉太守乘车以五马驾辕。

失调名

炉香如雾斗帐深[①]。

[注释]

①斗帐:小帐谓之斗帐。

失调名

香野锦林谁是主。

失调名

一庭影浸梧竹。 (以上萧闲老人《明秀集注》卷三)

金钱子

昨夜金风，黄叶乱飘阶下。听窗前、芭蕉雨打。触处池塘，睹风荷凋谢。景色凄凉，总闲却、舞台歌榭[①]。　独倚阑干，惟有木犀幽雅[②]。吐清香、胜如兰麝。似金垒妆成，想丹青难画。纤手折来，胆瓶中、一枝潇洒。

［注释］

①榭：建在高台上的亭台。　②木犀：桂花。

念奴娇

沁园秋早[①]。对亭台冷落，荒凉池沼。西帝晨游无异胜，都把仙花开了。金粟玲珑[②]，鹅黄娇嫩，不管霜风悄。清香入梦，梦魂惟怕天晓。　乘兴折取一枝，满身兰麝，不减蟾宫好[③]。赠与佳人，因笑道、休学姮娥空老[④]。待约明朝，金英满地，莫遣儿童扫。相将花上[⑤]，醉眠尤胜芳草。　（以上二首《古今合璧事类备要别集》卷三十八）

［注释］

①沁园：东汉明帝女沁水公主，有园林甚美。　②金粟：桂花之别名。　③蟾宫：月宫。　④姮娥：嫦娥。　⑤相将：相携。

失调名

芳草绿如茵，与蓝袍、草争翠色[①]。

（《古今合璧事类备要外集》卷三十五）

[注释]

①蓝袍:即蓝衫。唐时八九品官的袍服。

鹧鸪天

五百人中第一仙[1],等闲平步上青天。绿袍乍著君恩重[2],黄榜初开御墨鲜[3]。　龙作马,玉为鞭。花如罗绮柳如绵。时人莫讶登科早,自是嫦娥爱少年。

(《宜斋野乘》)

[注释]

①第一仙:状元。　②绿袍:新科进士,着绿色官服。　③黄榜:殿试后得中进士之名榜,以黄纸书之故名。

鹊桥仙

我嗏今夜为情忙[1],又那得、工夫送巧。

(《后村先生大全集》卷一百)

[注释]

①我嗏:我呀。　嗏:助词。　《全宋词》注:原作"傲豪",改从郑元佐《新注断肠诗集》卷五。

失调名

瑞霞成绮。映舴艋棹轻[1],鲤鱼狂风起[2]。

(《岁时广记》卷三)

[注释]

①舴艋:小舟名。　②鲤鱼风:九月风。

失调名

□□□□□金缕，探听春来处。

失调名

晓日楼头残雪尽，乍破腊、风传春信[①]。彩燕丝鸡[②]，珠幡玉胜[③]，并归钗鬓。

［注释］

①破腊：腊月（农历十二月）刚过。　②彩燕：剪彩为燕，以象春归。丝鸡：剪缕金丝绸为晨鸡，以迎春气。　③珠幡玉胜：珠玉缀制成幡胜（一种头上饰品）。

失调名

南楼人未起，爆竹声闻，应在笙歌里。

失调名

竹爆当门庭，震门陛也[①]。

［注释］

①陛：台阶。

失调名

待醉里小王[①]，书写副、神荼郁垒[②]。

（以上《岁时广记》卷五）

[注释]

①小王:王献之,羲之之子。 ②神荼(shū)郁垒(lǜ):传说中的两位能制恶鬼的神人,后以桃木为之,置于门旁,为门神。

木兰花[①]

东风昨夜吹春昼,陡觉去年梅蕊旧。谁人能解把长绳,系得乌飞并兔走[②]。 清香潋滟杯中酒[③],新眼苗条江上柳。尊前莫惜玉颜酡[④],且喜一年年入手。

[注释]

①木兰花:即《玉楼春》之别名。 ②乌飞兔走:日月流走。传说日中有三足乌,月中有玉兔。 ③潋滟:盈溢。 ④酡(tuó):红赤色。

木兰花

东风昨夜归来后,景物便为春意候。金丝齐奏喜新春[①],愿介香醪千岁寿[②]。 寻花插破桃枝臭[③],造化工夫先到柳。熔酥剪彩恨无香,且放真香先入酒。

(以上《岁时广记》卷七引《古今词话》)

[注释]

①金丝:钟锣与琴瑟。 ②介:祝。 香醪:香酒。 ③臭:同"嗅",闻。

失调名

捏个牛儿体态[①]。按年令[②],旋拖五彩[③]。鼓乐相迎,红裙捧拥,表一个、胜春节届[④]。

[注释]

①捏个牛儿:捏泥制作春牛,为迎春风俗。　②年令:时令,节气。③旋:随即。　④胜春:盛春,美好的春季。　节届:节气已到。

失调名

彩缕幡儿花枝小,凤钗上、轻轻斜袅。

（以上《岁时广记》卷八）

失调名

金吾不禁元宵[1],漏声更莫催晓。

[注释]

①金吾:此指执金吾,皇家侍卫。

失调名

况今宵好景,金吾不禁,玉漏休催。

（以上《岁时广记》卷十）

失调名

金铺翠、蛾毛巧[1],是工夫不少。闹蛾儿拣了蜂儿卖[2],卖雪柳、宫梅好。

[注释]

①金铺翠:饰以金与翡翠的帽子。　蛾毛:即闹蛾儿,用彩绸制成的头饰。　②蜂儿:蜂儿及雪柳、宫梅,皆元宵节女子之头饰。

失调名

灯球儿小，闹蛾儿颤。又何须头面。

（以上《岁时广记》卷十一）

新水令[①]

冒风连骑出金城[②]，闻孤猿韵切，怀念亲眷。为笑徐都尉[③]，徒夸彩绘，写出盈盈娇面。振旅阗阗[④]，讶睹阆苑神仙。越公深骤万马[⑤]，侵凌转盼。感先锋，容放镜，收鸾鉴一半[⑥]。　归前阵，惨怛切，同陪元帅恣欢恋。二岁偶尔，将军沉醉连绵，私令婢捧菱花[⑦]，都市寻遍。新官听说邀郎宴，因令赋悲欢。孰敢，做人甚难[⑧]。梅妆复照[⑨]，傅粉重见。

（《岁时广记》卷十二）

[注释]

①新水令：《岁时广记》引本事诗，陈太子舍人徐德言娶陈叔宝之妹乐昌公主为妻。知国乱难以相保。乃破一镜，相约于乱后元宵节卖于都。后果得团圆。后人作词嘲之。寄声《新水令》。　②金城：坚固的城垣。　③徐都尉：即徐德言。　④阗阗（tián）：军队行进之浩大声势。　⑤越公：隋大将杨素，封越公。率兵伐陈，纳乐昌公主为其妻室。后令徐德言来家相会，并将公主放还。　⑥鸾鉴：鸾镜。　⑦菱花：镜之别名。　⑧做人甚难：公主赋诗有“笑啼俱不敢，方信作人难”之句。　⑨梅妆：即梅花妆。相传南朝宋武帝女寿阳公主人日卧含章殿下，梅花落额成五出之花，遂作梅花妆。

驻马听[①]

雕鞍成漫驻[②]。望断也不归，院深天暮。倚遍旧日，曾共凭肩门户。踏青何处所，想醉拍、春衫歌舞。征旆举[3]。一步红尘，一步回顾。　　行行愁独语，想媚容、今宵怨郎不住。来为相思苦，又空将愁去。人生无定据。叹后会、不知何处。愁万缕，仗东风、和泪吹与。

（《岁时广记》卷十六引《古今词话》）

[注释]

①驻马听：亦名《应天长》。据《岁时广记》引《古今词话》此为泸南营寨一寨主所作。寒食日与一妓约会，而妓为某官拉往踏青，终日待之不至，遂作词以送之。妓见词，遂往寨中相从以终老。　②漫驻：白白地为之停驻。　③征旆：军旗。

南歌子

禁苑沉沉静[1]，春波漾漾行。仙姿才韵两相并，叶上题诗、千古得佳名[2]。　　墙外分明见，花间隐约声。银钩掷处眼双明[3]，应讶昔时、不得见情人。

（《岁时广记》卷十七引《古今词话》）

[注释]

①禁苑：皇家花园。据《岁时广记》载，“一士人与某姬相恋，后为权贵夺去。一日游官园，姬人掷诗与之，一联云：莫学禁城题叶春，终身不见有情人。士人感念，作《南歌子》以述情。”　②题诗：即红叶题诗事。见孟棨《本事诗》。表示禁中女子与宫外文士的情思。　③银钩：指佳美的书法字迹。

失调名

角黍厅前[1]，祭天神、妆成异果。

[注释]

①角黍:即粽子。

失调名

旋酌菖蒲酒,灵气满芳尊。

失调名

自结成同心百索[①],祝愿子、更亲自系著。

[注释]

①同心百索:即长命缕。以彩色线编成,系于臂上,以祈长生。

阮郎归

端　五

及妆时结薄衫儿[①],蒙金艾虎儿[②]。画罗领抹襕裙儿,盆莲小景儿。　香袋子,搐钱儿[③],胸前一对儿。绣帘妆罢出来时,问人宜不宜。

[注释]

①及妆:应时妆扮。　结:穿戴。　②艾虎儿:端午风俗,剪艾叶为虎形佩以辟邪。　蒙金:洒上金色纸屑。　③搐钱:盛钱。

阮郎归

端　五

门儿高挂艾人儿[①],鹅儿粉扑儿[②]。结儿缀着小符儿,蛇儿百索儿。　　纱帕子，玉环儿，孩儿画扇儿。奴儿自是豆娘儿[3]，今朝正及时。

[注释]

①艾人儿：端午风俗剪艾为人形，悬于门上以辟邪。　②蛾儿：女子头饰，剪彩绸或彩纸为蛾形。　③豆娘儿：用艾、蒲或缯帛剪制的饰物。

失调名

双凤钗头，争带御书符[1]。

[注释]

①御书符：指帝王书写的符帖。

失调名

才向兰汤浴罢[1]，娇羞簪云髻，正雅称鸳鸯会。

[注释]

①兰汤：添加香料的浴水。

失调名

才向兰汤浴罢，娇羞困、殢人未忺梳掠[1]。艾虎衫儿，轻衬素肌香薄。

[注释]

①殢人：困人。　未忺：不愿。

失调名

御符争带，斜插交枝艾。

失调名

从前浪荡休整理[①]，钉赤口、防猜忌[②]。而今魔难管全无，一似粽儿黏腻。

[注释]

①浪荡：放荡。　②赤口：旧指一种主争讼的恶神。钉死赤口，可免口舌、讼诉。

失调名

天上佳期，九衢灯月交辉。摩睺孩儿[①]，鬥巧争奇。戴短檐珠子帽，披小缕金衣。嗔眉笑眼，百般地、敛手相宜。　转睛底、工夫不少，引得人爱后如痴。快输钱，须要扑[②]，不问归迟。归来猛醒，争如我、活底孩儿。

（《岁时广记》卷二十六）

[注释]

①摩睺(hóu)孩儿：即摩睺罗孩儿。唐宋风俗用土、木、腊制成孩儿形玩具，多于七夕送人，以为生子之祥。　②扑：赌。

伊州曲

金鸡障下胡雏戏[①]。乐极祸来，渔阳兵起[②]。鸾舆幸蜀[③]，玉环缢死[④]。马嵬坡下尘滓[⑤]。夜对行宫皓月，恨最恨、春风桃李。洪都方士[6]，念君萦系。妃子。蓬莱殿里。　觅寻太真，宫中睡起，遥谢君意。泪流琼脸，梨花带雨，仿佛霓裳初试[7]。寄钿合、共金钗[8]，私言徒尔[9]。在天愿为、比翼同飞。居地应为、连理双枝。天长与地久，唯此恨无已。

（《岁时广记》卷二十七）

[注释]

①金鸡障：安禄山入朝，为设金鸡障，使坐于御榻前。见《资治通鉴》。胡雏：指安禄山。　②渔阳兵起：安禄山率渔阳（今北京东北）兵马反叛朝廷。　③鸾舆：皇帝的车驾。　④玉环：杨贵妃小字玉环。　⑤马嵬坡：在今陕西兴平。杨贵妃赐死于此。　⑥洪都方士：即鸿都方士。东汉时在洛阳有鸿都门，内置学府。　⑦霓裳初试：试演霓裳羽衣舞。　⑧钿合：镶嵌金花的首饰盒。　⑨私言：私房话。　徒尔：如此，如此。

失调名

月到中秋偏莹[1]，乍团圆、早欺我孤影[2]。穿帘共透幕，来寻趁[3]。钩起窗儿，里面故把、灯儿扑烬[4]。　看尽古今歌咏，状玉盘、又拟金饼[5]。谁花言巧语、胡厮胫[6]。我只道、尔是照人孤眠，恼杀人，旧都名业镜[7]。

（《岁时广记》卷三十一引《古今词话》）

[注释]

①偏莹：更亮。　②孤影：形单影独，孤单之意。　③寻趁：寻找，追逐。　④扑烬：熄灭。　⑤金饼：月亮的代称。　⑥胡厮胫：胡说八道。⑦业镜：佛教语，指照摄众生善恶业果的镜子。这里代指月亮。

失调名

手捻茱萸簪髻[1]，一枝聊记重阳。

[注释]

①茱萸:一名越椒。药用植物。俗传佩插茱萸可以辟恶驱邪,重阳登高时用之。

失调名

插黄花、对尊前,且看茱萸好。

失调名

明年此□,□知谁健,且尽黄花酒。

(以上《岁时广记》卷三十四)

倾杯序

昔有王生[1],冠世文章,尝随旧游江渚。偶尔停舟寓目,遥望江祠,依依陌上闲步。恭诣殿砌[2],稽首瞻仰[3],返回归路。遇老叟,坐于矶石,貌纯古。因语□,子非王勃是致,生惊询之,片饷方悟[4]。子有清才,幸对滕王高阁,可作当年词赋。汝但上舟,休虑,迢迢仗清风去。到筵中、下笔华丽,如神助。　　会俊侣,面如玉,大夫久坐觉生怒[5]。报云落霞并飞孤鹜,秋水长天,一色澄素。阎公竦然[6],复坐华筵,次诗引序。道鸣鸾佩玉[7],锵锵罢歌舞。　　栋云飞过南浦,暮帘卷向西山雨。闲云潭影,淡淡悠悠,物换星移,几度寒暑。阁中帝子[8],悄悄垂名,在于何处。算长江、俨然自东去。

(《岁时广记》卷三十五)

[注释]

①王生：唐王勃，字子安，著有《滕王阁序》。 ②恭诣：恭敬地来到。 ③稽首：叩头。 ④片饷：片刻。 ⑤大夫：据《唐摭言》，此指都督阎公。原欲其婿孟学士为序，而勃不辞让，公大怒而离席。 ⑥竦然：恭敬貌。 ⑦鸣鸾：车轮上的铜铃。 佩玉：贵人身上的玉饰，车走则发声。 ⑧帝子：李元婴封滕王，于此建阁。

失调名

奈愁又、愁无避处，愁随一线□长[①]。

（《岁时广记》卷三十八）

[注释]

①一线：杜甫诗“词人错忆穷愁日，愁日愁随一线长”为此词所本。

失调名

万户与千门，驱傩鼎沸[①]。

[注释]

①驱傩（nuó）：旧俗，一种驱逐疫鬼的仪式。

失调名

兽炭共围[①]，通宵不寐，守尽残更待春至。

（以上《岁时广记》卷四十）

[注释]

①兽炭：兽形烧炭的烘炉。

蝶恋花[①]

花为年年春易改，待放柔条，系取春常在。宫样妆成还可爱，鬓边斜作拖枝戴[②]。　每到无情风雨大，点检群芳，却是深丛耐。摇曳绿罗金缕带，丹青传得妖娆态。

（《全芳备祖前集》卷七“海棠门”）

［注释］

①唐氏按：此首别又作王寀词，见《广群芳谱》卷四十三。　此词所咏为海棠花。　②斜：《全芳备祖》作“舒”字。

如梦令[①]

今夜荼蘼风起[②]，应是玉消琼碎。淡荡满城春[③]，恼破愁人春睡。须醉，须醉，莫待梅黄雨细[④]。

（《全芳备祖》前集卷十五“荼蘼门”）

［注释］

①唐氏按：此首别又误作刘克庄词，见《历代诗馀》卷八。　②荼蘼：花名，春夏间开小白花。　③淡荡：荡漾。　④梅黄雨细：梅子黄时淫雨不止，时在春末夏初。

最高楼

司春有序[①]，排次到荼蘼。预报在庭知[②]。蕊珠宫里晨妆罢[③]，披香殿下晓班齐[④]。探花正、驱使问，菊花期。　元不逊、梅花浮月影，也知妒、梨花带雨枝。偏恨柳、绿条垂。与其向晚包团絮，不如对酒折芳蕤。谢东君，收拾在，牡丹时。[⑤]　（《全芳备祖》前集卷十五“荼蘼门”）

[注释]

①司春有序：春花开放有一定的秩序。　司春：春神。　②“预报”句：《全宋词》作“远预报，在庭知”，此据《广群芳谱》校改。　③蕊珠宫：道家传说中的仙宫。　④披香殿：汉代后宫的殿名。　⑤唐氏按：此首别又误作刘克庄词，见《广群芳谱》卷四十三。

南柯子

翠袖熏龙脑[①]，乌云映玉台[②]。春葱一簇荐金杯[③]，曾记西楼同醉、角声催。　袅袅凌波浅[④]，深深步月来。隔纱微笑恐郎猜，素艳浓香依旧、去年开。

（《全芳备祖》前集卷二十一“水仙门”）

[注释]

①龙脑：龙脑香。　②乌云：女子的黑髮。　③春葱：女郎白细的手指。　④凌波：形容女子步态轻盈。“凌波微步，罗袜生尘”，出曹植《洛神赋》。

满庭芳[①]

青幄高张[②]，琼枝巧缀，万颗香染红殷。绛罗衣润，疑是火然山。白玉钗头试篸[③]，黄金带、奇巧工钻。题评处，仙家异种，分付在人间。　年年。输帝里[④]，欢呼内监，妆点金柈[⑤]。况曾得真妃[⑥]，笑脸频看。炎岭当时奏曲，风流命、乐府名传。凭谁道、移归禁苑，长使近天颜。

[注释]

①唐氏按：此首别又误作柳永词，见《广群芳谱》卷六十三果谱“荔枝门”。　②青幄：绿色的帷帐。此指荔枝的树冠。　③篸（zān）：同“簪”，插在白玉钗旁。　④帝里：帝宫，皇家。　⑤金柈：金盘。柈，同“盘”。

⑤真妃:杨贵妃,字玉真。

浣溪沙

酒拍胭脂颗颗新[①],丹砂然火弃精神[②]。暑天秋杪锦生春[③]。　　香味已惊樱实淡,绛皮还笑荔枝皴[④]。美人偏喜破朱唇。　（以上二首见《全芳备祖》后集卷一“荔枝门”）

[注释]

①酒拍胭指:用酒调制出的胭脂。形容红润可爱。　②弃:《广群芳谱》六十三卷作“叶”,是。　③秋杪:秋末。　④皴(cūn):粗糙皱皮。

[集评]

笃文云:“此词咏龙眼故有讪笑荔枝皱皮之句。‘弃精神’,《全芳备组》后集卷一作‘露精神’,然终不若‘叶’字自然。”

南柯子[①]

积雪迷松径,围炉掩竹扉。床头一味有蹲鸱[②],软火深开香熟、已多时。　　自得陶朱法[③],休教懒瓒知[④]。浪传黄独正甘肥[⑤],紫玉婴儿盈尺、更新奇[⑥]。

（《全芳备祖》后集卷二十五“山药门”）

[注释]

①唐氏按:《广群芳谱》卷十六此首作张镃词。　②蹲鸱:大芋之别名。　③陶朱:范蠡灭吴后,远去,至陶经商成巨富,号陶朱公。　④懒瓒:唐衡山僧人明瓒好食芋。李泌夜中往访。瓒拨牛粪火,出芋啖之。曰:慎勿多言,领取十年宰相。　⑤黄独:土芋之名与山芋有别。　⑥紫玉婴儿:即山药。别名儿草。《本草纲目》载,皮紫,有极大者,一枚可重数斤云。

贺新郎

为东阃赵先生寿①

天意扶炎宋②。为吾皇、维衡岳孕③，长沙星梦。社稷勋庸天地窄④，不数智名功勇。要自有、胸中妙用。擎着东南天一柱，看边民、买犊归耕种⑤。官职易，此身重。　黄封已见传宣送⑥。却春来、洪钧初转⑦，紫枢归拱⑧。岁岁玉楼春噀处⑨，慧质明妆环拥。正弟劝、兄酬欢纵。一寸丹心坚似铁，待磨崖、勒就浯溪颂⑩。龙尾道⑪，接天踵。（《藏一话腴》乙集卷下）

[注释]

①东阃：其人未详，似是封疆大吏。　②炎宋：宋朝自称火德承统故曰炎宋。　③维衡岳孕：其人生于南楚，是衡岳降灵之象。　④勋庸：功勋。　⑤买犊：即卖刀买牛，民勤耕作之意。　⑥黄封：御酒名。宫廷内酿，以黄罗封口，故名。　⑦洪钧：指天地造化。　⑧紫枢：即紫微星，天子之象。　归拱：谓回京拱卫朝廷。　⑨噀（xùn）：喷，此指饮酒。　⑩浯溪颂：元结作《大唐中兴颂》由颜真卿书，刻于浯溪岩石上。　勒：刻。　⑪龙尾：星宿名，即尾宿，居苍龙七宿之尾，故名。

[集评]

陈郁云："尝在京口，有客传《贺新郎》一曲，乃为东阃赵先生寿者，奇甚……余谓奇则奇矣，然当今九重奠枕，东阃坐镇淮右，岂宜更待勒浯溪之颂耶？传曰：'尽美矣，未尽善也'，此诗此词之谓欤？"（《藏一话腴》）

贺圣朝

预赏元宵

太平无事，四边宁静狼烟眇①。国泰民安，谩说尧舜禹汤好。万民翘望彩都门，龙灯凤烛相照。只听得教坊杂剧欢笑，美人巧。　　宝箓宫前[2]，咒水书符断妖。更梦近、竹林深处胜蓬岛。笙歌闹。奈吾皇、不待元宵景色来到。只恐后月，阴晴未保。（《清夜录》）

[注释]

①狼烟眇：狼烟尽。古代以燃烧狼粪作为军情警报。　②宝箓宫：道宫。

[集评]

俞文豹云："宣和七年，预借元宵，时有谑词云：'太平无事……阴晴未保。'淳祐三年，京尹赵节斋与筹预放元宵。十二日，十四日诸巷陌、桥道皆编竹，为张灯之计。臣僚札子引此词末二句，为次年五月五日金人寇之谶。十五日早晨，遂尽拆去。"（《清夜录》）

踏莎行

宴罢琼林[1]，醉游花市，此时方显男儿志。[2]

（姚勉《雪坡词·贺新郎词序》）

[注释]

①琼林：苑名，故址在今河南开封城西，为皇帝赐宴新科进士之处。②唐氏按：《清平山堂话本·简帖和尚》载宇文绶《踏莎行》一首，换头三句，只四字与此不同。

祝英台近

客毡寒，兰房悄，金炉爇红兽[1]。好个霜天，消遣正宜酒。嫩橙初截鹅肪[2]，肌肤香透。又还记、吴姬纤手[3]。　　事难偶。墨冻空染梨笺，新词谩题就。酒

薄愁浓，攲枕听寒漏。可堪霜月亭亭，照人无寐，映窗外、一枝梅瘦。（《阳春白雪》卷一）

[注释]

①红兽：兽形火炭。 ②鹅肪：鹅脂，喻白润。 ③吴姬：吴地美女。

花心动

连昌宫有感[①]

碧瓦朱甍[②]，锁千门沉沉、丽日初旭。画栋暗尘，锦瑟空弦，窈窕故窗红绿。御柳宫花依然好，春不管、为谁妆束。翠华远[③]，风光尽属，野樵夷牧。　指似行人恸哭。尚能道、先朝圣游不足[④]。凤辇路荒[⑤]，龙沼波干[⑥]，犹有弃珠遗玉。禁廊人静风琴响，只疑是、霓裳遗曲。断魂晚，寒鸦又啼古木。（《阳春白雪》卷二）

[注释]

①连昌宫：唐宫殿名。故址在今河南宜阳县。元稹有《连昌宫词》。②朱甍：红色屋脊。 ③翠华：用翠羽饰于旗竿顶上的旗，为皇帝仪仗。④圣游：皇帝的游乐。 ⑤凤辇：帝王之车。 ⑥龙沼：御苑中池沼。

西江月

梁上喃喃燕语，纸间戢戢蚕生[①]。满城风雨近清明，不道有人新病。　春事一溪流水，杨花千点浮萍。好风一霎为吹晴，独步小园清影。

[注释]

①戢戢(jí):聚集貌。杜甫《又观打鱼》:“小鱼脱漏不可记,半死半生犹戢戢。”

梅花引

清阴陌,狂踪迹,朱门团扇香迎客。牡丹风,数苞红,水香扑蕊[①],新妆谁为容。　　蜡灯春酒风光夕[②],锦浪龙鬚花六尺[③]。月波寒,玉琅玕,无情又是,华星送宝鞍。

[注释]

①水香:泽兰的别称,又名都梁香。　②蜡灯:烛灯。李商隐《无题》之一:“隔座送钩春酒暖,分曹射覆蜡灯红。”　③龙鬚:草名。

恋绣衾

元宵三五酒半醺,马蹄前、步步是春。闹市里、看灯去,喜金吾、不禁夜深[①]。　　如今老大都休也,未黄昏、先闭上门。待月到、窗儿上,对梅花、如对故人。

(以上三首《阳春白雪》卷三)

[注释]

①金吾:皇家卫队之称。

青玉案

年年社日停针线[①],怎忍见、双飞燕。今日江城春已半。一身犹在、乱山深处,寂寞溪桥畔。　　春衫著破谁针线,点点行行泪痕满。落日解鞍芳草岸。花无人戴,酒

无人劝，醉也无人管。[②]　（《阳春白雪》卷五）

[注释]

①社日：古代社神之日。以立春后第五个戊日为春社，立秋后第五个戊日为秋社。　②唐氏按：此首别又误作黄公绍词，见《词林万选》卷三。别又误作明冷谦词，见《古今别肠词选》卷三。

[集评]

贺裳云："语淡而情浓，事浅而意深，真得词家三昧。"（《皱水轩词筌》）

先著、程洪云："（末三句）与晁补之《忆少年》起句'无穷官柳，无情画舸，无根行客'，同一警绝。唐以后特地有词，正以有如许妙语，诗家收拾不尽耳。"（《词洁辑评》）

捣练子

偏□戏，最风流，斗帐金猊暖不收[①]。一阵蜜蜂狂絮里，酒酣眠折玉搔头[②]。

[注释]

①金猊：金属狮形香炉。　②玉搔头：即玉簪。

捣练子

初酒醒，乍衣单，褪著裙儿侧著冠。门外小桥寒食夜[①]，月明人去杏花残。

[注释]

①寒食：节令名，在农历清明前一或二日。

楼心月

柳下争拿画桨摇，水痕不觉透红绡。月明相顾羞归去，都坐池头合凤箫[①]。

[注释]

①凤箫：凤凰箫之省称，即排箫。以竹为之，参差如凤翼，故名。

楼心月

手把新荷叶一枝，唤来池上只愁归。流萤裹在红纱袖，忽到持杯个个飞。

楼心月

新著生红小舞衣，案前磨墨误淋漓。含嗔逗晚不梳洗，背面牙床吃荔支[①]。（以上五首《阳春白雪》卷六）

[注释]

①牙床：精美之床。

花心动

得于江西歌者，而不知名氏

粉堞云齐，度清笳、愁入暮烟林杪。素艳透春[①]，玉骨凄凉，勾带月痕生早。江天苍莽黄昏后，依然是、粉寒香瘦。动追感、西园嫩约，夜深人悄。　记得东风窈窕。曾夜踏横斜[②]，醉携娇小。惆怅旧欢，回首俱非，忍看绿笺红豆[③]。香销纸帐人孤寝，相思恨、花还知否。梦回处，霜飞翠楼已晓。

[注释]

①素艳:白色花瓣。　②横斜:指梅花。　③红豆:相思木所结子。

踏莎行

殢酒情怀[①],恨春时节,柳丝巷陌黄昏月。把君团扇卜君来,近墙扑得双蝴蝶。　　笑不成言,喜还生怯,颠狂绝似前春雪。夜寒无处著相思,梨花一树人如削。[②]

[注释]

①殢酒:病酒、困酒。　②唐氏按:刘毓盘辑《云月词》此首误作冯艾子词。

鹧鸪天

题得相思字数行,起来桐叶满纱窗。秋光欲雨棋声泻,粉帐不容花露香。　　新寂寞,旧疏狂。玉炉消息记钱塘[①]。小阑立遍红蕉树,一带残云趁月黄。

[注释]

①钱塘:古县名,故治在今浙江杭州市。

阮郎归

薄罗生色画酴醾[①],酴醾满架时。隔池贪看燕争泥,坠双红荔支。　　销金字[②],晚唐诗,夹纱团扇儿。自遮微雨傍花归,个情天得知。

[注释]

①酴醾：花名，以色似酴醾酒，故名。 ②销金：以金饰物，即今之洒金。

青门怨

月痕烟景[①]，远思孤影。旧梦云飞，离魂冰冷。脉脉恨满东风，对孤鸿。 翠珠尘冷香如雾。人何许，心逐章台絮[②]。夜深酒醒烛暗，独倚危楼，为谁愁。

（以上五首《阳春白雪》卷七）

[注释]

①月痕：当作月痕，形讹也。 ②章台：宫名。战国时建，以宫内有章台而名，在陕西长安县故城西南隅。

水调歌头

不能烦恼得，掉臂便归休。前度风樯，这回潦辙几悠悠。幸得有云一谷，更自有书万卷，著什么来由。月采混鱼目，霜口涴蝇头。 相山中，侯醉境，将诗流。情知薄命，天样勋业也须收。辟逻世间万事[①]，推放那边一壁，百尺卧高楼。日月草头露，天地水中沤。

（《阳春白雪》外集）

[注释]

①辟逻：收拢。 ②百尺卧高楼：典出《三国志·魏书·陈登传》，汉末，陈登字元龙，有盛名。卒后，刘备在刘表座上论天下人物，许汜曰："昔见元龙，元龙自上大床卧，使客卧下床。"备曰："君求田问舍，言无可采，如小人欲卧百尺楼上，卧君于地，岂但上下床之间耶。"

失调名

东南妩媚，雌了男儿[①]。

（《龟峰词》沁园春“记上层楼”阕序）

[注释]

①雌：谓女性，此处作动词用。

霜天晓角

一声阿鹊[①]，人在云西角。信有黄昏风雨，孤灯酒、不禁酌。　错错，谁误著。明知明做却。颇寄香笺归去，教看了、细揉嚼。　（陈著《本堂词》[②]）

[注释]

①阿鹊：嚏喷。　②唐氏按：此首原载《本堂词》中，前有序云：“丙寅十一月十一日，行止阮桥宿，风雨，衣身俱湿。驿壁有题此曲，前一段颇与今日情味同，因录于此。”此首实非陈著作，今析出另编于此。

满庭芳

凤阁祥烟[①]，龙城佳气[②]，明禋恭谢时丰[③]。绮罗争看，帘幕卷南风。十里仙仪宝仗，暖红翠、玉碾玲珑。銮回也[④]，箫韶缓奏[⑤]，声在五云中。　千官，迎万乘，丝纶叠叠、锦绣重重。听鸣稍辇路[⑥]，宴罢鳌宫。瞻仰天颜有喜，君恩霈、寰宇雍容。生平愿，洪基巩固[⑦]，圣寿永无穷。

[注释]

①凤阁：宫内楼阁。　②龙城：此处指京城。　③禋（yīn）：升烟祭

天。 ④銮:銮驾的省称。 ⑤箫韶:相传舜之乐名。 ⑥矟(shuò):矛属,同“槊”。 ⑦洪基:国本。

庆清朝

银漏花残,红消烛泪。九重鱼钥欢声沸[1]。奏万乘、祥曦门外。盖圣君、恭谢灵休,谨访景明嘉礼[2]。天意好,祥风瑞月,时正当、小春天气。 禁街十里香中,御辇万红影里[3]。千官花底,控绣勒[4]、宝鞭摇曳。看万年,永庆吾皇,捻指又瞻三载[5]。

[注释]

①鱼钥:鱼形门锁。 ②嘉礼:古代五礼(吉、凶、军、宾、嘉)之一,指饮食、昏冠、宾射、飨燕等,后世专指婚礼。 ③御辇:天子所乘之车。④绣勒:马络头的美称。 ⑤捻指:犹言弹指,喻时间短暂。

御街行

时康三载升平世,恭谢三朝礼。群臣禁卫带花回,齯巷儿郎精锐[1]。战袍新样团雕拥[2],重隘围子队。 绣衣花帽挨排砌,锦仗天街里。有如仙队玉京来[3],妙乐钧天盈耳[4]。都民观望时,果是消灾灭罪。

[注释]

①齯巷:整齐的里巷。 ②团雕:圆形老雕图案。 ③玉京:天阙。④钧天:天上。

瑞鹤仙

是欢声盈万户。庆景陵礼毕[1],銮舆游步[2]。西郊暖风布。喜湖山深锁，非烟非雾。传收绣羽，骅骝驰骤绒缕。望彤芳、稳稳金銮[3]，衮鸾翔舞。　云驭[4]。近回天赆，锡宴琼津，洪恩均顾。霞天向暮。翠华动[5]，舞韶举。绛纱笼千点，星飞清禁[6]，银烛交辉辇路。瑞光中、渺祝无疆，太平圣主。（以上四首见《梦粱录》卷六）

[注释]

①景陵：皇帝陵墓名。　②銮舆：天子车驾，此处代指天子。　③金銮：金銮殿的省称。　④云驭：车行云中，喻帝王车驾。　⑤翠华：用翠羽饰于旗竿顶上的旗，为皇帝仪仗。　⑥清禁：谓皇宫。

真珠帘

病酒情怀犹困懒。（《癸辛杂识续集》卷上）

沁园春

国步多艰、民心靡定、诚吾隐忧。叹浙民转徙，怨寒嗟暑，荆襄死守，阅岁经秋。虏未易支、人将相食，识者深为社稷羞。当今亟，出陈大谏，箸借留侯[1]。　□□迂阔为谋[2]。天下士如何可籍收。况君能尧舜，臣皆稷契[3]，世逢汤武，业比伊周[4]。政不必新，贯仍宜旧，莫与秀才做尽休。吾元老，广四门贤路，一柱中流。

（《癸辛杂识别集》卷下）

[注释]

①箸借留侯：典出《史记·留侯世家》，郦食其劝刘邦立六国后，共同攻楚。邦方食，张良入见，以为计不可行，曰："臣请借前箸为大王筹之。"　②□□：《全宋词》注，原无空格，据律补。　③稷契：稷为帝颛顼

世的田正，契为虞舜之臣，助禹治水有功，任为司徒。 ④伊周：伊指汤之贤臣伊尹，曾佐汤伐夏桀，被尊为阿衡（宰相）；周指周文王子姬旦，曾辅佐武王伐纣，建周王朝。

小重山

鼓报黄昏禽影歇。单衣犹未试，觉寒怯。尘生锦瑟可曾阅[1]，人去也，闲过好时节。 对景复愁绝。东风吹不散，鬓边雪。些儿心事对谁说，眠不得，一枕杏花月。

[注释]

①锦瑟：饰文如锦之瑟。

[集评]

陈廷焯云："神在个中，情馀言外。"（《词则·闲情集》卷二）

谒金门

休只坐，也去看花则个。明日满庭红欲堕，花还愁似我。 索性痴眠一和[1]，凭个梦儿好做。杜宇不知春已过[2]，枝头声越大。 （以上二首见《浩然斋雅谈》卷下）

[注释]

①一和：一会儿。 ②杜宇：古蜀帝名，传说化为杜鹃，后人因称杜鹃为杜宇。

[集评]

陈廷焯云："一味朴直，似粗实精，此境不易到，亦不必学也。"（《词则·闲情集》卷二）

失调名

惜花心性。

（舒岳祥《阆风集》卷五《八月初三日五更梦觉追记》诗注）

行香子

浙右华亭[①]，物价廉平。一道会、买个三升。打开瓶后，滑辣光馨。教君霎时饮，霎时醉，霎时醒。　听得渊明[②]，说与刘伶[③]。这一瓶、约迭三斤。君还不信，把秤来秤。有一斤酒，一斤水，一斤瓶。

（《随隐漫录》卷二）

[注释]

①华亭：古地名，在浙江嘉兴。　②渊明：陶潜的别名。曾为彭泽令，因不能“为五斗米而折腰”，弃官归隐，以诗酒自娱。　③刘伶：晋沛国人，竹林七贤之一。尝著《酒德颂》，自称“惟酒是务，不知其馀”。

长相思

晴也行，雨也行。雨也行时不似晴，天晴终快人。　名也成，利也成。利也成时不似名，名成天下惊。

（《随隐漫录》卷五）

摸鱼儿

紫云山房拟赋莼

过湘皋、碧龙惊起[①]，冰涎犹护髯影。春洲未有菱歌伴[②]，独占暮烟千顷。呼短艇。试剪取纤条，玉溜青丝莹。

尊前细认。似水面新荷，波心半掩，点点翠钿净[3]。　凄凉味，酪乳那堪比并。吴盐一箸秋冷[4]。当时不为鲈鱼去[5]，聊尔动渠归兴[6]。还记省。是几度西风，几度吹愁醒。鸥昏鹭暝。谩换得霜痕，萧萧两鬓，羞与共秋镜。[7]

（《乐府补题》）

[注释]

①湘皋：湘江之岸。　②菱歌：采菱之歌。　③翠钿：绿玉制的妇女头饰。　④吴盐：两淮生产的盐，以洁白著称。　⑤鲈鱼：鲈鱼脍的省称。晋张翰在都，见秋风起，因思吴中莼羹、鲈鱼脍，遂命驾便归。　⑥动：《全宋词》注，一作"勤"。　⑦唐氏按：此首《历代诗馀》卷九十二误作王易简词。

失调名

东君去后花无主[1]。　（《宋史》卷六十六《五行志》四）

[注释]

①东君：司春之神。

多　丽

杨　花

日初长，宝炉一缕沉烟[1]。绿阴新，垂杨亭榭，知谁巧擘香绵。有时共、落红零乱[2]，有时共、芳草留连。只道无情、那知有意，几回飞过绮窗前。人争讶，艳阳三月，干雪舞晴天[3]。游丝外，不堪燕掠，无奈蜂黏。　那小鬟、忒瞅娇劣[4]，镇日地、倚阑干。轻吹处、樱桃的的[5]，闲拈处，笋指纤纤[6]。爱点猩罗[7]，装成粉缬[8]、嗔人不许放朱帘。端相好、蓦然风起，特送上秋千。明朝看，池塘雨过，萍翠应添。

［注释］

①沉烟：沉香之烟。 ②落红：落花。 ③干雪：此梅杨花。 ④忒噤：甚辞，犹言特别。 ⑤樱桃：旧时比喻女子的口唇。 的的：分明貌。⑥笋指纤纤：喻女子手指细嫩如笋。 ⑦猩罗：猩红色的绫罗。 ⑧粉缬：粉色染花丝织品。

沁园春

未开梅

我善观梅，识梅妙处，舍我其谁[1]。待裁冰剪雪，已无足道，凝酥弄粉，愈不为奇。枉费心神，巡檐索笑[2]、点检南枝并北枝。梅应道，似这般题品，未是相知。 分明有个端倪。遮莫把人间凡眼窥[3]。那精神全在，半含蕊处，风流全在，未有香时。万木丛边，两三点白，此是生生化化机[4]。花开也，又怎生消得、个样词儿。

［注释］

①舍我其谁：除了我还有谁呢？出自《孟子·公孙丑下》。 ②索笑：求笑、取笑。杜甫诗："巡檐索近梅花笑，冷蕊疏枝半不禁。" ③遮莫：犹任教。杜甫诗："久拚野鹤如霜鬓，遮莫邻鸡下五更。"言任教饮至达旦无妨也。 ④生生化化：自然界生成化育不息。

壶中天

日长晴昼，厌厌地、懒向窗前绀绣[1]。因倚屏风无意绪，□把眉儿双皱[2]。似醉还醒，才眠又起，频捻梨花鶂[3]。看他儿女，闲寻百草来鬥。 相思能几何时，料归期不到，清和时候[④]。生怕鸳鸯香被冷，旋爇沉檀薰透[⑤]。欲把单衣，鼎新裁剪[⑥]，又怕供春瘦。试看今夜、孤灯还有花否。

[注释]

①绷(bēng)：用杂色线所织之布，此处作动词用。 ②□：《全宋词》注，空格据律补。 ③齅(xiù)：以鼻闻味。 ④清和：指天气清明和暖。泛指暮春初夏天气。 《全宋词》注："清和"别作"有恁"。 ⑤沉檀：沉香和檀香。 ⑥鼎新：更新。

满江红

梅 词

一点阳和[①]，天不许、凡花先得。这些儿深意，蜂蝶怎生窥测。北陆正当风凛冽[②]，南枝却漏春消息。教琼仙、剪水缀成葩，天然白。 影横处、寒窗月。香浮处，寒梢雪。被东皇做就[③]，这般标格。虽是腊前年后景，终非竹外篱边物。不安排、顿放玉堂中[④]，真堪惜。

[注释]

①阳和：春天的暖气。 ②北陆：冬季。《左传·昭公四年》："古者日在北陆而藏冰。"《疏》：日在北陆，为夏之十二月也。 ③东皇：司春之神。 ④玉堂：泛指富贵之宅，亦指神仙所居。

买坡塘

和李玉田韵

喜西风、朝来如约，新凉一雨初霁。家山望断知何处，渺渺长天秋水。空眼底，叹雁杳鱼沉、尺纸无人寄。芸窗草砌[①]。渐影颤疏桐，声敲落叶，孤枕怎成睡。　逢场戏，遮莫悲秋憔悴[②]。今朝有酒须醉。尊前待唤佳人道，为雪藕丝轻脆。闲省记。便笑口频开，一岁知能几。归期尚未。且蜡屐兰桡[③]，湖山深处，同赏月中桂。

[注释]

①芸窗：书斋。芸香能除蠹，书室常贮之，故名。　②悲：《全宋词》注，别作“怨”。　③蜡屐：以蜡涂屐，此处作涂蜡之屐解。

瑞鹤仙

和李梅南

赏残陶径菊。正袅袅愁予，风凄露肃。何人抱幽独。更檐马锵金[①]，廊鱼响木[②]。此情谁属，向底处、骋怀游目。小窗前，频览菱花[③]，一笑鬓丝犹绿。　萧索。故国云迷，佳人日暮，轻颦倚竹。短钗敲玉，算几夜，恁孤宿。问旅情如许，怎生排遣，应费酒尊诗轴。最无端、谁隔西楼，正调弦促。

[注释]

①檐马：屋檐下所挂风铃。　②廊鱼：走廊间敲的木鱼。　③菱花：菱花镜的省称。

更漏子

画楼深，春昼永，帘幕东风微冷。莺啭罢，燕归来，佳人午梦回。　鬓钗横，眉黛浅，一捻楚腰纤软[①]。推绣户，倚雕阑，无言看牡丹。

[注释]

①楚腰:语出《韩非子·二柄》,“楚灵王好细腰,而国中多饿人”。后因以泛称女子的细腰。

更漏子

鬓慵梳,眉懒画,独自行来花下。情脉脉,泪垂垂,此情知为谁。　　雨初晴,帘半卷,两两衔泥新燕。人比燕,不成双,枉教人断肠。

更漏子

粉墙低,蓬户小,一点尘埃不到。眠纱帐,坐蒲团[①],道人随分安。　　笋芽新、蔬甲嫩,日日家常羹饭。羹饭罢,怎消闲,携筇出看山[②]。

[注释]

①蒲团:用蒲草编成的圆垫,为僧道坐禅或跪拜时所用。　②筇(qióng):竹名,竹杖。

愁倚阑令

东风恶,宿云凝,忒无情。合造梨花深院雨,断肠声。　　枕上春梦初醒,红窗外、何处啼莺。已办春游双画舫[①],几时晴。

[注释]

①画舫:彩绘之船。

红窗迥

河可挽，石可转。那一个愁字，却难驱遣。眉向酒边暂展，酒后依旧见。　　枫叶满阶红万片，待拾来、一一题写教遍。却倩霜风吹卷，直到沙岛远[①]。

［注释］

①沙岛：山东蓬莱西北海中有沙门岛，为宋元流放罪犯之处，当即指此。

一剪梅

漠漠春阴酒半酣。风透春衫，雨透春衫。人家蚕事欲眠三[①]。桑满筐篮，柘满筐篮[②]。　　先自离怀百不堪。樯燕呢喃，梁燕呢喃。篝灯强把锦书看[③]，人在江南，心在江南。

［注释］

①蚕事已眠三：蚕生九日，不食一日一夜，谓之初眠。又七日再眠如初……又七日三眠如蛹。　②柘：木名，桑属，叶可饲蚕。　③篝灯强把锦书看：意谓点起灯笼勉强看妻子写来的书信。

长相思

不思量，又思量。一点寒灯耿夜光，鸳衾闲半床[①]。　　雨声长，漏声长。几阵斜风摇纸窗，如何不断肠。

[注释]

①鸳衾:绣有鸳鸯的夫妻共寐之被。

长相思

云垂垂,雨霏霏。只恐今年花事迟,不然孤负伊。　　燕飞飞,柳依依。有个人人倚翠扉[①],深攒双黛眉[②]。

[注释]

①人人:对于所爱者之称,多指情人而言。欧阳修《蝶恋花》词:"翠被双盘金缕凤,忆得前春,有个人人共。"　②深攒:《全宋词》注,别作"愁横"。

长相思

雨如丝,柳如丝。织出春来一段奇,莺梭来往飞[①]。　　酒如池,醉如泥。遮莫教人有醒时,雨晴都不知。

[注释]

①莺梭:言莺飞往来如梭。

长相思

燕成双,蝶成双。飞去飞来杨柳旁,问伊因底忙[①]。　　绿纱窗,篆炉香[②]。午梦惊回书满床,棋声春昼长。

[注释]

①忙:《全宋词》注,别作“狂”。 ②篆炉香:袅袅上升宛如篆字的炉中香烟。

采桑子

年年才到花时候,风雨成旬[1],不肯开晴,误却寻花陌上人。 今朝报道天晴也,花已成尘,寄语花神,何似当初莫做春。

[注释]

①成:《全宋词》注,别作“经”。

风光好

柳阴阴,水深深[1]。风约双凫不自禁[2],碧波心。 孤村桥断人迷路,舟横渡,旋买村醪浅浅斟。更微吟。

(以上四印斋本《抚掌词》[3])

[注释]

①深深:《全宋词》注,别作“沉沉”。 ②双凫:成对的水鸟。 不自:《全宋词》注,别作“立不”。 ③唐氏按:据劳权考证,《抚掌词》乃欧良所编集,但各选本多载作欧良词,兹在此附注说明,不另出欧良,亦不作互见词存目。

虞美人

此上佚八页

□□□□□□□。□□□□□。□□□□□□□。□□□□□□、□□□。 □□□□□□处。归向桃

源住[①]。桃源有路透渔溪，自恨仙凡从此、隔云泥。

[注释]

①桃源：晋陶潜《桃花源记》虚构的与世隔绝的乐土。

虞美人

绮疏人把罗衣叠[①]，岫幌铺残月[②]。宝烟细袅博山中[③]，梦惹暖红鸳锦、醉香风[④]。　觉来犹记乘鸾处，不是蓝桥住[⑤]。落花流水认前溪，想见五云为路、静无泥。

[注释]

①绮疏：雕饰花纹的窗户。　②岫幌：绘饰峰峦的帷幔。　③博山：博山香炉的省称。　④鸳锦：绣有鸳鸯图案的锦缎。　⑤蓝桥：在陕西蓝田县东南蓝溪之上，传说为唐裴航遇仙女云英处。

虞美人

咏八月梅

悲商吹尽枝间绿[①]，绛萼含冰玉。为谁搀早冒寒开[②]，应念天涯憔悴、挽春回。　玉壶自酌清漪满，又识东风面。夜深斜月印窗纱，好在数枝疏瘦、两三花。

[注释]

①悲商：指凄凉的秋声，为肃杀之音。　②搀早：抢早，抢先。

虞美人

赠吕庆长

萧萧风竹千蛟舞，云阁催诗雨[①]。中秋时节变新凉，又是一番红叶、下三湘[②]。　君如膝上王文度[③]，早晚乡关去。绣香佳处且留连，正好橙黄橘绿、未寒天。

[注释]

①云阁：高与云齐之阁。　②三湘：指今洞庭湖南，湘江流域一带。③王文度：即王坦之，王述子。父爱之甚，虽长，犹抱置膝上。见《世说新语·方正》。

虞美人

咏双海棠

当年合德并飞燕[①]，涎涎无人见[②]。清魂沦入海棠枝，料想天寒同著、翠罗衣。　同心佩带连环玉，并髻云鬟绿。谁教红萼自成双，恰似新荷叶里、睡鸳鸯。

[注释]

①合德：汉成帝后赵飞燕之妹。　②涎涎（xián）：光泽貌。

木兰花

春日述怀

小桃枝上东风转，□□草绿江南岸[①]。绿杨学舞小蛮腰[②]，红药惜开菩萨面。　故乡何处天涯远，黄粱梦断行云断[③]。登楼准拟故人书，殷勤试问西归雁。

[注释]

①□□：《全宋词》注，二空格据律补。　②小蛮：唐白居易家伎樊素善歌，小蛮善舞，居易有诗曰"樱桃樊素口，杨柳小蛮腰"。　③黄粱梦：唐沈既济《枕中记》载，卢生于邯郸客店遇吕翁授枕，使入梦，生梦中历尽荣

华富贵。及醒,主人炊黄粱尚未熟。后因以喻富贵终归虚幻。

朝中措

咏秋日牡丹赠严尹父

严霜封草树凋红,叶落小园空。何事洛阳花面[①],却来冠冕秋风[②]。 尊前羞损,篱边野菊,池上芙蓉。莫放花归昆阆[③],且留客醉金钟[④]。

[注释]

①洛阳花:牡丹的别称。 ②冠冕秋风:为秋风之冠冕,意即在秋风中领异标新。 ③昆阆:昆仑阆苑之省称,都是传说中神仙所居之所。④金钟:酒杯的美称。

朝中措

红鸾飞下绿云中,天淡日和融。回首小园桃杏,怜伊独困霜风[①]。 妖姿丽质,天然富贵,不假铅红[②]。梦作一双蝴蝶,翻翻绕遍芳丛。

[注释]

①霜风:秋风。 ②铅红:即铅粉,用以涂面之化妆品。

朝中措

洛阳常见画图中,春去只心融。国色辉开寒日,天香熏破霜风。 平生看了,姚黄魏紫[①],一捻深红。莫是神仙韩令[②],裁成顷刻花丛。

[注释]

①姚黄魏紫：姚黄为宋姚姓人家培养的千叶黄牡丹，魏紫为五代魏仁溥培育的千叶肉红牡丹。后以为牡丹佳品的通称。 ②韩令：韩众（终），仙人名。

朝中措

咏九月桃呈□晋侯

从来黄菊占秋风，红只许芙蓉。正是百花浓睡，如何唤起春工[①]。 小桃破萼，胭脂淡伫，妆粉轻笼。为报多情刘阮[②]，武陵消息先通。

[注释]

①春工：以春拟人，指生机得春发育滋长。 ②刘阮：指东汉永平年间，因入天台山采药迷路，遇到仙女的浙江剡县人刘晨、阮肇。

朝中措

宦游只欲赋归休，花为解离愁。看取星星潘鬓[①]，花应羞上人头。 武陵流水，桃源路远，空误渔舟。把住春光一醉，从教风叶悲秋。

[注释]

①潘鬓：晋潘岳三十二岁，始见二毛。后因以潘鬓为中年鬓发初白的代词。

西江月

登城晚望

草市人归日落，荒城风急鸦翻。独携尊酒上高寒，缥渺云横楚观[①]。　　柳外半篙绿水,烟中数笔青山。天涯流落岁将残,望断故园心眼。

[注释]

①楚观:楚地的寺观。

西江月

待　雪

扑扑云垂四野,冥冥雁下平芜。萧萧风叶乱黄芦[①],寒入一滩鸥鹭。　　准拟云窗水榭,装成玉树冰壶。卷帘独坐捻髭鬚,待看六花飞舞[②]。

[注释]

①黄芦:枯黄的芦苇。　②六花:指雪。雪花结晶成六角形,故名。

西江月

风雨朝来恶甚,池塘春去无多。绿杨阴里溜莺梭[①],枝上老红犹堕。　　酒满蚁浮金匜[②],烛残泪滴铜荷[③]。更阑孤枕奈情何,只恐巫山梦破。

[注释]

①莺梭:黄莺飞来飞去如梭。　②蚁浮金匜(yí):酒滓如蚁浮于杯中。　③铜荷:承烛之盘,形似荷叶,故称。

西江月

冷氏小楼春望

花下春光正好,柳边春色才多。雨声日夜长沧波,暗地芳心滴破。　　拍拍浪飞白雪，冥冥山点青螺[1]。汀兰岸芷有情么，还惜江城春过。

[注释]

①青螺：比喻矗立耸起宛如水螺的青峰。

西江月

待　雪

膝下红金不暖，窗前绛蜡犹然。夜深城麓走风烟，的皪还飘雪霰[1]。　　海上正迷蝶梦[2]，山阴未棹溪船。愿骑白凤玉为鞭，西赴瑶池芳宴[3]。

[注释]

①的皪：光亮、鲜明貌。　②蝶梦：《庄子·齐物论》记梦为蝴蝶事，后因称梦为蝶梦。　③瑶池：古代神话中神仙所居。

西江月

雪

琼沼融成沆瀣[1]，冰檐滴尽真珠。一园草木气方苏，又学杨花飞舞。　　何必乱飘密洒，却疑细糁轻铺。谁将粉墨画成图，玉做小亭高树。

[注释]

①沆瀣（hàng xiè）：本屈原《远游》“食六气而饮沆瀣兮”，注引阳陵子“冬饮沆瀣者，北方夜半气也”。

西江月

即席呈吴节判二首

剪剪轻寒雨后[①],曈曈晓日晴时[②]。春风先到绿杨枝,金缕野桥山市[③]。　　鶗鴂巧调琴筑[④],海棠惜吐胭脂。玉骢未解锦障泥[⑤],且挂征鞭一醉。

[注释]

①剪剪:形容风寒削面。　②曈曈(tóng):日初生渐明貌。　③金缕:喻指柳条。　④鶗鴂(tí jué):杜鹃鸟。　筑:古弦乐器名。　⑤障泥:垂于马腹两侧用以遮挡尘土者。

西江月

翠岭游仙梦破[①],暖香残酒醒时。子规啼月下花枝[②],日涌山光照市。　　柳拂眉间黛色,桃匀脸上胭脂。萋萋芳草路无泥,脉脉归心似醉。

[注释]

①游仙:脱离尘俗,游心仙境。　②子规:鸟名,即杜鹃。

西江月

风雨馀寒过了,池塘春水生时。迁莺飞上拂云枝,春遍柳村花市。　　酒面清空似水,玉杯温莹如脂。莫教花谢涴尘泥,把住东君索醉。

点绛唇

晓步楚观

晓翠初分，挂藤窈窕穿深静。乌啼风径，竹舞千蛟影。　又过重阳，感叹伤流景。人多病，酒杯慵问。闲却金卮柄[①]。

［注释］

①金卮：金制酒器。

好事近

咏　梅

篱落晓来霜，花嫩不禁寒力。脉脉自摇疏影，印一奁空碧[①]。　天生潇洒谢夫人[②]，绝世有谁识。何必嫣然一笑，已倾城倾国。

［注释］

①奁：古代盛放梳妆品的镜匣。　②谢夫人：谢道韫，有咏雪诗句著称于世。

秦楼月

五阕佚二[①]

□□□。□□□□□□□。□□□。□□□□，□□□□。　白鸥飞下屏山曲[②]，行人点破秋郊绿。秋郊绿，细看重咏，怎生得足。

[注释]

①唐氏按:其二佚,又佚《眼儿媚》一阕、《菩萨蛮》一阕。 ②屏山曲:曲折如屏之山势。

秦楼月

秋漠漠,登临常羡东飞鹤。东飞鹤,一襟乡泪,为君双落。 明年不负黄花约,故人须我归舟泊[①],归舟泊。荆溪亭下[②],晚秋寒薄。

[注释]

①须我:等候我。 ②荆溪:水名。在江苏宜兴县南,以近荆山得名。

秦楼月

待 雪

风淅淅,天容暗淡梅花白。梅花白,点酥凝粉[①],比君不得。 清歌飞下龙沙雪[②],绮疏休印蟾宫月[③]。蟾宫月,婵娟虽好,有时圆缺。

[注释]

①点酥:喻柔美。 ②龙沙:地区名。古时指我国西北部边远山区和沙漠地区。 ③绮疏:雕饰花纹的窗户。

西地锦

章台留客[①]

重过黄梁古驿[②],著一鞭春色。长亭细柳,青青尚浅,不禁攀折。 且醉章台风月,莫归鞍催发。紫泥诏下[3]，朝天去了，如何来得。

[注释]

①章台：宫名。在陕西长安县故城西南隅，以宫内有章台而名。　②黄粱古驿：指唐人小说所载吕翁授枕卢生便入梦之邯郸店。　③紫泥诏：古代皇帝诏书用紫泥封，故名。

如梦令

留　客

试问春归何处，红入小桃花树。同访古章台，把盏重听金缕[1]。休去，休去，应被好山留住。

[注释]

①金缕：曲调名。

清平乐

辛卯清明日

风不定，舞碎海棠红影。数点雨声池上听，湿尽一庭花冷。　　倚阑多少心情，轻寒未放春晴。谁管天涯憔悴，楚乡又过清明[1]。

[注释]

①楚乡：楚地。

浣溪沙

遍地轻阴绿满枝，乍晴初试袷罗衣[1]。东风院落日长时。　　鸂鶒池边飞燕子[2]，海棠花里闹蜂儿。一春心事只春知。

[注释]

①袷(jiá)罗衣：夹衣。　②鸂鶒(xī chì)：水鸟名，又称紫鸳鸯。

望江南

立秋日晓作

清夜老，流水淡疏星。云母窗前生晓色[1]，梧桐叶上得秋声。村落一鸡鸣。　　催唤起，带梦著冠缨。老去悲秋如宋玉[2]，病来止酒似渊明[3]。满院竹风清。

[注释]

①云母窗：以云母装饰的窗户。　云母：石名，古人以此石为云之根，故名。　②悲秋：本宋玉《九辩》"悲哉，秋之为气也"。　③止酒：本陶潜《止酒》诗"平生不止酒，止酒情无喜"。

醉蓬莱

生朝日

见笋成新竹，燕教雏飞，画堂清昼。萱草榴花[1]，遍小庭如绣。角簟纱厨[2]，葛巾葵扇，正麦秋时候。玉麈生风[3]，翛然隐几，香蟠金兽[4]。　　又值生初，故乡何在，三楚云高[5]，谩劳回首。睡起情怀，况渊明止酒。赖有宾朋，惠来相顾，尽一时英秀。旋涤瑶觞[6]，重歌金缕，与公同寿。

[**注释**]

①萱草：又名鹿葱、忘忧、宜男、金针花。　②角簟：用角装饰的竹席。　③玉麈：拂尘。　④金兽：兽形金属香炉。　⑤三楚：古国楚地，泛指湘鄂一带。　⑥瑶觞：玉杯。

满庭芳

牡　丹

梅子成阴，海棠初谢，小园才过清明。百花扫地，红紫践为尘①。别有烟红露绿，嫣然笑、管领东君②。还知否，天香国色，独步殿馀春③。　轻盈。多态度，洛阳图画，韩令经营④。想谪仙风韵⑤，洒面词成。一捻深红尚透、谁信道、花亦通灵。君休待、花归阆苑⑥，莫惜醉山倾。

（以上四印斋本《章华词》）

[**注释**]

①红紫：指落花。　②东君：司春之神。　③殿馀春：为春花之殿后。　④韩令：仙人韩终。　⑤谪仙：唐贺知章于长安一见李白，呼为谪仙人。意为谪居世界的仙人。　⑥阆苑：阆风之苑，仙人所居之地。

汉宫春

争似我、随时临风对月，畅饮更高歌。

瑞鹤仙

恨佳人命薄。似春云无定，杨花飘泊。

失调名

须信道、颜色如花，命如秋叶。

（以上郑元佐《新注断肠诗集》魏仲恭序注）

失调名

古鞦韆词[1]

但入新年，愿百事、皆如意。

[注释]

①鞦韆：即秋千。

水龙吟

□□含娇眼。

失调名

雨后轻寒[1]。

[注释]

①唐氏按：此句疑或是僧仲殊《柳梢青词》“雨后寒轻”之讹。

失调名

古柳词

柳丝柔无力[1]。

[注释]

①唐氏按:一作“春断暖柔无力”。

失调名

伤怀长是蹙双眉。怎禁持。

失调名

杨花飞絮,搅乱少年情绪。

失调名

天气阴阴。

失调名

倚遍阑干十二楼。

满庭芳

柳眼花心,此夜欢会。

失调名

蝶意蜂情,恣还飘逸。

失调名

金鸭香消[①]。

[注释]

①金鸭:金属鸭形香炉。

念奴娇

脉脉此情难识。

失调名

无计奈愁何。

失调名

知他今夜,好好为谁梳洗。

失调名

西楼独上等多时。月团圆、人未归。

最高楼

南陌踏青游。

青玉案

更憔悴、羞人见。

(以上郑元佐《新注断肠诗集》卷一注)

失调名

任他春去春来。

失调名

嫩草初抽匀细绿。

失调名

湖腻烟光，柳垂新绿。

失调名

语燕飞来绕画梁。

失调名

一钩新月。

失调名

怕到黄昏转凄切。

失调名

凝情羞对海棠花。

失调名

枝头点检，退尽芳菲。

失调名

寸心如铁不关愁。

失调名

入到春来转见愁。

最高楼

却教人，逢春怕，见花羞。

失调名

不如柳絮，穿帘透幕，飞到伊行[1]。

[注释]

①伊行(háng)：他那边。

菩萨蛮

衔泥双燕来还去。

天仙子

谷雨清明空屈指。

失调名

这愁绪、仗他谁。

失调名

古赏芳春词

樱桃新荐小梅红[1]。

[注释]

①荐：推举，贡献。

失调名

恩爱顿成离别恨。

失调名

要解心头愁闷，除非殢酒[1]。

[注释]

①殢酒：病酒，困酒。

洞仙歌

惟有莺莺燕燕[1]。

[注释]

①莺莺燕燕：犹莺燕，以喻春光物候。朱淑真《谒金门》词："好是风

和日暖,输与莺莺燕燕。”

失调名

病酒厌厌,未解馀酲[①],三竿丽日。

[注释]

①馀酲:残留的醉意。

千秋岁

一声啼鸟,常道无消息。

失调名

暗把归期数。

失调名

危楼愁独倚。

谒金门

满地落红千片[①]。

[注释]

①唐氏按:此句疑是《花间集》薛昭蕴《谒金门》“满地落花千片”之讹。

失调名

频拭脸边新泪。

（以上郑元佐《新注断肠诗集》卷二注）

好事近

更一声啼鸟。

失调名

落花狼藉无行处。

贺新郎

一点芳心事。

虞美人

东君去后无踪迹。

（以上艺芸书舍抄本《断肠诗集》卷二注，原从黄荛圃藏本补，元刻本无）

失调名

登楼欲认经由处，无奈云山遮望眼。

失调名

缺月挂檐牙[①]。

[注释]

①檐牙:檐际翘出的如牙的建筑装饰。

失调名

杜鹃声劝不如归。……蹙损远山眉。

南乡子

宝鸭沉烟袅[1]。

[注释]

①宝鸭沉烟:鸭形的香炉中沉香升起的烟雾。　唐氏按:此句疑非《南乡子》。

最高楼

子规叫断黄昏月。

失调名

夜深帘幕静,一曲管弦清。

失调名

古上元词

千门灯火,九街风月[1]。

［注释］

①九衢：泛指都城四通八达的街道。　唐氏按：此二句疑即晁冲之《传言玉女》词"千门灯火，九逵风月"之讹。

蝶恋花

十里绮罗香不断。

失调名

灯火楼高，移下一天星斗。

天仙子

残月朦胧人瘦损。

失调名

那得工夫送。

天仙子

危楼十二阑干曲，望不尽、愁不尽。

失调名

春光悭涩，风颠雨恶，未放晴天气。

失调名

百紫千红开遍了。

失调名

自家无好况。

失调名

谁道酒能消恨。

失调名

绿草茸茸媚柳芳。

极相思

夕阳外,禽声切。

点绛唇

荷叶乍圆,正是困人天气[①]。

[注释]

①唐氏按:此二句与《点绛唇》调不合。

失调名

落花点点绣苍苔。

失调名

花开时节连风雨。

失调名

杏花著雨胭脂透。

水调歌头

云作伴，月为邻。

（以上郑元佐《新注断肠诗集》卷三注）

太清歌词

红片半随风，又半随流水。

鹊桥仙

吴蚕老后。

［注释］

①吴蚕：吴地盛养蚕，因称良蚕为吴蚕。

殢人娇

也待作个、篭儿寄与。

极相思

一番雨过横塘。

南歌子

菖蒲泛酒香。

宴清堂

旋折枝头新果。

洞仙歌

六尺湘漪簟冷[①]。

[注释]

①湘漪簟:即湘簟,谓用湘竹编成的席子。

失调名

玉泉清洁,正好浮瓜沈李[①]。

[注释]

①浮瓜沈李:沈,通“沉”。魏文帝(曹丕)《与朝歌令吴质书》有“浮甘瓜于清泉,沉朱李于寒水”句,后人习用为游宴之词。

失调名

花底倾杯,花影娇随人醉。

水调歌头

竹边风细,月色淡阴阴。

长相思

绣停针，泪盈盈，断肠梁燕语声频。

声声慢

双双旧家燕子，又飞来、清明池阁。

（以上郑元佐《新注断肠诗集》卷四注）

快活年

蛩吟声不住①。

［注释］

①蛩吟：蟋蟀鸣声。

金落索

风撼梧桐影碎，凄凉天气。

品　令

残蝉噪晚①。

［注释］

①唐氏按：此句今见《类编草堂诗馀》卷二爪茉莉词中，调名不同。

点绛唇

枕簟冰清，渐觉秋凉也。

洞仙歌

窗外蛩吟雨声细。

御街行

云淡碧天如水。

戛金钗

怎数向、更筹计[①]。

[注释]

①更筹:古代夜间报更的牌。

失调名

攲枕无眠又无寐。

失调名

巫山云雨歌词

便直饶、铁作心肠[①],也须是泪滴。

[注释]

①直饶:假定词,犹任也,随也。欧阳修《鼓笛慢》词:"便直饶更有丹青妙手,应难写天然态。"

卜算子

欲把愁分付[①]。

［注释］

①分付：意谓发落。

卜算子

算一一都在我心头。

满庭芳[①]

似篾身材[②]，纤腰一捻，新来消瘦如削。

［注释］

①唐氏按：调名《满庭芳》疑误。 ②篾：桃枝竹。

失调名

一寸柔肠，如丝千结，不奈愁如铁。

秋蕊香

眼也生应哭破[①]。

［注释］

①生：甚辞，犹只也。

长相思

好思量，转凄惶，捱到黄昏愈断肠。

卜算子

云雨阳台梦不成[①]。

[注释]

①云雨阳台：典出宋玉对楚襄王问。王问“何谓朝云”，玉对曰：“昔怀王游高唐，梦与巫山神女相会，神女去而辞曰：‘妾在巫山之阳，高丘之阻，旦为朝云，暮为行雨，朝朝暮暮，阳台之下。’”旧因以喻男女幽会。

古四北洞仙歌

银缸挑尽，纱窗未晓，独拥寒衾一半。

失调名

魄散魂飞。

绮罗香

酒醒后、一枕清风。梦断处、半窗残月。

鹧鸪天

小小池亭自有凉。

鹧鸪天

落花凝恨夕阳中。

失调名

春来长是病厌厌。

一丛花

晓来寒露滴疏桐。

念奴娇

中 秋

不比寻常三五夜①。

[注释]

①唐氏按:《岁时广记》卷三十一引《古今词话》载郑无党《临江仙》词亦有此句,调名不同。

失调名

愁厌厌、脉脉上心谁消遣①。

[注释]

①唐氏按:此数句又见同书卷六注,作《古三天四见》词,文字云“愁厌厌脉脉上心中,难消遣”。

吴音子

早团圆，早早团圆。

声声慢

心虽相许，事未曾谐。

满庭芳

风剪梧桐。

失调名

同赏败荷疏柳。

（以上郑元佐《新注断肠诗集》卷五注）

采莲令

重阳泪眼，又早是、苦离肠。

朝中措

征雁不来无信，教人空度重阳。

满庭芳

黄菊正飘香。

于飞乐

近来清瘦，为谁为谁。

失调名

自家无好况。

双雁儿

这心事、倚他谁。

诉衷情

黄昏新月一钩纤。

满江红

魂梦断，难寻觅。

定风波

素笺封了还重折[①]。

［注释］

①素笺：白信纸。

满江红

谁知恩爱，变成怨恨。

失调名

无情却被多情恼。

念奴娇

木 犀

乘兴折取一枝,满身兰麝[1]。

[注释]

①兰麝:兰花与麝香,皆为香料。

失调名

花有重开日□圆[1]。

[注释]

①唐氏按:此句疑是胡伟《宫词集句》"花有重开月再圆"之讹。

念奴娇

一点芳姿,信道是,不比人间凡木。

失调名

古木犀词

费尽骚人词与诗。

失调名

古岩桂词

岩玉枝头金粟閂[①]。

（以上郑元佐《新注断肠诗集》卷六注）

［注释］

①金粟：桂花之别名，以其花蕊如金粟点缀。

失调名

古梅词

枉被梨花瘦损，又成春梦。

念奴娇

冻云阁雨[①]，渐长空迤逦[②]，严凝天气。愁雀无声深院静。

［注释］

①阁：停止，同“搁”。　②迤逦：曲折连延。

失调名

闻道酒肠宽似海。

失调名

山万叠，水千重。

失调名

纱窗晓色朦胧。

失调名

别是一般春色好。

失调名

更作句桃符[①]。

[注释]

①桃符:古代旧俗于农历元旦,用桃木板画神荼、郁垒二神于其上,悬于门户,以驱鬼邪。五代后蜀始于桃符板上书写联语,其后改书于纸,演化为后代的春联。

秋千儿词

小子里、灯□声,明年又添一岁。

(以上郑元佐《新注断肠诗集》卷七注)

江神子

今朝鸳帐酒醒初[①]。……还忧酒,解酲无。

[注释]

①鸳帐:绣有鸳鸯的帷帐。

失调名

晚起倦梳妆。

西江月

强调朱粉对菱花[①]，蹙损眉峰懒画[②]。

[注释]

①菱花：菱花镜的省称。 ②眉峰：犹眉山，女子眉毛之美称。

失调名

夜来一阵催花雨。

失调名

满地榆钱，算来难买住春归。

小重山

六曲句阑四面风[①]。

[注释]

①句阑：即勾栏、阑干。

小重山

一钩新月上。

失调名

红粉墙头[1],绿杨楼外,声声唤起新愁恨。

[注释]

①红粉:代指美女、佳人。

失调名

料如今,甘心海角天涯。

失调名

枕冷衾寒,夜长无奈愁何。

失调名

月移疏影上窗纱。

失调名

轻盈照路旁。

失调名

独倚阑干十二。

(以上郑元佐《新注断肠诗集》卷八注)

沁园春

凝眸，悔上层楼。便惹起新愁与旧愁[1]。

[注释]

①笃文按："此二句，不似《沁园春》句式。"

失调名

离情愁思，尽分付、眉头眼底。

于飞乐

教我莫思量，争不思量。

满庭芳

兽炉烟断[1]，残烛照庭帏[2]。

[注释]

①兽炉：兽形香炉。　②庭帏：庭中帏帐。

失调名

鸳鸯鸥鹭，浴乱一池春碧[1]。

[注释]

①春碧：指春水。

真珠帘[1]

把酒祝东君,愿与花枝长为主。

[注释]

①唐氏按:此二句原不著调名,此据同书后集卷五注。

武陵春

柳绿花红春烂熳。

失调名

断肠屈曲屏山[1]。

[注释]

①屏山:如山势蜿蜒的屏风。

洞仙歌

独拥香衾一半[1]。

[注释]

①唐氏按:此句疑即前之“独拥寒衾一半”。

失调名

蹙损两眉峰。

失调名

添憔悴、看肌瘦损[①]。

[注释]

①唐氏按："看"疑"香"之讹。

失调名

细雨乱如毛。

失调名

恨江南塞北，鱼沉雁杳[①]，空肠断、书难寄。

[注释]

①鱼沉雁杳：古代相传鱼雁传递书信，此句意谓无可托寄书信者。

失调名

去不远，路无多。

失调名

喷饶人词[①]

尽啜情一饱、泪珠弹子重揾[②]，背人睡也。[③]

[注释]

①唐氏按："喷饶人"疑是"惯饶人"之讹，见同书后集卷四引。

②啜:尝、饮。 ③唐氏按:“子”疑“了”之讹。

卜算子

你为情多泪亦多。

阮郎归

无心傍照台[①]。

[注释]

①照台:即镜台。

失调名

巧画远山眉。 (以上郑元佐《新注断肠诗集》卷九注)

于飞乐

天然体段殊常。

声声令

未怕飞燕似轻盈[①]。

[注释]

①飞燕:汉成帝后名,即赵飞燕。

失调名

瑞雪对江梅赋

须教相并檐前望，被飞絮、扑簌香腮[1]。

[注释]

①扑簌：飘拂。

定风波

古鼎龙涎香犹喷[1]。

[注释]

①龙涎香：抹香鲸病胃分泌物和合的熏香。

失调名

烛暗时酒醒，原来又是梦里。

失调名

为谁瘦、为谁癯[1]。

（以上郑元佐《新注断肠诗集》卷十注）

[注释]

①癯：瘦的同义词。

喜迁莺

芳春天晓，听绿树、数声如簧莺巧。

满庭芳

花外风传漏永，鸯鸳暖、金鸭香浓[1]。

[注释]

①金鸭：鸭形金质香炉。

失调名

香阁寂寥。

鹧鸪天

清明将近春时节。

一落索

倚楼一霎酒旗风。

如梦令

不暖不寒天，春色恰倚人意[1]。

[注释]

①唐氏按："倚"字疑"依"字之讹。

庆青春

平明一阵催花雨。

踏莎行

悄无人语重帘卷。

夏云峰

昨日看花花正好，枝枝香嫩红殷。

粉蝶儿

共双双飞入，乱红深处。

鹧鸪天

往事旧游浑似梦。

拜星月

贺新春，尽带春花、春幡春胜[①]，是处春光明媚。

[注释]

①春幡春胜：旧俗于立春日剪纸做成小纸幡插在头上，或挂在树枝上，作为春至的象征，称为春幡，亦称春旗。旧时正月初一妇女所戴彩结一类的头饰，称为春胜。

诉衷情

悠悠万里云水。

洞仙歌

今夜谁添一种愁。

御街行

夜深无语楼空倚。

（以上郑元佐《新注断肠诗集》后集卷一注）

失调名

淡红衫，缕金裙。

浣溪沙

水阁池亭自有凉。

小重山

水风生处小亭临。

（以上郑元佐《新注断肠诗集》后集卷二注）

失调名

西风渐冷，园林万木凋黄。

念奴娇

玲珑枝枝，鬥妆金粟。

念奴娇

万里秋容浩荡。

失调名

枕上偷垂泪眼流。

惜黄花

庭梧叶坠。

失调名

等得秋风满院吹，又争如、毒热时。被唧唧啾啾、不教人来梦里，望前程也、促织儿[①]。

［注释］

①促织儿：蟋蟀的别名。

失调名

只为情多病也多，省可思量我。

失调名

蟾辉兔影十分满[①]。

［注释］

①“蟾辉”句：借指月亮的光辉和影子。

念奴娇

对景真奇绝。

失调名

砌畔蛩吟喧不住[1]。

[注释]

①蛩吟:蟋蟀的鸣声。

失调名

梧桐叶落雨潇潇。

(以上郑元佐《新注断肠诗集》后集卷三注)

眼儿媚

厌厌愁闷无情绪。

失调名

好容仪、取次梳妆。

青玉案

彤云黯黯寒云绕。

失调名

小窗幽幌[1]，独坐都无侣。

[注释]

①幽幌：幽雅的窗帘。

祝英台近

每爱霜月风前。

失调名

古惯饶人词

泪珠弹了。

满庭芳

飞花剪、六出工夫[1]。

[注释]

①六出：雪花结晶成六角形、称为六出。花开六瓣的也叫六出。

永遇乐

有限光阴。　（以上郑元佐《新注断肠诗集》后集卷四注）

失调名

倾城颜色。

念奴娇

绝艳仍清淑。

鹧鸪天

满池荷叶动秋风。

玉抱肚

园林草木,迤逦凋残。

卜算子

借问陇头梅,春信还知否。

(以上郑元佐《新注断肠诗集》后集卷五注)

满庭芳

光景如梭。

失调名

酒入柔肠似泪流。

(以上郑元佐《新注断肠诗集》后集卷八注)

真宗封禅四首[①]

导　引[②]

民康俗阜[③]，万国乐升平。庆海晏河清[④]。唐尧禹舜垂衣化[⑤]，讵比我皇明。九天宝命垂丕贶[⑥]，云物效祥英。星罗羽卫登乔岳[⑦]，亲告禅云亭[⑧]。　我皇垂拱，惠化洽文明。盛礼庆重行。登封降禅燔柴毕[⑨]，天仗入神京。云雷布泽遍寰瀛。遐迩振欢声。巍巍圣寿南山固[⑩]，千载贺承平。

［注释］

①真宗封禅（shàn）：封禅为古帝王祭天地之大典。于泰山上筑土为坛以报天之功称封，于泰山下之梁父辟场为祭以报地之德称禅。封禅始自始皇，历代不绝。大中祥符六年（1013），宋真宗以知枢密院王钦若、参知政事赵安仁为封禅经度制置使，亲率群臣于泰山行封禅大典。事见《宋史·礼志五十七·封禅》。　②导引：引导；前导。《周礼·夏官·太仆》："王出入，则自左驭而前驱。"郑玄注："前驱，如今导引也。"后以为乐曲名。宋属鼓吹曲。宋初车驾前后部用金钲、节鼓、大鼓、小鼓、大横吹、小横吹、觱、笛等歌《导引》一曲。又"皇太后恭谢宗庙，悉用正宫《降仙台》、《导引》、《六州》、《十二时》凡四曲。景德二年郊祀减《导引》第二曲，增《奉禋歌》"。见《宋史·乐志十五》。　③阜：阜康，富足康乐。　④海晏河清：黄河水浊，少有清时；沧海浩渺，亦难平静。故古人以河清海晏为太平祥瑞之象。　⑤垂衣化：《易经·系辞下》，"黄帝尧舜垂衣裳而天下治，盖取诸乾坤。"着宽大衣裳，作天子之象。后遂以称颂帝王无为而治，不费气力。李白《古风》之一："圣代复元古，垂衣贵清真。"　⑥宝命：神命、天命、帝命之美称。　丕（pī）：大也。　贶：赐也，加惠也。　丕贶：指极大之恩惠。　⑦星罗羽卫：指真宗封禅仪仗队及随行臣僚极多。⑧云亭：云云、亭亭二山之并称。为古帝王封禅处。　句后自注："汾阴云：星罗羽卫临汾曲，亲享答资生。"　⑨登封降禅：行封礼在泰岳之巅，故曰登。行禅礼在泰岳下之梁父，故曰降。　燔柴：古祭天神之礼。　句后

自注:“汾阴云:告虔睢上皇仪毕。” ⑩南山固:语本《诗经·小雅·天保》“如南山之寿,不骞不崩”。

六州

良夜永,玉漏正迟迟[①]。丹禁肃[②],周庐列,羽卫绕皇闱。严鼓动,画角声齐[③]。金管飘雅韵,远逐轻飔[④]。荐嘉玉、躬祀神祇。祈福为黔黎。升中盛礼,增高益厚,登封检玉[⑤],时迈合周诗[⑥]。 玄文锡[⑦],庆云五色相随[⑧]。甘露降,醴泉涌[⑨],三秀发灵芝[⑩]。皇猷播、史册光辉[⑪]。受鸿禧[⑫],万年永固丕基。吾君德、荡荡巍巍。迈尧舜文思。从今寰宇,休牛归马,耕田凿井,鼓腹乐昌期[⑬]。

[注释]

①玉漏:古代计时漏壶之美称。“金吾不禁夜,玉漏莫相催”,见唐苏味道《正月十五夜》诗。 ②丹禁:指天子所居。天子所居曰禁,以丹涂壁,故曰丹禁。亦曰紫禁。 ③画角:古乐器名。后渐用以横吹,发音哀厉高亢,古时军中多用以警昏晓、振士气。天子外出,亦用以报警戒严。④飔(sī):凉也。 ⑤登封:登山封禅。 ⑥时迈:《诗经·周颂》篇名,传为武王告祭天地之诗。 句下自注:“汾阴云:方丘盛礼,精严越古,陈牲检玉,时迈展鸿仪。” ⑦玄文:天文也。《易经·坤》:“天玄而地黄”,后因以玄称。 锡:赐予。《尚书·尧典》:“师锡帝曰:有鳏在下。”《传》:“锡,与也”。 ⑧庆云:五色云。亦作“景云”、“卿云”。古以为祥瑞之气。“甘露降,庆云集”,见《汉书·礼乐志·郊祀歌》。 ⑨醴泉:甘美之泉。“天降膏露,地出醴泉”,见《礼记·礼运》。 句下自注:“汾阴云:嘉禾合。” ⑩三秀:灵芝别名。灵芝开花一载三次,故名。《楚辞·屈原〈九歌·山鬼〉》:“采三秀兮于山间”。又嵇康《幽愤诗》:“煌煌灵芝,一年三秀。” ⑪皇猷:帝王之谋略。 唐氏按:辉,原作“耀”,从《宋会要》。⑫鸿禧:犹言洪福。 ⑬鼓腹:袒腹凸肚,饱食终日也。“夫华胥氏之时,民居不知所为,行不知所之,含哺而熙,鼓腹而游”,见《庄子·马蹄》。常

用为太平盛世之典。

十二时

圣明代，海县澄清①。惠化洽寰瀛。时康岁足，治定功成②。遐迩贺升平。嘉坛上，昭事神灵③。荐明诚④。报本禅云亭⑤。俎豆列牺牲⑥。宸心蠲洁⑦，明德荐惟馨⑧。纪鸿名，千载播天声。　燔柴毕⑨，云罕回仙仗⑩，庆銮辂还京⑪。八神扈跸⑫，四隩来庭⑬。嘉气覆重城⑭。殊常礼，旷古难行。遇文明。仁恩苏品汇⑮，沛泽被簪缨⑯。祥符锡祚，武库永销兵。育群生，景运保千龄⑰。

[注释]

①海县：犹神州。指中国。《资治通鉴·晋海西公太和四年》胡三省注引驺衍曰："中国有赤县神州，赤县神州内有九州，禹所叙九州是也；其外有裨海环之，海县之说盖本于此。"　②唐氏按："功"原作"武"，从《宋会要》。　③嘉坛：祭坛。《诗经·大雅·大明》："昭事上帝，聿怀多福。"高亨注："昭，借为劭。《说文》：劭，勉也。"后即指祭祀。　④明诚：明白真诚。　⑤报本：即"报本反始"。受恩思报，不忘本源。　句下自注："汾阴云：蠲洁答鸿宁。"　⑥俎豆：古代宴客、朝聘、祭祀用礼器。　牺牲：供祭祀用纯色全体牲畜。　⑦宸（chén）：北极星所在为宸，后引申为王位、帝位之代称。　蠲：通"涓"。清洁也。　⑧明德荐惟馨：完美之德性乃芳香清醇。"至治馨香，感于神明。黍稷非馨，明德惟馨。"见《尚书·君陈》。　⑨句自下注："汾阴云：亲祀毕。"　⑩云罕：亦作"云罼"。旌旗之别名。　⑪銮辂：犹銮驾帝王之车驾。　⑫八神扈跸：即八方之神陪銮护驾。　扈跸：帝王随从车驾。　跸：帝王出巡时，止行清道。"八神奔而警中跸兮，振殷辚而军装。"见《汉书·扬雄传》引《甘泉赋》。　⑬四隩：上方可居之边远地区。"九州攸同，四隩既定。"见《尚书·禹贡》。⑭重城：古之城在外城中又建内城，故称。此指宫城、都城。　⑮苏品汇：指皇恩滋生、复苏万物。　苏：复苏，再生。　品汇：事物之品类。　⑯簪

缨:古代官吏之冠饰,因以喻显贵。 ⑰景运:大运也。

告庙导引[①]

明明我后[②],至德合高穹。祇翼励精衷[③]。上真紫殿回飚驭[④],示圣胄延鸿[⑤]。躬承宝训表钦崇[⑥],庆泽布寰中。告虔备物朝清庙[⑦],荷景福来同[⑧]。

[注释]

①告庙:古代天子或诸侯出巡或遇兵戎等重大事件而祭告祖庙,称"告庙"。汉班固《白虎通·巡狩》:"王者出,必告庙何?孝子出辞反面,事死事如事生。" ②明明我后:指吾皇明察。 明明:明察貌。《诗经·小雅·小明》:"明明上天,照临下土。" 后:古代天子、列国诸侯皆称后。③祇翼:犹敬慎。 ④上真:即上仙。道教称修炼得道之人为真人。 ⑤胄(zhòu):帝王及贵族之后代。 ⑥宝训:皇帝之言论、诏谕。 ⑦清庙:《诗经·周颂》有《清庙》篇,诗序谓为祀文王之歌。此则广称宗庙。 ⑧景福:指大福。"以妥以侑,以介景福。"见《诗经·小雅·楚茨》。 来同:来朝。同,会朝之名。"至于海邦,淮夷来同。"见《诗经·小雅·楚茨》。

奉祀太清宫三首[①]

导 引

穹旻锡祐,盛德日章明[②]。见地平天成[③]。垂衣恭己干戈偃[④],亿载佑黎氓[⑤]。羽旄饰驾当春候,款谒届殊庭[⑥]。精衷昭感膺多福[⑦],夷夏保咸宁。 圣君御宇,祇翼奉三灵[⑧]。已偃革休兵。区中海外鸿禧浃,恭馆励虔诚[⑨]。九斿七萃著声明[⑩],徯后徇舆情[⑪]。丕图宝绪承繁祉[⑫],率土仰隆平[⑬]。

[注释]

①太清:道家以为人天两界之外,别有玉清、太清、上清之仙境,为神仙所居。后以为道教宫观名。 ②穹(qióng)旻:苍天。 ③地平天成:喻上下相称,万事妥帖。《尚书·大禹谟》:“地平天成,六府三事允治,万节永赖,时乃功。”孔传:“水土治曰平,五行叙曰成,因禹陈九功而叹美之。” ④恭已:谓恭谨以律已,无为而治。刘向《新序·杂事四》:“故王者劳于求人,佚于得贤,舜举众贤在位,垂衣裳恭己无为而天下治。” ⑤黎氓:黎民,众民。 ⑥款谒:叩见;拜谒。 殊庭:异域。指仙人之居所。 ⑦唐氏按:衷,原作“忠”,从《宋会要》。 ⑧三灵:指日、月、星。亦可指天神、地祇、人鬼。 ⑨恭馆:古代帝王收藏策书之所。 ⑩九斿:同九旒,天子之旗。 ⑪徯后:盼望明君。徯,等待,期望。语本《尚书·仲虺之诰》“徯我后,后来其苏”。意即待我君来,使我民得以苏息安定。 徇舆:天子巡行銮驾。 ⑫丕图:犹大业,宏图。 宝绪:皇业。 繁祉:意多福。 ⑬率土:谓境域以内。“率土之滨,莫非王臣”,见《诗经·小雅·北山》。 隆平:清平。

六 州

千载运,宝业正遐昌。钦至道,崇明祀,盛礼迈前王。銮辂动,万骑腾骧。驰道纷彩仗[①],瑞日煌煌。奉秘检、玉羽群翔[②]。非雾满康庄[③]。躬朝真馆[④],齐心绎思,顺风俯拜,奠酒爇萧芗[⑤]。 精衷达,飙轮降格昭彰[⑥]。回羽旆,驻雕辇,旧地访睢阳[⑦]。享清庙、孝德辉光。届灵场[⑧],星罗万国珪璋。陈牲币、金石锵洋[⑨]。景福降穰穰[⑩]。垂衣法坐[⑪],恩覃群品[⑫],庆均海宇,圣寿保无疆。

[注释]

①驰道:古代专供君主行驰车马之道。后亦泛指车马行驰之大道。 ②秘检:神秘而罕见之书籍。 玉羽:洁白之羽翼。“却思翻玉羽,随意点春苗。”见杜甫《鸥》诗。 ③非雾:同“非烟”,指祥烟瑞霭。 康庄:《尔

雅·释宫》云,“五达谓之康,六达谓之庄。”意指四通八达之大道。　④真馆:指宫观、神祠。　⑤爇(nuò):点燃。　萧芗:萧艾类香草。　⑥飙轮:御风以行之车。　降格:降临。　⑦睢阳:地名。周赐微子封地。秦为睢阳县,属砀郡,以位于睢水之阳而得名。今属河南商丘。　⑧届灵场:至祭坛。届,至也。《尚书·大禹谟》:“惟德动天,无远弗届。”灵场,即祭祀仙灵神鬼之坛场。　⑨锵洋:亦作“锵羊”。金石碰击声。　⑩穰穰:丰盛,众多。“自天降康,丰年穰穰。”见《诗经·周颂·烈祖》。　⑪法坐:正坐。　⑫恩覃:广施恩惠。覃,延也。　群品:指万事万物。唐李商隐《井泥四十韵》:“茫茫此群品,不定轮与蹄。”佛教指众生。

十二时

乾坤泰,帝祚遐昌①。寓县乐平康。真游降格②,宝诲昭彰。宸跸造仙乡③。崇妙道、精意齐庄④。款灵场,洁豆荐芬芳。备乐奏铿锵。犹龙垂裕⑤,千古播休光⑥。极褒扬,明号洽徽章。　朝修展⑦,春豫谐民望⑧。睹文物煌煌。言旋羽卫⑨,肃设坛场。报本达萧芗⑩。申严祀、礼备烝尝⑪。答穹苍。纯禧沾品汇,庆赉浃穷荒⑫。封人献寿⑬,德化掩陶唐⑭。保绵长,锡佑永无疆。

[注释]

①唐氏按:祚,原作“寿”,从《宋会要》。　②真游:谓作道教胜地或道观之游。“物外真游来几席,人间荣愿付苓通。”见宋王安石《登小茅峰》诗。　③宸跸:指帝王出巡。　④精意:专一;诚意。　齐庄:严肃诚敬。　⑤犹龙:《史记·老子韩非列传》载,“孔子去,谓弟子曰:‘吾今日见老子,其犹龙邪!’”本言老子之道深远如龙之不可测,后因以“犹龙”为老子代称,又转而称有道之士。　⑥休光:盛美之光华,亦喻美德或勋业。⑦修:通“卣”。古代酒器。《周礼·春官·鬯人》:“凡祭祀社坛用……庙用修。”　⑧春豫:古天子春巡曰豫。《晏子春秋·问下一》:“天子之诸侯为巡狩,诸侯之天子为述职。故春省耕而补不足者谓之游,秋省实而助不

给者谓之豫。” ⑨言旋：回归。言，语助词。《诗经·小雅·黄鸟》：“言旋言归，复我邦族。” ⑩报本：即报本反始。指受恩思报，不忘本源。“唯社，丘乘共粢盏，所以报本反始也。”见《礼记·郊特牲》。 ⑪烝尝：冬祭曰烝，秋祭曰尝。后泛指祭祀。 ⑫庆赉：对赏赐之敬称。 浃：沾润。⑬封人：官名。 ⑭陶唐：帝尧。尧初居于陶，后封于唐，为唐侯，故称陶唐。

亳州回诣玉清昭应宫一首[①]

导　引

秘文镂玉，金阁奉安时[②]。旌盖俨仙仪。珠旒俯拜陈章奏[③]，精意达希夷[④]。卿云郁郁曜晨曦[⑤]，玉羽拂华枝。灵心报贶垂繁祉[⑥]，宝祚永隆熙[⑦]。

[注释]

①亳州：地名。春秋陈国谯邑。治所在谯县（今安徽亳县）。 玉清：玉清宫。宋无名氏《儒林公议》卷上：“真宗建玉清宫，自经始及告成，凡十四年。” 昭应宫：道都宫观。 昭应：应验；相应。 ②奉安：旧称安葬皇帝或父亲。后安置神位、神像等亦称奉安。 ④珠旒（liú）：皇冕前后珠串。常借指帝王。 希夷：指虚寂玄妙。《老子》：“视之不见名曰夷，听之不闻名曰希。”河上公注云：“无色曰夷，无声曰希。”后遂称道家、道士为希夷。 ⑤卿云：五色云，古人以为祥瑞之庆云。《史记·天官书》：“若烟非烟，若云非云，郁郁纷纷，萧索轮囷，是谓卿云。卿云见，喜气也。” ⑥报贶：回赐。 ⑦宝祚：帝祚，皇统。

亲享太庙一首[①]

导　引

躬朝太室[②]，列圣大功宣。彩仗耀甘泉[③]。秘文升辂空歌发[4]，一路覆祥烟。珠旒荐献极精虔[5]，列侍俨貂蝉[6]。穰穰降福均寰宇，垂拱万斯年。

[注释]

①太庙：帝王祖庙。《论语·八佾》："子至太庙，每事问。" ②太室：也作"大室"、又作"世室"。庙之中堂。 ③甘泉：本秦宫。故址在今陕西淳化甘泉山。汉武帝增筑扩建，用以朝诸侯王、飨友邦之使者；夏日亦作避暑地。此借指宋皇上之离宫。 ④秘文：犹秘笈。亦指符秘瑞应之纬书。 ⑤荐献：祭祀鬼神。"季冬荐鱼，春献鲔也。"见《诗经·周颂·潜》。 ⑥貂蝉：古代王公显宦冠上饰物。始于汉代武官，因常以喻达官显宦。

南郊恭谢三首[1]

导 引

重熙累盛[2]，睿化畅真风[3]。尊祖奉高穹。林棼彩仗明初日[4]，瑞气满晴空。玉銮徐动出环宫[5]，虔巩罄宸衷[6]。礼成均庆人神悦，圣寿保无穷。

[注释]

①南郊：即南郊大祀。古帝王祭天于都邑之南郊，故称。详见《礼记·月令》。 恭谢：指皇帝所行郊祭类大典。 ②重熙累盛：旧时称颂君王累世圣明，功业相继，世代升平。同"重熙累洽"。熙，光明也；洽，合也。《续资治通鉴·宋仁宗景德二年》："太宗、真宗，二圣继统，重熙累洽，可谓有德矣。" ③睿化：圣明之教化。 真风：淳朴之风俗。 ④林棼：众多貌。 ⑤玉銮：指天子车驾。 ⑥虔巩：诚敬、勤勉。 罄（qìng）：尽也。 宸衷：帝王之心意。

六　州

承天统[①]，圣主应昌辰。宝箓降[②]，飙游至[③]，瑞命庆惟新。崇大号[④]，仰奉高真[⑤]。献岁当初吉[⑥]，天下皆春。谒秘宇、藻卫星陈[⑦]。芗霭极纷纶[⑧]。琼编焜燿[⑨]，仙衣綷縩[⑩]，垂旒俯拜，荐献礼惟寅。　芬芳备，精衷上达穹旻。尊道祖，享清庙，助祭万方臻。升泰畤、缛典弥文[⑪]。侍群臣，汉庭儒雅彬彬。烟飞火举毕严禋[⑫]，天地降絪缊[⑬]。高临华阙，恩覃动植[⑭]，庆延宗社，圣寿比灵椿[⑮]。

[注释]

①天统：天之统绪，天之正统。《史记·高祖本纪论》："故汉兴，承敝易变，使人不倦，得天统矣。"亦指皇统、帝位。　②宝箓：道家之符录。③飙游：飘游。　④大号：堂皇之名号。柳宗元《柳先生集·贞符》："俾东之泰山石闾，作大号，谓之封禅，皆《尚书》所无。"　⑤高真：道教教义。　⑥献岁：新年，岁首正月。　⑦秘宇：道院。　⑧芗霭：祭祀燃香之烟蔼。　⑨琼编：美称诗文之篇什。焜耀：光辉、辉煌。　⑩綷縩（cuì cài）：象声词，衣服摩擦声。　⑪缛典：细致琐碎之典礼。　⑫严禋：庄重之祭祀。唐魏征《享太庙乐章·舒和》："严禋克配鸿基远，明德惟馨凤历昌。"　⑬絪缊：烟霭弥漫貌。"天地絪缊，万物化醇。"见《周易·系辞下》。　⑭动植：动物、植物。　⑮灵椿：古代传说中长寿之树。典出《庄子·逍遥游》"上古有大椿者，以八千岁为春，以八千岁为秋"。

十二时

享嘉会，万寓欢康。圣化迈陶唐。元符锡命，天鉴昭彰[①]。徽号奉琳房[②]。陈缛礼、献岁惟良。耀旂章[③]，翠辇驻仙乡。睿意极齐庄。仙衣渥采，玉册共荧煌[④]。荐芬芳[⑤]，飙驭降灵场。　回云罕，尊祖趋仙宇，金石韵锵洋。聿朝清庙,躬奠瑶觞。报本国之阳。执笾豆、列侍貂珰[⑥],对穹苍。洪恩霈夷夏,大庆浃家邦。垂衣紫极,圣寿保遐昌[⑦]。集祺祥[⑧],地久与天长。

[注释]

①元符:天瑞也。古之帝王自称受命于天,天示相应祥瑞。 ②徽号:旗帜之图式、颜色。新朝或帝王新政之标志。 琳房:道观。犹琳宇、琳宫。 ③旂章:古代画有两龙并悬铃于竿头之旗。《诗经·周颂·载见》:“龙旂阳阳,和铃央央。” ④渥:沾润。 玉册:玉制之简册。帝王用于祭告、封禅,亦用于册命皇太子及后妃。 ⑤唐氏按:“荐”,此字原脱,从《宋会要》。 ⑥笾豆:指祭祀之礼器。以竹曰笾,以木曰豆。后因以“笾豆”代指祭祀。 ⑦紫极:紫垣为皇极之地,因称皇宫为紫极。 ⑧祺祥:吉祥。

天书导引七首

诣泰山

我皇缵位,覆焘合穹旻[①]。秘箓示灵文。齐居紫殿膺玄贶,降宝命氤氲[②]。奉符让德事严禋[③],检玉陟天孙[④]。垂鸿纪号光前古,迈八九为君[⑤]。

[注释]

①缵位:继位。缵,音 zuan。 覆焘:犹言覆被。《礼记·中庸》:“辟如天地之无不持载,无不覆焘。” ②玄贶:上天之赏赐。《旧唐书·懿宗纪》:“仰俟玄贶,必致甘滋。” ③让德:逊让于有德之人。语本《尚书·舜典》“舜让于德,弗嗣”。亦指将已德归功于他人。《礼记·祭义》:“天子有善,让德于天;诸侯有善,归诸天子。” ④天孙:即织女星。 ⑤纪号:指年号。 句下自注:“汾阴云:后祇坤德宅河汾。瘗玉考前闻。垂休纪绩超唐汉,光监格鸿勋。”

诣泰山

灵台偃武，书轨庆同文[①]。奄六合居尊[②]。圆穹锡命垂真箓，清晓降金门[③]。升中报本禅云云[④]。严祀事惟寅。无为致治臻清净，见反朴还淳。

［注释］

①灵台：古时帝王观察天文星象、妖祥灾异之台。《文选·张衡〈东京赋〉》："左制辟雍，右立灵台。" 书轨同文：指国家所用文字与车轨统一。《礼记·中庸》："车同轨，书同文。"后借指天下统一。 ②六合：天下；人世间。李白《古风》之三："秦王扫六合，虎视何雄哉！" ③真箓：道教之秘文。 金门：金马门之省称。即宫门。汉武帝得大宛马，乃命东门以铜铸像，立台于鲁班门外。东方朔等待诏于此。因称金马门。后遂沿用为官署之代称。 ④升中：帝王祭天上告成功。郑玄注云："升，上也；中，犹成也。谓巡守至于方岳，燔柴，祭天，告以诸侯之成功也。"事见《礼记·礼器》。 云云：泰山下之云云山。《管子·封禅》："昔无怀氏封泰山，禅云云。"尹知章注："云云山在梁父东。"南朝梁简文帝《南郊颂·序》："方当巡云云之礼，启亭亭之业。" 句下自注："汾阴云：方丘报本务精勤。"

诣太清宫

宝图熙盛，登格圣功全[①]。瑞命集灵篇[②]。钦修祀典成明察，道祖降云軿[③]。赖乡真馆宅真仙[④]，朝谒帝心虔。尊崇教父膺鸿福，绵亘万斯年。

［注释］

①宝图：皇位、帝业。 登格：上升也。 ②灵篇：指道教经文。苏轼《黄庭经赞》："太上虚皇出灵篇，黄庭真人舞胎仙。" ③云軿：神仙所乘之车。以云为之，故云。 ④赖乡：古地名。春秋齐邑，在今山东聊城西。 真馆：指宫观，神祠。

诣太清宫

犹龙胜境，真宇俨灵姿①。肃谒展皇仪。宝符先路嘉祥应，云物焕金枝②。纷纭紫节间黄麾③，藻卫极葳蕤④。高穹报贶延休祉，仁寿协昌期⑤。

[注释]

①犹龙：谓道之高深奇妙，如龙之变化不可测。语出《史记·老子韩非列传》。孔子谓弟子曰："至于龙吾不能知，其乘风云而上天。吾今见老子，其犹龙邪！"此借指道观。　灵姿：美姿。　②先路：亦作"先辂"。天子或诸侯所乘象牙饰正车。　云物：云之色彩。古人登观台以书云物，辨气色灾变也。如《左传·僖公五年》所载，"公既视朔，遂登观台以望，而书，礼也。凡分、至、启、闭；必书云物，为备故也。"　金枝：饰金之灯。《文选·颜延之〈宋郊祀歌〉》："金枝中树，广乐四陈。"　③黄麾：古代天子或大臣所乘车舆之饰物。　④葳蕤：本谓草木茂盛枝叶下垂貌。此喻羽毛饰物下垂貌。　⑤报贶：即报谢，回赐、酬赠。"上天报贶，符瑞并应"，见《汉书·夏侯胜传》。　休祉：犹福祉。

诣玉清昭应宫①

紫霄金阙，重叠降元符②。亿兆祚皇图。云章焜耀传温玉，宝阁起清都③。奉迎彩仗溢天衢④，观者竞欢呼。明君钦翼承鸿荫，亿载御中区⑤。

[注释]

①玉清昭应观：道教宫观。昭应，应验；相应也。　②紫霄：帝王所居。南朝梁简文帝《围城赋》："升紫霄之丹地，指玉殿之金扉。"　元符：大符瑞也。　③云章：语出《诗经·大雅·棫朴》"倬彼云汉，为章于天"。后用以指帝王之文章。　清都：神话传说中天帝居住之宫阙。"清都、紫微、钧天、广乐，帝之所居"，见《列子·周穆王》。　④彩仗：即藻仗。美艳之仪仗。

天衢:天街。　⑤钦翼:恭敬谨慎。　中区:人世间。

诣玉清昭应宫

宝符锡祚,庆寿命维新①。俄降格飙轮②。巍巍帝德增虔奉,懿号荐穹旻。精齐秘馆奉严禋,文物耀昌辰。升烟太一修郊报,鸿祉介烝民③。

[注释]

①维新:谓乃始更新。《诗经·大雅·文王》:"周虽旧邦,其命维新。"　②降格:降临。　③太一:神名。亦作"泰一"。天神之最尊贵者。　烝民:民众,百姓。

诣南郊

圣神缵绪,赫奕帝图昌①。宝箓降穹苍。宸心励翼修郊报,彩仗列康庄②。祥烟瑞霭杂天香,筦磬发声长③。升坛礼毕膺繁祉,睿算保无疆④。

[注释]

①缵绪:继承世业。特指君王继位。　赫奕:光辉炫耀貌。　②宸心:帝王心意。　励翼:勉力辅佐。　③筦磬:筦,同"管",吹奏乐器;磬,打击乐器,玉石或金属所制。　④睿算:帝王之年龄。

建安军迎奉圣像导引四首①

玉皇大帝

太霄玉帝,总御冠灵真②。威德耸天人。宝文瑞命符皇运,绵远庆维新。洞开霞馆法虚晨③,八景降飙轮④。含生普洽□鸿福，圣寿比仙椿[5]。

[注释]

①建安军：皇帝仪卫队。 ②太霄：天空极高处。 灵真：道教指修真得道者。南朝梁陶弘景《周氏冥通记》卷四："太霄何冥冥，灵真时下游。" ③霞馆：指仙人居室。 ④八景：道教语，谓八采之景色。"控飙扇太虚，八景飞高清"，见南朝梁陶弘景《真诰·运象》。 ⑤含生：一切有生命者，多指人类。晋傅玄《傅子·仁论》："推己之不忍于饥寒以及天下之心，含生无冻馁之忧矣。"

圣祖天尊[1]

至真降鉴，飙驭下皇闱[2]。清漏正依依。范金肖像申严奉，仙馆壮翚飞[3]。万灵拱卫瑞烟披，岸柳映黄麾。九清祚圣鸿基永，尧德更巍巍[4]。

[注释]

①圣祖天尊：对老子之尊称。道教称老子为"太上老君"。唐高宗时追尊为"太上玄元皇帝"。至玄宗时又加号为"大圣祖玄元皇帝"。宋真宗时，因唐故事，上徽号为"九天司命天尊"，后又追尊为"圣祖天尊大帝"。 ②降鉴：犹俯察。《诗经·王风·黍离》毛传释："自上降鉴，则称上天；据远视之苍苍然，则称苍天。" ③范金：以模浇铸金属。 翚飞：状宫室高峻壮丽。《诗经·小雅·斯干》"如翚斯飞"朱熹《集传》："其翚阿华采而轩翔，如翚之飞而矫其翼也。" ④九清：道教语。犹九天。"所憩九清外，所游五岳颠"，见唐白居易《送毛翁诗》。 鸿基：伟大基业。多指王业。

太祖皇帝[1]

元符锡命，祇受庆诚明。恭馆法三清。开基盛烈垂无极，金像俨天成。奉迎霞布甘泉仗，箫瑟振和声。灵辰协吉鸿仪毕，万国保隆平[②]。

［注释］

①太祖：指宋太祖赵匡胤，在位十七年（960—976）。　②灵辰：吉祥时刻。扬雄《甘泉赋》："于是乃命群僚，历吉日，协灵辰，星陈而天行。"旧时谓正月初七为人日，亦称"灵辰"。

太宗皇帝[①]

膺乾抚运，垂庆洽重熙[②]。元圣嗣鸿基。发挥宝绪灵仙降，感吉梦先期。良金璀璨范真仪[③]，精意答蕃釐[④]。闷宫神馆崇严配，万祀播葳蕤。

［注释］

①太宗：指宋太宗赵光义，在位二十二年（976—997）。　②膺乾抚运：即膺运，膺期，承受期运。指受天命为帝王。膺，承受；接受。　重熙：旧时用以称颂君主累世圣明。　③真仪：真容。　④精意：专心一意；诚意。蕃釐：洪福。《汉书·礼乐志》"惟泰元尊，媪神蕃釐"颜师古注云："蕃，多也；釐，福也。"

圣像赴玉清昭应宫导引四首

玉皇大帝

先天气祖，魄宝御中宸[①]。列位冠高真。绿符锡瑞昭元圣，宝历亘千春[②]。琳宫壮丽俯严闉[③]，璇碧照龙津[④]。珍金铸像灵仪睟，集福庇蒸民[⑤]。

［注释］

①魄宝：指月亮。宋苏轼《郊祀庆成诗》："泰坛朝扫地，魄宝夜垂

精。” 中宸:太空。《文选·张衡〈西京赋〉》:“消雾埃于中宸,集重阳之清激。” ②宝历:指皇位,国祚。 ③琳宫:仙宫,道观。 严闉(yīn):紧闭戒备之城门。闉,城曲重门。 ④璇碧:明净碧空。 龙津:指龙池。借指宫中。 ⑤睟(suì):润泽貌。《文选·左思〈魏都赋〉》:“魏国翻天复地,有睟其容。”

圣祖天尊

仙宗灵祖,御气降中宸。孚宥庆维新[①]。国工熔范成金像,仪炳动威神。玉虚圣境绝纤尘[②],欢忭洽群伦。导迎云驾归琳馆,恭肃奉高真[③]。

[注释]

①孚宥:信任保佑。 ②玉虚:仙宫。道教称玉帝之居处。北周庾信《步虚词》:“寂绝乘丹气,玄冥上玉虚。” ③高真:道教之教义。

太祖皇帝

石文应瑞,真主御寰瀛[①]。慈俭抚群生。巍巍威德超千古,大业保盈成。神皋福地开恭馆,灵贶日昭明[②]。铸金九牧天仪睟,绀殿矗千楹[③]。

[注释]

①石文:石上形似文字之纹理。《三国志·吴书·孙皓传》:“鄱阳言历阳山石文理成字。”石文成字,又谓之石印,当是太平之瑞。“石印封发,天下当太平”,事见裴松之注引晋虞溥《江表传》及《资治通鉴·晋武帝咸宁二年》。 ②神皋:神明所聚之地。引申为神圣土地。此借指京都。 ③九牧:即九州。 绀(gān)殿:指佛寺。天青色;深青透红之色。“光分绀殿,采布香城”,见隋江总《幡赞》。

太宗皇帝

乘云英圣，千载仰皇灵[①]。垂法蔼朝经[②]。禹金熔范肖仪刑[③]，日角焕珠庭[④]。琳宫翠殿凤文屏，迎奉庆安宁。孝思瞻谒荐惟馨，诚悫贯青冥[⑤]。

［注释］

①乘云：升天，仙去。 ②垂法：垂示法则。《商君书·壹言》："秉权而言，垂法而治。" 朝经：朝廷之典章制度。南朝梁任昉《为齐明帝让宣城郡公第一表》："辞一官不减身累，增一职已黩朝经。" ③禹金：夏禹铸鼎之金。传说夏禹以九牧之金铸鼎，上铸万物，使民知何物为善，何物为恶。事见《左传·宣公三年》。 仪刑：仪容，风范。 ④日角：额骨隆起状如日。旧时相术家以为是大贵大富之相。后喻指帝王。唐李商隐《隋宫》："玉玺不缘归日角，锦帆应是到天涯。" ⑤诚悫(què)：诚朴；真诚、谨慎。 青冥：指青天。屈原《九章·悲回风》："据青冥而摅虹兮，遂儵忽而扪天。"

奉宝册导引三首[①]

玉清昭应宫

太霄垂佑，绵寓洽祺祥[②]。秘检焕云章。宸心虔奉崇徽号，茂典迈前王[③]。霞明藻卫列通庄，宝册奉琳房。都人震抃腾谣颂[④]，亿载保欢康。

［注释］

①宝册：帝王用于上尊号或册立、册封之诏册。《宋史·礼志十一》："谨遣使王溥、副使李涛奉宝册，上尊谥曰简恭皇帝。" ②绵寓：谓普天下。寓，同"宇"。 ③茂典：盛美之典章、法则。茂，美也。 ④震抃(biàn)：欢呼，鼓掌。 抃：两手相击曰抃。

景灵宫

明明道祖,金阙冠仙真①。清禁降飙轮②。遥源始悟垂鸿庆,亿兆韦群伦③。虔崇徽号盛仪陈,宝册奉良辰。邦家亿载蒙繁祉,圣寿保无垠。

[注释]

①明明:明智、明察貌。多颂帝王或神灵。《诗经·大雅·常武》:"赫赫明明,王命卿士。"　金阙:道家谓天上有黄金阙,为仙人或天帝所居。《神异经·西北荒经》:"西北荒中有两金阙,高百丈。"　②清禁:指皇宫。皇宫清静严肃,故称。　③遥源:遥远之源头。南朝梁王中《头陀寺碑文》:"遥源浚波,酌而不竭。"

太　庙

祖宗垂佑,亨会协重熙①。德泽被烝黎。虔崇尊谥陈徽册,藻卫列葳蕤。宸心致孝极孜孜②,展礼诏台司③。祥烟瑞霭浮清庙,绵寓被纯禧。　(以上《宋史·乐志》十五)

[注释]

①亨会:嘉会,众美之会。语本《易经·乾》"亨者,嘉之会也"。孔颖达疏引庄氏曰:"嘉,美也,言天能通畅万物,使物嘉美之会聚,故云嘉之会也。"　②孜孜:勤勉,不懈怠;专心一志。　③台司:指三公等宰辅大臣。

天禧三年南郊鼓吹歌曲三曲①

导　引

皇穹锡瑞,帝业愈蕃昌②。会万玉来王③。名山珍馆神游接,实信降云房④。卜兹显位严坛墠,奕奕睹辉光⑤。

精衷昭格灵心答，天历保无疆[6]。和声　皇家立极，炎德赫中区[7]。执契应萝图[8]。文章焕烂垂星斗，威略定方隅。丹扉翠巘锡灵符[9]，瑞物纪神输[10]。紫坛大报陈昭配，福庆降清都[11]。

［注释］

①天禧三年南郊：《续资治通鉴·天禧三年》载宋真宗祭告天地于南郊，率群臣谒景灵宫，享太庙，礼成，大赦天下。天禧三年，公元1019年。　②皇穹锡瑞：即皇天降赐祥瑞。蕃昌：蕃衍昌盛。　③万玉：指百官。唐高若思《劝封禅表》："徽万玉以警途，诏八神而弭策。"　来王：指古代诸侯定期朝觐天子。《尚书·大禹谟》："无怠无荒，四夷来王。"　④云房：僧道或隐者所居之屋。唐韦应物《游琅琊山寺》："填壑跻花界，叠石构云房。"　⑤坛墠：古代祭祀场所。筑土曰坛，除地曰墠。《礼记·祭法》："天下有王，分地建国，置都立邑，设庙祧坛墠而祭之。"　奕奕：高大貌。《诗经·大雅·韩奕》："奕奕梁山，维禹甸之。"　⑥天历：犹天命。指帝位。《文选·应贞〈晋武帝华林园集诗〉》："陶唐既谢，天历在虞。"　⑦立极：登帝位；秉国政。　炎德：犹火德也。　⑧执契：手持符节、凭证等信物。契，古之符节，分左右两半，双方各执其一，用时合以作徽信。　⑨巘(yǎn)：小山。　⑩神输：即神运鬼输。形容运输迅疾。神运，古谓王朝兴替之气运。　⑪大报：谓遍祭鬼神。

六　州

齐天寓，四海洽淳风。接宝胄，垂真检，景祚无穷[1]。成玉牒、日观归功[2]。冀野升方鼎，脽上由崇[3]。钦桧井、云跸巡东[4]。国本震为宫[5]。乾文焕炳，真祠曲密，重祥叠瑞，琼蕴降高穹。和声　膺丕烈，虔心建垂鸿。询吉士，郊兆执玉荐衷。钟律应、云物迎空。乐和轮囷[6]，嘉气葱葱。天神来降发冲融[7]，玉烛四时通。星回金辂雷作解[8]，昆蚑被惠[9]，亿载帝基隆。

[注释]

①宝胄:指帝位。 真检:道教秘笈。检,封缄。古书以竹木简为之,书成,穿以皮条或丝绳,于绳结处封泥,在泥上钤印,谓之检。 ②玉牒:古代帝王封禅、郊祀之玉简文书。《史记·孝武本纪》:"封泰山下东方,如郊祠泰一之礼。封广丈二尺,高九尺,其下则有玉牒书,书检。" 日观:泰山日观峰。 ③冀野:唐韩愈《送温处士赴河阳军序》"伯乐一过冀北之野,而马群遂空"。因以"冀野"指人才聚积之地。 方鼎:两耳四足方形饪食器。商周时代流行并多用作祭器。 脽(shuí)上:指汾阴脽。在今山西省。脽,丘阜也。汉武帝元鼎四年立后土寺于此。《史记·孝武本纪》:"于是天子遂东,始立后土祠汾阴祠上,如宽舒等议。"北魏郦道元《水经注·河水四》载:"河东郡北八十里有汾阴城,北去汾水三里,城西北隅曰脽丘,上有后土祠。" ④云跸:帝王之车驾。隋炀帝《还帝师》:"云跸清驰道,雕辇御晨晖。" ⑤国本:立国之本。亦特指确定皇储。 震为宫:震,指东方。《易经·说卦》:"万物出乎震。震,东方也。" ⑥轮囷:盘曲貌。 ⑦冲融:充盈弥漫貌。 ⑧金辂:亦作"金路"。五路之一。古代帝王所乘饰金之车。 ⑨昆蚑:昆虫。

十二时

雕戈偃玉塞清明[①],道德洽和平[②]。龟畤凤柙,腾实飞英[③],岱畎让功成[④]。汾水上、寅辂銮声[⑤]。荐精诚,仙宇玉为京,圭洁奉高明。瑶山银牓[⑥],固国本丕闳。诏公卿,绵蕝徇舆情[⑦]。和声 稽阳位,报本郊坛時,助祭俨簪缨[⑧]。祖宗配侑,朱燎晶荧[⑨]。百礼备丰盈。答天地、用厚怀生,泰黎氓。千畿先润泽,万宝尽开荣。龙沙日窟,文轨永来并[⑩]。保嘉享,史册焕鸿名。

(以上《宋会要辑稿》第九册乐八)

[注释]

①玉塞:玉门关之别称。《晋书·秃发檀载记论》:"控弦玉塞,跃马

金山。” ②道德：儒家仁义之德。《韩非子·五蠹》：“上古竞于道德，中世逐于智谋，当今争于气力。” ③龟畴：传说大禹治水时，“天锡禹洪范九畴”，由“神龟负文而出，列于背，有数至于九。禹遂因而第之以成九类常道。”见《尚书·洪范》孔传。后遂以“龟畴”指治理天下之大法。 凤柙：以凤为柙。柙，通“押”，帘轴。《太平御览》卷八百零三引《汉武故事》：“上起神屋，以白珠为帘，玳瑁为柙。” 腾实：谓功绩传扬。《北史·周宗室传论》：“飞声腾实，不灭于百代之后。” ④岱畎：泰山之谷。即泰山。岱，岱岳，泰山。畎，音 quǎn，山谷也。 让功：让德于帝，指祭祀。《礼记祭义》：“天子有善，让德于天。” ⑤寅辂：在銮驾之前导引之车。寅，引导也。 ⑥银膀：即银榜。宫殿或庙宇门端所悬之华丽扁额。 丕宏：宏图大业。 ⑦绵蕝（jué）：引绳为“绵”，束茅以表为“蕝”。据《史记·刘敬叔孙通列传》记载，叔孙通欲为汉高祖创立朝仪，使征鲁诸生三十馀人，及“上左右为学者与其弟子百余人为绵蕝野外”，习肄月馀始成。后因谓制订整顿朝仪典章为“绵蕝”。 徇：巡视，巡行。 ⑧阳位：正南方。《礼记·郊特牲》：“兆于南郊，就阳位也。” 坛畤：古代设坛供祭处。⑨配侑：配食，助祭。 ⑩龙沙：泛指塞外漠北边塞之地。 日窟：日之居所。唐顾况《独游青龙寺》：“凤城腾日窟，龙首横天堰。” 文轨：文字和车轨。古以同文轨为国家统一之标志。

天圣二年南郊鼓吹歌曲三曲[①]

导　引

真人临御，实瑞集丰融[②]。万国仰天聪[③]。嘉禋盛礼文章焕，齐洁致清衷[④]。笙镛六变三神格，喜备盛仪容[⑤]。乾穹上达昭灵飨，庆绪蔼丕隆[⑥]。　阳郊报本[⑦]，礼意弥勤禋。太一下威神[⑧]。天临两观推三赦[⑨]，庆祉被臣民。徽名荐册缛仪陈[⑩]，盛节焕书筠[⑪]。涂歌邑诵扬徽懿，鼎命协维新[⑫]。

[注释]

①天圣二年:即1024年。天圣,宋仁宗赵祯年号。 ②丰融:盛美貌。 ③天聪:天子听闻之美称。唐白居易《贺雨》诗:"稽首再三拜,一言献天聪。" ④清衷:纯洁之心。 ⑤笙镛:亦作"笙庸"。古乐器名。镛,大钟;笙,管乐器。 ⑥乾穹:天空也。晋葛洪《抱朴子·嘉遁》:"仪坤德以厚城,拟乾穹以高盖。" 庆绪:对皇家宗室之敬称。北周庾信《周宗庙歌·皇夏》:"庆绪千重秀,鸿源万里长。" ⑦阳郊:即阳祀,祭天及宇宙。 ⑧太一:即太一宫。太一亦作"太乙"。天神也。 ⑨两观:宫门前两边之望楼。《左传·定公二年》:"夏五月壬辰,雉门及两观灾。" 三赦:古之赦免制。谓三种人可免刑罚。《周礼·秋官·司刺》:"司刺掌三刺、三宥、三赦之一。……壹赦曰幼弱,再赦曰老旄,三赦曰惷愚。" ⑩荐册:荐牲之书册。 ⑪书[illegible]:史籍。 ⑫涂歌邑颂:路途邑里人人歌颂。状国泰民安,百姓欢乐之景象。 徽懿:美好。 鼎命:指帝王之位;国家之命运。

六　州

承皇统,天地洽清宁[①]。熙帝载,建民极,百度推明[②]。崇讲肄、博考儒经[③]。游豫腾谣诵,星跸天行[④]。留绀宇、顺拜金庭[⑤]。兆庶动欢声。灵心上达,卿云成盖,祥风袭物,瑞日耀圜清[⑥]。和声　列圣孝德被寰瀛。就阳位协吉,周正俨簪缨[⑦]。交对越群灵。皇威赫奕盛仪成[⑧]。徽册受鸿名。鸡竿肆赦,驾行均庆,翻飞浸泽,斯万保升平[⑨]。

[注释]

①皇统:世代相传之帝系。 清宁:清明宁静。语出《老子》"昔之得一者,天得一以清,地得一以宁"。又指时世太平。 ②熙帝载:弘扬功业。语本《尚书·舜典》"舜曰:咨四岳,有能奋庸熙帝之载"。孔传:"载,事也。" 民极:民众之准则。《周礼·天官·冢宰》:"惟王建国,辨

方正位，体国经野，设官分职，以为民极。” ③讲肄：讲舍，讲堂。肄，通“肆”。 ④游豫：指帝王出巡。春巡为“游”，秋巡曰“豫”。语本《孟子·梁惠王下》“吾王不游，吾何以休？吾王不豫，吾何以助？一游一豫，为诸侯度”。 星跸：即星舆，指帝王之车驾。唐赵彦昭《奉和幸白鹿观应制》：“云骖驱半景，星跸坐中天。” ⑤绀宇：佛寺之别称。宋欧阳修《广爱寺》：“都人布金池，绀宇岿然存。” 金庭：山名。道教称为福地。其说有三：或曰紫山，为道教七十二福地之一；或名曰金庭崇妙天，为道教三十六小洞天之一；或为会稽桐柏金庭，乃不死之乡。 ⑥灵心：帝王心意尊美之称。《晋书·乐志上》：“厚德载物，灵心隆贵。” 卿云：即庆云。古人视为吉祥。《史记·天官书》：“若烟非烟，若云非云，郁郁纷纷，萧索轮囷，是谓卿云。” ⑦周正：平整端正。 簪缨：古代官吏之冠饰。后因以喻显贵。 ⑧赫奕：美盛貌。 ⑨鸡竿：附有金鸡之长竿。古多于大赦日立之。“竿长七尺，鸡高四尺，黄金饰首，衔绛幡长七尺，承以采盘，维以绛绳，将作监供焉。”后遂用为赦罪之典。 鸳行：即鸳鹭行。喻朝官之行列。 翾（xuān）飞：飞翔。

十二时

嘉亨运，璇历均调[①]。光烈迈唐尧。珍图缘错，垂锡乾霄。封岱顺车杓，修合答、万玉来朝。瑞丕昭、构宇结瑛瑶[②]。虚气下仙飚。钦崇道祖，舆驾动临谯。整銮镳[③]、郊报厚黎苗[④]。和声 均纯贶，渗漉咸滋液，能事播欢谣[⑤]。继明缵绪，缓赋轻徭[⑥]。京庾比丰饶[⑦]。勤中昃、采善询荛[⑧]，五风飘[⑨]。授人时吏正，休马櫜兵销[⑩]。良肱隆栋，助化率皇僚[⑪]。德声遥，懿铄简书标[⑫]。

［注释］

①亨运：亨通之世运。谓太平盛世。 ②瑛瑶：美玉。 ③銮镳：皇帝之车驾。镳，马御也。 ④黎苗：民众。 ⑤渗漉：液之下滴状。喻恩泽下施。《史记·司马相如列传》：“滋液渗漉，何生不育。” ⑥缵绪：继

承世业。特指君主继位。 ⑦京庾:大仓。 ⑧中昃:日中及日偏斜。泛指过午。《尚书·无逸》:“自朝至于日中、昃。”孔颖达疏:“言文王勤政事,从朝不食或至于日中,或至于日昃,犹不暇食,故经中、昃并言之。” 询荛:询于刍荛。与樵夫议事,意谓不耻下问。荛(ráo),打柴的人。《诗经·大雅·板》:“先民有言,询于刍荛。” ⑨五风:《文选·枚乘〈七发〉》“众芳芬郁,乱于五风”,李周翰注:“五风,宫商角徵羽之风也。”古以宫、商、角、徵、羽配东、西、南、北、中五方。 ⑩橐(tuò)兵:橐甲束兵。《吕氏春秋·悔过》:“过天子之城,宜橐甲束兵。”橐,以袋装物。 ⑪良肱(hóng)隆栋:辅国良臣与栋梁才也。 ⑫懿铄:亦作“懿烁”。美盛。

籍田 明道二年四曲[①]

导 引

绵区浃寓,三万里封疆[②]。躬稼穑重光[③]。神宗昔举殊尤礼,今复睹吾皇。先农祀罢东郊晓,玉趾染游场[④]。三推初毕公卿遍,从此万斯箱[⑤]。 务农敦本,自古属明王。方册布彝章[⑥]。吾皇睿圣躬千亩,将欲积神仓。去年宿雪田膏极,黛耜应农祥[⑦]。尧郊击壤迎归辂,解雨遍遐荒[⑧]。

[注释]

①籍田:亦作“藉田”。古帝王于春耕前亲耕以示重农之礼。《诗经·周颂·载芟》序:“载芟,春藉田而祈社稷也。”《传》:“籍之言借也,借民力治之,故谓之籍田。”宋仁宗明道二年(1033)二月,皇太后辅仁宗“祀先农,行藉田礼”。事见《续资治通鉴》卷三十九。 ②绵区浃(jiā)寓:指疆域遍及寰宇。浃,遍及;满。寓,同“宇”。 封疆:界域之标记;疆域。“王命布农事,命田舍东郊,皆修封疆”,见《礼记·月令》。 ③重光:指日冕或日珥之象。古人以为瑞应。《尚书·五行传》:“明王践位,则日俪其精,重光以见吉祥。”(《文选·陆机〈演连珠〉》之二三李善注引) ④先

农祀罢东郊：先农，古之教民稼穑者。或谓神农，或谓后稷。古从农事已毕，则于东郊行祀以祈丰收。“郊祀后稷以祈农事也”，见《左传·襄公七年》。　⑤三推：扶耒耜往还三度。《礼记·月令》称，正月藉田之日，天子执耒耜，率三公、九卿、诸侯、大夫，躬耕帝藉。“天子三推，三公五推，卿、诸侯九推。”　斯箱：载粮之车。　⑥彝章：常典；旧典也。　⑦黛耜：青黑色耒耜。古人以青色为东方与春时之象，故藉田农器皆取青色。⑧尧郊击壤：击壤乃古之游戏，先置一木片于地，于三四十步外以另一木片投掷之，中者胜。据晋皇甫谧《帝王世纪》载，“帝尧之世，天下太平，有老人五十击壤于道”。后因以“击壤”称颂太平盛世。见《艺文类聚》卷十一引。　解雨：谓下雨。《易经·解》：“天地解而雷雨作。”高亨曰：天地解，谓春后天地开通，阴阳交流，气暖冰释焉。

六　州

寰宇定，四海奉文思。书轨混，梯航凑，共戴昌期①。稽古典、方咏京坻②。耕籍丰民稼，敦本农时。陈羽卫、日月旌旂。衮冕次坛壝。帷宫宿设，梐枑相差③。穆清端拱，星毕照罘罳④。和声　良宵永，为民广洽，庬褫奏、行漏昭庭燎，铙吹鼓曾飔⑤。百神拥卫斗东移⑥。明发俨皇仪⑦。手揽洪縻⑧。丰年万亿与千斯⑨。德泽遍华夷。回旋辂、天临双阙，四方在宥，永保鸿基⑩。

［注释］

①梯航：即“梯山航海”之省称。指水陆交通。　②京坻：米谷山积，因以喻丰收。语出《诗经·小雅·甫田》“曾孙之庾，如坻如京”。　③衮冕：衮衣与冠冕。古帝王与上公之礼服、礼冠。　坛壝（wěi）：祭祀之坛场。壝，特指坛、壝之外矮土围墙。《周书·武帝纪上》：“丁亥，初立郊丘坛壝制度。”　帷宫：古帝王出行时以帷幕所设之行宫。《周礼·天官·掌舍》：“为帷宫，设旌门。”　梐枑（bì hù）：以木交叉而成之栅栏，置于官署前遮拦人马，亦称行马。《周礼·天官·掌舍》：“掌王之会同之舍，设梐枑再重。”

④星毕:星为南方朱鸟七宿第四宿,毕为白虎七宿第五宿。　罘罳:古人设于门外或城角上网状建筑,用以守望与防御。罘罳,音 fu si。　⑤庬褫(chǐ):未详。　或云,大福。待考。　庭燎:古人庭中照明之火炬。《诗经·小雅·庭燎》:"夜如何其,夜未央,庭燎之光。"　曾飔:读 céng sī。高风,大风。曾,通"层"。《文选·谢灵运〈初发石首城〉诗》:"出宿薄京畿,晨装抟曾飔。"　⑥百神:诸神。《孟子·万章上》:"使之主祭,而百神享之,是天受之。"　⑦明发:黎明;平明。语出《诗经·小雅·小宛》"明发不寐,有怀二人"。　⑧洪縻:大辔也。縻,牛辔。　⑨千斯:语出《诗经·小雅·甫田》"乃求千斯仓,乃求万斯箱"。郑玄笺:"成王见禾谷之税委积之多,于是求千仓以处之,万车以载之,是言年丰收入逾前也。"后因以"千斯"借指粮食之多。　⑩在宥:宽仁,宽待。语出《庄子·有宥》"闻在宥天下,不闻治天下也"。郭象注云:"宥使自在则治。"成玄英疏:"宥,宽也;在,自在也。"三国魏嵇康《答难养生论》:"圣人不得已而临天下,以万物为心,在宥群生。"

十二时

君天下,万国来王。玉帛凑梯航。五风十雨,品物蕃昌[①]。栖垅(珑)有馀粮[②]。躬千亩、天步龙翔[③]。化重光[④],举祖彝章[⑤]。验晨正农祥[⑥]。东郊如砥,黛耜御游场[⑦]。荐芬芳。稼穑伫丰穰。和声　　成耨礼,三事并卿尹,执耒有经常[⑧]。此仪旷绝,行自吾皇。玉振复金相[⑨]。睹九色、流衍仓箱[⑩]。洽欢康。虫鱼皆茂育,戈祋永韬藏[⑪]。两闱至圣,辅以股肱良[⑫]。祚延长,寿岳保无疆。

[注释]

①五风十雨:谓五日一风,十日一雨。因以状风调雨顺。语出汉王充《论衡·是应》。　②栖垅:谓有馀粮存于田头,此丰年盛世之颂也。　③天步:天之行步。指时运、国运也。《诗经·小雅·白华》:"天步艰难,之子不犹。"　龙翔:帝王之兴起也。　④重光:日冕或日珥。古人以为瑞应,所谓重光以见吉祥。　⑤举祖:祭祖也。举,祭祀。《诗经·大雅·云

汉》:“靡神不举,靡爱斯牲。”《礼记·王制》:“山川神祇,有不举者为不敬。”郑玄注:“举,犹祭也。” ⑥晨正农祥:晨正,谓某星宿晨时正中于某一方位。《国语·周语上》:“农祥晨正,日月底于天庙,士乃脉发。”韦昭注:“农祥,房星也。晨正,谓立春之日,晨中于午也。” ⑦东郊:都邑以东之郊野。 ⑧耨礼:耨耕除秽之礼。 经常:常法;常道。《管子·问》:“令守法之官曰:“行度必明,无失经常。” ⑨玉振金相:同“玉质金相”。谓人或物外表内质俱美。玉振,谓震扬天子之德音。 ⑩仓箱:以千仓储粮,万车载粮,喻丰收也。 ⑪戈祋(duì):即戈殳,泛指兵。祋,古代杖属,即殳。 ⑫两闱:指仁宗朝章献明肃刘太后与章惠李太后两宫。闱,皇宫寝侧之小门。后借指宫闱。

奉禋歌[①]

六龙承驭[②],紫坛平、瑞蔼葱笼拥神都[③]。肃环卫、严貔虎[④],鸡人行漏传呼[⑤]。灵景霁、星斗临帝居[⑥]。旷天宇。微风来、翠幄绕相乌[⑦]。对越方初[⑧],笳鼓震,铙箫举。阳律才动协气舒[⑨],氛祲交祛[⑩]。和声 物昭苏[⑪],抚瑶图[⑫]。柴类精诚,当契唐虞[⑬]。思前古,泰平承多祐。包戈偃革,柔远咏皇谟[⑭]。称文武[⑮],四表覆盂[⑯],端冕出、从路车[⑰]。兵帅谨储胥[⑱],唯奏凯、乐康衢,朝野欢娱。歌帝烈,扬盛节,圜丘礼大洽,霈泽绵区[⑲]。

[注释]

①奉禋:供奉祭祀。 ②六龙:传说日神乘车,驾以六龙,羲和为御。又,古天子车驾为六马,马八尺称龙。因以为天子车驾之代称。 ③紫坛:紫色祭坛。帝王祭祀大典用。《汉阳仪》:“祭天紫坛幄帐。” 神都:犹言神京,谓京都。 ④貔虎:猛兽。喻勇猛之卫士。 ⑤鸡人:周官名。据《周礼·春官·鸡人》记载,鸡人专掌供办鸡牲。凡行大典,则报时以警夜。后指宫廷专管更漏之人。 ⑥灵景:日景,日光。 ⑦相乌:亦即相风铜乌。铜质乌形候风仪。据《三辅黄图·台榭》转引郭延生《述征记》

载，长安宫南有灵台，高十五仞，有相风铜乌，遇风乃动。北周庾信《周宗庙歌》之十二："风转相乌。" ⑧对越：指帝王祭祀天地神灵。《宋史·礼志二》："当愁惨之际，行对越之仪，臣等实虑上帝之弗歆。" ⑨阳律：指阳气。"阳律亢，阴晷伏"，见《南齐书·乐志》。 协气：和气。 ⑩氛祲：指预示灾祸之云气。 ⑪昭苏：苏醒；恢复生机。魏曹植《冬至献袜履颂表》："四方交泰，万物昭苏。" ⑫瑶图：图籍；版图。 ⑬柴类：即柴祭。烧柴祭天，以告成功。 ⑭柔远：安抚鄙远之地，怀柔归属邦国。《尚书·舜典》："柔远能迩。" 皇谟：皇帝之谋划。 ⑮称文武：据《续资治通鉴》卷三十九载，明道二年丁未，宋仁宗赵祯祀先农，行藉田之礼。百官上尊号曰睿圣文武体天法道仁明孝德皇帝。 ⑯四表覆盂：指天下安定。四表，指四方极远之地，亦泛指天下。《尚书·尧典》："光被四表，格于上下。"覆盂，倒置之盂。喻稳固安定。 ⑰端冕：玄衣与大冠。古帝王、贵族之礼服。端，玄衣也。见《礼记·乐记》郑玄注。 路车：辂车。天子或诸侯贵族所乘之车。《诗经·大雅·韩奕》："其赠维何？乘马路车。" ⑱储胥：木栅藩篱，作守卫拒障之用。 ⑲圜丘：古帝王冬至祭天之地。后亦多以祭天地。 霈泽：雨水也。喻恩泽。

庄献明肃皇后恭谢太庙① 明道二年三曲

导 引

母仪天下②，圣祚保延长。声教被遐方③。严恭孝飨来清庙，鸾辂历康庄④。箫韶九奏凤来翔⑤，祎翟焕祥光⑥。惟馨菍醴奠瑶觞⑦，万寿永无疆⑧。亲承先顾，保佑助吾皇。亿载正乾纲。宗文祖武尊邦社，天下锡蕃昌。六宫扈从亲重翟，清庙荐萧芗⑨。礼行乐备神祇飨，四海永来王。

［注释］

①庄献明肃皇后：真宗后刘氏。仁宗朝，初为太妃，明道二年三月皇太后崩，遵遗诰遂尊为皇太后，参预军国事。死谥庄献明肃。旧制，后谥

二字，谥四字自此始。因其生前护帝尽力，帝命张士逊撰《藉田》及《恭谢太庙记》，宋祁言皇太后谒庙非后世法，乃止撰藉田记。事见《续资治通鉴》卷三十九。又，宋无名氏《儒林公议》卷上载，"明肃太后将行恭谢宗庙之礼……遂备法驾容卫一同帝者，识者颇以为忧。" 恭谢：指帝王行郊祀大典。 ②母仪：人母之仪范。多用于皇后。庄献明肃皇太后称制，虽政出宫闱，号令严明，左右近习亦少有假借，赐与皆有节。护佑仁宗尤尽力，故以"母仪"赞之。 ③声教：声威教化。 ④严恭：亦作"严龚"。庄严恭敬。 孝飨：同"孝享"。祭礼。《宋史·乐志》："配天作极，孝飨是将。" 鸾辂：天子王侯所乘之车。 ⑤九奏：古行礼奏乐九曲。《尚书·益稷》："《箫韶》九成，凤凰来仪。"孔传："备乐九奏，而致凤凰。" ⑥祎翟（yī dí）：祎，美好。翟，古乐舞所执之雉羽。 ⑦蕊醴：蕊宫醴酒。蕊宫，仙宫也；醴，甜酒也。 ⑧万寿无疆：旧常用于祝颂帝王语。语出《诗经·豳风·七月》："称彼兕觥，万寿无疆。" ⑨六宫：古皇后寝宫，正寝一，燕寝五，合为六宫。 重翟：古王后从王祭祀所乘之车。《周礼·春官·巾车》："王后之五路（辂），重翟。"以翟雉之羽为两旁之蔽。二重为之，故称。

六　州

炎灵永[1]，长乐助文明[2]。居靖懿，敷皇化，四海升平[3]。慈是宝、万物怀生。耀德不观兵[4]，大治欢声。金辂饬、藻卫天行，春色满皇京。登歌清庙，神祇顾飨，瑄玉纯精[5]。亿万载持盈[6]。和声　膺天贶，尤祥纷委来呈[7]。木连芝三秀，玉烛协和平[8]。仲春月、万杏初荣。整羽卫葱衡[9]，亲款神明。九韶叠奏磬箫笙[10]，上以继咸英[11]。黄流玉瓒，殊庭肸蚃，宸仪回复，景祐遍寰瀛[12]。

［注释］

①炎灵：指以火德而王之汉、宋王朝。此指赵宋。《宋史·律历志三》："率循火行之运，以辉炎灵之曜。" ②长乐：指长乐宫。后泛称宫

殿。 ③靖懿:廉恭和善。 ④耀德:显扬德化。《国语·周语上》:“先王耀德不观兵。” ⑤登歌:古代行祭典、大朝会时,乐师登堂奏歌。《周礼·春官·大师》:“大祭祀,帅瞽登歌,令奏击拊。” 瑄玉:古祭天用之大璧。 ⑥持盈:保守成业。《国语·越语下》:“夫国家之事,有持盈,有定倾,有节事。”韦昭注:“持,守也。盈,满也。” ⑦纷委:盛多貌。唐权德舆《岁星居心赞序》:“嘉瑞美祥,纷委狎至。” ⑧三秀:灵芝之别名。灵芝一岁三华,故称。 ⑨葱衡:青绿色车衡。衡,车端前横木。 ⑩九韶:又作“九招”、“九磬”。舜时乐曲名。《周礼·春官·大司乐》:“九德之歌、《九磬》之舞。” ⑪咸英:尧乐《咸池》与帝喾乐《六英》之并称。亦泛指古乐。 ⑫黄流玉瓒:指酒。《诗经·大雅·旱麓》:“瑟彼玉瓒,黄流在中。”毛传:“黄金所以饰流鬯也。”玉瓒,圭瓒。古之酒器。 殊庭:仙人所居之异域也。 肸蚃(xī xiāng):散布、弥漫。多指气体之散布、弥漫、传播。 宸仪:帝王之仪仗。 寰瀛:天下。

十二时

母仪下,国祚和平[①]。玉帛凑寰瀛。尤祥极瑞,茂实英声[②]。两耀比皇明[③]、昭孝飨、躬荐精诚。祥并保佑洽由庚[④]、和乐遍怀生[⑤]。柔远能迩,海寓永澄清。复曾城[⑥],宝册受鸿名。和声 绵龙绪,十治同齐圣[⑦],至治播欢声。止戈为武,顿纲搜英[⑧]。察万物人情。损服御、不尚瑛琼[⑨]。俗怀生动,修文考制,颛法上天明[⑩]。地不爱宝,人不爱其诚[⑪]。帝图宏,寿岳永峣峥[⑫]。

[注释]

①和平:政局安定无战乱。 ②茂实英声:盛美德业,美好声名。③两耀:同“两曜”。指日、月。 皇明:古时臣下庚颂帝王之圣明。“天人合应,以发皇明”,见汉班固《两都赋》。 ④祥并:亲丧祭祀。古人居父母之丧,满一载或二载而祭之统称。 由庚:《诗经·小雅》逸篇。《诗经·小雅》序:“《由庚》,万物得由其道也。”后因以“由庚”为顺德应时之

典实。 ⑤和乐：和睦安乐。《诗经·小雅·棠棣》："兄弟既翕，和乐且湛。" 怀生：谓有生命之物。"怀生之类，沾濡浸润"，见《史记·司马相如列传》。 ⑥曾（céng）城：传说中地名。亦泛指仙乡。 ⑦齐圣：聪明睿智，聪明圣哲。《诗经·小雅·小宛》："人之齐圣，饮酒温克。" ⑧止戈为武：语出《左传·宣公十二年》，"潘党曰：……'臣闻克敌必示子孙，以无忘武功？'楚子曰：'非尔所也。夫文，止戈为武。'""武"字从"止"从"戈"，意谓平息战争，禁用武器，乃真正武功者。 ⑨服御：亦作"服驭"。指服饰车马器用之类。 瑛琼：即琼瑛。美玉也。 ⑩颛：通"专"。 ⑪爱宝、爱其诚：爱，吝惜也。《论语·八佾》："子贡欲去告朔之饩羊。子曰：'赐也！尔爱其羊，我爱其礼。'"此句意即地献其宝藏，人献其精诚。 ⑫峣峥（yáo zhēng）：高峻貌。

章献明肃皇后章懿皇后升祔[①] 庆历五年二曲

导 引

受遗仍几，负扆拥文明[②]。勤翼助持盈。徽音不独流笙管，青册更峥嵘[③]。羽軿上汉玉衣轻[④]，隙驷去无程[⑤]。宸心追远严成配，亿世飨粢盛[⑥]。

[注释]

①章懿皇后：乃仁宗生母李宸妃，后追谥为章懿皇太后。章懿又作"庄懿"。 升祔：升入祖庙祭于先祖。明道二年（1033），钱惟演上疏请以章献、章懿皇太后并祔真宗室。庆历五年（1045）乃果。事见《续资治通鉴·宋纪三十九》。 ②受遗：古谓大臣受帝遗命以辅政。此指章献明肃皇后遵应天齐圣显功崇德慈仁保寿皇太后之遗诰而为皇太后，辅佐仁宗。事见《续资治通鉴·宋纪三十九》。 负扆：亦作"负衣"。背靠屏风。指皇帝临朝听政。 ③徽音：犹德音。指令闻美誉。 ④羽軿（píng）：有帷盖且饰之以鸟羽之车。 ⑤隙驷：《礼记·三年问》"则三年之丧，二十五月而毕，若驷之过隙"。郑笺："驷之过隙，喻疾也。"后因以喻易逝之光阴。 ⑥追远：追念先人，祭祀之虔也。 粢盛（zī chéng）：盛于祭器内

以供祭祀之物。《汉书·文帝纪》:"亲率耕,以给宗庙粢盛。"

导　引

受天明命,作汉发灵长[①]。龙日梦休祥[②]。真人承体应图箓,庆祚启无疆。望舒未满殒清光[③],舜慕极旻苍[④]。祢宫崇祔申追养,禘祫复蒸尝[⑤]。

[注释]

①灵长:广远绵长。晋袁宏《后汉纪·献帝纪一》:"夫天地灵长,不能无否泰之变;父子自然,不能无夭绝之异。" ②休祥:吉祥。 ③望舒:神话中驭月之神。《楚辞·离骚》:"前望舒使先驱兮,后飞廉使奔属。"后借指月亮。 ④旻苍:苍天,上苍。 ⑤祢庙:即父庙,或称考庙。父死,神主入庙称祢。 追养:谓祭祀死者,继尽孝养之道。 禘祫(dì xiá):古帝王祭祀始祖隆仪之一。或禘祫分称而别义,或禘祫合称而义同,历代经传说解不一。章炳麟以为"禘祫者大尝大蒸之异语"。详见《国故论衡·明解故下》。 蒸尝:本指秋冬之祭。《国语·鲁语上》引韦昭注云:"凡祭祀,秋曰尝,冬曰蒸。"

三圣御容赴南京鸿庆宫[①]　庆历七年

导　引

炎精凿乾,正统膺瑶历[②]。万宇归神德[③]。以圣继圣三后,光声明、扬典则[④]。天清日润莹玉泽,华殿辉金碧。宸心思孝仙驭,三灵休、绥万亿[⑤]。

[注释]

①三圣:指赵宋太祖、太宗、真宗三帝。 南京:宋大中祥符七年(1014),因应天府为赵匡胤旧藩,遂建为南京。地在今河南商丘南。建

炎元年(1127),宋高宗继位于南京,即此。见宋代高承《事物纪原》卷六。　鸿庆宫:宋宫殿名。大中祥符七年正月,诏升应天府为南京,建行宫正殿,以归德为名,以圣祖殿为鸿庆宫。　御容:皇帝画像。《宋史·仁宗纪》:"天圣元年三月,奉安真宗御于西京应天院。"　②炎精:应火运而兴之王朝。此指宋朝。　凿乾:开辟乾坤。指建立新王朝。　正统:指嫡系相承、江山一统之王朝。　瑶历:玉书、历书之美称。　③神德:高洁之品德。"被圣人之神德兮,远浊世而自藏",见《楚辞·贾谊〈惜誓〉》。　④三后:此指宋太祖、太宗、真宗三帝。古之天子、诸侯皆可称后。　声明:语出《左传·桓公二年》,"锡鸾和铃,昭其声也;三辰旂旗,昭其明也。夫德,俭而有度,登降有数,文物以纪之,声明以发之,以临照百官。"原谓声音与光彩,后以喻声教文明。　典则:典章法则。"有典有则,贻厥子孙",见《尚书·五子之歌》。　⑤仙驭:人死之婉辞。古谓人死为驾鹤仙游,故称。　三灵:指日、月、星。"三灵垂象,山川告祥",见《南史·宋纪上》。　绥:抚安也。连上句意即三灵赐祥,抚安天下芸芸苍生也。

真宗加上谥号册宝　庆历七年

导　引

圣真下武,淳烈缉丕隆①。绝瑞与天通。封山育谷②声名举,仙驭邈轩龙。腾金篆玉显成功,业业承垂鸿③。惟皇孝述光前志,保佑福来同④。

[注释]

①下武:谓有圣德能继先王功业。语出《诗经·大雅·下武》"下武维周,世有哲王"。　淳烈:淳正刚烈。　丕(pī)隆:大兴。丕,大也。　②育谷:育民植谷。谷,五谷也。《孟子·滕文公上》:"后稷教民稼穑,树艺五谷;五谷熟而民人育。"　轩龙:借指日也。《初学记》卷一引《淮南子》:"日乘车驾以六龙。"后因以为皇帝代称。　③业业:即业业竞竞,小心谨慎貌。　④来同:犹言来朝。

明堂导引

皇祐二年四曲[①]

膺乾兴运，辰火正心房[②]。宗祀继文王。典容希阔成昭备，彬郁亶晖光[③]。因心崇孝申郊侑，内外罄斋庄[④]。神灵欢嘉昌绵瓞，受福介无疆[⑤]。

[注释]

①明堂：古帝王宣明政教之地。凡朝会、祭祀、庆赏、选士、养老诸大典，均可于此举行。《孟子·梁惠王下》："夫明堂得者，王者之堂也。" 皇祐：宋仁宗赵祯年号。 ②膺乾兴运：承上苍之赐而兴国运。膺，受也。辰火正房心：辰火，即心宿，又称大火。二十八宿之一。心房，二十八宿房与心宿之并称。此句言心宿正当房宿，是明堂之徽也。 ③希阔：不平常；罕见。 昭备：显著而完备。 彬郁：美盛貌。 ④郊侑：郊祀侑祠。郊，祀天地。冬至祭天于南郊，夏至祭地于北郊。侑，侑祠，配享，附祭也。以后死功臣、贤哲附祭于祖庙。语出《诗经·小雅·楚茨》"以为酒食，以享以祀，以妥以侑，以介景福"。 斋庄：严肃诚敬貌。 ⑤绵瓞(dié)：即"绵绵瓜瓞"之省。《诗经·大雅·绵》："绵绵瓜瓞，民之初生。"毛传："绵绵，不绝貌。瓜，绍也。瓞，小瓜也。"后因以喻子孙绵延不绝。唐刘知几《史通·世家》："夫古者诸侯，皆即位建元，专制一国，绵绵瓜瓞，卜世长久。" 受福介无疆：本《诗经·小雅·楚茨》"报以介福，万寿无疆"。祝人大福，永保长寿。介福、介寿，祝人之词也。" 唐氏按：此下原有合宫歌一首，乃宋仁宗赵祯撰，兹别编。

六 州

崇严配，衢室飨中宸[①]。寻汉礼，崇唐典，袭暎情文[②]。方宝辂、羽卫星陈。藻绣填驰路，昭烂如云。灵顾禔，德升闻[③]，旷瑞集纷纶[④]。承平嘉靖，收成和熟，万方歌舞，喜气满青旻[⑤]。 成熙事、宣和舆物惟新[⑥]。展宫寝，疑庙室，飨帝极尊亲。罄宸虑，四海骈臻[7]，肃簪绅[8]。斋明际，浃人神[9]。乾元盛则属兹辰[10]，皇业协华勋[11]。房心正位，端居报政，三年美荐，广孝福吾民[12]。

[注释]

①严配：祭天时以先祖配享。语本《孝经·圣治》"孝莫大于严父，严父莫大于配天"。　衢室：相传为唐尧征询民意之处所。《管子·桓公问》："黄帝立明台之议者，上观于贤也；尧有衢室之问者，下听于人也。"　中宸：朝廷。亦借指天子皇后。　②情文：质与文。犹言内容与形式。《荀子·礼论》："故至备，情文俱尽；其次，情文代胜。"杨琼注："情，谓礼意，丧主哀，祭主敬之类；文，谓礼物、威仪也。"　③顾諟：《尚书·太甲上》"先王顾諟天之明命，以承上下神祇"。孔颖达疏"諟"与"是"乃古今之异字，"顾"、"还视"也。言先王每有所行，必敬奉天命，承顺天地。后因以"顾諟"指敬奉、禀顺天命。　升闻：上闻。《尚书·舜典》："玄德升闻，乃命以位。"　④旷瑞：长久、久远之瑞象。　⑤嘉靖：谓宇内安定，教化昌明。　青旻：青天。　⑥熙事：吉祥之事。熙，通"禧"。　⑦罄宸虑：谓指帝王殚思竭虑。罄，器空，引申为尽、竭也。宸虑，帝王之思虑谋划。　骈臻：并至，俱来。　⑧簪绅：犹簪带。冠簪与绅带。　⑨斋明：谨肃严明。　浃人神：融洽人神。浃，融洽也。　⑩乾元：《易经·乾》"大哉乾元，万物资始，乃统天"。朱熹《本义》："乾元，天德之大始。"后以"乾元"称天子之大德。宋范仲淹《四德说》："尧舜率天下以仁，乾元之君也。"亦指天子。　盛则：盛美之法则。　⑪华勋：《尚书·尧典》"曰若稽古帝尧，曰放勋"。又《舜典》"曰若稽古帝舜，曰重华"。后因以"华勋"为尧舜之并称。　⑫报政：陈报政绩。《史记·鲁周公世家》："周公卒，子伯禽固已前受封，是为鲁公。鲁以伯禽初受封之鲁，三年而报政周公。周公曰：'何迟也？'"后遂用为地方官政绩卓著之典。

十二时

恢皇统，宵旰勤考，正朔亶同规[1]。留谈经幄，来谏书帷[2]，稽古极文思。尊耀魄、宝秩神祇[3]。礼从宜，显相协钦祇[④]。颢气结华滋[⑤]。西成献瑞,百谷满京坻[⑥]。化无为,斯万卜年期[⑦]。隆昌运,大报同姬成,文武绍重熙[⑧]。历朝缺典,自我亲祠,容采炳葳蕤。嘉能事、秀错多仪。太平时,清风涵溥惠,浩露浃深慈。群芳昭泰,保定宅华夷[⑨]。拥灵禧,万叶累鸿基[⑩]。

[注释]

①宵旰:宵衣旰食。旧时用以称颂帝王勤于政事。　勤考:勤于省察、察考。　正朔:谓帝王新颁历法。古之帝王易姓受命,必改正朔。《礼记·大传》:"改正朔,易服色。"故夏、殷、周、秦、汉正朔各不相同。　亶:诚、敬。同规:谓天下统一。　②留谈:竟日而谈。留,尽,全,长久也。经幄:犹经筵。汉唐而降帝王为讲论经史而特设御前讲席。宋始称经筵,置讲官,以翰林学士或其他官员充任或兼任之。宋以每年二月至端午、八月至冬至节为讲期,逢单日入侍,轮流讲读。元明清三代沿袭之。"其侍经幄,惟王道是陈",见宋陆游《贺黄枢密启》。　书帷:书斋帷帐。借指书斋。　③耀魄:即耀魄宝。指在帝星之最尊者,主御君灵。见《星经·天皇》。　秩神:祭地神也。秩,祭祀也。　④显相:谓有名望之公卿诸侯参与助祭。　⑤华滋:枝叶繁茂貌。"庭中有奇树,绿叶发华滋",见《古诗十九首·庭中有奇树》。　⑥西成:秋谷已熟,农事告成。《尚书·尧典》:"平秩西成。"孔颖达疏:"秋位在西,于时万物成熟。"　京坻:《诗经·小雅·甫田》:"曾孙之庾,如坻如京。"谓谷米山积。后因以"京坻"状丰收。　⑦年期:年纪之期限,寿限。《抱朴子·任命》:"年期奄冉而不久,托世飘迅而不再。"　⑧大报:谓遍祭天神。《礼记·郊特牲》:"大报天而主日也。"郑注云:"大,犹遍也。天神,日为尊。"《宋史·乐志七》:"大报于帝,励德升闻。"　⑨昭泰:清明安泰。　保定:保护而安定之。《诗经·小雅·天保》:"天保定尔,亦孔之固。"　华夷:宋元时指国家之疆域。　⑩万叶:万世,万代。　鸿基:宏伟之基业。多指王业。"朕以幼冲,继承鸿基",见三国蜀刘禅《策丞相诸葛亮诏》。

三圣御容万寿观奉安[1]　皇祐五年[2]

导　引

万灵昭瑞，天地赞昌期[3]。宝运协开基[4]。巍巍烈圣无疆德，神化洽重熙[5]。虔思出驾罄彰施[6]，岁暮俨神宜。云舆迎奉依珍馆，塞外焕朝仪[7]。

[注释]

①奉安：旧称安葬皇帝或父亲。后安置神像、神位等亦称奉安。②皇祐五年：1053年。皇祐，宋仁宗赵祯年号。　③万灵：众神。　④宝运：国运，皇业。　⑤无疆：无穷，永远。　⑥彰施：明施。《尚书·益稷》："以五采新施于五色，作服，汝明。"孔传："以五采明施于五色作尊卑之服。"　⑦云舆：云车。传说仙人以云为车，故称。

三圣御容赴滁并澶州奉安[1]　皇祐五年

导　引

穆清冲境，金阙秘寥阳[2]。二后侍虚皇[3]。真人恭默钦先烈，肖象启琳房[4]。岿然神物护灵光[5]，玉色粹逾彰。虎旌龙节辉前后，馆御镇无疆[6]。

[注释]

①滁：即今安徽滁州。　澶州：即澶渊。古县名，在今河南濮阳西。②穆清冲境：穆清，指天。《史记·太史公自述》："汉兴以来，至明天子，获符瑞，封禅，改正朔，易服色，受命于穆清，泽流罔极。"冲境，指太冲之境。谓极虚静和谐之境界。　金阙：道家谓天上有黄金阙，为仙人或天帝所居。《神圣经·西北荒经》："西北荒中有两金阙，高百丈。"　③二后：指周文王、周武王。《诗经·周颂·昊天有成命》："昊天有成命，二后受

之。"毛传:"二后,文武也。" 虚皇:道教神仙名。南朝梁陶弘景《许长史旧馆坛碑》:"并证心清,俱漏身浊。离有离无,且华且朴。结号虚皇,筌法正觉。" ④恭默:庄敬而沉默寡言。 ⑤灵光:神异之光。 ⑥虎旌:即虎旗。绘有虎形之旗,古军中所用。 龙节:龙形符节。

太祖孝明皇后御容赴太平兴国寺开先殿奉安[①] 至和二年[②]

导 引

划除霸轨,穆穆照皇明[③]。大统一寰瀛。穷湖绝塞人安业,武库遂销兵。仙游昔日上三清,极望紫云平[④]。珠宫宝坐严崇奉,圣祚永绥宁[⑤]。

[注释]

①孝明皇后:即太祖赵匡胤之王皇后。建隆元年(960)八月册为皇后。乾德元年(963)崩,年二十二。有司上谥孝明。 ②至和二年:1055年。至和,宋仁宗年号。 ③霸轨:霸道。指君主借武力统治。与"王道"相对。 穆穆:端庄恭敬。 皇明:皇帝之圣明。臣谀上之辞也。 ④紫云:紫色云。古以为祥瑞之兆。 ⑤珠宫:指道院或佛寺。 崇奉:崇拜奉祀。 绥宁:安定。

太宗元德皇后御容赴启圣院奉安[①] 至和二年

导 引

宝图全盛,端拱信巍巍[②]。声教暨华夷。辰髦尽入英雄彀,齐筑太平基[③]。仙舆前指玉霄归[④],夹道九鸾飞[⑤]。真宫秘殿严崇奉,圣治永无为[⑥]。

[注释]

①元德皇后:即李贤妃。真宗母。太宗即位,进夫人。太平兴国二年薨,年三十四。真宗即位,追封贤妃,又进上尊号为皇太后。有司上谥曰元德,附葬永熙陵。事见《宋史·传第一》。 ②宝图:皇位,帝业。 ③辰髦:美善英杰之士。 入彀:《庄子·德充符》"游于羿之彀中"。成玄英疏:"其矢所及,谓之彀中。"王定保《唐摭言·述进士上篇》:"文皇帝(指唐太宗)修文偃武,天赞神授,尝私幸端门,见新进士缀行而出,喜曰:'天下英雄入吾彀中矣!'"彀中,指弓箭射程之内。后因以"入彀"喻网罗人才。 ④玉霄:天界。传说中天帝、神仙之居所。 ⑤九鸾:传说中神鸟、瑞鸟。鸾鸟见则天下安宁。见《山海经·西山经》。 ⑥真宫秘殿:指幽秘奥深之道观院宇。

恭谢导引[1]

嘉祐元年四曲[2]

龙驰驾,玉辂俨宸威[3]。天仗下端闱[4]。华旌翠羽笼黄道,赫奕照晨晖[5]。大哉仁孝逾尧舜,圭瓒罄虔祇[6]。神灵肸蚃来歆答,万寿保纯禧[7]。

[注释]

①恭谢:皇帝所行之郊祀大典。 ②嘉祐:宋仁宗年号。 ③玉辂:帝王所乘之车,以玉为饰。 宸威:帝王之威严。 ④天仗:天子之仪卫。借指天子。 端闱:皇宫之正门。 ⑤黄道:帝王出巡之道。"万乘出黄道,千骑扬彩虹。"见李白《上之回》诗。 ⑥圭瓒:古之玉制酒器,形如勺,以圭为柄,用于祭祀。 虔祇:恭敬。 ⑦肸蚃(xī xiǎng):盛貌。 歆答:谓神灵享受供祭。

合宫歌[1]

泰阶平,勋业属全盛[2]。旰昃(昊)焦劳,访道缵三朝仁政[3]。大庭蒇事款上灵[4],服冕执圭,侑飨尊累圣[5]。豆笾奕奕嘉靖[6],神光四照百礼成[7]。回御天门,讲丕彝,敷大庆[8]。蒙被草木,万国仰声明[9]。和声。

[注释]

①合宫:相传为黄帝之明堂。此似指合祭三朝帝王。 ②泰阶:古星座名。即台星。上台、中台、下台共六星,两两并排而斜上,如阶梯,故名。后借指朝庭。 ③旰昃(gàn zè):天晚。多用于颂帝王勤于政事。 ④大庭:亦作"大廷"。外朝之廷。在库门内,雉门外。后指朝廷。 蒇(chǎn)事:谓政事处置已毕。蒇,完成。 ⑤侑飨:配享。以后死之贤哲附示于祖庙。 累圣:历代君王。 ⑥豆笾:祭器。木制为豆,竹制为笾。 ⑦百礼:诸类礼仪。 ⑧丕彝:盛大法度。丕,大也;彝,常规也。 ⑨蒙被:遭受;沾溉。此指皇恩浩荡,草木亦沾溉之。

六　州

严太寝,容礼绎前经[1]。仰苍粹,钦厚顺,式报生成[2]。至信洽,上格神灵。太和凝气象,霄宇澄清[3]。圭币列,鼓钟铿[4],群品荐丰盈。熙事既备,大仪交举,百嘉允集,万福来迎[5]。　和声

[注释]

①太寝:与"太室"同。太庙中央之室,亦指太庙。 容礼:容仪之礼。谓容止进退之礼仪规定。 ②生成:泛指苍生万物。唐赵元一《奉天录》卷四:"修神农之播植,垂尧舜之衣裳。凡在生成,孰不庆幸?" ③太和:《易经·乾》"保合太和,乃利贞"。朱熹《本义》:"太和,阴阳会合冲和之气也。" ④圭币:古祭祀时所用圭玉与束帛。《汉书·郊祀志上》:"黄犊羔各四,圭币各有数,皆生瘗埋,无俎豆之具。" ⑤大仪:仪范;大法。《管子·任法》云:"圣君所以为天下大仪也,君臣上下贵贱皆发焉。" 百嘉:众善;众好事。《国语·楚语》:"天明昌作,百嘉备舍。"

十二时

金徒箭、晓漏延长[①]。霄极烂星芒。珠旒绚采，黼衮交章[②]。宸表寝永昂[③]，上交合奠鬯流香[④]，燎扬光[⑤]。神锡以百祥，寿延于无疆。三时告稔，万亿满仓箱。思边防，蛮貊尽来王[⑥]。　和声

[注释]

①金徒：古浑天仪上抱箭指时之胥徒像。以金铸成，故称。　②珠旒：皇冕前后之珠串。常借指帝王。　黼（fǔ）衮：古礼服上白黑相间之花纹，斧形，象临事决断。常为帝王诸侯之礼服。　③宸表：天子旌旗也。④上交：指与位高者交往。《易经·系辞下》："君子上交不谄，下交不渎。"鬯（chàng）：古时祭祀用的酒。　⑤燎：即燎祭。陈玉帛、牺牲于柴上，焚之以祭天。　⑥蛮貊（mò）：亦作"蛮貉"。古称南北鄙远之部族。后亦泛指华夏之外四方之部族。

祫享太庙[①]　嘉祐四年四曲[②]

导　引

天仪安豫洽无为[③]，九域被雍熙[④]。鸾刀亲割升圭瓒[⑤]，清庙展孝思。箫韶九变皇灵格，嘏告显深慈[⑥]。精诚动感归能飨，福祚衍金枝[⑦]。

[注释]

①祫享：即祫祭。古天子诸侯集远近先祖神主于太祖庙所行之大合祭。三年丧毕时行一次。次年祫祭后再行一次。后每五年一次。　②嘉祐四年：1059 年。嘉祐，为宋仁宗年号。　③天仪：指天子容仪。　安豫：安宁快乐。　④九域：即九州。　雍熙：谓和乐升平。《文选·张衡〈东京赋〉》："百姓同于饶衍，上下共其雍熙。"　⑤鸾刀：祭祀割牲所用之刀。

刀环有铃,其声中节。 孝思:孝亲之思。 ⑥九变:多番演奏。《周礼·春官·大司乐》:“若乐九变,则人鬼可得而礼矣。” 嘏(gǔ,又读 jiǎ)告:祭祀时,祝(执事人)为尸(受祭者)致福于主人。 ⑦金枝:帝王子孙之美称。

奉禋歌①

皇泽均普,群生遂。万宇和衎,讲天津、合祭圣宗神祖,八音钧奏谐节②。堂上荐鸣球,琴瑟击③。越布濩、霜空静,月华凝、光景蔼蔼④。纷纷晓霞披,和铃作、鸾舆回⑤。天人共睹,庆无疆、祚崇明祀⑥。五辂驾、腾黄纯骃⑦,旂常扈跸严环卫⑧。公卿奉引,虚徐驰道,祲容藿靡⑨。葱葱郁郁,祥风瑞霭,发天光旖旎。锡羡丰融,漏泉该浃,上恩遐被⑩。群心豫,颂声作,皇德至,侔乾覛,浩浩霈⑪。

[注释]

①奉禋:供奉祭祀。后亦泛指祭祀。 ②天津:指银河。《楚辞·离骚》:“朝发轫于天津兮,夕余至乎西极。”王逸注:“天津,东极箕斗之间,汉津也。” 合祭:合于祧庙而祭。古帝王对其世次疏远之祖,依制迁其神主藏于祧庙而合祭之。 八音:《尚书·舜典》“三载,四海遏密八音”。孔传:“八音:金、石、丝、竹、匏、土、革、木。”后泛指古音乐。 钧奏:即钧天乐。指钧天广乐。后借以指天上仙乐。典出《史记·赵世家》。 ③鸣球:谓击响玉磬。 ④布濩:遍布;布散。《文选·张衡〈东京赋〉》:“声教布濩,盈溢天区。” ⑤和铃:古代车铃。和在轼前,铃在旗上。动皆有鸣声。 ⑥明祀:重大祭祀之美称。《左传·僖公二十一年》:“崇明祀,保小寡,周礼也。” ⑦五辂:亦作“五路”。古帝王所乘之车。其类有五:曰玉路、金路、象路、革路、木路。见《周礼·春官·巾车》,又见《文选·潘岳〈藉田赋〉》李善注。 腾黄:《初学记》卷二九引《符瑞图》曰,“腾黄者,神马也,其色黄,一名乘黄,亦曰飞黄,或作古黄,或曰翠黄,一名紫黄,其状如狐。”后泛指骏马。 ⑧旂(qí)常:旂与常。旂画交龙,常画日月,乃王侯之旗帜。语本《周礼·春官·司常》“日月为常,交龙为旂……王建

大常,诸侯建旂”。 环卫:宫廷禁卫。 ⑨奉引:为帝前导引车。《汉书·郊祀志下》颜师古注引韦昭曰,“奉引,前导引车。” 虚徐:从容不迫;舒缓貌。 祲(jìn)容:庄重盛大之仪容。《宋史·乐志四》:“惟天子孝,于昭祲容。” 藿靡:指藿香蘼芜之类草木,均有香气。 ⑩锡羡:谓神明多多赐福。常用于祈求子嗣。 丰融:盛美貌。 该浃:博通。 遐被:远及,遍布。 ⑪群心豫:众心欢娱。 侔(móu)乾贶:乾贶,上天之赏赐。侔,齐等,相当。意即皇恩侔等于上天之赐也。

六 州

深仁化[①],穹厚格成平[②]。徇诚虑,托皇统,万宇光亨[③]。申孝致洁飨宗祊[④],金驾徐徐动,容礼辉明[⑤]。躬道祖谒款殊庭[⑥],列圣固纯诚。灵心底豫,休祥充塞,端闱肆眚,爱日灿然明[⑦]。 和声

[注释]

①深仁:深厚仁爱。宋陈亮《书〈欧阳文粹〉后》:“初,天圣、明道之间,太祖、太宗、真宗以深仁厚泽涵养天下盖七十年。” ②穹厚:即穹穹厚厚,指天地。宋陆游《除宝谟阁待制谢表》:“体穹穹厚厚之仁。” 成平:和平,安宁。 ③徇诚虑:宣示真诚之谋虑。徇,宣示于众。 皇统:世代相继之帝系。 光亨:光显。南朝宋谢庄《求贤表》:“今大道光亨,万务俟德。” ④宗祊:宗庙,家庙。《国语·周语中》“今将大泯其宗祊”韦昭注:“庙门谓之祊。宗祊,犹宗庙也。” ⑤金驾:皇帝车驾。 ⑥道祖:即祖道,祭路神。 谒款:虔诚拜谒。“款,诚也。谒诰之报诚也。”见《史记·司马相如列传》裴骃《集解》引《汉书音义》。 殊庭:异域也。仙人之所居。 ⑦底豫:谓获得欢乐。《孟子·离娄上》:“舜尽事亲之道,而瞽叟底豫。”赵岐注:“底,致也;豫,乐也。” 肆眚(shěng):宽赦罪人。《左传·庄公二十二年》“春王正月,肆大眚”。杜预注:“赦有罪也。” 爱日:《左传·文公七年》“赵衰,冬日之日也”。杜预注:“冬日可爱。”后因称冬日为爱日。亦常以喻恩德。

十二时

明昌世、乾统弥文[①],皇德揆华勋。三辰顺晷[②],庆霱轮囷,潜宝耀坤珍[③]。躬袷飨、肃荐牺尊[④],孝仪申,助祭俨缨绅[⑤]。大乐奏韶钧[⑥]。阳开阴闭,幽显尽欣欣[⑦]。庆霄文[⑧],思结在黎民。 和声

[注释]

①乾统:天道之统绪。 弥文:弥加文饰。多指礼制。 ②三辰:指日、月、星。 顺晷:顺应轨道。晷,通“轨”。 庆霱:示瑞之庆云。③坤珍:大地所示符瑞也。 ④肃荐:恭敬、庄重之献牲。 牺尊:牺牛形古酒器,背开孔以盛酒。或云于尊腹刻画牛形。 ⑤助祭:古谓臣属出席、陪位或献乐佐君主祭祀。后亦谓以财物助人祭祀。 ⑥大乐(dài yuè):官名。秦汉奉常(太常)属官有太乐令。凡国祭祀掌其奏乐及大享之乐舞。历代因之。 韶钧:指《韶乐》和《钧天广乐》。亦泛指优美之乐曲。宋曾巩《郊祀庆成》:“还宫动前跸,喜气入韶钧。” ⑦幽显:犹阴阳。指阴间与阳间。 ⑧庆霄:即庆云。

宣祖昭宪皇后御容赴奉先禅院奉安[①] 嘉祐五年

导　引

於皇祖烈,大宋启鸿名[②]。骏命属炎灵[③],闷宫厚德太阴精[④]。重华诞圣明[⑤],轩台百世护基扃[⑥]。龙驾在清冥[⑦],汉家原庙崇新饰,鼎业永安宁[⑧]。

[注释]

①宣祖昭宪皇后:宣祖,指太祖赵匡胤之父赵弘殷。后唐世宗时累官至检校司徒、天水县男,与太祖分典禁兵,一时荣之,卒赠武清军节度使、太尉。昭宪皇后即杜太后,宣祖妻,太祖母也。性严毅,有礼法,垂裕之功卓

焉。享年六十，初谥明宪。乾德二年，更谥昭宪，合葬安陵。　奉先：祭祀先祖。　②于（wū）皇：赞美之叹词。《诗经·周颂·武》："于皇武王，无竞维烈。"　祖烈：祖宗功业。　③骏命：大命。指上天或帝王之令。　④厚德：犹大德。《易经·坤》："地势坤，君子以厚德载物。"　太阴精：指月亮。古人以为月乃太阴之精。"万古太阴精，中秋海上生。"见唐张祜《中秋夜杭州玩月》。　⑤重华：虞舜之美称。《尚书·舜典》："曰若稽古帝舜，曰重华，协于帝。"　⑥轩台：即轩辕台。指皇帝所在之处。唐李商隐《复京》诗："虏骑胡兵一战摧，万灵回首贺轩台。"叶葱奇疏注："轩台，借指朝庭。"　基扃：泛指城阙。《文选·鲍照〈芜城赋〉》："观基扃之固护，将万祀而一君。"　⑦龙驾：天子车驾。"豫游龙驾转，天乐凤箫闻。"见唐乔知之《侍宴应制得分字》诗。　清冥：清澄而深远。多指青天。　⑧原庙：正庙外另立之宗庙。《史记·高祖本纪》："及孝惠五年，思高祖之乐沛，以沛宫为高祖原庙。"裴骃《集解》："谓'原'者，再也。先既已立庙，今又再立，故谓之原庙。"又见宋程大昌《考古庙·庙在郡国亦名原庙》。　鼎业：帝王之大业。

明德章德皇后御容赴普安禅院奉安[①]　嘉祐六年

导　引

母仪天寓，彤史蔼遗芳[②]。纡馀庆气固灵长[③]，基祚寖明昌[④]。重华大孝奉蒸尝，原庙闷灵光。采章褕翟严新饰，歆愿福穰穰[⑤]。

[注释]

①明德章德皇后：明德，即太宗李皇后。初为太宗妃，雍熙元年（984）十二月立为皇后。后性恭谨庄肃，有贤名。景德元年（1004）崩，年四十五，谥明德。章德，即真宗章怀潘皇后。端拱二年五月薨，年二十二。真宗即位，追册为皇后，谥庄怀。庆历中改"庄"为"章"。　②彤史：载宫闱生活之宫史。　③灵长：广远绵长。　④基祚：国运，皇位。　明昌：昌盛，昌明。《宋史·乐志七》："佑我在命，格于明昌。"　⑤褕翟（yú dí）：古

之王后从王祭先公之服,因服上着雉形,故名。 穰穰:众多貌。

明堂 嘉祐七年四曲

导 引

帝皇盛烈,教孝谨民常[①]。严父位明堂,管丝金石含天韵[②],笾豆荐芬芳。肃然音响灵来下,容与动祥光[③]。四方内外交欣喜,饮福万年觞[④]。

[注释]

①盛烈:盛伟功业。 教孝:教民以忠孝之道。 民常:百姓所循之伦理纲常。 ②天韵:自然风韵。 ③容与:从容闲舒貌。《楚辞·九歌·湘夫人》:"时不可兮骤得,聊逍遥兮容与。" ④饮福:祭毕宴饮之礼。《宋史·礼志二》:"既享,大宴,谓之饮福。" 万年:祝福之词。犹万岁;长寿。

合宫歌

太平时,宝殿垂衣治。驭左右贤俊,万国执玉助祭。凉秋九月霜华飞,感发纯孝,五室配上帝[①]。紫汉入夜凝霁[②]。房心下,泛华芝[③],大田栖粮,岁功成,农歌沸[④]。复道躬拜,肃迎神嬉[⑤]。漏声迟,玉磬响,递清吹[⑥]。嘉荐升雕俎,柘浆屡酌几醉[⑦]。云扶灵驾欻若归[⑧]。天意留顾,万福如山委[⑨]。便御丹阙,布为皇泽,与民熙熙。远观唐虞,未有如兹盛礼。愿常遇鸣銮,三岁亲祠[⑩]。

[注释]

①五室:古代明堂内设木室、火室、金室、水室、土室。见《周礼·考工

记·匠人》郑玄注。 ②紫汉：犹紫霄。指天庭。 ③华芝：华盖。 ④大田：沃土。《诗经·小雅·大田》："大田多稼。既种既稼，既备乃事。"郑笺："大田，谓地肥美可垦耕……可以授民者也。" 栖粮：《淮南子·缪称训》谓馀粮存放于田头。后因以"栖粮"称颂丰年盛世。 岁功：一年农事之收获。 农歌：山歌，田夫野老之歌。宋范成大《丙午东宫寿诗》："史贺星同轨，农歌稼涤场。" ⑤复道：楼阁间架空之通道。亦称阁道。 ⑥清吹：清越管乐，如笙笛之类。晋陶渊明《述酒》诗："王子爱清吹，日中翔河汾。" ⑦嘉荐：祭品。《仪礼·士冠礼》："甘醴惟厚，嘉荐令芳。" 雕俎：刻有花纹图饰之祭器。柘桨：甘蔗汁。柘，通"蔗"。桨，当作"浆"。《汉书·礼乐志》颜师古注引应劭曰："柘浆，取甘柘汁以为饮也。。" ⑧灵驾：神灵车驾。《乐府诗集·郊庙歌辞九·齐太庙乐歌》："神光动，灵驾翔，芬九垓，镜八乡。" 欻（hū）：亦作"忽"。忽然，疾貌。 ⑨山委：谓堆积如山。 ⑩鸣銮：轭首或车衡上铜铃。车行摇动作响。常借指皇帝、贵族出行。《文选·班固〈西都赋〉》："大辂鸣銮，容与徘徊。"李善注："《周礼》曰：巾车掌玉辂，以銮和为节。郑玄曰：銮在衡，和在轼，皆以金铃也。"

六　州

承景运，天子奉明堂[①]。玉烛应，金飙动，万宝盈箱[②]。严法驾、天路龙骧[③]。采仗迎祥，日色动扶桑[④]。款清庙，我诚将。回御八鸾锵[⑤]。於皇仁孝，祖宗来顾，熙于四极，令问载无疆[⑥]。　躬严配，笙镛奏凤来翔[⑦]。瑞烟起，浮帝衮、玉步间天香[⑧]。升重宇，璧玉华光。桂流觞[⑨]。神虞夕照熉黄[⑩]，九霄鸣珮下清厢[⑪]。齐拱太微傍[⑫]。群心同愿，长临路寝，三年讲礼，显祀文王[⑬]。

［注释］

①景运：好运，大运。 ②金飙：秋之疾风也。 万宝：秋万物之实也。 ③法驾：天子车驾之一。 天子卤簿有三：大驾、法驾、小驾，其仪

卫之繁简各异。 ④扶桑:神话中树名。传说日出其下,拂其树杪而升,因谓日出处,亦代指日。见《楚辞·九歌·东君》王逸注。 ⑤八鸾:亦作“八銮”。八鸾铃。鸾,马衔上铃铛。马口两旁各一,四马八铃,故称八鸾。 ⑥于皇:本为叹词。此借指帝王。 熙于四极:四方欢悦。四极,四方极远之地。 令问:美好之声名。 问:通“闻”。 ⑦笙镛:亦作“笙庸”。古乐器名。镛,大钟,打击乐器也。笙,笙管,吹奏乐器也。⑧玉步:《国语·周语中》“改玉改行”。韦昭注:“玉,佩玉,所以节步行也。”后因称合乎礼法之行步为“玉步”。亦借指女子行步。 ⑨流觞:即流觞曲水。 ⑩熉黄:犹言黄澄澄。熉,读 yún。 ⑪鸣珮:腰间佩玉,行走相击发声。 ⑫太微:古星宫名。三垣之一。位北斗之南,轸、翼之北,大角之西,轩辕之东。诸星以五帝为中心,作屏藩状。见《史记·天官书》。古人以为天庭。亦借指朝廷或帝王。 ⑬路寝:古天子诸侯正室。 三年讲礼:谓臣为君、子为父、妻为夫须服丧三年。《左传·昭公十五年》:“王一岁而有三年之丧二焉。”杜预注:“天子绝期,唯服三年,后虽期,通谓之三年丧。”

十二时

承平世,嘉祐壬寅[①]。九月上旬辛。酒醪香旨,谷实丰珍[②]。宗祀敞中宸。宾延上帝五方神,以严亲[③]。诚心通杳杳,文物盛彬彬[④]。金声玉色,和奏翕铿纯[⑤]。荡无垠,天地一洪钧[⑥]。 明天子、至化深仁[⑦]。壹意奉精禋。感时怵惕,即事恭夤[⑧],用孝教斯民。多仪举,大恩沦,福来臻。清风动阊阖,皓气下天津[⑨]。币诚玉腆,朱燎焜槱薪[⑩]。积欢欣,皇历[⑪]万斯春。[⑫]

[注释]

①嘉祐壬寅:即仁宗嘉祐七年(1062)。 ②酒醪:汁滓混合之酒。谷实:五谷之实,谷物。 ③严亲:父母。《墨子·非儒下》:“秉辔授绥,如仰严亲。” ④文物:指车服旌旗、仪仗之类。 彬彬:盛也。 ⑤金声

玉色：品格操守坚贞，声名远播。　铿纯：洪亮和谐。　⑥洪钧：大钧也。常以喻天。《文选·张华〈答何劭诗〉之二》："洪钧陶万类，大块禀群生。"李善注："洪钧，谓天也；大块，谓地也。言天地陶化万类，而群化禀受其形也。"　⑦至化：极美之教化。　⑧怵惕：戒惧，惊惧。　⑨阊阖(chāng hé)：传说中天门。《楚辞·离骚》："吾令帝阍开关兮，倚阊阖而望予。"亦常借指宫殿。　⑩币诚玉腆：指祭祀精诚，祭品丰厚。币，帛也。帛、玉，均为祭祀之物。腆，丰厚也。　朱燎焜槱薪：谓积薪燎祭也。槱(yǒu)薪：积聚木柴。　⑪皇历：皇朝之气运。"且万且亿，皇历永笄。"见《乐府诗集·郊庙歌辞三·北齐南郊乐歌》。　⑫唐氏按：(币诚玉)三字以下原缺，而同册乐八之八页，有"腆朱"以下十四字，移此恰合，盖错简也。

仁宗神主祔庙　嘉祐八年

导　引

九虞初毕，黼座掩瑶觞[①]。羽卫盛煌煌。数声清跸来天上，想像赭袍光[②]。新成清庙勖云堂[③]，孝飨奉蒸尝[④]。子孙千载承丕绪，景福介无疆[⑤]。

汪释

①九虞：九次虞祭也。古丧礼，天子九虞。　黼座：帝座。天子座后设黼扆，座后纹有斧形花纹的屏风。故名。　瑶觞：玉杯。　②清跸：天子出巡，清道禁行。前蜀花蕊夫人《宫词》："扇掩红鸾金殿悄，一声清跸卷珠帘。"　赭袍：天子袍服。　③云堂：华美殿堂。　④孝飨：同"孝享"。祭祀。《易经·萃》："王假有庙，致孝享也。"　⑤丕绪：帝业，邦国之大业也。

仁宗御容赴景灵(灵景)宫奉安　治平二年[①]

导　引

彤霞缥缈，海上隐三山[②]。仙去莫能攀。珠宫本是神灵宅,飙驭此来还[3]。云边天日望威颜[4],不似在人间。当时齐鲁鸣銮处,稽首泪潺湲。

[注释]

①治平二年:1065年。治平为宋英宗赵曙年号。 ②三山:海上三神山。 ③飙驭:犹神驾。 ④天日:喻帝王。

治平二年南郊鼓吹歌曲四曲

导 引

治平天子,景至肇严禋[1]。华玉礼威神。六龙齐捧銮舆动,采仗转钩陈[2]。归来瑞气满清晨,金石舜韶新[3]。楼前山鹤衔书下,天地已为春。

[注释]

①治平天子:指宋英宗赵曙。年号治平。 景至:冬至之景。 严禋:庄重祭祀。 ②六龙:传说日神乘车,驾以六龙,羲和为驭,故以六龙称日。又,古天子车驾适以六马为驭,马八尺为龙,故又用为天子车驾之代称。 钩陈:用于防卫之仪仗。《续资治通鉴·宋太宗淳化二年》:"巡幸则有大驾法从之盛,御殿则有钩陈羽卫之严。" ③舜韶:即《韶》乐。相传为虞舜所作。汉应劭《风俗通·声音序》:"夫乐者……尧作《大章》,舜作《韶》。"

六 州

垂炎运,真主嗣瑶图[1]。海波晏,卿云烂,日月丽皇都。年屡稔、万宝山储。广莫风生律,一气潜嘘[2]。陈法驾、翠羽装舆。清跸下天衢。金匏六变,欻然灵顾,来车风马,拜贶紫坛初[3]。和声 奉神娱。嘉笾荐,美玉奠,照荧炷[④]。星彩动，霜华薄，禁阁漏声疏。回龙驭、宝瑞纷敷。众心愉，钧天别奏箫竽。仙人楼上捧赦书，舞鹤更踌蹰[⑤]。丹徼北，穷沙漠，涵皇泽，盛德迈唐虞[⑥]。

［注释］

①炎运：五行家称以火德而王之帝运，旧指刘汉、赵宋王朝。　真主：真命天子，亦泛指贤明皇帝。　瑶图：帝王世系、帝王族谱。　②广莫风：八风之一，即北风。南朝刘义庆《世说新语·言语》："鼻如广莫长风，眼如悬河决溜。"刘孝标注："广莫者，精大备也；盖北风也。"《左传·隐公五年》陆德明释文："八方之风，谓东方谷风，东南清明风，南方凯风，西南凉风，西方阊阖风，西北不周风，北方广莫风，东北方融风。"　③金匏：八音中金与匏。此泛指乐器。　六变：谓乐章奏演变更六次。古祭百神，乐章六变祭典始成。见《周礼·春官·大司乐》。　④嘉笾：盛于笾中之祭品。笾，竹制祭器也。　荧炷：珠微光闪烁也。炷当为珠之误。　⑤舞鹤：即鹤舞。　⑥丹徼（jiào）：古称南方边疆。晋崔豹《古今注·都邑》："南方徼色赤，故称丹徼，为南方之极也。"

十二时

千年运，五叶升平[①]。法扆坐中極[②]。天高日润，雷动风行。三万里声明。灵台偃伯仆边兵[③]，事农耕，一气重滋萌[④]。万宝迄登成[⑤]。天生嘉谷，博硕又芳馨[⑥]。罄齐精，谒款谢嘉生[⑦]。和声　　神明地，当阳定，天位来助见人情[⑧]。璧珪葱璨，金石铿鈜[⑨]。仪礼盛西京。灵祇喜，福禄（绿）来盈[⑩]。咏夷庚[⑪]。幔城班上笏，銮路趣还衡[⑫]。觚棱双阙，赭案切三清[⑬]。动欢声，恩泽遍寰瀛。

［注释］

①千年运：长久升平之运。唐卢照邻《中和乐章·歌登封》："山称万岁，河庆千年。"　五叶：自太祖而降至英宗，适五世也。　②法扆（yǐ）：帝

座,帝位。帝王御座屏风。借指帝王。扆,《说文·户部》谓之“户牖之间”。孔传亦释之为“屏风”,画为斧文,置户牖间。 ③灵台:天子观天文星象,妖祥灾异之台。《汉书·马融传》:“臣闻昔命师于鞬橐,偃伯于灵台,或人嘉而称焉。”李贤注:“偃,休也。伯,谓师节也。指休兵息战。 ④一气:阳气也,为六气之首。宋赵彦卫《云麓漫钞》卷十二:“故阳气施钟于黄宫,滋萌万物,为六气元也。” 滋萌:滋生萌发。 ⑤登成:犹成熟。宋沈括《梦溪笔谈·象数一》:“十月万物登成。” ⑥嘉谷:古以粟(小米)为嘉谷,后为五谷总称。 ⑦嘉生:茂盛谷物。 ⑧当阳:天子南面向阳而治。《左传·文公四年》:“昔诸侯朝正于王,王宴乐之,于是赋《湛露》,则天子当阳,诸侯用命也。” ⑨璧珪:亦作“璧圭”。璧与圭。天子诸侯用作礼器与符信。 铿鈜(hóng):象声词,大声也。苏轼《李以择求黄鹤楼诗》:“石扉三扣声清圆,洞中铿鈜落门关。” ⑩灵祇:天地之神。亦泛指神明。 福绿:绿即“禄”。福禄与爵禄。《诗经·大雅·凫鹥》:“公尸燕饮,福禄来成。” ⑪夷庚:平坦大道也。喻仁政。 ⑫幔城:张幔围绕如城,故称。南朝梁庾肩吾《应令》诗:“别筵开帐殿,离舟卷幔城。” ⑬觚棱:宫阙上转角处瓦脊成方角棱瓣之形,见宋王观国《学林·觚角》。亦借指宫阙或京城。 赭案:天子批答公文、处理政事之赤色长桌。唐杜牧《李甘诗》:“君门晓日开,赭案横霞布。”

奉禋歌

皇天眷命集珍符①,上圣膺期起天衢②。环紫极鸿枢③。此时朝野欢娱,乐于于④。似住华胥⑤。和气至,嘉生遂,豆实正芬敷⑥。礼与诚俱。风飘洒,灵来下,喜怡愉。斗随车转,月上坛觚⑦。 奉禋初,至诚孚。如山岳、福委祥储。车旋轨、云间双阙峙,百尺朱绳到地,两行雉扇排虚⑧。仙鹤衔书,珍袍上笏相趋,共欢呼。号令崇朝,遍满寰区。阳动春嘘⑨。躬盛事,受多祉,千万祀,天长地久皇图。 (以上《宋会要辑稿》第九册乐八)

[注释]

①眷命：垂爱并赋予重任。《尚书·大禹谟》："后天眷命，奄有四海，为天下君。" 珍符：珍奇符瑞。《宋史·乐志十二》："真人在御，来献珍符。" ②膺期：承受期运。指受命为帝王。南朝梁沈约《齐故安陆昭王碑文》："膺期诞德，绝后光前。" ③环紫极：紫极即紫微星。喻拱卫天子。鸿枢：旧谓朝廷显要之职。宋常指枢密使。宋真宗《天禧三年赐王钦若判杭州韵》："一参黄阁推良画，再陟鸿枢显至荣。" ④于于：自得貌。语出《庄子·应帝王》"泰氏其卧徐徐，其觉于于"，成玄英疏："于于，自得之貌。" ⑤华胥：典出《列子·黄帝》，黄帝昼寝，神游华胥国。其国不知其几千万里，舟车足力无以至。国无帅长，民无嗜欲，自然而已。黄帝既寤，怡然自得。后遂以华胥称理想安乐和平之境。亦作梦境之代称。 ⑥和气：阴阳交合之气，万物由是而生。《老子》："万物负阴而抱阳，冲气以为和。"王安石《次韵和甫春日金陵登台》之一："万物已随和气动，一樽聊与故人来。" 豆实：盛于木豆中祭品。 ⑦斗随车转：《史记·天官书》"斗为帝车，运于中央，临制四乡"。后因以"斗车"指北斗星。此指北斗转向，东方欲曙。 坛觚：即觚坛。有棱角之祭坛。 ⑧雉扇：即雉尾扇。帝王仪仗用具之一。 ⑨阳动：指阳气始上，万物复苏。

治平四年英宗祔庙导引一首

寿原初掩，归跸九虞终。仙驭更无踪。思皇攀慕追来孝[①]，作庙继三宗。旌旗居外拥千重，延望想威容[②]。宝舆迎引归新殿，奏享备钦崇。

[注释]

①攀慕：谓对谢世帝王哀悼思慕。亦泛指哀悼。 追来孝：即追孝。追行孝道于前人。指敬重宗庙、祭祀等。 ②延望：引颈远望。指盼望或仰慕之切。《东观汉记·邓禹传》："今长安饥民，孰不延望。"

熙宁二年仁宗英宗御容赴西京会圣宫应天禅院奉安导引一首[①]

九清三境，飙驭杳难追[②]。功烈并巍巍[③]。洛都不及西巡到，犹识睟容归[④]。三条驰道隐金椎，仙仗共逶迤。珠宫绀宇申严奉，亿载固皇基[⑤]。

[注释]

①西京：指长安。洛阳为东都。 ②九清：道教谓九天。也指天庭。三境：即指道教玉清、上清、太清三清境。 ③功烈：功勋业绩。“铭其功烈，以示子孙”，见《左传·襄公十九年》。 ④睟（zuì）容：敬称容貌温和润泽。 ⑤绀宇：即绀园。佛寺之别称。宋欧阳修《广爱寺》：“都人布金地，绀宇岿然存。”

章惠皇太后神主赴西京导引一首[①]

祥符盛际，二鄙正休兵[②]。瑞应满寰瀛。东封西祀鸣銮辂，从幸见升平[③]。仙游一去上三清，庙食享隆名[④]。寝园松柏秋风起，箫吹想平生。

[注释]

①章惠皇太后：即真宗妻杨淑妃。初拜才人，继为婕妤、婉仪、淑妃。奉顺章献后无忤。仁宗幼冲，章惠视为己出，护视勤备。仁宗即位，曲尽恩意，遵章献遗命尊杨氏为章惠太后。景祐三年（1036）无疾而终，年五十三。《宋史》有传。 ②祥符：指宋真宗大中祥符年间（1008—1016）。 盛际：犹盛时，盛世。 鄙：指辽之契丹与西夏之党项。终北宋二鄙与宋对峙，时有和战。 ③东封：汉司马相如临终作《封禅文》，盛颂汉德宏大，请武帝东幸封泰山、禅梁父，以彰功业。相如卒后八年，武帝从其言，东封泰山。事见《史记·司马相如列传》。后因以“东封”谓帝王行封禅事，昭告天下太平。南朝陈后主《入隋侍宴应诏》诗：“太平无以报，愿上东

封书。” 西祀：即“西礼”。古时皇帝祭西岳华山之礼。《尚书·舜典》：“十有一月朔，巡守至于北岳，如西礼。”据载，宋真宗于祥符年间东封泰岳、西祀华山，章惠后皆从。见《宋史·后妃传》。 ④庙食：谓死后立庙，受人奉祀，享受祭飨。 隆名：盛名。

中太一宫奉安神像导引一首

九霄仙驭，四纪乐西清①。游衍遍黄庭②。云軿万里归真室，上应泰阶平③。金舆玉像下瑶京④，彩仗拥霓旌⑤。天人感会千年运，福祚永昌明⑥。

[注释]

①四纪：一纪十二年，四纪即四十馀年。此约言之。 西清：西厢清静之处。后常指宫内游宴处。宋徐铉《茱萸》诗：“长和菊花酒，高宴奉西清。” ②黄庭：本为道教经典《黄庭经》，此借指所云游者尽道教胜境也。 ③云軿：传说中仙人车驾。 真室：神仙之室。 ④瑶京：玉京。天帝所居。泛指仙境。宋洪迈《夷坚甲志·蔡真人词》：“尘世无人知此典，却骑黄鹤上瑶京，风冷月华清。” ⑤霓旌：缀有五色羽毛之旗帜，为帝王仪仗之一。亦借指帝王。杜甫《哀江头》诗：“忆昔霓旌下南苑，苑中万物生颜色。” ⑥天人感会：即天人感应。指天意、人事交感相应。天预人事，以示灾祥，人之行为亦感应上天。见《礼记·中庸》、汉董仲舒《春秋繁露·深察名号》。

四年英宗御容赴景灵宫奉安导引一首

鼎湖龙去，仙仗隔蓬莱①。辇路已苍苔。汉家原庙临清渭②，还泣玉衣来。凤箫鸾扇共徘徊③，帐殿倚云开。春风不向天袍动，空绕翠舆回。

[注释]

①鼎湖龙去:鼎湖,地名。传说黄帝采首山铜铸鼎于荆山。鼎既成,有龙下迎黄帝。黄帝上骑而去。群臣后宫七十馀人追之不及。故后世名其处曰鼎湖。亦常借以指帝王或帝王崩逝。见《史记·封禅书》。 蓬莱:与方丈、瀛州共为三神山。亦泛指仙境。见《史记·封禅书》。 ②清渭:《诗经·邶风·谷风》"泾以渭浊"。孔颖达疏:"泾水以有渭,故见其浊。"古以为渭水清,泾水浊。后因称清渭浊泾。 玉衣:帝王、后妃、王侯之玉制丧服。 ③凤箫:指吹箫乘鹤而去之仙女弄玉。此借指宫娥。

熙宁十年南郊皇帝归青城用降仙台一首[①]

清都未晓,万乘并驾,煌煌拥天行[②]。祥风散瑞霭,华盖耸,旂常建,耀层城[③]。四列兵卫,爟火映、金支翠旌[④]。众乐譬、作充宫庭。皦绎成[⑤]。和声 绀幄掀,衮冕明[⑥]。妥帖坛陛霄升。振珩璜、神格至诚[⑦]。云车下冥冥。储祥降嘏莫可名[⑧]。御端阙、朌号敷荣。泽翔施溥,茂祉均被含生[⑨]。

[注释]

①熙宁十年:1077年。熙宁,宋神宗年号。 青城:宋斋宫名。一在南薰门外,为祭天斋宫,谓之南青城;一在封丘门外,为祭地斋宫,谓之北青城。 ②清都:传说中天帝居住之宫殿。《列子·周穆王》:"清都、紫微、钧天、广乐,帝之所居。" ③层城:指京师王宫。 ④爟(guàn)火:祭祀所举之火。南朝宋颜延之《飨神歌》:"田烛置,爟火通。" 金支:乐器上黄金饰品。《汉书·礼乐志》:"金支秀华,庶旄翠旌。"颜师古注引臣瓒曰:"乐上众饰,以黄金为支,其首甫散,若草木之秀华也。" 翠旌:指翡翠鸟羽所制之旌旗。 ⑤皦(jiǎo)绎:指乐音音节分明、延续不断。语出《论语·八佾》"乐其可知也:始作,翕如也;从之,纯如也;皦如也,绎如也,以成"。 ⑥绀幄:天青色幄幔。 ⑦珩璜(héng huáng):指杂佩。⑧储祥:犹言积祥,积福。 降嘏:降福,赐福。"鉴我休德,降嘏产祥。"见《宋史·乐志十二》。 ⑨朌(bān)号:颁赐帝号。朌,同"颁",颁赐。号,

即大号。指国号、帝号、帝王号令。

元丰二年慈圣光献皇后发引四首[①]

仪仗内导引一首

驾斑龙[②]。忽催金母转仙仗、去瑶宫[③]。绛阙深沉杳无踪。渐尘空。丝网琼林，花似怨东风[④]。垂清露啼红，犹想旧春中。献万寿，宝船空[⑤]。

[注释]

①元丰二年：1079 年。元丰，宋神宗赵顼年号。　慈圣光献皇后：即仁宗曹皇后。明道二年郭后废，诏入宫。景祐元年九月，册为皇后。性慈俭，重稼穑。英宗幼冲，入为嗣子，拊鞠周尽，并辅佐即位。被尊为皇太后。神宗立，尊为太皇太后，名宫曰“庆寿”。元丰二年崩，年六十四。　发引：谓执绋，殡仪也。详见汉应劭《风俗通·十反·豫章太守汝南封祈》。后常借以指出殡，灵车启行。　②斑龙：传说中为仙人驾车之彩龙。“唯见王母乘紫云之辇，驾五色之斑龙。”见《汉武内传》。　③金母：传说中神女。即西王母。此借指慈圣献皇后。　仙仗：神仙仪仗。　④琼林：宋内苑名。宋太祖乾德二年置，在汴京城西。宋政和二年，曾于此赐宴新进士。　⑤宝船：佛语。喻普度众生脱苦海达彼岸之佛法。南朝梁简文帝《千佛愿文》：“涤无明于欲界，度苍生于宝船。”

警场内三曲[①]

六　州

九龙舆。记春暮，幸蓬壶。琼囿敞，绣仗趋[②]。年华与逝水俱。瑶京远，信息断无。宝津池面落花铺[③]，愁晚容车来禁涂[④]。凤箫鸾翣，西指昭陵去[⑤]。旧赏蟠桃熟，又见涨海枯[⑥]。应共灵真母,曳霞裾[⑦]。　宴清都[⑧],恨满山隅。春城翠柏藏乌。扃户剑,照灯鱼,人间一梦觉馀。泉宫窈窕锁夜龙,银江澄淡浴仙凫[⑨]。烟冷金炉玉殿虚。绿苔新长,雕辇曾行处。夜夜东朝月,似旧照锦疏[⑩]。侍女盈盈泪珠。

[注释]

①警场:古帝王祭祀行大礼前奏乐严鼓,侍卫警夜,止人清场,谓之“警场”。宋洪适《转对札子》:“今所用鼓吹警场诸工,凡一千一百五十有九人。”《宋史·乐志十五》:“国家大典,乘舆斋宿必设警场,肃仪而严祀事。”　②琼囿:称神仙园囿。　③宝津:仙境河流。　④容车:送殡载运死者衣冠、画像之车。《后汉书·祭遵传》李贤注:“容车,容饰之车,象生时也。”　禁涂:宫中道路。　⑤鸾翣(shà):古之出殡棺饰,状如掌扇,雉羽为之。唐刘禹锡《德宗挽歌》:“凤翣拥铭旌,威迟异吉行。”　昭陵:宋仁宗葬永昭陵,宋人遂以昭陵为仁宗之代称。宋楼钥《王岐公立英宗诏草》:“昭陵以英宗为皇子。”　⑥蟠桃:神话中仙桃。见《山海经》及《汉武内传》。　涨(zhāng)海:南海之古称。《旧唐书·地理志》:“南海在海丰县南五十里,即涨海,渺漫无际。”　⑦灵真母:即西王母。灵真,道教指修真得道之人。　霞裾:犹霞衣。指仙人之衣裾。　⑧清都:神话传说中天帝所居之宫阙。《列子·周穆王》:“清都、紫微、钧天、广乐,帝之所居。”　⑨泉宫:指墓室。　银江:古代帝王陵墓中用水银灌注之湖泊河流。　仙凫:相传王乔为叶令,有神术。每月朔望,常自县诣台朝帝,辄有双凫飞来。网而得之,但得一舄焉。帝诏尚方察视,则四年中所赐尚书官属履也。事见《后汉书·方术传·王乔》。后常以“仙凫”为履之典实。　⑩东朝:古宫殿之别名。汉指长乐宫,太后所居。因在未央宫之东,故称。唐则指大明宫,即东内。此借指慈圣光献皇后所居后宫。

十二时

治平时,暂垂帘,佑圣子、解危疑[①]。坐安天下逾岁。

厌避万机，退处宸闱[②]。殿开庆养，志入希夷[③]。扶皓日，浴咸池[④]。看神孙、抚御千载，重雍累熙[⑤]。四方钦仰洪慈。阴德远，仁功积，欢养罄九域，礼无违[⑥]。事难期。乘霞去，乍睹升仙，诰下九围[⑦]。泣血涟如，更鸾车、动春晚，雾暗翠旂。路指嵩伊[⑧]，薤歌风吹[⑨]。悠飏逐风悲。珠殿悄，网尘垂。空坐湿，罔极吾皇孝思[⑩]。镂玉写音徽[⑪]。彤管炜[⑫]，青编纪，宁更美周雅，播声诗。

［注释］

①暂垂帘，佑圣子：据《宋史》卷二百四十二记载，英宗四岁，育禁中，曹后拊鞠勤备。及入嗣子，赞策居多。并与宰臣韩琦奉英宗即位。帝感疾，曹后垂帘年馀，权处军国大事。后“颇涉经史，多援以决事。中外章奏日数十，一一能纪纲要”。　解危疑：曹后辅侍三朝，多有解悬决疑之举。仁宗庆历八年，卫卒与内妾作乱，叩寝入后宫。后呼内侍合都知王守忠兵平之。肃清禁掖，救驾甚力。安石变法，神宗问疑，后喻罢青苗、助役之法。苏轼乌台得罪，下狱论死，后谏救之。均见《宋史》本传。　②宸闱：皇宫。退处宸闱，指曹后垂帘还政于英宗。　③希夷：《老子》“视之不见名曰夷，听之不闻名曰希”。河上公注：“无色曰夷，无声曰希。”后因以“希夷”指虚寂玄妙境界或清静无为，任其自然。　④皓日：明亮之日。亦喻君主。　⑤神孙：后嗣之美称。后称君主。宋王十朋《咏史诗·黄帝》：“别有庆源流不尽，皇朝叶叶是神孙。”　重雍累熙：谓累世太平。　⑥阴德：施德于人，人不知之。　⑦九围：九州。　⑧嵩伊：指河南嵩山与伊水。　⑨薤歌：即“薤露”。乐府《相和曲》名，古代挽歌。晋崔豹《古今注》卷中：“《薤露》、《蒿里》，并丧歌也。”　⑩罔极：《诗经·小雅·蓼莪》“父兮生我，母兮鞠我……欲报之德，昊天罔极”。朱熹注：“言父母之恩，如天无极，不知所以为报也。”后因以“罔极”指父母恩德无穷。　⑪镂玉：即镂玉裁冰。喻构思新颖精美。　音徽：美音，德音，亦指音容。　⑫彤管：杆身漆朱之笔，古女史记事用。

祔陵歌[①]

真人地，瑞应待圣时。巩原西，荥河会，涧洛与瀍伊[②]。众水萦回。嵩高映抱,几叠屏帏。秀岭参差,遥山群凤随。共瞻陵寝浮佳气,非烟朝暮飞[③]。龟筮告前期[④]。奠收玉斝,筵卷时衣[⑤]。銮辂晓驾载龙旂,路逶迟[⑥]。铃歌怨,画翣引华芝[⑦]。雾薄风微。真游远、闭宝阁金扉[⑧]。侍女悲啼,玉阶春草滋。露桃结子灵椿翠,青车何日归[⑨]。衔恨望西畿。便房一锁,夜台晓无期[⑩]。

[注释]

①祔陵:祔祭后死者于先祖陵庙。祔,配享或合葬。 ②漳洛瀍伊:古水名。四水均源出河南境内。《尚书·禹贡》:"伊、洛、瀍、涧,既入于河。" ③佳气:瑞气,云气。古以为吉祥、兴隆之象。"德至八方则祥风至,佳气时喜",见汉班固《白虎通·封禅》。 ④龟筮:占卜。古时占卜用龟,筮用蓍,视其象与数以定吉凶。 ⑤玉斝(jiǎ):玉制酒器。《说文》:"斝,玉爵也。"《宋史·礼志》:"太庙初献,依开宝例,以玉斝、玉瓒。" 时衣:四时衣服。 ⑥逶迟:遥远貌。唐王维《送高适弟耽归临淮作》诗:"都门谢亲故,行路日逶迟。" ⑦画翣:有彩画之棺饰,古代出殡用。 ⑧真游:作道教胜地或道观之游。 ⑨露桃:语本《乐府诗集·相和歌辞三·鸡鸣》"桃生露井上,李树生桃旁"。后因以"露桃"称桃树、桃花。 灵椿:古传说中长寿之树。典出《庄子·逍遥游》"上古有大椿者,以八千岁为春,八千岁为秋"。 青车:指帝王后妃之车。古天子居青阳,驾青龙,载青旗,衣青衣,故称。 ⑩夜台:指坟墓,亦借指阴间。

虞主回京四首[①]

仪仗内导引一曲

龙舆春晚,晓日转三川[②]。鼓吹惨寒烟。清明过后落花天,望池馆依然。东风百宝泛楼船,共荐寿当年[③]。如今又到苑西边,但魂断香軿[④]。

[注释]

①虞主：葬后虞祭时所立神主。 ②三川：指河、洛、伊三水也。 ③共荐：犹共祭。周代九祭之一，大祝掌管。共，供之借字，荐，祭时献牲也。 ④香軿：即軿车。有香味有帷幕之车。后妃贵人所乘，《说文》谓之"衣车"。

警场内三曲

六州

庆深恩，宝历正乾坤。前帝子[①]，后圣孙。援立两仪轩[②]。西宫大母朝寝门[③]，望椒闼常温[④]。芳时媚景，有三千宫女，相将奉、玉辇金根[⑤]。上林红英繁[⑥]。缥缈钧天，奏梨园。望绝瑶池，影断桃源[⑦]。恨难论，开禁阍[⑧]。春风丹旐翩翩[⑨]，飞翠盖、驾雕辒[⑩]。容卫入西原[⑪]。管箫动地清喧，陵上柏烟昏。残霞弄影，孤蟾浮天外，行人触目是销魂。问苍天，尘世光阴去如奔。河洛潺湲，此恨长存。

[注释]

①前帝子：指英宗、神宗。 ②援立两仪：指慈圣光献皇后扶立两朝、孝爱父母。宋曾巩《慈圣光献皇太后挽词并状》："（皇太后）在先帝及陛下之日，非特始终孝爱两仪。"后常借指君主之父母。 ③西宫大母：指西宫太后。大母，祖母。宋人特称太后。 ④椒闼：宫中后妃居处。 ⑤金根：即金根车。以黄金为饰，帝王所乘，驾六马，或称瑞车。 ⑥上林：古宫苑名。秦汉、南朝宋均有建造，故址各异。此泛指帝王园囿。 ⑦桃源：即桃花源。避世隐居之胜境。典出晋陶潜《桃花源记》。 ⑧禁阍：宫中门户。阍，守门者。 ⑨丹旐（zhào）：犹丹旌。旧时出丧所用红色铭旌。 ⑩雕辒（wēn）：指丧车。 ⑪容卫：古仪仗、侍卫。

十二时

望嵩邙[1]。永昭陵畔，王气压龙冈[2]。巩洛灵光[3]，郁郁起嘉祥。虚彩帟，转哀仗，闷幽堂[4]。叹仙乡路长。景霞飞松上。珠襦宵掩，细扇晨归，昆阆茫茫[5]。满目东郊好，红葩斗芳。韶景空骀荡[6]，对春色、倍凄凉。 最情伤，从辇嫔嫱[7]。指瑶津路，泪雨泣千行[8]。翠珥明珰[9]，曾忆荐琼觞[10]。春又至，人何往。事难忘，向斜阳断肠。听钧天嘹亮。清都风细，朱栏花满，谁奏清商[11]。紫幄重帘外，时飘宝香[12]。环珮珊珊响，问何日、反雕房。

[注释]

①嵩邙：嵩山与邙山之并称。 ②永昭陵：宋仁宗陵墓。 ③巩洛：巩与洛二地名之并称，地处今河南洛阳一带。 ④彩帟(yì)：盖于上方以避尘埃之平幕，缯为之。见《周礼·天官·幕人》郑玄注。 ⑤珠襦：帝、后及贵族之殓服。 昆阆：昆仑之阆苑，传说神仙所居。 ⑥骀(dài)荡：亦作"骀宕"。舒缓起伏，荡漾。 ⑦嫔嫱：宫中女官，天子诸侯姬妾。⑧瑶津：天河，仙界。借以婉称人死魂灵归宿处。 ⑨翠珥明珰：谓缀以翠色珠玉之耳饰。 ⑩琼觞：玉杯，酒杯。 ⑪清商：商声。古代五声之一。古谓其调凄清悲凉，故称。 ⑫紫幄：紫色帷幄。犹紫房，皇太后所居。

虞主歌

转紫芝[1]，指东都帝畿。愁雾里、箫声宛转，辇路逶迤。那堪见、郊原芳菲，日迟迟。对列凤翣龙旗，轻阴黯四垂。楼台绿瓦沍琉璃，仙仗归。寿原清夜，寒月掩褕袆[2]。翠幰雕轮[3]，空反灵螭。 憩长岐。嵩峰远，伊川渺弥[4]。此时还帝里，旌幡上下，葆羽葳蕤[5]。天街回，垂杨依依。过端闱，阊阖正辟金扉。觚棱射暖晖，虞神宝篆散轻丝[⑥]。空涕洟。望陵宫女，嗟物是人非[⑦]。万古千秋，烟惨风悲。

[注释]

①紫芝：亦称木芝褕袆，似灵芝。古人以为瑞草，道教以为仙草。②寿原：犹寿域。寿穴、坟茔。 褕袆（yú huī）：王后众王祀先王礼服，画雉形。见《周礼·天官·内司服》及郑玄注。 ③翠幰：饰以翠羽之车帷。 ④伊川：伊水流经之伊河流域。 ⑤葆羽：仪仗名。以鸟羽为饰。亦泛指卤簿或作天子之代称。 ⑥虞神：即虞祭。葬后而祭，有安神之意。 ⑦陵宫：即陵寝。《宋史·乐志十六》："山阴处，茂林修竹芊芊。望陵宫，应弗远，金粟堆前。"

虞主祔庙仪仗内导引一首

轻舆小辇，曾宴玉栏秋。庆赏殿宸游[①]。伤心处，兽香散尽，一夜入丹邱[②]。翠帘人静月光浮，但半卷银钩[③]。谁知道，桂华今夜，却照鹊台幽[④]。

[注释]

①殿宸：帝王居所。 ②丹邱：亦作"丹丘"。传说中仙人居地。 ③银钩：喻弯月。 ④桂华：指月。 鹊台：宋陵台。《宋史·礼志二五》："南神门至乳台，乳台至鹊台，皆九十五步。乳台高二十五尺，鹊台增四尺。"

五年景灵宫神御殿成奉迎导引一首[①]

新宫翼翼，钜丽冠神京[②]。金虬蟠绣楹[③]。都人瞻望洪纷处，陆海涌蓬瀛[④]。仙舆缥缈下圆清[⑤]，彩仗拥天行。煟黄珠幄承灵德[⑥]，锡羡永升平。

[注释]

①神御殿:即原庙,安放先朝帝王御容、牌位而岁时祭祀处所。《宋史·礼志十二》:“神御殿,古原庙也,以奉安先朝之御容。”据《宋史·神宗纪》载,宋神宗元丰五年(1082)壬午,“景灵宫成,告迁祖宗神御。癸未,初行酌献礼。” 奉迎:恭迎。 ②翼翼:翼翼然而严正,言能依就准绳,墙屋方正也。 钜丽:谓规模宏大而华丽。曾巩《道山亭记》:“人以屋室钜丽相矜,虽下贫必丰其后。” 神京:帝都;首都。 ③金虬:金龙。 ④洪纷:雄伟多彩。《文选·扬雄〈甘泉赋〉》:“下阴潜以惨懔兮,上洪纷而相错。”刘良注:“言台高,其下潜阴不明,其上广大光彩交错也。” 陆海:物产富饶之地。 ⑤圆清:犹“九清”。谓九天也。 ⑥煴黄:犹言黄澄澄。《汉书·礼乐志》:“照紫幄,珠煴黄。”

慈孝寺彰德殿迁章献明肃皇后御容赴景灵宫衍庆殿奉安导引一首

九清云杳,飙驭邈难追。功化盛当时[①]。保扶仁圣成嘉靖,彤管载音徽[②]。天都左界抗华榱[③],仙仗下逶迤。宝楹黼帐承神贶,万寿永无期[④]。

[注释]

①功化:功业与教化。《汉书·贾谊传赞》:“使时见用,功化必盛。” ②保扶仁圣:据《宋史·后妃传》载,仁宗幼冲,明肃视为己出,抚视甚勤。真宗阅奏至中夜,后皆预闻。真宗崩,保扶太子。仁宗年少,后与同御承明殿。虽政出宫闱,然号令严明,恩威有加,宫掖不敢妄作。 音徽:美音;德音。 ③华榱(cuī):雕画之屋椽。 ④黼帐:华帐。汉司马相如《美人赋》:“芳香芬烈,黼帐高张。有女独处,婉然在床。”

八年神宗灵驾发引四首[①]

导 引

金殿晚,注目望宫车。忽听受遗书。白云缥缈帝乡去，抱弓空慕龙湖[2]。瑶津风物胜蓬壶，春色至、望雕舆。花飞人寂寂，凄凉一梦清都。

[注释]

①八年：元丰八年三月神宗皇帝崩于福宁殿，年四十八。皇太子煦即皇帝位。九月上大行皇帝谥曰英文烈武圣孝皇帝，庙号神宗。　②帝乡：天宫，仙乡。

六　州

炎图盛，六叶正，协重光[1]。膺宝瑞，更法度，智勇超轶成汤[2]。昭回云汉烂文章，震扬威武慑多方。生民帖泰拥殊祥[3]。封人祝颂，万寿与天长[4]。岂知丹鼎就，龙下五云旁[5]。飘然真驭[6]，游衍仙乡。泣彤裳。　伊落洋洋[7]，嵩峰少室相望[8]。藏弓剑，游衣冠，俊功盛德难忘[9]。泉台寂、鱼烛荧煌[10]。银海深、凫雁翱翔[11]。想像平居谩焚香。望陵人散，翠柏忽成行。犹馀嵩峰月，夜夜照幽堂，千秋陈迹凄凉。

[注释]

①炎图：因炎德而兴之帝业。五行家谓赵宋以火德王，故称。《宋史·乐志八》："神之言归，化斯有光；相我炎图，万世无疆。"　重光：喻累世盛德，光辉相承。　②成汤：亦称"成商"。商开国之君。陆德明释文云："汤伐桀，武功成，故号成汤。"　③帖泰：安宁、安定。　④封人：古官名。《周礼》地官司徒之属官，掌守帝王社坛及京畿之疆界。　⑤"岂知"句：用黄帝铸鼎龙湖乘龙飞去之典。　五云：青、白、赤、黑、黄五色云。古以为吉兆，为帝王所在之地。　⑥真驭：仙驭。　⑦伊落：指伊水与洛水。两水汇流，故多连称。落为"洛"之误。　⑧少室：山名，在河南登封北，嵩山西。　⑨藏弓剑：据传黄帝葬桥山，山崩，棺空，唯剑存。见《史记·封禅书》及汉刘向《列仙传·黄帝》。后因以"弓剑"为对已故帝王寄托哀思

之词。 游衣冠:汉制。每月旦,取高帝之衣冠于陵墓宫殿,移至高帝之宗庙,谓之游衣冠。 隽功:卓越功业。 ⑩鱼烛:人鱼膏所制之烛。语本《史记·秦始皇本纪》:“葬始皇郦山……以人鱼膏为烛,度不灭者久之。” 荧煌:辉煌。 ⑪银海:古帝王陵墓中所建人工湖,灌注水银而成。

十二时

珍符锡佑启真人,储思在斯民①。勤劳日升万物,皆入陶钧②。收威柄,更法令,鼎从新③。东风吹百卉,上苑正青春④。流虹节近,衣冠玉帛,交奏严宸。万寿祝尧仁⑤。忽听宫车晚出,便号慕,瞻云路,企龙鳞⑥。 穷天英⑦,冠古精神。杳然上僸,人空望、属车巡⑧。虚仗星陈。画翣环拥龙辅⑨。泉宫掩,帝乡远,邈难亲,反雕轮。飞羽盖、还渡天津。雾迷朱服,风摇细扇,触目悲辛⑩。列嫔嫱,垂红泪,浥行尘⑪。相将问,何日下青旻。

[注释]

①储思:谓专心致志,集中心思。 ②日升:喻万物茂盛生长。语出《诗经·小雅·天保》:“如月之恒,如日之升。” 陶钧:本指制陶之转轮。常喻治国大道或指天地造化。 ③威柄:指威力,权力。《后汉书·丁鸿传》:“夫威柄不以放下,利器不可假人。”李贤注:“威柄,谓《周礼》之八柄,即爵、禄、生、置、予、夺、废、诛也。” 鼎从新:即鼎新、更新、革新。 ④上苑:皇家园林。 ⑤万寿祝尧仁:“尧观乎华,华封人曰:‘嘻,圣人。’请祝圣人,使圣人寿。”见《庄子·天地》。又传尧在位九十八年,寿逾百岁。后因以祝尧寿为祝颂帝王长寿之套语。甚或专有祝尧龄曲。见宋周密《武林旧事·圣节》。 ⑥号(háo)慕:“万章问曰:‘舜往于田,号泣于旻天,何为其号泣也?’孟子曰:‘怨慕也。’……大孝终身慕父母。五十而慕者,予于大舜见之矣。”见《孟子·万章上》。后遂以“号慕”谓哀号父母之丧,表怀恋追慕之情。 云路:即云辂。云状纹饰之车。多为天子车乘。 龙鳞:皇帝衮服、龙袍。唐杜甫《秋兴》诗之五:“云移雉尾开宫扇,

日绕龙鳞识圣颜。” ⑦天英：空中绚丽之色彩。南朝齐张融《海赋》：“于是乎山海藏阴，云尘入岫。天英编华，日色盈秀。” ⑧属车：帝巡侍从车，或曰副车。秦汉而降，皇帝大驾属车八十一乘，法驾属车三十六乘，分左中右三列行进。《汉书·贾捐之传》：“鸾旗在前，属车在后。”颜师古注：“属车，相连属而陈于后也。” ⑨龙輴（chūn）：载天子棺柩之车。其车辕画以龙。见《礼记·檀弓上》郑玄注。 ⑩朱服：红色官服。《南史·何胤传》：“时胤单作祭酒，疑所服。陆澄博古多该，亦不能居，遂以玄服临试，尔后详议，乃用朱服。祭酒朱服，自此始也。” ⑪红泪：魏文帝美人薛灵芸，闻别父母，嘘欷累日，泪下沾衣。至升车告别之际，以玉唾壶承泪，壶则红色。及至京师，壶中泪凝如血矣。见晋王嘉《拾遗记》。后因以“红泪”称美人泪。

永裕陵歌①

升龙德，当位富春秋②。受天球③，膺骏命，玉帛走诸侯。宝阁珠楼临上苑，百卉弄春柔④。隐约瀛洲，旦旦想宸游。那知羽驾忽难留⑤。八马入丹丘，哀仗出神州。笳声凝咽，旌旗去悠悠。 碧山头。真人地，龟洛奥，凤台幽，绕伊流。嵩峰冈势结蛟虬。皇堂一闭威颜杳，寒雾带天愁。守陵嫔御，想像奉龙輈⑥。牙盘赭案肃神休⑦，何日觌云裘⑧。红泪滴衣襩⑨，那堪风点缀、柏城秋⑩。

[注释]

①永裕陵：宋神宗陵，在河南巩义西南。宋人习以永裕陵代称神宗。苏轼《送陈伯修察院赴阙》诗：“裕陵固天纵，笔有云汉姿。” ②龙德：圣人之德，天子之德。《易经·乾》：“潜龙勿用，何谓也？子曰：龙德而隐者也，不易乎世。” 当位：在位，任职。 春秋：指春秋两季之祭祀。 ③天球：玉名。《尚书·顾命》：“大玉、夷玉、天球、河图，在东序。”孙星衍注引郑玄曰：“天球，雍州所贡之玉，色如天者。” ④春柔：春日柔软枝条。 ⑤羽驾：传说以鸾鹤为驭之坐车。亦借指神仙。 ⑥龙輈：辕端刻龙头之车。借指天子之车。輈，车辕也。 ⑦牙盘：谓雕饰精美之盘。 神休：神明

赐予之福祥。 ⑧云裘：古时天子祭天地须穿裘服，故用以借指天子。见《周礼·天官·司裘》。 ⑨衣褠：袖狭而直状如沟之单衣。见《释名·释衣服》及王先谦疏证补。 ⑩柏城：指皇陵。古代帝、后陵寝环筑墙，列植柏树，故称。

虞主回京四首

导 引

上林寒早，仙仗转郊圻[1]。笳鼓入云悲，逶迤辇路过西池[2]。楼阁锁参差。都人瞻望意如疑，犹想翠华归[3]。玉京传信杳无期，空掩赭黄衣。

[注释]

①西池：西王母所居瑶池之异称。 ②翠华：天子仪仗中饰以翠羽之旗帜或车盖。

六 州

承圣绪，垂意在升平[1]。驱貔虎，策豪英[2]。号令肃天兵。四方无复羽书征[3]，德泽浸群生。睿谋雄俊，绌汉高狭陋，慕三皇二帝，登闳缉乐缀文明[4]。将升岱岳告功成[5]。玉牒金绳[6]，腾宝飞声，事难评。 轩鼎就、清都一梦俄顷[7]。飞霞佩，乘龙驭，羽卫入高清[8]。祥光浮动五色，迎鸾凤，杂箫笙。因山功就，同轨人至，铭旌画翣，行背重城[9]。楚笳凝咽，汉仪雄盛，攀慕伤情[10]。惟馀内传，知向蓬瀛[11]。

[注释]

①圣绪:帝王之统绪。 垂意:留意,垂顾。 ②貔虎:猛兽。喻勇猛将士。 ③羽书:犹羽檄。 ④汉高:即汉高祖刘邦。 三皇二帝:三皇,传说中上古三帝,所指各异,或云伏羲、神农、黄帝。二帝,指唐尧、虞舜。 登闳:高大,高远。 ⑤岱岳:即泰山。 ⑥玉牒:帝王封禅、郊祀之玉简文书。 金绳:用以编连策书之绳索。 ⑦轩鼎:即"轩辕鼎"。黄帝所造之鼎。黄帝姓公孙,居轩辕之丘,故名轩辕。黄帝铸鼎事见《史记·封禅书》。 ⑧霞佩:仙女饰物。借指仙女。 高清:即高冥、高空。 ⑨重城:宫城。 ⑩汉仪:汉宫威仪。泛指礼仪之制。 攀慕:谓对驾崩帝王之哀号思慕。 ⑪内传:记逸闻遗事之传记。如《汉武内传》。

十二时

太平时,御华夷。躬听断破危疑[①]。春秋鼎盛,绌声乐游嬉。日升繁机,长驾远驭垂[②]。意在轩羲[③]。恢六典、斥三垂[④]。有殊尤绝迹,盛德魄周施[⑤]。方将缀缉声诗。扩皇纲,明帝典,绍累圣重熙,高拱无为。 事难知。春色盛,逼千秋嘉节,忽闻玉几[⑥],颁命彤闱[⑦],厌世御云归[⑧]。翊翠凤,驾文螭。缥缈难追。侍臣宫女,但攀慕号悲。玉轮动,指嵩伊。龙镳日益远空游,汉庙冠衣。惟盛德巍巍。镂玉册,传青史,昭示无期。

[注释]

①听断:听奏而决断。常指听论断狱。《荀子·荣辱》:"政令法,举措时,听断公。" ②长驾远驭:同"长辔远驭"。放长辔远行。喻帝王凭谋略羁縻鄙远之地,垂拱而治也。 ③轩羲:轩辕、伏羲之并称。 ④六典:古治国之法典。 有六:曰治典、曰教典、曰礼典、曰政典、曰刑典、曰事典。见《周礼·春官·大宰》。唐开元二年陆坚奉诏撰《唐六典》,略同。 三垂:犹三边。《文选·扬雄〈羽猎赋〉》:"虽颇割其三垂,以赡齐民。"李善注:"三垂,谓西方、南方、东方。" ⑤殊尤:特异事也。汉司马

相如《封禅文》:“未有殊尤绝迹,可考于今者也。” ⑥玉几:玉制矮桌,帝王批阅文书。 ⑦彤闱:朱漆宫门。借指朝廷。 ⑧厌世:去世。此指皇帝驾崩。

虞神

复土初[1],明旌下储胥[2]。回虚仗,箫笳互奏,旌旆随驱。岂知飙御在蓬壶,道萦纡。风日惨、六马踌躇[3]。留恨满山隅。不堪回首,翠柏已扶疏。帝城渐迩,愁雾锁天衢。公卿百辟,鳞集云敷[4]。 迓龙舆。端门辟,金碧凌虚[5]。此时还帝都。严清庙,入空时,升文物,灿烂极嘉娱[6]。配三宗,号称神,古所无。帝德协庙虞[7]。九歌毕奏斐然殊[8]。会轩朱[9],神具燕喜,锡福集皇居[10]。更千万祀,佑启邦图。

[注释]

①复土:谓掘穴下棺,以所掘之土覆棺为坟。《周礼·地官·小师徒》郑玄注云:“丧役,正棺引窆复土。” ②明旌:旧时竖柩前或敷棺上标志死者官衔、姓名之长幡。《礼记·檀弓下》:“铭,明旌也。以死者为不可别已,故以其旗识之。” ③六马:秦以降,天子车驾用六马。 ④百辟:百官。唐白居易《醉后笔酬刘五主簿长句之赠》诗:“阊阖晨开朝百辟,冕旒不动香烟碧。” 鳞集:犹群集。 ⑤端门:宫殿正南门。 凌虚:腾空。 ⑥“严清庙”句:另本断句为,“严清庙,入空时升,文物灿烂极嘉娱”。 ⑦庙虞:太庙虞祭。 ⑧九歌:古乐。相传为禹时乐歌。《左传·文公七年》:“九功之德,皆可歌之,谓之九歌。” ⑨会轩朱:古帝王轩辕、朱襄并称。《汉书·礼乐志》:“九歌毕奏斐然殊,鸣琴竽瑟会轩朱。”王先谦补注曰:“是轩朱谓轩辕、朱襄二帝会集也;上言乐器,故下言始制乐器之人。”《宋史·乐志九》:“腾歌胪欢,会于轩朱。” ⑩燕喜:宴饮喜乐。《诗经·小雅·六月》:“吉甫燕喜,既多受祉。”朱熹《集传》:“此言吉甫燕饮喜乐,多受福祉。”

神主祔庙导引一首

岁华婉娩，侍宴玉皇宫[1]。雕辇出房中。岂知轩后丹成去，望绝鼎湖龙[3]。寿原初掩九虞终，归跸五云重。惟馀宝册书鸿烈，清庙配三宗[3]。

[注释]

①婉娩：亦作"婉晚"。迟暮。宋欧阳修《摸鱼儿》词："可惜年华婉娩，西风初弄庭菊。" ②轩后：即黄帝轩辕氏。唐魏征《奉和正日临朝应诏》："百灵侍轩后，万国会涂山。" ③宝册：帝王用于上尊号或册立、册封之诏册。

政和三年追册明达皇后导引一首[1]

来嫔初载，令德冠层城[2]。柔范蔼徽声[3]。熊罴梦应芳兰郁，佳气拥雕楹[4]。珠宫缥缈泛蓬瀛，脱屣世缘轻[5]。空馀宝册光琼玖，千古仰鸿名[6]。

[注释]

①明达皇后：即徽宗刘贵妃。初入宫，即大幸。由才人七迁至贵妃。政和三年(1113)九月薨。徽宗甚悲，追册为皇后，谥曰明达。 ②令德：美德。 ③柔范：指阃范、闺范。 徽声：美誉。 ④熊罴梦：熊罴皆为猛兽，因以熊罴梦为生男之兆。 ⑤脱屣：喻轻视之，无所顾恋，如脱履然。 ⑥琼玖：琼与玖，泛指美玉。

神主祔别庙导引一首[1]

柔容懿范，早岁蔼层闱[2]。兰梦结芳时[3]。秋风一夜惊罗幕，鸾扇影空回。荣追袆翟盛威仪[4]，遗像掩瑶扉。春来只有芭蕉叶[5]，依旧倚晴晖。[6]

[注释]

①此为悼祭明达皇后之词。 ②层闱:王宫。 ③兰梦:"初,郑文公有贱妾曰燕姞,梦天使与己兰,曰:'余为伯鯈。余,而祖也;以是为而子。'……生穆公,名之曰兰。"见《左传·宣公三年》。后因以"梦兰"为得子征兆。唐元稹《感逝》诗:"头白夫妻分无子,谁令兰梦感衰翁。" ④袆翟:绘有雉形图案之王后祭服。 ⑤芭蕉:据《宋史·后妃传》载,明达后入宫时,曾手植芭蕉于庭曰"是物长,吾不及见矣"!已而果然。明达薨,帝不胜悲焉。 ⑥唐氏按:曹元忠辑徽宗词,以此二首及下别庙一首为宋徽宗作。

景灵西宫坤元殿奉安钦成皇后御容导引一首[①]

云軿芝盖,仙路去难攀。海浪溅三山,重迎遗像临驰道,还似在人间。西宫瑶殿指坤元[②],璇榜耸飞鸾[③]。移升宝殿从新诏,盛典永流传。

[注释]

①钦成皇后:神宗妃,哲宗母。本姓崔,早孤,后随继父朱姓,鞠于任氏。熙宁初(1068)入宫为御侍,进才人、婕妤,累进德妃。哲宗即位,尊为皇太妃。徽宗崇宁元年(1102)二月薨,年五十一。追册为皇后,上尊号钦成。 ②坤元:与"乾元"对称。指大地资生万物之德。《易经·坤》:"至哉坤元,万物资生,乃顺承天。"孔颖达疏:"至哉坤元者,叹美坤德。" ③璇榜:玉饰匾额。

别庙导引一首[①]

蓬莱邃馆,金碧照三山。真境胜人间。秋风又见芭蕉长,遗迹在人寰。 云轩一去杳难攀[②],斑竹彩舆还[③]。深宫旧监闻箫鼓,怅望惨朱颜。

(以上《宋史·乐志十五》)

[注释]

①别庙：太庙之外别立之庙。《新唐书·礼乐志》："其追赠皇后、追尊皇太后、赠皇太子往往皆立别庙。"此词据词意亦当为悼祭明达皇后。 ②云轩：云车。仙人车驾。此指明达后仙驾。 ③斑竹：亦即"湘妃竹"。晋张华《博物志》卷八："尧有二女，舜之二妃，曰湘夫人。帝崩，二妃啼，以涕挥竹，竹尽斑。" 彩舆：即彩轿。

高宗郊祀大礼鼓吹歌曲五首[①]

导　引

圣皇巡狩，清跸驻三吴[②]。十世嗣瑶图[③]。边尘不动干戈戢，文德溥天敷。灰飞缇室气潜嘘[④]，郊见紫坛初。归来赦令楼前下，喜气溢寰区。

[注释]

①高宗：即赵构，字德基，徽宗第九子。初封康王。靖康二年徽钦北掳。构仓皇南下。明年五月，登位受命，改元建炎，定都临安（杭州）。绍兴三十年崩，在位三十六年，庙号高宗。 ②巡狩：亦作"巡守"。谓天子出巡，察邦国州郡。《尚书·舜典》："岁二月，东巡狩，至于岱宗，柴。"孔传："诸侯为天子守土，故称守。巡，行之。" 三吴：地名。所指各异。多指苏州、杭州、湖州。宋司马光《送杨太祝忱知长州县》诗："三吴佳县首，民物旧熙熙。" ③十世：自太祖迄高宗适十世。 ④缇室：古代察候节气之室。室门户紧闭，密布缇缦，故名。其候气之法："为室三重，户闭，涂衅必周，密布缇缦。室中以木为案，每律各一，内庳外高，从其方位，加律其上，以葭莩灰抑其内端，案历而候之。气至者灰动。"见《后汉书·律历志上》。

六　州

双凤落，佳气蔼龙山[①]。澄江左，清湖右，日夜海潮翻。因吉地、卜筑圜坛[②]。宏基隆陛级，神位周环。边陲静、挂起櫜鞬[③]。奠枕海隅安[④]。三年亲祀，一阳初动，虔修大报，高处紫烟燔[⑤]。　看鸣銮，钩陈肃，天仗转，朔风寒。孤竹管，云和瑟，乐奏彻天关。嘉笾荐、玉奠玙璠[⑥]。奉神欢，九霄瑞气起祥烟。来如风马歘然[⑦]。还留福，已滋繁。回龙驭，升丹阙，布皇泽，春色满人间。

[注释]

①龙山：即龙山佳会。《晋书·孟嘉传》载，重九桓温大聚佐僚于龙山。后遂以"龙山会"为重九登高聚会。　②圜坛：即圜丘。古帝王冬至祭天处。后亦用以祭天地。　③櫜鞬（gāo jiān）：櫜，盛箭矢之器；鞬，盛弓之物。　④奠枕：犹安枕。汉扬雄《法言·寡见》："昔在姬公，用于周而四海皇皇，奠枕于京。"李轨注："安枕而卧，以听于京师。"　⑤一阳动：冬后白日渐长，古人以为是阳气初动。故冬至又称一阳生。孔颖达疏《易经·复》云："冬至一阳生，是阳动用而阴复于静也。"　紫烟：紫色瑞烟。　⑥玙璠（yú fán）：美玉，君所佩。　⑦风马：疾驰如风之马。

十二时

日将旦，阴曀潜消[①]，天宇扇祥飙[②]。边陲静谧，夜熄鸣刁。文教普旁昭[③]，兴太学，多士舒翘[④]。奉宗祧[⑤]，新庙榜宸毫[⑥]。配侑享于郊[⑦]。慈宁万寿，四海仰东朝。　男女正，中壶至桃夭[⑧]。年屡稔，漕舟衔尾夥，高廪接楹饶。庙堂自有、擎天一柱，功比汉庭萧[⑨]。多少群工同德，俊乂旁招[⑩]。吉祥诸福集，燮理四时调[⑪]。三年郊见，六变奏咸韶[⑫]。望云霄，降福与唐尧。

[注释]

①阴曀（yì）：云翳。　②祥飙：瑞风。《宋史·乐志十六》："辇路祥

飙，换拂绛纱袍。”　③普旁：普遍。　④太学：建于京城之国学。名始见于西周。西汉武帝元朔五年（前124）立五经博士，弟子五十人，太学始置。历代因革，名制稍变。　多士：指众多贤士。亦指百官。《诗经·大雅·文王》：“济济多士，文王以宁。”　舒翘：伸展；舒展。　⑤宗祧（tiāo）：宗庙。祧，远祖之庙。《礼祭·祭法》：“远庙为祧。”　⑥宸毫：天子御笔。　⑦配侑：配食，陪祭。　⑧中壶：古宴礼制。亦为娱乐之戏。宾主依次以矢投盛酒之壶，以中否决胜负，负者饮酒。见《礼记·投壶》。　桃夭：《诗经·周南》有《桃夭》篇，盛赞男女婚姻以时，室家之好。后因以指婚嫁。　⑨庙堂：朝廷。　汉庭萧：指汉朝开国功臣萧何。　⑩群工：众乐工。《仪礼·大射》：“大师及少师上工皆降立于鼓北，群工陪于后。”郑玄注：“群工陪于后，三人为列也。”　俊乂：亦作“俊艾”。指才德出众之人。《尚书·皋陶谟》：“翕受敷施，九德咸事，俊乂在官。”　⑪燮理：协和治理。《尚书·周官》：“立太师、太傅、太保，兹惟三公，论道经邦，燮理阴阳。”孔传：“和理阴阳。”　⑫郊见：古帝王礼上帝诸神于郊外。见《史记·封禅书》。　咸韶：尧乐《大咸》与舜乐《大韶》之并称。亦泛指古乐。宋王禹偁《南郊大礼诗》之六：“人间草木沾皇泽，天上咸韶送寿觞。”

奉禋歌

苍苍天色是还非。视下应疑，亦若斯。统元气，覆无私①。四时寒暑推移。物蕃滋，造化有谁知。严大报，反本始，礼重祀神祇②。律管灰吹③。黄宫动，阳来复，景长时④。车陈法驾，仗列黄麾⑤。帝心祗。紫霄霁，霜华薄，星烂明垂。祥烟起，纷敷浮衮冕，六变笙镛迭奏，一诚币玉交持⑥。宫漏声迟。千官显相多仪，百神嬉。风马云车，来止来绥⑦。诞降纯禧。受神策、万年无极，歌颂昊天，成命周诗⑧。

［注释］

①元气：天地混沌之气。《汉书·律志上》：“太极元气，函三为一。”

颜师古注引孟康曰:“元气始起于子,未分之时,天地人混合为一。”唐陈子昂《谏致理书》:“元气者,天地之始,万物之祖。” ②本始:原始,本初。 ③律管:亦称“律筦”。竹管或金制定音器。律管十二,其要者有五:宫、商、角、徵、羽。见《六韬·五音》。古人亦用以作测候季节变化之器具。《梦溪笔谈·象数一》引晋司马彪《续汉书》,“候气之法,于密室中,以木为案,置十二律,各如其方,实以葭灰,覆以缇缦,气至则一律飞灰。” ④黄宫:黄钟宫。古以十二乐律应十二月,黄钟代仲冬之月,即十一月。宋曾巩《贺杭州赵资政冬状》:“窃以布律而候,气萌动于黄宫;立表以须,景长至于南极。” ⑤黄麾:皇帝出巡之仪仗。宋真宗、徽宗均曾排麾仗。见《续资治通鉴·宋真宗大中祥符元年》及宋吴曾《能改斋漫录·记事一》。 ⑥一诚:犹言专诚。《淮南子·说林训》:“管子以小辱成大荣,苏秦以百诞成一。” 币玉:古之祭祀礼品。 ⑦风马云车:“灵之车,结玄云……灵之下,若风马。”见《乐府诗集·郊庙歌辞一》。后以“风马云车”指神仙之车乘。 ⑧神策:卜筮所用之蓍草。《史记·封禅书》:“黄帝得宝鼎神策。” 成命周诗:《诗经·周颂·昊天有成命》“昊天有成命,二后受之”。成命,既定之天命。周诗,即指《诗经·周颂》。

降仙台

升烟既罢,良夜未晓,天步下神邱[①]。锵锵鸣玉佩,炜炜照金莲,杳蔼云裘[②]。彩仗初转,回龙驭、旌旆悠悠。星影疏动与天流,漏尽五更筹[③]。 大明升,东海头[④]。杲杲灵曜,倒影射旗旒[⑤]。辇路具修,葱郁瑞光浮,归来双阙看御楼。有仙鹤、衔书赦囚[⑥]。万方喜气,均祉福,播歌讴。

[注释]

①升烟:祭祀。《仪礼·觐礼》:“祭天燔柴,祭山丘陵升,祭川沉。”此燔祭也。 神邱:祭社之坛也。邱亦作“丘”。 ②金莲:本《南史·齐纪下·废帝东昏侯》“凿金为莲花以帖地,令潘妃行其上,曰:此步步生莲花也”。后因以称美人步态之美。 ③五更筹:天将明时。旧时自黄昏至拂晓一

夜间分五更，又云五鼓、五夜。筹，算筹也。 ④大明：指日。《易经·乾》："云行雨施，品物流行，大明终始，六位时成。" ⑤杲杲：明亮貌。⑥仙鹤衔书：即指鹤头书。古之用于招贤纳士之诏书，仿佛鹤头，故称。

亲耕籍田四首

导　引

春融日暖，四野瑞烟浮。柳菀更桑柔。土膏脉起条风扇，宿雪润田畴[①]。金根毂转如雷动，羽卫拥貔貅[②]。扶携老稚康衢满，延跂望凝旒[③]。　斗移星转，一气又环周[④]，六府要时修[⑤]。务农重谷人胥劝，耕籍礼殊尤。坛壝岳峙文明地，黛耜驾青牛[⑥]。雍容南亩三推了，玉趾更迟留[⑦]。

[注释]

①脉起：脉发。即春暖地温回升，水气蒸发，土壤湿润。 ②貔貅（pí xiū）：古籍中两猛兽。后多以喻勇猛之士卒。 ③延跂：延颈企踵。伸头颈，踮脚跟，仰慕企羡之状。 凝旒：冕旒静止不动。为帝王肃穆专注状。此处代称帝王。 ④斗移星转：北斗转向，星座移位。 ⑤六府：古以水、火、金、木、土、谷谓之六府。 ⑥坛壝（wěi）：坛场，祭祀之所。《周书·武帝纪》："丁亥，初立郊丘坛壝制度。" ⑦南亩：谓农田。南坡向阳，利谷生长，古人辟田多向南，故称。

六　州

昭圣武，不战屈人兵[①]。干戈戢，烽燧息，海宇清宁。民丰业，歌咏升平。愿咸归畎亩，力穑为甿[②]。经界正、东作西成[③]。农务轸皇情。躬亲耒耜，相劝深耕。人心感悦，击壤沸欢声。　乘鸾辂，羽旗彩仗鲜明。传清跸，行黄道,缇骑出重城[4]。仰瞻日表,映朱纮[5]。环佩更锵鸣,百执公卿[6]。不辞染履意专精,准拟奉粢盛[7]。田多稼,风行遐迩,家家给足,胥庆三登[8]。

[注释]

①圣武:圣明英武。旧时称颂帝王之词。《尚书·伊训》:"惟我商王,布绍圣武,代虐以宽,兆民允怀。" ②畎亩:田地,田野。 力穑:努力耕作。 甿(méng):农民。 ③经界:土地、疆域之分界。 ④黄道:帝出巡所经之道。李白《上之回》诗:"万乘出黄道,千骑扬彩虹。" 缇骑:着赤色军服之骑士。泛指贵官随从卫队。汉执金吾下有缇骑二百人。⑤日表:旧称帝王之仪表。 朱纮:天子冠冕上赤色系带。《周礼·夏官·司马》:"弁师掌王之五冕……皆五采十有二,玉笄朱纮。" ⑥百执:即百执事之省。犹百官。 ⑦粢盛(zī chéng):盛于祭器中谷物。《公羊传·桓公十四年》何休注曰:"黍稷曰粢,在器曰盛。" ⑧三登:《汉书·食货志》:"三考黜陟,馀三年食,进业曰登;再登曰平,馀六年食;三登曰泰平,二十七岁遗九年食。"意谓二十七年连续五谷丰登矣。亦借指天下太平。

十二时

临寰宇,恭己岩廊[1]。属意在耕桑。爱民利物,德迈陶唐。跻俗尽淳庞[2]。开千亩、帝籍神仓[3]。举彝章[4],祇祓坛场[5],为农事祈祥。涓辰行礼,节物值春阳[6]。罄斋庄[7],明德荐馨香[8]。 宫禁邃,嫔妃并御侍,穜稑献君王[9]。中闱表率,阴教逾光[10]。帐殿霭煐黄。梐枑设、翠幕高张[11]。庆云翔。樽罍陈酒醴,金石奏宫商。神灵感格,岁岁富仓箱[12]。庆明昌,行旅不赍粮[13]。

[注释]

①恭己:谓恭谨以律己。《论语·卫灵公》:"无为而治者,其舜也与?夫何为哉?恭己正南面而已矣。" 岩廊:高峻廊庑。《汉书·董仲

舒传》："盖闻虞舜时，游于岩廊之上，垂拱无为，而天下太平。"亦借指朝廷。 ②淳庞：犹淳厚。 ③帝籍：即帝藉。天子亲耕之田。《礼记·月令》孙希旦集解："天子藉田千亩，收其谷为祭祀之粢盛，故曰帝藉。" ④彝章：常典，旧典。 ⑤祗祓：恭谨祓祀。 ⑥涓辰：选择吉辰。涓，择也。春阳：春之阳光。亦喻帝恩。 ⑦斋庄：严肃诚敬。《礼记·祭义》："孝子将祭祀，必有斋庄之心以虑事。" ⑧明德：才德兼备者。 ⑨穜稑（tóng lù）：谷类。《周礼·天官·内宰》："上春，诏王后帅六宫之人，而生穜稑之种，而献之于王。"郑玄注引郑司农曰："先种后熟谓之穜，后种先熟谓之稑。" ⑩阴教：女子教化，妇德。语本《周礼·天官·内宰》。 ⑪梐枑（bì hù）：以条木交叉而成之栅栏，置官署前遮拦人马，又称行马。 ⑫感格：谓感于此而达于彼。 ⑬赍粮：携粮。

奉禋歌

吾皇端立太平基，奉祀肃雍、格神祇[①]。抚御耦，降嘉种何辞[②]，手览洪縻[③]。命太史视日，祗告前期。验穹象，天田入望更光辉[④]。掌礼陈仪。搜巨典，迎春令，颁宣温诏遍九围[⑤]。　　人尽熙熙[⑥]。仰明时[⑦]，俨垂衣。佳气氤氲表庞禧。丰年屡，大田生异粟，含滋吐秀，九种传图，尽来丹阙，瑞应昌时[⑧]。亨运正当摄提[⑨]，伫见咏京坻。躬稼穑，重耘耔[⑩]。盛礼兴行先百姓，崇本业，忧勤如禹稷，播在声诗[⑪]。

[注释]

①肃雍：亦作"肃邕"。庄严雍容，整齐和谐。多指祭祀时气氛与乐声。 ②御耦：帝王藉田所用之农具。《文选·潘岳〈藉田赋〉》："我皇乃降灵坛，抚御耦。"李善注："《论语》曰：'长沮、桀溺耦而耕。'郑玄曰：'耜，广五寸，二耜为耦。'" 嘉种：优良谷种。 ③洪縻：大辔，长辔。縻，缰辔。 ④穹象：天象。 天田：帝王之藉田。 ⑤春令：春之节令。唐郑谷《咸通十四年府试木向荣》诗："欣欣春令早，蔼蔼日华轻。" ⑥熙熙：

和乐貌。《老子》:"众人熙熙,如享太牢,如登春台。" ⑦明时:政治清明时代。古时常用以称颂本朝。 ⑧九种:指《易》、《书》、《诗》、《春秋》、《礼》、《乐》、《论语》、《孝经》及小学九种儒家经典。名目各异,此据《汉书·艺文志》。 ⑨亨运:亨通世运。谓太平盛世。 摄提:"摄提格"之省称。岁星名。古岁星纪年法中十二辰之一。当干支纪年法中之寅年。 ⑩耘耔:《诗经·小雅·甫田》"今适南亩,或耘或耔"。谓除草培土。后因以"耘耔"泛指从事田间劳作。 ⑪盛礼:盛大礼仪。 本业:农业。

显仁皇后上仙发引三首[①]

导 引

长乐晚彩戏莱衣[②],奄忽梦报仙期[③]。帝乡渺渺乘鸾去,啼红嫔御不胜悲[④]。苍梧烟水杳难追,肠断处、过江时。银涛千万叠,不知何处是瑶池。

[注释]

①显仁皇后:徽宗韦贤妃,高宗赵构母。靖康二年从上皇北迁。高宗南渡即位,遥尊为宣和皇后。绍兴七年(1137),徽宗客死金,高宗号恸,遥尊母为皇太后。预作慈宁宫,乞金放归。绍兴十二年遣使迎归至临安。绍兴二十九年九月崩于慈宁宫,享年八十。谥曰显仁。《宋史》有传。 ②长乐:西汉有长乐宫,后遂借以泛指宫殿。 莱衣:相传春秋楚老莱子侍奉双亲至孝,行年七十,犹着五彩衣,为孺子戏。后因以"莱衣"指小儿所穿五彩衣,着莱衣以示对双亲孝养。 ③奄忽:疾速,倏忽。 仙期:婉言死期。 ④帝乡:天宫,仙乡。

六 州

中兴运,孝治格升平[①]。回骁驭,弭凤驾,册宝初上鸿名[②]。龙楼问寝候鸡鸣[③],更翻莱戏彩衣轻[④]。坤躔夜照老人星⑤。金觞上寿，长愿燕慈宁⑥。乘云何处去，愁断紫箫声。追思金殿，椒壁丹楹⑦。　又谁知、勤俭仁明⑧。风行化被宫庭。佑圣主，底明时，阴功暗及生灵⑨。离宫晚、花卉娉婷⑩。甲观高、潮海峥嵘⑪。往事回头忽飘零。空留嫔御，掩泣望霓旌。会稽山翠，永祐陵高，而今便是蓬瀛⑫。

[注释]

①中兴：此指中途振兴，转衰为盛。宋王观国《学林·中兴》："中兴者，在一世之间，因王道衰而有能复兴者，谓之中兴。"此为高宗偏安江南之称。　②骢驭（guī）：浅黑色车驾。骢，浅黑色马。　弭凤驾：谓控驭皇后车驾徐徐而行。弭，止息。此指绍兴十二年高宗遣使迎归显仁太后。　册宝初上：指绍兴七年高宗遥上北徙之母韦氏皇太后册宝于慈宁宫。见《宋史·后妃传下》。　③龙楼：汉代太子宫门。　④唐氏按：莱，原作"来"，从《宋会要》。　⑤坤躔：此借指韦后所居之处。躔，日月星辰运行之黄道。　老人星：又名"寿星"。　⑥慈宁：显仁太后韦氏所居之宫殿，绍兴七年高宗为母预建。　⑦椒壁：椒、泥所涂之壁。多指后妃室。　⑧勤俭：据《宋史》载，韦后性节俭，有司进金唾壶，太后易之，改用涂金。宫中赐与不过三千，所得供用财帛，堆积国库。　⑨阴功：据《宋史》本传载，太后好佛老。初，高宗出使，有小妾言，见四金甲人执刀剑以卫。太后曰："我祠四圣谨慎，必其阴助。"　⑩离宫：正宫外供帝王出巡时所居之宫。亦指太子居室。　⑪甲观：汉代楼观名。犹言第一观。为皇太子所居。后泛指太子宫。见《汉书·成帝纪》颜师古注。　⑫会稽：在浙江绍兴东南。相传夏禹大会诸侯于此计功，故名。一名防山，又名茅山。　永祐陵：宋徽宗皇陵。显仁皇后即葬于永祐陵之西，祔神主太庙徽宗室。

十二时

炎图景运正延鸿，文思坐深宫①。慈宁大养，乐事时奏宸聪[②]。皇龄永,恩霈下,遍寰中。君王乘彩服,嫔御上瑶钟[③]。年年诞节,就盈吉月,交庆流虹[④]。欢洽意方浓。　不觉仙游渺邈,但号泣苍穹。追慕念音容。诗书慈俭,配古追踪[⑤]。躬行四德,谁知继、二南风[⑥]。移盼俄空,宝鉴脂泽尘封[⑦]。清都远,帝乡遥,杳难通。想云軿、还上瀛蓬。稽山何在,当年禹宅,万古葱葱[⑧]。最难堪,潮头定,海波融。

[注释]

①文思:指才智、道德。古专用以称颂帝王。《尚书·尧典》陆德明释文:"经天纬地谓之文,道德纯备谓之思。"　②大养:显仁太后韦氏南归大内,优游慈宁,但知家事,不预外庭,高宗用孝尽礼,太后得颐养天年。宸聪:谓皇帝之听闻。　③瑶钟:玉制酒钟。多借指美酒。　④诞节:即诞圣节。帝王生日。宋赵彦卫《云麓漫钞》卷三:"诞圣节始于唐明皇,号曰千秋节,又改为天长节。"《宋史·选举制五》:"凡诞圣节及三年大祀,皆听奏一人。"此指太后生日寿宸。据载:太后七十宫中行庆寿礼,太后寿登八十,复行庆礼。官封天下。　⑤诗书:指《诗经》、《尚书》。《左传·僖公二七年》:"《诗》、《书》,义之府也;《礼》、《乐》,德之则也。"　⑥四德:古代女子四德行。《周礼·天官·九嫔》:"掌妇学之法,以教九御妇德、妇言、妇容、妇功。"郑玄注:"妇德谓贞顺,妇言谓辞令,妇容谓婉娩,妇功谓丝枲。"　二南:指《诗经》之《周南》与《召南》。《晋书·乐志上》:"周始二《南》,《风》兼六义。"　⑦脂泽:脂粉、香膏之类化妆品。　⑧稽山:即会稽山之省称。在今浙江绍兴。相传禹巡狩至会稽而崩,因葬焉。上有孔穴,民间云禹入此穴。

显仁皇后神主祔太庙导引一首

道　宫

返虞长乐,犹是忆宾天[①]。何事驾仙軿[②]。箫笳仪卫辞宫阙,移仗入云烟。於皇清庙敞华筵,昭穆谨承先[③]。

千秋长奉烝尝孝，永享中兴年。

[注释]

①宾天：婉言天子驾崩。亦可泛指尊者之死。 ②仙軿：仙人车驾，借指皇帝车驾。 ③昭穆：古之宗法制，宗庙或宗庙中神主之排列次序，始祖居中，以下祖父、父子递为昭穆，左为昭，右为穆。父曰昭，子曰穆。见《周礼·春官·小宗伯》郑玄注。

钦宗皇帝导引一首[①]

道　宫

鼎湖龙远，九祭毕嘉觞。遥望白云乡[②]。箫笳凄咽离天阙，千仗俨成行。圣神昭穆盛重光，宝室万年藏。皇心追慕思无极，孝飨奉烝尝。[③]

[注释]

①钦宗：赵桓，徽宗长子。元符三年（1100）生，靖康元年（1126）即位，二年随上皇徽宗被胁北行，北宋遂亡。绍兴三十一年（1161年）客死金。上尊谥曰恭文顺德仁孝皇帝，庙号钦宗。 ②白云乡：本《庄子·天地》"乘彼白云，至于帝乡"。后因以"白云乡"为仙乡。 ③唐氏按：以上二首原不注宫调，据《宋会要辑稿》第十二册《礼七》补。

安穆皇后导引一首[①]

凤箫声断，缥缈溯丹丘[②]。犹是忆河洲[③]。荧煌宝册来天上，何处访仙游。葱葱郁郁瑞光浮[④]，嘉酌侑芳羞[⑤]。雕舆绣幰归新庙，百世与千秋。

[注释]

①安穆皇后：孝宗赵昚郭皇后，光宗母。孝宗为普安郡王时纳郭氏，

封咸宁郡夫人。绍兴二十六年(1156)薨,年三十一。初追封淑国夫人,赠福国夫人。既建太子,追封大太子妃。及受禅,追册为皇后。谥恭怀,寻改安穆。及营阜陵,又改成穆,祔孝宗庙。事见《宋史·后妃传下》。 ②溯:寻求;追溯。 ③河洲:《诗经·周南·关雎》"关关雎鸠,在河之洲。窈窕淑女,君子好逑"。毛传:"后妃说乐君子之德,无不和谐。又不淫其色,慎固幽深,若关雎之有别焉,然后可以风化天下。"后因以"河洲"为称美后妃之德之典实。 ④葱葱郁郁:即郁郁葱葱。气旺盛貌。宋王安石《南乡子》词:"自古帝王州,郁郁葱葱佳气浮。" ⑤芳羞:美食。

景灵宫奉安神御三首①

徽宗皇帝导引

中兴复古,孝治日昭鸿。原庙饰瑰宫。金壁千门磻万碣,楹桷竞穹崇②。亭童芝盖拥旌龙③,列圣俨相从。共锡神孙千万寿,龟鼎亘衡嵩④。

[注释]

①神御:先朝帝王肖像。御,御容。 ②磻万碣(xì):磻,同"磐"。大石。碣,承柱圆石墩。汉张衡《西京赋》:"雕楹玉碣,绣碣而云楣。"此指大石承楹也。 楹桷:园柱与方形椽。 穹崇:高貌。 ③亭童:羽饰纷披貌。唐温庭筠《雍台歌》:"黄金铺首画钩陈,羽葆亭童拂交戟。" ④龟鼎:元龟与九鼎。古为国之重器。因以喻帝位。 衡嵩:指南岳衡山与中岳嵩山。

显仁皇后导引

坤仪厚载,遗德满寰中①。归御广寒宫。玉容如在飙舆远,长乐起悲风。 霓旌绛节下层空,云阙晓曈昽②。真游千载安原庙,圣孝与天通。

[注释]

①坤仪厚载：犹母仪坤载。多以称颂帝后，言为天下母之仪范也。《易经·坤》："坤厚载物，德合无疆。"孔颖达疏："以其广厚，故能载物。"此言帝后功德博厚，如地之载育万物。　②曈昽(tóng lóng)：太阳初升，由暗渐明。

钦宗皇帝导引[①]

深仁厚德，流泽自无穷。仙驭倏宾空[②]。衣冠未返苍梧远，遥望鼎湖龙[③]。　人间仿佛认天容[④]，缥缈五云中。帝城犹有遗民在，垂泪向西风[⑤]。

（以上《宋史·乐志十六》）

[注释]

①钦宗：赵桓，靖康二年(1127)变乱，为金人所掳，在位二年。　②宾空：谓帝王之死。委婉语。　③衣冠：代称缙绅、士大夫。　④唐氏按：认，原作"诏"，从《宋会要》。　天容：天子容貌。唐张说《唐享太庙乐章·太和》："绳绳云步，穆穆天容。"　⑤遗民：劫后之民。此泛指北宋沦陷区百姓。

安恭皇后上仙发引三首[①]

黄钟羽导引[②]

金殿晚、愁结坤宁[③]，天下母、忽仙升。云山浩浩归何处，但闻空际彩鸾声。　紫箫断后无踪迹，烟霭霭，夜澄澄。晓梦到瑶城[④]，当时花木正冥冥。

[注释]

①安恭皇后：即宋孝宗成恭夏皇后。夏氏初入宫，为宪圣太后阁中侍

御。普安郡王夫人郭氏薨,太后以夏氏赐王,封齐安郡夫人。孝宗即位,进贤妃。逾年,奉上皇命,立为皇后。乾道三年(1167)崩,谥安恭。宁宗时改谥成恭。　②黄钟羽:黄钟,乐律十二律之首。　③坤宁:即坤宁宫。帝后所居。　④瑶城:犹"瑶津"。

六　州

娟娟月,初未缺,忽沉西[①]。桂枝残,寒兔下,惟见露脚斜飞[②]。六宫歌笑奉瑶墀[③],一朝寂寞掩袆衣[④]。夜星不动玉鸾嘶[⑤]。沉沉何处,愁雾锁金扉。　群仙瞻道范,肃驾到蓬池[⑥]。紫清逸辔,飞电奔驰。又谁知,一世柔仪[⑦]。椒涂玉钮金螭[⑧]。赞圣主,膺天命,功勤曾佐雍熙[⑨]。瑶天隔,玉闼低迷[⑩]。五云高、绛府参差[⑪]。往事如今好寻思,留得香笺镂管、写新诗。但看芳猷美[⑫],宝册传徽,隆名万古昭垂。

[注释]

①娟娟:明媚貌。宋司马光《和杨卿中秋月》:"嘉宾勿轻去,桂影正娟娟。"　②桂枝:传说月中有桂树,因以"桂枝"代月色。　寒兔:指秋月。传说月中有玉兔,故称。　③瑶墀:玉阶。亦借朝廷。　④袆(yī)衣:美衣。袆,美也。　⑤玉鸾:即"玉銮"。车铃之美称。　⑥道范:敬称人之容颜、风范。　肃驾:犹言车驾庄严。指帝王及扈从之车驾。　蓬池:即蓬莱池。　⑦柔仪:犹闺范。　⑧椒涂:皇后居室。因以椒涂壁,故名。　玉钮:华美之门。指帝王或仙人所居。钮,《中兴礼书》作"钿"。　⑨功勤:犹功劳。三国魏曹植《薤露行》:"愿得展功勤,输力于明君。"　雍熙:谓和乐升平。　⑩唐氏按:瑶,《中兴礼书》作"三"。　⑪绛府:仙人所居。唐吴筠《步虚词》之五:"真气溢绛府,自然思无邪"。　⑫芳猷:犹美德。

十二时

皇家景运合无疆，天子坐明堂。丰年多黍，四方争报时康。酒常清，花易好，寿君王。天宫见玉女，大笑亿千场[①]。不知何事，椒涂暗淡，瑶殿凄凉[②]。宝镜玉台光。可奈画眉人去，脂泽散馀芳[③]。极目望潇湘[④]。　波遥草远，只见残阳。南山古阜，松柏茂，蔚苍苍。杳霭宫商，风过金殿琳瑯[⑤]。导歌繁，严鼓近，惨悲伤[⑥]。水凝愁，山攒恨，烟淡云黄[⑦]。神山何在，蟠桃已远，弱水何长[⑧]。最难堪，回翟雉[⑨]，返鸾凰。向芙蓉别殿、谩焚香[⑩]。

（以上《宋会要辑稿》第九册《乐八》）

[注释]

①亿千：极言数之多。"神道一成，升彼九天。寿同三光，何但亿千。"见晋葛洪《神仙传·阴长生》。　②唐氏按：《中兴礼书》无"何事"二字。③画眉：以黛描眉。据《汉书·张敞传》载，敞无威仪，又为妇画眉。上尝问之，对曰："臣闻闺房之内，夫妇之私，有过于画眉者。"后遂以"画眉"喻夫妇感情融洽。唐朱庆馀《近试上张水部》诗："妆罢低声问夫婿，画眉深浅入时无？"　④潇湘：指湘江。　⑤殿：唐氏按，《中兴礼书》作"玉"。⑥导歌：导引所唱之歌。　严鼓：急鼓，促鼓。　⑦淡：唐氏按，《中兴礼书》作"暗"。　⑧弱水：古神话传说称险恶难渡之河海为弱水。《海内十洲记·凤麟洲》："凤麟洲在古海之中央，地方一千五百里，洲里有弱水绕之，鸿毛不浮，不可越也。"宋苏轼《金山妙高台》诗："蓬莱不可到，弱水三万里。"　唐氏按：弱水，《中兴礼书》作"若木"。　⑨翟（dí）雉：长尾山鸡。　⑩向芙蓉：唐氏按，《中兴礼书》作"音容远"。

神主祔庙道宫导引

紫鸾飞去，玉殿锁坤宁，珠箔俨银屏[①]。仙家不似人间世，无处觅云軿。　金铺肃肃湛严扃，天册下彤庭[②]。

嘉觞好在新宫荐，万世妥神灵。

（《中兴礼书》卷二百八十七）

[注释]

①紫鸾：神鸟。　珠箔：即珠帘。　②金：金饰铺首。《文选·司马相如〈长门赋〉》："挤玉户以撼金铺兮，声噌吰而似钟音。"李善注："金铺，以金为铺首也。"此指门环下的铜片。

庄文太子薨导引一首[①]

秋月冷、秋鹤无声。清禁晓、动皇情[②]。玉笙忽断今何在，不知谁报玉楼成[③]。　七星授辔骖鸾种，人不见，恨难平[④]。何以返霓旌，一天风露苦凄清。

[注释]

①庄文太子：讳愭。孝宗嫡长子，母郭皇后。初名愉，寻赐愭。乾道元年，立为皇太子。乾道三年病逝，年二十四，谥庄文。见《宋史·传第五》。　薨：死之别称。　②清禁：指皇宫。皇宫清禁严肃，故称。　③玉楼：传说天帝或仙人之居处。　④七星：即七星车，灵车。　骖鸾：谓仙人驭鸾云游。

加上太上皇帝太上皇后册宝[①]导引一首

皇家多庆，亲寿与天长。德业播辉光，焜煌宝册来清禁，玉篆映金相。庭闱尊奉会明昌，佳气溢康庄。洪禧[②]申辑名增衍，亿载颂无疆。

[注释]

①册宝：犹册封。　②洪禧：大福。

虞主赴德寿宫导引[1]一首

上皇天大，华旦焕尧文[2]。鸿福浩无垠。羽龙俄驾灵軿去，空锁鼎湖云[3]。稽山翠拥浙江渍，归旆卷缤纷。仙游指日严升祔，万载颂高勋。

［注释］

①虞主：古代葬后虞祭时所立之神主。高宗生前禅位后居德寿宫，故此为高宗神主。　德寿宫：宋宫名。原为绍兴十五年宋高宗钦赐秦桧之大宅，并有高宗亲笔题额"一德格天之阁"，后改为德寿宫。绍兴三十一年高宗退位后常居此。　②上皇：太上皇之简称。此指宋高宗赵构。　华旦：吉日良辰；光明盛世。　③灵軿：载运灵柩之车。《文选·潘岳〈哀永逝文〉》："尽余哀兮祖之晨，扬明燎兮援灵軿。"

祔庙导引一首

虞觞奉主，仙驭返皇宫。礼典极钦崇。云旗前导开清庙，龙管咽薰风[1]。　巍巍尧父告神功[2]，追慕孝诚通。千秋万岁中兴统，宗祀与天同。

［注释］

①云旗：画有熊虎图案之大旗。《史记·司马相如列传》"靡云旗"张守节《正义》："画熊虎于旌，似云气也。"　龙管：笛之美称。　薰风：初夏东南风。《吕氏春秋·有始》："东南曰薰风。"相传舜唱《南风歌》，有"南风之薰兮"句，后因以"薰风"代称《南风歌》。　②尧父：指帝尧。尧，为古帝陶唐氏之号，常借指贤明能干之君主或圣人。父，古为男子之美称。

淳熙十六年高宗神御奉安导引一首[1]

中兴揖逊，功德仰兼隆[2]。仁泽被华戎。鼎湖俄痛遗弓堕，日日想威容[③]。　柔仪懿范与尧同，飙驭俨相从。灵宫真馆偕来燕，垂裕永无穷[④]。

[注释]

①淳熙十六年：即1189年。淳熙，宋孝宗赵昚年号。　②揖逊：犹揖让。美称皇帝禅让。《宋史·孝宗本纪》载，绍兴三十二年，高宗禅位皇太子，自称太上皇。　③遗弓：黄帝骑龙升天时坠落之弓。事见《史记·封禅书》。后以"遗弓"为帝王驾崩之婉语。　④燕：同"宴"。　垂裕：谓垂业绩或声名于后人也。

恭上寿圣皇太后至尊寿圣皇帝寿成皇后尊号册宝导引一首[①]

皇家盛事，三殿庆重重[②]。圣主极推崇。瑶编宝列相辉映，归美意何穷[③]。　钧韶九奏度春风，彩仗焕仪容。欢声和气弥寰宇，皇寿与天同。

[注释]

①寿圣皇太后：即高宗宪圣慈烈吴皇后。曾身历高宗、孝宗、光宗三朝。孝宗即位，上尊号曰寿圣太上皇后，光宗即位，更号曰寿圣皇太后，以寿圣故，不称太皇太后。孝宗崩，始正太皇太后之号。　寿圣：高宗帝尊号。　寿盛皇后：即孝宗成肃谢皇后。　②三殿：当时太皇太后在世，与太后、皇后并称三殿；若无太皇太后，则天子与太后、皇后亦称三殿。宋程大昌《演繁露·三宫三殿》："国朝有太皇太后时，并皇太后、皇后称三殿，其后，乘舆行幸，奉太后，偕皇后以出，亦曰三殿。"　③归美：称赞、赞美。《宋书·武帝纪中》："由是四海归美，朝野推崇。"

加上寿圣皇太后尊号册宝导引一首[①]

重亲万寿，八帙衍新元[②]。礼典备文孙[③]。温温和气迎长日，宝册焕瑶琨[4]。　徽音显号自尧门[5]，德行已该存[6]。更期昌算齐箕翼，愈久愈崇尊[7]。

[注释]

①上尊号：光宗绍熙四年，寿圣皇太后寿八十，帝乃觐后，奉册礼，加尊号曰隆慈备福。五年，帝率群臣行庆寿礼。见《宋史·后妃传》。　②重亲：祖父母与父母之并称。　八帙：亦作“八秩”。　新元：据《宋史·宁宗本纪》载，光宗患疾，太皇太后年八秩垂帘，宣光宗手诏，辅立皇子嘉王为帝，改元庆元，是为宁宗。　③文孙：指周文王之孙。《尚书·立政》：“继自今文子文孙。”孔传：“文子文孙，文王之子孙。”后泛用为对他人子孙之美称。　④瑶琨：语出《尚书·禹贡》“厥贡惟金三品，瑶、琨”。孔传：“瑶、琨皆美玉。”后用以泛指美玉美石。　⑤尧门：即“尧母门”。⑥该存：全存。　⑦昌算：指寿命。　箕翼：箕星、翼星。均为二十八宿之一。

庆元六年光宗皇帝发引一首

笳鼓发，云惨寒空。丹旐去，卷悲风[1]。忧勤六载亲几务，有巍巍、圣德仁功[2]。　褰裳尊处大安宫[3]，荆鼎就、遽遗弓。仙游攀不及，臣民号恸诉苍穹。

[注释]

①丹旐：犹丹旌，铭旌也。　②六载：光宗在位近六载。　③褰裳：谓帝王禅位。典出《竹书纪年》卷上，“舜设坛于河，依尧故事，禅位于禹。歌曰：‘日月有常，星辰有行精华已……竭，褰裳去之。’绍熙五年，光宗因疾禅位于皇子嘉王。嘉王即位于重华宫之素幄，是为宁宗。尊光宗为太上皇帝，皇后为寿仁太上皇后，移御泰安宫。”见《宋史·光宗本纪》。

神御奉安导引一首[1]

龟书畀姒，历数在皇躬[2]。揖逊仰高风[3]。鼎湖龙去遗弓堕，冠剑锁深宫。　涂山齐德翊成功[④]，仙魄早宾空。珍台闲馆栖神地，献飨永无穷。

[注释]

①神御：先朝帝王之肖像。御，谓御容。　②龟书畀姒：《文选·张衡〈东京赋〉》"龙图授羲，龟书畀姒"。薛综注引《尚书·洪范》孔传曰："天与禹，洛出书，谓神龟负文而出，列于背。"即谓神龟负书出，禹于洛水得之，此天赐龟书予禹，符瑞之征也。畀（bì），赐与也；姒（sì），禹之姓。历数：指帝王世袭之序也。古人以为帝位相承与天象运行之序相应也。③揖逊：即揖让，禅位。此指光宗禅位于宁宗也。　④涂山：古国名。相传夏禹娶妻涂山又合诸侯于涂山，执玉帛者万国。见《史记·夏本纪》及《左传·哀公七年》。故以"涂山"代称夏禹也。　齐德：齐其功德。翊（yì）：辅佐。

嘉泰二年加上寿成太皇太后册宝导引一首[①]

思齐文母，盛德比姜任[②]。拥佑极恩深[③]。汤孙归美熙鸿号，镂玉更绳金[④]。　虞庭万辟萃华簪[⑤]，法仗俨天临[⑥]。展闱庆典年年举，千古播徽音。

[注释]

①嘉泰二年：即1202年。嘉泰为宁宗赵扩年号。　寿成太皇太后：即孝宗成肃谢皇后。光宗受禅，上尊号寿成皇后，宁宗嘉泰二年加慈佑太皇太后。　②思齐（zhāi）：《诗经·大雅·思齐》"思齐大任，文王之母。思媚周姜，京室之妇"。齐，庄敬貌。思，朱熹释为语辞。大任，文王之生母也；周姜，即大姒，文王之妃也。终《思齐》篇盛赞大任、周姜之贤德，后因以用为赞美母教及内助之词。　文母：对后妃之称颂。　③拥佑：拥戴、护佑。　④汤孙：商汤子孙。　⑤虞庭：亦作"虞廷"。指虞舜之朝廷。虞舜为古之圣明君主，故以"虞庭"为"圣朝"之代称。　⑥天临：上天照临下土。喻天子之治。

宁宗郊祀大礼四首

六　州

皇抚极，明德贯乾坤。信星列，卿云烂，辉亘紫微垣①。思报贶、明诏祠宫，练时搜旷典，紫畤觚坛，昭孝德、亲御和銮②。振鹭玉珊珊③。精纯谒款，膋萧炾炀，黄流湛澹，百末布生兰④。　扣天阍，延飞驾，相仿佛，降云端。神光集，嘉向应，霭霭万衣冠⑤。竣熙事清晓轻寒，恣荣观。华衣雾縠般般⑥，乾坤并贶庆君欢。翘首圣恩宽。遵皇极，沛天泽，灵心怿，龟鼎永尊安⑦。

［注释］

①信星：土星，又名镇星。　②练时：父母丧后周年之祭称小祥，着已练布帛，故小祥之祭称练时。　紫畤（zhì）：紫色祭坛，帝王祭祀天地五帝之场所。　觚坛：有棱角之祭坛。　和銮：同“和鸾”。车上铃铛。　③振鹭：《诗经·周颂·振鹭》“振鹭于飞，于彼西雝”。孔颖达疏：“言有振振然洁白之鹭鸟往飞……美威仪之人臣而助祭王庙亦得其宜也。”后因以“振鹭”喻在朝操行纯洁之贤人。振，群飞貌。　珊珊：玉佩声。　④膋（liáo）萧：油脂与艾蒿。古祀神时焚之以散发馨香。　炾炀（huǎng yáng）：照明，照耀。　黄流：酒也。　湛澹：清澈。　百末：众药草粉末，亦指百末美酒。　⑤嘉向：亦作“嘉享”。谓祭礼时神灵歆享。《汉书·郊祀志下》：“孝弟之道备，而神祇嘉享，万福降辑。”　⑥雾縠：薄雾般轻纱。　般般：众多貌。　⑦皇极：“皇帝治天下之准则，即所谓大中至正之道。《尚书·洪范》：皇极，皇建其有极。”孔颖达疏：“皇，大也；极，中也。施政教，治下民，当使大得其中，无有邪僻。”

十二时

宵景霁，河汉清夷。旷典讲明时。合祛升侑，孝德爰熙[①]。陈祼闷宫,澮觞太室,来奏天仪[②]。駰苍螭[③],玉辂驭蕤绥[④]。觚陛展躬祠[⑤]。长梢饰玉,翠羽秀金支。华始倡,雅韵出宫垂。　　神来下,云车风马,缤晻蔼、宴栖迟[⑥]。毕觞流胙,柴烟竣事,棠梨回谒,宣室受蕃釐[⑦]。盛德无心专飨,端为民祈。云恩有截,雨泽霈无涯[⑧]。君王愉乐,和气溢瑶卮[⑨]。寿天齐,长拥神基。

[注释]

①合祛:"以为封祥告成,合祛于天地神祇,祇戒精专以接神明。"见《汉书·兒宽传》。颜师古注引李奇曰:"祛,开散;合,闭也。开闭于天地也。"　升侑(yòu):谓升至配享地位。　②陈祼(guàn):陈设祼祭,祼,以香酒灌地而求神降临。《尚书·洛诰》:"王入太室祼。"孔颖达疏:"王以圭瓒酌郁鬯之酒以献尸,尸受祭而灌于地,因奠不饮,谓之祼。"　太室:太庙有五室,中央曰太室,亦指太庙。　③苍螭:苍龙。　④蕤绥:盘曲升腾貌。⑤觚陛:棱角整齐之台阶,借指坛场。　躬祠:帝王亲身祭祀。　⑥云车风马:指神仙车乘。　⑦流胙:祭祀用酒肉。　棠梨:棠梨宫,汉宫名。《三辅黄图·甘泉宫》:"棠梨宫在甘泉苑垣外云阳三十里。"亦泛指帝宫。宣室:殷、汉之宫殿。见《淮南子·本经训》及《史记·屈原贾生列传》。后泛指帝王所居之正室。　蕃釐:洪福。　⑧云恩:盛恩也。如云之多也。有截:《诗经·商颂·长发》"苞有三蘖,莫遂莫达,九有有截。韦顾既伐,昆吾夏桀"。　郑笺:"九州齐一截然。"　⑨和气:和睦融洽之气。　瑶卮:玉制酒器。

奉禋歌

葭飞璇籥,孕初阳[①]。云绝清台、荐景祥[②]。风应律,日重光。岁功顺,底金穰,寿而康[③]。庭壶乐无疆[④]。皇展报,新礼乐,觚陛咏宾乡[⑤]。珠幄煩黄。登瑞缫[⑥],陈俎豆,澮嘉觞。衮衣辉焕,宝佩琳琅。奠椒浆[⑦]。庆阴阴[⑧],神来下,风翥龙骧。灵燕喜,锡符仍降嘏[⑨],镛管琳琅。欢亮神之出，祓兰堂[⑩]。辇路天香。轻烟半袅旂常，祉滂洋[⑪]。受釐宣室，返驭斋房[⑫]。恩与风翔。华封祝[⑬]、皇来有庆，八荒同寿，宝历无疆。

［注释］

①葭飞：古人烧苇膜成灰，置律管中，以占气候，葭灰飞出律管，示某节候已到。见《后汉书·律历志上》。　璇籥：用以测定气候之玉管。　初阳：古谓冬至一阳生，因冬至立春前为初阳。　②清台：古之天文台。《三辅黄图·台榭》："汉灵台，在长安西北八里，始曰清台，本为候者观阴阳天文灾变，更名灵台。"　③金穰：古据太岁运行之位以预测年谷丰歉。太岁行至西宫(正西方)称"岁在金"，年丰也。　④庭壶：宫庭之内。　⑤展报：施报。　宾乡：指仙乡。　⑥缫(zǎo)：玉器彩垫，用以荐玉。见《仪礼·聘礼》及郑注。　⑦奠椒浆：即椒奠。洒椒酒于地以奠。《宋史·乐志七》："光流桂俎，祥衍椒奠。"　⑧阴阴：荫蔽覆盖。　⑨降嘏：降福。⑩兰堂：芳洁厅堂。　⑪滂洋：众多广大貌。《汉书·礼乐志》："神嘉虞，申贰觞。福滂洋，迈延长。"颜师古注："滂洋，饶广也。"　⑫受釐：汉制祭天地五，祭后皆以祭馀之肉归致皇帝，以示受福，叫受釐。釐(xī)：即"胙"，祭馀之肉。　⑬华封祝：据《庄子·天地》载，尧观乎华，华封人叹为圣人，请祝圣人者三：祝圣人寿，祝圣人富，祝圣人多男子。尧感三辞焉。后因以"华封三祝"为祝颂之辞。华封者，谓华地守封疆之人也。

降仙台

星芒收采，云容放晓，羲驭渐扬明[①]。觚坛竣事，斋风袅、衮衣轻。銮路尘清。甘泉卤簿，祲威肃、回轸旋衡[②]。千官导从綦簪缨。钧奏间韶英。　瞻龙闱，近凤城。都人云会，芬茀夹道欢迎[③]。宸极尊荣，卮玉庆熙成。琼楼天上起和声。布春泽，洪畅寰瀛[④]。嵩呼万岁，鳌三抃、颂升平[⑤]。

[注释]

①羲驭:日之代称。传说羲和为日驭,故称。 ②卤簿:古帝王驾出时扈从之仪仗。汉蔡邕《独断》卷下:"天子出,车驾次弟谓之卤簿。"又见《通典·礼六七》及唐封演《封氏闻见录·卤簿》。 祲威:盛大声威。《宋史·乐志七》:"八神呵跸,千官景从。回轸还衡,祲威盛容。" ③芬茀(fú):犹芬馥。茀,汉扬雄《甘泉赋》:"香芬茀以穹隆兮,击簿栌而将荣。" ④春泽:春雨。喻恩泽。晋潘岳《西征赋》:"弛秋霜之严威,流春泽之渥恩。" ⑤嵩呼:汉元封元年春,武帝登嵩山,从祀吏卒皆三闻高呼万岁之声。事见《汉书·武帝纪》。后臣下祝颂帝王,高呼万岁,亦谓之"嵩呼"。 鼇三抃(biàn):《楚辞·天问》"鼇戴山抃",传说中能负山之大海龟。后以"鼇抃"状欢欣鼓舞。宋陆游《瑞庆节贺表》:"虹流电绕,适当圣作之辰;鼇抃嵩呼,共效寿祺之祝。"

景献太子薨导引一首[1]

霜月苦,宫鼓冬冬。霓旐启,鹤闱空[2]。洞箫声断知何处,海山依约五云东。 玉符龙节参神闷[3],昭圣眷、惨天容[4]。千古恨无穷。遍山松柏撼悲风。

[注释]

①景献太子:燕懿王之后,艺祖十一世孙。初名与愿。宁宗既失兖王,取与愿养于宫中,后立太子,出居东宫,更名询。嘉定十三年薨,年二十九,谥景献。事见《宋史·传第五·宗室三》。 ②霓旐(zhào):旐,丧用魂幡。 鹤闱:犹鹤禁。太子所居之处。 ③闷(bì):后妃之居。 ④玉符龙节:玉制信物,龙形符节。

宁宗皇帝发引三首

导 引

三弄晓,云黯天低[1]。攀六引,转悲凄[2]。俭慈孝哲钟天性，深仁厚泽遍群黎。　　东西南北徯商霓[3]。功甫就，别宸闱。臣民千古恨，几时羽卫带潮归。

[注释]

①三弄：古曲名。即《梅花三弄》。　②六引：引挽天子丧车之绳索。《周礼·地官·大司徒》："大丧，帅六乡之众庶，属其六引，而治其政令。"　③徯（xī）：归向。　商霓：言盼商汤平乱以活民。见《尚书·仲虺之诰》。

六　州

明天子，昔日丕纂鸿图[1]。躬道德，崇学问，稽古训，访群儒。日亲广厦、论唐虞[2]。讲求政治、想都俞[3]。君臣一德、志交孚[4]。外夷效顺，犹自选车徒[5]。仁恩霑四国，固结满寰区[6]。千年宗社，万岁规摹。　　重新天命出乾符[7]，老癃策杖相扶[8]。愿观德化遍方隅，幸无死须臾。谓宜圣寿等嵩呼。遽登云舆，上龙湖，宸居幽寂紫云孤。宸章宝画，但与日星俱[9]。龙帷凤翣已载涂[10]，忍听笳鼓嗟呼。

[注释]

①丕纂：大继也。丕，大也；纂，继也。　②广厦：高大屋庐。　③都俞：叹美之辞，"都俞吁咈"之省称。《尚书·益稷》："禹曰：'都！帝，慎乃在位。'帝曰：'俞！'"又《尧典》："帝曰'吁，咈哉'"都、俞、吁、咈均为叹词。以为可，则曰都、俞；以为否，则曰吁、咈。后因以"都俞吁咈"形容君臣论政问答，融洽雍睦。　④交孚：谓相与信任也。《易经·睽》："睽孤，遇元夫，交孚，厉无咎。"王弼注："同志相得而无疑焉，故曰交孚也。"　⑤车徒：车马侍从。　⑥固结：牢固团结。汉张衡《东京赋》："洪恩素蓄，民心固结。"　⑦乾符：旧指帝王受命于天之吉祥征兆。　⑧老癃：衰老病弱。　⑨宸章：帝王诗文。　⑩龙帷凤翣（shà）：天子车驾仪仗。

十二时

弋绨革舄最仁贤[①],俭德自躬全。忧勤庶政,三十馀年[②]。金风肃,秋渐老,摄调僁[③]。忱恂遍,群祀号泣诉旻天[④]。缀衣将出,神凝玉几,一夜登仙[⑤]。弓堕隔苍烟。七月有来同轨,引紼动灵輇[⑥],凄怆泪潸然。 行号巷哭,薤露声传。东城去路,惊涛忍见江船,憔悴山川。不禁箫鼓咽,山阴处,茂林修竹芊芊[⑦]。望陵宫,应弗远,金粟堆前[⑧]。人徒慕恋,百神警待,盘翥驱先。戴鸿恩,空痛慕,泪珠连。千秋岁、功德寄华编。

[注释]

①弋绨:黑色粗厚之丝织物。 革舄(xì):皮鞋。《汉书·东方朔传》:"贵为天子,富有四海,身衣弋绨,足履革舄,以韦带剑。" ②三十年:宁宗在位适三十年(1195—1224)。 ③金风:秋风。 僁(qiān):误也。同"愆"。 ④忱恂:诚信。 ⑤缀衣:帐幄。君王临终所用。《尚书·顾命》:"兹既受命还,出缀衣于庭,越翼日乙丑,王崩。"孔颖达疏:"缀衣是施张于王坐之上,故以为幄帐也。"后亦借指帝王临终之际。 ⑥同轨:本指车辙同,法制齐。此指古华夏诸侯国。《左传·隐公元年》:"天子七月而葬,同轨毕至。"杜预注:"言同轨,以别四夷之国。" 引紼(fú):即"引绋"。送葬也。紼,同"绋",引棺索也。 ⑦芊芊:草木茂盛貌。 ⑧金粟:桂花之别名。因其色黄如金,花小如粟,故称。

神主祔庙导引一首

中兴四叶,休德继昭清[①]。王度日熙平[②]。气调玉烛金穰应,八表颂声腾[③]。 中原图籍入宸廷,列圣慰真灵。衮龙登庙游仙阙,亿万载尊承[④]。

[注释]

①中兴四叶：自高宗中兴迄宁宗，正历四帝也。　休德：美德。　昭清：清明。《汉书·礼乐志》："大孝备矣，休德昭清。"《宋史·乐志九》："休德昭清，元气四复。"　②王度：王者德行器度。《左传·昭公十二年》："思我王度，式如玉，式如金。"孔颖达疏："思使我王之德度，用如玉然，用如金然，使之坚而且重，可宝爱也。"　熙平：兴隆安定。　③八表：八方之外，极远之地。三国魏明帝《苦寒行》："遗化布四海，八表以肃清。"　④载尊：尊奉，拥戴。载通"戴"。《韩非子·功名》："人主者，天下一力以共戴之，故安；众人同心以共立之，故尊。"

宝庆三年奉上宁宗徽号导引一首[①]

中兴五叶，天子肇明禋[②]。一德格高旻[③]。宁皇至圣功超古，万国慕深仁。　　徽称显号又还新，功德粲雕珉[④]。乾坤绘画终难尽，遗泽在斯民。

（以上《宋史·乐志十六》）

[注释]

①宝庆：宋理宗赵昀年号。　②明禋：洁敬。指明洁诚敬之献享。③一德：谓始终如一，永恒其德。《易经·系辞下》："恒以一德。"孔颖达疏："恒能始终不移，是纯一其德也。"《旧唐书·裴度传》："外茂九功，内苞一德，器为社稷之镇，才实邦国之桢。"　高旻：高天。　④雕珉：饰以彩绘花纹似玉之美石。珉，石之次玉者也。《宋史·舆服志六》："后册，用珉，或以象。"

满庭芳

若论风流，无过圆社，拐膁蹬蹑搭齐全[①]。门庭富贵，曾到御帘前[②]。灌口二郎为首，赵皇上、下脚流传[③]。人都道、齐云一社，三锦独争先[④]。　　花前。并月下，全身绣带，偷侧双肩。更高而不远，一搭打秋千。球落处、圆光膁拐，双佩剑、侧蹑相连[⑤]。高人处，翻身佶料[⑥]，天下总呼圆。

[注释]

①圆社：宋踢球之团体。宋陈元靓《事林广记续集·文艺·圆社摸场》："四海齐云社，当场蹴气球，作家偏著所，圆社最风流。" 拐膁蹬蹑搭：踢球动作。拐，转弯；膁（qiǎn），扭腰；蹬，踢；蹑，追；搭，击也。 ②御帘：禁苑中所用帘。唐顾况《乐府》诗："云随天杖转，风入御帘轻。" ③灌口二郎：即二郎神。相传秦时李冰及其子曾于灌口开离堆，锁孽龙，有德于蜀人，蜀人建庙祭之，奉为神灵。遂演为后世小说、戏剧神话人物。见宋曾敏行《独醒杂志》卷五及《朱子语类》卷三。 ④齐云：宋之球戏团体。见宋周密《武林旧事·社会》。 ⑤圆光：月亮。唐李白《古风之二》："圆光亏中天，金魄遂沦没。" ⑥佶料：壮健劲捷之意。

满庭芳

十二香皮，裁成圆锦，莫非年少堪收[①]。绿杨深处，恣意乐追游。低拂花梢慢下，侵云汉、月满当秋[②]。堪观处，偷头十字拐，舞袖拂银钩。 肩尖，并拐搭，五陵公子，恣意忘忧[③]。几回沉醉，低筑傍高楼[④]。虽不遇文章高贵，分左右、曾对王侯。君知否，闲中第一，占断是风流[⑤]。

[注释]

①香皮：指鞠球之外皮。 ②云汉：云霄，高空。 ③五陵：长陵、安陵、阳陵、茂陵、平陵之合称。均在渭水北岸今陕西咸阳附近。为西汉五帝陵所在地。汉元帝之前，每立陵墓，辄近徙四方豪富及外戚于此居住，令供奉园陵，故五陵公子，用以指京都富豪子弟。 ④筑：筑球。以杖击球或以足踢球。前蜀韦庄《丙辰年遇寒食城外醉吟》之五："永日迢迢无一事，隔街闻筑气球声。" ⑤占断：占有，占尽。唐吴融《杏花》诗："粉薄

红轻掩敛羞，花中占断昨风流。”

鹧鸪天

遏云致语筵会用[①]

遇酒当歌酒满斟[②]，一觞一咏乐天真[③]。三杯五盏陶情性，对月临风自赏心。　环列处，总佳宾[④]。歌声嘹亮遏行云[⑤]。春风满座知音者，一曲教君侧耳听。

［注释］

①遏云：即遏云社。宋时歌唱艺人行会组织。宋吴自牧《梦粱录·社会》："又有锦体社、台阁社、穷富赌钱社、遏云社。"宋周密《武林旧事·社会》："霍山行宫，朝拜极盛，百戏竞集。如绯绿社，杂剧；齐云社，蹴球；遏云社，唱赚。"　致语：古代宫廷艺人于演出前说唱之颂辞。宋孟元老《东京梦华录·驾登宝津楼诸呈百戏》："诸军百戏，呈于楼下。先列鼓子十数辈，一人摇双鼓子，近前进致语，多唱'青春三月蓦山溪也'。"　②遇酒当歌：谓及时行乐也。语本魏曹操《短歌行》诗"对酒当歌，人生几何"。③天真：语出《庄子·渔父》，"礼者，俗之所之为也；真者所以受于天也；自然不可易也。故圣人法天贵真，不拘于俗。"后因以"天真"指不受礼俗拘束之品性。《晋书·阮籍嵇康等传论》："餐和履顺，以保天真。"　④环列：围绕布列。《隋书·音乐志》："九关洞开，百灵环列。"　⑤遏行云：歌调响亮，遏止行云。《列子·汤问》："薛谭学讴于秦青，未穷青之技，自谓尽之，遂辞归。秦青弗止，饯于郊衢，抚节悲歌，声振林木，响遏行云。薛谭乃谢求反，终身不敢言归。"

满庭芳

集曲名[①]

共庆清朝，四时欢会，贺筵开会集佳宾[②]。风流鼓板，法曲献仙音[③]。鼓笛令、无双多丽，十拍板、音韵宣清[④]。

文序子，双声叠韵，有若瑞龙吟[⑤]。　当筵，闻品令，声声慢处，丹凤微鸣[⑥]。听清风八韵，打拍底、更好精神。安公子、倾杯未饮，好女儿、齐隔帘听[⑦]。真无比、最高楼上，一曲称人心[⑧]。

[注释]

①集曲名:此词为曲名(即词牌)之字面意思，敷衍而成，写宴饮之况。　②庆清朝:词牌名。一作《庆清朝慢》。双调，九十六字，平韵。　四时:乐舞名。汉祭宗庙有四时舞。《汉书·礼乐志》:"孝庙奏《昭德》、《文始》、《四时》、《五行》之舞;《四时舞》者，孝文所作，以明示天下之安和也。"　集佳宾:疑即《集贤宾》。又名《接贤宾》。双调，有五十九字、一百一十七字两体，均平韵。　③风流:即《风流子》。唐教坊曲名，后用为词牌。有单调、双调二体。单调三十四字，仄韵;双调又名《内家娇》，一百一十字，平韵。　鼓板:宋元民间表演艺术。艺人用鼓、板、箫、管、笙等乐器演奏。见宋耐得翁《都城纪胜·瓦舍众会》。　法曲献仙音:曲调名。《乐章集》、《清真集》并入"小石调"，《白石道人歌曲》入"大石调"。　④鼓笛令:即鼓笛曲。宋沈括《梦溪笔谈·乐律一》:"唐之杖鼓，本谓之'两杖鼓'……明帝、宋开府皆善此鼓，其曲多独奏，如'鼓笛曲'是也。"《宋史·乐志十七》:"法曲、龟兹、鼓笛三部，凡二十有四曲。"　无双:尚书刘震之女。事详唐薛调传奇《无双传》。宋秦观《无双》诗:"尚书有女名无双，娥眉如画学新妆。"　多丽:词调名。又名《绿头鸭》。一百三十九字，前片六平韵，后片五平韵。亦有于首句起韵者，变格乃用入声韵。　十拍板:即《十拍子》，唐教坊曲，亦名《破阵子》。见陈书《乐书》。　⑤文序子:未详。　⑥品令:有诸种异体。宋人填此调者，多作俳语，故字句多少不一，句读亦多变换。　声声慢:词调名。九十七字多用平韵格，亦有用仄韵者。　⑦安公子:隋宫中乐曲名，唐教坊曲名。见唐段安节《乐府杂录》、唐崔令钦《教坊记》。又为词调名，双调，有八十字、一百零六字两体。见《词谱》卷十九。　倾杯:即《倾杯乐》。唐教坊曲名，后用作词牌名。见唐崔令钦《教坊记》、《新唐书·礼乐志十二》及万树《词律》。　⑧最高楼:双调，八十一字，亦有七十八字至八十五字诸体。平韵间叶仄韵。亦有全用平或全用仄韵者。

水调歌头

八蛮朝凤阙，四境绝狼烟[①]。太平无事，超烘聚哨效梨园[②]。笛弄昆仑上品，篩动云阳妙选，画鼓可人怜[③]。乱撒真珠迸，点滴雨声喧。　韵堪听，声不俗，驻云轩。谐音节奏，分明花里遇神仙。到处朝山拜岳，长是争筹赌赛，四海把名传[④]。幸遇知音听，一曲赞尧天[⑤]。

［**注释**］

①八蛮：古南方有八蛮国。　狼烟：古燃狼粪升烟以报警。陆佃《埤雅》曰“古之烽火用狼粪，取其烟直而聚，虽风吹之不斜”。见《资治通鉴·后汉高祖天福十二年》胡三省注引。　②超烘：打趣；凑趣。超，市语谓打。　梨园：唐玄宗教练宫廷歌舞艺人处，后泛指戏班与演艺之所。见《新唐书·礼乐志十二》。　③昆仑上品：即指昆仑竹笛。相传黄帝取昆仑竹以制律管。见《汉书·律历志上》。　云阳妙选：秦程邈因罪而囚云阳狱，在狱中增减大篆笔画，创为隶书，始皇善之，名其书曰隶书，定为八体之一。后因以“云阳”指称隶字。参阅《晋书·卫恒传》。妙选，指选之精品。　画鼓：有彩绘之鼓。　④争筹：竞赛中得胜之筹码。南朝梁元帝《落日射罢》诗：“移竿标入箭，叠被送争筹。”　赌赛：比赛。　⑤尧天：《论语·泰伯》“巍巍乎，唯天为大，唯尧则之”。谓尧能法天而行教化。后因以“尧天”称颂帝王盛德及太平盛世。

西江月

打双陆例[①]

么六把门已定，二四三五成梁[②]。须知四六做烟梁，五六单行无障。　掷得么三采出，填胲此处高强[③]。到家先起妙无双，号曰金赢取赏[④]。

（以上《事林广记》戊集卷二）

[注释]

①双陆:亦称“双鹿”。古博戏之一。传自天竺(印度),盛于南北朝、隋唐。明谢肇淛《五杂俎·人部二》:“双陆,一名握槊曰双陆……者,子随骰行,若得双陆,则无不胜也。” ②么六:一六。么,数字“一”之别称。成梁:博者布骰归宫也。 ③填胲(gāi):犹言镇住。 ④金赢:未详。疑为全胜之意。赢,胜也。

卜算子令

先取花一枝,然后行令,唱其词,逐句指点。举动稍误,即行罚酒,后词准此

我有一枝花,(指自身,复指花。)斟我些儿酒。(指自令斟酒。)唯愿花心似我心,(指花,指自身头。)岁岁长相守。(放下花枝,叉手。) 满满泛金杯,(指酒盏。)重把花来齅[①]。(把花以鼻齅。)不愿花枝在我旁,(把花向下座人。)付与他人手。(把花付下座接去。)

[注释]

①齅:唐氏按,另本作“唤”。

浪淘沙令

今日□筵中,(指席上。)酒侣相逢。(指同馀人。)大家满满泛金钟。(指众宾,指酒盏。)自起自斟还自饮,(自起身,自斟酒,举盏。)一笑春风。(止可一笑。) 传与主人翁,(执盏向主人。)权且饶侬[①]。(指主人,指自身。)侬今沉醉眼矇眬。(指自身,复拭目。)此酒可怜无伴饮,(指酒。)付与诸公。(指酒,付邻座。)

[注释]

①唐氏按："权"，原误作"俌"。

调笑令

花酒。(指花，指酒。)满筵有。(指席上。)酒满金杯花在手，(指酒，指花。)头上戴花方饮酒。(以花插头上，举杯饮。)饮罢了，(放下杯，)高叉手。(叉手。)琵琶拨尽相思调，(作弹琵琶手势。)更向当筵舞袖。(起身，举两袖舞。)

花酒令

花酒。(左手把花，右指酒。)是我平生结底亲朋友。(指自身及众宾。)十朵五枝花，(以手伸五指反覆，应十朵；又舒五指，应五枝，仍指花。)三杯两盏酒。(伸三指、又伸二指，应三杯两盏数，指酒。)　　休问南辰共北斗。(伸手作休问状，指南北。)任从他乌飞兔走。(以手发退，作任从状，又作飞走状。)酒满金卮花在手。(指酒尊，指酒盏，指花。)且戴花饮酒。(左手插花，右手持酒饮。)

(以上四首见《事林广记》癸集卷十二)

锦缠道

燕子呢喃，景色乍长春昼①。睹园林、万花如绣，海棠经雨胭脂透②。柳展宫眉，翠拂行人首。　　向郊原踏青，恣歌携手③。醉醺醺、尚寻芳酒。问牧童、遥指孤村道④，杏花深处，那里人家有。⑤

[注释]

①呢喃：燕语声。五代刘兼《春燕》诗："多时窗外语呢喃，只要佳人

卷绣帘。”　②胭脂:泛指鲜艳红色。唐杜甫《曲江对雨》诗:“林花着雨胭脂湿,水荇牵风翠带长。”　③踏青:清明前后郊游习俗。旧时并以清明节为踏青节。唐孟浩然《大堤行》:“岁岁春草生,踏青二三月。”　④牧童:化用唐杜牧《清明》诗“清明时节雨纷纷,路上行人欲断魂。借问酒家何处有?牧童遥指杏花村”。　⑤唐氏按:此首别又误作宋祁词,见《类编草堂诗馀》卷二。别又误作欧阳修词,见《草堂诗馀正集》卷二宋祁词注。

[集评]

子怡云:“燕语撩人,园林如绣;海棠呈艳,翠柳惹人。春昼美景写尽。恣歌酣酒,携手寻芳,醉入杏花孤村,更添一段雅兴怡情。美影乐情,浑然一体。自是词中妙品。”

浣溪沙

水涨鱼天拍柳桥[1],云鸠拖雨过江皋。一番春信入东郊。　闲碾凤团消短梦[2],静看燕子垒新巢。又移日影上花梢。[3]

[注释]

①鱼天:鲤鱼天,即春暖花开之天。　②凤团:宋之贡茶末制成团状,并印凤纹,故名。宋张舜民《画墁录》:“丁晋公为福建转运使,始制为凤团,后以为龙团。”后亦泛指好茶。　③唐氏按:此首别又误作周邦彦词,见《类编草堂诗馀》卷一。

如梦令[1]

莺嘴啄花红溜,燕尾点波绿皱。指冷玉笙寒,吹彻小梅春透。依旧,依旧,人与绿杨俱瘦。

[注释]

①唐氏按:此词题作“春景”。别又误作秦观词,见《类编草堂诗馀》卷一。又误作黄庭坚词,见杨金本《草堂诗馀前集》卷下。

[集评]

卓人月云:“琢句奇峭。”(《古今词统》卷三)

王世贞云:“秦少游‘莺嘴啄花红溜’……的是险丽矣,觉斧痕犹在。”(沈雄《古今词话》引)

李攀龙云:“闻笛怀人,似梦中得句来。”(明吴从先《草堂诗馀隽》卷一)

子怡云:“‘莺嘴啄花’,缀‘红溜’;‘燕尾点波’,饰以‘绿约’,造语尖新,用笔纤细写象秾丽。‘指冷’二句写小女子吹笙,似从中主‘细雨梦回鸡塞远,小楼吹彻玉笙寒’化出。‘春透’极蕴藉含蓄,似觉触目皆春矣。末尾‘瘦’字传神,闻笛怀人,伤春人瘦,哀感随之。易安写瘦似不得专美于前也。”

金明池

春　游

琼苑金池,青门紫陌,似雪杨花满路[①]。云日淡、天低昼永,过三点、两点细雨。好花枝、半出墙头,似怅望、芳草王孙何处[②]。更水绕人家,桥当门巷,燕燕莺莺飞舞[③]。　怎得东君长为主[④]。把绿鬓朱颜,一时留住[⑤]。佳人唱、金衣莫惜,才子倒、玉山休诉[⑥]。况春来、倍觉伤心,念故国情多,新年愁苦。纵宝马嘶风[⑦],红尘拂面,也则寻芳归去。[⑧]

[注释]

①琼苑金池:琼林苑。宋皇家宫苑。　金池:即金明池。池在宋京开封西郑门西北,周围约九里。琼林苑与之相对。宋叶梦得《石林燕语》卷

一载,“琼林苑,乾德二年置,太平兴国中,复凿金明池于苑北……岁以二月开,命士庶纵观,谓之开池。至上巳,车驾临幸毕,即闲。岁赐二府人官燕及进士闻喜宴,皆在其间。” 青门:汉长安城东南门。本名霸城门,因其色青,故俗呼为“青门”或“青城门”。见《三辅黄图·都城下二门》。亦泛指京城东门。 紫陌:京城郊野之路。 ②王孙芳草:本《楚辞·招隐士》“王孙游兮不归,芳草生兮萋萋”。王夫之《通释》:“王孙,隐士也。秦汉以上,士皆王侯之裔,故称王孙。”王孙芳草,指常人离愁之景。 ③燕燕莺莺:喻年轻女子。姜白石《踏莎行·自沔东来,丁未元日至金陵江上感梦而作》词:“燕燕轻盈,莺莺娇软,分明又向华胥见。” ④东君:司春之神。宋辛弃疾《满江红·暮春》词:“可恨东君,把春去,春来无迹。” ⑤绿鬓朱颜:绿鬓:乌黑而有光泽之鬓髮。指年轻美貌。 红颜:朱颜。南朝梁吴均《和萧洗马子显古意诗》之三:“绿鬓愁中改,红颜啼里灭。” ⑥金衣:即金镂衣。此化用唐杜秋娘《金镂衣》诗“劝君莫惜金镂衣,劝君须惜少年时;花开堪折直须折,莫待无花空折枝”。 “玉山”句:语出刘义庆《世说新语·容止》“嵇叔夜之为人也,岩岩若孤松之立;其醉也,傀俄若玉山之将崩”。李白《襄阳歌》:“清风明月不用一钱买,玉山自倒非人推。” ⑦宝马:名贵骏马,为纨绔子所乘。 ⑧唐氏按:此首别又误作秦观词,见《类编草堂诗馀》卷四。

[集评]

沈际飞云:“花神现身时分。”(《草堂诗馀正集》卷六)

李攀龙云:“点缀春光,如雨花错落。”(吴从先《草堂诗馀》卷一引)

黄苏云:“至结句尤峻切,语意含蓄得妙。”(《蓼园词选》)

周济云:“此词最明快,得结语神味便远。”(《宋四家词选》)

子怡云:“上片写景,纯用赋体,文多铺叙,物色清新,词语雅丽,点染甚妙。下片抒情。先兴春光匆匆,青春难驻之慨。继则化用故实,流注哀情。末以“宝马”寻芳,动态作结,亦逆挽全词,回映上片。掩卷思之,觉乐景哀情皆由直寻即非补假,故佳。”

眼儿媚

杨柳丝丝弄轻柔,烟缕织成愁。海棠未雨,梨花先雪，一半春休。　　而今往事难重省，归梦绕秦楼[①]。相思只在，丁香枝上，豆蔻梢头[②]。[③]

[注释]

①秦楼：化用汉乐府《陌上桑》“日出东南隅，照我秦氏楼。秦氏有好女，自名为罗敷”。　②丁香：又名鸡舌香、丁子香，花蕾其形如结。常用以喻愁绪。李商隐《代赠》诗：“芭蕉不展丁香结，同向春风各自愁。”李璟《摊破浣溪沙》：“青鸟不传云外信，丁香空结雨中愁。”　③唐氏按：此首别又误作王雱词，见《类编草堂诗馀》卷一。

[集评]

子怡云：“柳丝弄柔，烟缕织愁，海棠未雨，梨花先雪，皆春半之景也。愁因何生？‘一半春休’也；愁之何有？曰归梦、曰相思。丁香如结，故以喻郁结情肠；豆蔻瓣并，因以托连理之意。就近取譬，借物托兴，妙语天成。”

青玉案

一年春事都来几[①]，早过了、三之二。绿暗红嫣浑可事[②]。绿杨庭院，暖风帘幕，有个人憔悴。　　买花载酒长安市，又争似家山见桃李[③]。不枉东风吹客泪。相思难表，梦魂无据，惟有归来是。[④]

[注释]

①春事：春色；春意。唐徐晶《同蔡孚〈五亭咏〉》：“幽栖可怜处，春事满林扉。”　②绿暗红嫣：状暮春绿荫幽暗，红花嫣媚之景。　③家山：谓故乡。　④唐氏按：此首别误作欧阳修词，见《类编草堂诗馀》卷二；别又误作李清照词，见四印斋本《漱玉词》引汲古阁未刻本《漱玉词》。

[集评]

子怡云：“春事已残，令人怅惋；暮红嫣媚，仍可差强人意；然终不及争芳斗艳之时也。独居索寞,人惟憔悴已。载酒买花,他乡俊赏,终不及家山亲睹芳容。客泪纷纷,相思难驻;惟有归来,可慰寥寥。词意婉转,自然浑成。归思之情,一气流注。”

声声令

帘移碎影,香褪衣襟。旧家庭院嫩苔侵。东风过尽,暮云锁,绿窗深。怕对人、闲枕剩衾。　　楼底轻阴,春信断、怯登临。断肠魂梦两沉沉。花飞水远,便从今,莫追寻。又怎禁、蓦地上心。①

［注释］

①唐氏按:此首别又误作俞克成词,见《类编草堂诗馀》卷二。别又作章楶词,见杨金本《草堂诗馀后集》上。

［集评］

子怡云:“此为惜花相思之词。上写暮春之景。‘碎影’、‘香褪’写落花最为神到。花事将断,已令人生惜矣。更兼闲枕孤衾,人何以堪?‘怕’字精警,一语传情。下写惜花怀远,两相纠结。千回百转,情思绵绵。”

临江仙

绿暗汀洲三月暮,落花风静帆收①。垂杨低映木兰舟②。半篙春水滑,一段夕阳愁。　　灞水桥东回首处,美人亲上帘钩③。青鸾无计入红楼④。行云归楚峡,飞梦到扬州。⑤

［注释］

①汀洲:水中小洲。　②木兰舟:木兰所造之舟。后因以用为船之美称。　③灞水桥:即灞桥。本作“霸桥”。据《三辅黄图·桥》载,霸桥,在

长安东，跨水作桥，汉送客至此，常折柳送别。 ④青鸾：即青鸟。借指传送信息之使者。 ⑤唐氏按：此首别又误晁补之词，见《类编草堂诗馀》卷二。

怨王孙

梦断漏悄，愁浓酒恼。宝枕生寒，翠屏向晓[1]。门外谁扫残红，夜来风。 玉箫声断人何处。春又去，忍把归期负。此情此恨此际，拟托行云，问东君。[2]

[注释]

①宝枕：三国魏甄后之玉镂金带枕。 ②唐氏按：此首别误作李清照词，见《类编草堂诗馀》卷二。

凤凰阁

遍园林绿暗，浑如翠幄[1]。下无一片是花萼。可恨狂风横雨，忒煞情薄。尽底把、韶华送却。 杨花无奈，是处穿帘透幕。岂知人意正萧索。春去也，这般愁、没处安著。怎奈向、黄昏院落。[2]

[注释]

①翠幄：绿色帐幔。 ②唐氏按：此首别又误作叶清臣词，见《类编草堂诗馀》卷二。

[集评]

子怡云："全词纯写一'恨'字：恨风狂雨横，尽葬韶华，恨杨花是处穿帘入幕不解衾萧索；恨春去恁早，令人意无处'安著'，致愁人更难对黄昏院落。恨之深，惜之切也。"

祝英台近

剪酴醾、移红药，深院教鹦鹉[①]。消遣宿酲，攲枕熏沉炷[②]。自从载酒西湖，探梅南浦，久不见、雪儿歌舞。恨无据。因甚不展眉头，凝愁过百五。双燕见情，难寄断肠句。可怜泪湿青绡，怨题红叶，落花乱、一帘风雨。[③]

（以上十一首见《草堂诗馀前集》卷上）

[注释]

①酴醾：本酒名，因花颜色似之，取以为花名。　红药：即芍药花。②宿酲（chéng）：谓经宿未醒之醉。酲，病酒也。　攲（jī）：通“倚”。倚靠；斜靠。　③唐氏按：此首别又误作李若水词，见《古今别肠词选》卷三。别又误作苏轼词，见杨金本《草堂诗馀后集》卷下。

鹧鸪天

春　闺

枝上流莺和泪闻，新啼痕间旧啼痕。一春鱼鸟无消息[①]，千里关山劳梦魂。　无一语，对芳尊。安排肠断到黄昏。甫能炙得灯儿了[②]，雨打梨花深闭门。[③]

[注释]

①鱼鸟：犹鱼雁。相传鸿雁、鲤鱼可传书信，故云。　②甫能：宋方言，犹今语刚才。　③唐氏按：此首别又误作秦观词，见《类编草堂诗馀》卷一；别又误李清照词，见四印斋本《漱玉词》引汲古阁未刻本《漱玉词》。

[集评]

李攀龙云：（“新啼”句）“一字一血。”（吴从先《草堂诗馀隽》卷一引）

王世贞云：“秦少游‘安排肠断到黄昏，甫能炙得灯儿了，雨打梨花深闭门’则十二时无间矣。此非深于闺恨者不能也。”（《弇州山人词评》）

沈祥龙云："词虽浓丽而乏趣味者，以其但作情景两分语，不知作景中有情、情中有景语耳。'雨打梨花深闭门'、'落红万点愁如海'，皆情景双绘，故称好句而趣味无穷。"（《论词随笔》

陈廷焯云："不经人力，自然合拍。"（《词则·别调集》）

长相思

红满枝，绿满枝。宿雨厌厌睡起迟[①]。闲庭花影移。　忆归期，数归期。梦见虽多相见稀，相逢知几时。[②]

[注释]

①宿雨：经宿之雨。　厌厌：懒倦；无聊貌。　②唐氏按：此首别又误作南唐冯延巳词，见《类编草堂诗馀》卷一。

谒金门

春雨足，染就一溪新绿。柳外飞来双羽玉[①]，弄晴相对浴。　楼外翠帘高轴，倚遍阑干几曲[②]。云淡水平烟树簇，寸心千里目。[③]

[注释]

①羽玉：即玉羽。指白鸥或白鹭。　②倚遍阑干：暗用南朝乐府《西州曲》诗意。该诗云："忆郎郎不至，仰首望飞鸿。鸿飞满西州，望郎上青楼。楼高望不见，尽日阑干头。阑干十二曲，垂手明如玉。卷帘天自高，海水摇空绿。"　③唐氏按：此首别又误作蜀韦庄词，见《类编草堂诗馀》卷一。

[集评]

杨慎云："景真如画。"（《草堂诗馀》卷一）

沈际飞云:“双羽有情。”“《鱼游春水》词:‘云山万重,寸心千里’亦自妙。此以上文布景,找一‘目’字,意思完全,韵脚警策。”(《草堂诗馀正集》)

黄苏云:“端已以才名入蜀,值王建割据,遂被羁留,为蜀散骑常侍,判中书门下事。《谒金门》云:‘柳外飞来双羽玉,弄晴相对浴。’其自惜皓皓之白乎?歇拍云:‘寸心千里目’,可以悲其志矣。”(《蓼园词选》)

探春令

绿杨枝上晓莺啼,报融和天气。被数声、吹入纱窗里,又惊起娇娥睡。　绿云斜亸金钗坠[1],惹芳心如醉[2]。为少年湿了,鲛绡帕上,都是相思泪。[3]

[注释]

①绿云:喻女子乌黑光亮之秀髮。唐杜牧《阿房宫赋》:“绿云扰扰,梳晓鬟也。”亦借指年轻女子。　斜亸:斜垂貌。　②芳心:指女子之情怀。欧阳修《蝶恋花》词:“照影摘花花似面,芳心只共丝争乱。”　③唐氏按:此首别又误作晏几道词,见《类编草堂诗馀》卷一。别又误作晏殊词,见《古今图书集成·艺术典》卷八百二十三《娼妓部·艺文二》。

点绛唇

春雨濛濛,淡烟深锁垂杨院。暖风轻扇,落尽桃花片。　薄幸不来,前事思量遍。无由见。泪痕如线,界破残妆面。

点绛唇

莺踏花翻,乱红堆径无人扫。杜鹃来了,梅子枝头小。　拨尽琵琶,总是相思调。知音少,暗伤怀抱。门掩青春老。[1]

［注释］

①唐氏按：以上二首别又误作何籀词，见《类编草堂诗馀》卷一。别又误作苏轼词，见杨金本《草堂诗馀前集》卷下。

声声慢

梅黄金重，雨细丝轻，园林雾烟如织。殿阁风微，帘外燕喧莺寂。池塘彩鸳戏水，雾荷翻、千点珠滴。闲昼永，称潇湘竿叟，烂柯仙客[1]。　日午槐阴低转，茶瓯罢、清风顿生双腋。碾玉盘深，朱李静沉寒碧[2]。朋侪闲歌白雪，卸巾纱、樽俎狼藉[3]。有皓月、照黄昏，眠又未得。[4]

［注释］

①潇湘竿叟：即潇湘钓叟。　烂柯仙客：烂柯，典出南朝梁任昉《述异记》卷上，晋时王质入山伐木，见仙童数人对弈而歌，质因听之。童子以一物与质，质食之不饥。俄顷，质起，视斧柯烂尽，既归，无复时人。后因以"烂柯"谓世事变迁，时光流逝。又借指对弈。又以"烂柯仙客"为围棋白子之别称。　②朱李：果名，李子之一种。曹丕《与朝歌令吴质书》："浮甘瓜于清泉，沈朱李于寒水。"　③白雪：古琴曲名，与《阳春》齐名。传为春秋晋师旷所作。　④唐氏按：此首别又误作刘泾词，见《类编草堂诗馀》卷三。又，此首别又误入吴文英《梦窗词集》。

大圣乐

初　夏[1]

千朵奇峰，半轩微雨，晓来初过。渐燕子、引教雏飞，菡萏暗薰芳草[2]，池面凉多。浅斟琼卮浮绿蚁，展湘簟双纹生细波。轻纨举,动团圆素月,仙桂婆娑。　　临风对月恣乐,便好把千金邀艳娥。幸太平无事,击壤鼓腹[3],携酒高歌。富贵安居,功名天赋,争奈皆由时命呵。休眉锁,问朱颜去了,还更来么。

[注释]

①唐氏按:此首别又误作康与之词,见《类编草堂诗馀》卷四。　②菡萏:原作"萏菡",据《尔雅》改。　③击壤鼓腹:用尧帝时有老人击壤而歌,赫胥氏民鼓腹而游典,寓太平盛世。

菩萨蛮[1]

金风簌簌惊黄叶,高楼影转银蟾匝。梦断绣帘垂,月明乌鹊飞。　　新愁知几许,欲似丝千缕。雁已不堪闻,砧声何处村[2]。

[注释]

①唐氏按:此首别又误作秦观词,见沈际飞本《草堂诗馀正集》卷一。　②砧(zhēn)声:捣衣之声。

捣练子[1]

心耿耿,泪双双,皓月清风冷透窗。人去秋来宫漏永,夜深无语对银缸[2]。

[注释]

①唐氏按:此首别又误作秦观词,见《类编草堂诗馀》卷一。　②银缸:灯盏、烛台。

女冠子

同云密布[①]，撒梨花、柳絮飞舞。楼台诮似玉，向红炉暖阁院宇。深庭广排筵会，听笙歌犹未彻，渐觉轻寒，透帘穿户。乱飘僧舍，密洒歌楼，酒帘如故。　想樵人、山径迷踪路。料渔人、收纶罢钓归南浦。路无伴侣。见孤村寂寞，招飐酒旗斜处。南轩孤雁过，呖呖声声，又无书度[②]。见腊梅、枝上嫩蕊，两两三三微吐。[③]

（以上十一首见《草堂诗馀前集》卷下）

[注释]

①同云：本《诗经·小雅·信南山》"上天同云，雨雪雰雰"。朱熹《集传》："同云，云一色也，将雪之候如此。"后因以为降雪之典。　②书度：用鸿雁传书之典。　③唐氏按：此首别又误作周邦彦词，见《类编草堂诗馀》卷四。

[集评]

子怡云："通篇咏雪也。首写雪花飘舞之状，似梨似絮似玉。次写雪花穿帘入户：向暖阁，飘僧舍，洒歌楼，入酒肆。继写遮山封径，漫天皆白：樵人迷路，渔子罢钓，路绝行人，酒肆罗雀。孤雁南飞，剩腊梅三五微吐芳艳。纯用赋笔，铺叙展衍，绘神绘状，从诸多视角以衬雪景，纯乎一篇雪赋也。"

满江红

斗帐高眠，寒窗静、潇潇雨意。南楼近、更移三鼓，漏传一水。点点不离杨柳外，声声只在芭蕉里。也不管、滴破故乡心，愁人耳。　无似有，游丝细。聚复散，真珠碎。天应分付与，别离滋味。破我一床蝴蝶梦[①]，输他双枕鸳鸯睡。向此际、别有好思量，人千里。[②]

[注释]

①蝴蝶梦:"昔者庄周梦为蝴蝶,栩栩然蝴蝶也,自喻适志与!不知周也。俄然觉,则蘧蘧然周也。不知周之梦为蝴蝶与,蝴蝶之梦为周与!"见《庄子·齐物论》。后因以喻迷离惝恍之梦境。 ②唐氏按:此首别又误作张孝祥词,见《类编草堂诗馀》卷三。别又误作张先词,见《花草新编》卷四。

[集评]

子怡云:"此词上言雨声,斗帐高眠,寒窗听雨,满屋潇潇焉。'滴'字传神,为一篇之眼。下摹雨状:雨细游丝,若有却无,雨滴芭蕉,忽聚忽散。破我一床美梦,输人双枕鸳睡。绘景融情,视听通感,实为咏物之上乘也。"

秋 霁

秋 晴

虹影侵阶,乍雨歇长空,万里凝碧。孤鹜高飞[1],落霞相映,远状水乡秋色。黯然望极,动人无限愁如织。又听得,云外数声,新雁正嘹呖[2]。 当此暗想,画阁轻抛,杳然殊无,些个消息。漏声稀、银屏冷落,那堪残月照窗白。衣带顿宽犹阻隔。算此情苦,除非宋玉风流,共怀伤感,有谁知得。[3]

[注释]

①"孤鹜"三句:化用唐王勃《滕王阁序》"落霞与孤鹜齐飞,秋水共长天一色"句意。 ②嘹呖:状声音响亮凄清。多指雁声。 ③唐氏按:此首原题陈后主作,其时尚未有词,必非。今编无名氏词内。此首别又误作李煜词,见钱允治《类选笺释草堂诗馀》卷五、胡桂芳本《类编草堂诗馀》卷中。此首别又作胡浩然词,见沈际飞本《草堂诗馀正集》卷五,盖本杨慎《词品》卷二之说,出自臆测,亦不足据。

忆秦娥

香馥馥[①]，樽前有个人如玉。人如玉，翠翘金凤[②]，内家妆束。　娇羞爱把眉儿蹙，逢人只唱相思曲。相思曲，一声声是，怨红愁绿。[③]

［注释］

①馥馥：香气浓烈。　②翠翘：妇人首饰之一种。状似翠鸟尾上之长羽，故名。　③唐氏按：此首别误作周邦彦词，见《类编草堂诗馀》卷一。别又误作苏轼词，见《草堂诗馀隽》卷三。

柳梢青[①]

有个人人[②]。海棠标韵，飞燕轻盈。酒晕潮红，羞娥凝绿[③]，一笑生春。　为伊无限伤心[④]，更说甚、巫山楚云。斗帐香消[⑤]，纱窗月冷，著意温存。

［注释］

①唐氏按：此首别又误作周邦彦词，见《类编草堂诗馀》卷一。　②人人：亲昵之称，犹言"人儿"。　③羞娥：形容女子娇羞眉态。　④无限伤：《全宋词》注，此三字原误作"入限熏"，据《类编草堂诗馀》改。　⑤斗帐：小帐，以形如覆斗得名。《古诗为焦仲卿妻作》："红罗覆斗帐，四角垂香囊。"

烛影摇红[①]

乳燕穿帘，乱莺啼树清明近。隔帘时度柳花飞，犹觉寒成阵。长记眉峰偷隐。脸桃红、难藏酒晕。背人微笑，半亸鸾钗，轻笼蝉鬓。　别久啼多，眼应不似当时俊。满园珠翠逞春娇，没个他风韵。若见宾鸿试问。待相将，彩笺寄恨。几时得见,鬥草归来,双鸳微润[②]。

[注释]

①唐氏按:此首别又误作孙夫人词,见《类编草堂诗馀》卷三。 ②双鸳:古时女子绣鞋多作鸳鸯图案,故称。

苏幕遮[①]

陇云沉,新月小。杨柳梢头,能有春多少。试著罗裳寒尚峭,帘卷青楼,占得东风早。 翠屏深,香篆袅。流水落花,不管刘郎到。三叠阳关声渐杳,断雨残云,只怕巫山晓。

[注释]

①唐氏按:此首别又误作周邦彦词,见《类编草堂诗馀》卷二。

[集评]

山木云:"此女子怀人之词,因景出情,吐辞明畅而念思婉转,饶有蕴藉之致,颇得易安早年词作神理。"

昼锦堂[①]

雨洗桃花,风飘柳絮,日日飞满雕檐。懊恼一春幽恨,尽属眉尖。愁闻双飞新燕语,更堪孤枕宿酲忺[②]。云鬟乱,独步画堂,轻风暗触珠帘。 多厌[③]。晴昼永,琼户悄,香销金兽慵添。自与萧娘别后,事事俱嫌。短歌新曲无心理,凤箫龙管不曾拈。空惆怅,长是每年三月,病酒恹恹。

[注释]

①唐氏按：此首别又误作周邦彦词，见《类编草堂诗馀》卷四。 ②宿酲忺(xiān)：通宵沉醉不醒。徐幹《情诗》："忧思连相属，中心如宿酲。" ③多厌：事多厌倦。

青玉案[①]

人生南北如歧路，世事悠悠等风絮。造化小儿无定据[②]，翻来覆去，倒横直竖，眼见都如许。 伊周功业何须慕[③]，不学渊明便归去。坎止流行随所寓[④]，玉堂金马，竹篱茅舍，总是无心处。

[注释]

①唐氏按：此首别又作金吴激词，见《类编草堂诗馀》卷二。 ②造化小儿：戏言司命之神。《新唐书·杜审言传》载审言病甚，宋之问等往候之，审言曰："甚为造化小儿所苦，尚何言！" ③伊周：伊尹、周公，商、周时贤佐。 ④坎止流行：喻进退无心，唯顺自然。

绛都春

早 梅

寒阴渐晓，报驿使探春[①]，南枝开早[②]。粉蕊弄香，芳脸凝酥琼枝小。雪天分外精神好，向白玉堂前应到。化工不管，朱门闭也，暗传音耗。 轻渺。盈盈笑靥，称娇面、爱学宫妆新巧[③]。几度醉吟，独倚栏干黄昏后，月笼疏影横斜照[④]。更莫待、单于吹老[⑤]。便须折取归来，胆瓶顿了。

[注释]

①驿使探看:《荆州记》言陆凯与范晔善,晔在长安,凯身在江南,寄梅花与晔,并赠诗云"折梅逢驿使,寄与陇头人。江南无所有,聊赠一枝春"。 ②南枝开早:"庾岭上梅花南枝已落,北枝方开,寒暖候异也。"见《白氏六帖》。 ③宫妆新巧:《太平御览·时序部》引《杂五行书》言南朝宋武帝女寿阳公主人日卧檐下,梅花落额上,成五出花痕,宫女竞效之,为梅花妆。 ④"月笼"句:语出林逋《山园小梅》诗"疏影横斜水清浅,暗香浮动月黄昏"。 ⑤更莫待单于吹老:汉乐府横吹曲有《梅花落》一调,为西域乐古笛曲,而西域君主称"单于",故以此寄寓深恐梅花凋落之意。

孤 鸾[①]

天然标格。是小萼堆红,芳姿凝白。淡伫新妆,浅点寿阳宫额。东君相留厚意,倩年年、与传消息。昨夜前村雪里,有一枝先折[②]。 念故人、何处水云隔。纵驿使相逢,难寄春色。试问丹青手,是怎生描得。晓来一番雨过,更那堪、数声羌笛。归去和羹未晚[③],劝行人休摘。

[注释]

①唐氏按:以上二首别又误作朱敦儒词,见《类编草堂诗馀》卷三。②"昨夜"二句:化用唐僧齐己《早梅》诗"前村深雪里,昨夜一枝开"。③和羹:本《尚书·说命下》"若作和羹,尔惟盐梅"。谓盐咸梅酸,可使羹汤味和适口也。后乃以和羹称美宰辅治理国事。

[集评]

山木云:"宋词咏梅之作极多,上二首亦无甚新意,但辞句清丽,声情柔婉,仍不失佳作。"

金菊对芙蓉[①]

花则一名,种分三色,嫩红妖白娇黄。正清秋佳景,雨霁风凉。郊墟十里飘兰麝，潇洒处、旖旎非常。自然风韵，开时不惹，蝶乱蜂狂。　携酒独揖蟾光[2]。问花神何属，离兑中央[3]。引骚人乘兴，广赋诗章。几多才子争攀折，嫦娥道、三种深香。状元红是，黄为榜眼，白探花郎。

（以上十一首见《草堂诗馀后集》卷下）

［注释］

①唐氏按：此首别误作僧仲殊词，见《类编草堂诗馀》卷三。别又误作苏轼词，见《花草粹编》卷十。　②蟾光：月光。　③“问花神”四句：《易经·象传》释“离”云“重明以丽乎正，乃化成天下”。又释“兑”云“刚中而柔外，说以利贞，是以顺乎天而应乎人”。是“离”为光明之象，“兑”为和悦之象。四句意谓花神居于离兑中间，兼具光明和悦之美，故能引发吟咏兴致。

失调名

郎马频嘶竟不来。

（《草堂诗馀前集》卷上李玉《贺新郎》词注）

失调名

轻暖轻寒，正是赏花天气。

（《草堂诗馀前集》卷上陈同甫《水龙吟》词注）

失调名

盼盼秋波。

（《草堂诗馀前集》卷上王晋卿《烛影摇红》词注）

失调名

春色恼人眠不得。

（《草堂诗馀前集》卷上秦少游《风流子》词注）

失调名

千丝万绪惹春风。

失调名

燕子引雏飞。

失调名

莫怪沈腰易瘦。

（《草堂诗馀后集》卷下徐幹臣《二郎神》词注）

失调名

双双飞燕柳边轻。

（《草堂诗馀后集》卷下张子野《浣溪沙》词注）

失调名

帘卷画堂人寂静。

失调名

一番雨过,池塘十里芰荷香。

（以上见《草堂诗馀后集》卷下赵文鼎《贺新郎》词注）

失调名

湘簟展清波。

失调名

醉乡天广大。

（以上《草堂诗馀前集》卷下柳耆卿《夏云峰》词注）

失调名

云情雨意商量雪。（《草堂诗馀前集》卷下《天香》词注）

失调名

凤楼帘卷鳌山对。

（《草堂诗馀后集》卷上康伯可《瑞鹤仙》词注）

失调名

箫鼓向晚。（《草堂诗馀后集》卷上胡浩然《喜迁莺》词注）

失调名

倚风三喷横竹。

（《草堂诗馀后集》卷上黄山谷《念奴娇》词注）

失调名

卷上珠帘光。

（《草堂诗馀后集》卷上陈莹中《青玉案》词注）

失调名

轻暖轻寒，正是困人天气。

（《草堂诗馀后集》卷上胡浩然《春霁》词注）

失调名

一种相思两地愁。

（《草堂诗馀后集》卷下李易安《一剪梅》词注）

失调名

饮尽莫留残。

（《草堂诗馀后集》卷下黄山谷《西江月》词注）

秋　霁

隐括东坡前赤壁①

壬戌之秋，是苏子与客，泛舟赤壁②。举酒属客，月明风细，水光与天相接。扣舷唱月，桂棹兰桨堪游逸。又有客，能吹洞箫，和声呜咽。　追想孟德，困于周郎，到今空有，当时踪迹。算惟有、清风朗月，取之无禁用不竭。客喜洗盏还再酌。既已同醉，相与枕藉舟中，始知东方，晃然既白。

[注释]

①唐氏按：此首别又误作朱敦儒词，见沈际飞本《草堂诗馀正集》卷五。前赤壁，指苏轼《前赤壁赋》。　②赤壁：赤壁之战原在湖北蒲圻西北赤壁山前。苏轼赋中所指乃误传之黄州赤壁，本名赤鼻矶。

贺新郎

隐括东坡后赤壁[①]

步自雪堂去[②]。望临皋[③]、将归二客，从余遵路。木叶萧萧霜露降，仰见天高月吐。共对影、行歌频顾。月白风清如此夜，叹无肴、有酒成虚度。闻薄暮，网罾举。　归而斗酒谋诸妇。便携鳞载酒，相从旧追游处。断岸横江寻赤壁，不复江山如故。但放舟、中流容与[④]。客去冥然方就睡，梦蹁跹、羽衣揖余语[⑤]。相顾笑，遂惊寤。　（以上二首见《类编草堂诗馀》卷四）

[注释]

①唐氏按：此首别又误作宋自逊词，见沈际飞本《草堂诗馀正集》卷六。　②雪堂：苏轼谪居黄州时于东坡筑室曰“雪堂”，见《东坡志林》卷四。　③临皋：亭名，在湖北黄冈。苏轼谪黄州时初居定惠院，后迁居于此，有《迁居临皋亭》诗。　④容与：舒闲貌。屈原《九歌·湘君》：“时不可兮再得，聊逍遥兮容与。”　⑤羽衣：用鸟羽编成之衣。《史记·孝武本纪》：“使使衣羽衣，夜立白茅上。”后以称仙道之服，亦借指仙道。

[集评]

山木云:“隐括辞赋入词,固是文学游戏,然亦大难。前二作既合词调声律,不减原作情采,甚见工力也。”

如梦令

佳 人

韵似江梅标致,美似江梅多丽。清似腊梅香[①],白似雪梅香腻。非是,非是,我道梅花似你[②]。

[注释]

①腊梅:梅之一种,以腊月(农历十二月)开花得名。 ②“我道”句:语拟唐人杨再思媚张昌宗“人言郎似莲花,非也,正谓莲花似六郎耳”。见《大唐新语·谀佞》。

忆秦娥

忆 别[①]

暮云碧,佳人不见愁如织。愁如织,两行征雁,数声羌笛。 锦书难寄西飞翼[②],无言只是空相忆。空相忆,纱窗人梦,梦双人只。

[注释]

①唐氏按:此首别误作贺铸词,见《词的》卷二。又误作秦观词,见《古今词统》卷六。 ②锦书:书信之美称。李清照《一剪梅》(红藕香残玉簟秋):“云中谁寄锦书来?雁字回时,月满西楼。”

忆秦娥

娇滴滴,双眉敛破春山色[①]。春山色,为君含笑,为君愁蹙[2]。　　多情别后无消息，此时更有谁知得。谁知得，夜深无寐，度江横笛。

[注释]

①春山色：指女子眉黛。《西京杂记》卷二："文君姣好，眉色如望远山。"　②愁蹙：双眉紧皱。

忆秦娥

咏　笛

秋寂寂，碧纱窗外人横笛。人横笛，天津桥[1]上，旧曾听得。　　宫妆玉指无人识，龙吟水底声初息。声初息，月明江上，数峰凝碧[2]。

[注释]

①天津桥：在河南洛阳市西南。隋炀帝大业元年迁都，以洛水贯穿，有天汉津梁气象，因作桥名曰天津。　②数峰凝碧：语出钱起《湘灵鼓瑟诗》"曲终人不见，江上数峰青"。

浪淘沙[1]

帘外五更风，吹梦无踪。画楼重上与谁同。记得玉钗斜拨火，宝篆成空[2]。　　回首紫金峰[3]，雨润烟浓。一江春浪醉醒中。留得罗襟前日泪，弹与征鸿[4]。

（以上五首见杨金本《草堂诗馀前集》卷下）

[注释]

①唐氏按：此首别误作幼卿词，见《花草粹编》卷五；别又误作李清照词，见《词林万选》卷四。又误作欧阳修词，见《续选草堂诗馀》卷上。　②宝篆：原指道书篆文，借指香炉烟缕。秦观《海棠春》（流莺窗外啼声巧）：

“翠被晓寒轻，宝篆沉烟袅。” ③紫金峰：即紫金山，钟山别称，在南京市东。 ④弹与征鸿：指寄书。《汉书·苏武传》载汉使见单于时诡言武帝射雁得苏武帛书，后遂谓鸿雁能传书信。

满庭芳

秋思

碧落横秋[1]，浮云崩浪，夜凉先到梧桐。荷花十丈，人在赤城中[2]。凤髻尚梳雾湿，眉峰翠、的皪双瞳[3]。多应是，金丹一粒，点就蕊仙宫[4]。 相逢。蓬岛客[5]，酒翻银海，一饮如虹。弄横玉招月[6]，吹上层空。青鸾传书满座[7]，蟠桃树、已结轻红[8]。拚沉醉，人间拍手，一笑有东风。

(杨金本《草堂诗馀后集》卷下)

[注释]

①碧落：天空。 ②赤城：传说中仙山。庾信《道士步虚词》之七：“五香纷紫府，千灯照赤城。” ③的皪：光鲜貌。 ④蕊仙宫：即蕊珠宫，传说中神仙所居宫殿，见《黄庭内景经》。此借指美人之目。 ⑤蓬岛：即蓬莱山，传说中仙山之一，以在海中，故称蓬岛。 ⑥横玉：即笛。笛横吹，又美称玉笛，故云。 ⑦青鸾：传说中仙鸟，见《拾遗记》。 ⑧蟠桃树：传说中仙木，谓三千年一开花，三千年一结实，见《汉武故事》。

失调名

和尚性好耍，贪恋一枝花[1]。见说醉归明月夜，滋味难禁价[2]。 金帛宁论价，毒手遭他下。料想从今难更也，空惹傍人话。

(罗烨《新编醉翁谈录》丙集卷一)

[注释]

①一枝花：罗烨《醉翁谈录》谓为李娃旧名，或泛指美色。 难禁价：

即难估量。

望江南[①]

江南竹，巧匠织成笼。赠与吾师藏法体[②]，碧潭深处伴蛟龙。色即是成空[③]。

[注释]

①唐氏按：此首别见《留青日札》卷二十一，作元人方国珍词，盖傅会之说。 ②法体：僧徒形体之美称，此用为讽刺语。 ③色即是成空：色相即于此成空。佛家谓一切有形之物为色，皆因缘所生，非本来实有，故云“色即是空”。见《般若心经》。

[集评]

山木云：“僧以淫恶沉潭，词以色空为讽，巧用佛语，即谐见庄，妙趣横生，胜于直斥罪孽矣。”

西江月

早晚以成行色[①]，主人莫与留延。正当春月艳阳天，去赛从前心愿[②]。 执状去呈仙尉[③]，殷勤早与周旋[④]。不辞客路往来难，暂辍舞裙歌扇。

（以上二首罗烨《新编醉翁谈录》庚集卷二）

[注释]

①以成：即已成。 ②赛：酬神。 ③仙尉：《汉书·梅福传》言福为南昌尉，弃官去，后学道成仙，故以仙尉为县尉之美称。此指司祝道士。 ④殷勤：本意为恳切。

燕山亭

芍药词

风雨无情,红药吐时,下得恹恹摧挫[①]。云艳卷凉,旋汲银屏[②],收拾二三千朵。长日留伊,要把酒、不教放过。无那[③]。越放纵香心,越盘来大。　特地点检笙歌[④],先要吹个、六么曲破[⑤]。总是少年,负却才名,佳客共伊围坐。粉薄香浓,为笑多、不肯梳裹。知么。须醉倒、今宵伴我。

(罗烨《新编醉翁谈录》癸集卷二)

[注释]

①恹恹摧挫:恹恹,憔悴貌。摧挫,摧折。　②银屏:《全宋词》"瓶"作"屏",显为同音致误,当作"瓶"。　③无那:无奈。李煜《一斛珠》(晓妆初过):"绣床斜倚娇无那。"　④点检笙歌:安排音乐。　⑤六么:唐乐曲名。白居易《琵琶行》:"轻拢慢撚抹复挑,初为霓裳后六么。"　曲破:亦唐乐曲名,大曲第三段称破,单演此段称曲破。元稹《琵琶歌》:"月寒一声深殿碧,骤弹曲破音繁并。"

鹧鸪天

山色晴岚景物佳,暖烘回雁起平沙。东郊渐觉花供眼,南陌依稀草吐芽。　堤上柳,未藏鸦[①]。寻芳趁步到山家[②]。陇头几树红梅落,红杏枝头未著花。

[注释]

①未藏鸦:谓杨柳尚未茂盛,不能遮避栖鸦。　②寻芳:探赏花景。姚合《游阳河岸》诗:"寻芳愁路尽,逢景畏人多。"

眼儿媚

深闺小院日初长，娇女绮罗裳。不做东君造化[①]，金针刺绣群芳样。　斜枝嫩叶包开蕊[②]，唯只欠馨香。曾向园林深处，引教蝶乱蜂狂。

（以上《京本通俗小说·碾玉观音》）

［注释］

①东君：传说中司春之神。唐成彦雄《柳枝词》之三："东君爱惜与先春，草泽无人处也新。"　②包开蕊：遮掩初开花蕊。

南乡子[①]

帘卷水西楼[②]，一曲新腔唱打油。宿雨眠云年少梦[③]，休讴，且尽生前酒一瓯。　明日又登舟，却指今宵是旧游。同是他乡沦落客[④]，休愁，月子弯弯照几州。

（《京本通俗小说·冯玉梅团圆》）

［注释］

①唐氏按：此首别云明瞿佑撰，见清褚人获《坚瓠集》庚集二。　②水西楼：指妓女居处。刘克庄《玉楼春》（年年跃马长安市）亦有句云"男儿西北有神州，莫滴水西桥畔泪"。可见水西为宋时妓女聚居之地。　③宿雨眠云：借巫山云雨典，指宿妓。　④"同是"句：语出白居易《琵琶行》"同是天涯沦落人，相逢何必曾相识"。

失调名

帝里元宵风光好，胜仙岛蓬莱[①]。玉动飞尘[②]，车喝绣毂，月照楼台。　三官此夕欢谐[③]。金莲万盏[④]，撒向天街。讶鼓通宵[5],花灯竟起,五夜齐开[6]。

(《宣和遗事》卷上)

[注释]

①蓬莱:传说中海上仙山之一,见旧题晋王嘉《拾遗记》。 ②玉动飞尘:指飞雪。 ③三官:原指大司徒,大司马、大司空三大臣,见《周礼·王制》。此泛指朝廷贵官。 ④金莲:即金莲花灯。 ⑤讶鼓:宋代民间歌舞名,舞者扮演各色人物。见《朱子语类》卷一三九。 ⑥五夜:宋时上元放灯处十四夜始,至十八夜止,谓之“五夜放灯”。见《能改斋漫录》卷十七。

酹江月

寿叶丞相[1]

阳春歌阕[2],正玉梅翻雪[3],江涛如海。秀孕东阳山水[4],果诞黑头元宰[5]。早踏天扉[6],洪钧独运[7],嘉会符千载[8]。衔杯乐圣[9],不妨机务聊解。 且恁笑弄云泉,太平勋业,说与苍生须在[10]。闻道槐庭虚位久[11],天意端如有待。衮绣来时[12],渔蓑脱取,留我他年晒[13]。良辰一笑,醉乡天地宽大[14]。

[注释]

①叶丞相:宋代叶姓为相者有叶遇、叶衡、叶梦鼎三人,唯叶衡生平切合词中事语,知即其人。详《宋史》本传及以下注文。 ②阳春歌阕:阳春,古歌名,见宋玉《对楚王问》。阕即歌罢。“阕”字《全宋词》作“阙”,乃同音致误。 ③玉梅翻雪:此以物色喻生辰。据《绍兴十八年同年小录》叶衡生辰为正月十九日,正落梅如雪之时。 ④《全宋词》注:此句少一字。 东阳:唐郡名,宋改为婺州,治金华县。叶衡金华人。故以东阳称其乡里。 ⑤黑头元宰:《世说新语·识鉴》载王导谓诸葛恢“当为黑头公”。《宋史·宰辅表》载叶衡淳熙元年除右丞相,时年五十三,故以此美

之。　⑥早踏天扉：即早入宫门。据《绍兴十八年同年小录》，叶衡及第时年二十七，故云。　⑦洪钧独运：钧为陶者制器之转轮，洪钧即大钧，借指政柄。据《宋史·宰辅表》，叶衡曾于淳熙元年十一月至二年九月独居相位，故云。　⑧嘉会符千载：国运昌盛的际遇。　⑨衔杯乐圣：《旧唐书·李适之传》言适之为李林甫所挤罢相，即命案作欢会，赋诗云"避贤初罢相，乐圣且衔杯"。叶衡亦为汤拜彦所谮罢相，故用其事。　⑩说与苍生须在：意谓当为百姓复起。语出《晋书·谢安传》，"安石不肯出，将如苍生何！"　⑪槐庭虚位久：古称宰辅厅事为槐庭。《晋书·王戎王衍传论》："登槐庭之显列，顾漆园而高视。"据《宋史·宰辅表》，叶衡罢相后，史浩拜相前，唯李彦颙、王维以参政摄事，故云"虚位久"。　⑫衮绣来时：谓复出为相时。衮绣为大臣朝服。《诗经·豳风·九罭》："我觏之子，衮衣绣裳。"旧谓为东人送周公还朝之辞。　⑬"渔蓑"二句：化用苏轼《满庭芳·归去来兮》词"仍传语，江南父老，时与晒渔蓑"。"我"字为叶氏设辞。　⑭"醉乡"句：语似稼轩词《念奴娇·赠夏成玉》阕歇拍"醉乡深处，不知天地空阔"。

[集评]

山木云："叶衡贤良，人多仰慕，豪俊如放翁，稼轩皆向往之。此词作者为寿于叶氏罢相之后，乃钦其才德使然，非炎凉趋避者比，其用事造语亦甚雅，允为当时高手，惜乎佚名也。"

水调歌头

寿枢密①

明月双溪上②，胜景号金华③。当年此夕，多少鸾凰杂云霞。共拥飘飘仙伯，来作人间英杰，王谢旧名家④。纶綍妙文采⑤，帷幄富忠嘉⑥。　圣天子，形梦寐⑦，眷尤加。麒麟阁上⑧，早晚丹陛听宣麻⑨。鼎轴无穷勋业⑩，岁岁薰风日永⑪，萱秀北堂花⑫。潋滟绮筵酒，寿算等河沙⑬。

[注释]

①枢密:官名。宋枢密院掌兵柄,有使、副使、知院事、同知院事、签书院事官,皆可省称枢密。详词中事语,唯王淮的生平与之切合,知即其人。详《宋史》本传及以下注文。 ②双溪:浙江馀杭县北有水名双溪,然据下句,当指金华附近之东阳江支流。 ③金华:山名,在浙江金华市北。传说为赤松子得道成仙处。 ④"王谢"句:东晋王导、谢安两族世掌重权,并称王谢。刘禹锡《乌衣巷》诗:"旧时王谢堂前燕,飞入寻常百姓家。" ⑤"纶綍"句:纶綍,制诰之美称。王淮曾官翰林学士,知制诰。《宋史》本传称其"训词深厚,得王言体"。故云。 ⑥"帷幄"句:帷幄,军中帐幕。《汉书·高帝纪》:"夫运筹帷幄之中,决胜千里之外,吾不如子房。"王淮曾官枢密院签书、同知、知院事、枢密使,故云。 ⑦形梦寐:传说殷高宗因梦而得傅说。《尚书·说命上》:"梦帝赉予良弼。" ⑧麒麟阁:汉未央宫阁名。汉宣帝甘露三年,画功臣霍光、苏武等十一人像于阁上。见《汉书·苏武传》。 ⑨宣麻:唐宋时任免宰辅,用麻纸书诏并当廷宣告,谓之宣麻。见《新唐书·百官志》及欧阳修《归田录》。 ⑩鼎轴:鼎为重器,轴为运枢,故以喻宰辅事权。 ⑪薰风:和风。古《南风》歌云:"南风之薰兮,可以解吾民之愠兮。" 日永:日长。 ⑫"萱秀"句:《诗经·卫风·伯兮》"焉得谖草,言树之背",谖草即萱草,背即北堂,古以北堂为母氏居处,亦称萱堂。据《宋史》本传,王淮官枢密时母尚在,故云。 ⑬河沙:语出《金刚经》,为"恒河沙数"之省称,言多不胜数也。

水龙吟

寿癯斋赵侍郎①

昔人风调谁高,二疏盛日还乡里②。公卿祖道,百城图画,争传佳事。闻自垂车日,都门外,送车凡几③。今世无工画,署之勿道④,焜煌处、烛青史。 佳甚东阳山水,是昔时、钓游其地⑤。风流脱似⑥,洛中耆老⑦,一人而已。好为霞觞酾正庭阶、彩衣荣侍⑧。便明朝有诏,启门解说,值先生醉。

[注释]

①癯赵侍郎:癯斋,赵之别号或室名,本名不详。侍郎为中书省、门下省及尚书省各部长官之副职。　②“二疏”句:《汉书·疏广传》载广为太傅,其兄子受为少傅,皆不恋禄位,同日辞官归里。　③“公卿”六句:同前传载二疏还乡之日,公卿大夫盛饯于东都门外。送者车数百辆,道路观者皆为之感叹。　④署:义不可解,或为“置”字,因形近致误。　⑤其:《全宋词》作“某”,音不合律。　⑥脱似:脱,或也,脱似即或是,许是。《后汉书·李通传》:“不如诣阙自归,事既未然,脱可免祸。”　⑦洛中耆老:《唐诗纪事》卷四九载白居易居洛阳时曾为九老之会,各赋诗纪事。司马光《洛阳耆英会序》又言彦博亦曾于洛阳作耆英会,饮酒赋诗为乐。　⑧霞觞:美酒。　釂:唱干。　彩衣荣侍:传说春秋时老莱子至孝,年七十尚着五彩衣以娱双亲,故以此美之。

谒金门

寿李侍郎[①]

春不老,细数花风犹到。挥翰玉堂应早早[②],花知中令考[③]。　词进芳笺才调,文饮清樽怀抱。一片潇湘供一笑,楚山青未了[④]。

[注释]

①李侍郎:名不详。　②玉堂:汉殿名。扬雄《解嘲》:“历金门,上玉堂有日矣。”唐宋时亦称翰林院为玉堂,见叶梦得《石林燕语》卷七。③“花知”句:唐郭子仪久居相位,《旧唐书》本传谓”校中书令考二十有四”。言“花知”者,疑传其家有花瑞预兆,然事未详。　④“楚山”句:语出杜甫《望岳》诗“岱宗夫如何？齐鲁青未了”。

千春词

寿游侍郎[①]

瞿岭云齐[②],建溪源远[③],庆衍英奇[④]。且机乘天巧，臣贤主圣，后光同日，月以为期[5]。千载相逢，一朝盛事，自昔人夸今见之[6]。催归诏，要领班宸殿[7]，捧万年卮[8]。　嘻嘻，莫道春迟。已著梅梢第一枝[9]。映紫荷持橐[10]，星辰步武，黄金横带，朝夕论思[11]。不但斯时，重恢事业，整顿乾坤弘所施。洪钧转，虽寒根雪谷，物物生辉。

[注释]

①游侍郎：据词中"瞿岭""建蹊"等语，此游侍郎乃建阳人，宋建阳游氏唯九功曾官侍郎，知即其人。九功字勉之，《宋史》无传，其生平事迹见《宋元学案》卷七十一。参后《沁园春·寿游侍郎》注文。　②瞿岭：建阳境内山名。　③建溪：建阳境内溪名。　④庆衍：吉庆繁衍。　⑤后光同日：语出《史记·屈原贾生列传》"(推此志也)虽与日月争光可也"。　⑥"千载"三句：化用《庄子·齐物论》"万世之后而一遇大圣，知其解者，是旦暮遇之也"语意。　⑦领班宸殿：指登宰辅之位。古时群臣朝见皇帝，由宰相领班。宸殿，正殿。宸为北辰，喻帝位。　⑧捧万年：指捧杯为皇帝寿。群臣献寿必祝万岁，故云。　⑨"已著梅梢"句：化用唐僧齐己《早梅》诗"前村深雪里，昨夜一枝开"语意。　⑩紫荷持橐：古时主官朝服佩紫荷(紫色丝囊)，见《宋书·礼志》卷五，又，"近臣负橐簪笔，以备顾问"，见《汉书·赵充国传》注引张晏语。侍郎为侍从贵臣，故以此美之。　⑪朝夕论思：指侍从近臣为皇帝出谋献策。语出班固《两都赋序》"朝夕论思，日月献纳"。

酹江月

寿史贰卿[1]

欢声雷动，问邦民，知道君侯生日。欲把天文占好事，夜半遥瞻南极[2]。耿耿三台[3]，寒光相射，瑞采连珠璧。自今以始，我公眉寿千亿。　见说燕寝香凝[4]，旌旗微动，猎猎薰风入。收拾乾坤生长意，留向人间敷锡[5]。预约明年，难兄难弟[⑥]，同侍虞琴侧[⑦]。坐令仁寿，八荒开此寿域[⑧]。

［注释］

①史贰卿：贰卿，侍郎之别称。名不详。据“问邦民”等语，盖时以侍郎出知府州事者。　②南极：星名。《史记·天官书》称“南极老人”，俗以此星主寿考。　③三台：星名，上台、中台、下台各二星，共六星。古时以为象三公之位。《晋书·天文志》：“在人曰三公，在天曰三台。”　④燕寝凝香：语出韦应物《郡斋雨中与诸文士燕集》诗“兵卫森画戟，燕寝凝清香”。　⑤敷锡：即遍施。敷，遍也。锡，赐也。　⑥难兄难弟：谓兄弟德才相若。《世说新语·德行》言陈元方、季方兄弟俱英才，陈太丘云“元方难为兄，季方难为弟”。　⑦同侍虞琴侧：即同侍圣明天子之侧。虞琴，虞舜之琴。《礼记·乐记》：“昔者舜作五弦之琴，以歌南风。”　⑧八荒开此寿域：语出杜甫《上韦左相二十韵》诗“八荒开寿域，一气转乾坤”。

沁园春

寿游侍郎[①]

兹审某官秀毓全闽，龄开八帙，一身高邵，为天下之达尊；两字康宁，享福中之至贵。绂麟呈瑞，厦燕倾诚。某适以事拘，后于躬贺。望宫墙之仞，誓坚雅志之依刘；歌眉寿之章，愿效诗人之颂鲁。倘蒙电眄，无任眷荣

五岳三光[②]，孕秀精神，时生俊髦[③]。看出匣锋铓，备施盘错，济川力量，历试风涛[④]。直卷经纶，十征不就，争羡先生出处高[⑤]。徜徉处，有晋公绿野，陶令东皋[⑥]。　精神翰墨游遨[⑦]，无一点风霜上鬓毛。不访蓬莱，遍搜仙药，不登阆苑，三摘蟠桃[⑧]。洒洒丰姿，棱棱标致，长对梅花雪里梢。青如许，与老松苍竹，定岁寒交[⑨]。

[注释]

①游侍郎:详词中事语,知即前《千春词》所寿之游九功。 ②五岳三光:五岳指中岳嵩山,东岳泰山,西岳华山,南岳衡山,北岳恒山。三光即日,月,星。 ③俊髦:即俊杰。 ④"看出匣"四句:以宝剑喻人。盘错指剑上花纹盘曲交错。济川:用佽(cì)非事。《淮南子·道应训》言荆人佽非得宝剑,渡江至中流,有两蛟夹绕其舟,佽即拔剑入水斩之,舟人皆获济。《宋元学案》卷七十一称九功知金州(治所在今陕西安康县)时曾"将兵备御,收复邻疆",故云。 ⑤"直卷"三句:称美九功不恋禄位。直卷经纶谓卷藏才略。《易·屯》"君子以经纶"。经者理丝出绪,纶者编丝为绳,喻治理国事,亦喻治国才略。十征不就,即屡召不赴。《宋元学案》卷七十一称九功"入权刑部侍郎,正祠,再召,不赴。故云"。 ⑥"徜徉"三句:称美九功退隐优闲。 徜徉:徘徊也。《淮南子·人间训》:"鸿鹄翔乎忽荒之上,徜徉乎虹霓之间。"晋公指裴度。《新唐书·裴度传》言度为宰相,封晋国公,晚年引退,于洛阳作别墅曰"绿野堂",日与白居易等饮酒赋诗,不问世事。陶令指陶渊明,渊明尝为彭泽令,作《归去来兮辞》有句云,"登东皋以舒啸,临清流而赋诗。" ⑦翰墨游遨:语出杜甫诗"往者十四五,出游翰墨场"。 ⑧"不访"四句:称美九功不迷信仙道。 蓬莱:传说中海上仙山,见《拾遗记》。 阆苑:阆风之苑,传说中仙境。屈原《离骚》:"朝吾将济于白水兮,登阆风而緤马。" 蟠桃:传说中仙桃。《汉武故事》言西王母降,出桃七枚,谓,此桃三千年一开花,三千年一结实。又指东方朔曰:"此桃三熟,此儿三偷。" ⑨岁寒交:古人以松、竹、梅皆耐寒,称岁寒三友,以喻人之有高节者。宋林景熙《五云梅居记》云:"即其居累土为山,种梅百本,与乔松、修篁为岁寒友。"

念奴娇

寿侍郎[①]

今年秋早,似常年、人世光阴如电。君看老仙风度别,绿鬓方瞳长健[②]。细数平生,三千功行[③],一一修持遍。通明殿上[④],钧天张乐高燕[⑤]。 应似六一先生[⑥],神清三洞[⑦],万仞苍苔藓。少待中原开霁了,一片闲云舒卷。

姹女炼成[8]，婴儿养就[9]，坐阅蓬莱浅。青霄笙鹤[10]，也应回顾鸡犬[11]。

［注释］

①侍郎：未详何人。　②方瞳：道家传说仙人方瞳。旧题晋王嘉《拾遗记》：“有黄髮老叟五人，或乘鸿鹤，或衣羽毛，耳出于顶，瞳子皆方。”“方”《全宋词》作“芳”，显为形近致误。　③三千功行：指一切功德道行。　④通明殿：传说中神仙殿名，亦喻帝王宫殿。苏轼《上元侍饮楼上三首呈同列》之一：“仙风吹下御炉香，侍臣鹄立通明殿。”　⑤钧天：传说中仙乐名，亦喻帝王音乐。张衡《西京赋》云：“昔者大帝说秦缪公而觐之，飨以钧天广乐。”　⑥六一先生：欧阳修晚自号六一居士，自撰《六一居士传》，故称。　⑦三洞：道家经典总称，即洞真、洞玄、洞神三部，见《云笈七签》卷六。“三”《全宋词》作“之”，显因形近致误，故径改。　⑧姹女：道家丹药。刘禹锡《送卢处士归嵩山别业》诗：“药炉烧姹女，酒瓮贮贤人。”　⑨婴儿：道家以喻修养情性臻于至柔之境。《老子》十章：“专气致柔，能婴儿乎？”　⑩青霄笙鹤：传说王子晋好吹笙作凤鸣，后得道成仙，乘白鹤驻缑氏山头，人望见之而不可近。事见《列仙传》。　⑪回顾鸡犬：喻关照亲友。传说淮南王刘安得道，举家成仙，所养鸡犬亦随之升天。见王充《论衡·道虚》。

［集评］

山木云：“此词尽以仙道喻人，几欲令人飘然轻举，歇拍复以鸡犬自喻，一幅摇尾乞怜像，不知彼‘老仙’者见之欤？人既无骨，词亦无气矣。”

水调歌头

寿真玉堂[1]

早是玉堂客[2]，犹著侍臣冠[3]。便为霖去亦晚[4]，何况此身闲。胸次光风霁月[5]，意味满庭芳草[6]，体用两相关[7]。坐对粤山好[8]，名更重于山。　寿生申，霜肃晓，露宾寒。从教重九过了，政有菊堪餐[9]。日绕东篱笑傲，香共秋容淡薄，晚节要人看。久不见贾谊，天已问平安[10]。

[注释]

①真玉堂：词中事语皆切合真德秀生平，知即其人。详以下注文，参见《宋史》本传及《宋元学案》卷八十一。据“便为霖去亦晚，何况此身闲”二语，词当作于真氏引退之后。 ②早是玉堂客：据《宋史》本传，真德秀于嘉定二年即除学士院权直，时年仅三十一，故云。 ③犹著侍臣冠：真德秀晚年苦疾引退，仍进资政殿学士提举万寿观兼侍读，故云。 ④为霖：指作宰相。《尚书·说命上》：“若岁大旱，用汝作霖雨。” ⑤光风霁月：语出黄庭坚《濂溪诗序》“舂陵周茂叔人品甚高，胸中洒落如光风霁月”。 ⑥满庭芳草：语出柳宗元《赠江华长老》诗“偶地即安居，满庭芳草积”。 ⑦体用：体，指事物本体；用，指事物表现。《论语·学而》：“礼之用，和为贵。”《集注》云：“盖礼之为体虽严，而皆出于自然之理，故其为用，宜从容而不迫，乃为可贵。” ⑧粤山：粤与越通，闽中古为百越之地，真德秀闽中人，故以称其乡里。 ⑨菊堪餐：语本《离骚》“朝饮木兰之坠露兮，夕餐秋菊之落英”。 ⑩“久不”二句：《史记·屈原贾生列传》言贾谊谪居长沙，居岁馀，文帝召见，有“吾久不见贾生”之语。《宋史·真德秀传》亦言德秀久在外，后召见，理宗迎谓曰：“卿去国十年，每切思贤。”故以贾谊喻之。

水调歌头

寿刘监丞[1]

伏以日躔娄宿，正五蓂敷荚之辰；神降崧嵩，记六矢垂蓬之旦。祥薰宇宙，欢动里闾。恭惟某官云谷渊源，冰壶节操。霁月光风之潇洒，浑金璞玉之温纯。望重东山，起夜鹤晓猿之悲；思形宣室，开云龙风虎之机。绂麟喜际于诞辰，笼鸽想多于颂语。某阻缀凫趋之末[2]，倍深燕贺之私。砌九十五字之芜词，寄声水调；祝万八千岁之椿算，与日川增。持献雷门，仰祈电瞩

一线添宫绣[3]，昼景刻初还。五云旬浃不散[4]，瑞色满

坤乾[5]。凝作山堂佳气，来庆冰壶寿旦[6]，戏彩喜重斑。相对窦椿桂[7]，环列谢芝兰[8]。　　经纶事，戡定策，两才全[9]。苍生翘首三载，霖雨报东山[10]。已感宵衣梦寐[11]，应录御屏姓字[12]，光动紫微垣。一骑日边至，趣诏凤池班。

[注释]

①刘监丞：名未详。监丞，官名，见《宋史·职官志》。　②阻缀：言因事受阻，不能缀附诸公行礼祝寿。　凫趋：野鸭前行，表示列队向前。③"一线"句：唐宫中以女工计日之长短，冬至后每日添一线之工。杜甫《小至》诗："刺绣五纹添弱线，吹葭六琯动浮灰。"　④旬浃：即浃旬，连十日也，为协律而倒置。　⑤坤乾：《全宋词》作"乾坤"，失韵，显误，故径改。　⑥冰壶：喻高洁之士。语本鲍照《白头吟》"直如朱丝绳，清如玉壶冰"。　⑦窦桂椿：语本冯道《赠窦十》"灵椿一株老，丹桂五枝芳"。谓窦家五子相继登科也。"椿桂"二字《全宋词》倒置亦失律，显误，故径改。⑧谢芝兰：《世说新语·言语》载谢安问子侄，"子弟亦何预人事，而正欲使其佳？"侄谢玄答云："譬如芝兰玉树，欲使其生于阶庭耳。"　⑨两才全：谓文才武略齐备。　⑩"苍生"二句：《晋书·谢安传》言安初隐东山，不应征召，时人每谓"安石不肯出，将如苍生何"，后终为名相。　⑪宵衣梦寐：宵寐喻帝王勤政。陈鸿《长恨歌传》："在位日久，倦于旰食宵衣，政无大小，始委于右丞相。"　⑫御屏姓字：《宋史·梁鼎传》言鼎知吉州代还，太宗嘉其功能，既优给赏赐，又记其名于御屏。

满江红

寿杨殿撰[1]

蓓蕾江梅，正好是、小春时候[2]。螺浦下[3]、乾坤间气[4]，山川钟秀。作起风流今几代，诚斋心印亲传授[5]。更修名[6]、大节与谁同，韩山斗[7]。　　修月斧[8]，擎天手[9]。鸿敛翼，云归岫。有庄园陶径[10]，菊滋松茂。只恐东山真事业，更应西洛登耆旧[11]。有年年、宣劝到鳌扉，黄封酒[12]。

[注释]

①杨殿撰:名不详。似杨万里后人,江西吉安人。殿撰,官名,为某殿修撰之省称。 ②小春:旧以农历十月为小阳春,亦称小春。 ③螺浦:即螺川,在江西吉安。 ④间气:古时谓得正气而生者为帝王,得间气而生者为臣民,见《太平御览》《春秋演孔图》。 ⑤诚斋心印:诚斋为南宋理学家杨万里斋名,见《宋元学案》卷四四。心印,乃佛家语,意谓不用言传,唯以心解。 ⑥修名:美名。《离骚》:"老冉冉其将至兮,恐修名之不立。" ⑦韩山斗:指韩愈。《新唐书·韩愈传赞》:"自愈没,其言大行,学者仰之如泰山北斗云。" ⑧修月斧:传说月为七宝合成,常有人用斧凿修之。见《酉阳杂俎·天咫》。 ⑨擎天手:语本袁说友《送诚斋》诗之一"只今小试回无力,它日擎天看柱臣"。古神话谓昆山有八柱擎天,见《楚辞·天问》。 ⑩庄园陶径:美称隐居。《史记·老子韩非列传》言庄周"尝为漆园吏"。又陶渊明《归去来兮辞》云"三径就荒,松菊犹存"。 ⑪西洛登耆旧:指优游闲适之乐。《新唐书·白居易传》言白氏晚年退居洛阳,日与耆旧饮酒赋诗。 ⑫"宣劝"二句:宣劝,宣抚劝慰。鳌扉,翰林院之美称。唐宋时翰林学士上朝立班于雕有巨鳌之殿陛石正中,故云。黄封酒,宫廷酿造之醇酒,因用黄罗帕封瓶口得名。苏轼《岐亭》诗之三:"为我取黄封,亲拆官泥赤。"

满庭芳

寿安抚[①]

北斗璇魁[②],南闽元帅[③],西清真地行仙[④]。东林白社,依约认前缘[⑤]。霞炯天台万叠[⑥],记当时、秀减山川[⑦]。三生梦[⑧],岩公宝刻[⑨],云锁石桥边。 时度御炉吹雾[⑩],宫烛传烟[⑪]。望图中家庆,朱紫蝉联[⑫]。入见辕门佳节[⑬],到新春、长是开筵。明年看,五云深处,黄髪映貂蝉。

［注释］

①安抚：官名，宋代安抚使为各路行政长官，见《宋史·职官志七》。此安抚不详何人。 ②北斗璇魁：北斗，星座名，共七星，其中第一星至第四星为魁，第五星至第七星为杓。 ③南闽元帅：福建路安抚使之美称。宋代通称安抚使为元帅。 ④西清：西厢清静之处。本指道家西境。 ⑤东林白社：东林：庐山有东林寺，慧远主持，与陶渊明结方外交。同时有刘遗民、雷次宗、宗炳等于此寺结为白莲社，亦称白社。 ⑥霞炯天台万叠：霞光照耀天台山万叠峰峦。 炯：光热蒸腾貌。 天台：山名，在浙江天台县北，为仙霞岭山脉东支。此安抚或天台人，故以称其乡里。 ⑦秀减山川：古人迷信杰出人物为山川灵秀孕育而成，故生成一位杰出人物，即减损一分山川灵秀。 ⑧三生梦：佛家谓人有前生，今生，来生，而皆如梦幻，故云。 ⑨岩公宝刻：指杭州天竺寺后山石上所刻“三生石”文字。岩公，唐高僧，见《高僧传》。宝刻，石刻之美称。宋陈思有《宝刻丛编》。 ⑩时度：《全宋词》注，此处少三字。 御炉吹雾：指皇帝面前香炉喷出烟雾。岑参《寄左省杜拾遗》诗：“晓随天仗入，暮惹御烟归。” ⑪宫烛传烟：语出唐韩翃《寒食》诗“日暮汉宫传蜡烛，轻烟散入五侯家”。 ⑫朱紫蝉联：谓安抚使家人相续为贵官，服朱紫。 ⑬辕门：将帅所居军营大门。宋安抚使兼掌兵事，故以此称其府第。

水调歌头

寿范帅[①]

三楚诗书帅[②]，人物压中州[③]。飘飘青琐[④]，典刑蜀国旧风流[⑤]。小袖玉堂挥手，来拥元戎十乘，红旆照青油[⑥]。尺一唤归去，名久在金瓯[⑦]。 倚春声，赓水调，倩歌喉。登龙旧客[⑧]，只回误上武陵舟[⑨]。正是蟠桃开也，特向尊前为寿，一醉一千秋。携取此花去，还侍玉宸游[⑩]。

［注释］

①范帅：据词中事语，知为范百禄。宋时州府长官皆称帅，百禄曾知

开封、河中、河阳、河南诸府事，故以此称之。事详以下各注及《宋史》本传。 ②三楚：《汉书·高帝纪》以江陵为南楚，吴为东楚，彭城为西楚，合称三楚。原指战国时楚地，借指长江流城。 ③中州：即中国。《汉书·司马相如传》："世有大人兮，在乎中州。"《注》："中州，中国也。"又，古以天下为九州，豫州居中，故称中州。河南为古豫州地，故亦称河南为中州。 ④飘飘青琐：飘飘，轻举貌。青琐为宫门上青色图纹，借指宫殿。百禄曾为翰林学士，常出入宫门，故云。 ⑤"典刑"句：典刑即典范，风流：犹风采，蜀国指范镇，曾历通显，累封蜀郡公，甚有誉望。百禄为镇之侄，故以此称之。 ⑥"小袖"三句：指自翰林学士出为州府长官。小袖难解，疑为"小试"之误。玉堂为翰林院之美称，挥手指辞别。元戎为主帅之美称，州府长官兼掌军政，亦称元戎。《诗经·小雅·六月》："元戎十乘，以先启行。" 红旆即红旗，青油为青绸幕，为州府长官仪饰。刘禹锡《酬浙东李侍郎越州春晚即事》诗："青油昼卷临高阁，红旋晴翻绕古堤。" ⑦"尺一"二句：谓当诏回为相。尺一指诏命，汉制以长尺一之版诏书，见《后汉书·李云传》。名在金瓯用崔琳事。《新唐书·崔琳传》言明皇将命相，书崔琳等人姓名，覆以金瓯，令太子猜其为谁何。 ⑧登龙旧客：词人自指。《后汉书·李膺传》云："膺独持风裁，以声名自高，士有被其容接者，名为登龙门。" ⑨"只回"句，"只"不可解，疑为"者"字讹。者回犹言此番。 ⑩玉宸：传为天上宫阙，借指人间帝王。

朝中措

寿魏都大①

郎星初度一旬前②，瑞雪早蹁跹③。金节耆祥称寿④，一妃宣劝迎年⑤。 锦天绣地，薰香手祷，福禄如川。只恐催呈魏笏⑥，便还紫橐青毡⑦。

[注释]

①魏都大：人未详。都大，官名。宋时于各路置此员，掌一路兵马贸易及坑冶铸钱诸事。 ②郎星：星座名。古人迷信"郎官上应列宿"。 ③蹁跹：形容雪花飘落如舞蹈。 ④金节：贵官仪仗，见《宋史·仪卫志六》，

借指贵官。　⑤"一妃"句："一"无可解，疑为"玉"字。玉妃，雪花之美称。　⑥催呈魏笏：唐文宗欲用魏謩为右补阙，问謩："卿家有何图书？"謩答："唯有文贞公（魏徵）笏在。"文宗即令进呈。　⑦紫橐青毡：紫橐为贵臣服饰。青毡意谓家传旧物，见《晋书·王羲之传》附王献之事。

宝鼎现

寿曹安抚[1]

天高良月。瑞霭葱倩[2]，绮霞粲浩。望宝阁、奎躔交绚[3]，秀毓文星正佳节。九万里俱在下[4]，礼乐三千剀切[5]。扶兴运、魁星标瑞[6]，曾补赭黄衮阙[7]。盎盎一道棠阴芾，宜福星、临照南国[8]。　岁屡稔，月沉夜柝，父老欢谣齐喜溢。庆衮衮[9]、罗庭前兰玉[10]，好是香连夜月。十万户深深祝[11]，愿比寿星南极[12]。自是天上神仙，宽宸顾[13]、实劳耆德。辄使星入觐[14]，又报日边消息。天为遣、梅花催雪。唯有春知得。要待列，金鼎和羹[15]，两两台星齐色。

（以上十五首见《截江网》卷四）

［注释］

①曹安抚：宋代曹姓安抚使中，唯曹彦约生平切合词中事语，知即其人。详以下注文，参见《宋史》卷四百一十及《宋元学案》卷六十九曹氏传论。　②葱倩：苍翠浓郁貌。　③宝阁：殿阁之美称。　奎：星座名，二十八宿之一，白虎七宿之首，共十六星。　躔：星辰运行轨迹。古人谓"奎主文章"，见《初学记》卷二一，彦约既有文章又尝带宝谟阁待制，直学士等加衔，故以此称之。　④"九万"句：语出《庄子·逍遥游》"风之积也不厚，则其负大翼也无力。故九万里则风斯在下矣，而后乃今培风"。意谓曹氏学养深厚也。按律此句尚少二字。　⑤"礼乐"句：语出《史记·孔子世家》"孔子以诗书礼乐教弟子，盖三千焉"。剀切为琢磨、切磋之义。彦约曾两度从朱熹讲学，故云。　⑥魁星：星名，北斗七星之一，旧谓补正帝王缺失。　⑦"曾补"句：旧谓补正帝王缺失。　⑧"盎盎"二句：谓彦

约所至有惠政。盎盎,充盈貌。芾,茂盛貌。《诗经·召南·甘棠》:“蔽芾甘棠,勿翦勿伐,召伯所茇。”《集传》云:“召伯循行南国,以布文王之政,或舍甘棠之下。其后思其德,故爱其树而不忍伤也。”彦约屡官州郡,又尝为湖南、江西安抚,故云。 ⑨衮衮:相继不绝貌。杜甫《醉时歌》:“诸公衮衮登台省,广文先生官独冷。” ⑩庭前兰玉:喻指优秀子弟。⑪“十万”句:按律少一字,疑当是“十万户深深祷祝”。 ⑫比:《全宋词》作“此”,显因形近致误。 ⑬宽宸顾:宽解皇帝忧念。 ⑭使星入觐:使星为皇帝派出使臣之美称,此即指彦约。外臣入见皇帝称入觐。 ⑮金鼎和羹:旧以调鼎和羹喻宰辅事业。

沁园春

寿郭宪使①

阊阖初开,羽葆来从,斗畔天南。看长身玉立,精神耿耿,风姿冰冷,琼佩珊珊。政数龚黄,才称屈宋,君合居其伯仲间③。犹堪庆,早恩沾令子,新著朝冠。 东园,未即开藩④。且乡曲吾曹共往还。向棋边几见,烂柯樵客,琴中时写,流水高山。野鹤立阶,灵龟支坐⑤,修竹梅花伴岁寒。荣华事,有传家从橐,立上清班。

[注释]

①郭宪使:宪使,提刑之美称。郭氏名不详。 ②龚黄:龚遂、黄霸,汉之循吏。 ③伯仲间:谓德才相若。语本杜甫《咏怀古迹五首》之五“伯仲之间见伊吕,指挥若定失萧曹”。 ④开藩:开建官衙。王、侯、封疆大吏建立的办公府第。 ⑤灵龟支坐:《史记·龟策列传》(褚少孙补)言“南方老人用龟支床足”。

虞美人

寿赵仓[①]

翠帡罗幕遮前后，舞袖翻长寿。紫髯冠佩御炉香[②]，看取明年归奉、万年觞。　今宵池上蟠桃席[③]，咫尺长安日[④]。宝烟飞焰万花浓，试看中间白鹤、驾仙风[⑤]。

[注释]

①赵仓：赵氏名未详。仓，仓曹参军之省称。　②紫髯：三国时吴主孙权有紫髯将军之称，见《三国志·吴书·吴主传》。　③池上蟠桃席：传说中瑶池蟠桃宴，此指寿筵。　④“咫尺”句：《三辅黄图》有“长安韦杜，去天尺五”之语，谓世家近帝室也。　⑤白鹤驾仙风：旧题淮南八公《相鹤经》谓鹤为“羽族之宗长，仙人之骐骥”，故云。

瑞鹤仙

寿提举[①]

薰风送炎暑。正万品亨嘉[②]，恢台当序[③]。祥烟淡天宇。渐银蟾满魄[④]，金茎凝露[⑤]。奎躔壁度[⑥]，见寒光、凌乱辉吐。记当年此际，真仙命世，恍惊飙驭[⑦]。　荣遇。妙龄英发，腾实蜚声，早班郎署[⑧]。歌喧五袴[⑨]。更万里，期轩翥。暂乘轺揽辔，肃将王命，已洽百城休誉[⑩]。愿从今、夕揭金瓯[⑪]，永隆依注[⑫]。

[注释]

①提举：官名，宋时于各路置提举常平茶盐公干之官，省称提举。②万品亨嘉：万物美盛。　③恢台，广大貌。宋玉《九辩》：“收恢台之孟夏兮，欲欿傺而沉臧。”因以恢台指代夏令。　④银蟾满魄：古神话谓月中有蟾，故称月为银蟾。魄，月光，满魄即月圆光满。　⑤金茎凝露：汉武帝

迷信仙道,于宫苑置金柱(铜柱)高二十丈,上立金人持盘承露,谓饮之可长生,事见《三辅故事》。 ⑥奎躔壁度:奎,壁皆星辰名,躔,度指星辰运行轨迹。 ⑦恍惊飙驭:恍如惊见仙人驭风而下。 ⑧早班郎署:早已立班于郎署之中,即早为郎官。 ⑨歌喧五袴:廉范字叔度,迁蜀郡太守,除前苛禁,许民夜作,民为歌曰:"廉叔度,来何暮。不禁火,民安作,平生无襦今五袴。"见《后汉书·廉范传》。 ⑩休誉:美誉。 ⑪夕揭金瓯:用唐明皇金瓯覆字之典,喻人名高望重,堪任宰相。 ⑫依注:眷爱。

万年欢

寿太守①

南极星明,问笙歌弦管,今是何夕。竹马儿童,尽道使君生日。又见蟠桃结实,是谁向、珠宫偷得。炉烟袅,唯愿年年,使君常驻熊轼②。 那知宦游似客。任双旌五马③,飘转南北。细柳甘棠,都是使君亲植。见说吾皇仄席④。恐非晚、归朝宣直⑤。功成了,却隐东山,算惟龟鹤相识。

[注释]

①太守:秦汉时州郡长官称太守,后沿用为惯称。 ②熊轼:汉时刘侯横轼刻有伏熊图形,称熊轼,见《汉书·舆服志》。 ③双旌五马:唐宋时州郡长官仪仗用双旌,汉时郡太守驾车用五马。 ④仄席:侧席,示优礼。汉刘向《说苑·尊贤》:"楚有子玉、得臣,文公为之侧席而坐。" ⑤归朝宣直:指宣布新命,入直朝廷。

酹江月

寿倅车①

东南钟秀。记当年、玉麟坠地②,风云奔走。别驾风流才展骥[③]，未快经纶大手[④]。风月平分[⑤]，吏民胥庆[⑥]，松李阴浓昼。满城灯火，崧高神降时候[⑦]。　好是今夕华筵，水沉烟里，竹径松姿瘦。闻道君王仄席[⑧]，尺一凤凰飞诏[⑨]。堤筑新沙[⑩]，印垂大斗[⑪]，毡复貂蝉旧[⑫]。麒麟勋业[⑬]，庄椿难计眉寿。

［**注释**］

①倅车：州郡长官副职之称，亦称别驾。　②玉麟坠地：称美婴儿出生。汉焦延寿《易林·屯》："麟子凤雏，生长家国。"　③"别驾"句：语出《三国志·蜀书·庞统传》："庞士元非百里才也，使处治中别驾之任，始当展其骥足。"　④经纶大手：治国大才。经纶原指理丝，借喻治国。《易经·屯》："云雷屯，君子以经纶。"　⑤风月平分：语出苏轼《点绛唇》（闲倚胡床）"与谁同坐？明月清风我。自从添个（别乘），风月平分破"。⑥吏民胥庆：吏民皆庆。　⑦崧高神降：称赞人为神灵降生。语出《诗经·大雅·崧高》："崧高惟岳，骏极于天。惟岳降神，生甫及申"。⑧"闻道"句：唐氏按，此句少一字。　⑨"尺一"句：汉时以长尺一之版书诏，故以尺一为诏命之代称。　⑩堤筑新沙：唐时拜相，于宰相私邸至子城东街铺沙道上以通车骑，谓之沙堤，见《唐国史补》卷下。　⑪印垂大斗：谓腰间所悬官印其大如斗。垂，悬也。斗，方形酒杯。　⑫毡复貂蝉旧：用《晋书·王献之传》"青毡我家旧物"语，谓复承家世为朝廷贵臣。貂蝉，侍从贵臣冠饰，见《后汉书·舆服志》。　⑬麒麟勋业：即崇高功业。《汉书·苏武传》言汉宣帝甘露三年画功臣霍光等十一人图像于麒麟阁，故云。

沁园春

寿王倅[①]

天遣东皇[②]，来庆诞辰，和气先回。趁未将风月，平分八柱[③]，且垂弧矢[④]，相映三槐[⑤]。歌遏行云[⑥]，舞萦回雪[⑦]，不比常年寿宴开。有贤守，送三千乐指[⑧]，环侍金罍。　文章政事奇哉，曾飞舄双凫天外来[⑨]。便合除之六察[⑩],少旌最绩[⑪],何为别驾,暂屈长才。尚亿传家[⑫],行将跨灶[⑬],岂但侯藩与外台[⑭]。称觞看,灵龟支坐,老鹤眠阶。

[注释]

①王倅:王氏名不详,倅即倅车。一州郡副职。 ②东皇:传说中司春之神。杜甫《幽人》诗:"风帆倚翠盖,暮把东皇衣。" ③八桂:传说中仙桂。《山海经·海内南经》:"桂林八树,在番隅东。" ④垂弧矢:古俗生男则悬弧于门左,又以桑弧蓬矢射四方,示有四方之志,见《礼记·内则》及《礼记·郊特牲》。 ⑤三槐:本《礼记·秋官·朝士》"面三槐,三公位焉"。⑥歌遏行云:语出《列子·汤问》"抗节悲歌,声振林木,响遏行云"。⑦舞萦回雪:语出曹植《洛神赋》"仿佛兮若轻云之蔽月,飘飘兮若流风之回雪"。 ⑧三千乐指:夸言乐伎三百人,人各十指,故云三千。 ⑨飞舄双凫:传说东汉王乔有神术,为叶县令,朔望自县诣朝,不乘车骑,人候之,但见双凫飞来,举罗张之,乃得其舄。舄,鞋也。见《后汉书·方术传·王乔》。此王倅盖尝为县令,故以此美之。 ⑩除之六察:即授以御史之职。唐时置御史十五人,掌考察官吏善恶、赋役、劝农、防盗、教化、吏治等六事,故称御史为六察之官。 ⑪最绩:古时考课官吏,称上上者为课最,最绩即最佳政绩。 ⑫亿:料也。《论语·宪问》:"不亿不信。"尚亿即尚料。 ⑬跨灶:谓子胜于父。苏轼《与陈季常书》:"二子作诗骚殊胜,咄咄皆有跨灶之兴。" ⑭侯藩与外台:封建时代以列侯为朝廷之屏藩,又以太守为外台,州郡长官位比列侯、太守,故以此为美称。

东坡引

寿余倅[①]

人物伊周样[②],清政龚黄状。平分风月双溪上[③]。红颜方少壮,红颜方少壮。 生贤令节,满觞摇漾。红袖舞,青蛾唱。我来祝寿无他望。相门重拜相,相门重拜相。

[注释]

①余倅：名不详。据歇拍"相门"语，知为余深后人。深福州人，政和七年(1117)至重和三年(1120)在相位。宋代余姓为相者唯深一人。 ②伊周：伊尹、周公，商、周贤佐。 ③双溪：此双溪为剑溪，樵川二水之合称，在福建南平市境内。

[集评]

山木云："余深以谄事蔡京骤进，当时已声名狼藉，而作者犹津津乐道以媚其后人，词之鄙俚固其宜也。"

木兰花

庆赵倅[①]

北湖云锦，铺遍琉璃三万顷。风月诗仙[②]，趁得花时出洞天。 红菱碧藕，满劝一杯千岁寿。来岁看花，新筑苏堤路上沙[③]。

[注释]

①赵倅：名不详。按此调为《减字木兰花》。 ②风月诗仙：借李白称美赵倅。欧阳修《赠王介甫》诗称李白诗为"翰林风月三千首"，严羽《沧浪诗话·诗评》称李白诗为"天仙之词"，故云。 ③苏堤：杭州西湖长堤之一，苏轼守杭时所筑，故称为苏堤。

八宝妆

寿节推权教[①]

是舍人才调[②]，犹采茅、紫芝峰[③]。有列宿心胸，清辞太白[④]，雅趣元龙[⑤]。从他暂、无毡官冷[⑥]，怡然怀抱自从容。枫陛荐章吻合[⑦]，金闺仙籍名通[⑧]。 暑馀凉送薰风。圆桂魄、丽遥空。庆初度垂弧，莲开十丈，酒满千钟。

明年称寿何处，看玉犀[9]、人在玉堂中。藻鉴正当莲省[10]，诸生来到蟾宫。[11]

[注释]

①节推权教：节度推官，权教授之省称。 ②舍人：草拟诏诰之近侍官员，如中书舍人等。 ③紫芝峰：泛指产紫芝之山峰。白居易有《和令公问刘宾客归来称意无之作》诗云“闲尝菊花酒，醉唱紫芝谣”。 ④太白：李白字太白。 ⑤元龙：陈登字元龙。见《三国志·魏书·陈登传》。 ⑥无毡官冷：用郑虔事。杜甫《醉时歌》：“诸公衮衮登台省，广文先生官独冷。”又《戏简郑广文虔兼呈苏司业源明》：“才名四十年，坐客寒无毡。” ⑦枫陛：即殿陛。汉时宫殿之旁多种枫树，故称枫陛。 ⑧金闺：金马门之别称。谢朓《始出尚书省》诗：’既通金闺籍，复酌琼筵醴。” ⑨玉犀：形容人风度清美。 ⑩藻鉴正当莲省：兼指节推及权教官职。藻鉴指品藻鉴别，为教授职事。莲省即莲幕，为大臣幕府之美称。 ⑪唐氏按：此调应是《木兰花慢》。

沁园春

寿刘提干①

学富总龟[2]，英蜚漕鹗[3]，正当少年。向山阴发轫[4]，从容莲幕，结知当路，翠刻争先[5]。万斛龙骧[6]，湖襄飞饷[7]，赏秩新纶来日边[8]。重重庆，又金鱼新渥[9]，玉树芝兰。 今朝好语欢传。正南极真人生世天。是紫囊阴骘[10]，朱幡美德[11]，平山钟秀[12]，崧岳生贤。事业惊人，行魁胪唱[13]，展庆公庭云母间[14]。称觞祝，对今宵明月，千古团圆。

[注释]

①刘提干：人未详。提干，提举司干办公事之省称。 ②总龟：博学多闻之美称。颜真卿《丽正殿学士殷君墓志铭》：“贺（知章）呼君为总龟，以龟千年五聚，问无不知也。” ③漕鹗：转运司官员之美称，谓其兼掌举

劾官吏，有如鹗鸟之高飞明察也。 ④发轫：原指车行先去轮前横木，借喻开始办事。 ⑤翠剡：本谓翠叶前端，此指荐举章奏。 ⑥龙骧：晋龙骧将军王濬奉命伐吴，预造大船备用，故以骧代称巨舟。 ⑦飞饷：急速发运之军粮。 ⑧新纶：即新命。旧以皇帝诏命为纶音。 ⑨金鱼新渥：赐予金鱼佩饰之新恩。唐宋时三品以上官服紫袍，佩金鱼。渥，恩泽也。 ⑩阴骘：犹天定。 ⑪朱幡：即朱旗，五品以上官出行仪仗之一。 ⑫平山：山名，一在山西临汾，一在福建闽侯，一在湖南常德，未详所指。 ⑬胪唱：科举时代进士殿试后按甲第唱名传呼召见，称胪唱，亦称胪传。 ⑭云母：指皇帝座前云母屏风。

满庭芳

寿干官①五月十五日

梅雨初晴，时当夏五，一轮桂魄方圆。平山毓秀，间世产英贤。那更椿庭戏彩，祇觞处、簇拥神仙。荷囊紫，朱幡辉映，新渥又兰孙。　山阴，方借径，结知当路，荐剡争先。况湖襄输转，赏秩新颁。更喜两飞漕鹗，魁兰省②、首听胪传。丹墀上，屏分云母，鲁后与周前③。

[注释]

①干官：即干办公事之官。详词中事语，多同前阕，题文《五月十五日》亦与前阕“对今宵明月，千古团圆”符合。知所寿干官即前阕之刘提干。 ②兰省：即兰台，御史台之美称，唐宋时亦称秘书省为兰台。 ③鲁后与周前：本《公羊传·文公十三年》“周公拜于前，鲁公拜于后”。

齐天乐

寿刘机宜①

天开图画江山秀，怪得人间希有。屏岛精神，潭溪骨格，钟作名门华胄②。满堂昼绣。甚禊集兰亭③，竹修林茂[4]。得得明朝，绂麟亲解公侯绶[5]。　心胸剩罗列宿。使能光绍，太常勋旧[6]。却恋檗湖[7]，贪求精舍，日日佳篇醇酎。陶朱敌富[8]。更沧海双珠，掌中明透。赢得年年，莲龟松鹤祝公寿[9]。

[注释]

①刘机宜，人未详。机宜为主管机宜文字之省称。　②华胄：荣华世家后裔，即贵胄。　③禊集兰亭：晋永和九年三月三日，王羲之、谢安等四十一人集会于山阴（今绍兴）兰亭，修祓禊之事。　④竹修林茂：语出王羲之《兰亭集序》："此地有崇山峻岭，茂林修竹。"　⑤绂麟：喻婴儿出生。传说孔子生，有麟见于阙里，孔子之母以绣绂系于麟角。见旧题王嘉《拾遗记》。　⑥太常：官名，掌供奉皇帝车马器物及祭祀用品。　⑦檗湖：事未详。疑是家乡地名。　⑧陶朱：春秋时范蠡佐勾践灭吴后弃官远至陶（今山东定陶），以货殖致富，称陶朱公。事见《史记·货殖列传》。⑨莲龟：《史记·龟策列传》（褚少孙补）谓江南长老言，"龟千岁，乃游莲叶之上。"

桂枝香

寿赵运管①

武夷九曲[2]，甚乐响云韶[3]，旆走星纛[4]。更捧琼浆九酝[5]，蟠桃初熟。元来崧岳生申旦，会群仙、献长生箓。岁寒堂上，冰壶影里，长跨青鹿。　记往日、堤沙旧筑。有书籥金縢[6]，勋写歌鹄[7]。更化和朝[8]，半是世臣乔木。明年瑞庆才经月，侍重瞳[9]、应奉卮玉。此时奋建联班[10]，却将万年齐祝。

[注释]

①赵运管：名不详。运管，转运司主管机宜文字省称。　②武夷九曲：

武夷山在福建崇安县西南，绵亘二十里，溪流缭绕其间，分为九曲。 ③云韶：仙乐名。白居易《咏怀寄相府》诗："我正冈前弄秋思，君应天上听云韶。" ④星纛：古称皇帝使臣为星使，故以标志身份之旌旗为星纛。 ⑤九酝：长时酝酿而成之美酒。《西京杂记》卷一："以正月旦作酒，八月成，名曰酎，一曰九酝。" ⑥书籥金縢：传说周武王疾，周公祷于三王，愿以身代。史官纳其祝策于金縢之中。《尚书·金縢》："启籥见书。"籥即锁钥，金縢即金匮。 ⑦勋写歌鹄：谓有策立之功。《史记·留侯世家》言刘邦欲易太子而立戚夫人之子。张良为太子画策，使迎四皓。刘邦见四皓肯从太子游，乃召戚夫人指示之，谓太子不可易，且为歌曰："鸿鹄高飞，一举千里，羽翮已就，横绝四海。" ⑧更化和朝：更造太平盛世。和朝即政通人和之世。 ⑨重瞳：《史记·项羽本纪》谓"舜目重瞳"，因以重瞳代称皇帝。 ⑩奋建联班：《史记·万石张叔列传》言石奋及其子建等皆官至二千石，父子朝班相及，故曰联班。

满江红

寿洪教授①

才入新年，喜两见、希奇盛事。正五旦、虹流电绕，星枢呈瑞。方庆千秋开宝运②，又今六日生名世③。河清生圣岳生贤④，风云际⑤。　修月手⑥，凌云气⑦。吞泽量⑧，飞泉思⑨。况声名已自，惊天动地。上寿不须儿女语⑩，著鞭且展英雄志⑪。北方焰焰看来年，魁名字⑫。

［注释］

①洪教授：名不详。教授，州郡学官。 ②千秋开宝运：指理宗赵昀生辰。《宋史·理宗纪》载赵昀生于开禧元年（1205）正月癸亥（初五），故云。唐开元十七年，宰臣乾源曜，张说奏以玄宗生辰为千秋节，后世因之为故事。 ③六日生名世：指洪教授生辰。名世者，一代名臣也。 ④河清生圣："夫黄河清而圣人生，里社鸣而圣人出，群龙见而圣人用。"见三国魏李康《运命论》。 ⑤风云际：古人称君臣遇合为风云际会。三国魏吴质有《答魏太子笺》云"臣幸得下愚之才，值风云之会"。 ⑥修月手：《西

阳杂俎·天咫》谓月由七宝合成,常有人修之。苏轼《正月一日雪中过淮谒客回作》之一:“从来修月手,合在广寒宫。” ⑦凌云气:指意气豪迈。杜甫《戏题六绝句》之一:“庾信文章老更成,凌云健笔意纵横。” ⑧吞泽量:指气度恢弘。孟浩然《望洞庭赠张丞相》诗:“气吞云梦泽,波撼岳阳城。” ⑨飞泉思:指才思清拔。晋郭璞《游仙诗》之三:“放情陵霄外,嚼蕊挹飞泉。” ⑩“上寿”句:用灌夫事。《史记·魏其武安侯列传》载灌夫骂临汝侯曰:“生平毁程不识不直一钱,今日长者为寿,乃效女儿占嗫耳语。 ⑪“著鞭”句:用刘琨事。《世说新语·赏誉》“刘琨称祖车骑”注引《晋阳秋》载刘琨与亲旧书云,“吾枕戈待旦,志枭逆虏,常恐祖生先吾著鞭耳。” ⑫“北方”句:谓洪氏当大魁天下。旧谓北七星中魁星主文运,故云。

贺新郎

寿刘宰①

四海文章伯②。自雪堂人老③,有谁当得。馀子纷纷何足数④,除是壶中仙客⑤。况夺得、秋光清彻。笔下诗成愁鬼魅⑥,更千军、侍帐看飞檄⑦。须信道,万人杰。 胸襟浩荡乾坤窄。向楼东吟笑,壮心谁识。直渡黄河擒颉虏,吐尽平生奇策。终不负、雄姿英发⑧。闻说九重飞紫诏,想鸣珂⑨、早晚朝天阙。鸿鹄举,楚天阔。

[注释]

①刘宰:名不详。宰,县令别称。 ②文章伯:对文章大家的尊称。 ③雪堂人老:谓苏轼已死。轼谪黄州时筑室曰“雪堂”,见《东坡志林》卷四。 ④“馀子”句:《三国志·魏书·陈矫传》载陈登为矫历数当时可敬者数人之后曰,“馀子琐琐,亦安足录哉!” ⑤壶中仙客:指李白。白有《途归石门旧居》诗云:“何当脱屣谢时去,壶中别有日月天。”又杜甫《饮中八仙歌》:“李白斗酒诗百篇,长安市上酒家眠。天子呼来不上船,自称臣是酒中仙。” ⑥“笔下”句:语本杜甫《寄李十二白二十韵》“笔落

惊风雨，诗成泣鬼神”。　⑦飞檄：飞笔草檄。杨炯《送刘校书从军》诗：“坐谋咨庙略，飞檄伫文雄。”　⑧雄姿英发：语出苏轼《念奴娇·赤壁怀古》“遥想公瑾当年，小乔初嫁了，雄姿英发”。　⑨鸣珂：古时贵官马颈缀玉，行则有声，谓之鸣珂。徐陵《洛阳道》诗：“华轩翼葆吹，飞盖响鸣珂。”

[集评]

山木云：“此虽寿词，难免溢美，而多勉以恢复之事，其辞采亦清拔劲健，颇有稼轩《洞仙歌·寿叶丞相》、《水龙吟·甲辰岁寿韩南涧尚书》诸阕气象，于无名氏词中殊罕见也。”

西江月

庆赵宰季修①

一派先天妙学②，十年克己工夫③。割鸡聊此宰中都④，人在春台鼓舞⑤。　昏垫非由己溺，拊摩不异予辜⑥。万家香火祝悬弧，我亦无多颂语。

[注释]

①赵宰季修：生平不详。　②先天妙学：谓《易》学。《易·乾》《文言》：“先天而天弗违，后天而奉天时。”　③克己工夫：指儒家修养。《论语·颜渊》：“克已复礼为仁。”　④“割鸡”句：谓屈居小邑。《论语·阳货》载，子之武城，闻弦歌之声。夫子莞尔而笑曰：“割鸡焉用牛刀？”　⑤“人在”句：意谓赵宰从政有声，取士者为之庆宰。春台即礼部，主科举取士。⑥“昏垫”二句：谓赵宰关怀民间疾苦，有己溺己饥之心。“昏垫”语出《尚书·益稷》“洪水滔天，浩浩怀山襄陵，下民昏垫”。“己溺”语出《孟子·离娄下》“禹思天下有溺者，由己溺之也；稷思天下有饥者，由己饥之也”。

沁园春

寿刘宰①

天下知名，今日刘郎，胜如旧时。记当年幕府，元戎高会，万花围席，争看题诗。尽道坡仙②，再生尘世，有制宜烦立马挥③。东阳小，岂容久驻，凫舄暂双飞。　诸公荐墨交驰，要推上青云百丈梯。况平生慷慨，闻鸡起舞，中原事业，不付公谁。生记今朝，频将指数，较莱公争半月期④。功名事，不输前辈，行即诏封泥。

[注释]

①唐氏按：本书（今按：指《全宋词》）初版卷一百零五，此首误作傅大询词。　刘宰名不详，据"东阳小"二语，知为金华令。　②坡仙：指苏轼，轼谪黄州时自号"东坡居士"，故有此美称。　③"有制"句：谓刘宰才思敏捷，如须急草制诰，可使为之，必立马成篇也。　④莱公：指寇准。准曾两度为相，封莱国公，人称寇莱公，《宋史》有传。

金缕词

寿宁化刘宰①

瑞气重闽宇②。小春馀、璇霜避暖，敛威青女③。一点阳和钟英气，崧岳今朝诞甫。正两荚、尚留蓂舞④。应想宁川称寿处，听金笼、放鸽儿童语⑤。愿千岁，祝慈父。　君家自有安民谱。袖良规、时宽辔策，夜闲桴鼓⑥。直赖汀南为保障⑦，无复鼪鼯啸聚⑧。果峻秩、陛朝褒叙⑨。治最行将书第一，去思碑、拟颂歌明府。飞诏趣，缀鸳鹭。

[注释]

①宁化刘宰：宁化，福建境内县名，刘宰名不详。　②闽宇：闽中天宇。　③"小春"三句：俗谓农历十月为小阳春，小春馀即十月末。璇霜避暖，谓气暖无霜。璇，美玉，以状霜之莹洁。敛威青女，即青女敛威。《淮南子·天文训》："青女乃出，以降霜雪。"《注》："青女，天神，青霄玉女，主

霜雪也。” ④“正两荚”句：传说尧时有瑞草名蓂荚，每月朔日生一荚至月半生十五荚，后即日落一荚，至月晦而尽，若月小则一荚焦而不落，故又曰历荚，见《竹书纪年·陶唐氏》。蓂舞即蓂落，两荚尚留，即尚馀二日，为月之二十八日。 ⑤放鸽儿童语：《东轩笔录》卷十言王荆公为相，每生日，役卒皆笼雀鸽就宅放之以祈寿，放鸽事出此。 ⑥“袖良规”三句：袖，藏物于袖也。袖良规即有善策。时宽轡策即时时宽简政令。 ⑦汀南：指汀州以南。 ⑧鼪鼯啸聚：旧时统治者污蔑农民起义之语。鼪(shēng)、鼯(wú)皆山野鼠类。 ⑨褒叙：论功行赏。

鹧鸪天

寿赵簿[1]

当日名驹产渥洼[2]，追风千里堕君家。不辞贤路甘栖棘，来伴河阳且种花[3]。 梅试雪，酒潮霞。寿觞还捧笑声哗。唐朝九相青毡旧，为报新堤早筑沙。

[注释]

①唐氏按：此调原误作《南歌子》。 赵簿，赵姓官主簿者，名不详。 ②名驹产渥洼：为神马之典。《汉书·武帝纪》：“元鼎四年六月，得宝鼎后土祠旁。秋，马生渥洼水中。作《宝鼎天马之歌》。” ③“不辞”二句：谓赵簿不厌卑栖，能成美政。《后汉书·循吏传》言仇览为考城主簿，能以德化人，县令王涣谓“枳棘非鸾凤所林”，乃赠俸勉其深造。栖棘事出此。又《白氏六帖》卷二十一言潘岳为河阳令，树桃李花，人称“河阳一县花”。种花事出此。

满庭芳

寿梅监税[1]、丙戌登第

标格清高，性姿雅淡，群芳独步惟梅。当年秀气，付作此奇材[2]。不逐东风桃李俗，冰霜里、弹压春回。还应是，崧神降瑞，屈指一阳来[3]。　文章，推大手，关征小试[4]，暂费筹财。我殷勤为寿，起舞持杯。鹏翮抟风再整，南枝报、管占新魁。从今看，和羹大用，指日主三台[5]。

（以上《截江网》卷五）

［注释］

①梅监税：人不详。监税，州郡佐官，主税务。　②作奇材：用梅木为梁事。《四明图经》云："大梅山在鄞县东七十里，旧梅子真隐处。山顶有大梅木，其上则伐为禹庙之梁，其下则为山堰之梁。"　③一阳来：即一阳生。《易经·复》"后不省方"唐孔颖达疏："冬至一阳生，是阳动而阴复静也。　④关征：关税。　⑤三台：官名，汉制以尚书省为中台，御史为宪台，谒者为外台。

鹧鸪天

寿摆铺[1]

鹤算遗芳续世传[2]，武夷来作散神仙。柳营隐隐兵戎整[3]，兰砌诜诜子舍贤[4]。　倾柏酒，爇沉烟[5]。殷勤起舞祝长年。行须一札飞鸦诏[6]，促缀银班侍九天[7]。

［注释］

①摆铺：官名，主传递文书。宋绍兴末邱宗卿为蜀帅，始设摆铺，置卒四十人，常遣入行都报知蜀事。见李心传《建炎以来朝杂记》乙集卷九。　②鹤算：即鹤寿。古人谓鹤长寿，故用为祝寿之辞。　③柳营：即细柳营。汉周亚夫尝驻军细柳（今陕西咸阳市西南），见《史记·绛侯周勃世家附亚夫传》。　④兰砌诜诜：用谢安事。诜诜，众多貌。　⑤爇沉烟：焚沉香以取其烟气芬芳。　⑥鸦诏：用鸦青纸书诏命，即青纸诏。晋制，帝诏用青纸紫泥。　⑦银班：即银台班。唐翰林院、学士院均在右银台门内，故称翰林学士班为银台班。

西江月

寿苗摆铺[①]

一夕凉浮如水，崧高瑞世生贤。竭来闲伴幔亭仙[②]，行副九天隆眷。　数万范公兵甲[③]，三千李白诗篇。兜鍪元许换貂蝉[④]，好把平戎策献。

［注释］

①苗摆铺：名不详。　②幔亭仙：传说仙人武夷君每于中秋节大会村人于武夷山，上置幔亭，化虹桥通山下。见《云笈七签》卷七十六。　③数万范公兵甲：范仲淹守延安，夏人相戒曰，"今小范老子胸中有数万甲兵，不比大范老子（指范雍）可欺也。"见《五朝名臣言行录》卷七引《名臣传》。　④"兜鍪"句：谓武职可换文。兜鍪，将士头盔。貂蝉，贵臣冠饰。见《后汉书·舆服志》。

西江月

寿周主簿[①]

侯绩分从东鲁，世勋来在姬公[②]。桂枝少日冠蟾宫，枳棘暂栖鸾凤。　报道小春来也，令辰申降高崧。功名富贵管无穷，指日经纶大用。

［注释］

①周主簿：名不详。　②"侯绩"二句：用周公姬旦事。《史记·鲁周公世家》载周武王弟周公旦以功封于东鲁，子孙遂世为鲁公。

临江仙

寿石守[①]

良月露浓仙掌润，郁葱佳气充闾。几年重席旧师儒。大椿同未老，灵寿不须扶。　江左衣冠登桂籍，蝉联四世谁如。琳宫昨下凤凰书[2]。金闺班趣缀，禁路莫踟蹰。

[注释]

①石守：名不详。　②琳宫：传说中神仙所居，见《初学记》卷二十三。

醉蓬莱

寿李侍郎[1]

庆长庚协梦，仙李蟠根，挺生名世。粉省收声[2]，早云霄自致。凤掖鸾台，荷囊簪笔，久要津历试。红旆颁春，碧油开府，出分忧寄[3]。　均逸真祠[4]左弧开宴[5]，璧月光澄，玉炉烟细。漆髮冰眸，揽浮丘仙袂。伫看九重，迅驰三节[6]，诏促还丹陛。槐府凉生[7]，榴樽香泛，年年欢醉。

[注释]

①李侍郎：名不详。　②粉省：尚书省的别称。　③出分忧寄：大臣出领州郡，为皇帝分忧，受皇帝委托安抚一方百姓。　④均逸真祠：谓真授祠职以均共劳逸，使得休息也。　⑤左弧开宴：即开寿宴。　⑥三节：古时君主召见臣僚，分三节以别缓急。　⑦槐府：本《周礼·秋官·朝士》"面三槐，三公位焉"。后世因称宰辅厅事为槐庭，亦称槐府。

满庭芳

寿陈守[1]

桐叶霜干，芦花风软，晚来一色清秋。碧天无际，良夜月明楼。瑞应长庚入梦，钟奇秀、特座贤侯。堪夸处，雄姿英发，连箭射双雕[2]。　回头。思往事，皂囊三进[③]，豪气冲牛[④]。记前回凤诏[⑤]，空下南州。冷笑浮云坠甑[⑥]，鲈鱼美、归老扁舟。祝君寿，青山不尽，绿水自悠悠。

［注释］

①陈守：陈姓太守，名不详。　②“连箭”句：传说隋长孙晟，曾一箭射落双雕，见《北史》本传。此盖借用其事以指科第连捷。　③皂囊：汉制，群臣上章表，事涉机密者封以皂囊。见《后汉书·蔡邕传》“以皂囊封上”《注》引《汉官仪》。　④冲牛：牛指牵牛星座，冲牛即上冲霄汉。　⑤凤诏：皇帝诏书之美称。　⑥浮云附甑：谓轻视富贵。《论语·述而》：“不义而富且贵，于我如浮云。”又《后汉书·郭泰传》附《孟敏传》：“敏客太原，荷甑落地，不顾而去。郭泰问其意，敏曰：甑已破矣，视之何益？”

七娘子

寿梅太守[①]

暖律未回春时候[②]，向旧根、腊底红先透。玉有冷香，粉无纤垢。更饶雪里还清瘦。　琳宫拟诏风流守[③]，任折来、深醮金杯酒。欲赏一枝，樽前为寿，愿公归作调羹手。

［注释］

①梅太守：名不详。　②暖律：律，乐调。古人以为乐调与时气相感，遂以十二律应十二月。暖律即阳律，谓阳律动而春回也。　③风流守：隽杰太守。《世说新语·赏鉴》叙范宁称王忱语云：“卿风流隽望，真后来之秀。”

多　丽

寿临江通判[①]

近中秋，迥然玉宇澄鲜。更尧蓂、十有一叶[②]，向人特敷妍。喜名家、世行阴德,有馀庆、门拥祥烟。梦协熊罴[3],间生鸑鷟[4],妙年攀桂振青毡[5]。横飞上,金闺粉署[6],小试佐临川。翩然返,一身似叶,琳馆清闲。 记榜下、曩尝附骥,浪萍还有夤缘[7]。曳长裾[8]、不辞远道,接漫剌[9]、复面同年。邂逅佳辰,铺排雅席,金炉香袅欲何言。愿趣诏、入扶宗社,浩气愈纯全。长年少,龟龄共永,鹤算同坚。

[注释]

①临江通判:临江军通判。宋临江军治所在今江西清江县。通判,军州长官副职,又称别驾。 ②十有一叶:为月之十一日。 ③梦协熊罴:古人迷信谓梦熊罴者生男。 ④间生鸑鷟:山川之间气(灵气)诞育英才。鸑鷟:凤鸟。 ⑤"妙年"句:谓早登科第。 ⑥金闺粉署:金闺指翰林院。粉署指尚书省。 ⑦夤缘:攀附。韩愈《古意》诗:"我欲求之不惮远,青壁无路难夤缘。" ⑧曳长裾:指奔走权门。《汉书·邹阳传》:"饰固陋之心,则何王之门不可以曳长裾乎?" ⑨漫剌:字迹模糊之名帖。《世说新语·言语》"祢衡被魏武谪为鼓吏"《注》引《文士传》:"或劝其诣京师者,衡怀一剌,遂至漫灭竟无所诣。"

百字令

某恭审某人笃生华旦,茂衍遐龄。暂归潭府之安,行正台衡之拜[1]。某宅身杜厦[2],仰德韩门[3]。不揆芜辞,上期椿算

自天钟秀,看人物谁与、君家为比。椿桂相辉年少日,事业文章如此。玉殿诗书,金瓯姓字,简记宸衷里。有三株桂,一时归耀桑梓[4]。 我愿寿祝南山,尊空北海[5],不获陪珠履[6]。唯有瓣香心起敬[7],敢颂鲁侯燕喜[8]。大厦万间,金城千里,国计如家计。日边有诏,苍生端望公起。

[注释]

①台衡：三台星与玉衡星，指宰辅之位。　②杜厦：寒宅。杜甫有“安得广厦千万间，大庇寒士俱欢颜”之诗。　③韩门：豪门。李白有“但愿一识韩荆州”之语。　④桑梓：本《诗经·小雅·小弁》“维桑与梓，必恭敬止”。古人多于宅边植桑梓，故以喻家乡。　⑤尊空北海：《后汉书·孔融传》言融尝为北海相，性宽容，好士，及退闲，宾客日盈门，常曰：“座上客常满，杯中酒不空，吾无忧矣。”　⑥珠履：缀珠之履。《史记·春申君列传》：“春申召客三千人，其上客皆蹑珠履以见赵使，赵使大惭。”　⑦瓣香：“古今尊宿拈香多云一瓣。瓣，瓜瓣也，以香似之，故称焉。”见《祖庭事苑》。　⑧鲁侯：周成王封周公之子伯禽为鲁公。　燕喜：宴会娱乐。

玉烛新

寿监岳①

养高梓里②，袖手珍祠③，太平五福人物④。自是昔年，场屋文章旧豪杰。诗书平生事业。问造物、为谁悭惜⑤。谩眷怀、兰玉桂香，已露消息。　尝试问、天公好事，鼎来家庆自因袭⑥。更看绶蓝森列⑦，映灵椿双碧。诸郎击鲜奏食⑧。笑贾陆、一更十日⑨。画堂上，鹤算延长，兕觥无极⑩。

[注释]

①监岳：官名，监领某岳庙官之省称。　②养高梓里：闲居乡里，颐养高名。《文选：李康〈运命论〉》：“封已养高，势动人主。”　③袖手珍祠：指优游美祠，不预俗事。　④五福：“五福，一曰寿，二曰富，三曰康宁，四曰攸好德，五曰考终命。”见《尚书·洪范》。　⑤“问造物”句：造物，指造物者，即主宰命运者。悭惜，悭吝爱惜，不乐施与。　⑥鼎来：方来，正来。《汉书·匡衡传》：“无说诗，匡鼎来。匡说诗，解人颐。”　⑦绶蓝：绶，印绶，指已得官者；蓝，蓝衫，指尚为儒生者。　⑧击鲜奏食：杀牲献食。⑨“笑贾陆”句：《汉书·陆贾传》言贾有五男，各分二百金令置产业，与

约,每过其家则供人马酒食,凡十日而更。 ⑩兕觥无极:语本《诗经·豳风·七月》“跻彼高堂,称彼兕觥,万寿无疆”。 兕觥:酒盏。

南柯子

寿赵路分①

花萼清辉近②,蓬莱紫气浓③。濮园流庆与天同④。生得名驹千里、笶秋风⑤。 阅武戈初偃,论文酒不空。摩挲铜狄灞桥东⑥,看取朱衣双引、衮真封⑦。

[注释]

①赵路分:名不详。路分,官名,为路分钤辖或路分都临之省称,掌兵马屯戍训练诸事。据词中“阅武”“论文”二语,当为州郡长官兼领都监者。 ②“花萼”句:《旧唐书·让皇帝宪传》言唐玄宗创“花萼相辉之楼”,常与诸王兄弟欢会。赵路分为宋宗室,故用其事。 ③“蓬莱”句:蓬莱,传说中仙山,借指宫苑。紫气,古人迷信为帝王之气,紫气浓喻宋室方兴。 ④“濮园”句:谓濮王后裔与皇帝同源。宋仁宗赵祯无子,死后由濮王允让子赵曙继位,是为英宗。濮园为濮王园陵,借指濮王。流庆,流传吉庆,喻后裔。 ⑤笶秋风:笶,踏也。形容骏马疾行之态。语意脱胎于杜甫《房兵曹胡马》诗“竹批双耳峻,风入四蹄轻”及李贺《马诗二十三首·其五》“何当金络脑,快走踏清秋”等句。 ⑥“摩挲铜狄”句:摩挲,抚摸。铜狄,铜人。《后汉书·蓟子训传》言蓟子训有神异之道,时或有百岁翁自说童时见其卖药会稽市,后人复于长安东灞城见之,与一老翁共摩挲铜人,相谓曰:“适见铸此而已近五百岁矣。” ⑦“朱衣”句:朱衣双引,喻登两府。

满庭芳

寿殿帅①

威策冰河,兵严玉帐,济时人在壶天②。妙龄谈笑,图画上凌烟[③]。但见勋书鼎鼐[④]，谁知道、名列高仙。风云会[⑤]，钩陈羽卫[⑥]，绿鬓映貂蝉。　绵绵。流庆远，芝兰秀发，折桂争先。占盛一门，文武更双全。已饵琼英绛雪[⑦]，灵龟寿、何止千年。年年看，笙歌丛里，金盏侧垂莲。

[注释]

①殿帅：官名，殿前都指挥使之别称。人名不详。　②壶天：道家传说中仙境。唐张乔《古观》诗："洞水流花草，壶天闭雪春。"　③图画上凌烟：封建王朝画功臣像于凌烟阁以示表彰。　④勋书鼎鼐：勋书，褒功书诏。鼎鼐，众盛貌。　⑤风云会：《易经·乾》曰"云从龙，风从虎"。风云会即龙虎聚集，喻君臣遇合。吴质《答魏太子笺》："臣幸得下愚之才，值风云之会。"　⑥钩陈：星名，在紫微垣内，借指宫廷。班固《西都赋》："周以钩陈之位，卫以严更之署。"　羽卫：仪仗。韩愈《丰陵行》："羽卫煌煌一百里，晓出都门葬天子。"　⑦饵：另本为"弭"。　琼英绛雪：指仙凡灵药。琼英，传说中仙境琼花。　绛雪：道家所炼丹药。

水调歌头

寿学生

金兽袅香穗，银烛灿花枝。眼前风景殊异，酌酒庆生时。要是祖宗流庆，方有此身此日，盍亦反其思。何以上雅寿，敢用此为规。　况君家，本学业，致轻肥[①]。牙签玉轴[②]，全胜阡陌占东西[③]。好把胸中一点[④]，照破堂中万卷，五福自来宜。谨勿效雌伏[⑤]，指日要雄飞[⑥]。

[注释]

①致轻肥：获得轻裘肥马，即入仕为官。　②牙签玉轴：指图书。　牙签，象牙书签。　玉轴：卷轴美称。　③阡陌：本指田界，借指田产。　④胸中一点，指智慧。李商隐《无题》诗之一："身无彩凤双飞翼，心有灵犀一

点通。” ⑤雌伏：以雌鸟伏巢喻志短无为。 ⑥雄飞：以雄鸟凌云喻志大有为。

[集评]

山木云：“此西席师儒寿东家子弟之词，虽未免富贵语，而规之以思亲，勉之以好学，戒之以雌伏，励之以雄飞，犹不失长者风度，亦可谓得体者矣。”

水调歌头

寿丘月林①

天地钟奇秀，山泽有儒仙。词锋前驱万马，三度奏捷菊花天②。信是文场敏手，如把枭卢对掷，高叱便回旋③。一点英雄气，四顾浩无边。 长羡君，先我著，祖生鞭。今朝尊酒持劝，岂特颂长年。要入兰宫妙选④，共向集英殿里，玉陛听胪传⑤。姓字标黄甲⑥，香墨照人鲜。

[注释]

①丘月林：生平不详。 ②此句于律多出二字，或当作“三捷菊花天”。③“如把枭卢”二句：谓应试必中第。枭卢，古博戏采名。枭最胜，卢次之。④兰宫妙选：指殿试高第。兰宫，宫殿美称。妙选，高中。 ⑤胪传：科举时代进士殿试后按甲第唱名传呼召见，称为胪传，亦称胪唱。 ⑥黄甲：科举时代进士甲科及第者名登黄榜，称黄甲。

水调歌头

庆东屏①

来复迈七日②，亨泰兆三阳③。恰逢临吉中应，浸长三阳刚④。天地凝成正气⑤，岳渎钟为秀杰⑥，玉燕纪呈祥⑦。莹彻冰壶操⑧，皎月映秋霜。 日星回，乾坤辟，再更张。时乘君子道长，茅茹喜生光。抱负黄钟大吕⑩，资禀盐梅桂柏[11]，施用在岩廊[12]。一骑春风里，紫诏下山堂[13]。

［注释］

①东屏：人名，姓氏不详。　②“来复”句：《易经·复》“反复其道，七日来复，天行也”《注》：“以天之行，反复不过七日。”　③“亨泰”句：亨，顺利。《易经·亨》：“品物咸亨。”泰，安宁。　④“恰逢”二句：谓时在十二月，恰逢临卦吉象，刚柔相应而阳渐长。《易经·临》：“元亨，利贞。”《彖》曰：“临，刚浸而长，说而顺，刚中而应。”　⑤“天地”句：《易经·临》《彖》曰“大亨以正，天之道也”。　⑥“岳渎”句：古以五岳（泰、华、恒、衡、嵩）四渎（江、河、淮、济）概括天下山川，又以为英杰人物皆禀山川灵气而生，故云。　⑦“玉燕”句：传说唐相张说之母，梦玉燕飞投怀中而生说，见《开元天宝遗事》卷上《玉燕投怀》。　⑧冰壶操：指高洁操守。⑨茅茹：《易经·泰》“拔茅连茹，以其汇，征吉”《注》，“茅之为物，拔其根而相牵引者也。”因用为关系密切之喻。　⑩黄钟大吕：古乐调十二律，阳六律之首为黄钟，阴六律之首为大吕，二调音声洪亮清越，故以喻大器。⑪盐梅桂柏：古以盐梅和羹喻宰辅职事，《尚书·说命下》：“若作和羹，尔惟盐梅。”又以桂宫柏寝喻宫室壮丽。《全宋词》“桂”字作“栋”，显为传写致误。　⑫岩廊：《汉书·董仲舒传》载制策云，“盖闻虞舜时游于岩廊之上，垂拱无为而天下太平。”后世因以岩廊代指朝廷。　⑬紫诏：《汉旧仪》卷上言皇帝诏书以紫泥封，后世遂称为紫诏。

沁园春

寿东屏

奏捷淮堧[1]，勒功燕石[2]，鼓吹凯旋。正归班玉笋[3]，花袍方卸[4]，彩衣亟著，忠孝双全。清德独高，皇心简注，燕寝凝香朱两轓[5]。君王问，录屏风姓字[6]，趣对金銮。　平山。蹑履缕冠[7]。竞来庆嘉平五日间[8]。是炎刘昴宿，光芒再现[9]，绛人甲子，四百新颁[10]。碧麦称觞[11]，玉芝等算[12]，长对梅花开岁寒。春回也，报调羹时候，梅子微酸。

[注释]

①“奏捷”句:用裴度事。唐元和十二年,宰相裴度将兵平淮西,擒吴元济。事见《新唐书·裴度传》。 淮堧(ruán):淮水边地。 ②“勒功”句:用窦宪事。汉永和元年,车骑将军窦宪将兵击匈奴,大破之。登燕然山勒石纪功而还。事见《后汉书》宪本传及班固《燕山铭》。 ③归班玉笋:唐人谓朝士才质秀异者为玉笋(见《新唐书·李宗闵传》),得与其列者遂称玉笋班。郑谷《九日偶怀寄左省张起居》诗:“浑无酒泛金英菊,漫道官趋玉笋班。” ④花袍:指花锦官服。白居易《初著刺史绯》诗:“徒使花袍红似火,其如蓬鬓白成丝。” ⑤“燕寝”句:“燕寝凝香”语出韦应物《郡斋雨中与诸文士燕集》诗“兵卫森画戟,燕寝凝清香”。朱两幡即两朱幡,为郡守仪仗。 ⑥录屏风姓字:《宋史·梁鼎传》言鼎知吉州代还,太宗嘉其功能,既优给赏赍,又书其姓名于屏风之上。 ⑦“平山”句:用欧阳修事。宋庆历中,欧阳修知扬州,建平山堂于蜀冈之上,下临江南数百里,壮丽为淮南第一。见叶梦得《避暑录话》。 ⑧嘉平:腊月别称。《史记·秦始皇本纪》:“三十一年十二月,更名腊曰嘉平。” ⑨“是炎刘”二句:用萧何事。炎刘,汉代别称,旧谓汉以火德王,姓刘氏,故名。昴宿,二十八宿之一。《初学记》卷一《星·昴宿》言汉相萧何为昴星精,故以昴宿光芒再现,喻萧何再出。《全宋词》“芒”字作“至”,于声不合,当因形近致误。 ⑩“绛人”二句:传说春秋晋悼夫人食城杞者,有绛人年老无子亦往食,人问其年,曰“臣生之岁,正月甲子朔,四百有四十五甲子矣”。为七十三岁之隐语。故以“四百新颁”祝长年也。 ⑪碧麦:《洞冥记》言瑶琨仙境有碧草如麦,割以酿酒,味美而易醉,饮一合即三旬不醒。 ⑫玉枝:《海内十洲记》言北海外钟山高万三千里,周旋五万里,自生玉芝神草四十科种。玉芝既为仙物,自无枯死之期,故以比寿。《全宋词》“芝”字作“枝”,不可解,似由同音致误。

西江月

寿东屏有青在堂[①]

几萼红搀桃径,双茎翠舞蓂阶。小春霏霭瑞蓬莱,寿旦称觞青在。 牛斗辉腾气概[②],风云壮入襟怀。年年鹤髮笑颜开，西爽亭前戏彩[③]。

[注释]

①青在堂：别墅名，地理不详。 ②牛斗：犹言霄汉。牛，牵牛星座。斗，北斗星座。 ③西爽亭：青在堂别墅内堂名。

柳梢青

寿友人

正好江南，一分春色，梨花白雪。化日迟迟[①]，文章半刺[②]，平分风月。 满堂花醉三千[③]，看妙舞、六么十八[④]。笑捧瑶卮，祝君归去，琼楼金阙[⑤]。

[注释]

①化日迟迟：化日，太平盛日。迟迟，和舒貌。《诗经·豳风·七月》："春日迟迟，采繁祁祁。" ②半刺：称州郡佐僚如长史，通判之辞。杜甫《寄彭州高使君适虢州岑长史参》诗："诸侯非弃掷，半刺已翱翔。" ③花醉三千：指众多歌舞伎女颜红貌美，宛如花醉。 ④六么十八：指舞六么伎女年龄或人数。六么，唐舞曲名。白居易《琵琶行》："轻拢慢然抹复挑，初为霓裳后六么。" ⑤琼楼金阙：帝王宫殿之美称。

西江月

寿中山[①]

一片冰霜气概，几多锦绣文章。鹏抟相踵桂枝香，盛事争夸歆向[②]。 岁岁蓂敷九叶，喜傕一线迎长[③]。柏松祝算奉霞觞，事业非熊吕望[④]。

[注释]

①中山：其人未详。 ②"鹏抟"二句：指父子相继登科入仕，如《庄

子·逍遥游》所言鲲鹏之抟风高举。如汉代刘向、刘歆父子之有名当世,事见《汉书》本传。 ③"岁岁"二句:点明寿主生辰为十一月九日,接近冬至阳生之时。 ④非熊吕望:传说周文王将畋猎,史官卜之,谓当大获,但所获非熊非罴,乃天子良辅。后果得吕尚于渭水之阳。事见《史记·齐太公世家》。尚以功封于齐,称太公望,故又称吕望。

水调歌头

庆友人

何以作公寿,一纸寄讴吟。当年生申有兆,鸑鷟梦文禽。气宇虹霓万丈,胸次蟠龙七泽,锦绣萃中心。高谊薄云表,随处是知音。 人俊逸,文卓荦,气雄深。版岩合辞故隐[1],霖雨慰当今。且把梅花酌酒,行即桂枝入手,桑荫未移阴。珍重此时祝,何日盍朋簪[2]。

[注释]

①版岩:传说殷贤人傅说(yuè)版筑于傅岩之野,武丁访见举以为相,殷国大治。见《尚书·说命上》及《史记·殷本纪》。 ②盍朋簪:指朋友会聚。《易经·豫》:"勿疑,朋盍簪。"簪,冠饰。盍,合也,会也。

满江红

庆发举友人[1]

学富胸襟,才名擅、菊潭第一[2]。都缘是、文星在命,光联南极。已向九霄横鹗荐[3],词场独步花生笔[4]。况而今,好事又相逢,趋朝急。 增喜气,眉黄色[5]。须还做,龙头客[6]。且今朝满泛,寿觞琼液。自昔箕畴称五福[7],唯公兼备真难得。看明朝、夺取锦标归,头方黑。

[注释]

①发举:即发解。唐宋时取士,颁格于州郡,合格者谓之选人,由州郡录名发送礼部参与会试,称发解,亦称发举。　②菊潭:地名,在今河南内乡县北。宋内乡县属邓州南阳郡,因以菊潭代指邓州。　③鹗荐:《后汉书·祢衡传》载孔融荐表,云,"鸷鸟累百,不如一鹗。使衡立朝,必有可观。"后因称荐举为鹗荐。　④花生笔:传说李白曾梦所用之笔生花,自后才思横溢。见《开元天宝遗事》卷下。　⑤眉黄色:旧时迷信人有喜事则眉间见黄色。韩愈《赠马侍郎冯李二员外》诗:"城上赤云呈胜气,眉间黄色见归期。"　⑥龙头客:科举时代称状元为龙头。王禹偁《寄状元孙学士何》诗:"唯爱君家棣华榜,登科记上并龙头。"龙头,《全宋词》为"陇头",疑误。　⑦箕畴称五福:《尚书·洪范》称寿、富、康宁、攸好德、考终命为五福。相传《洪范·九畴》为箕子所述,故称箕畴。

乳燕飞

寿种春翁[①]

指点金蕉叶[②]。倩双成、十分为注[③],九天琼液。中有玉梅风露气,持寿卯金仙伯[④]。听贱子、歌翻新阕。不作寻常儿女祝,把先生、好事从头说。须快饮,莫留滴。　风流晋宋人物[⑤]。有锦囊万首,不博小儿馆职[⑥]。膝下双雏真伟器,足继传家事业。且做个,人间闲客。试问种春春几许,尽芝田[⑦]万顷天来阔。天有尽,春无极。

[注释]

①种春翁:据"卯金"语,知为刘姓,其他不详。　②金蕉叶:指酒杯。稼轩词《谒金门·山吐月》阕:"一曲瑶琴才听彻,金蕉三两叶。"　③双成:传说中仙女名。此指侍女。　④"中有"句:原注,"酒名梅露。"　卯金仙伯:卯金合成繁体刘字之左旁,种春翁必姓刘,故以此称之。　⑤风流晋宋人物:晋宋人物多尚风度潇洒,不拘世俗礼法。如《世说新语·品藻》谓韩康伯"居然有名士风流",谓王献之"风流为一时之冠"等等,故以

此称美种春翁。　⑥锦囊:诗囊。《新唐书·李贺传》言贺常背古锦囊外出寻诗,遇所得即书投囊中。　馆职:集贤院职事俱称馆职。　⑦芝田:传为仙人种芝草之地。曹植《洛神赋》:"尔乃税驾乎蘅皋,秣驷乎芝田。"

沁园春

寿长斋友人[①]

眼底高年,如老曾仙,斗南一人[②]。能持斋守戒,香山居士[③],乐天知命,康节先生[④]。满眼儿孙,满堂金玉,多宝如来现后身[⑤]。真堪羡,有许多福力,越见精神。　　庆公今日生申,喜渐近中秋对月明。这平生积善,三千功行,前程享福,八百椿龄[⑥]。见说寿筵,大开佛事,煮鹤炮龙烙凤麟。从今后,愿年年长健,事事如心。

[注释]

①长斋友人:据"老曾仙"语,其人姓曾,名不详。长斋,即长年茹素。杜甫《饮中八仙歌》:"苏晋长斋绣佛前,醉中往往爱逃禅。"　②斗南:《晋书·天文志》载,"相一星在北斗南。相者,总领百司而掌邦政,以佐帝安邦国,集众事也。"旧时因以斗南指相位。　③香山居士:《旧唐书·白居易传》言居易晚年奉佛,自号香山居士。　④康节先生:《宋元学案》卷九言北宋理学大师邵雍卒谥康节。　⑤多宝如来:古佛名,见《法华经·见宝塔品》。　⑥椿龄:《庄子·逍遥游》载,"上古有大椿者,以八千岁为春,八千岁为秋,此大年也。"后因以椿龄喻高寿。

踏莎行

庆友人

月朏银河[①],秋生玉宙,金风丛桂香生袖。儿孙重侍戏斑兰,霞觞共庆公家寿。　　学问从心[②],希年谁有,东之行应贤良召。吉音先动菊花期，一门依旧夸三秀[③]。

［注释］

①月朏（fěi）银河：月光照银河。朏：新月初见貌。　②从心：随心。《论语·为政》："七十而从心所欲，不逾矩。"后乃以"从心"代指七十。③三秀：灵芝草别名。嵇康《幽愤诗》："煌煌灵芝，一年三秀。"

望江南

寿东人母[①]

阶蓂舞，才半小春天[②]。青女霜前犹避暖，素娥月里乍羞圆[③]。蓬岛降天仙。　称寿处，琼液拍浮船[④]。长伴瑶池金母宴，蟠桃花下驾云軿。结实看千年[⑤]。

［注释］

①东人母：名姓不详。　②"阶蓂"二句：点明生辰为十月十五日。小春即十月。　③"青女"二句：传说青女为霜雪女神，见《淮南子·天文训》；素娥为月宫仙女，见谢庄《月赋》。李商隐《霜月》："青女素娥俱耐冷，月中霜里斗婵娟。"　④"琼液"句：琼液喻美酒，船指船形酒杯，拍浮船谓注酒满杯。《世说新语·任诞》记毕卓语云："拍浮酒池中，便足了一生。"　⑤"长伴"三句：瑶池，传说中仙境。金母即西王母，传说中女仙，见《穆天子传》。蟠桃，传说中三千年始一度开花结实之仙果，见《汉武帝内传》。云軿（píng），传说中仙人所乘云车。

蝶恋花

寿江察判孺人[①]

风雨一春寒料峭[②]。才到中和[③]，喜气薰晴晓。九叶仙茅呈瑞巧[④]，青青辉映萱庭草[⑤]。　红著蟠桃春不老[⑥]。戏彩称觞[⑦]，阿母开颜笑。丹桂五枝年并少，荣亲伫下金花诰[8]。

[注释]

①江察判孺人:名不详。察判:观察判官之省称。孺人,封建时代贵妇人封号之一。 ②料峭:寒气逼人貌,多指春寒。 ③中和:即中和节。唐德宗贞元五年诏以二月初一为中和节,与上巳、重九并为三令节。 ④九叶仙茅:药草名,又称婆罗门参。 ⑤萱庭草;即萱草,又名金针菜。《诗经·卫风·伯兮》:"焉得谖草,言树之背。"《释文》:"谖,本又作萱。" ⑥桃:"桃"字原空格,据别本补。 ⑦觞:"觞"字原空格,据别本补。 ⑧金花诰:宋代封赠妇人诰命用金花罗纸书字,见《宋史·职官志》。

鹧鸪天

寿妇人[1]

织女初秋渡鹊河[2],逾旬蟾苑聘嫦娥[3]。蓬莱仙子今宵降[4],前后神仙引从多[5]。 餐玉蕊,抚云璈[6]。寿筵戏彩捧金荷[7]。黄金照社三儿贵[8],他日潘舆侍绮罗[9]。

[注释]

①唐氏按:《截江网》卷六此首前后重出,俱无撰人姓氏。 ②"织女"句:织女,星名,在银河西,隔河与牵牛星相对。 ③聘嫦娥:传说月中有蟾,故称月为蟾宫,亦称蟾苑,见《酉阳杂俎·天咫》。又传嫦娥为后羿妻,窃不死之药以奔月,见《淮南子·览冥训》。聘,娶也,以喻月圆。 ④蓬莱仙子:传说中蓬莱山上仙女。《山海经·海内北经》:"蓬莱山在海中。" ⑤注者按:"引"一本作"拥"。 ⑥云璈:乐器名。 ⑦金荷:酒杯名。 ⑧黄金照社:即多黄金之意。照社,照耀乡里也。 ⑨潘舆:晋潘岳作《闲居赋》,自叙其侍母事云,"太夫人乃御版舆,升轻轩,远览王畿,近周家园。"后因用为侍亲之典。

满江红

寿赵安人[①]

萱草堂开，仙姿秀、金枝玉叶。亲曾映、尧阶三月，蓂舒六荚。荣侍早随台辅鼎，长生已镂天潢牒[②]。自当年、蘋藻俪勋门，能循法[③]。　　掌中贵，双珠握。慈训笃，家传学。信陶亲珪母[④]，要还相业。最好鳌头攀盛事[⑤]，只今鹤发承殊渥。任年年、王母献蟠桃，金书帖。

[注释]

①赵安人：名不详。安人，封建时代贵妇人封号之一。　②天潢牒：指皇族谱牒。庾信《故周大将军义兴公墓铭》："派别天潢，支分若木。"天潢即天河。比喻皇室宗亲。　③"蘋藻"二句：谓寿主出嫁勋旧之家，言行皆循礼法。《诗经·召南·采蘋》："于以采蘋，南涧之滨。于以采藻，于彼行潦。"蘋藻为古时祭祀祖先之物。俪，偶也。　④陶亲珪母：《晋书·陶侃传》言侃早孤贫，为县吏，名士范逵尝过侃家，仓卒无以待客，陶母乃截髪以易酒肴。又《新唐书·王珪传》言其母李氏有识鉴，珪微时与房玄龄、杜如晦善，母命邀至家中，一见即知为公辅器。"　⑤鳌头攀盛事：指入翰林院为官。

八声甘州

寿国太夫人[①]

渐纷纷、木叶下亭皋[②]，秋容际寒空。庆屏山南畔[③]，龟游绿藻，鹤舞青松。缥缈非烟非雾，喜色有无中[④]。帘幕金风细，香篆濛濛。　　好是庭闱称寿，簇舞裙歌板，欢意重重。况芝兰满砌，行见黑头公。看升平、乌栖画戟[⑤]，更重开、大国荷荣封。人难老，年年醉赏，满院芙蓉。

[注释]

①国太夫人:国公之母。名姓不详。 ②亭皋:水边高地。司马相如《上林赋》:"亭皋千里,靡不被筑。" ③屏山:山名,在福建省建瓯县西北,屹然矗立,苍翠如屏,故称。又四川屏山县亦有屏山。此未详所指。 ④"喜色"句:语本王维《汉江临泛》诗"江流天地外,山色有无中"。⑤乌栖画戟:谓无警急也。《汉书·朱博传》言御史府列柏树,常有野乌数千栖宿其上,意或出此。

庆灵椿

夫人生日①

瑞溪庭,满闺秋色好,帘幕低垂。一床簪笏人间盛②,沉檀影里,笙歌沸处,齐捧瑶卮。 习礼复明诗,胡氏清畏人知③。寿堂已庆灵椿老,年年岁岁,重添嫩叶,频长繁枝。

[注释]

①唐氏按:此首别误作黄右曹词,见《花草粹编》卷七。 ②一床簪笏:《旧唐书·崔玄义传附崔神庆》言神庆子琳,珪,瑶等皆为朝官,每逢家宴,以一榻置笏,重叠其上。后因以满床笏喻家门昌盛。 ③"胡氏"句:《晋书·胡威传》言威及其父质皆以清廉著称。武帝问威与父孰清,威对曰:"臣父清畏人知,臣清畏人不知,是臣不及远也。"

万年欢

仁寿夫人生日①

日暖霜融,画戟门开,锦筵欲振梁尘②。正是慈闱熙熙③,庆诞佳辰。象服鱼轩灿烂④,喜高年、福禄长新。承颜处,朱紫满堂,华胄诜诜⑤。 家声未论王谢,有禁中颇牧[6]，江左机云[7]。雁序鸳行[8]，雍容高步金门[9]。更有子孙侍列，拥阶庭、玉洁兰薰。持芳醑、满酌瑶觞，意祝遐寿千春。

[注释]

①仁寿夫人：名姓不详。 ②欲振梁尘：形容歌声清越，振动梁上微尘。陆机《拟古诗》："一唱万夫叹，再唱梁尘飞。"《全宋词》"欲"字作"歌"，乃形近致误。 ③熙熙：温和欢乐貌。《老子》二十章："众人熙熙，如享太牢，如登春台。" ④象服：古贵妇衣裳以绘画为饰，称象服。《诗经·鄘风·君子偕老》："象服是宜。" 鱼轩：古贵妇用车以鱼兽皮为饰，称鱼轩。《左传·闵公二年》："归夫鱼轩。" ⑤华胄诜诜（shēn）：华胄，世家后裔。诜诜，众盛貌。 ⑥颇牧：廉颇、李牧，战国时赵之良将。 ⑦机云：陆机、陆云，晋初名士。 ⑧雁序：雁飞次序，多喻兄弟。 鸳行：鸳飞行列，多喻僚友。 ⑨"雍容"句：雍容，风神潇洒貌。《史记·司马相如列传》："相如之临邛，从车骑，雍容闲雅甚都。" 高步金门：为朝廷高官。金门即金马门。

水调歌头

寿刘宰母①

泽国嫩寒月，天气小阳春。萱堂今朝生日，瑞霭郁轮囷[2]。身佩铜章墨绶[3]，手捧霞觞玉液，献寿太夫人。且喜藤舆稳，共戏彩衣新。　　鬓垂鹄，瞳点漆，倍精神。麻姑来庆，笑道沧海几扬尘[4]。伫看起居八座[5]，更好回班百辟[6]，异数耸朝绅[7]。此母生此子，再拜谢宸恩[8]。

[注释]

①刘宰：名不详。宰，县令别称。 ②轮囷：高大貌。 ③铜章墨绶：即铜印黑绶。汉制，凡吏秩比六百石以上，皆铜印黑绶，见《汉书·百官公卿表上》。刘宰为县令，依汉制秩比千石，故以此称之。 ④"麻姑"二

句:麻姑,传说中女仙。旧题晋葛洪撰《神仙传》言麻姑与王方平相见时若十八九美女,自言已见东海三为桑田,方平因叹曰:“圣人皆言海中行复扬尘也。” ⑤起居八座:语本杜甫《奉送蜀州柏二别驾将中丞命赴江陵起居卫尚书太夫人,因示从弟行军司马位》诗“迁转五州防御使,起居八座太夫人”。起居,问候之意。八座,朝廷高官,汉以六尚书令、仆射为八座,见《后汉书·百官志》。 ⑥回班百辟:回班,回归朝班。百辟,本指诸侯,后亦泛指高官,张衡《东京赋》:然后百辟乃入,司仪辨等,尊卑以班。” ⑦异数:优异礼数。 ⑧宸恩:天恩,亦指皇恩。

满江红

寿妇人　有二子登第,一为教,一为户①

绣线添长,屈指隔、书云三日②。华堂里,十分佳气,葱葱郁郁③。一点老人星正照,千年王母桃方实。向绮罗、丛里酌流霞,称觞客。　凤雏贵,名仙籍④。鸾诰宠,恩慈极。萃一门盛事,皆诗书力。芹泮珠曹争禄养⑤,桂林雁郡催行色⑥。看明年、两处寿筵开,长生节。

[注释]

①妇人名姓不详。教,州学教授,户,州郡户曹。 ②绣线添长:冬至日渐长,宫中以线测之,日长一线。 屈指隔书云三日:谓寿主生辰在立春前三日。古人于立春、春分、立夏、夏至、立秋、秋分、立冬、冬至之日观云气,书所见天象于简策,附会人事吉凶,谓之书云。 ③“十分”二句:《后汉书·光武纪》言苏伯阿善望气,至南阳,望春陵,郭嗟曰:“气佳哉,郁郁葱葱然。” ④名仙籍:指二子及第。科举时代以及第为名登仙籍。唐刘沧《及第后宴曲江》诗:“紫毫粉壁题仙籍,柳色箫声拂御楼。” ⑤芹泮珠曹:芹泮指学宫。《诗经·鲁颂·泮水》:“思乐泮水,薄采其芹。”《诗序》:“颂僖公能修泮宫也。”珠曹,指户曹,以掌赋税财货,故有此美称。 ⑥桂林雁郡:桂林,郡名,宋绍兴三年改静江府,即今广西桂林。雁郡,或雁门郡之省称,或因衡阳郡有回雁峰而称之,未详所指。

醉瑶池

寿妇人

柳捻金丝花吐绣。蝶拍莺歌，来献天人寿。一点红黄眉上秀[①]，玻璃满泛长生酒。　丁祝遐龄天样久[②]，年年岁岁笙歌奏。早晚郎君纡紫绶[③]，归来色共斑衣鬥。

[注释]

①"一点"句：指红黄二色额妆。　②丁祝：丁，当也。《诗经·大雅·云汉》："宁丁我躬。"又《后汉书·岑彭传》："我喜我生独丁斯时。"二例中"丁"字皆训当。丁祝即当祝。　③纡紫绶：腰系金印紫绶，指为高官。

瑞鹤仙

寿夫人[①]

五云翔碧汉[②]。望卿月光中[③]，老人星现。黄堂盛华宴[④]。庆君恩、许奉安舆游衍，鹿城壮观[⑤]。幸王母、人间得见。望君侯、彩服称觞，喜溢万家欢忭。　堪羡。一生福善，九秩康宁[⑥]，万钟尊显[⑦]。肩舁上殿[⑧]，封两国、未应晚。管阴功、何止平反[⑨]，一笑钧陶惠满[⑩]。看瑶池、手种蟠桃，著花万遍。

[注释]

①夫人：贵妇封号。　②五云：五色祥云。杜甫《重经昭陵》诗："再窥松柏路，还有五云飞。"　③卿月：《尚书·洪范》"王省惟岁，卿士惟月，师尹惟日"，《传》："卿士各有所掌，如月之有别"。唐刘长卿《送许拾遗还京》诗："文星出西掖，卿月在南徐。"　④黄堂：太守厅堂。　⑤鹿城：宋亳州有鹿邑县，取故鹿城地为名，或指此。　⑥九秩：即九十。　⑦万钟：指厚禄。《孟子·告子上》："万钟则不辨礼义而受之，万钟于我何加

焉?” ⑧肩舁(yú)上殿:指皇帝优礼高年贵妇,特许乘舆上殿。 舁:共抬人、物。 ⑨平反:用隽不疑母事。《汉书·隽不疑传》当不疑为京兆尹,每行县录囚还,其母必问:“有所平反,活几何人?” ⑩钧陶:陶者以钧制陶成器,借喻治理国事。晋张华《答何劭诗》之二:“洪钧陶万类,大块禀群生。”

满庭芳

寿硕人①

千里旌麾,万家灯火,晓来气霭佳瑞②。宝猊烟里,龟甲锦屏张③。尽道蓬莱仙瑞世,九霄外,鸣玉飞香。阴功著,恩疏三品④,金诰久弥芳。 华堂。丝管□,金樽齐捧,百拜称觞。看绕庭兰玉,济济成行。占尽人间五福,壶中景、日月偏长。春难老,方瞳髮秀,千岁寿宁康。

[注释]

①硕人:贵妇封号之一。 ②佳瑞:唐氏按,此处应叶韵,“瑞”字疑“祥”字之误。 极是,宜从之。 ③“宝猊”二句:宝猊,香炉之制成猊形者。龟甲,锦屏之制成龟甲形者。 ④恩疏三品:疏,分也,赐予之义。

酹江月

寿陈硕人①

云幢凤舞,下天风、吹落轮袍仙曲②。阿母人间今百岁,两鬓犹含秋绿。萍小乾坤,九看日月,不用长生箓③。一封天上,鼎来五色花轴。 须信寿老难侔,世间无价,空有明珠千斛。此夕兰堂风露好,雅称飞觞支属④。十样宫眉,两行红袖,烧烛围香玉。不妨沉醉,共拚月上华屋。

[注释]

①陈硕人：名不详。 ②轮袍仙曲：即郁轮袍曲。薛用弱《集异记》言王维精于音律，甚为岐王所重。方将应举，王引至九公主第，维时新曲曰“郁轮袍”，主大奇之，为之说项，遂得登第。 ③“萍小乾坤”三句：萍小乾坤，语出杜甫《衡州送李大夫七丈勉广州》诗“日月笼中马，乾坤水上萍”。九看日月，即多历岁月。长生箓为道家传说中记载长寿者之簿册，见《清异录》。 ④支属：亲属。

鹊桥仙

寿黄丞母[1]

凤箫羽扇，霓裳云袂，谩尔人间游戏。行看两国锡鸾封[2]，信知道、母因子贵。 潘舆彩舞，瑶池春媚。笑语兰孙共醉。大椿一万六千年，自今日、从头数起。

[注释]

①黄丞母：名氏不详。丞，官名，县丞之省称。 ②鸾封：皇帝封诰之美称。

玉楼春

子寿母

戏彩堂高无溽暑[1]，满座风生闻笑语。慈闱今日庆生申，歌遏行云香篆缕。 万事从今休挂虑，儿辈行当壮门户。一杯祝寿比庄椿，愿长与、儿孙作主。

[注释]

①溽暑：盛夏湿热。《礼记·月令》季夏之月：“土润溽暑，大雨时行。”

减字木兰花

子寿母八十

慈闱生日，恰则今年当八十。玉宇澄清，五夜分明见寿星①。　恩深鞠育，长愿一身全五福。满劝椒觞②，岁岁今朝拜阿娘。

[注释]

①五夜：即五更。南朝梁陆垂《新刻漏铭》："六日无辨，五夜不分。"　②椒觞：即椒酒。古俗以椒酒敬献尊亲。

满江红

侄寿叔

指日中秋，便满目、蟾光如洗①。又还竹溪溪上②，长庚瑞世③。事业权舆韩范辈④，文章拍调苏黄里⑤。借北来双鹤寿芳筵，人千岁。　羞阿买，依兰砌⑥。看大阮，趋枫陛⑦。这冰壶人物⑧，蓬山地位⑨。荐墨未曾干翠剡⑩，除书已拟封黄纸⑪。把爆筵、趁取牡丹红，花前醉。

[注释]

①蟾光：即月光。　②竹溪：溪名，在山东泰安徂徕山下，唐孔巢父、李白、韩淮、裴政、张叔明、陶沔六人于此结社，诗酒流连，人称竹溪六逸。　③长庚：传说李白之母梦长庚入怀而生白，见范传正《唐左拾遗翰林学士李公新墓碑并序》。故以长庚指李白，此借寿主。　④权舆：起始。　韩范：韩琦、范仲俺。　⑤拍调：以歌曲节拍腔调喻文章风神格调。苏黄：苏轼、黄庭坚。　⑥"羞阿买"二句：阿买谓侄。韩退之诗："阿买不识字，颇知八分书。"兰砌指寿主门庭。《世说新语·言语》载谢安问诸子侄，"子弟亦何预人事，而正欲使其佳？"侄谢玄答云："譬如芝兰玉树，欲使其生于阶庭耳。"　⑦"看大阮"二句：大阮指阮籍，晋阮籍与侄咸俱有才

名，世称籍为大阮，咸为小阮，后因以大小阮称叔侄。 枫陛：即殿陛，汉宫多植枫，故云。 ⑧冰壶人物：即清高人物。南朝宋鲍照《代白头吟》诗有句云"直如朱丝绳，清如玉壶冰"。语意出此。 ⑨蓬山地位：即神仙地位。传说蓬山（又称蓬莱山）为仙人所居，故云。 ⑩翠剡：即荐剡，荐举人才之章奏。 ⑪除书：授官诏令。白居易《刘十九同宿》诗："红旗破贼非吾事，黄纸除书有我名。"

鹧鸪天

弟寿兄又赴省①

冬至阳生才两日，欣逢伯氏绂麟辰②。鹡鸰原上欢声沸③，棣萼堂前喜气新④。 斟九酝，劝千巡。华途从此问云津。樽前未把耆年祝⑤，且愿青云早致身⑥。

[注释]

①赴省：指赴省试。 ②绂麟辰：生辰之美称。 绂麟：桂绂于麟角。 ③鹡鸰（jí líng）：鸟名，喻兄弟。《诗经·小雅·棠棣》："鹡鸰在原，兄弟急难。" ④棣萼：棣华之萼，喻兄弟。《诗经·小雅·棠棣》："棠棣之华，鄂不韡韡。凡今之人，莫如兄弟。" ⑤樽：《全宋词》作"杨"，显由形近致误。 ⑥"青云"句：《史记·范雎蔡泽列传》载须贾谓范雎云，"贾不意君能自致于青云之上。"

千秋岁

夫寿妻①

记当初归我，似德耀、嫁梁鸿②。算三十年间，艰难历遍，甘苦相同。新来有孙可抱，也添些、喜色到眉峰。今日又逢生日，不妨樽酒从容。 老翁，只是一村农。欠你孺人封③。幸儿渐知耕，妇能知织，莫问穷通。君看世间富贵，比浮云、缥缈过晴空。何似大家清健，玉林岁岁春风[④]。

[注释]

①唐氏按:此首《花草粹编》卷十一误作毛滂词。 ②“似德耀”句:《后汉书·梁鸿传》言鸿妻孟光字德耀,与鸿情爱笃厚,鸿困为人佣工,归家,光每为具食,皆举案齐眉,恭敬尽礼。 ③孺人:对高级官员之母或妻的封号。 ④玉林:竹林之美称。

蝶恋花

寿家人

急鼓初钟声报晓。楼上今朝,卷起珠帘早。环珮珊珊香袅袅,尘埃不到如蓬岛。 何用珠玑相映照。韵胜形清,自有天然好。莫向尊前辞醉倒,松枝鹤骨偏宜老。

鹊桥仙

寿朱经略硕人[①]

东西二府[②],掖垣一相[③],谁似硕人兄弟。骖鸾来伴紫阳仙[④],要同享、橘中千岁[⑤]。 银灯初试,花城不夜,铁马响冰春碎[⑥]。来年璧月淡罘罳[⑦],看犹有、传柑归遗[⑧]。

[注释]

①朱经略硕人:名不详。经略,官名,宋时边远州郡置经略安抚司,掌一路兵民之事。硕人,贵妇封号之一。 ②东西二府:宋代中书省、枢密院称二府,中书称东府,枢密称西府,见《宋史·职官志二》。 ③掖垣:本指宫墙,借指朝廷。唐时门下省在日华门东,称左掖东掖;中书省在日华门西,称右掖,亦称西掖。两省长官同为宰相。 ④“骖鸾”句:传说仙人乘鸾凤之车,借喻寿主出嫁。 ⑤橘中千岁:唐牛僧孺《幽怪录》言巴邛人

橘园中霜后有两橘大如三斗盎,剖之,见二老叟相对弈棋。　⑥铁马:指檐下风铃铮铮作响,如铁马疾驰之声。　⑦罘罳(fú sī):雕花窗格。　⑧传柑归遗:语出苏轼《上元侍饮楼上三首呈同列》之三"归来一线残灯在,犹有传柑遗细君"。《注》:"侍饮楼上,则戚争以黄柑遗近臣,谓之传柑,盖尚矣。"

沁园春

侄寿叔又调官[①]

某共审某官,门弧纪瑞,朝旆生辉。寿年固等于南山,宠命行膺于北阙。既有联翩之喜,可无祝祷之忱。某兰砌幼元,竹林小阮,夙蒙矜诲,倍切欣愉。敬缀沁园之词,用侈庄椿之祝。三熏三献,一盼为荣

长至阳生,律转黄钟,门左弧垂。记当年瑞世,梦传玉燕[②],今朝诞节,香爇金猊[③]。南极星明,北山堂邃,松桧苍苍龟鹤随。况蟠桃下熟,仙童来献,喜介双眉。　平生谋画多奇。算收拾功名须有时。曾指麾万骑,刍飞粟挽,折冲千里,彗扫星驰[④]。荐口澜翻,宸恩鼎至,此去须还衣锦归。人都道,黑头卿相,慷慨男儿。

[注释]

①调官:升官职。《史记·张释之冯唐列传》:"以资为骑郎,事孝文帝,十年不得调,无所知名。"　②梦传玉燕:传说唐相张说母梦玉燕投怀而生说,事见《开元天宝遗事》卷上。　③金猊:金属香炉之制成猊形者。李清照《凤凰台上忆吹箫》词有"香冷金猊"句。　④"曾指麾"四句:前二句指督运军粮。刍,草料,粟粮食。后二句指退敌。折冲千里,《吕氏春秋·召类》:"夫修之于庙堂之上,而折冲乎千里之外者,其司城子罕之谓乎!"

鹧鸪天

寿弟生日

新月光寒昨夜霜，三年不一奉瑶觞。朱颜大药知能驻[①]，白日仙家岂计长。　枫渐赤，橘初黄。五湖烟水动归航[②]。且倾寿酒歌难老，便见除书出未央[③]。

[注释]

①大药：指长生丹药。杜甫《赠李白》诗："苦乏大药资，山林迹如扫。"　②五湖：五湖所指不一，此泛指东南水乡。　③未央：汉宫名，代指宋廷。　除书：犹今之委任书。

永遇乐

寿族兄正月初六，与定光佛同日生[①]

柏颂才过，梅妆方试，六秀蓂荚[②]。恰是今朝，白花岩里，一佛生时节。前身再现，金城桃熟[③]，千岁莲花重发。更一念、善根常在，作个在家菩萨。　活饥好事，造桥阴骘，乐施常开金穴[④]。瑶籍儿孙，玉京夫妇，庆聚神仙窟[⑤]。(阁中姓蓝，子舍赵氏。)从今生旦，三千纪算，常对昙华优钵[⑥]。华严会[⑦]，彩箱庆满僧宝骨[⑧]。

[注释]

①定光佛：佛名，亦称燃灯佛。　②"柏颂"三句：点明寿主生辰正月初六日。《诗经·小雅·天保》："如松柏之茂，无不尔或承。"后人用以祝寿，称柏颂。又唐韩鄂《岁华纪丽·人日》言南朝宋武帝女寿阳公主人日卧含章殿下，梅花落额上，拂之不去，宫女效之，称梅花妆。　③金城：指佛地。佛家每以金为美称，如谓佛身为金身，佛像为金仙等。　④金穴：原指富室，借指家产。《后汉书·郭皇后传》："京师号(郭)况家为金穴。"

⑤瑶籍：仙籍。 玉京：仙都。 神仙窟：仙馆。 ⑥昙花优钵：梵语，即优昙钵花，义译为祥瑞花。传说此花五百年一开，有花无实。见《法华经》。 ⑦华严会：讲诵《华严经》之佛会。 ⑧僧宝骨：即佛骨，又名舍利。《魏书·释老志》："佛既谢世，香木焚尸，灵骨分碎，大小如粒，击之不坏，焚亦不焦，或有光明神验，胡言谓之舍利。"

鹊桥仙

夫寿妻

日长槐夏，凉生冰室，又是生辰来到。年年把酒对荷花，颜色比、荷花更好。 儿歌女舞，彩衣共戏，仰祝齐眉偕老。欢欢喜喜八千春，更何处、蓬莱仙岛。

菩萨蛮

夫寿妻

秋风扫尽闲花草，黄花不逐秋光老[1]。试与插钗头，钗头占断秋。 簪花人有意，共祝年年醉。不用泛瑶觞[2]，花先著酒香。

[注释]

①黄花：指菊花。李白《九日龙山歌》："九日龙山饮，黄花笑逐臣。" ②瑶觞：酒杯之美称，亦指美酒。

减字木兰花

寿外公

祥呈香裓[1]，尝记翁生当己卯。福禄俱添，绿鬓红颜七十三。 芝兰满砌，争著彩衣堂下戏。祝寿无涯，王母襟期醉九霞[②]。

[注释]

①香褓:指婴儿。褓,婴儿被服。 ②九霞:道家语,多彩云霞也,见《海录碎事·道释》。此用为酒之美称,义同霞觞,霞液。

鹊桥仙

寿丈人

某兹者共审丈人宣义蓬弧纪瑞,庭户增辉。某百拜称觞,未遂职供于半子;一章侑席,切晞芹献于野人。调谨按于鹊桥,年冀齐于鹤算。露封以献,电盼为荣

才临复日[①],便逢生旦,料想门阑多喜。好将何物寿冰翁[②],但有个、新词为礼。 如今已办,一千余阕,尽按宫商角徵[③]。一年一阕祝椿龄,自今日、从头数起。

[注释]

①复日:冬至一阳来复,放曰复日。 ②冰翁:妇翁之美称。《晋书·卫玠传》言所娶乐广女,人称"妇公冰清,女婿玉润"。 ③宫商角徵:指音律。古以宫、商、角、徵、羽为五声。

鹧鸪天

自寿

云外青山是我家,两年城里作生涯。杜陵赏月延秋桂[①],彭泽无钱对菊花[②]。 初度日[③],感年华。三杯浊酒一瓯茶。尊前儿女休相笑,更有人穷似汝爷。

[注释]

①杜陵：指杜甫，甫曾居长安杜陵。 ②彭泽：指陶渊明。渊明曾为彭泽令。 ③初度日：即生辰。《离骚》："皇览揆余初度兮，肇锡余以嘉名。"

贺新郎

生日自寿

官职从他大。官大时、烦恼偏多，不如到我。我有数间临水屋，随分田园些个。也薄有、新蔬时果。浊酒三杯棋一局，对花前、时抱添丁坐[1]。闲觅句，唱仍和。 年年生日人争贺。谩相期、黄扉紫闼[2]，玉堂青琐[3]。一日平章风月事，奉保永无期祸。只如此、有何不可。阁箸相疑真可笑，政事堂、日里如何□。似恁地，待则么[4]。

[注释]

①添丁：指幼小儿孙。 ②黄扉：指丞相官署，以其门涂黄色，亦称黄阁，见《汉旧仪上》。 紫闼：指皇帝宫门。 ③玉堂：本汉殿名，扬雄《解嘲》："历金门，上玉堂，有日矣。"后用为宫殿之美称，唐宋时亦指翰林院。 青琐：为刻镂于宫门饰以青色之图纹，借指宫门。杜甫《秋兴八首》之五："一卧沧江惊岁晚，几回青琐点朝班。" ④待则么：宋时口语，犹言"待怎么"。

水调歌头

生日自寿

久雨忽开霁，花靥斗春娇。家人笑道，老子今日是生朝。细数平生功行，断自狂吟之外，全不犯科条[1]。心事淡如水，天合与逍遥。 也何须，期寿算，比松乔[2]。但令此去清健，到处狎渔樵。说与门前鸥鹭，护我山中杞菊，日日长心苗。世事儿戏耳，尊酒百忧消。

[注释]

①科条：法令。 ②松乔：传说中仙人赤松子与王子乔。

鹧鸪天

生日自寿赋谢人庆寿

生美鸡冠与凤仙，时秋华艳遍园田①。自怜生日悲生事②，搔首吴江载月船③。 休身外，且樽前。喜君文彩锦相鲜。青云贻我长生曲，唤醒凄凉乐暮年。

[注释]

①园田：《全宋词》作"园间"，"间"字失韵，显为"田"字之误。 ②生事：生养之事。杜甫《秦州杂诗二十首》之一："满目悲生事，因人作远游。" ③吴江：吴淞江别称，又名松江，松陵江，苏州河，为太湖最大支流，合黄浦江入东海。

沁园春

自 寿

甲子一周，织乌相催①，又还十年。但诗狂酒圣，坐常有客，书痴传癖，囊不留钱。拍手浩歌，出门长笑，谁是知心有老天。犹多事，更时游艺圃，日耨情田②。 细思世事无边。只好把清樽对眼前。看槐国功名③，有如戏剧，竹林宴赏④，便似神仙。富贵危机。荣华作梦，早已输人一著先。从今去、莫将醉趣，与醒人传。

[注释]

①织乌：传说日中有乌，又日东出西入，往来如梭之织，故谓之织乌，见《侯鲭录》卷三。 ②情田：语出《礼记·礼运》，“故圣王修义之柄，礼之序，以治人情。故人情者，圣王之田也。” ③槐园功名：唐李公佐《南柯太守传》言淳于棼饮酒大槐树下，醉后梦入大槐安国，被招为驸马，任南柯太守三十年。享尽荣华富贵，醒后见槐树下一大蚁穴，南枝又有一小蚁穴，即梦中所历大槐安国及南柯郡。后因谓功名富贵为南柯一梦。 ④竹林宴赏：《世说新语·任诞》言嵇康、阮籍、山涛、向秀、王戎、刘伶、阮咸常宴集于竹林之地，人称竹林七贤，后因以其事喻言高逸。

减字木兰花

寿隐士

一丘一壑[①]，野鹤孤云随处乐[②]。篆带纱巾，且与筠庄作主人[③]。 高山流水[④]，指下风生千古意。寿庆年年，长在新秋六日前。

[注释]

①一丘一壑：指隐居山野。《世说新语·品藻》晋明帝问谢鲲自谓何如庾亮？鲲答云：“端委庙堂，使百官准则，臣不如亮；一丘一壑，自谓过之。” ②野鹤孤云：喻清闲自在。宋王千秋《临江仙》（者也之乎真太错）：“野鹤孤云元自在，刚论隐豹冥鸿。” ③筠庄：据上下语意，当指寿主所居庄园，地理未详。 ④高山流水：唐氏按，原误作“高水流山”，据《翰墨大全》丁集卷三改。 《列子·汤问》载，伯牙善鼓琴，钟子期善听。伯牙鼓琴志在高山，钟子期曰：“善哉，峨峨兮若泰山。”志在流水，钟子期曰：“善哉，洋洋兮若江河。”

西江月

寿居士

好个马山居士[①]，功名富贵浮云[②]。庵儿侧傍万杉阴，

烟里时横小艇。　律中林钟将半[3]，华堂寿斝频斟。声声齐祝百千龄，坐看云仍贵盛[4]。　（以上《截江网》卷六）

[注释]

①马山居士：据“好个”语，知为寿主名号。马山地理未详。　②“功名”句：语出《论语·述而》“不义而富且贵，于我如浮云”。　③律中林钟：《礼记·月令》季夏之月“其音徵，律中林钟”。古以十二律应十二月，故云。　④云仍：指远孙。《尔雅·释亲》：“仍孙之子为云孙。《注》：“仍，亦重也。”

满庭芳

贺人生日新冠[1]

月属重三[2]，蓂开二六[3]，于门车马骈阗[4]。彩麟高设[5]，金鸭喷祥烟。试问谁来瑞世，人都道、蓬岛神仙。非凡子，年才志学，勋业已精专。　坐联。汤饼客，倾银注玉，盛展华筵。羡巍冠初冠，气宇飘然。底用遐龄频祝，但愿双亲未老，富贵双全。功名事，吾家旧物，早共复青毡。

[注释]

①新冠：即初冠。古俗男二十行冠礼，结髪着冠以示成年，见《礼记·曲礼上》。　唐氏按：此首又见丁集卷三，题作“兄庆弟生日又新冠”。②月属重三：即闰三月。　③蓂开二六：指十二日。　④“于门”句：《汉书·于定国传》言定国父于公为狱吏，治尚宽平，自谓子孙必有兴者，因高大其门，令能容车马。　⑤彩麟高设：传说孔子将生，有麟见于阙里，其母知为神异乃以绣绂系麟角，信宿而麟去。后世或悬彩麟以寿庆。见《书言故事·庆诞类》。

点绛唇

贺女人生日新笄[①]

重午日才过，又经四日逢华旦。月娥降诞，春早桃花嫩[②]。　许字方笄[③]，金雀屏开半。东床选[④]，门楣壮观，偕老行如愿。（以上二首见《翰墨大全》乙集卷三）

［注释］

①新笄（jī）：初笄。笄：古代盘头用的簪子。《礼记·内则》谓女子“十有五年而笄”，亦犹男子二十而冠，示成年也。　②桃花嫩：“嫩”字失韵，疑为“灿”、“烂”等字之误。　③许字：即许嫁。　④东床选：《晋书·王羲之传》言，郗鉴使人诣王导家择婿，王氏诸子皆饰容以待，唯羲之坦腹东床，神色自若，使者归报，郗遂以女许羲之。

贺新郎

赵娶温氏[①]

路入蓝桥境。忆当年、云英来会，玄霜捣尽[②]。争似温公风流婿，一笑欢传玉镜[③]。便胜似、琼浆玉饮。自是振振佳公子[④]，冰肌玉骨相辉映[⑤]。一对儿，好厮称。　夜深银烛交红影。雀屏开、凤帷拥绣，鸳衾铺锦。雨意云情应多少，梦到巫山一枕。好语向、耳边频听。但愿来春青云路，管一枝、青桂嫦娥近[⑥]。闻早寄[⑦]，凤楼信。

［注释］

①赵娶温氏：赵、温身世不详。　②“路入”三句：意出《裴航》传奇中樊夫人诗“一饮琼浆百感生，玄霜捣尽见云英，蓝桥便是神仙窟，何必崎岖上玉清”。　③“争似”二句：《世说新语·假谲》言温峤姑刘氏遭乱离散，唯一女甚慧美。姑嘱峤觅婿，峤乃自谋之，托言已得一人如己者，因致玉

镜台为聘。姑大喜。及婚交礼，女披纱扇，抚掌大笑曰：我固疑是老奴，果如所卜。 ④振振佳公子，语出《诗经·周南·麟之趾》“麟之趾，振振公子”。毛注：“振振，信厚也。” ⑤冰肌玉骨：形容女子肌肤莹洁。苏轼《洞仙歌》词：“冰肌玉骨，自清凉无汗。” ⑥管：毛笔。青云、青桂，均指科举及第。 ⑦闻早：宋时民间口语，犹言“趁早”。柳永《木兰花令》（有个人人真攀羡）：“不如闻早还却愿，免使牵人虚魂乱。”

百字谣

贺人娶姑女

太真姑女，问新来、谁与欢传玉镜[1]。莫恨无人伸好语，人在蓝桥仙境[2]。一笑樽前，欢然相与，便胜琼浆饮。殷勤客意，耳边说与君听。 长记旧日君家，门阑喜动，绣褥芙蓉隐。回首龙门人得意[3]，又报凤楼芳信。只是相传，房奁中物，好事骎骎近[4]。管教人道，一双冰玉清润[5]。

[注释]

①“太真”二句：太真，仙女名，道家传说为王母小女，见《云笈七签》卷九八《太真夫人赠马明生诗序》。 ②蓝桥：唐裴铏《传奇·裴航》中裴航遇仙女云英处。 ③龙门：“河津，一名龙门，两傍有山，鲤鱼上则为龙，不得上辄暴鳃水次。”见《埤雅》。后因以龙门喻科举考试。 ④骎骎：疾速貌。 ⑤冰清玉润：《晋书·卫玠传》言玠娶乐广女，人称“妇公冰清，女婿玉润”。后指岳父、女婿。

鹊桥仙

贺王姓人新婚

风流仙客，文章逸少[1]，复见当年佳婿。夤缘端不数琼姬[2]，向林下、亲逢道气。 屏开金雀，床铺绣褥，多美豪家深意[3]。凭谁说阿戎，剩觅取、缠头利市[4]。

[注释]

①"风流"二句：辞下原注"王仙客，王逸少"。逸少即羲之，郗鉴选作女婿。 ②夤缘：辞下原注"王子高"，事不详。 ③"屏开"三句：用窦毅选婿事，隋末窦毅选婿，于屏风上画二孔雀，中其目者入选，唯李渊射中，遂以为婿。 ④"凭谁说"三句：句下原注"王元室"，事不详。阿戎，晋宋间人称从侄语，见《资治通鉴·南齐建武四年》"如何戎所见，今犹未晚也"胡三省注。

清平乐

贺人娶宗女[1]

繁弦急管，喜色门阑满。应是雀屏曾中选，新近东床禁脔[2]。 功名有分非难，休因女婿求官。幸与嫦娥为伴，直须仙桂新攀。

[注释]

①宗女：宗室女子，即皇族女子。 ②禁脔（luán）：《世说新语·排调》言晋武帝属王询觅女婿，询举谢混。后袁山崧欲拟谢婚，询曰"卿莫近禁脔"。后以指帝王之婿。此处似仅因姓赵而言。

杏花天

贺人三兄弟皆娶赵氏

弟兄旧说河东凤[1]，怎得似、君家伯仲。一双白璧殷勤种[2]，齐向金屏选中。 乘龙去、门阑喜动[3]。管取早叶、熊罴吉梦。儿孙不与尘埃共，总是龙驹凤种。

[注释]

①河东凤:《新唐书·薛收传》言收及其族兄德音,从兄子元皆有才名,为蒲州汾阴人,属河东道,时人称为“河东三凤”。 ②“一双”句:晋干宝《搜神记》言杨伯雍居终南山,常汲水于岭上供人饮。三年,有一人饮后与石子一斗,谓选好地种之可生玉,并可得好妇。后右北平综公有好女,人求之皆不许,杨往求,徐公言如得白璧一双即听婚。杨于种玉处得白璧五双,遂聘徐女。 ③“乘龙”句:《世文类聚》卷四十引《楚国先贤传》言孙隽与李膺俱娶太尉桓焉女,时人谓桓两女俱乘龙。杜甫《李鉴宅》诗:“门阑多喜色,女婿近乘龙。”

朝中措

贺周姓娶祝氏

几年弱水望蓬莱[1],心事喜同谐。佳婿欣逢公瑾[2],新婚喜近英台[3]。 豪家深意,芙蓉褥隐,金雀屏开[4]。但愿门阑多喜,凤楼早寄书来。

[注释]

①弱水:传说中仙境水名。《后汉书·西域传·大秦国》:“或云其国西有弱水流沙,近西王母所居处,几于日所入也。” ②公瑾:三国时吴大将周瑜字公瑾,娶美女小乔为妻。见《三国志·吴书》瑜本传。 ③英台:指贤能在台阁之位。梁沈约《侍皇太子释奠宴》诗:“峨峨德傅,灼灼英台。” ④金雀屏开:隋末窦毅择婿,画孔雀于屏上,射中雀目者中选,李渊射中。

满庭芳

金贴鼓腰,绣妆檐额,吾宗自昔豪奢。椒馨兰馥,烟雾霭横斜。吹管聒天今夜,香风度、罗绮光华。看双美,郎君俊秀,玉女更宜家[1]。 繁华。歌宴处,金盘撒果,银烛烧花。任芙蓉帐掩，翡翠屏遮。更看名传桂籍，蓬瀛近、稳泛仙槎[2]。归来去，双亲绿鬓，相对饮流霞。

[注释]

①宜家：语出《诗经·周南·桃夭》"之子于归，宜其室家"。 ②稳泛仙槎："稳"字《全宋词》作"隐"，显因形近致误。晋张华《博物志》言有人居海上，每年八月见浮槎来，不失期，其人乃乘槎去，经十馀日，遂至天河，得见牛郎织女。

临江仙

乐奏箫韶花烛夜[1]，风流玉女才郎。同心结上桂枝香。如鸾如凤友，永效两双双。 莫把画堂深处负，笙歌引入兰房[2]。满斟玉斝醉何妨[3]。南山堪作誓[4]，福禄应天长。

[注释]

①箫韶：以箫吹奏韶乐。《尚书·益稷》："箫韶九成，凤皇来仪。"《传》"韶，舜乐名。言箫，见细器之备。"《疏》："箫乃乐器，非乐名。" ②兰房：即兰室，兰香居室。晋张华《情诗》之一："佳人处遐远，兰室无容光。" ③玉斝：玉制酒器名，圆口平底，有三足两柱一耳。 ④"南山"句：谓可誓言两情长久如南山。《诗经·小雅·天保》："如南山之寿，不骞不崩。"

柳梢青

贺陈姓娶田氏

孺子风流[1]，孟尝门地[2]，合下相当。俏似年时，送他织女，来嫁牛郎。 满堂珠履飞觞[3]，看花烛、迎归洞房。海誓山盟，从今结了，永效鸾凰。

[注释]

①孺子风流:句下原注“陈”。《后汉书·陈蕃传》言蕃少有大志,尝闲处一室而庭芜秽,其父友薛勤往候之,问:“孺子何不洒扫以待宾客?”蕃曰:“大丈夫处世,当扫除天下,安事一室乎?” ②孟尝门地:句下原注“田”。《史记·孟尝君列传》言齐公子田文贤豪好客,士多归之,后为齐相。 ③珠履:《史记·春申君列传》言春申君门客三千,其上客皆缀珠履。

少年游

上苑莺调舌[1],暖日融融媚节。秦晋新婚[2],人间天上真奇绝。傅粉烟霄[3],倾国神仙列[4]。彼此和鸣,凤楼一处明月。 歌喉佳宴设,鸳帐炉香对爇。合卺杯深[5],少年相睹欢情切。罗带盘金缕,好把同心结。终取山河,誓为夫妇欢悦。

[注释]

①上苑:帝王园林。 ②秦晋新婚:春秋时秦晋二国世为婚姻,后世因称两姓联姻为结秦晋之好。 ③傅粉:指美男。《三国志·魏书·曹爽传》《注》引《魏略》言何晏美姿仪,喜修饰,人称“傅粉何郎”。 ④倾国:指美女。《汉书·外戚传》载李延年歌:“北方有佳人,绝世而独立。一顾倾人城,再顾倾人国。” ⑤合卺(jǐn):指新婚夫妇饮交杯酒。

喜迁莺

早梅天气,正绣户乍启,琼筵才展。鹊渡河桥,云游巫峡,溪泛碧桃花片。翠娥侍女来报,莲步已离仙苑。待残漏,鸳帐深处,同心双绾[1]。 欢宴。当此际,红烛影中,檀麝飘香篆。掷果风流[2],谪仙才调,佳婿想应堪美。少年俊雅狂荡,蓦有人言拘管。镇携手,向花前月下,重门深院。

[注释]

①同心双绾：用锦带绾成菱形连环双结，以示恩爱。《玉台新咏》卷七梁武帝《有所思》诗："腰中双绮带，梦为同心结。" ②掷果风流：《世说新事·容止》裴《注》引晋裴启撰《语林》言晋潘岳美风姿，每出门，老妪以果掷之满车。

点绛唇

仙子仙郎[1]，两情今是欢娱会。莲花池内，好个鸳鸯对。　一自芳容，一自才华最。真佳配。荣华富贵，寿考千秋岁[2]。

[注释]

①仙子：即仙女。 ②寿考：长寿。

鹧鸪天

集曲名[1]

烛影摇红玉漏迟，鹊桥仙子下瑶池。倾杯乐处笙歌沸，苏幕遮阑笑语随。　醉落魄，阮郎归。传言玉女步轻移。凤凰台上深深愿，一日和鸣十二时[2]。

[注释]

①唐氏按：此首别误作朱子厚词，见《花草粹编》卷五。 ②烛影摇红、玉漏迟、鹊桥仙、倾杯乐、苏幕遮、醉落魄、阮郎归皆词调名，"凤凰台"为词调"凤凰台上忆吹箫"之省语。

卜算子

姓　彭①

半破玉梅春，小簇金莲炬。结裹风流倬底郎②，直入阳台去。　休诧鹊桥仙，说甚缑山侣③。便合齐眉八百年，个是真仙子。

[注释]

①姓彭：此题文疑有阙字。　②倬：高大、突出。　③缑山侣：即仙侣。传说仙人王子乔乘白鹤降于缑山之上，人望见之而不可即，见《太平寰宇记》卷五《缑氏县》。

鹧鸪天

绛蜡银台晃绣帏，一帘香雾拥金猊①。人间欢会于飞宴②，天上佳期乞巧时③。　倾合卺，醉淋漓。同心结了倍相宜。从今把做嫦娥看，好伴仙郎结桂枝。

[注释]

①金猊：铸成狻猊形之香炉。李清照《凤凰台上忆吹箫》词："香冷金猊，被翻红浪，起来慵自梳头。"　②于飞宴：指婚宴。《诗经·豳风·东山》："仓庚于飞，熠耀其羽。之子于归，皇驳其马。"后因以"于飞"喻新婚。　③乞巧时：《荆楚岁时记》言七月七日天上牛郎织女相会，人间妇女以彩线穿针，陈瓜果于庭中以乞巧。

水调歌头

贺真西山①

人道孰为大，尚小易咸常②。厥初皇极中建③，扶世有三纲[④]。仁义阴阳道立，父母乾坤位正，六子发辉光[⑤]。一日不容缓，此意久弥昌。　杯举庆，天作合，月探囊[⑥]。十年不字以正，乃字便惟良[⑦]。推阐家人一卦，迤逦齐家治国，鼎鼐得姬姜[⑧]。旧物中书令，玉润继汾阳[⑨]。

[注释]

①真西山：即真德秀，著名理学家。《宋史》有传。　②"人道"二句：谓夫妇为人道之始。《易经·咸》："亨，利贞，取女吉。"《彖》曰："咸，感也。柔上而刚下，二气感应以相与，止而说，男下女，是以'亨，利贞，取女吉也。'天地感而万物化生，圣人感人心而天下和平。观其所感而天地万物之情可见矣。"　③"厥初"句：厥初，其先。皇极，帝王准则。《尚书·洪范》："皇极，皇建有其极。"　④三纲：本《白虎通·三纲六纪》"三纲者，何谓也？谓君臣、父子、夫妇也"。　⑤六子：即六君子。《礼记·礼运》："禹、汤、文王、武王、成王、周公，由此其选也。此六君子者，未有不谨于礼者也。"　⑥探囊：喻事易成。《新五代史·南唐世家》："取江南如探囊中物尔。"　⑦"十年"二句：《易经·屯·六二》"女子贞不字，十年乃字"。字，许嫁也。　⑧"推阐"三句：谓齐家为治国之本。《易经·家人》："利女贞。"《彖》曰："男女正，天下之大义也。家人有严君焉，父母之谓也。父父，子子，兄兄，弟弟，夫夫，妇妇，而家道正。正家而天下定矣。"迤逦，渐及也。鼎鼐，烹器，旧以调和鼎鼐喻治理国事。姬姜，古大姓，以其常通婚姻，故用为女子之美称。　⑨"旧物"二句：旧物指世家传统。《晋书·王羲之传附献之》："青毡我家旧物。"中书令为唐中书省长官，即宰相。玉润：女婿之美称，见《晋书·卫玠传》。　汾阳：指唐功臣郭子仪，子仪历官中书令，封汾阳王。

沁园春

冬至日娶

姑射琼仙[①]，论人间世，学宫样妆。费精神刺绣，裁成云锦，今朝喜遇，弱线添长[②]。收拾云情，铺张雨态，来嫁朱门趁一阳[3]。真还是,两情鱼水,并颈鸳鸯。　　登科人道无双。问小底何如大底强。幸洞房花烛,得吹箫侣[4],短檠灯火,伴读书郎。办苦工夫,求生富贵,要折丹枝天上香。来秋也,看载膺鹗荐[5],载弄之璋[6]。

[注释]

①姑射琼仙:传说中仙女。《庄子·逍遥游》:“藐姑射之山,有神人居焉,肌肤若冰雪,淖约若处子。”　②弱线添长:冬至日长一线。　③一阳:《易经·复》“后不省方”,孔颖达《疏》:“冬至一阳生。”　④吹箫侣:用秦穆公女弄玉嫁萧史事。　⑤载膺鹗荐:载,发语词,膺,获也。鹗荐事,指受到举荐之事。　⑥载弄之璋:本《诗经·小雅·斯干》“乃生男子,载寝之裳,载弄之璋”。后因以弄璋称美生男。

西江月

银烛晓催春漏,珠帘暮卷东风。乃翁相对玉楼中,不枉当年冰梦[1]。　　花意似随人好,酒香难比情浓。夜深欲睡海棠红[2],密密骖鸾驾凤。

[注释]

①冰梦:晋令狐策梦立冰上与冰下人语,人以为作媒之兆。　②“夜深”句:意出苏轼《海棠》诗“只恐夜深花睡去,高烧银烛照红妆”。

满江红

雪意垂垂,算天为、风流酝酿。便催得、蕊宫仙子[1],队移仙仗。明月珠连湘浦合,清风佩过秦楼响。带天香、郁郁碾云軿,通宵降。　　温玉枕,销金帐。花烛下,猩毡上。这英才美貌,一双不枉。鸾凤镜明栖彩翼,鸳鸯被阔翻新浪。祝君莫学画眉痴，如张敞[2]。

［注释］

①蕊宫仙子：蕊宫中仙女。道家传说天上有蕊珠宫。 ②“祝君”二句：《汉书·张敞传》言敞为京兆尹，尝为妻画眉，为夫妻恩爱之典。

贺新郎

贺鹊冰檐绕。伴华堂、两催妆束，音传青鸟[1]。瑞气沉烟金鸭袅，脆管繁弦迭奏。拥出个、仙娥窈窕。秋水芙蓉相映照，算人间、天上真希少。肌玉润，臂金瘦。 仙郎况是青春调。向鸳鸯、彩丝结就同心巧。料想梅花先得了，昨夜一枝开早[2]。无地著、许多欢笑。准拟计台魁鹗表[3]，著青衫、跃马长安道。一百岁，一双好。

［注释］

①青鸟：传说中仙鸟，为西王母之信使。见《山海经·大荒西经》。李商隐《无题》诗：“蓬山此去无多路，青鸟殷勤为探看。” ②“昨夜”句：语出唐僧齐己《早梅》诗“前村深雪里，昨夜一枝开”。 ③台魁鹗表：台魁即状元，鹗表即荐表。

沁园春

柳眼偷金，梅肌晕玉，春信已催。正浅寒天气，嫩晴日色，雨收巫峡，烟卷蓬莱。青鸟衔音，彩鸾迎驾，白昼传呼王母来。屏帏里，看合欢杯尽，连理花开。 笙歌上下楼台[1]。更罗绮丛中薰麝煤。想雪香酥暖，粉娇翠软，风流乐事，慰惬情怀。花帽兰袍，皂鞋槐简，谁似何郎年少才[2]。人偕老，类鸳鸯匹偶，鸾凤和谐。

[注释]

①“笙歌”句:意出白居易《宴散》诗“笙歌归院落,灯火下楼台”。②何郎:何晏,魏人,以美貌著称。此借指新婚男子。

贺新郎

瑞霭笼晴晓。正小春时候,和气十分缭绕。月姊精神还窈窕,甚似星郎年少。同共入、蓬莱仙岛。鸾凤锵锵风缥缈。算一双、两好真奇妙。天上有,世间少。　桥门名姓掀张了[①]。更那堪、榜下新婚,才名表表。便好相成勤夙夜,莫使脱簪遗笑[②]。且早趁、青春才调。向去功名成就后,到恁时节风流好。胜今日,登科小[③]。

[注释]

①“桥门”句:句下原注“大学生”。桥门,古时辟雍(太学)四门,周围环水,以桥相通,故称桥门。　掀张:张贴。此指出名。　②脱簪:《列女传》言周宣王迷恋女色,早卧晏起,姜后乃自脱簪珥请罪,宣王谓晏朝乃己过,非后之罪,遂复姜后而勤于政事,卒致中兴。　③登科小:旧时称男子成婚为小登科。

水调歌头

贺人再娶

阿谁煎凤髓,续此玉琴弦[①]。依然音调清婉,律吕互相宣。天使彭城姝丽[②],来配鲁邦才子[③],永作地行仙。况有盈门礼,百两拥骈阗[④]。　更临鸾,看举案,两无偏。从此欢谐千岁,月下与花前。剩长芝兰玉树,俱作蟾宫佳客,声誉振螺川[⑤]。仍看明年去,平步上青天。

[注释]

①"阿谁"二句:古以琴瑟喻夫妇之好,故以妻死为断弦,再娶为续弦。又传说以凤喙麟角合煮作胶,弦断著胶即固。唐杜牧《读韩杜集》诗:"天外凤凰谁得髓,无人解合续弦胶。" ②彭城:地名,今江苏徐州。 ③鲁邦:指春秋时鲁地,今山东南部地区。 ④"百两"句:本《诗经·召南·鹊巢》"之子于归,百两御之"。 两:车辆。 ⑤螺川:水名,即螺江,在福建侯官县境,为闽江支流。此再娶者当在其地为官,故以此称之。

鹧鸪天

送人出赘[①]

喜气乘龙步步春[②],梅花影里送君行。君行直到蓝桥处,一见云英便爱卿[③] 鸾鹤舞,凤凰鸣。群仙簇拥绿衣人[④]。我嗏有句叮咛话,千万时思望白云[⑤]。

[注释]

①出赘:旧称男至女家成婚为出赘。 ②乘龙:女婿之雅称。 ③"君行"二句:用唐裴铏《传奇·裴航》故事,言裴航于蓝桥遇仙女云英。 ④绿衣人:指新妇。《后汉书·舆服志》:"公主、贵人、妃以上嫁娶,得服锦绮罗凤缯采十二色。" ⑤望白云:指思亲。《大唐新语·举贤》言狄仁杰赴任并州,登太行,回望白云孤飞,谓左右曰:"吾亲所居,近此云下。"因悲泣伫立,候云移乃行。

青玉案

送刘置宠[①]

青螺江上梅花暮[②],有姑射、神仙侣。剩把明珠倾满斛[③]。老仙源委,玉妃风韵,真是欺蛮素[④]。 彩鸾齐跨山中去,浑似天台旧时路[⑤]。试问风流春几许?芳心嫩叶,如今时候,好景才三五[⑥]。

[注释]

①置宠：旧时谓买妾为置宠。 ②青螺江：疑即螺江，为闽江支流。 ③明珠倾满斛：用晋石崇买绿珠事。 ④蛮素：白居易有家伎二人，一名小蛮，一名樊素。 ⑤天台旧时路：宋刘义庆《幽明录》言刘晨阮肇入天台山采药迷路，遇二仙女，邀留数月，及还家，已过数世。遂复去天台寻访仙女，从此踪迹杳然。 ⑥三五：指女子年方十五。

踏莎行

贺友人娶宠

金鼎休翻，玉壶休倒，为伊弹彻求凰操[①]。歌台舞榭没长情，不如相伴文园老[②]。 荆里钗宜，布边裙好[③]，有缘封国还他到。端能一意谢红尘，归来便带宜男草[④]。

（以上二十六首见《翰墨大全》乙集卷十七）

[注释]

①求凰操：古琴曲名。《汉书·司马相如传》言相如求婚文君，作琴歌云："凤兮兮归故乡，遨游四海求其凰。" ②文园：汉文帝陵园。司马相如曾为文园令，故以文园代指相如。 ③"荆里"二句：晋皇甫谧《列女传》言汉梁鸿妻孟光着荆钗布裙，食则举案齐眉。 ④宜男草：萱草别称。古人迷信谓孕妇佩之生男，故名。曹植《宜男花颂》："草号宜男，既晔且贞。"

水调歌头

贺人生子

尧历庆良月，嶰管换新冬[①]。玉成西爽[②]，五云拂晓画楼东。人指谢家庭砌[③]，眼底猗兰奕叶[④]，特地茁新丛。不是善根种，争得占春风。 步鹏程[⑤]，名虎榜[⑥]，早收功。建安衣钵[⑦]，定知他日属奇童。且说而今胜事，珠履三千称贺，相对醉颜红。拜贺无他语，相庆黑头公[8]。

[注释]

①"嶰管"句：嶰管，竹制管乐器。柳永《迎新春》词："嶰管变青律，帝里阳和新布。"古人迷信音律与节气相应，故云。 ②"玉成"句：玉成，助成。宋张载《西铭》："贫贱忧戚，庸玉女于成也。" ③谢家庭砌：用谢安子侄如玉树临风，生于庭阶，形容子弟之贤。 ④猗兰奕叶：猗兰，汉武帝诞生殿名，见旧题郭宪《洞冥记》。奕叶，犹言累世。 ⑤鹏程：谓前程远大，如《庄子·逍遥游》所言鲲鹏之高翔远翥。 ⑥虎榜：龙虎榜。《新唐书·欧阳詹传》："举进士，与韩愈、李绛、崔群、王涯、庾承宣联第，皆天下选，时称龙虎榜。" ⑦建安衣钵：汉末建安中，曹植、王粲、刘桢、徐幹、陈琳、阮禹、应旸等皆有才名，称建安七子。衣钵为佛家语，传统之意。⑧黑头公：年轻公卿。《世说新语·识鉴》载谢安谓诸葛恢"当为黑头公"。

百字谣

叔庆侄生子

金秋行令，恰清晨、白露初交中节[1]。匆怪西窗传好事，生个他年英杰。吉梦既符，知如徐子，冰玉为神骨[2]。吾家有庆，阶兰喜又新发。 如今早已生男，清樽华宴，且好延佳客。更自承师勤问道，门外不妨立雪[3]。抗志云霄，留心简册，听我叮咛说。骎骎月殿，桂枝取次高折[4]。

[注释]

①白露：二十四节气之一，在处暑节后，寒露节前。 ②"知如徐子"二句：语本杜甫《徐卿二子歌》"大儿九龄色清澈，秋水为神玉为骨。小儿五岁气食牛，满堂宾客皆回头"。 ③立雪：《宋史·杨时传》言时初见程颐瞑坐，乃侍立，及觉，门外雪落已深一尺。后以为诚恳拜师之典。 ④取次：任意，随心。杜甫《送元二适江左》："经过自

爱惜，取次莫论兵。”

减字木兰花

十一月娶，后十一月生子

向来梅发，雪袂仙裳回绛阙[①]。今又梅开，已领熊罴好梦来[②]。　试将梅比，才著阳和争结子。梅子生成，早晚须调鼎鼐羹。

[注释]

①绛阙：宫阙之美称，亦指传说中神仙所居之处。　②熊罴好梦：生男梦兆。

西江月

贺人生子

绛蜡攒宝炬，碧刍香衬金卮。东风吹下玉龙儿，融就满堂和气。　此日兰汤新浴[①]，他年桂苑同携。小词聊代弄璋诗[②]，剩与犀钱利市[③]。

[注释]

①兰汤：用兰芷类香草煮作浴汤。《九歌·云中君》：“浴兰汤兮沐芳，华采衣兮若英。”　②弄璋：指生男。　③犀钱：洗儿钱。旧俗于婴儿出生三日作香汤浴儿，宴贺客，并散金钱以为利市。苏轼《减字木兰花》词：“犀钱玉果，利市平分沾四座。”题后自注：“过吴兴，李公择生子，三日会客，作此词戏之。”

鹧鸪天

秋榜将开得子[①]

菊酾萸残玉未颓，文星喜趁梦熊回。预传鲲拟南溟去[②]，亲送魁从北斗来[③]。　真间世[④]，定奇材。满堂欢笑动春雷。明年郎罢蟾宫近[⑤]，更把丹枝为我栽。

［注释］

①秋榜：科举时代乡试之榜。　②鲲拟南溟去：语本《庄子·逍遥游》"鹏之徙于南冥也，水击三千里，抟扶摇而上者九万里，去以六月息者也"。　③魁从北斗来：《礼记·檀弓上》郑玄《注》言"天文北斗魁为首"，又科举考试称进士第一为魁甲，故云。　④间世：犹言隔世，不世出之意。　⑤郎罢：唐宋时闽中称父口语。顾况《囝》诗："囝别郎罢，心摧血下。"

长相思

贺生子、其弟又新婚

潇洒江梅春早处[①]，天然一种两般奇。开花结子，何事恰同时。　昨夜北枝开雪里[②]，朝来青子又南枝。这般好事，消得付新词。[③]

［注释］

①潇洒：高雅洒脱。杜甫《饮中八仙诗》："宗之潇洒美少年，举觞白眼望青天。"　②"昨夜"句：语本僧齐己《早梅》诗"前村深雪里，昨夜一枝开"。　③唐氏按：词律调名似当作《相思引》。

虞美人

和人生子

归心正似三春柳，试著莱衣小。橘怀几日向翁开[①]，怀祖已嗔文度[②]、不归来。　禅心已断人间爱，只有平交在。笑论瓜葛一枰同[③]，看取灵光新赋[④]、有家风。

[注释]

①橘怀:《三国志·吴书·陆绩传》言绩六岁见袁术,于座私取橘三枚于怀中,及拜辞,橘堕地,术问故,绩答欲归遗母,术大奇之。 ②"怀祖"句:用晋代王述、王坦父子事。晋王述字怀祖,子坦之字文度。 ③瓜葛:瓜与葛皆蔓生而多牵连,故以喻亲戚。《世说新语·排调》载王导谓王悦云:"相与似有瓜葛。" ④灵光新赋:汉王延寿曾作《鲁灵光殿赋》,甚有名。此言新赋,乃预祝生子富文采也。

沁园春

萱草阑干,杨花庭院,夜景澄虚。望庚星昴宿,荧荧照室,祥烟瑞霭,郁郁充闾。白鹿入胎[1],黄龟献梦[2],果应君家生凤雏。真英物,似昆山片玉,沧海明珠。　玳筵丝竹□□[3]。有多少犀钱分座隅。念谢堂冷落,久无神语,淮淝骚扰,谁定边谟[4]。天产英雄,地钟秀气,振起家声今有馀。□□□[5],看宫袍加鹄[6],玉带悬鱼[7]。

[注释]

①白鹿入胎:传说老子乘白鹿下托于李氏。见《艺文类聚》卷九十五引《濑乡记》。 ②黄龟献梦:本梅圣俞《和永叔洗儿诗》"放梦有人衣帔幌,水边授我黄龟儿。明朝我妇忽在蓐,乃生男子实秀眉"。 ③玳筵:以玳瑁为饰之喜筵。 □□:《全宋词》注,空格据律补。 ④"念谢堂"四句:谓时无谢安可御强敌。 ⑤□□□:《全宋词》注,空格据律补。 ⑥宫袍加鹄:岳珂《桯史》卷十言宋时士子"鹄袍入试",鹄白色,鹄袍即白袍。及第后加宫袍,故云。 ⑦玉带悬鱼:玉带金鱼为唐宋时文武官三品以上服饰,见赵与时《宾退录》卷一。韩愈《示儿》诗:"不知官高卑,玉带悬金鱼。"

水仙子

贺生孙生子

晚节寒花犹带蕊，隐映老人星瑞世。绿衣初是政成归[①]，真盛事，谁可比，那更新来孙又子。　烟细金炉香旖旎，想像瑶池生绿蚁[②]。酿成佳气郁葱葱，当此际，将一醉，百岁从交今日始。

［注释］

①绿衣：疑是“绿车”之误。《汉书·金日磾传》：“上拜涉（日磾弟伦曾孙）为侍中，使待幸绿车载送卫尉舍。”《注》引如淳曰：“待幸绿车常置左右以待召皇孙，今遣涉归，以皇孙车载之，宠之也。”若作“绿衣”，则为卑品之服，与下言“真盛事”不合。　②绿蚁：指新酒。酒未漉时，上浮绿色末如浮蚁状，故云。白居易《问刘十九》诗：“绿蚁新醅酒，红泥小火炉。”

喜迁莺

贺生双子

物中双美。惟叶县双凫[①]，禹门双鲤[②]。太华双莲[③]，蓝田双璧[④]，双剑丰城而已[⑤]。争是一门双秀，又是一朝双喜。人总道，机云双陆[⑥]，同年弧矢。　希耳。会见这，双桂连芳[⑦]，双鹄冲霄举[⑧]。鱼诏双金，带横双玉，惟道无双国士。但愿双英双戏彩，且直与、双亲儿齿。愿岁岁，见东风双燕，满城桃李。

［注释］

①叶县双凫：“叶”字《全宋词》作“邺”，乃同音致误，故径改。《后汉书·方术传·王乔》言乔有神术，为叶县令，入朝不见车骑，但临至辄有双

凫从东南飞来，太史命人举罗张之，乃得其履。　②禹门双鲤：禹门，即龙门，在山西河津县西，传为夏禹所凿，故称禹门。传说鲤鱼跳龙门之地。③太华双莲：太华，即华山，在陕西渭南县东南。山中有两峰形如莲花，故云双莲。　④蓝田双璧：北魏陆晔与弟恭之并有时誉，洛阳令贾桢见之，叹曰“仆以年老，更见双璧”。见《魏书·陆俟传附陆凯》。言蓝田者，以其地产美玉也。　⑤双剑丰城：《全宋词》“剑”字上缺字，但注云“剑字上疑脱双字”，极是，因据改。《晋书·张华传》言雷焕善望气，谓斗牛间紫气为丰城宝剑之精，华即补焕为丰城令，焕到县，掘地得双剑，一曰龙泉，一曰太阿。　⑥机云双陆：《晋书·陆机传》言机及弟云皆有才名，时称二陆。　⑦双桂连芳：科举时代称及第为“折桂”，见宋叶梦得撰《避暑录话》。双桂连芳指二子皆将成进士。　⑧“双鹄”句：《全宋词》“举”，失韵，乃传抄有误，应改为“起”。鹄能高飞，故以“双鹄”称美二子。

鹊桥仙

贺生双子

银河星汉，夜凉如洗。要轩豁[1]、君家庆瑞。果闻两两获骊珠[2]，天付与、精神秋水[3]。　　好是今朝，同逢盛事。无限欢欢喜喜。他年二陆看成名，方表得、此时双美。

[注释]

①轩豁：开朗。　②骊珠：传为骊龙颔下宝珠，故以喻难得人才。《庄子·列御寇》：“夫千金之珠，必在九重之渊，骊龙颔下。”　③精神秋水：语本杜甫《徐卿二子歌》“大儿九龄色清澈，秋水为神玉为骨。小儿五岁气食牛，满堂宾客皆回头”。

玉楼春

贺生双子

天上双星欢迤逦[1]，报道一门双喜。果庆双弧矢[2]。

双桂连芳，双璧光华起。　　看取他时双彩戏，双堕号、机云才子。更带横双玉，鱼佩双金，作个无双字。

[注释]

①天上双星：即牵牛织女二星。　②双弧矢：古时生男则以桑弧蓬矢射四方，见《礼记·内则》。故以双弧矢喻生双子。

沁园春

贺生第二子

蛮柳眠风[①]，妃棠醉日[②]，春意方浓。怪凌晨干鹊[③]，欢声啧啧，充闾瑞霭，佳气葱葱。白鹿效灵，黄龟献梦，还应君生第二龙。兰房里，想犀帷晕翠，锦褓裁红。　　五峰。秀气攸钟[④]。更头玉硗硗天性聪。自谪仙芳歇，久尘赋颂，江西派冷，谁嗣宗风。[⑤]骨脉尤香，云仍载诞，衮衮公侯从此封。三朝满，好平分犀玉[⑥]，满泛金钟。

[注释]

①蛮柳：即杨柳。因白居易诗有"杨柳小蛮腰"句，故称蛮柳。　②妃棠：即海棠，因唐明皇曾以"海棠睡未足"形容杨妃娇态（见《山堂肆考·海棠花》引《太真外传》），故称妃棠。　③干鹊：即喜鹊，鹊性恶湿，晴则噪，故称干鹊。《西京杂记》卷三："干鹊噪而行人至。"　④五峰：五老峰省称，在江西庐山南面。　攸钟：所钟。　⑤宗风：指江西诗派传统。宋吕居仁作《江西诗社宗派图》，推黄庭坚为派祖，因黄为江西人，故名江西派。　⑥犀玉：即犀钱玉果。

沁园春

贺生第二子

明月呈规，祥烟非雾，载符梦铃[①]。记前时已庆，人间鹙鷟[②],今番再见,天上麒麟。知是于门,功标紫府[③],夜半仙官敕五丁[④]。亲送与,向君家作个,难弟难兄[⑤]。 绝奇不数徐卿[⑥],看他日名登千佛经[⑦]。正翁翁矍铄,婆婆老福,薰修觉海[⑧],结果初成。自愧空词,不酬杯水,汤饼难充堂上宾[⑨]。无功也[⑩],这犀钱玉果,敢望平分。

[注释]

①梦铃:“铃”,应为“龄”。《礼记·文王世子》:“文王谓武王曰:‘女何梦矣?’武王对曰:‘梦帝与我九龄。’” ②鹙鷟(yuè zhuó):鸟名,凤类。喻人物杰出。《国语·周语上》:“周之兴也,鹙鷟鸣于岐山。” ③紫府:道家传说中神仙居处。庾信《道士步虚词》之七:“五香芬紫府,千灯照赤城。” ④五丁:传说中五力士。《华阳国志·蜀志》言秦惠王嫁女于蜀国,蜀王遣五丁迎。 ⑤难兄难弟:谓兄弟德才相若,难分高下。《世说新语·德行》载陈太丘评陈元方及弟季方云:“元方难为兄,季方难为弟。” ⑥“绝奇”句:“语本杜甫《徐卿二子歌》“君不见,徐卿二子生绝奇,感应吉梦相追随。孔子释氏相抱送,并是天上麒麟儿”。 ⑦千佛经:即《千佛名经》,为记载诸佛名号佛典,因以喻进士名录。《唐摭言》言张倬尝举进士落第,捧登科记顶戴曰:“此千佛名经也。” ⑧觉海:指佛教。 ⑨汤饼:用汤煮面食。古俗生日食汤饼。 ⑩“无功也”三句:意出苏轼《减字木兰花·过吴兴,李公择生子,三日会客,作此词戏之》“犀钱玉果,利市平分沾四座。自愧无功,此事如何到得侬”。

西江月

贺生第二子

积玉堆金闲事,惊天动地虚名。算来二足是人生,有子方为吉庆。 莫道一夔足矣[①],也须学著徐卿。我翁休笑又添丁[②],这个孩儿好命。

[注释]

①一夔足矣:语出《韩非子·外储说左》。鲁哀公问孔子:"吾闻古者夔一足,其果信有一足乎?"孔子对曰:"夔非一足也,一而足也。" ②添丁:唐卢仝生子取名"添丁",意谓为国家添一丁役,后乃以喻生男。

桃源忆故人

贺生第二子

庭槐沐雨翻新翠,叠雪香罗初试①。铃响彩旗天坠②,忽报徐卿二③　帘帏坐客欢声沸,脱紫须烦半臂④。借问月娥知未⑤?速长蟾宫桂⑥。

[注释]

①叠雪:形容香罗轻软柔和。杜甫《端午日赐衣》诗:"细葛含风软,香罗叠雪轻。" ②彩旗天坠:旧传任昉母梦五彩旗自天坠怀中,而生昉。事见《海录碎事·人事·生子》。 ③二:谓第二子出生。 ④脱紫须烦半臂:即须烦脱紫半臂。半臂,短袖或无袖上衣。 ⑤月娥:传说中之月宫仙女。 ⑥速长蟾宫桂:祝愿第二子他年科举及第。

喜迁莺

贺生第三子①

古今三绝。惟郑国三良②,汉家三杰③。三俊才名④,三儒文学⑤,更有三君清节⑥。争似一门三秀⑦,三子三孙奇特。人总道,赛蜀郡三苏⑧,河东三薛⑨。　庆惬。况正是,三月风光,杯好倾三百。子并三贤⑩,孙齐三少⑪,俱笃三馀事业⑫。文既三冬足用⑬,名即三元高揭⑭。亲俱庆,看宠加三命⑮,礼膺三接⑯。

[注释]

①唐氏按:此首别又误作金人王特起词,见《尧山堂记》卷六十六。②郑国三良:即叔詹、堵叔、师叔,三人为春秋时代郑之良臣。见《左传·僖公七年》。 ③汉家三杰:指张良、韩信、萧何,三人为辅佐汉高祖成就帝业之杰出人物。见《三国志·吴书·步骘传》。 ④三俊:晋顾荣、陆机、陆云曾同入洛阳,时人号为"三俊"。见《晋书·顾荣传》。 ⑤三儒文学:汉董仲舒、公孙弘、倪宽皆儒者,通于世务,明习文法,以经术润饰吏事,而有"三儒"之称。见《汉书·循吏传序》。 ⑥三君:指东汉窦武、刘淑、陈蕃。见《后汉书·党锢传序》。 ⑦三秀:三花。嵇康《幽愤诗》:"煌煌灵芝,一年三秀。" ⑧三苏:北宋苏洵及其子苏轼、苏辙俱以文名,世称"三苏"。 ⑨三薛:唐河东人薛收与侄薛元敬、族兄薛德音齐名,合称"三薛",时人谓之"河东三凤"。见《旧唐书·薛元敬传》。 ⑩三贤:旧称指严光、方魁、范仲淹为"钓台三贤"。见俞文豹《吹剑四录》。又白居易、林和靖、苏轼亦称"三贤",见瞿佑《归田诗话》。 ⑪三少:晋王羲之、王承、王悦,俱少年知名,人称"王氏三少"。见《晋书·王羲之传》。 ⑫三馀事业:魏明帝时董遇历经传,颇传于世,尝谓读书"当以三馀"。或问三馀之义,遇曰:"冬者岁之馀,夜者日之馀,阴雨者时之馀。"见《三国志·魏书·王肃传》裴松之注引《魏略》。 ⑬三冬足用:语出《汉书·东方朔传》"年十三学书,三冬文史足用"。三冬,即三年。 ⑭三元:科举时代解试夺魁为解元,省试夺魁为会元,殿试夺魁为状元,合称"三元"。见宋赵升《朝野类要·举业》。 ⑮周代分官爵为九等。称九卿,以公侯伯之卿为三命。见《周礼·春官·典命》。 ⑯三接:三度接见,指优礼。语本《易经·晋》"康侯用锡马繁庶,昼夜三接"。

[集评]

赵松元云:"此词贺人生第三子,乃串合与'三'相关之典实,句不离三而皆切题旨,亦殊非易事。然堆垛过甚,满纸学问,未见性情,终不得列乎上品也。"

剔银灯

庆生第五子①

古来五子伊谁②，有唐室、五王称首③。窦氏五龙④，柳家五马⑤，西晋室、陶家五柳⑥。英名不朽。更东汉、马良并秀⑦。　君今也、五男还又。应是五星孕就⑧。腹笥五经⑨，身膺五福，指日继、五侯之后⑩。个般非偶⑪。好与醉、刘伶五斗⑫。

［注释］

①唐氏按：此首别误作哀长吉词，见《花草粹编》卷八。　②伊谁：何人。　③唐室五王：指唐明皇兄弟五人。　④窦氏五龙：宋代窦仪、窦俨、窦侃、窦偁、窦僖五兄弟相继登科，当时号为"窦氏五龙"。见《宋史·窦仪传》。　⑤柳家五马：五马旧为太守代称。南朝宋柳元景曾为弘农太守，因称。事见《南史·柳元景传》。　⑥陶家五柳：晋陶潜宅边有柳树，因以为号，尝著《五柳先生传》以自况。事详陶潜《五柳先生传》及《宋书·陶潜传》。　⑦马良并秀：三国蜀马良兄弟五人俱有才名，并称"五常"。事见《三国志·蜀书·马良传》。　⑧五星：指金、木、水、土、火五星。　⑨腹笥五经：形容学问深厚，五经熟记于心。东汉边韶曾以"腹便便，五经笥"应对弟子之嘲。事见《后汉书·边韶传》。　⑩五侯：即"梁氏五侯"。东汉梁冀子梁胤、叔父梁让及宗亲梁淑、梁忠、梁戟皆封侯，故称。事见《后汉书·陈蕃传》。　⑪个般：这般。　⑫刘伶五斗：晋人刘伶纵酒任性，自称一饮一斛，五斗解酲。事见《世说新语·任诞》。

鹊桥仙

五十八岁方得子

元家道保①，白家阿雀②，俱生在、五旬有八。喜君得子与同年，怪檐外、鹊□嘲哳③。　我疑释老④，携来付与，人尽说、眉如翠刷。龙门种定入龙门⑤，且早做、韩槊生活[⑥]。

[注释]

①元家道保:作者自注“元稹”。 ②白家阿雀:作者自注“白居易”。③鹊□:唐氏按,空格据律补。 嘲哳:形容喜鹊鸣叫之声,旧时民间说鹊能报喜。 ④释老:释迦牟尼和老子之并称。 ⑤龙门:旧谓科举考试之门。入龙门,犹言“登龙门”,指会试高中。 ⑥韩檠:韩愈《短灯檠歌》言太学儒生东鲁客,就短檠(灯架)苦读,至晓未眠。此处借指通宵点灯苦读。

木兰花

兄螟乃弟子[①]

花间棠棣[②],匹似人间兄与弟。一种花枝,底事当年却盛衰。 中藏蜾蠃[③],忽遇螟蛉真类我[④]。换叶移根,要与相辉映一门。

[注释]

①乃弟:其弟。 ②棠棣:也作“常棣”,花名。《诗经·小雅》有《棠棣》篇,申述兄弟互相友爱。 ③中藏蜾蠃:谓内心中对乃弟之子有蜾蠃之情。中藏,指内心情感。蜾蠃,为寄生蜂之一种。腰细,体青黑色,长约半寸,常捕螟蛉喂其幼虫。古人误以为蜾蠃养螟蛉为己子,因以“螟蛉”为养子之代称。《诗经·小雅·小宛》:“螟蛉有子,蜾蠃负子。” ④“忽遇”句:“螟蠕之子,殪而逢蜾蠃,祝之曰:类我类我,久之肖之矣。”见汉扬雄《法言·学行》。

瑞鹧鸪

贺人螟子[①]

试问谢庭兰与芝[②],根花何似接花奇[③]。琼蕤不自香闺种[4]，桂种当从月地移[5]。　须信祝螟成蜾蠃[6]，那须梦虺及熊罴[7]。夜来梦报蟾宫籍[8]，新注江家五岁儿。

[注释]

①螟子：指收养义子。据词之结拍，可知收养螟蛉子者为江氏。②谢庭兰芝：据《世说新语·言语》，晋谢玄曾以"譬如芝兰玉树，欲使其生于庭阶"语形容子弟之贤。此用其事以称美收养义子者。③根花：本根之花，喻亲生子。接花：嫁接后所开之花，喻养子。④琼蕤：玉花，美喻养子。⑤桂种：桂树之种，美喻养子。月地：仙境，美喻养子所出身之家庭。⑥祝螟成蜾蠃：谓养子会成为江氏之好儿子。汉扬雄《法言·学行》："螟蠕之子，殪而逢蜾蠃，祝之曰类我类我，久之肖之矣。"此用其语。⑦梦虺及熊罴：语出《诗经·小雅·斯干》"吉梦维何？维熊维罴，维虺维蛇"。古人以为虺蛇穴处，柔弱隐伏，属阴物，为生女之兆；熊罴凶猛有力，属阳物，为生男之兆。⑧蟾宫籍：谓科举及第，成为进士。月宫称蟾宫，相传蟾宫中有桂树。旧以"蟾宫折桂"比登科。

水调歌头

和韵谢人贺生子

玉琯届良月[1]，璇极炳明星[2]。适当季舍[3]，有梦应麒麟[4]。但愧衡门深隐[5]，偶尔玉川添累[6]，还解振家声。乐章歌一阕，笔阵扫千军。　羡君侯[7]，为学富[8]，焕文清[9]。青云咫尺要路[10]，曳紫更腰金[11]。顾我荆榛虽茂[12]，其奈栋材无用，何似八千椿[13]。君王行赐宴，礼重敬如宾[14]。

[注释]

①玉琯：亦作"玉管"，即玉律，用以定音。古以十二律应十二月，见《汉书·律历志》。②璇极：亦作"旋机"、"璇玑"。古代天象观测仪中可运转之部分。③季舍：犹言"寒舍"，自谦之词。④有梦应麒麟：麟麟指颖异杰出之人。⑤衡门：寒门。衡门之下，可以栖迟。⑥玉川添

累:用唐诗人卢仝生子事比喻自己生子。玉川为卢仝之号,添累,犹言“添丁”,指生男孩。卢仝曾生一子,取名“添丁”,韩愈有《寄卢仝》诗,“去年生儿名添丁,意令与国充耘耔。” ⑦君侯:秦汉时称列侯而为丞相者;汉以后用以称达官贵人。 ⑧学富:即学富五年,形容学问渊博。 ⑨焕文清:化用《论语·泰伯》“巍巍乎其有成功也,焕乎其有文章”,谓新生儿将来所作诗文焕丽清俊。 ⑩青云:喻高官显爵。 ⑪曳紫腰金:谓新生儿他日将官位显赫。紫袍金带为古代高官朝服,故云。 ⑫荆榛:本指丛生灌木,借以形容子女众多。 ⑬八千椿:《庄子·逍遥游》言上古有大椿,“以八千岁为春,八千岁为秋”。后用以喻高寿。 ⑭礼重:礼敬尊重。《北齐书·儒林传·冯伟》载,赵郡王迎接冯伟,至为廉恭,“留之宾馆,甚见礼重”。此处化用其事。

酹江月

谢人贺生子

天高气爽,正金风玉露①,安排秋节。株守蓬窗无寸效,自愧才非人杰。那更家贫②,又添丁累,料想无奇骨③。新章褒美,天然好语还发。 堪羡力薄无储,宾庖萧索④,乏礼延佳客。多谢诸公来宠贲⑤,虽有一瓯春雪⑥。玉果未圆⑦,犀钱须办⑧,早早为君说。恐辜珠玉,小词聊且权折⑨。

[注释]

①金风玉露:秋风白露。 ②那更:宋时口语,犹言“更加”。 ③奇骨:非凡出众之质。 ④宾庖:款待客人之庖厨。 ⑤宠贲:光临之意。《国语·楚语下》:“赫赫楚国,而君临之。”《诗经·小雅·白驹》:“皎皎白驹,贲然来思。”《集传》:“贲然,光彩之貌也。”后因以贵客到门为“贲临”。 ⑥一瓯春雪:指茶。茶煮沸时瓯中泛起雪白乳花,谓“瓯雪”。 ⑦玉果:指柑橘。 ⑧犀钱:洗儿钱。 ⑨权折:权且抵挡(谢忱)。

虞美人

侄贺叔生女

春风吹到深深院，添个人针线[①]。莫言生女不妒儿，□□二郎不做[②]、有门楣[③]。　　一家姊妹盈盈地，兄弟同欢喜。彩丝从此不须添[④]，看取碧纱帐内、有人牵。

[注释]

①添个人针线：添个针线人。针线人，缝纫刺绣之人，指女性。　②□□二郎不做：二郎指子侄辈。宋太祖曾遣王祐使魏，许以使还为相。及还而不果。祐笑谓亲宾曰："某不作，儿子二郎必作。"后其仲子旦果为真宗相。事见邵伯温《闻见前录》卷六。此化用其典，谓叔家儿郎不作丞相。　③门楣：指女儿能光大门第。"男不封侯女作妃，看女却为门上楣。"见唐陈鸿《长恨歌传》。　④彩丝：彩色丝线。旧俗以彩丝为端午日应节之物。汉应劭《风俗通》载，五月五日以五彩丝系臂，可辟邪祟。

柳梢青

贺人生女

玉宇无尘，银蟾低转[①]，渐觉缤纷。还是仙娥，厌游天阙，来降蓬瀛[②]。　　分明秋水精神[③]，好嘱取、红叶殷勤[④]。觅个檀郎[⑤]，屏开金雀[⑥]，玉润冰清。

[注释]

①银蟾：指月。传说月中有蟾。　②蓬瀛：蓬莱与瀛洲，相传为仙人所居之地，亦泛指仙境。　③秋水精神：形容女子眼波明澈，气质清朗。杜甫《徐卿二子歌》："大儿九龄色清朗，秋水为神玉为骨。"　④红叶殷勤：用"红叶题诗"事，寄言将来会有诗之媒介，为女儿择一佳婿。范摅《云溪友议》载，唐卢渥偶临御沟，得一红叶，上题绝句云："流水何太急，深宫尽日闲。殷勤谢红叶，好去到人间。"归藏于箱。后宫中放出宫女择

配,而归卢渥者竟是题诗红叶之人。 ⑤檀郎:潘岳小字檀奴,美姿容,尝乘车出游,路上妇女慕其丰仪,手挽手围之,掷果盈车。见《世说新语·容止》。此用其典,以潘岳指俊美之夫婿。 ⑥屏上金雀:《新唐书·后妃传上·太穆窦皇后》载,窦毅画二孔雀于屏间,能射中其目者则择为婿。此用其典,言夫婿贤能。

鹧鸪天

贺人生女

象榻香篝冷宝猊[1],虺蛇吉梦寤惊时[2]。缇萦生下虽无益[3],谢女他年或解围[4]。 花骨脉,雪肤肌。飞琼抱送下瑶池[5]。弄璋错写何妨事[6],爱女从来甚爱儿。

[注释]

①象榻:饰以象牙之床榻。 香篝:熏笼,用以熏被褥。 宝猊:猊形熏香炉。 ②虺(huǐ)蛇吉梦:虺,毒蛇。典出《诗经·小雅·斯干》"吉梦维何?维熊维罴,维虺维蛇"。古人以为虺蛇穴处,柔弱隐伏,属阴物,为生女之兆。 ③缇萦无益:缇萦为西汉孝女。汉文帝时,齐太仓长淳于意因人上书,以刑罪当系长安狱,意有五女,随而泣,意怒曰:"生子不生男,缓急无可使者!"小女缇萦伤父之言,随父至长安,上书汉帝,要求代父赎刑,文帝悲怜之,废除肉刑,其父乃得免。事见《史记·扁鹊仓公列传》。 ④谢女解围:谢女指东晋才女谢道韫,为王凝之妻。相传凝之弟献之曾与宾客谈议,词理将屈,道韫以其辩才申献之前议,客不能屈,使献之得以解围。事见《晋书·列女列传·王凝之妻谢氏》。 ⑤飞琼:仙女名,传为西王母侍女。 ⑥弄璋:比喻生男。璋为半圭形玉器。《诗经·小雅·斯干》:"乃生男子,载寝之床,载衣之裳,载弄之璋。"

清平乐

贺友人生双女

梅兄梅弟[1],桃姊并桃妹。争似月临双女位,吉梦重占蛇虺。　　小乔应嫁周郎，云英定遇裴航[②]。会有九男事帝[③]，谁夸七子成行[④]。

［注释］

①梅兄梅弟：梅花之雅称，比喻双生子。下句"桃姊桃妹"义同。　②"小乔"二句：周郎，即三国吴周瑜。云英，唐代神话故事中仙女名。传说裴航过蓝桥驿，以玉杵臼为聘礼，娶云英为妻，后夫妇俱入玉峰成仙。事见唐裴铏《传奇·裴航》。　③九男事帝：尧有舜、契、禹、后稷、夔、伯夷、皋陶等九官辅政，见《说苑·君道》。　④七子成行：言子、婿众多。唐郭子仪有子七人，婿八人，皆朝廷重官。见《旧唐书·郭子仪传》。

柳梢青

贺生第三女。全用三女事

家近闽南[①]。三姑姊妹，秀揖仙岩[②]。须女精神[③]，玉卮标格[④]，谪下尘凡。　　他时佳婿成双，红丝应牵第三[⑤]。倚看樽前，团栾六子[⑥]，三女三男[⑦]。

［注释］

①三姑：传说中之管蚕女神。　②秀揖仙岩：秀丽妙曼相聚于仙山。揖，同"辑"，聚集。　③须女：仙女名，作者自注"中条夫人第三女"。④玉卮：仙女名，作者自注"王母第三女"。然明彭大翼谓玉卮乃王母小女，见《山堂肆考·瑶姬》。　⑤作者自注："郭元振第三女。"唐郭元振少时，宰相张嘉贞欲纳为婿，令五女各持一红丝，任元振于幔前取便牵之，元振牵得第三女为妻。事见《开元天宝遗事·牵红丝娶妇》。　⑥团栾：团聚。　⑦作者自注："易系辞。"按《周易·系辞上》"乾道成男，坤道成女。乾知大始，坤作成物"。作者盖用此意。

一剪梅

贺生孙

太华峰头□□莲[①]。闻十丈[②],藕大如船。晓来佳气蔼飞烟。彩戏盈门[③],弧矢盈门[④]。　共把长生酒一樽。殷勤祝愿,耳畔低言。从今流庆更源源[⑤]。子既生孙,孙又生孙。

[注释]

①唐氏按:空格原无,据律补。　②唐氏按:“闻”字疑误,“闻”字上下又缺一字。此二句据韩愈诗句,疑作“太华峰头玉井莲。花开十丈”。③彩戏盈门:谓满门儿孙敬孝父母。相传春秋时楚人老莱子事亲至孝,年七十,常着五彩衣作婴儿戏,以博父母一笑。事见《艺文类聚》卷二十引《列女传》。　④弧矢:据《礼记·内则》,古代国君世子生,以桑弧蓬矢射天地四方,期其志向远大。　⑤流庆:福泽流传。鲍照《河清颂》:“道之所感染者深,则庆之所流者远。”

临江仙[①]

贺生孙

祖德绵绵盛,家声烨烨传。流光重庆子生贤[②],想见朝来庭户、起非烟[③]。　对客延汤饼[④],呼童散彩钱。休夸骨瘦与神全,看取犀庭玉角、已朝天[⑤]。

[注释]

①唐氏按:此首按调乃《南歌子》。　②流光:谓福泽流传至后世。重庆:指祖父母与父母俱存。宋杨万里《题曾景山通判寿衍堂》诗:“人家具庆已燕喜,人家重庆更奇伟。”　③非烟:指庆云,五色祥云。《史记·天官书》:”卿云、喜气也。”　④汤饼:旧俗于小儿出生第三日或满月满周岁时,举行庆贺会,称“汤饼会”。　⑤犀庭玉角:指天庭额角隆起奇骨,旧时

星象家以为贵人之相。

满江红

贺生孙

月淡风轻，凉意在、碧梧修竹。极目际，澄空似水，素秋新沐。夜看庚星飞下界[①]，晓传子舍生兰玉[②]。想充闾[③]、佳气郁葱葱，香芬馥。　裁锦褓，铺金褥。沉水暖，金盆浴[④]。向画堂深处，拥红斟绿。况是天潢真相宅[⑤]，定知丰采惊凡目。看他年、槐馆振家声[⑥]，飞腾速。

[注释]

①庚星：即长庚星，亦云太白星。传说李白生前，其母曾梦长庚星。事见《新唐书·文艺传·李白》。　②兰玉：比喻后人。《世说新语·言语》载谢安问子侄："子弟亦何预人事，而正欲使其佳？"侄玄答："譬如芝兰玉树，正欲使其生于阶庭！"　③充闾：光大门庭。晋贾充字公闾，父贾逵在其出世后，言其当有"充闾之庆"，故以"充"为其名字。事见《晋书·贾充传》。　④金盆：铜制之盆。　⑤天潢：汉朝之美称。真相，谓实任宰相，此当指萧何。　⑥槐馆：即槐厅。唐宋时学士院中厅名。沈括《梦溪笔谈·故事》："学士院第三厅学士阁子，当前有一巨槐，素号槐厅。旧传居此阁者，多至入相。"

沁园春

贺生孙

喜见于门，子月阳生[①]，子舍春回。想释丘抱送，绝奇神骨[②]，皙参授受[③]，忠恕胚胎。跨灶参先[④]，撞楼踵后[⑤]，鼎祥一门三秀才。应不数，那窦家五桂[⑥]，王氏三槐[⑦]。　南丰门户奇哉[⑧]，他日一声平地雷。若非是河东,名传三凤[⑨],也应天上,光映三台[⑩]。莫道后时,方为贺客,且把犀钱玉果来。却还取,这长生一曲,富贵三杯。

[注释]

①阳生:即冬至。 ②"想释丘抱送"二句:语出杜甫《徐卿二子歌》诗"君不见徐卿二子生绝奇,感应吉梦相追随。孔子释氏亲抱送,并是天上麒麟儿"。 ③皙参:曾皙与曾参父子,两人同为孔子学生。 ④跨灶:喻子胜于父。《诗律武库·跨灶撞楼》引三国魏王郎《杂箴》,"家人有严君焉,井灶之谓也,是以父喻井灶。或曰:'灶上有釜,故生子过父者,谓之跨灶。'" ⑤撞楼:喻子胜父。楼,指烟楼,烟囱。宋胡继宗《书言故事·子孙》:"烟楼,灶上烟窗也,言子过父,犹如跨灶撞破烟楼也。" ⑥窦家五桂:宋代窦仪、窦俨、窦侃、窦偁、窦僖五兄弟相继登科,当时有"窦氏五龙"之称。见《宋史·窦仪传》。 ⑦王氏三槐:宋初名臣王祜曾手植三槐于庭,曰"祜子孙必有为三公者"。其子旦后果为相,天下谓之"三槐王氏"。事见《宋史·王旦传》。 ⑧南丰:宋古文家曾巩之号。 ⑨三凤:唐河东人薛收与侄薛元敬、族兄薛德音齐名,时人谓之"河东三凤"。见《旧唐书·薛元敬传》。 ⑩三台:星宿名,比喻三公。见《晋书·天文志上》。

水调歌头

贺人生侄

燕分炳箕宿[①],鲁野照奎星[②]。天开岳渎[③],储瑞重见吐书麟[④]。人道兰庭生谢[⑤],我羡竹林得阮[⑥],中夜沸欢声。奇称符百药[⑦],童号迈终军[⑧]。 姿禀厚,骨骼异,气神清。好把一经为教,切莫诧籝金[⑨]。击瓮画图休展[⑩],对日有言可听[⑪],材大等庄椿。年欲临志学,上国早充宾。

[注释]

①箕宿:星宿名,二十八宿之一,其分野在燕。 ②奎星:星宿名,二

十八宿之一，其分野在鲁。古人多因其形似文字，而认为其主文运与文章。 ③岳渎：五岳与四渎之并称。五岳即泰、华、恒、嵩、衡五山；四渎即江、河、淮、济四水。 ④储瑞：聚集祥瑞。书麟，即麒麟书。唐韦续《墨薮·五十六神书》："麒麟书者，鲁西狩获麟，仲尼反袂拭面，称（吾道穷），弟子申为素王储瑞所制书。" ⑤兰庭生谢：晋谢安之侄谢玄曾以"芝兰玉树，欲使生于阶庭"语比拟谢安门庭之子弟。见《世说新语·言语》。 ⑥竹林得阮：魏名士"竹林七贤"中有阮籍及其侄阮咸。见《三国志·魏书·嵇康传》。 ⑦百药：即李百药，字重规，唐初大臣，史学家，曾修成《齐书》五十卷。 ⑧终军：又称"终童"，字子云，西汉人，少聪颖好学，辩博能文。年十八选为博士弟子，甚得汉武帝赏识，累擢谏议大夫。 ⑨"好把"二句：意出《汉书·韦贤传》"遗子金满嬴，不如一经"。⑩击瓮画图：宋司马光幼时，与群童戏于庭，一儿偶坠贮满水之大瓮中，群儿皆弃去，司马光以石击瓮，水因穴而流出，儿遂得救。后遂以此故事绘成《击瓮图》。事见宋惠洪《冷斋夜话·活人手段》。 ⑪对日有言可听：形容年幼聪慧，典出《世说新语·夙惠》，言晋明帝数岁时，坐元帝膝上，元帝因问明帝："汝意谓长安何如日远？"答曰："日远。不闻人从日边来，居然可知。"元帝异之。明日，集群臣宴会，更以此意，更重问之，明帝答曰："日近。"元帝失色，曰："尔何故异昨日之言邪？"答曰："举目见日，不见长安。"

瑞鹧鸪

贺宗室子满月

璇源一派接天流[①]，秀毓君家公共侯。满月佳时近重九，生朝令节踵千秋[②]。　旦评指日腾佳誉，蟾苑他年快壮游[③]。气宇如今复何似，相应十倍虎窥牛[④]。

[注释]

①璇源：产珠之水流，喻指皇族。 ②生朝：生日。 ③蟾苑：犹言蟾宫，指科举考试。 ④虎窥牛：吞牛气概。刘沆《述怀诗》："虎生三日便窥牛，猎食宁能掉尾求。"

西江月

贺人女中秋日满月

八月秋中玉律[1]，十分月满瑶台[2]。芳姿谪下佛宫来[3]，疑是东方世界。　　黛绿旋闻香髮，桃红新晕芳腮。春风满面笑容开，长似观音自在[4]。

[注释]

①玉律：玉制之标准定音器。乐器之音，依以为准、分阴、阳各六，共十二律，古人以应十二月。见《汉书·律历志》。　②瑶台：传说中神仙居处。晋王嘉《拾遗记·昆仑山》："傍有瑶台十二，各广千步，皆五色玉为台基。"　③佛宫：佛殿。　④观音自在：即观世音。唐避太宗李世民讳，省称观音，或观音大士。

清平乐

贺赵宅子晬[1]

天潢佳气[2]，钟作人间瑞。坐对满堂珠玉贵，此日还当周晬。　　手持金印金戈[3]，知他壮志如何。将相终须大用，姓名早掇巍科[4]。

[注释]

①晬：婴儿满周岁。宋吴自牧《梦粱录·育子》："（生子）至来岁周，名曰"周晬"。　②天潢：星名，借指皇室。　③金印：黄金印章，旧时为相国、丞相、太尉、大司空、将军等高级官员所掌。　金戈：戈之美称，借指雄师劲旅或武职。　④巍科：犹高第。旧时科举考试名列前茅者。

木兰花

贺人女试晬[1]

小春良月[2]，尧砌蓂开三数叶[3]。瑞启三躔[4]，此夕人间诞女仙。　　寿期百岁，今日欢娱初庆晬。喜事重重，亦有嘉祥应梦熊。

［注释］

①试晬：即“试儿”。旧俗婴儿周岁时，男则罗列弓矢纸笔，女则罗列刀尺针缕，并加饮食及珍宝服玩，任其抓取，以试测小儿之未来志趣与成就。见《颜氏家训·风操》。　②小春：指夏历十月。宋陈元靓《岁时广记》卷三引《初学记》：“冬月之阳，万物归之。以其温暖如春，故谓小春，亦云小阳春。”　③尧砌蓂开：相传帝尧阶前生有瑞草，谓之“尧蓂”。　④躔：日月星辰运行之轨迹。《梁书·武帝纪上》：“再躔日月，重缀参辰。”

杏花天

贺人女晬

画堂帘幕香风细，郁郁南阳佳气[①]。欢传吉梦占蛇虺[②]，此日还当一岁。　　华筵外、初随彩戏[③]。早已似、文姬聪慧[④]。伫看色动门阑喜，便有乘龙佳婿。

（以上三十八首见《翰墨大全》丙集卷三）

［注释］

①南阳佳气：指帝王之气。东汉光武帝刘秀，南阳人，起兵舂陵，望气术士苏伯阿为王莽使至南阳，遥望舂陵，叹曰：“气佳哉！郁郁葱然。”见《后汉书·光武帝纪》。　②吉梦占蛇虺：古人以为虺（huǐ）蛇穴处，柔弱隐伏，属阴物，为生女之兆。　③彩戏：指老莱子娱父母事典。　④文姬：东汉蔡琰之字，为蔡邕独生女，善音乐，通典籍，聪明颖慧。见《后汉书·列女传·董祀妻传》。

沁园春

衮绣堂前[①]，福星开度[②]，寿星入垣[③]。有建隆臣普[④],上天宰辅,绍兴臣鼎[⑤],平地神仙。入秉钧衡[⑥],出分藩屏[⑦],托住东南半壁天。年来好,甚烽消万里,尘静三边[⑧]。 紫宸几度传宣[⑨]。刚不肯归班押讲筵[⑩]。纵云台勋业[⑪],已登盟府[⑫],金城筹策,犹念中原。好袖山河,更扶日月,色正三台第一躔[⑬]。王韩去,愿齐休社稷[⑭],于万斯年[⑮]。

[注释]

①衮(gǔn)绣:绘有卷龙之上衣与绣有花纹之下裳,为旧时帝王与上公之礼服,此处指显宦。 ②福星:旧称木星为岁星,所在主福,故称。 ③寿星:即南极老人星,旧以其为长寿之象征。 ④建隆臣普:指北宋初大臣赵普。宋太祖建隆三年,赵普任枢密使。乾德二年任宰相。太宗即位后,又两度为相。 ⑤绍兴臣鼎:指南宋初大臣赵鼎。高宗绍兴四年,赵鼎任参知政事。 ⑥钧衡:喻指国家政务重任。唐杨炯《王勃集序》:“幼有钧衡大略,独负舟航之用。” ⑦藩屏:屏障,比喻卫国重臣。 ⑧三边:指东、西、北边陲。 ⑨紫宸:天子所居之宫殿,借指君王。 ⑩讲筵:讲经之坛。指天子之经筵。 ⑪云台:汉宫中高台名。汉明帝时为追念前世功臣,图画邓禹等二十八将于南宫云台,后因以泛指纪念功臣名将之所。 ⑫盟府:旧时掌管保存盟约文书之官府。 ⑬三台:星座名,分上台、中台、下台,每台二星相比,古人以之象征三公之位。见《晋书·天文志》。 ⑭齐休:齐福。休,美也,福也。 ⑮于万斯年:即于斯万年,因协平仄而颠倒。

六州歌头

寿徐枢密[①]

扬休玉色[②],山立秉鸿枢。圣天子、方有志,会东都,得真儒。身佩安危寄,本兵柄,修军政,朝野庆,钧衡任,赖诗谟[③]。天上麒麟挺[④],徐卿子,坐肃恡夫[⑤]。向六阳时候[⑥],佳瑞纪门弧。炳炳阶符[⑦],照蓬壶[⑧]。 看兄枢使[9]，弟元帅[10]，真盛事，世间无。筹密边烽息，凛羌胡。玉音俞[11]。伫正三槐位[12]，散膏泽，福寰区。河如带，山如砺，巩皇图。金鼎调元远大[13]，中书考[14]，致主唐虞[15]。想公门桃李，应不弃山樗[16]。愿借嘘枯[17]。

［注释］

①枢密：枢密使（枢密院长官）之简称。徐枢密，即徐清叟，字真翁，南宋宁宗嘉定七年进士，嘉定十二年拜参知政事，寻知枢密院事，兼参知政事。见《宋史·徐清叟传》。　②扬休：阳气生养万物。　③赖诗谟：《诗经·大雅·抑》"讦谟定命，远猷辰告。敬慎威仪，维民之则"，《集传》谓为卫武公（周室重臣）自儆之辞。故以诗谟喻重臣。赖诗谟即赖重臣也。　④麒麟：喻美徐氏才能杰出。　⑤憸（xiǎn）夫：奸邪之人。　⑥六阳：旧以天气为阳，地气为阴，十一月至来年四月为阳气上升之时，称"六阳"。　⑦阶符：指官阶印符。　⑧蓬壶：即蓬莱，古代传说中之海上仙山。　⑨兄枢使：枢使，枢密使之简称。徐清叟之兄名荣叟，字茂翁，与清叟同为嘉定七年进士，曾拜端明殿大学士，签书枢密院事。见《宋史·徐荣叟传》。　⑩弟元师：清叟弟名深叟，官终将作监丞。见《宋史·徐应龙传》。　⑪玉音：君王言语之尊称。　俞：通"愉"。　⑫三槐：喻三公。《周礼·秋官·朝士》："面三槐，三公位焉。"　⑬金鼎：九鼎，喻称徐氏为国家辅政大臣。　调元：调和阴阳，执掌大政。喻指徐氏。　⑭中书：政事堂。　⑮唐虞：唐尧与虞舜之并称，指宋宁宗。　⑯山樗（chū）：喻无用之材。语出《庄子·逍遥游》，惠子曰："吾有大树，人谓之樗。其大木拥肿而不中绳墨，其小材卷曲而不中规矩。立之途，匠者不顾。"此处是自谦才浅之词。　⑰嘘枯：喻拯绝扶危。《后汉书·郑太传》："孔公绪清谈高论，嘘枯吹生。"李善注："枯者嘘之使生，生者吹之使枯。言谈论有抑扬也。"

好事近

寿郭宪[1]

春信到梅梢[2]，欲雪又还晴早。趁得绣衣初度[3]，作霜天清晓。　　乡来事直有天知，行拜玉皇诏。稳上神仙官府，听履声云杪[4]。

[注释]

①郭宪：宋代提点刑狱司及提刑别称宪，郭氏为提点刑狱司官员，故称。　②春信：春天之信息。唐郑谷《梅》诗："江国正寒春信稳，岭头枝上雪飘飘。"　③绣衣：喻地位尊贵之士。　初度：生日。《楚辞·离骚》："皇览揆余初度兮，肇锡余以嘉名。"　④听履声：谓受君王亲重。语本《汉书·郑崇传》，郑崇为尚书仆射时，数求见谏争，哀帝初纳用之。每见曳革履，哀帝笑曰："我识得郑尚书履声。"

念奴娇

寿陈运使[1]

素娥不老[2]，才胜赏中秋、无边月色。又报仙翁来桂苑[3]，连庆生申佳节[4]。玉宇无尘，金茎有露[5]，对景成三绝。重阳近也，黄花香入瑶席[6]。　　尽说湖海元龙[7]，裕民堂上，几度吟梅雪。满眼阴阴甘棠树[8]，消得寿同南极[9]。八桂难留[10]，九芝促觐[11]，早露真消息。星辰听履，好看明岁今日。

[注释]

①运使：古代水陆转运使、盐运使等官名之简称。　②素娥：嫦娥别称，代指月亮。　③桂苑：栽有桂枝之园林。　④生申：申伯诞生之日。后为生日之祝辞。　⑤金茎：用以承露盘之铜柱。汉武帝曾于建章宫前造神明台，上铸铜仙人，手托承露盘，水和玉屑服之，以求长生。见《史记·封禅书》。　⑥瑶席：形容珍美之酒宴。　⑦湖海元龙：东汉陈登，字元龙。许汜曾见之。登以汜求田问舍，言无可采，久不与语，自上大床卧，使其卧下床。后汜言于刘备曰："陈元龙湖海之士，豪气不除。"见《三国志·魏书·陈登传》。　⑧甘棠树：称颂陈运使之政声与惠爱。周武王时，召

公南巡，曾于甘棠树下决狱政事，使人人各得其所，无失职者。召公卒后，民人思其惠政，而作《甘棠》之诗。后以为官吏爱民之典。事见《史记·燕召公世家》。 ⑨南极：即南极老人星。旧时以为此星主寿，故云。 ⑩八桂：八株桂树。 ⑪九芝：语本《汉书·武帝纪》“甘泉宫中产芝，九茎连叶”。后泛指灵芝草。

临江仙

寿赵守①

香雾菲微笼薄晓，帘栊爱日如春。谪仙游戏到寰瀛②。金枝推独秀③，宝籍著长生。　锦轴疏恩怡寿母④，朱轮光映难兄⑤。会看家庆日增荣。雁联鸳序立，彩戏衮衣新。

［注释］

①赵守：生平事迹未详。守，太守之简称。 ②谪仙：谪居世间之仙人。 ③金枝：帝王子孙之贵称。 ④锦轴：锦绫装裱之卷轴，借指诏书。寿母：长寿之母亲。 ⑤朱轮：旧时王侯显贵所乘之车，借指禄至二千石之官。

沁园春

寿黄守

皂盖朱幡①，玉节虎符②，宏开大藩③。把济川舟楫，试横碧水，擎天柱石，小驻丹山④。麦秀两岐⑤，棠芾千里⑥，治最当今黄颍川⑦。平章看⑧、文词坡谷⑨，人品欧韩⑩。　朅来游戏人间，况雅量汪汪海样宽。适弧垂门外⑪，香凝燕寝⑫，□星对照，两地交欢。自有青州⑬，活民阴德⑭，不用延年九转丹⑮。人皆祝，愿黑头黄阁⑯，绿鬓朱颜[17]。

[注释]

①皂盖:旧时官员所用之黑色篷伞。　朱幡:即朱旗。《后汉书·舆服志上》:“中二千石,二千石皆皂盖,朱两幡。”　②玉符:玉制之符节。旧时天子王侯之使者持以为凭。《周礼·地官·掌节》:“守邦国者用玉节,守郡鄙者用角节。”　虎符:旧时帝王授予臣下兵权与调发军队之虎形信物。　③大藩:旧时指重要州郡。　④丹山:古谓产凤之山。　⑤麦秀两歧:《后汉书·张堪传》载,张堪为渔阳太守时,开稻田八千馀顷,劝农耕种,以致殷富。百姓歌曰:“桑元附枝,麦穗两歧。张君为政,乐不可支。”　⑥棠尃千里:谓惠政广布。召公南巡,曾于棠树下听讼断案,民众作《甘棠》诗以颂其惠政。事见《史记·燕召公世家》。　尃:另本为“敷”。　⑦黄颍川:汉黄霸曾为颍川太守,有善政,见《汉书·循吏传》。　⑧平章:评处。　⑨坡谷:苏轼(号东坡居士)与黄庭坚(号山谷道人)之并称。　⑩欧韩:欧阳修与韩愈之并称。　⑪弧垂门外:指生日。旧俗生男子则于门左悬弧。见《礼记·内则》及《郊特牲》。　⑫燕寝:指闲居之处。韦应物《郡斋雨中与诸文士燕集》诗:“兵卫森画戟,燕寝凝清香。”　⑬青州:“青州从事”之省语,代指美酒。《世说新语·术解》载,晋桓温有主簿好酒,美酒饮下,酒力至脐,好者谓“青州从事”,恶者谓“平原督邮”。后遂以“青州从事”代称美酒。　⑭阴德:暗中所为有德于人之事。《淮南子·人间训》:“有阴德者必有阳报,有阴行者必有昭名。”　⑮九转丹:道教谓经九次提炼,服之能成仙之丹药。　⑯黑头黄阁:即黑头翁。晋临沂令诸葛恢年轻有才,王导称其当为“黑头公”。见《世说新语·识鉴》。黄阁本宰相官署,借指宰相。　⑰绿鬓朱颜:形容年轻美好之容颜。

满江红

寿宪幕[1]

长风送月,近中秋、更无一点尘俗[2]。绛阙真仙来瑞世[3],昨夜翔鸾飞鹄。奕世登科[4],诸昆竞秀,名盖天南北。持心恬退，更能韫椟藏玉[⑤]。　　须信宪幕平反，据经议狱，全活阴功足[⑥]。川泳云飞宾主意，荐剡新翻浓墨[⑦]。一路欢声，几多和气，吹作长生曲。赐环促召[⑧]，清班两鬓长绿[⑨]。

[注释]

①唐氏按：此首按调乃《念奴娇》。　宪幕：宪司幕府之简称。宪，即宪司，宋代提点刑狱司及提刑之别称。　②"长风"三句：似效张孝祥《念奴娇·过洞庭》句"洞庭清草，近中秋、更无一点风色"。　③绛阙：传说中仙宫名。　④奕世：累世。　⑤韫椟（yùn dòu）藏玉：比喻怀才待用。典出《论语·子罕》"有美玉于斯，韫椟而藏诸？求善贾而沽诸"。　⑥阴功：即阴德。　⑦荐剡：指推荐人之文书。浙江嵊县剡溪水制纸甚佳，故以"剡"为纸之代称。　⑧赐环：即赐还。旧时放逐大臣，遇赦召还谓"赐还"。　⑨清班：清之官班。白居易《初授拾遗献书》："岂意圣慈，擢居近职……未申微功，又抉清班。"

满江红

寿李侯[①]

银漏穿花，星河浅、窗胧曙色。烧蜜炬、锦帏春煦[②]，瑞烟濛幂[③]。堂上金钗行十二[④]，庭前珠履三千客[⑤]。捧流霞、潋滟玉东西，歌声溢。　　全五福，知无敌。来百禄，知无极。抱龙骧勋策[⑥]，小劳公力。袖内光藏神武剑，他年待正天西北。顾贱夫、何可共功名，攀麟翼。

[注释]

①李侯：名号未详。　②密炬：蜡烛。　③幂：弥漫笼罩貌。　④金钗行十二：言姬妾众多。语出南朝梁武帝《河中之水歌》"河中之水向东流，洛阳女儿名莫愁……头上金钗十二行，足下丝履五文章"。　⑤珠履三千客：言贵宾众多。《史记·春申君列传》："春申君客三千馀人，其上客皆蹑珠履。"　⑥龙骧：指晋大将龙骧将军王濬。

满江红

寿卢侯,旧为大将军[①]

绿鬓将军,是人道、天生韩霍[②]。最奇处、虎头燕颔,龙韬豹略。卧护懒通天子诏[③],长驱爱把匈奴缚。我皇家、许样大乾坤,身难著。　试问我,青原约[④]。君合再,青油幕[⑤]。这兵书一卷,怎生闲却。万里城边须饮马,八公山上多鸣鹤[⑥]。待归来、依旧执金吾[⑦],凌烟阁[⑧]。

[注释]

①卢侯:名号未详。　②韩霍:汉代名将淮阴侯韩信与骠骑将军霍去病之并称。　③卧护:犹卧镇、卧治。《三国志·魏书·杜畿传》:"顾念河东吾股肱郡,充实之所,足以制天下,故且烦卿卧镇之。"　④青原约:弃世学佛之约。青原,山名,在江西庐山东南,为慧能弟子行思禅师修行处。　⑤青油幕:青油涂饰之军中帐幕。《南史·萧韶传》:"韶接信甚薄,坐青油幕下,引信入宴。"　⑥"八公山"句:八公山在今安徽淮南市西。东晋淝水之战,谢玄大败前秦苻坚兵,坚登寿阳城,望八公山上草木,闻风声鹤唳,以为皆晋追兵。事见《晋书·谢玄传》。　⑦执金吾:汉代专司皇帝警卫、仪仗及防卫京师、掌管治安之武官。　⑧凌烟阁:封建王朝为表彰功臣而修建的绘有功臣画像之高阁。

水调歌头

箫鼓阗街巷,锦绣裹山川。夜来南极[①],闪闪光射泰阶躔[②]。陡觉佳祥翕集,听得闾阎笑道[③],蓬岛降真仙[④]。香满琴堂里[⑤],人在洞壶天[⑥]。　斟凿落[⑦],歌窈窕,舞跰跹[⑧]。重阳虽近,莫把萸菊玷华筵[⑨]。菲礼岂能祝寿,自有仙桃满院,一实数千年[⑩]。早晚朝元会[⑪],苍鬓映貂蝉[⑫]。

[注释]

①南极：南极老人星，旧时以为此星主寿。　②泰阶：古星座名，即三台。上台、中台、下台共六星，两两并排而斜上，如阶梯，故名。　躔(chán)：日月星辰运行之轨迹。　③闾阎：里巷内外之门，借指里巷。　④蓬岛：即蓬莱山，古代传说之仙山。　⑤琴堂：州、府、县署之称谓。　⑥壶天：指仙境。传说东汉费长房为市掾时，市中有老翁卖药，悬一壶于肆中，市罢，跳入壶中。长房于楼上见之，知为非常人。次日，复诣翁，翁与俱入壶中。唯见玉堂严丽，旨酒甘肴盈衍其中，共饮毕而出。事见《后汉书·方术传下·费长房》。　⑦凿落：亦作"凿络"。以镌缕金银为饰之酒盏。　⑧跰跹：犹"蹁跹"。　⑨萸菊：茱萸与菊花。　⑩仙桃：神话传说中供西王母等仙人食用之桃，有长生不老之功效。　⑪朝元：道家养生之法，谓五脏之气汇聚于天元。　⑫貂蝉：貂尾与附蝉，古代为侍中、常侍等贵近大臣之冠饰。

沁园春

寿赵宰[①]

快阁春边，倚阑干外，东西晚晴[②]。有银潢公子，摩挲石刻[③]，金华仙伯，主掌鸥盟[④]。陶柳清新[⑤]，潘花红嫩[⑥]，早有丰年笑语声。还知道，是街头父老，竞说升平。　怪来昨夜长庚[⑦]，与一道澄江月共明[⑧]。但寿烟起处，千山天远[⑨]，寿杯满后，千尺泉清。兴庆宫中[⑩]，长生殿里[⑪]，早踏金鳌背上行[⑫]。明年好，望紫云楼上[⑬]，一点台星。

（以上十三首见《翰墨大全》丙集卷十三）

[注释]

①赵宰：名不详。　②快阁：在吉州太和县(今江西泰和)县治东澄江上，以江山广远，景物清华得名。此三句化用黄庭坚《登快阁》诗首联"痴儿了却公家事，快阁东西倚晚晴"。　③挲：《全宋词》一作"娑"。　④金华仙伯：黄庭坚之别称。主掌鸥盟：化用黄庭坚《登快阁》尾联"万里归船弄

长笛,此心吾与白鸥盟"。 ⑤陶柳:晋陶渊明爱柳,尝著《五柳先生传》,故云。 ⑥潘花:晋潘岳《闲居赋》载,潘岳为河阳令时,于县中满种桃李,此以潘花称美赵宰勤于政事。 ⑦长庚:亦名太白星、启明星。《诗经·小雅·大东》:"东有启明,西有长庚。" ⑧与一道澄江月共明:化用黄庭坚《登快阁》诗第四句"澄江一道月分明"。 ⑨千山天远:化用黄庭坚《登快阁》第三句"落木千山天远大"。 ⑩兴庆宫:唐宫名,唐玄宗为太子时住宅。 ⑪长生殿:唐华清宫殿名。 ⑫金鳌:神话中金色巨龟,比喻临水山丘。 ⑬紫云:紫色云,旧以为祥瑞之兆。

鹧鸪天

寿 姑

溪水连天秋雁飞,藕花风细鲤鱼肥。阿婆一笑知何事,怀橘郎君衣锦归[①]。 天上月,几秋期。娟娟凉影画堂西。堂前拜月人长健,两鬓青如年少时。

[注释]

①怀橘郎君:指孝顺儿郎。语本《三国志·吴书·陆绩传》,陆绩六岁见袁术,术出橘,绩怀三枚,去,拜辞堕地,术谓曰:"陆郎作宾而怀橘乎?"绩跪答曰:"欲归遗母。"术大奇之。

沁园春

寿冰壶刘监丞,以竹为寿[①]

径竹扶疏,直上青霄,玉立万竿。似冰壶潇洒,虚心直节,清标贞干,风月无边。清荫盈庭,细香满座,凡款公门皆七贤[②]。称觞旦[③],与松梅并祝[④],辞表南山。 绵延。龙种儿孙,列砌森庭栖凤鸾。况节楼辟命[⑤],管城草檄[⑥],计台璅试[⑦],玉笋联班[⑧]。盛事重重,荐腾楛茧[⑨],渡蚁阴功须状元。燕山乐，又使符踵至，趣赴淇园。

［注释］

①冰壶：盛冰之玉壶，比喻品德清白、廉洁。　监：宋代特别行政级别名，于坑治、铸钱、牧马、产盐等地区设置。一种与府、州同级，隶属于路；一种与县同级，隶属于府、州。　②七贤：魏晋时嵇康、阮籍、山涛、向秀、刘伶、阮咸、王戎七人并称，号“竹林七贤”。见《晋书·嵇康传》。　③觞旦：生日酒宴。　④与松梅并祝：松、竹、梅俗称岁寒三友，因云。　⑤节楼：唐宋节度使植纛之楼。元刘埙《隐居通议·地理》：“宋制：节度使官仪甚盛，其家建巍楼，植纛其中，有黄幡豹尾之属，名之曰节楼。”　辟命：征召、任命。　⑥管城：笔之别称。唐韩愈作寓言《毛颖传》，称笔为“管城子”。　⑦计台：即计省，宋代掌管国家赋籍之官府，管理贡赋出入，统辖盐铁、度支、户部三司。　瑮试：即见任官应进士举之考试，谓之瑮厅。中选者迁官，不中者停见任，见《石林燕语》。　⑧玉笋联班：指英才济济之朝班。唐郑谷《九日偶怀寄左省张起居》诗：“浑无酒泛金英炙，漫道官趋玉笋班。”　⑨楛（kǔ）茧：楛，楛木，为制矢之良材；茧，茧丝，为织衣之良材，词人用以比喻优秀人才。

沁园春

寿朱佥判，以鹤为寿①

有鹤东来，鸣而向余②，借篇寿词。道临皋亭下，坡仙曾梦③，锦宫城里，清献常携④。山斗才名⑤，冰霜节操，苏赵如今重见之⑥。生申旦⑦，正菊花开后，橙子黄时。　自从枳棘鸾栖⑧。何尚泛芙蓉绿水池。便来归西掖⑨，坐看红药，也应天禄，书照青藜⑩。顾我鸡群，来陪燕贺，且祝千年寿与齐。樽前鹤，乃翩翩起舞，来上瑶卮。

（以上见《翰墨大全》丙集卷十四）

[注释]

①佥判:宋代州、府通判等佐贰官员,简称"佥判"。掌诸案文牍事务。以鹤为寿:即以鹤为寿礼。 ②"有鹤东来"二句:化用苏轼《后赤壁赋》"适有孤鹤,横江东来……戛然长鸣,掠余舟而西也"。 ③临皋亭:亦名临皋馆,在今湖北黄冈县南大江滨。 坡仙:指苏轼。此句语本苏轼《后赤壁赋》,"梦一道士,羽衣翩跹,过临皋之下,揖予而言曰:'赤壁之游乐乎?'问其姓名,俯而不答。'呜乎噫嘻,我知之矣!畴昔之夜,飞鸣而过我者,非子也耶。'道士顾笑,予亦惊悟。" ④锦宫城:成都之别称。 清献常携:清献为北宋赵抃谥号。清献知成都,匹马入蜀,以一琴一鹤自随为政,事见《宋史·赵抃传》。 ⑤山斗:泰山北斗之合称。 ⑥苏赵:即前文所言及之苏东坡与赵清献。 ⑦生申:申伯诞生之日。为生日之祝辞。 ⑧枳棘:枳木与棘木。《后汉书·循吏传》言仇览为考城主簿,能以德化人,县令王涣嘉赏之,谓"枳棘非鸾凤所栖",乃赠俸勉其深造。⑨西掖:中书或中书省之别称。 ⑩天禄:指汉天禄阁,为皇家藏书之所。青藜:藜杖,借指灯烛。二句典出《三辅黄图》,刘向校书天禄阁,太乙之精幻化为植青藜杖之老者,夜扣阁而进,"见向暗中独坐诵书,老父乃吹杖端,烟烯,因以见向,授以《五行洪范》之文,至曙而出"。

水调歌头

寿平交五十[①]

学易喜加数,富贵正当年。谁识晚成大器,信道古来然。莫叹无闻不足,官政从今艾服[②],知命自由天。恰合买臣愿[③],好著祖生鞭[④]。 藏学问,通今古,冠英贤。管取一名一第,行折桂枝先。未数奉书朱穆[⑤],窃笑表微拭镜[⑥],接武引群仙。生日年年庆,绛老愿齐肩[⑦]。

[注释]

①平交:平辈之交。 ②艾服:年五十而出仕从政。《礼记·曲礼》:"四十曰强而仕:五十曰艾服官政。" ③买臣愿:《汉书·朱买臣传》载,

朱买臣自称"年五十当富贵"。此用其事。 ④祖生鞭：言勉力进取。祖生指东晋名将祖逖。 ⑤奉书朱穆：朱穆，字公叔，汉南阳郡宛城人，笃厚好学，为侍御史时年五十，因郡赵康叔隐居武当山，以经传教授，穆乃奉书为弟子，及康叔殁，丧之如师。见《后汉书》。 ⑥表微拭镜：原注，"韦表微五十拭镜自叹。"《新唐书·韦表微传》言表微及第后数辟诸使府，久之取一班一级，不见其味也。将为松菊主人，不愧陶渊明。 ⑦绛老：绛县老人。《左传·襄公三十年》载，一绛县人年长而不明言其年，后世因以称高寿者。

减字木兰花

弟寿兄五十

阿兄生日，屈指今年年五十。豆雨初晴，昨夜分明见寿星。 槐黄已迫[1]，愿言共展冲天翼。桂子飘香，看取吾家棣萼芳[2]。

［注释］

①槐黄：槐花黄之省语。旧指士子忙于准备应试之季节。 ②棣萼芳：指兄弟双双及第。棣萼，喻兄弟。

减字木兰花

寿人六十

喜逢生日，偻指今年方六十[1]。次第回春，甲子从头又一新。 敬驰一曲[2]，付与歌儿勤为祝。满劝金钟，试问蟠桃几度红。

［注释］

①偻指：屈指。 ②敬：《全宋词》一作"儆"。

西江月

寿六十四

葭管一阳已复[①]，蓂阶五叶还留[②]。星瞻南极瑞光浮，知是降生时候。 算衍恰侔周卦，福多更协箕畴[③]。绿衣戏舞捧琼舟[④]，满劝长生寿酒。

[注释]

①葭管：亦称葭律。古人烧葭成灰，置律管内，置秘室中，以占气候。谓某一节候至，某律管中葭灰即飞出，示该节候已到。 一阳已复：指已过冬至。旧以为天地间有阴阳二气，每年至夏至日，阳气尽而阴气生；至冬至日，则阴气尽而阳气开始复生。 ②蓂阶五叶还留：指十二月二十五日。蓂，为古代传说中之瑞草。《竹书纪年》卷上："有蓂草夹阶而生，月朔始生一荚，月半而生十五荚；十六日以后，日落一荚，及晦而尽。" ③箕畴：指《尚书·洪范》之"九畴"。相传"九畴"为箕子所述，故名。 ④绿衣：指舞女。 琼舟：玉制之托盘，借指酒器。

满江红

寿人六十四

在昔尝闻，老彭祖、寿龄八百[①]。试屈指、我公今岁，才方八八。乙百更添三十六[②]，算来总是公年月。对梅花、时候庆生朝，真欢悦。 儿既劝，金蕉叶[③]。孙又把，沉檀爇[④]。喜儿孙满目，芝兰英发。笑问堂前王母看，而今几度蟠桃结[⑤]。道当时、亲手共栽培，何须说。

[注释]

①彭祖：传说中人物，善养生，有导引之术，享年八百岁。见《列仙传·彭祖》。 ②乙：唐氏按，疑应是"七"字。 ③金蕉叶：酒杯名。 ④沉檀：用沉香木与檀木制成之著名香料。 ⑤蟠桃：神话中三千年一结实之

仙桃。见《汉武内传》。

满江红

寿人六十五[①]

细读箕畴，洛书字、六旬有五[②]。试屈指、我公今岁，恰符其数[③]。五福备全几坎九[④]，既言一寿还称富。乃今知、好德与康宁，皆由天与[⑤]。　记当日，嵩生甫[⑥]。喜今夕，逢初度。看儿孙鼎盛，贺宾旁午[⑦]。炉暖博山腾麝馥，杯擎琥珀斟香醑。问千秋千岁与谁同，西王母。

［注释］

①唐氏按：此首别误作刘辰翁词，见周泳先《唐宋金元词钩沉》引须溪集略。　②箕畴：指《尚书·洪范》之“九畴”。相传“九畴”为箕子所述，故名。　洛书：儒家关于“九畴”创作过程之传说。《尚书·洪范》孔传：“天与禹，洛出书。”　③恰符其数：《汉书·五行志上》谓《洪范》文中由“初曰五行”起至“畏用六极”共六十五字，为《洛书》本文。此恰与六十五岁数目相符。　④五福：“五福一曰寿，二曰富，三曰康宁，四曰攸好德，五曰考终命。”见《尚书·洪范》。　几坎九：谓几于坎之阳爻，虽有险而无害也。《易经·坎·九五》云：“坎不盈，祇既平，无咎。”　⑤皆由天与：唐氏按，“由”字疑衍。　⑥嵩生甫：意谓嵩山降神，吕侯诞生。语本《诗经·大雅·崧高》。　⑦旁午：众多貌。

满江红

寿季父七十

安乐窝中，庆华髮、苍颜七十。生处好、十分清瘦，仙风道骨。自古天教仁者寿，只今人饮贤人德。更一年、两度腊嘉平[①]，垂弧夕[②]。　华堂上，灵椿匹[③]。兰庭下，孙枝七[④]。望芹翁次第，年超八秩。欢伯便同分玉髓[⑤]，河儿不用闰瑶笈[⑥]。记醉时、三万六千场，从今日。

[注释]

①腊：腊祭。　嘉平：腊祭之别称。汉蔡邕《独断》卷上："四代腊之别名：夏曰嘉平，殷曰清祀，周曰大腊，汉曰腊。"　②垂弧夕：犹垂弧辰。古俗家中生男子，则于门左悬弓。见《礼记·内则》。后因以垂弧夕或悬弧喻生男。　③灵椿：传说中长寿之树。《庄子·逍遥游》："上古有大椿者，以八千岁为春，八千岁为秋。"　④孙枝：侧生之新枝，喻孙儿。　⑤欢伯：酒之别名。汉焦赣《易林·坎之兑》："酒为欢伯，除忧来乐。"　玉髓：指美酒。　⑥河儿："河伯健儿"之省语，为鱼（即鲨鱼）之别名。　瑶笈：珍贵的宝典。

壶中天

寿赵戎母七十

古来稀有，只闻道、是个人生七十[①]。还遇小春梅蕊绽[②]，对景装排绮席。云帔拖霞，朱颜晕酒，瑞气明南极[③]。瑶池欢宴，玉杯争劝琼液。　　堪美玉叶名郎[④]，天潢毓秀[⑤]，梧竹生标格[⑥]。百万貔貅归总押[⑦]，霸气豪无敌[⑧]。藩屏皇家，荣封寿母，名著金闺籍[⑨]。融融液液，共看桃结佳实。

[注释]

①"古来"二句：化用杜甫《曲江》诗之二"酒债寻常行处有，人生七十古来稀"。　②小春：指夏历十月。　③南极：指南极老人星，即南极寿星。　④玉叶：喻皇室后裔。　名郎：宋代礼部中之别称。　⑤天潢：帝王后裔。　⑥"梧竹"句：《庄子·秋水》言凤凰"非梧桐不止，非练实（竹实）不食"，故以"梧竹生标格"喻赵母有鸾凤之姿，亦谓其为帝胄也。⑦貔貅：古籍中两种猛兽，喻勇猛之战士。　⑧唐氏按：此句缺一字。

⑨金闺籍:指在朝为官。旧时金门悬有名牒,牒上有名者准其进入。唐韦应物《答韩库部》诗:“名列金闺籍,心与素士同。”

满江红

寿陈碧山七十一[①]

维岳生贤[②],天欲补、中兴衮职[③]。奈圣世、朝无阙事,且令休逸。锦绣文章胸次贮,蓬壶岁月闲中积[④]。羡人生、七十古来稀,今逾一。　　书聚府,成东壁[⑤]。身眉寿[⑥],真南极。望瑞云深处,接江山碧。人愿君如天上月,我期君似明朝日。待明朝,长至转添长,弥千亿。

[注释]

①陈碧山:生平事迹未详。　②维岳生贤:化用《诗经·大雅·崧高》“崧高维岳,骏极于天。维岳降神,生甫及申”。指贵人之生。　③衮职:古代指帝王之职事。此句语本《诗经·大雅·烝民》“衮职有阙,维仲山甫补之”。　④蓬壶岁月:犹言神仙生活。蓬壶,传说中之海上仙山,见旧题晋王嘉《拾遗记》。　⑤东壁:指皇宫藏书之所。《晋书·天文志上》:“东壁二星,主文章,天下图书之秘府也。”　⑥眉寿:长寿。《诗经·豳风·七月》:“为此春酒,以介眉寿。”

最高楼

寿人七十三

蟾宫客、未老得清闲[①],寿算过稀年。利名缰锁非关我,浮云富贵付苍天。且归休,对松菊,乐林泉。　　比吕望、数犹欠七[②]。问师旷、恰符绛一[③]。从今遐算更绵延[④]。称觞欣近小春候,月当明夜又团圆。愿长如,天上月,地行仙[⑤]。

[注释]

①蟾宫客:进士之美称。 ②吕望:即周初人太公望吕尚,俗称姜太公。 ③师旷:春秋晋国乐师,善辨音。《左传·襄公二十年》载,春秋时有绛县老人长寿而不自知年岁,吏卒问诸朝,师旷曰"七十三年矣"。 ④遐算:高寿之筹。 ⑤地行仙:《楞严经》卷八所言十种仙之一,喻高寿而闲适之人。苏轼《乐全先生生日以铁拄杖为寿》诗之一:"先生真是地行仙,住世历循五百年。"

瑞鹤仙

庆某氏八十

正迎长佳节。宴启华筵,有谁能说。子孙尽环列。见瑞香香袅[1],寿星明彻。丝丝华髮,记瑶池、宴班曾接。笑人间、八十春秋,漫浪风花雪月。 奇绝。诗书教子,陶母等伦[2],曹家风烈[3]。鼎来阴德,孙枝秀,桂枝折[4]。便从今、一轴金花鸾锦[5],十藏琅函贝叶[6]。是年年、秋月圆时,长生真诀。

[注释]

①袅:柔弱摇曳貌。 ②陶母:指晋陶侃之母湛氏。《晋书·陶侃传》载,侃早孤,范逵一日过侃,陶母乃截髮,以易酒肴,宴范。 ③曹家:曹大家,即汉班昭。嫁曹世叔,早寡,博学能文,屡受召入宫,为皇后及诸贵人教师,号曰"大家"。 ④桂枝折:比喻登科。 ⑤金花鸾锦:即"金花帖子",为唐宋登科者之榜帖。洪迈《容斋续笔·金花帖子》:"唐进士登科,有金花帖子。" ⑥琅函:指道书。晁补之《引驾行·长春》词:"待琅函深讨,芝田高隐去偕老,自别有壶中永日,比人间好。" 贝叶:古代印度人用以写经之树叶,借指佛经。

壶中天

寿人母八十

人生七十古称稀，何况寿年八十。试问何时逢载夙[①]，恰在阳生七日[②]。鹤髮盈簪，朱颜晕酒，瑞象占南极。玳筵才启，欢声喜气充溢。　好是庭下双珠，经营创置，金玉成堆积。况有孙枝争挺秀，次第飞齐鹏翼。大振家声，荣封寿母，坐看蟠桃实。年年今夕，玉杯争劝琼液。

[注释]

①载夙：语出《诗经·大雅·生民》“载震载夙，载生载育”。载，发语辞，夙，肃也，言（后稷之母）感孕而肃慎，以及于产育也。　②阳生：即冬至。

西江月

寿人八十一

剧饮犹能鲸吸[①]，细书仍作蝇头。人间八十最风流，况又今年九九。　不用蒲轮加璧[②]，不须磻石垂钩[③]。八千春更八千秋，但愿灵椿长寿。

（以上见《翰墨大全丁集》卷一）

[注释]

①鲸吸：狂饮。杜甫《饮中八仙歌》：“饮如长鲸吸百川，衔杯乐圣称避贤。”　②蒲轮：以蒲草裹轮之车，转动时震动较小。古时常用于封禅或接迎贤士，以示礼敬。《史记·平津侯主父列传》：“始以蒲轮迎枚生，见主父而叹息。”　③磻石垂钩：相吕尚于磻溪钓得玉璜，并遇到周文王，受到重用。事见《宋书·符瑞志上》。

水调歌

寿周相子[1] 正月初一

雪霁万山出,和气蔼王正。平园春事竞起,梅柳冻全醒。此际朝元归路[2],疑有真仙呈瑞,笙鹤九霄声[3]。东阁识风度[4],南极粲光明。 看精神,秋夜月,玉壶冰[5]。淳熙相业隆盛[6],家自得仪刑[7]。闻道君王神武,捷报胡儿宵遁,玉殿正论兵。行奉紫泥诏[8],帷幄佐中兴。

[注释]

①周相子:当为周必大之子。据《宋史·周必大传》及《宋史·宰辅表》,周必大自号平园老叟,切合词中"平园春事竞起"语。又淳熙七年周必大自吏部尚书除参知政事、九年自参知政事除知枢密院事、十四年自枢密使迁光禄大夫除右丞相、十六年自右丞相济国公除特进左丞相许国公,切合词中"淳熙相业隆盛"语。又淳熙间周姓为宰辅者,唯必大一人。 ②朝元:古代臣子于年元旦朝见帝王,称朝元。 ③笙鹤:指仙人乘骑之仙鹤。 ④东阁:旧时称宰相款待宾客之所。 ⑤玉壶冰:喻高洁清廉。南朝宋鲍照《代白头吟》:"直如朱丝绳,清如玉壶冰。" ⑥淳熙:南宋孝宗年号(1174—1189)。 ⑦仪刑:楷模。晋袁宏《后汉纪·桓帝纪一》:"德苟成,故能仪刑家室,化流天下。" ⑧紫泥诏:指皇帝诏书。皇帝诏书用紫泥。

沁园春

寿闽帅[1] 正月初二

意一仙翁,自紫府中,出游戏身[2]。看脊梁铁铸,担当社稷,精神玉炼,照映乾坤。谏省伏蒲[3],紫垣直笔[4],硬语曾惊天上人[5]。福身去,建红牙兼纛[6],南海之滨。 天公偏福吾闽。遣夜锦开藩为帅臣。记前回散了,几多饭碗，如今积了，千万禾囷。心与天通，阴功无量，直待时来秉化钧[7]。年年宴，在人正次日[8]，寿庆千春。

[注释]

①闽帅：姓名未详。 ②紫府：道教所称之仙人居所。 ③谏省：宋谏官官署。 伏蒲：指犯颜直谏。典出《汉书·史丹传》，“汉元帝欲废太子，史丹候帝独寝时，直入卧室，伏青蒲上泣谏。” ④紫垣：星座名，借指皇宫。 ⑤“硬语”句：化用李白《夜宿山寺》诗“不敢高声语，恐惊天上人”。此词“天上人”指皇帝。 ⑥红牙：檀木之别称。 兼纛：两面大旗。 ⑦秉化钧：比喻执政。 化钧：造化之力，教化之权。 ⑧人正：即年初一，夏历岁首。

水调歌

庆史守① 正月初四

一札自天下[2]，五马为民来[3]。潜藩久须重镇[4]，帝命出蓬莱[5]。曾侍九重笔橐[6]，暂剖一州符竹[7]，人谓屈公材。儒术要扬历[8]，玉业待规恢[9]。 庆三元[10]，才四日，寿筵开。夜深仰视霄汉，南极映星台。休说石家父子[11]，休说窦家昆季[12]，乔木即三槐[13]。归觐玉皇案[14]，馀事付盐梅[15]。

[注释]

①史守：疑为南宋史浩。浩曾任建王府教授，建王即位为孝宗，浩以中书舍人迁翰林学士、知制诰。后出知绍兴、福州。此似与词中“曾侍九重笔橐，暂剖一州符竹”语相切。 ②札：诏敕。 ③五马：代指太守。汉乐府《陌上桑》：“使君从南来，五马立踟蹰。” ④潜藩：指帝王为王侯时之封地。宋叶绍翁《四朝闻见录·两朝玉带之祥》：“至高宗以常德为孝宗潜藩，尤有足纪者。” 重镇：指国家倚重之大臣。《三国志·吴书·王蕃传》：“（王蕃）处朝忠蹇，斯社稷之重镇，大吴之龙逢也。” ⑤蓬莱：

传说中之海上仙山,比喻皇宫。 ⑥九重:指帝王。 笔橐:笔囊。喻文学侍臣。 ⑦符竹:指郡守职权。《汉书·文帝纪》:"(二年)九月,初与郡守为铜虎符、竹使符。"后因以"符竹"代指郡守职权。 ⑧扬历:指仕途必经的磨炼。 ⑨玉业:社稷大业。规恢:规划恢张。宋叶适《上宁宗皇帝札子》:"今陛下申令大臣,先虑预算,思报积耻,规恢祖业,盖欲改弱以就强矣。" ⑩三元:农历正月初一。是日为年、月、日之始故谓之"三元"。 ⑪石家父子:汉石奋及四子皆官至二千石,人称"万石君"。事见《史记·万石张叔列传》。 ⑫窦家昆季:指宋窦仪兄弟五人。五人学问优博,相继登科,当时有"窦氏五龙"之称。见《宋史·窦仪传》。 ⑬三槐:相传周代宫廷外种有槐树三株,三公朝天子之时,面向三槐而立。后因以三槐喻三公。见《周礼·秋官·朝士》。 ⑭玉皇:指皇帝。 ⑮盐梅:盐味咸,梅味酸,均为调味之所需。喻指国家所需之贤相。

鹧鸪天

寿江司马① 正月十三

太华峰头十丈莲②,春风种种锦城边。只缘仙驭来人世③,要作鳌头看上元④。 添宝篆⑤,注金船⑥。曲眉环绕侍歌筵。呼童快秣朝天马⑦,后夜端门月正圆。⑧

[注释]

①江司马:名号未详。 ②太华:山名。即西岳华山。在今陕西华阴县南,其中峰名莲花峰。 ③仙驭:犹言仙驾。 ④鳌头:唐宋时翰林学士、承旨等官朝见天子立于雕有巨鳌之殿陛石正中,因称入翰林院为上鳌头。 上元:神话传说中仙女名。即"上元夫人"。李白《古风》之四三:"西海宴王母,北宫邀上元。" ⑤宝篆:香烟之美称。烟缕如篆状,故称。 ⑥金船:金质之盛酒器。 ⑦朝天:朝见天子。 ⑧唐氏按:宋朝故事,元夕赐群臣宴端门殿。

满江红

正月十六

灯火星桥[①]，元宵过、春□新霁[②]。潇洒处，梅梢雪暖，柳梢风细。嵩岳想储当日秀，麒麟来作人间瑞[③]。快风流、小小住蓬瀛[④]，千秋岁。　书万卷，儿孙贵。家万顷，生涯计。问阴功厚德，有谁能继。鬓雪人间膺上寿[⑤]，椒觞且尽樽前醉[⑥]。看眼前、龟鹤伴长生，莱衣戏[⑦]。

［注释］

①星桥：神话中之鹊桥。庾信《舟中望月》诗："天汉看珠蚌，星桥似桂花。" ②春□：唐氏按，原刻漫漶，似是"雪"字。 ③"麒麟"句：晋王嘉《拾遗记·周灵王》载，"夫子未生时，有麟吐玉书于阙里人家……征在贤明，知为神异乃以绣绂系麟角，信宿而麟去"。 ④小小：短暂。 ⑤上寿：三寿中之上者。《庄子·盗跖》："人上寿百岁，中寿八十，下寿六十。"嵇康《养生论》："或云："上寿百二十，古今所同。" ⑥椒觞：即椒酒。旧俗农历元旦向家长献椒酒，以示祝寿、拜贺意。见《荆楚岁时记》。 ⑦莱衣戏：相传春秋楚老莱子侍双亲至孝，行年七十，着五彩衣，跌仆，恐伤父母之心，因卧地为婴儿啼。见《太平御览》。

庆千秋

正月十七[①]

点检尧蓂，自元宵过了，两荚初飞[②]。葱葱郁郁佳气[③]，喜溢庭闱。惟知降、月里姮娥，欣对良时。但见婺星腾瑞彩[④]，年年辉映南箕[⑤]。　好是庭阶兰玉，伴一枝丹桂，戏舞莱衣。椒觞迭将捧献，歌曲吟诗。如王母、款对群仙，同宴瑶池。萱草茂长春不老，百千祝寿无期。

［注释］

①唐氏按:此首别误作欧阳光祖作,见《花草粹编》卷九。 ②尧蓂:喻指光阴。相传尧阶前生有蓂草,每月朔日生一荚,至月半,积至十五荚。十六日起,日落一荚,至月半,积至十五荚。十六日起,日落一荚,月末而尽。见《竹书纪年》卷上。 两荚初飞:过了两天。 ③"葱葱"句:《后汉书·光武纪下》言苏伯阿善望气,至南阳,遥望见春陵,叹曰:"气佳哉,郁郁葱葱然。"后遂以为吉瑞之象。 ④婺星:即女宿,又名须女。二十八宿之一。 ⑤南箕:即箕宿。夏秋之际见于南方,故称。

永遇乐

庆李守[①] 正月十九

才过元宵,又经四日,门设弧矢。信道长庚,当年降瑞,缘是诞生李。葱葱佳气,今朝重见,洋溢门庭多喜。这英贤、文章冠世,取青拾芥难比[②]。 那堪绿鬓、朱颜年少,暂试牛刀百里。迤逦黄堂,平章风月,见说清如水。彩庭兰玉,森然挺特,捧献椒觞归美。愿从今、增崇福寿,川流山峙。

［注释］

①李守:名号未详。 ②取青拾芥:语本《汉书·夏侯胜传》,"胜……谓诸生曰:'士病不明经术:经术苟明,其取青紫如拾地芥耳。'"

步蟾宫

庆正月二十一日生 又二十一岁及第

垂弧门左当今日,恰过了、元宵六夕。喜妙龄秀发步蟾宫,信富贵、荣华莫敌。 纪年甲子才三七[①],即翰苑、从容西掖[②]。便从兹、谈笑觅封侯,更管取、寿延千亿。

［注释］

①甲子：年龄。②翰苑：翰林院之别称。西掖：中书省别称。

柳梢青

庆太守　正月廿五

爆竹声收，烧灯节过，恰又经旬。闻道当年，长庚梦李，嵩岳生申。　江淮草木知名，有多少、阴功在人。只恐称觞，棠阴未徙，促觐枫宸[①]。

［注释］

①枫宸：宫殿。宸，北辰所居，指皇宫，汉代宫廷多植枫树，故有此称。

满江红

寿吴守[①]　二月初一

春色三分，才过一、韶华方好。庆初度、万家襦袴，满城欢笑。杨柳弄黄风渐软，海棠未放寒犹峭。况年丰、粒米不论钱，人皆饱。　烧绛蜡，斟清醥[②]。歌宛转，红围绕。看风光蓬岛，乐声云杪。白粲连樯先一路[③]，玺书增秩新颁诏。看貂蝉、长在玉皇边，应难老。

［注释］

①吴守：名号未详。②清醥（piǎo）：清酒。左思《蜀都赋》："觞以清醥，鲜以紫鳞。"③白粲：白米。连樯：桅杆相连，形容船多。苏轼《送江公著知吉州》诗："白粲连樯一万艘，红妆执手三千指。"

百字谣

二月初四

中和节后[①]，云翳净、向夕新蟾飞出。月姊传声，明日是、紫府神仙诞节[2]。彩系麒麟[3],瑞腾嵩岳[4],喜气交洋溢。魁星头上[5],光芒仍露消息。　　好是一鹗秋风[6],鞭云驾雾,去作龙门客[7]。看取长安花夹道,人在广寒宫阙。春酒千钟,秋娘一曲,大醉豪无敌。八千椿算,摩挲重见铜狄[8]。

[注释]

①中和节:唐德宗贞元五年,下诏废除正月晦日之节,以二月初一为中和节。是日民间以青囊盛百谷瓜果互相赠送,称为献生子。里闾酿宜春酒,以祭勾芒神,祈求丰年。百官进农书,表示务本。见《新唐书·李泌传》。　②紫府:道教称神仙所居之地。　③彩系麒麟:指孔子诞生前之瑞兆。传说孔子将生,有麟吐玉书于阙里云:水精子,系衰周而素王。母征在以绣绂系麟角。见晋王嘉《拾遗记·周灵王》。　④瑞腾嵩岳:指申伯诞生之瑞兆。　⑤魁星:神话中主文运、文章之奎星。　⑥一鹗:喻出类拔萃之士。《汉书·邹阳传》:"臣闻鸷鸟累百,不如一鹗。"　⑦龙门阁:指高门上客。　⑧铜狄:即铜人。《后汉书·蓟子训》言子训与一老人共摩挲铜人,相谓曰:"适见铸此,淹已近五百年矣。"

庆清朝

寿章丞[1]　二月初六

点检尧阶,蓂生六叶,春深桃杏花开。长庚入梦,重新产谪仙才。事业十年灯火,文章笔下若掀雷。果然是,两字功名,唾手拿来。　　又况当年强仕[2],得志青云路,足慰高怀。紫泥凤诏,行须非次招徕。金马玉堂风月,从容九棘面三槐。从今看,会唐九老[3],它日云台[4]。

[注释]

①章丞:名号未详。　②强仕:四十岁之代称。语本《礼记·曲礼上》"四十曰强而仕"。　③九老:唐白居易、胡杲等九人年老退居洛阳,曾作尚齿之会,并书姓名、年龄、绘其形貌,题为九老图。见白居易《九老图

诗序》《唐诗纪事》卷四九。后因以“九老图”为告老还乡者聚会之典。④云台：汉明帝时因追念前世功臣，图画邓禹等二十八将于南宫云台。后因以泛指纪念功臣名将之所。

最高楼

寿翁簿[①]　二月初十

中和节过，捻指有经旬。逢盛旦，诞生申。当年昴宿呈佳瑞[②]，今朝南极见箕星。寿而昌，年未老，绿袍新[③]。　宝鸭沉烟堂上袅，珠翠捧、椒觞满斟。来庆贺，尽佳宾。彩戏斒斓多桂子，更看兰玉列阶庭。桓庄椿[④]，祝遐算，八千春。

[注释]

①翁簿：名号未详。　簿：官名。为主簿之省称。　②昴（mǎo）宿：星名，二十八宿之一。　③绿袍：旧时低级官员之袍服。白居易《曲江亭晚望》诗：“尘路行多绿袍故，风亭立久白鬓寒。”　④桓庄椿：原本作“桓壮椿”。　唐氏按：此句疑有误字。　壮，当为“庄”字之误。　庄椿：指《庄子·逍遥游》所言之“大椿”。

壶中天

寿溪园[①]　二月十三

潇洒幽居，溪园上、新来卜筑。况自有、一泓流水，万竿修竹。屈指花朝才两夜[②]，祥烟瑞气腾芳郁。问辽空、何物堕人间，长庚宿[③]。　薰宝鸭，烧银烛。歌窈窕，倾醽醁。愿年年常恁，颜红鬓绿。长厚而为难老本，慈仁便是长生箓。看芝兰、玉树早蜚英，青毡复。

[注释]

①唐氏按:此首按调乃《满江红》。 溪园:未详其人。 ②花朝:即花朝节。旧俗以农历二月二十五日为百花生日,故称此日为花朝节。③长庚宿:李白将生,其母梦长庚星。见《新唐书·文苑传》。

青玉案

寿赵宰母 二月十四

柳阴花底春将半,吹不断、祥烟散。何处绮罗丝竹乱,天孙星里[①],老人星畔[②],昨夜光芒现。 绿衣好把斑衣换[③],照新渥、金花满[④]。酌斗深深频祝愿,凤池它日[⑤],莺花此景,春酒年年劝。

[注释]

①天孙星:即织女星。 ②老人星:即南极星。古人以其象征长寿,故又名"寿星"。 ③"绿衣"句:绿衣:即绿袍,七品以下官服。谓换斑衣者,言其归家侍亲,效老莱子事也。 ④金花:指衣上绣制之花朵。 ⑤凤池:即"凤凰池"。本禁苑中池沼。唐时,宰相称同中书门下平章事,故常以"凤池"指宰相职位。此指赵宰相府邸。

青玉案

二月十五

红娇绿软芳菲遍,正荏苒、春方半。帘幕低垂花影乱[①],年年此日,月娥仙子,来赴瑶池宴。 绮罗暗帘成行满[②],尽酌金樽十分劝。愿指松椿为寿算[③],北堂深处[④],朱颜绿鬓,赢得此身强健[⑤]。

[注释]

①低垂:原本作"任垂"。唐氏按:"任"疑"低"字误。今据以改。 ②帘:

唐氏按，此字有误。 ③松椿：松树与椿树。喻高寿。张孝祥《水调歌头·为方务德侍郎寿》词：“十州老稚，都向今日祝松椿。” ④北堂：指母亲之居室。语本《诗经·卫风·伯兮》“焉得谖草，言树之背”。 毛传：“背，北堂也。” ⑤唐氏按：此句衍一字。

汉宫春

庆寡妇 二月十九

四舞阶蓂，花朝节后，二月阳春。观音降诞，当年对此良辰。谁知好日，固多同、重现前身。已壮门楣全四德[1]，富将偕老卿卿[2]。 天意不如人愿，坚柏舟节义[3]，安富尊荣。徐君两雏，戏彩歌舞莱庭。勤教子、不厌三迁，何异轲亲。福寿麻姑伴侣，长笑傲武陵春。

[注释]

①门楣：门庭、门第。 四德：封建礼教规定妇女应有之四种德行：妇德、妇言、妇容、妇功。见《周礼·天官》。 ②唐氏按：此三句中有讹字。 ③柏舟节义：《诗经·鄘风·柏舟》序曰，“柏舟，共姜自誓也。王世子共伯蚤死，其妻守义，父母欲夺而嫁之，誓而弗许。故作是诗以绝之”。后因以谓夫死矢志不嫁。

西江月

二月廿三

蓂褪尧阶八叶，桃翻禹浪三层[1]。欢传崧岳挺生申，儿女团栾争庆。 名注长生仙籍，未须仰祝龟龄。芳联子舍早蜚声[2]，富贵荣华鼎盛。

[注释]

①桃翻禹浪：传说河津桃花浪起，江海之鱼集聚龙门（即禹门）下，

跃过龙门者化为龙,否则点额暴腮。见辛氏《三秦记》。后遂以比喻春闱。辛弃疾《鹧鸪天·送廓之秋试》词:“禹门已准桃花浪,月殿先收桂子香。” ②子舍:诸子所居之屋舍,借指儿女。

念奴娇

二月廿三

池塘风暖,算流觞盛集,恰迟旬日。晓听儿童传好语,瑞气华堂充溢。天产英雄,封侯骨相,才气千人敌。暂游尘世,妙名已上仙籍。　　争羡金紫盈门,灵椿正茂,荣庆谁能及。会展龙韬并豹略[①],重把山河开辟。鼻祖汾阳,佐唐勋业,管取今犹昔。名垂彝鼎[②],寿龄更比箕翼[③]。

[注释]

①龙韬豹略:指兵法。　②彝鼎:古代祭礼所用之鼎、尊等礼器。欧阳修《相州昼锦堂记》:“其丰功盛烈,所以铭彝鼎而被弦歌者,乃邦家之光,非闾里之荣也。” ③箕翼:箕星与翼星。

鹊桥仙

寿随宜人　二月廿六

玉叶流芳,金枝孕秀,那更婺星临照。果然谪降月宫仙,四叶蓂、留春半后。　　双麟奇妙,传若速肖,彩戏萱庭右[①]。行膺世宠更轩昂,看存锡[②]、金花鸾诰[③]。

[注释]

①彩戏:用老莱子典言儿女孝顺。　萱庭:指母亲。　唐氏按:此句缺一字。此三句文字或有讹。　②存锡:恤问。　③金花鸾诰:天子封赠

之诰书，以金花绫罗纸书制成，故称。

满江红

寿留守[①] 二月廿九

今日明朝，三月旦、又将来了。欣岳降、宝香薰夜，玉麟颁晓[②]。一面久劳公镇抚，三年活却人多少。幸借留、重许镇西河[③]，新颁诏。 人共乐，春光好。环翠袖，斟清醥[④]。记题诗宝扇，屡陪天笑。无限金陵怀古意，春寒依旧谁能道。看白头红颊本天人，真难老。

[注释]

①留守：官名。旧时陪京与行都常设留守，多以地方长官兼任。至北魏则始正式命官。 ②玉麟：即玉麟符，刻有麒麟之玉质符信。隋炀帝喜樊子盖之功，特为造玉麟符，以代铜兽，表示殊遇。见《隋书·樊子盖传》。 ③西河：古地名，在晋陕之间的黄河河段名。吴起镇西河以拒秦韩。 ④清醥（piáo）：清酒。

解佩令

寿李宰[①] 二月三十

曾妙年拾芥功名易，暂栖鸾、何厌小试[②]。迤逦哦松[③]，便整顿、河阳桃李[④]。寿几许、也犹固未。 归来谩、学个陶潜志[⑤]。遇诞辰、昴宿降瑞[⑥]。春色三分才过二。寿觞沉醉，祝等彭祖八百岁。

[注释]

①李宰：名号未详。 ②小试：小加试验。 ③哦松：指李宰早年任县丞。唐博陵崔斯立为蓝田县丞，官署内松竹、老槐，斯立常于二松间吟

哦诗文,事见韩愈《蓝田县丞厅壁记》。后因以“哦松”喻指县丞。 ④河阳桃李:喻李宰政绩甚佳。晋潘岳为河阳令,于一县中遍种桃李,传为美谈。 ⑤陶潜志:指归隐之志。 ⑥昴(mǎo)宿:二十八宿之一。有亮星七颗。传说汉相萧何为昴星精转世,后因以昴降为颂人显贵之辞。

齐天乐

寿碧涧[1] 三月初一

百花香里莺声好,晴日暖风天气[2]。诗境春融,壶天昼永,今日祥开弧矢[3]。疏帘约翠。想歌遏行云,暖薰沉水。羽扇纶巾,寿星因甚降尘世。 那堪流觞节近,一樽相庆处,何用辞醉。管领溪山,平章风月,从此身心无累。明年此际。愿添个孙枝,伴君娱戏。举案齐眉,更同龟鹤□[4]。

[注释]

①碧涧:姓名未详。 ②壶天:喻指胜境。 ③祥开弧矢:指碧涧生日。古代国君世子生,以桑弧蓬矢射天地四方,期其有志于远大。后因以“弧矢”喻生男儿或喻指男子生日。 ④龟鹤□:此处缺一字。龟鹤,旧以为长寿之物,历用以喻长寿。

鹧鸪天

三月初二

罗袜凌波洛浦仙[1],谪来潭府话赍缘[2]。应嫌曲水香尘涴[3],诞降兰亭禊事前[4]。 歌窈窕,舞婵娟。芝兰满室庆团圆。殷勤试问刘郎看,阿母蟠桃种几年。

[注释]

①罗袜凌波:形容洛神步履轻盈,语出曹植《洛神赋》“凌波微步,罗袜生尘”。　洛浦仙:指洛水女神,即宓妃。　②夤缘:犹言渊缘。　③涴(wò):浸污。　④禊(xì)事:修禊,春日聚水边洗濯,以除不祥。

木兰花

庆女人　三月初五

蓂开五叶,正是瑶池逢诞节。昨夜观星,南极边头婺女明[①]。　家邻九曲[②],寿比群仙何待祝。满劝金钟,但问蟠桃几度红。

[注释]

①婺女:即女宿。　②九曲:指黄河。唐齐己《潇湘二十韵》诗:“对兹伤九曲,含浊出昆仑。”

满江红

寿尚倅　三月初六[①]

曲水兰亭,陪宴后、又还三日。最好是,风檐月观[②],堕红堆碧。乔木故家今有数[③],太平人物年几百。看扶藜[④]、行处乱花飞,神仙宅。　天地外,逍遥客[⑤]。谈笑里,文章伯[⑥]。是富贵渊明,洞天彭泽。老鹤蹁跹摩汉翮,灵龟燕息支床力[⑦]。看一时、长傍寿星边,天南极。

[注释]

①尚倅:姓名未详。倅,州郡长官之副职。　②风檐:风中之屋檐。　③乔木:故里。《孟子·梁惠王下》:“所谓故国者,非谓有乔木之谓也,有世臣之谓也。”　④藜:藜杖,以藜之老茎制成。　⑤逍遥客:《周

书·韦夏传》载,韦处处淡于荣利,所居枕带林泉,夏对玩琴书,萧然自乐。明帝敕有司,日给河东酒一斗,号之曰“逍遥公”。 ⑥文章伯:对文章大家之尊称。 ⑦“灵龟”句:典出《史记·龟策列传》,“南方老人用龟支床足,行二十馀岁,老人死,移床,龟尚生不死”。 燕息:安息。

木兰花

寿制干① 三月初七

晓烟生绿树,听叶底、数声莺。正节届清明,蓂开七荚,梦叶长庚②。桥门旧时冠带,念短檠、读尽夜深灯。文价乾坤推重,世纠父子同登③。 莹然玉雪做精神,野鹤见长身④。算婉画崇台⑤,活人多少,自合长生。荆襄暂烦佐幕,听秋风鼓角夜连营。唤起隆中豪杰,共图盖世功名。

[注释]

①制干:官名。为制置使司干办公事之省称。 ②叶:切合。 长庚:旧指傍晚出现于西天之金星,亦名太白星、明星。 ③纠:唐氏按,疑是“科”字。 ④野鹤:喻孤高闲散。唐韦应物《赠王侍御》诗:“心同野鹤与尘远,诗似冰壶见底清。” ⑤婉画:语本南朝宋谢瞻《张子房》诗“婉婉幕中画”。谓张良为刘邦运筹于帏幄之中。此以婉画指制干助长官谋画。

满江红

三月十五

曲水流觞,又过了、良辰十二。好是融融院落,晚春天气。天上麒麟呈瑞彩①,人间鸑鷟呈祥瑞。气飘飘、仙种有其人,汾阳裔②。 金屋里③,歌声沸。琼斝献④,休辞醉。问风流人物,螺川能几⑤。内翰兰孙衣钵富⑥,外台桂子簪缨贵。愿双亲膝下戏斑衣，千秋岁。

[注释]

①天上麒麟：《南史·徐陵传》载徐陵数岁时，释宝志摩其顶曰“天上石麒麟也”。 ②汾阳：指唐汾阳王郭子仪。 ③金屋：华美之屋。 ④斝(jiǎ)：古青铜制贮酒器，供盛酒与温酒用，后指酒杯。《诗经·大雅·行苇》：“或献或酢，洗爵奠斝”。 ⑤螺川：即螺江，又名螺女江，为闽江支流，在福建侯官县境，故侯官亦称螺江。 ⑥内翰：即翰林。 外台：即兰台。 兰孙、桂子：对寿主子孙之美称。

虞美人

寿卫倅[1] 三月十九

贰车领却生朝客[2]，风月都全得。山城小试已馨香[3]，真个相家风烈、不寻常。 寿春一语和戎了[4]，阴德知多少。年年三月近双旬，把酒祝君恩宠、一番新。

[注释]

①卫倅：名号未详。 ②贰车：副车，喻指州郡副职。 ③馨香：本《国语·周语下》“其德足以昭其馨香，其惠足以同其民人”。 ④和戎：指与金订立和约。

福寿千春

寿黄排岸[1] 三月廿二

柳暗三眠[2]，蓂翻七荚，禀昴萧生时叶。信道凤毛池上种[3]，却胜河东鹙鹭。笃志典坟[4]，经旨素得欧阳学[5]。妙文章，赴飞黄[6]，姓名即登雁塔。 要成发轫勋业。便先教济川，整顿舟楫。兆朕于今，须从此超迁，荣膺异渥[7]。它日趣装事[⑧],待还乡欢洽。颂椒觞,祝遐算,寿同龟鹤。

[注释]

①黄排岸:生平事迹未详。 唐氏按:此首别误作梅坡词,见《花草粹编》卷十一。别又误作元卢挚词见《词谱》卷二十六。 ②柳暗:指柳叶茂荫浓。 三眠:“汉苑中有柳状如人形,号曰人柳,一日三眠三起。”见《三辅故事》。 ③凤毛池上种:言黄氏之才似其父辈。《世说新语·容止》:“王敬伦风姿似父……桓公望之,曰:‘大奴固有凤毛。’”余嘉锡笺疏:“南朝人通称人子才似其父者为凤毛。”杜甫《奉和贾至舍人早朝大明宫》:“欲知世掌丝纶美,池上于今有凤毛。” ④典坟:五典、三坟。传说中古书名。《左传·昭公十二年》:“是能读三坟、五典、八索、九丘。”后转为古代典籍之通称。 ⑤欧阳学:汉欧阳生所传之今文《尚书》。《后汉书·孙期传》:“济南伏生传《尚书》授济南张生及千乘欧阳生。欧阳生授同郡宽,宽授欧阳生之子。世世相传,至曾孙欧阳高,为尚书欧阳氏学。” ⑥飞黄:传说中神马名,又名乘黄。《淮南子·览冥训》:“青龙进驾,飞黄伏皂。” ⑦渥:恩泽。 ⑧趣装:速整行装。张孝祥《水调歌头》词:“趣装入觐,行矣归去作盐梅。”

千秋岁

寿翁文叔[①] 三月廿三

园林翠幄,妆点青春色。犹觉蓂留七叶。嵩神今日降,产此真英杰。蟾宫客,尽推一代文章伯。 富贵何心得,积善多阴德。那管青衫白髮[②]。儿孙俱满目,诗礼传衣钵。长不老,蓝桥是个神仙宅。

[注释]

①翁文叔:生平事迹未详。 ②青衫白髮:喻仕途失意。唐制,文官八品、九品服以青。白居易《琵琶行》:“座中泣下谁最多?江州司马青衫湿。”

庆清朝

寿知县　三月廿四

节过重三[①]，日逢四六，真贤应昴初生。元来鼻祖，降瑞应长庚。今喜重逢旧事，固宜依旧复青毡。果然是、双雕一箭[②]，雁塔书名。　大器也须小试，鸾凤暂栖[③]，荆棘若为荣[④]。从容巨竹双松，足畅吟情。行种河阳桃李，即飞诏、入厕朝绅[⑤]。从兹看、箕星上应，南极长明。

［注释］

①重三：即上巳，指三月初三。陆游《上巳》诗："残年登八十，佳日遇重三。"　②双雕一箭：喻一举两得。《新唐书·高骈传》：事朱叔明为司马，有二雕双飞，骈曰："我且贵，当中之。"一发贯二雕焉。　③"鸾凤"二句：《后汉书·循吏传》言仇览为考城主簿，能以德化人，县令王涣嘉赏之，谓"枳棘非鸾凤所栖"，乃赠俸勉其深造。　④"从容"二句：唐博陵崔斯立为蓝田县丞，官署内庭中有松、竹、老槐。斯立常于二松间吟哦诗文。事见韩愈《蓝田县丞厅壁记》。　⑤入厕朝绅：指入朝为官。厕，侧通。绅：《全宋词》一作"神"。

满江红

寿太守子　三月廿六

五五芳辰[①]，园林遍、十分春景。见瑞香喷兽，烛摇红影。知道文星初度旦[②]，细腰歌舞娇姿逞。颂椒觞、捧献更殷勤，君拚饮。　英雄威，风凛凛。文章腹，千机锦。看青毡复旧，父风挺挺。桂子兰孙齐彩戏，祝教寿比天难尽。况深居、潭府胜蓬莱[③]，真仙境。

［注释］

①五五：指二十五岁。　②文星：即文昌星，又名文曲星，喻有文才

者。③潭府:深宅大院之美称。

杏花天

侄寿姑[①] 三月廿七

婺星呈瑞,对春馀几许,日临三九。正属我姑初度旦,帨设当年门右[②]。绿鬓犹新,红颜未改,真月宫仙友。柏舟节义[③],富而荣贵长守。　况有诜桂青春[④],潜心黄卷[⑤],指日功名就。女郎乘龙全四德[⑥],未老得闲仁寿。天命方知[⑦],岁饥常赈,阴德还多有。麻姑王母,年年同宴春酒。

[注释]

①唐氏按:此首别误作梅坡,见《花草粹编》卷十。　②帨(shuì):佩巾。古代女子出嫁时,母亲所授,用以拭不洁。在家挂于门右,外出则挂于身左。　③柏舟节义:指寡妇守节不嫁。　④诜(shēn)桂:喻姑有数子皆佳。典出《晋书·郄诜传》,武帝于东堂会送,问诜曰:"卿自以为何如?"诜对曰:"臣举贤良对策,为天下第一,犹桂林之一枝,昆山之片玉。"　⑤黄卷:指书籍。唐刘肃《大唐新语·举贤》:"黄卷之中,圣贤备在。"　⑥乘龙:喻得佳婿。　⑦天命方知:指五十岁。语本《论语·为政》"五十而知天命"。

百字歌

寿张簿[①] 四月初三

清和天气,月方生,报道曲江生日[②]。一点奎星腾瑞彩[③],降作人间英杰。曾记当时,平分玉果[④],今已年多历。才华拔萃,早宜仙桂高折。　自是鹗表连登[⑤],功收三箭[⑥],人羡真无敌。雁塔题名方惬意[⑦],暂作鸾栖枳棘。整顿籍书，紫泥封下，即召归西掖。寿膺五福，请君长对箕翼。

[注释]

①张簿：名号未详。 簿：官名，即主簿。 ②曲江：唐张九龄韶州曲江人，人称张曲江。此以张九龄比张簿。 ③奎星：二十八宿之一，为西方白虎宿之第一宿，有星十六颗。旧以其形似文字而以其主文运与文章。 ④玉果：果实之美称。苏轼《减字木兰花》词："犀钱玉果，利市平分沾四坐。" ⑤鹗表：荐举人材之表。苏轼《浣溪沙》词："荐士已闻飞鹗表，报恩应不用蛇珠，醉中还许揽桓须。" ⑥功收三箭：用薛仁贵典。《新唐书·薛仁贵传》："时九姓十馀万令骁数十来挑战，仁贵发三矢，辄杀三人，于是虏气慑，皆降。军中歌曰：'将军三箭定天山，壮士长歌入汉关。'" ⑦雁塔题名：谓进士及第。

步蟾宫

庆友人 四月初四

蓂开四叶祥光发，又还是、清和时节。昴星呈瑞夜来明，庆此日、挺生英杰。 少年玉树神清澈，未说到、龟龄鹤髪。愿言鹗荐早蜚声[①]，任丹桂、一枝高折。

[注释]

①鹗荐：荐书。

千秋岁

四月初九

麟垂绂秀[①]，天纵今司寇[②]。朱明景[③]，清和候。缙云开帝乐[④]，括苍钟神秀[⑤]。人争羡，昨生一佛今朝又。 壁水声华茂[⑥]，玉殿天香袖[⑦]。姑小试，陶甄手[⑧]。行为黄阁老，屹立丹墀右。名不朽，斯文名脉从君寿。

[注释]

①麟垂绂秀：晋王嘉《拾遗记·周灵王》言孔子将生，有麟吐玉书于阙里人家。母征在知为神异，乃以绣绂系麟角。　②司寇：官名，掌管刑狱、纠察等事。孔子曾为鲁司寇。　③朱明：犹红日。《楚辞·招魂》："朱明承夜兮，时不可以淹。"王逸注："朱明，日也。"　④缙云：山名，在今浙江缙云县境。缙云本古代官名，传说黄帝时，夏官为缙云，并以为族氏，封于此地。　⑤括苍：山名，其主峰在今浙江仙居县东。　⑥璧水：即"泮池"，又称"璧池"，指太学。宋吴自牧《梦粱录·学校》："古者天子之学，谓之'成均'，又谓之'上庠'，亦谓之璧水。"　⑦天香：宫廷所用之熏香。皮日休《送令狐补阙归朝》："朝衣正在天香里，谏草应焚禁漏中。"　⑧陶甄手：喻宰辅大臣。陶甄，原指制作陶器。王禹偁《献仆射相公》诗之二："五年黄阁掌陶甄，忧国翻成两鬓斑。"

归朝欢

寿监丞[1]　四月初十

才鼓虞弦薰早入[2]，昴日三分今恰一。清和时节天气佳，绿树莺簧巧调律。祥云舒好色。瑞气珑葱满篇室[3]。又争知、长庚叶梦，太白生今夕[4]。　快上星辰听履舄[5]，州县劳人空役役。暂辞朱皂养冲和[6]，绿野堂延蓬岛客。华筵倾玉液，难老细听歌永锡。寿何其，松椿不数，自可齐箕翼。

[注释]

①监丞：官名，人未详。　②虞弦：指琴。语本《礼记·乐记》"昔者舜作五弦之琴，以歌《南风》"。　薰：即南薰，指舜所作《南风》歌，歌中有"南风之薰兮，可以解吾民之愠兮"等句。　③篇室：犹言富室华屋。　④"长庚"二句：太白即唐诗人李白。典出《新唐书·文艺传·李白》，"白之生，

母梦长庚星（即太白星），因以命之。” ⑤星辰听履：语出杜甫《上韦左相二十韵》“持衡留藻鉴，听履上星辰”。听履，指帝王亲近之重臣。《汉书·郑崇传》载，郑崇为尚书仆射，数求见谏争，哀帝初用之，后每见曳革履，上笑曰：“我识郑尚书履声”。舄（xì）：以木为复底之鞋。 ⑥朱皂：指贵官所乘之车。

沁园春

寿庄寺丞[①] 四月十一

申伯嵩神，李白长庚，萧何昴精。恰先公三日，金仙氏降，后公三日，吕洞宾生。五百仙班[②]，一千佛号，喜听胪声传集英。君恩重，早升华监寺[③]，扬历朝廷。 金瓯已覆香名，正天下苍生须太平。看黄麻一命[④]，难留五马[⑤]，蟠桃三熟，会庆千龄。一尉凄凉，有官守者，莫到公堂称寿觥。三熏沐，但焚香清夜，遥拜台星。

[注释]

①庄寺丞：名号未详。 寺丞：寺署中之佐吏。 ②金仙氏：指佛。旧说阴历四月初八为佛生日。 仙班：仙人行列，喻指朝班。黄庭坚《同子瞻韵和赵伯充团练》诗：“金玉堂中寂寞真。” ③监寺：旧时朝廷监、寺等机构之长官。 ④黄麻：指诏书。杜甫《赠翰林张四学士垍》诗：“紫诰仍兼绾，黄麻似《六经》。”杨伦笺注引《唐会要》：“开元三年，始用黄纸写诏。” ⑤五马：汉时太守坐车以五马驾辕，后因以为太守之代称。

千秋岁引

寿徐直院[①] 四月十二

词赋伟人，当代一英杰。信独步儒林蟾宫客。名登雁塔正青春，更不历郡县徒劳力。即趋朝[②]，典文衡[③]，居花掖。　　得俦词科推第一，便掌丝纶天上尺[④]。见说庆生辰，当此日。翠蓂三四叶方新，朱明正属清和节。行作个，黑头公，专调燮[⑤]。

[注释]

①徐直院：名号未详。　直院：宋时入翰林学士院而未授学士职者称“直院”。见《宋史·职官志二》。　②趣朝：上朝。　③典文衡：指掌诏令。旧时翰林院主草诏，凡任免文武官员皆有制辞褒贬，如以秤衡物，故云。　④丝纶：《礼记·缁衣》“王言如丝，其出如纶”。孔颖达疏：“王言初出，微细如丝，及其出行于外，言更渐大，如似纶也。”后因以“丝纶”称帝王诏书。　⑤调燮：犹言调和阴阳。旧谓宰相能调和阴阳，治理国事，故以称宰相。唐颜舒《刻漏赋》：“罢衣裳之颠倒，配皇极而调燮。”

好事近

寿章宰[①]　四月十六

记紫极真人，前日是他生日[②]。颍水有兹风骨[③]，弥诞当今夕。　　等闲来现宰官身[④]，任凫飞双舄。治狱阴功多少，是长生妙术。

[注释]

①章宰：名号未详。章，《全宋词》一作“障”，乃形近之误。　宰：指县令。　②紫极真人：指老子。唐代尊老子为玄元皇帝。唐玄宗时，两京及诸州置玄元皇帝庙，京师号玄元宫，诸州号紫极宫。见唐封演《封氏闻见记·道教》。　③颍水有兹风骨：颍水源出河南登封嵩山西南，东南流至商水县，至安徽寿县正阳关入淮河，传说古高士巢父、许由隐居于颍水之北。　④宰官：指县令。

满庭芳

寿真玉堂① 四月十九

仙吕已生②，真才方产，较迟五日差强。谁知天意，孕秀待储祥。秋水精神玉骨③，向妙龄、富妙文章④。高轩⑤过，儒林独步⑥，腾踏趁飞黄。　玉堂。金马客⑦，蓬莱事业⑧，花掖圭璋⑨。更词科卓冠，时号无双。大展经纶有日⑩，须恬退、待趣曹装⑪。称觞处，西山风月，南极老人昌。

［注释］

①玉堂：汉侍中有玉堂署，宋以后翰林院亦称玉堂。详《宋史·儒林传七·真德秀》，知真玉堂当为真德秀。真德秀于端平二年召为户部尚书，改翰林学士，与词中“玉堂”、“金马客”语相合。　②仙吕：指吕洞宾。传说吕洞宾生于四月十四日，故云。《宋史》载真德秀“长身广额，容貌如玉，望之者无不以公辅期之”，与词中“秋水精神玉骨”语相合。　③“秋水精神”句：比喻气质清朗。　④“富妙文章”句：《宋史》载真德秀“立朝不满十年，奏疏无虑数十万言，皆切当世要务……四方人士诵其文，想见其风采”，与词中“富妙文章”语相合。　⑤高轩：高车。显贵者所乘。南朝陈徐陵《与杨仆射书》：“高轩继路，飞盖相随。”　⑥“儒林独步”句：《宋史》载“自侂胄立伪学之名以锢善类，凡近世大儒之书皆显禁以绝之。德秀晚出，独慨然以斯文自任，讲习而服行之”，与词中“儒林独步”语相合。真德秀福建浦城人，浦城县西有西山，真德秀曾在此讲学；德秀有《西山文集》；德秀当时被尊称为“西山先生”；此皆与词中“西山风月”语相合。⑦金马客：指翰林学士。　⑧蓬莱：借指秘书省。《后汉书·窦章传》：“是时学者称东观为老氏藏室，道家蓬莱山。”后因以指秘阁或秘书省。⑨圭璋：玉器。《礼记·礼器》：“圭璋特达”，后用指特出人才。　⑩经纶：指治国才略。《易经·屯》：“云雷屯，君子以经纶。”　⑪恬退：淡泊名利，安于退让。　待趣曹装：谓待速整行装，入朝主政。《史记》：“曹参闻萧何死，命家人整装，曰吾将入相。”

临江仙

寿赵簿[①]　四月廿一

结夏骎寻逾六日[②]，蓬壶纪瑞生辰[③]。祥烟葱郁蔼门庭。骖鸾双女侍[④]，毓凤二雏新。　暂尔勾稽淹大手[⑤]，声名已彻枫宸[⑥]。行膺当路荐章荣[⑦]。璇源添喜庆[⑧]，椿算祝遐龄。

[注释]

①赵簿：名号未详。　②结夏：佛徒自阴历四月十五日起静居寺院九十日，不出门行动，谓之结夏。　骎（qīn）寻：渐进貌。　③勾稽：犹考核。《通典·职官六》："汉有御史主簿……大唐置一员，掌府事，勾稽省事。"淹大手：喻行事有头绪，干净利落。缫丝时理出头绪，谓"淹"。　④枫宸：宫殿。宸，北辰所居，指王宫。汉代宫廷多植枫树，故称。　⑤当路：指执政者。　⑥璇源：指皇族。

百字歌

寿徐帅[①]　四月廿二

清和天气，正风入舜弦，七飞蓂叶。见说蓝田曾产玉，骨骼瓌奇卓荦。志气虹霓，丰姿熊凤[②]，文足倾三峡。皇朝伟器，济川有待舟楫。　要知发轫亲民，栖鸾展骥[③]，五马归台阁[④]。退省谦尊防锐进[⑤]，谁识终南径捷[⑥]。笑傲东山[⑦]，从容南极，兰桂同欢洽。称觞未老，绛人须共年甲。

[注释]

①徐帅：名号未详。　②熊：唐氏按，又似"龙"字。　③栖鸾殿翼：喻施展才略。《诗经·大雅·卷阿》："凤皇鸣矣，于彼高岗；梧桐生矣，于彼

朝阳。"郑玄注："喻贤者待礼而行，翔而后集。" ④台阁：汉时指尚书省亦以泛指中央政府机构。 ⑤锐进：谓急于求取功名。 ⑥终南径捷：喻入仕求名之捷径。唐卢藏用举进士，隐居终南山中，以冀征召。后果以高名被召入仕。司马承祯尝被召，将还山，藏用指终南山曰："此中大有嘉处。"承祯徐曰："以仆视之，仕宦之捷径耳。"事见唐刘肃《大唐新语·隐逸》。 ⑦东山：《晋书·谢安传》言谢安曾隐会稽之东山，后出为东晋重臣。

水仙子

寿贩米运舟人　四月廿三

浮家泛宅生涯好，聚米堆盐多积宝。烟波得趣乐江湖，宜乘兴，寻安道，不负轩辕当日造①。　初度喜逢维夏早，孔释昔曾亲送抱②。下弦良日是生朝，称觞献，金樽倒，惟愿寿筵长不老。

[注释]

①轩辕：《周易·系辞》云，轩辕黄帝"刳木为舟，剡木为楫"，是创制舟船之人。 ②"孔释"句：言其生有吉兆。杜甫《徐卿二子歌》："君不见徐卿二子生绝奇，感应吉梦相追随。孔子释氏亲抱送，并是天上麒麟儿。"

念奴娇

寿司户①　四月廿六

绿云霁雨，倚晴空千尺，长江澄縠。十里薰低、绣幕四叶，其馀华屋②。怪得清都③，奔云拥鹤，环珮声相续。朝来无是，有人初降仙箓④。　且与小试民曹⑤，梅花岭外⑥，雪片三冬足⑦。眼底承家人物在，楚楚珪璋兰玉⑧。雾阁云窗，翠眉红颊，解唱长生曲。壶中难老，定应两鬓长绿。

[注释]

①司户:官名,主民户,唐制,府称户曹参军,州称司户参军,县称司户。宋亦设司户参军,兼司仓之职。见《通典·职官十五》。 ②唐氏按:此三句有夺字。 ③清都:神话传说中天帝所居之宫殿。 ④仙箓:即指神仙名籍。 ⑤民曹:官署名。汉成帝时初置,隋时定名为民部,唐高宗时避太宗李世民讳,改称户部。因亦以为户部之代称。 ⑥梅花岭:即大庾岭。在江西大余县、广东南雄县交界处。 ⑦三冬足:语出《汉书·东方朔传》"年十三学书,三冬文史足用"。三国魏如淳注:"贫子冬日乃得学书言文史之事,足可用也。" ⑧珪璋:玉制之礼器,喻杰出人材。《庄子·马蹄》:"白玉不毁,孰为珪璋。" 兰玉:芝兰玉树,喻子弟出色。

贺新郎

庆新婚又生日 四月廿七

鸾凤初成匹。想桃源、刘郎仙女,新欢稠密[①]。昨夜文星从天降[②],孕作非凡器质。却正属、梅黄时日。三九良辰佳气蔼,听重重、相贺欢声溢。又复见,嘉宾集。 满堂笑语罗筵席。道称觞、宴你双庆[③],有谁能及。好事鼎来惬人意[④],看看功名在即。况先得、凤楼消息。祈遂与君偕老愿,劝樽前且饮长生液。增福寿,至千□。

(以上《翰墨大全》丁集卷二)

[注释]

①"想桃源"二句:相传东汉时刘晨、阮肇至天台山采药,误入桃源洞,遇见二位仙女,被邀至家中,半年后回家,子孙已过七代。事见南朝宋刘义庆《幽冥录》。 ②文星:即文昌星,又名文曲星。相传文星主文才。 ③你:唐氏按,疑是"尔"字之误。 ④鼎来:接连到来。

满庭芳

庆生日又生子　五月初一

律转蕤宾[①]，星流大火[②]，尧阶蓂荚初开。当年此日，降下谪仙才[③]。见说鸾池荐瑞，蚌珠又、复产渊崖。真堪羡，龙生龙子，双庆甚奇哉。　寄言，汤饼客[④]，好称觞索[⑤]，玉果倾杯。无新亦无旧，事事俱谐。他日同筵为寿，彩戏处、酬酢樽罍。瞻南极，灵椿丹桂，相继践公台。

［注释］

①蕤宾：古乐十二律中之第七律。古人律历相配，十二律与十二月相适应，谓之律应。蕤宾位午，在五月，故代指农历五月。　②星流大火：火指火星（即心宿）。夏历五月黄昏，火星位于中天故云。　③谪仙才：指李白。　④汤饼客：指来汤饼会之客。旧俗寿辰及小孩出生第三日或满月、周岁时举行庆贺宴会，因备有象征长寿之汤面，故名“汤饼”。　⑤觞索：犹觞酒。索，索郎，酒名，桑落酒之别称，亦泛指酒。

水调歌头

寿赵阆州[①]　五月初五

玉斧折丹桂[②]，锦绣拂银河[③]。蟠胸虹气千丈[④]，捧砚唤宫娥。三度花攒五马，一笑毫挥万字，何处不恩波。试问老仙寿，铜狄几摩挲[⑤]。　舞槐龙[⑥]，垂艾虎，弄清和。湖山风月，且与吟笑侧金荷[⑦]。明岁端阳时节，人在薰风殿阁，凉意入赓歌。宣劝滟昌歜[⑧]，叠雪赐香罗[⑨]。

［注释］

①唐氏按：调名原误作《念奴娇》。　赵阆州：名号未详。阆州，即阆

州郡,治所在今四川阆中县。 ②玉斧:仙斧,喻高才。 ③锦绣:喻满腹诗文。 ④蟠胸:犹言盘胸,罗胸。 ⑤铜狄:即铜人。 ⑥槐龙:谓盘曲如龙之老槐枝柯。 ⑦金荷:金制荷叶杯。 ⑧昌歜(chù):用蒲根切制的盐菜,《左传·僖公三十年》载,曾以此招待周王朝的使者。 ⑨叠雪:形容香罗轻软柔和。杜甫《端午日赐衣》诗:"宫衣亦有名,端午被恩荣。细葛含风软,香罗叠雪轻。"此化用其意。

柳梢青

寿人母 五月初六

荷绽花繁,蓂开六荚,喜溢门阑。好是骖鸾,特离月殿,来驻人间。 儿童歌舞衣班,接踵升堂视笑颜。祝颂勤拳[①],将何比况,只个南山。

[注释]

①勤拳:殷勤恳挚。 拳拳:诚挚貌。

酹江月

庆母在作生日 五月初七

仙翁初度,遇端阳佳节,又还两日。怪得箕星光倍正,凌晓独辉南极。料想当年,储祥荐瑞,兆见开先吉。称觞此旦,华堂佳气葱郁。 好看嫓戏庭前[①],芬芳双桂,行作蟾宫客。况有瑶池王母在,重庆举杯欢怿。络秀赐觞[②],孟光举案[③],姑妇贤相敌。与君品寿,蓬壶长见仙集。

[注释]

①嫓戏:犹彩线,用老莱子彩衣娱亲典。 ②络秀:晋周顗母李氏,名

络绣。颛父周浚为安东将军，出猎遇雨，止络绣家。浚见而求为妾。父兄不许，络绣曰："门户殄瘁，何惜一女？若连姻贵族，将来或有大益。"父兄从之。后生颛及嵩、谟，并列显位。李氏家族亦得正当礼遇。事见《世说新语·贤媛》。　③孟光举案：孟光为东汉隐士梁鸿之妻。鸿每食时，孟光必举案齐眉。以示敬爱。事见《后汉书·逸民传·梁鸿》。孟光后遂成为古代贤妻典型。

鹧鸪天

五月初十

饮了蒲觞五日期[①]，彩丝还系玉麟儿[②]。台云荐瑞生香褓，菡萏飘香入寿卮。　　占骨相，孕清奇。秋风雁序看齐飞[③]。卿家奕世青毡在[④]，况是双亲未老时。

[注释]

①蒲觞：以蒲叶浸制之酒，即菖蒲酒。旧俗端午节饮之，谓可祛疾疫。　②"彩丝"句：用孔子诞生前麟吐玉书事喻生下非凡之子。　③雁序：雁群飞行有秩序，比喻兄弟。　④卿家：你家。　奕世：累世。

醉蓬莱

庆女人　五月十一

后端阳六日，梅雨收晴，乍炎天气。阿母当年，罢瑶池佳会[①]。排遣双成[②]，屏除青羽[③]，自降居尘世。为帝生贤，储祥孕秀，作文章瑞。　　自古人言，陶孟母贤[④]，文行曹家[⑤]，衣冠苗裔。谁似夫人，子龙头鼎贵[⑥]。此去相从，道山蓬岛，镇长生久视。却笑问平反，但不作，汉家严吏[⑦]。

[注释]

①瑶池佳会:神话中西王母曾于瑶池举行蟠桃胜会。②双成:董双成。神话中西王母之侍女。③青羽:即青鸟。神话传说中西王母有三青鸟,代为取食、送信,事见《汉武故事》。谓"屏除青羽"者,夸说寿主前身为青鸟,为西王母放弃而谪居尘世也。④陶孟母贤:陶母指晋陶侃母湛氏。孟母指孟轲之母。⑤曹家:汉班昭博学能文,嫁曹世叔,早寡,屡受召入宫,为皇后及诸贵人教师,号曰"曹大家"。兄班固卒,奉诏补写《汉书》。⑥龙头:喻指杰出人物之首。《三国志·魏书·华歆传》裴松之注引《魏略》,"歆与北海邴原、管宁俱游学,三人友善,时人号三人为一龙,歆为龙头,原为龙腹,宁为龙尾。"⑦"知问平反"二句:平反谓纠正冤屈误判之案件。《汉书·隽不疑传》:"行县录囚徒,其母辄问不疑:"有所平反,活几人何?'即不疑多所平反,母喜笑。"

乳燕飞

庆被书[①] 五月十二

垛翠云峰远。日乌高[②]、炎官直午[③],暑风微扇。二六尧蓂开秀荚,跨海冰轮待满[④]。怪院落、笙箫如剪。太乙燃藜天际下[⑤],庆卯金仙子生华旦[⑥]。依日月,近云汉。 经时持橐明光殿[⑦]。问江乡、年来有几,只君方见。入座夫人难老甚,炯炯金霞照眼。笑指点、琼觞教劝。但得调元勋业就,为江泉石磴轻轩冕。归共作,赤松伴。

[注释]

①被书:据词中"卯金仙子生华旦"语,知姓刘,生平事迹未详。②日乌:太阳。③炎官:神话中火神。④冰轮:指月。⑤太乙:仙人名。曾燃藜为刘向说开辟以来之事。见《拾遗记》。⑥卯金:"卯金刀"之省语,谓姓刘(繁体)。⑦持橐(tuó):"持橐簪笔"之省语。谓侍从之臣携带书与笔,以备顾问。橐,官服上的袋子。

踏莎行

庆将赴上生日　五月十四

花县来迎[①]，瓜期欣至[②]，大贤初度今朝是。蕤宾律应又将中，明宵圆月光腾瑞。　兰玉称觞，斑斓舞戏，椒浆聊壮君行志。看看人已在鹏程，趋朝指日为舟济。

[注释]

①花县：晋潘岳为河阳令，满县遍种桃花，人称"河阳一县花"。见《白氏六帖》，后遂以"花县"为县令之美称。　②瓜期：语出《左传·庄公八年》，"齐侯使连称、管至父戍葵丘。瓜时而往，曰：'及瓜而代'。期戍，公问不至。"原指戍守期满，此用以指官吏任期届满。

菩萨蛮

寿女人　五月十五

宫样迎春髻，玉步金莲细[①]。初度是今朝，嫦娥降九霄。　兰玉行荣贵，德备共姜义[②]。夏半月团圆，称觞祝寿筵。

[注释]

①唐氏按：此二句各夺去二字。　②共姜：周时卫世子共伯之妻，为旧时守节不移之典型。《诗经·鄘风·柏舟》序："柏舟，共姜自誓也。卫世子共伯蚤死，其妻守义。父母欲夺而嫁之，誓而弗许，故作是诗绝之。"

念奴娇

侄庆叔[①]　五月十七

垂弧纪节，正尧天日永，蓂飞双绿。岳渎钟灵来瑞世，孕出精神冰玉。九曲溪山，一船烟雨，物外谁拘束。钓头香饵，只愁牵动周卜[②]。　　好是红藕池边，双房毓秀，瑞霭浮昆轴[③]。记得君家流庆远，几见祥开陆续。来岁花时，西湖十里，叶映恩袍绿。竹林小阮[④]，不妨傍借馀馥。

[注释]

①唐氏按：此首丁集卷三内重出。乃六月十七日庆寿词，首数句作"垂弧纪节，正温风吹暑，三庚初伏。璧月尚圆夜爽"，馀同。　②周卜：传说西伯（即周文王）将出猎，卜之，谓将获霸王之辅，及猎，果遇吕尚钓于渭滨，遂载与俱归，立为师。事见《史记·齐太公世家》。　③昆轴：即蜀岗，在今江苏江都县西北，为广陵古城之所在。　④竹林小阮：晋阮咸与叔父阮籍同为"竹林七贤"中人物，世因称咸为小阮，此用以自称。　唐氏按：阮误作"院"，从重出一首。

壶中天

五月十九

乘鸾驾鹤[①]，问神仙何日，嵩高生甫。飞下琼台，因报道，恰是今年夏五。饮了蒲觞，才经半月，昴宿行初度。荣华富贵，一时都由分付。　　曾记三月春浓，花风烂熳，吹散鸳鸯侣。虽则烧香遥祝寿、争似手斟香醑。便驾云軿，去登绣阁，说个诚心语。蟠桃熟未，请伊亲问王母。

[注释]

①乘鸾：传说春秋时萧史教秦穆公女弄玉学箫作凤鸣声，有凤凰飞止其家，后夫妇俱乘凤凰升天而去。事见刘向《列仙传》。　驾鹤：传说王子乔从浮丘公学道。三十五年后，乘白鹤止缑氏山巅，数日飞升而去。事见《列仙传》。

望远行

寿商人[①] 五月廿一

青钱流地[②]，更积满籯金玉[③]。斡运营谋[④]，无过是、老郎惯熟。利收万倍，归来喜色津津，家道从兹，十分富足。　好庆生辰，正属蕤宾月半馀[⑤]。六飞蓂荚庭除。举盏祝寿，何如子孙，荣贵须臾。长是赖你，作个陆地仙客，行乐蓬壶。

[注释]

①唐氏按：此首下半与上半，用韵各异，一仄一平，句法亦全不相同，必有误。　②青钱流地：《新唐书·刘晏传》言晏善理财，为度支使，指置纤悉能权万货重轻，使天下无甚贵贱而物常平，自言如见钱流地上。　③籯：箱笼等类盛器。古人常用以存放金银财宝。　④斡运：筹措。　⑤蕤宾：指五月。

感皇恩

寿宗室　五月廿二

天水浴英姿[①]，精神清彻。偏向蕤宾奈炎热。瑞蓂飘飘，却是生贤吉日。凌云志气，飘飘无敌。　头角轩昂[②]，作霖在即[③]。谁识功名待时立。一朝腾踏[④]，国赖维城力[⑤]。庆萱堂齐寿，延千亿。

[注释]

①天水：即天水湖，在甘肃天水西。　②头角：喻气概才华。韩愈《柳子厚墓志铭》："虽少年已自成人，能取进士，崭然见头角。"　③作霖：指济天下之才能抱负。《尚书·说命上》："若济巨川，用汝作舟楫；若岁大旱，用汝作霖雨。"　④腾踏：喻宦途得意。　⑤维城：连城以卫国，借指宗

室。《诗经·大雅·板》:“怀德维宁,宗子维城。”

满江红

五月廿三

万甲胸中,问谁似、延安范老[①]。当家事,出藩入相,黑头俱了。绿野徜徉聊雅志[②],紫宸寤寐思英表[③]。向修门[④]、何日衮衣归[⑤],天教早。　　诹吉卜,维熊兆[⑥]。征瑞梦,长庚耀。正尧蓂仲夏,八飞叶小。千日早从菑疾退[⑦],一觞恰趁笙歌绕。算灵椿、何似栎堂春[⑧],他犹少。

[注释]

①延安范老;指范仲淹。宋仁宗时,范仲淹知延州,边备渐修,师出有纪,使西夏军气为之震慑。　②绿野:唐裴度罢相后于洛阳筑别墅又名绿野堂,日与白居易、刘禹锡等赋诗饮酒于其中。　③紫宸:帝王所居宫殿名,借指帝王。　④修门:原指楚都之城门,后用以代指国都之门。　⑤衮衣归:谓功勋卓著,位拜三公而归。　⑥维熊兆:指生男之兆。　⑦菑(zāi):同“灾”,灾难。　⑧栎堂:自谦之词。栎,即麻栎,木理斜曲,古时多作炭薪,古人常喻为不材之木。

点绛唇

寿王宰[①]　五月廿四

五月如秋,日临四六都无暑。列仙初度[②],听足商岩雨。　　三载都曹,利泽留南浦。崆峒路[③],种花无数,行对延英主。

[注释]

①王宰:名号未详。　②初度:指生辰。　②崆峒:指王宰为官之地。

崆峒，山名，一在甘肃平凉西，一在山西临汾南，一在河南临汝西南，一在江西赣县南。又古人以北极星居天中，斗极下为空桐（即崆峒），洛阳居天下之中，故亦以崆峒代指洛阳。此崆峒所指地未详。

谒金门

寿士人　五月廿五

文章士，秀气岳神钟聚[①]。看雕鹏[②]、秋风高举，上青天平步。　　五五日临夏五[③]，堂上称觞笑语。桂子兰孙齐彩舞，祝寿同彭祖。

[注释]

①岳神：指中岳嵩山之神。此句化用《诗经·大雅·崧高》"崧高维岳，骏极于天。维岳降神，生甫及申"语意。崧高，即嵩山。　②雕鹏：雕与鹏，皆能高飞远举，喻才力雄健之士。　③夏五：指夏季五月。

朝中措

寿太守　五月廿八

天休令节庆生申。喜动满城民。十万儿童踊跃，祝公寿等庄椿。　　人生最贵，荣登五马，千里蒙恩。只恐促归廊庙，去思有脚阳春[①]。

[注释]

①有脚阳春，称颂太守贤明。王仁裕《开元天宝遗事·有脚阳春》："宋璟爱民恤物，朝野归美。时人咸谓璟为有脚阳春。言所至之处，如阳春煦物也。"

喜迁莺

庆陈丞在任[1] 五月三十

生贤时协。正炎官直午[2],日周三浃[3]。门左垂弧,眉间喜色,尽道降神嵩岳。百里葱葱和气,总向蓝田会合[4]。称庆旦,见吏民鼓舞,欢声和洽。 玉叶[5]。斟劝处,一饮流霞[6],红艳生双颊。巨竹槐松吟哦乐[7],指日荣膺异渥[8]。皇上渴思经济[9],环召为霖作楫[10]。快人望,愿长生,须与绛人同甲。

[注释]

①陈丞:名号不详。 ②炎官:神话中之火神。 ③三浃:指三十日。旧时以干支纪日,称自甲至癸一周十日为“浃日”。 ④蓝田:指蓝田之玉,喻陈丞。 ⑤玉叶:指玉叶杯,即荷叶杯也。 ⑥流霞:传说中天上神仙之饮料。汉王充《论衡·道虚》:“(项曼都)曰:‘有仙人数人,将我上天,离月数里而止。……口饥欲食,仙人辄饮我以流霞一杯,每饮一杯,数月不饥。” ⑦“巨竹”句:形容陈丞为县丞颇得安乐。 ⑧异渥:殊异恩典。 ⑨经济:指治国干才。 ⑩为霖作楫:喻当大用。《尚书·说命上》:“若济巨川,用汝作舟楫;若岁大旱,用汝作霖雨。”

庆清朝

寿吴宪[1] 六月初三

朏月生西[2],杓星建未[3],画堂昼景偏长。天生英杰,独向此炎光[4]。超卓凡尘表物,精神秋水自清凉[5]。真奇特,清沟挺秀,敌国传芳。 好是少年折桂,唾手功名就,腾踏飞黄。君王眷厚,皇华绣斧还乡[6]。士贵美谟盛事[7],未容专美独夸唐。称觞处,颂闽境,遍戏公堂。

[注释]

①吴宪：名号未详。宪，宋代提点刑狱司及提刑之别称。 ②朏(fěi)：月升起貌。 ③杓星：北斗柄部之三颗星，亦称斗柄。 建未：指六月。古代天文学称北斗星斗柄所指为建寅，一年之中，斗柄转而依次指向十二辰。六月为建未之月。 ④炎光：阳光。 ⑤秋水：喻气质清朗。杜甫《徐卿二子歌》："大儿九龄色清澈，秋水为神玉为骨。" ⑥皇华：指皇帝之使臣。《诗经·小雅·皇皇者华》序："《皇皇者华》，君遣使臣也。送之以礼乐，言远而有光华也。" 绣斧：喻指钦差大臣。汉武帝天汉二年，遣直指使者，衣绣衣，杖斧持节，至各地巡捕群盗，刺史郡守以下督办不力者皆伏诛。事见《汉书·武帝纪》。后遂以"绣斧"指钦差大臣。 ⑦姜谟盛事：唐姜谟，秦州上郡人，隋末长晋阳，从唐高祖李渊拜司功参军，后以军功擢秦州刺史，高祖谓曰："衣锦还乡，古人所尚，今以本州相授，用答元功。"事见《旧唐书》本传。

临江仙

寿友人 六月初七

六月炎天收火伞，南薰洗尽烦蒸[①]。尧蓂七荚又争青。问知陈仲举[②]，元是此时生。 别驾功名清暇日[③]，题兴尚带屏星[④]。黑头非晚到公卿。且倾浮蚁酒[⑤]，来听祝龟龄。

[注释]

①南薰：借指南风。 ②陈仲举：东汉陈蕃，字仲举，官至太傅，为人刚正。见《后汉书》。 ③别驾：官名。汉制为州刺史之佐职，因随刺史出巡时另乘传车，故又称别驾。宋改置诸州通判，以职守相同，故亦以"别驾"称通判。 ④屏星：车前用以蔽尘之车挡。 ⑤浮蚁：酒面上之浮沫，借指酒。

贺圣朝

寿主簿　六月初九

阶蓂八叶当炎赫[1]，此际公生日。金炉香爇起祥烟，气佳哉葱郁。　　称觞兰玉真无敌，尘簪缨世袭。鸾栖枳棘暂淹留[2]，即黄扉召入[3]。

[注释]

①炎赫：炽热。杜甫《热》诗之一："炎赫衣流汗，低垂气不苏。"　②鸾栖枳棘：喻贤士屈就低位。　③黄扉：古时丞相厅事门涂黄色，故称。《南史·梁武王纪传》："武帝诸子罕登公位，唯纪以功业显著，先启黄扉。"

满庭芳

寿丞相出守　六月十三

喜镇龙藩，厌调金鼎[1]，薄言衣锦为荣[2]。天生申甫，欣对此良辰。自是神清气爽，风姿潇洒却炎蒸。称觞日，双叶翠蓂，犹未展尧庭。　　帡幪知有赖[3]，国家柱石，须待扶倾。暂留公燕逸[4]，抚及瓯闽。君念旧人共政，即环召、再秉钧衡[5]。平章了[6]，佑王万岁，齐寿永康宁。

[注释]

①金鼎：即九鼎，喻宰辅大臣。传说夏曾铸九鼎，以为传国之宝。　②薄言：淡然处之。　言：语气词。　③帡幪（píng méng）：本指帐幕，引申为庇护。　④燕逸：逸乐。　⑤钧衡：喻国务重任。唐杨炯《王勃集序》："幼有钧衡之略，独负舟航之由。"　⑥平章：指处理政事。官名。唐以尚书、中书、门下三省长官为宰相。因官高权重，不常设置，选任其他官员加同中书门下平章事之名，简称"同平章事"。宋因之。

百字歌

庆潭帅兼平寇[1]　六月十四

庚金入伏[2]，细推来、明日又还三五。见说帅垣佳气蔼[3]，天降嵩神生甫。礼乐词章，甲兵韬略，素备文兼武。称觞华旦，颂声交赞台府。　好是比启元戎[4]，剿除逋寇[5]，不许奸偷侮。有此奇功高渤海，足慰湖湘生聚[6]。暂统十连[7]，折冲万里[8]，行即驱残虏。九重环召，万年永佐天子。

［注释］

①潭帅：生平事迹未详。　②庚金：庚为天干之第七位，在五行中属金。《淮南子·天文训》："其日庚辛。"高诱注："庚、辛，皆金也。"　入伏：进入伏天。三伏中之初伏、中伏分别自夏至后第三、第四个庚日开始。③帅垣：犹言帅府。　④比启：比，近也。启，发也。　元戎：本《诗经·小雅·六月》"元戎十乘，以先启行"。　⑤逋寇：流寇。　⑥生聚：指人民。姜夔《永遇乐·次稼轩北固楼词韵》词："中原生聚，神京耆老，南望长淮金鼓。"　⑦十连：犹言十个州郡。十，约数。唐刘禹锡《代谢濠泗两州割属淮南表》："臣谬承宠光，作镇淮海，位均九伯，权总十连。"　⑧折冲：使敌人战车后撤，即制敌取胜。冲，冲车，战车之一种。《吕氏春秋·召类》："夫修之于庙堂之上，而折冲于千里之外者，其司城子罕之谓乎？"

水调歌头

六月十六

律纪林钟月[1]，兔魄夜来圆。彩麟入梦，天教英物出人间。志气平生浩荡，欲试经纶大手，赞画向名藩[2]。见说齐瓜熟[3]，鹏路快扶抟。　称寿处，歌齿皓，戏衣斑。辉联甥馆[4]，那堪一笑共团栾。好看蜚声霹雳，使有蒲轮迎召，催入侍龙颜。却待功成后，归伴幔亭仙。

[注释]

①林钟月:古以十二律应对十二月,林钟之月为六月。《礼记·月令》郑玄注,"林钟者,黄钟之所生,三分生一,律长六寸,季夏气至,则林钟之律应。" ②赞画:辅佐谋划。 名藩:指地方重镇。 ③瓜熟:喻时机成熟,事情成功。 ④甥馆:此指女婿家。《孟子·万章下》:"舜尚见帝,帝馆甥于贰室。"后因以指赘婿住处或女婿之家。

满庭芳

寿张教[①] 六月十八

昴宿储祥,奎星荐瑞,元来天产英姿。都缘鼻祖,织女与支机。自是流芳垂庆,仙风道骨果清奇。称觞旦,任从伏暑,三荚看蓂飞。 文章,谁与敌,欲成大器,殊未为迟。况年方强仕,政入官时。暂领广文庠序[②],即超身入凤凰池。同经济[③],云龙风虎[④],千载庆休期[⑤]。

[注释]

①张教:张姓之为教官者,名未详。 ②广文庠序:广文为广文馆之简称。唐天宝九年,国子监增开广文馆,设博士、助教等职,领国子学中修进士。序庠,地方学校,或指学校。 ③经济:经世济民。《晋书·殷浩传》:"足下沈识淹长,思综通练,起而明之,足以经济。" ④云龙风虎:比喻君臣。《易经·乾》:"云从龙,风从虎。" ⑤休期:美好之时期。南朝徐陵《陈公九锡诏》:"昔在休期,早隆朝寄。"

西江月

寿黄帅干[①] 六月十九

隆暑正当三伏,明朝又是双旬。嵩高孕秀降生申,再捧瑶觞称庆。 督府赞猷英俊[②],难淹大展经纶。倚需召入秉洪钧[③],上佐万年明圣。

[注释]

①黄帅干：黄姓之为帅府干办公事者，名未详。　②督府：指幕府。赞猷：辅佐谋划之人，即幕僚。　③倚需："倚需云"之省称。需云，《诗经·小雅》篇名。天子宴诸侯之诗。此言名入朝廷，加以倚重。　洪钧：喻国家政权。唐李德裕《离平泉马上》诗："十年紫殿掌洪钧，出入三朝一品身。"

临江仙

寿何察推[①]　六月廿一

六月翠蓂飞六荚，流空大火将西[②]。当年名世间生时。似光风霁月，神爽更精奇。　三十成名登上第，芙蓉照水真犀。难淹逸步造丹墀。经纶须大手，谈笑入黄扉。

[注释]

①何察推：名号未详。　察推：官名，观察推官之省称。　②"流空"句：谓七月将至。大火，指火星。夏历五月黄昏，火星位于中天，七月黄昏，逐渐西降，故云。

如意令

寿新恩人[①]　六月廿二

炎暑尚馀八日，火老金柔时节[②]。闻道间生贤，储秀降神嵩极。无敌，无敌，当代人伦准的[③]。　射策当为第一[④]，高跃龙门三级。荣著绿袍新，帝渥必加宠锡[⑤]。良弼[⑥]，良弼，真个国家柱石。

[注释]

①新恩人:指获恩诏之友人。 唐氏按:此首别误作东轩词,见《花草粹编》卷七。别又以东轩为魏泰,更误,见《词谱》卷二。 ②火老:指残夏。 金柔:指初秋将至之时,五行学说谓西方、秋天为金,故云。 ③准的:标准。 ④射策:汉代考试取士方法之一。此指应试。 ⑤宠锡:帝王之恩赐。 ⑥良弼:犹良佐。《尚书·说命上》:"恭默思道,梦帝予良弼,其代予言。"

百字歌

寿张提干[①] 六月廿三

乾坤孕秀,正人间六月,下弦时节。生此清奇潇洒客,秋水精神玉骨。才吐天芳,毫挥月颖,更彬彬文质。图南得志,抟风高展鹏翼。 好是大器难淹,暂陪庾使[②],赞画光原隰[③]。台省即须登衮衮,黄阁平章有日。崔室称觞,莱庭戏彩,中外欢声溢。祝君延寿,箕星上应南极。

[注释]

①张提干:名号未详。 提干:宋官名,提举同干公事省称。 ②庾使:即庾司。宋代管理粮仓之机构。清钱大昕《十驾斋养新录·庾司》:"提举常平,宋人谓之仓司,亦谓之庾司。" ③原隰(xí):广平低湿之地。

念奴娇

六月廿六

神钟峻极,节庆诞弥[①]。来天上之麒麟,生人间之鸑鷟。涂歌蔼蔼,岳颂洋洋。某辄撰芜辞,仰祝椿算。得蒙览掷,尤切欣荣

先秋四日,正祥开弧矢,生申佳节。天上彩麟曾入梦,钟作人间英杰。衮庆盘坡,流芳星渚,家世绵簪绂[②]。

昨宵凝眺，老人星现天阙。　鼎创庭馆连云[3]，宴仙停棹，咫尺尘凡隔。好把蟠桃庭外种，坐看花开花结。秀长孙枝，辉联子舍，蟾桂行攀折。它年称寿，满堂朱紫罗列。

[注释]

①诞弥：足月出生。　②簪绂：冠簪与缨带，旧时官员之服饰，因以喻显宦。　③鼎：正当。

水晶帘

上定齐[1]　六月廿七

谁道秋期远，正旬浃、双星相见[2]。雨足西帘，正玉井莲开，寿筵初展。麈尾呼风袢暑净[3]，那更著、纶巾羽扇。殢清歌[4]，不记杯行，任深任浅。　湖边小池苑。渐苔痕竹色，青青如染。辨橘中荷屋[5]，晚芳自占。蜗角虚名身外事，付骰子、纷纷戏选。喜时平、公道开明，话头正转。

[注释]

①唐氏按：此首别误作东轩词，见《花草粹编》卷十。　定齐：生平事迹未详。　②旬浃：满十日。　③麈尾：古时用以驱虫、掸尘之工具。古人清谈时，必执麈尾，相沿成习，而为名流雅器。　袢暑：犹溽暑。　④殢(tì)：沉湎。　⑤橘中：指隐于弈戏。传说古时有一巴邛人家橘园，霜后两橘大如三斗盎，剖开，有二老叟相对弈戏，谈笑自若。一叟曰："橘中之乐不减商山。"事见唐牛僧孺《玄怪录》。　荷屋：以荷叶为屋顶之屋。隐者之所居。

满江红

六月廿八

风露轻清，更十日、却逢七夕。庆初度、槐阴初静，藕花凉湿。太乙真人曾夜伴[①]，青莲居士何年谪[②]。□双凫、游戏宰花封[③]，恩波溢。　甘雨酿，丰年得。和气满，弦歌室[④]。向烛花光里，且斟醽醁。菊水清于天水净[⑤]，寿山高似东山峙。看诏归天上侍虚皇[⑥]，骑箕翼。

［注释］

①太乙真人：天神名。曾至天禄阁为刘向谈古事。　②青莲居士：李白之别号。　③□：唐氏按，空格据律补。　双凫：《后汉书·方术传上》载，汉王乔任叶县令，每月朝见俱不用车骑，其将临，常用双凫飞来，令太史伺望之，"于是候乔至，举罗张之，但得一舄（鞋）也"。　宰花封：指县令。潘岳为河阳令，遍种桃花。　④弦歌室：指以礼乐施教化之县令。语出《论语·阳货》"子之武城，闻弦歌之声"。　⑤菊水：水名，在今河南内乡县。郦道元《水经注·湍水》："湍水之南，菊水注之。……源旁悉生菊草，潭涧滋液，极甘美。云此谷之水土，餐挹长年。"　天水：地名。《太平寰宇记·秦州》："天水县，古县也。《秦川记》：郡前有河水，冬夏无增减，取此名县。"　⑥虚皇：犹天帝，喻指皇帝。

满庭芳

庆隐士　六月廿九

诗礼传家，不名则利，谁能袖手安常。惟君宽厚，无较短论长[①]。且自深居简出，清闲处、管甚炎凉。年未老，方逾强仕[②]，家富更平康。　秋声，风欲作，蓂留一荚，伏暑将藏。大贤初度日，对此称觞。叹凤帏虽冷落[③]，喜御兰、得宠专房[④]。见说宁馨少长[⑤]，螟雏算、学更高强[⑥]。

得闲趣，山中宰相[⑦]，何必事侯王。

[注释]

①较短论长：比较长短，评论优劣。韩愈《进学解》："较短量长，惟器是适者，宰相之方也。" ②强仕：指四十岁。《礼记·曲礼上》："四十曰强而仕。" ③凤帏：闺阁之帷帐。凤帏冷落指丧妇。 ④御兰：指侍妾。 专房：专宠。 ⑤宁馨：即"宁馨儿"。晋宋时俗语，犹言如此孩儿。后用以称佳儿。《晋书·王衍传》："衍，字夷甫，神情明秀，风姿详雅。尝造山涛。涛叹嗟良久。既去，目而送之曰：'何物老媪，生宁馨儿！" ⑥螟雏：年轻之养子。 箕：成箕，谓继承父业。《礼记·学记》："良冶之子，必学为裘；良弓之子，必学为箕。" ⑦山中宰相：指有宰相之才而隐于山中之士。南朝梁陶弘景隐于句曲山（即茅山），梁武帝时礼聘不出，国家遇有大事，则常前往咨询，时人称之为"山中宰相"。事见《南史·隐逸传下·陶弘景》。

鹧鸪天

上女人　六月三十

此夕薰风息舜弦[①]，明朝早振蓐收权[②]。鹊饶喜舌喧华屋，烛富祥光耀绮筵。　宣玉旨，敕炎官[③]。月宫催诞跨鸾仙。福如沧海无穷极，寿比灵椿过八千。

[注释]

①薰风：指南风。 舜弦：指五弦琴。相传为舜所创，故云。 ②蓐收：传说中西方神名，司秋。《礼记·月令》："（孟秋之月）日在翼，昏建星中。其日庚辛，其帝少皋，其神蓐收。"郑玄注："蓐收，少皋氏之子，曰该，为金官。" ③玉旨：帝旨。 炎官：神话中火神。

壶中天

庆刘孺人[①] 七月初三

秋才三日，听画檐外，数声乌鹊。元是嫦娥迎巧夕[②]，预驾横空仙鹤。翠鬓生云，朱颜晕酒，□□难描摸[③]。优游渤海，玉琴重理弦索[④]。　曾记乃祖刘晨，天台归后，留得长生药[⑤]。兼有蟠桃三五颗，尽付女孙收著[⑥]。分了仙翁，更分儿息[⑦]，同作蓬莱约。年年今日，大家欢笑为乐。

[注释]

①孺人：古代用以称大夫之妻：宋代用为称通直郎等官员妻子或母亲之封号。　②巧夕：即七夕，指农历七月七日之夜。旧时妇女于是夜穿针乞巧，故称。　③唐氏按：原无空格，据律补。　④玉琴：玉饰之琴。唐常建《江上琴兴》诗："江上调玉琴，一弦清一心。"　⑤刘晨：东汉人。相传刘晨与阮肇入天台山采药，为仙女所邀，留半年，求归，时已入晋，子孙已过七代。事见刘义庆《幽明录》。　⑥女孙：孙女。《史记·陈丞相世家》："张负女孙五嫁而夫辄死，人莫敢娶。"　⑦儿息：子嗣。晋李密《陈情表》："门衰祚薄，晚有儿息。"

满江红

七月初四

一叶知秋，正玉律、新吹夷则[①]。迟三日、双星齐会，又逢七夕。先送天孙来乞巧[②]，姓氏已在长生籍。喜华堂、今日庆生辰，排筵席。　歌金缕，斟琼液。听祝寿，环佳客。看寿星明灿，祥烟葱郁。剩种庭萱春不老[③]，年年嘉会如今日。办一词、一岁一称觞，期千百。

[注释]

①玉律：玉制之标准定音器。乐器之音，依以为准。分阴、阳各六，共十二律，古人以应十二月。见《汉书·律历志》。　夷则：十二律之一。阳律六为吕，阳律六为律。夷则为阳律之第五律。律吕相配居第九。　②天孙：即织女，传说中巧于织造之仙女。　乞巧：旧俗七夕妇女于庭院向织女乞求智巧。见《荆楚岁时记》。　③庭萱：犹“萱堂”，指母亲。《诗经·卫风·伯兮》：“焉得谖草，言树之背。”谖，一作“萱”；背，北堂。古制，北堂为主妇居室。后因以“萱堂”为母亲居室或母亲之代称。

蓦山溪

寿友人　七月初七

填河鹊喜[①]，巧夕来时候。深院瑞烟浓，隐隐听、梨园清奏。兰车玉佩，飞下蕊宫仙[②]，春鬓绿，醉颜红，不减年时旧。　　金杯争劝，尽是闺房秀。试问寿何如，与天孙、相为长久。看看子舍，添个捧觞人，从此去，尽欢娱，庆事年年有。

[注释]

①填河鹊喜：谓喜鹊搭桥。　②蕊宫：蕊珠宫之省称，道教经典所言之仙宫。

鹊桥仙

寿女人　七月初八

星桥才罢[①]，嫩凉如水，一夕祥烟萦绕。欢传玉母宴西池，正绿鬓、斑衣称寿。　　儿孙鼎贵，弟兄同相，辉映貂蝉前后。六宫宣劝锡金桃[②]，看盛事、明年重又。

[注释]

①星桥：即鹊桥。 ②锡：锡封，即赐封。 金桃：桃之一种。南朝任昉《述异记》卷上："日本国有金桃，其实重一斤。"

临江仙

寿祝丞[①] 七月初十

天佑炎图生国瑞[②]，蓝田暂屈英僚[③]。始知昴宿降璇宵。中元前五日[④]，七夕后三朝。 江教风流临此政[⑤]，少年潇洒奇标。行看峻擢相熙朝。功名前稷契[⑥]，寿算等松乔。

[注释]

①祝丞：名号未详。丞，县丞。 ②炎图：指因火德而兴之帝业。五行家谓赵宋以火德王，因以称。 ③蓝田：县名。在今陕西渭河平原南缘、秦岭北麓、渭河支流灞河上游。以产美玉闻名。 ④中元：指农历七月十五日。旧时道观于此日作斋醮，僧寺作盂兰盆会，民俗亦有祭祀亡故亲人等活动。 ⑤江教：未详。疑为出任教职、宫保、宫教者。 ⑥稷：相传为周代祖先，舜时为农官，教民播种五谷。契，商代祖先，舜时为司徒。两人皆为古代贤臣。

千秋岁

寿江东帅[①] 七月十一

金陵秋早，四日中元到。天降诞，真英表。长庚腾瑞气，箕宿增辉耀。膺帝渥，十连镇抚民多少[②]。 莫惜椒觞倒[③]，祝寿称难老。分帅阃[④]，江东小。看看飞诏下，早趣黄扉召。平章了，长生学取神仙道。

[注释]

①江东帅：名姓未详。江东，江南东路之省称，宋时地方行政建制有路、州、县三级。　②十连：犹言十州郡。刘禹锡《代谢濠泗两州割属淮南表》："臣谬承宠光，作镇淮海，位均九伯，权总十连。"　③惜：一作"借"。　④帅阃：镇抚一方之军政长官。苏轼《贺高阳王待制诏》："伏审愿奉恩纶，荣更帅阃。"

水调歌

寿徐枢[①]　七月十二

称彼兕觥后[②]，三日是中元。地官较善[③]，龙章玉珮压仙班[④]。自是德星孕秀[⑤]，直与寿星争耀[⑥]，茨福正绵绵[⑦]。堂已富金玉，屣踪视王官[⑧]。　趣清闲，心洒落，在花间。桃培万岁，千年仙种又栽莲。静对秋香菊耐，长共岁寒松老[⑨]，生意满西园。待看椿同桂，洗馥迈燕山[⑩]。

[注释]

①徐枢：名号未详。枢，即枢密。　②称彼兕(sì)觥：语出《诗经·豳风·七月》"朋酒斯飨，曰杀羔羊，跻彼公堂，称彼兕觥，万寿无疆"。　兕觥：酒器。　③地官：神名。《宋史·方伎传上·苗守信》："三元日，上元天官，中元地官，下元水官，各主录人之善恶。"　④龙章玉珮：喻指不凡之仪表风采。　⑤德星：旧以景星、岁星等为德星，认为国有道，有福或有贤人出现，则德星现，见《史记·天官书》。　⑥寿星：即南极老人星。　⑦茨福：犹言积福。《诗经·小雅·瞻彼洛矣》："君子至止，福禄如茨"。　⑧屣：鞋。《吕氏春秋·观表》："窃观公之志，视舍天下若舍屣。"　王官：王朝之官员。杜甫《王命》诗："深怀喻蜀意，恸哭望王官。"⑨岁寒松老：语出《论语·子罕》"岁寒然后知松柏之后凋也"。　⑩燕山：燕然山，泛指边塞。

临江仙

寿判府　七月十四

长记秋来多好处,清凉遍满人间。天教收拾孕真贤。何时初度日,明日是中元。　　喜与莱公同盛旦[①],官居鼎鼐相传。未应此地借蕃宣[②]。来年开宴处,人在凤池边[③]。

[注释]

①莱公:指北宋寇准。封莱国公,故称。　②蕃宣:即藩垣。蕃,通"藩";宣,通"垣"。本指藩篱与垣墙,引申为藩屏护卫。　③凤池:即凤凰池。禁苑中池沼。六朝时设中书省于禁苑,掌管机要,接近皇帝,故称中书省为"凤凰池"。

瑞鹧鸪

七月十八

中元过后恰三朝,因甚庭闱喜气飘[①]。李谪若非当此夕[②],申生应是在今宵[③]。　　满斟绿醑歌檀口,慢拍红牙舞柳腰。富贵荣华谁得似,祝公千岁乐逍遥。

[注释]

①庭闱:父母居处。　②李谪:指李白。李白有"谪仙"之称。　③申生:申伯之生日。

满庭芳

寿枢密孙[①]　七月廿六

彭郡宗盟,屏山德裔[②],儒科闻望流传[③]。不贪世禄,雁塔占先登[④]。锦绣文章瑞彩,若披云、快睹青天[⑤]。称觞日，蓂留四叶，葵菽正宜烹。　　星枢[⑥]，方上应，推君甲子，好问绛人年。更遐龄多祝，五福兼全。此去沙堤步稳，调金鼎，衮绣貂蝉。人皆仰，一门相业，清白子孙贤。

[注释]

①枢密孙：名姓未详。　②"彭郡"二句：点明寿主门阀宗派。彭郡为汉高祖弟楚元王刘交封地。后遂以为刘姓郡望。　宗盟：同宗、同姓。　屏山：山名，四川屏山县，县即因山得名。　德裔：指刘姓宗族之居于屏山者。　③儒科：指儒学。　④"雁塔"句：谓进士及第。　⑤披云：拨开云层。汉徐幹《中论·审大臣》："文王之识也，灼然若披云而见日，霍然若开雾而观天。"　⑥星枢：指北极五星之纽星。《晋书·天文志上》："北极，北辰最尊者也。其纽星，天之枢也。"

鹧鸪天

七月廿七

秋至人间灏气清[①]，蓂馀三荚映阶庭。挺生豪杰为时瑞，来至簪缨亨世荣。　　天付与，寿康宁。不须举酒祝椿龄。楼头昨夜瞻南极，偏向梅峰分外明[②]。

[注释]

①灏气：即浩气，天地间之大气。　②梅峰：梅岭山峰。梅岭即大庾岭，五岭之一，在江西、广东交界处，古时岭上多梅，故名。

折丹桂

七月廿八[①]

初秋两两留蓂荚，算恰是、生申佳节。祝君寿阅八千秋，岁岁对、长空皓月。　　威宣比部推刚决[②]，气凛凛、秋霜争烈。滩头双鹣看飞来[3]，便有诏、催归天阙。

[注释]

①唐氏按：此首别误作刘仙伦词，见《花草粹编》卷六。 ②比部：官署名。三国魏始设为尚书办事机构之一。宋属刑部。 ③双鹣：鸂鹣（xī chì），水鸟名，形大于鸳鸯，水上偶游。

水调歌

寿史相[1] 七月廿九

两只补天手[2]，一片济时心[3]。信道相门再相[4]，现此宰官身。涤洗乾坤都了，填压华戎既定[5]，治世庆升平。中外为冠冕，闻望耸簪缨。 星昴降，蓬矢挂，属芳辰。黄阁一秋来早，明日又三旬。庭戏莱衣双桂，砌列谢兰无数，廊庙会风云。愿衍庄椿算，长沛傅岩霖。

[注释]

①史相：指史嵩之。 ②补天手：神话传说，女娲炼五色石以补天。事见《淮南子·览冥训》。此用其典。 ③济时：犹济世。《国语·周语中》："所以保本也；所以济时也。" ④相门再相：史嵩之为史弥远侄。史弥远于南宋宁宗、理宗两朝为相二十六年；史嵩之于理宗嘉熙年间，为右丞相兼枢密使，故云。 ⑤填压：镇服。后蜀何光远《鉴诫录·判木夹》："奉诏填压三巴，抚安百姓。"

西江月

为妻寿 七月卅日

伴我鹿车鱼釜[1]，从伊裙布钗荆。年年七月甫三旬。

今日生朝资庆。　　二女长俱麻绩，三男俱读书声。吾年五十不多争，好事且宜少等。

［注释］

①鹿车鱼釜：谓贫困生活。《后汉书·独行传·范冉》："冉遭党人禁锢，遂推鹿车，载妻子，捃拾自资，或寓息客庐，或依宿树荫。如此十馀年，乃结草室而居焉……闾里歌之曰：'甑中生尘范史云，釜中生鱼范莱芜。'"

［集评］

松元云："此词少用典实，朴朴素素写来，言夫妻相濡以沫，与世无争，一片安贫乐道情景，脱去富贵豪华之俗套，为寿词中别开生面者也。"

蝶恋花

八月初六

透户凉生初暑退。正是尧蓂，六叶方开砌[①]。昴宿腾辉来瑞世，华堂清晓笙歌沸。　　锦幕花茵生舞袂[②]。妙态殊姿，祝寿眉峰翠。从此玉觞掀一醉，功成名遂千秋岁。

［注释］

①"正是"二句：指初六。　②花茵：以落花为坐垫。王仁裕《开元天宝遗事》载，许慎选宴花圃中，使仆童聚落花铺于坐下。慎选云："吾自有花茵，何消坐具。"

瑞鹤仙

庆生日又娶妻　八月初七

朔朝逾六后。正音调南吕[①]，迎寒时候。香薰瑞烟袅。见门阑喜色[②],荣生多少。元来仙子,拥骖鸾、月宫飞到[③]。会人间庆诞,风流俊杰,结成佳偶。　　官好。班簪玉笋[④],名播中都,宠加宸诏[⑤]。金瓯覆。黄扉青琐须环召。待平章事了,归来养浩,齐眉相对祝寿。愿长如、庆会双星,千秋偕老。

[注释]

①南吕:阴历八月之异名。　②门阑:指门庭。　③骖鸾:谓仙子乘双鸾鸟云游。江淹《别赋》:"骑鹤上汉,骖鸾腾天。"　④班簪玉笋:谓朝班英才济济。唐郑谷《九日偶怀寄左省张起居》诗:"浑无酒泛金英菊,漫道朝趋玉笋班。"　⑤宸诏:帝王之诏。

满庭芳

庆尚书恬退[①]　八月初八

西掖南宫[②],黄扉青琐,年来有分终须。从容曳履[③],衣锦赋归欤[④]。暂乐终南佳处[⑤],供笑傲、松菊庭除。行看取,一封诏下,装趣入潭居[⑥]。　　称觞,逢穀旦[⑦],千秋节过[⑧],三叶蓂舒。且冷眼嗤笑,笼鸟池鱼。识破林泉朝市,经行处、等是蘧庐[⑨]。知谁似,一杯寿酒,一卷养生书。

[注释]

①恬退:安然退隐。　②西掖:宫阙西侧,中书省之别称。　南宫:南方星宿之宫,尚书省之别称。　③曳履:拖着鞋子。形容闲暇从容。　④赋归欤:陶渊明于晋义熙元年辞官归隐,赋《归去来兮辞》。　⑤终南佳处:借指隐逸之所。　⑥潭居:犹"潭府"。韩愈《符读书城南》诗:"一为公与相,潭潭府中居。"后因以尊称贵者居宅。　⑦穀旦:吉日。《诗经·陈风·东门之枌》:"穀旦于差,南方之原。"　⑧千秋节:即八月初五。该节始自唐玄宗。玄宗生于是日。　⑨蘧庐:旧时驿中供人住之屋舍。犹今言旅馆。

洞仙歌

寿宫教[①]　八月初九

桂风高处，渐近中秋节。屈指推来先六日。对芳辰、符吉梦，知降神、嵩极应诞，主作人间英杰。　文章逾晁董[②]，学擅卿云[③]，高揭声猷缙绅列。上瀛洲册府[④]，师表宗藩[⑤]，推第一、即黄扉召入。佐君王、经邦整顿乾坤，愿寿等广成，更延千百。

[注释]

①宫教：宫廷教授如任太子教官保傅之职者。　②晁董：汉代晁错与董仲舒之并称。　③卿云：汉司马相如（字长卿）与扬雄（字子云）之并称。南朝陈徐陵《报尹义尚书》："才冠卿云，智同荀郭。"　④瀛洲册府：谓获得殊荣。唐太宗李世民为秦王时，设置文学馆，以杜如晦、房玄龄等十八人为学士，命阎立本画像，褚亮作赞，题名字爵里，号"十八学士"。时人慕之，谓"登瀛洲"。　⑤宗藩：亦作"宗蕃"。指受天子分封之宗室诸侯。

壶中天

寿太守子　八月十一

才经四日，是中秋，次第月圆如玉。一点光浮南极上，储作人间五福。长厚慈仁，清高恬淡，爱水清山绿。溪园竹里，日来新就华屋。　好是五马传家，芝兰挺秀，早勉群经读。将相公侯绵衮衮[①]，重见当年符竹[②]。富贵荣华，康宁寿考，听我殷勤祝[③]。更祈王母，共看桃结桃熟。

[注释]

①衮衮：众多貌。杜甫《醉时歌》："诸公衮衮登台省，广文先生官独

冷。” ②符竹:《汉书·文帝纪》载,“(二年)九月,初与郡守为铜虎符、竹使符”。后因以“符竹”指郡守职权。 ③听:原作“聪”。唐氏按:疑是“听”字之误,据以改。

水调歌

庆龙图[①] 八月十三

八月秋欲半,后夜月将圆。天潢当日流润[②],馀派落人寰。尘扫长淮千里,威振南蛮八郡[③],梓里绣衣还[④]。芳毓燕山桂,庆衍谢庭兰。 小山阴,长松下,白云间。壶中自有天地,闻早挂蓬冠[⑤]。笑指横空丹壑[⑥]。闲倚拏云竹杖[⑦],佳处日跻攀。山色既无尽,公寿亦如山。

[注释]

①龙图:宋代龙图阁学士之谓。 ②天潢:指皇族。 ③南蛮:古称南方民族及其居住之地。《礼记·曲礼下》:“其在东夷、北狄、南蛮,虽大曰子。” ④梓里:故乡。 ⑤挂蓬冠:指辞官。典出晋袁宠《后汉纪·光武帝纪五》,“(逢萌)闻王莽居摄,子宇谏。莽杀之。萌会友人曰:‘三纲绝矣,祸将及人’,即解衣冠,挂东都城门,将家属客于辽东。” ⑥壑:原本作“坚”。唐氏按:疑为“壑”字之误。据以改。 ⑦拏云:犹凌云。喻远志。

鹧鸪天

八月十九

宴罢中秋恰四朝,金炉因甚把香烧。若非金母生今日[①],应是麻姑降此宵[②]。 歌窈窕,舞娇娆。迭将寿酒酌金蕉[③]。椿龄柏算何须祝,名列仙班亦孔昭[④]。

[注释]

①金母:神话传说中之女神。即西王母。 ②麻姑:神话中仙女名。

传说东汉桓帝时曾应仙人王方平召，降于蔡经家，事见晋葛洪《神仙传》。　③金蕉：酒杯名，代指酒。　④孔昭：甚为明显。《诗经·小雅·鹿鸣》："我有嘉宾，德音孔昭。"郑玄注："孔，甚；昭，明也。"

好事近

庆母寿子中举　八月二十

王母庆生辰，方过中秋五日。子舍文场鏖战，想功名来逼。　看看喜德捷音传，果信名登桂籍[1]。行拜君恩爵赏，寿萱堂永锡[2]。

[注释]

①桂籍：登科者之名籍。宋徐铉《庐陵别朱观先辈》诗："桂籍知名有几人，翻飞相续上青云。"　②萱堂：指母亲。

如意令

寿王学老[1]　八月廿一

久羡庞眉鹤髮[2]，闻望孔堂烜赫[3]。信得彭乔仙[4]，秘授长生真诀。奇特，奇特，吕望师周时节[5]。　才过中秋六日，对此称觞欣怿。双凤戏莱衣，金缕轻调莺舌[6]。难得，难得，九九算犹千百[7]。

[注释]

①唐氏按：此首别误作李刘作，见《花草粹编》卷七。　学老：谓饱学前辈。　②庞眉：眉毛黑白杂色，形容老貌。　③孔堂：孔子之堂奥。喻学识造诣甚高。《论语·先进》："子曰：'由之瑟奚为于丘之门？'门人不敬子路。子曰：'由也升堂矣，未入于室也。'"　烜赫：形容气象盛大。　④彭乔：彭，指彭祖，传说中之长寿者。乔，指王子乔，传说中之仙人。　⑤吕望：即周初人吕尚。　⑥双凤：喻二位才德出众之士。　金缕：即金缕衣，舞衣也。

借指歌伎。南朝梁刘孝威《拟古应教》诗:“琼筵玉笥金缕衣。” ⑦九九:算术乘法名。以一至九每二数顺序相乘。上古时系九九自上而下,而至一一,故称“九九乘法”。

壶中天

寿朋友 八月廿二

清凉天气,正中秋过后,恰才七日。岳降生申逢令旦,听得欢声洋溢。戏彩堂前,两行珠翠,酒劝杯浮碧。祝君遐算,寿星长对南极。 仰羡性地宽闲,平生酷爱,占断倾城色。好展少年攀桂手,同作蟾宫□客①。料想嫦娥,一枝留待,已得真消息。馨香满袖,凤楼人尽怜惜。

[注释]

①“同作”句:指其人同时中举。 □:唐氏按,空格按律补。

百字歌

寿父子同日 八月廿五

蓂飞十荚,觉九分秋色,六分将极。桂子风高时更好,天产英贤同日。桥梓齐芳①,一慈一孝,奋建真奇特②。称觞华旦,但将老少分别。 且看戏彩堂前,酒须双献,饮侍严君侧③。清赏阿戎防跨灶④,大小欧□相敌。疏曰贤哉,古云有是,作个家家声烈⑤。无先无后,寿齐延应□翼。

[注释]

①桥梓:指父子。 ②奋建:汉石奋与石建,俱为高官。 ③严君:指父母。 ④阿戎:称堂弟。《资治通鉴·齐明帝建武四年》引《南齐书·

王思远传》胡三省注，"晋宋间人，多谓从弟为阿戎。至唐犹然。" 跨灶：喻指子胜父。《诗律武库 · 跨灶撞楼》引三国魏王朗《杂箴》，"或曰：灶上有釜，故生子过父者，谓之跨灶。" ⑤家声烈：原本作"家家声烈"。 唐氏按：此处衍一"家"字。

水调歌头

寿王枢密，又得子① 八月廿六

縠旦垂弧矢②，兰闱梦熊罴。称觞内外相庆，同日又同时。有此重重盛事，未羡石门奋建，韦氏信名齐③。珠履赴汤饼，玉果酌琼卮。 斗枢转，金瓯覆，筑沙堤。争推是父是子，相继入黄扉。方叔歌猷元老④，复见少年黄琬⑤，前后拜丹墀。今日寿星现，再祝寿庞眉。

［注释］

①王枢密：名号未详。 ②縠旦：犹言吉日。 ③韦氏名齐：指汉韦贤父子。汉韦贤、韦玄成父子皆以经学高明，相继为相。 ④方叔：周宣王时贤臣。《诗经 · 小雅 · 采芑》："方叔元老，克壮其猷。" ⑤黄琬：后汉人，黄琼之孙，年少而极聪慧。后拜司徒，累迁太尉。事见《后汉书 · 黄琼传附黄琬》。

寿星明

庆黄宰秩满① 八月廿七

玉露迎寒，金风荐冷，正兰桂香。觉秋光过半，日临三九，葱葱佳气②，蔼蔼琴堂③。见说当年，申生縠旦，梦叶长庚天降祥。文章伯，英声早著，腾踏飞黄。 双凫暂驻东阳，已种得春阴千种棠④。有无边风月，几多事业，安排青琐，入与平章。百里民歌，一樽春酒，争劝殷勤称寿觞。愿此去，龟龄难老，长侍君王。

[注释]

①唐氏按：此首别误作李刘词，见《花草粹编》卷十二。　黄宰：名号未详。　宰：县宰。秩满谓官吏任期届满。　②葱葱佳气：形容气象旺盛。　③琴堂：县衙。　④“已种得”句：喻惠政。《史记·燕召公世家》：“召公巡行乡邑，有棠树，决狱政事其下，自侯伯至庶人各得其所，无失职者。召公卒，而民人咏之，作《甘棠》之诗。”

满庭芳

庆生日入新屋

北斗将移，西风已半，蓂馀一叶阶前。左弧呈瑞，非雾亦非烟。见说长庚入梦，当年此际产英贤。谁知得，平生高尚，五福自然全。　　肯堂[①]，夸盛事，一新轮奂[②]，适际荣迁。有重重喜庆，贺客骈阗[③]。从此燕居笑语[④]，称觞处，好展华筵。频祝愿，室家相庆，富寿百千年。

[注释]

①肯堂：喻子承父业。《尚书·大诰》：“若考作室，既底法，厥子乃弗肯堂，矧肯构？”　弗肯：不敢。　②轮奂：形容屋宇高大众多。语出《礼记·檀弓下》，“晋献文子成室，晋大夫发焉。张老曰：‘美哉轮焉！美哉奂焉！’”　③骈阗：犹“骈田”，聚会，形容多。　④燕居：闲居。

应天长

庆新恩母　八月三十

萱堂积庆，桂苑流芳，于门瑞蔼佳气[①]。正属仲秋弥月，称觞对此际。西王母、来人世。拥佩从、尽皆珠翠。

彩庭下，争看蓝袍[2]，衬煸斓戏。 富贵有谁同，四德躬全，五福由来备。况善断机迁教，轲亲实无异。看看仕无淹滞，即召入、佐君经济[3]。愿延寿，鸾轴金花[4]，年年加赐。

（以上《翰墨大全》丁集三）

[注释]

①于门："于公高门"之省语。见《汉书·于定国传》。 ②蓝袍：即"蓝衫"。旧时八品、九品官员之官服。 ③经济：经世济民。《晋书·殷浩传》："足下沉识淹长，思综通练，起而明之，足以经济。" ④鸾轴金花：指金花诰。古代赐爵赠官之诰书，以金花绫罗纸书制成。

满庭芳

寿包宰[1] 九月初四

露白风清，菊黄萸紫，重阳五日先期。煌煌郎宿[2]，南极两交辉。天上飞凫仙伯[3]，当初度、开宴瑶池。民谣里，劝分阴德，百姓饱无饥。 画帘，香篆永[4]，城山堂上，红袖蛾眉。任满斟高唱，祝寿新词。况是辟书到也[5]，乘别驾、直上横蜚[6]。青毡在，看看复见，孝肃旧家时。

[注释]

①包宰：名号未详。 ②郎宿：星座名，即郎星。《史记·天官书》："（五帝座）后聚一十五星，蔚然，曰郎位。" ③飞凫仙伯：以王乔喻包宰。 ④香篆：形容焚香时所起之烟缕，因其曲折似篆文，故称。 ⑤辟书：征召文书。 ⑥横蜚：飞黄腾达之意。

醉蓬莱

寿邑宰[①] 九月初五

正香茱试紫，嫩菊敷黄，九秋佳致。峻岳生申，运启千龄瑞。玉宇澄清，金盘沆瀣[②]，融结钟冲粹[③]。地位须还，粉垣薇省[④]，木天蓬秘[⑤]。　锦政慈祥，琴堂安静，万里丰年，一同和气。斗大雷封[⑥]，难久蒙私惠。半刺平分[⑦]，刿书交上[⑧]，逸驾开骅骥[⑨]。来岁称觞，人归清禁[⑩]，班联丹陛。

[注释]

①邑宰：即县令。　②金盘：承露之盘。　沆瀣：夜间之水气露水。旧谓仙人所饮。　③冲粹：中和纯正。　④粉垣：尚书省之别称。　⑤木天：秘书阁之别称。因其屋宇高大宏敞，故名。　⑥雷封：古时县令代称。《汉书·百公卿表上》："古县大率方百里。"《白孔六帖·县令》："雷霆百里，县令象之，分土百里。"　⑦半刺：指州郡长官佐职，如长史、别驾、通判等。晋庾亮《答郭预书》："别驾旧与刺史别乘，同流宣王化于万里者，其任居刺史之半。"　⑧刿书：犹"刿奏"。古代大臣奏事，预先写于削好之木简上。后因称向皇帝进言、上书为《刿奏》。　⑨逸驾：奔驰之车驾。　⑩清禁：指皇宫。

风入松

寿刘倅[①] 九月初九

晓来凉气满芙蓉，日到竹阴东。称觞歌袖三千指，屏星畔、绕绿围红[②]。茱糁百杯秋色[③]，桂华十里西风。　生朝对饮菊花丛，九日一樽同。文章歆向家声旧[④]，便应去、黄阁从容。唤起仙翁为寿，种成千岁椿松。

[注释]

①刘倅：名号未详。 ②屏星：车挡，借指州别驾从事。 ③茱糁：茱萸酒。古俗重阳饮茱萸酒，佩茱萸花，谓能祛邪辟恶。 ④歆向：西汉刘歆与其父刘向之合称。

满江红

寿傅府尹[1] 九月初十

瑞霭长安，京城里、非烟非雾。须信道、岳钟神秀，再生商傅。节过重阳才一日，祥开蓬岛群仙聚。见箕星、昴宿辉文昌，欣初度。 五马贵，荣朝著。人品异，多文富。况清廉如水，襦歌督府。伫想君正烦燮理[2]，一封召入为霖雨。指庄椿、祝寿八千春，从今数。

[注释]

①傅府尹：名号未详。 府尹：官名。一般为京畿地区之行政长官。 ②燮理：协和治理。《尚书·周官》："立太师、太傅、太保，兹惟三公，论道经邦，燮理阴阳。"

满江红

寿官员 九月十二

一片秋光，看天宇、修眉浮绿。都怪问、今朝爽气，十分堪掬。梅岳仙翁来瑞世[1]，年年好景人间足。醉黄花、三日却称觞，钟天禄[2]。 不用把，香为祝。身自有，长生箓。只宽平六考[3]，几多戬穀[4]。袖手珍祠为足计，急流勇退宁随俗。把庄椿、从此计春秋，无穷福。

[注释]

①梅岳仙翁:指梅福。汉九江寿春人,字子真,王莽当政,弃家隐居,后修炼成仙。事见《汉书·梅福传》。 ②天禄:上天所赐之福运。 ③宽平:指为政宽仁公平。 ④戬(jiǎn)穀:福禄。语出《诗经·小雅·天保》"天保定尔,俾尔戬穀"。

瑞鹤仙

寿宫观待制[①] 九月十三

正秋高气肃。过重阳四日,蓝田生玉[②]。钟英自川渎[③]。果文章锦绣,琅玕披腹[④]。从容启沃[⑤],侍甘泉[⑥]、无用推毂[⑦]。急流勇退,向琳宫养浩[⑧],无荣无辱。 享福。欣逢华旦,对此倾觞,满倾醽醁。西园晚菊,尚堪摘、取馀馥。有仙风道骨,康强仁寿,长生何待更祝。愿谢公、复起经纶[⑨],曹装已促[⑩]。

[注释]

①宫观待制:宫观为宫观使之省称。待制,宋于殿阁均设待制之官,位在学士、直学士之下。 ②蓝田生玉:喻指生日。 ③川渎:泛指河流。 ④琅玕披腹:琅玕,美玉,喻文藻。韩愈《龌龊》诗:"排云叫阊阖,披腹呈琅玕。" ⑤启沃:谓竭诚开导、辅佐君王。语本《尚书·说命上》"启乃心,沃朕心"。 ⑥侍甘泉:用《汉书·扬雄传》"正月,从上甘泉还,奏《甘泉赋》以风。…天子异焉"见事。 ⑦推毂:推车前进。旧以称帝王任命将帅之礼。 ⑧琳宫:仙宫。为殿堂之美称。 养浩:谓培养浩然之气。语本《孟子·公孙丑上》"我善养吾浩然之气"。 ⑨谢公:指晋谢安。 经纶:指治国之抱负才能。据《晋书·谢安传》,谢安早年隐于会稽东山。后自东山出仕,官至司徒,成为东晋重臣。 ⑩曹装:萧何死,曹参促整行装,拟入朝为相。见《汉书》。

满江红

寿妇人三子皆贵　九月十四

王母当年，瑶池会、曾充坐客。对良辰为寿，复逢佳节。屈指重阳才五①，明朝月已圆如璧。这夫人、真与柏舟姜②，同年德。　　佳气霭，看葱郁。称觞处，多欣色。更萱庭媥戏，桂芳品列。未逊轲亲机教力，且如络秀声煊赫③。问金花、锡宠自谁加，河东薛④。

[注释]

①唐氏按：此处缺一字。　②柏舟姜：指共姜。　③络秀：晋周凯母李氏，名络秀。　煊：一作"暄"。　④金花：指金花诰。　河东薛：指唐代河东薛收、薛德音、薛元敬。三人皆以才华闻名于世，人称"河东三薛"。事见《新唐书·薛元敬传》。

贺新郎

庆生日子纳妇　九月十六

喜动神仙屋。正三秋、长空月满，又逾一宿。传道垂弧当此日，缘是蓝田生玉。更子舍、新归婉淑①。好事重重欣逢遇，合称觞、宴席倾醽醁。拚一醉，欢娱足。　　桃源庆婿歌新曲②。想蓬莱、仙洞又献，长生真箓。看一点、老人照耀③，牛女莱庭祝福。合长幼、芝兰满目。总向来秋高折桂，麻衣换取蓝袍绿④。永遇乐，食天禄。

[注释]

①婉淑：温顺善良，形容妇女之贤。　②桃源庆婿：用刘晨、阮肇于天台山桃源洞遇仙女事。　③老人：指南极老人星，又名寿星。　④麻衣：麻布衣，古时平民所穿。　蓝袍绿：借指新科进士。唐制，新进士例赐绿

袍,因称。

千秋岁

庆生日女受聘① 九月十七

律调无射②。月望才逾日③,昴宿呈祥南极。称觞祈五福,膺聘陈双璧。彩堂上,老人婺宿光交集。 龟鹤年相敌,孔雀屏开侧。喜与寿,俱逢吉。门楣他日作④,椒觞歌今日。看父子,乘龙跨鹤皆仙匹。

[注释]

①受聘:旧俗,女家接受男家之聘礼,称受聘。 ②无射:古十二律之一。位于戌,故亦指阴历九月。 ③月望:指阴历十五日。 ④他日:另本作“池日”,为形似之误。

鹊桥仙

寿王驸马又将亲迎① 九月二十

龙山宴罢②,又经旬日,还报生辰来也。今年祝寿胜年时,须满劝、十分玉斝。 鱼书已报,凤帏知道,已备鸾骖鹤驾。不须寻药访桃源,且做个、风流驸马。

[注释]

①王驸马:名号未详。 ②龙山宴:《晋书·孟嘉传》载,九月九日,桓温曾大聚佐僚于龙山。后遂以“龙山会”称重阳登高聚会。

生查子

九月廿一

才生申十日，便小春时候[①]。硕果已含生，一缕微阳透[②]。　贞固见天机[③]，寿脉滋培厚。菊后早梅前，不尽长生酒。

[注释]

①小春：指夏历十月。　②微阳：谓阳气始生。　③贞固：守持正道，坚定不移。《易经·乾》："文言曰：'贞者，事之干也……贞固足以干事。"天机：犹天意。

满江红

寿命妇[①]　九月廿二

万里无云，天同色、祥光满目。见婺星一点，辉联箕宿。果是月宫仙子降，诞生乐国人如玉。六飞蓂、正属九秋高，清霜肃。　丹桂盛，蓝袍绿。芝兰秀，森如簇。庆簪缨几代，家毡欣复。萱草长春殊未老，君恩加锡金花轴。款陪王母宴瑶池[②]，蟠桃熟。

[注释]

①命妇：旧时受封号之妇人。在宫中则妃嫔等称为内命妇，宫外则臣下之母妻称为外命妇。　②唐氏按：此句少一字。

蓦山溪

集曲名　九月廿四

菊花新过[①]，秋蕊香犹媚[②]。三八燕山亭[③]，贺圣朝、申生明世[④]。肃霜天晓[⑤]，正快活年时，庆新寿，万年欢[⑥]，人醉蓬莱里[⑦]。　　红衫儿歌[⑧]，水调夸多丽[⑨]。仰祝寿星明[⑩]，指黄河、清年可拟[⑪]。欢同鱼水[⑫]，永遇乐倾杯[⑬]，风流子[⑭]、洞仙歌[⑮]，曲唱千秋岁[⑯]。

[注释]

①菊花:《菊花新》，词牌名。　②秋蕊香:词牌名。　③燕山亭:词牌名，又名《宴山亭》。　④贺圣朝:词牌名。　⑤肃霜天晓:即《霜天晓角》，词牌名。　⑥万年欢:词牌名。　⑦醉蓬莱:词牌名。　⑧红衫儿:词牌名。　⑨水调:即《水调歌头》，词牌名。　多丽:词牌名，又名《绿头鸭》。　⑩寿星明:词牌名。又名《沁园春》。　⑪"黄河"句:《黄河清》，词牌名。　⑫欢同鱼水:词牌名，即《鱼水同欢》。　⑬永遇乐:词牌名。　倾杯:词牌名。　⑭风流子:词牌名。　⑮洞仙歌:词牌名。　⑯千秋岁:词牌名。

满朝欢

寿韩尚书出守[①]　九月廿五

一点箕星，近天边，光彩辉耀南极。竹马儿童[②]，尽道使君生日[③]。元是凤池仙客[④]。曾曳履[⑤]、持荷簪笔[⑥]。称觞处，晚节花香，月周犹待五夕。　　谁道久拘禁掖[⑦]。任双旌五马[⑧]，暂从游逸。九棘三槐[⑨]，都是等闲亲植。见说玉皇侧席[⑩]。但早晚、促归调燮[⑪]。功成了，笑傲南山[⑫]，寿如南山松柏。

[注释]

①韩尚书:名号未详。　出守:由京官出为太守。　唐氏按:此首别误作李刘词，见《花草粹编》卷十二。　②竹马儿童:竹马指儿童游戏时当马骑之竹竿。用汉刺史郭汲典，表示韩尚书受民众欢迎。　③使君:汉时

称刺史为使君，汉乐府《陌上桑》："使君从南来，五马立踟蹰。"后用以称州郡长官。 ④凤池：即凤凰池。禁苑中池沼，六朝时设中书省于禁苑。⑤曳履：拖鞋而行，形容闲暇从容。刘禹锡《和令狐相公归京国赋诗言怀》："殿庭捧日飘缨入，阁道看山曳履回。" ⑥持荷簪笔：持荷，犹"持橐"。谓侍从之臣携带书与笔，以备顾问。 ⑦禁掖：宫中旁舍。泛指宫廷。 ⑧双旌：指太守之仪仗。 ⑨九棘：古时君臣外朝之位，树九棘为标识，以区分等级职位。 ⑩侧席：本《汉书·章帝纪》"腾思迟直士，侧席异闻"。李贤注："侧席，谓不正坐，所以待贤良也。" ⑪调燮：犹言调和阴阳，指宰相。古谓宰相能调和阴阳，治理国家故称。 ⑫笑傲南山：谓退隐。南山，即终南山，为古代高士退隐之处。

瑞鹤仙

寿王侍郎[①] 九月廿七

过重阳三九。正日行析木[②]，方移旦柳[③]。天公爱黔首[④]。念整顿乾坤，须还大手。蚌珠才剖，玉麒麟、世间希有。想当年，玉燕投怀[⑤]，瑞气应冲牛斗。 非偶。节逢庆会，华渚虹流[⑥]，北枢电绕，明良须偶[⑦]。盈月第[⑧]、分前后。念元鸟生商[⑨]，嵩神孕甫，两听管弦新奏。愿年年，主圣臣贤，与天长久。

［注释］

①王侍郎：名号未详。 ②析木：星次名。十二星次之一。与十二辰相配为寅，在二十八宿为尾，箕两宿。 ③旦柳：柳，星宿名。二十八宿之一。《礼记·月令》："（季秋之月）日在房，昏虚中，旦柳中。" ④黔首：古代称平民。《礼记·祭义》："明命鬼神，以为黔首则。"郑玄注："黔首，谓民也。" ⑤玉燕投怀：五代王仁裕《开元天宝遗事·梦玉燕投怀》，"张说母梦有一玉燕自东南飞来，投入怀中，而有孕生说。果为宰相，其至贵之祥也。" ⑥华渚虹流：本《宋书·符瑞志上》，"帝挚母曰女节，见星如虹，下流华渚，既而梦接意感，生少昊。登帝位，有凤皇之瑞。" ⑦明良：谓贤

明与忠良之臣。语本《尚书·益稷》,“元首明哉,股肱良哉,庶事康哉!” ⑧盈月:满月。指农历每月十五夜之月。 ⑨元鸟生商:元鸟,玄鸟,即燕子。语本《诗经·商颂·玄鸟》“天命玄鸟,降而生商”。

醉蓬莱

寿张宰[①] 九月廿八

望秋高梨岭,星下莆阳,庆生贤哲。问瑞蓂留两荚[②]。小试宏才,暂劳凋邑[③],布阳春仁泽[④]。庭有驯禽,村无吠犬,稻黄连陌。 最是邦人,合掌顶戴[⑤],萱草年华[⑥],蟠桃春色。却笑仙翁,觅丹砂金诀[⑦]。德满人间,诏来天上,看寿名俱得。岁岁霞觞,凤凰池畔,贺生辰节。

[注释]

①张宰:名号未详。 ②唐氏按:以上应为四字一句,五字一句,缺三字。 ③凋邑:凋弊小邑。 ④阳春:喻恩泽。唐欧阳詹《上郑相公书》:“上天至仁之膏泽,厚地无私之阳春。” ⑤顶戴:拥戴。 ⑥萱草:又名忘忧草,古人以为萱草可以使人忘忧。 ⑦丹砂金诀:指炼丹术,为道教法术。

真珠帘

庆游讷斋以梅为寿[①] 九月三十

隔云一雁衔秋去,苏堤上、听得游人相语。疏影暗香中,谁与花为主。满目有山无限意,跨白鹤、云霄飞舞。飞舞,正断桥流水,苍苔生处。 应羡地暖江南,近小春时节,南枝先吐。人似此花清,人比花尤苦。移向樽前须识取,只许与、松篁为侣[②]。为侣,待金鼎调羹[③],百花红紫。

［注释］

①游讷斋:生平事迹未详。　②“只许与”句:松、竹、梅古称“岁寒三友”。辛弃疾《念奴娇·赠妓善作墨梅》词:“松篁佳韵,倩君添作三友。”　③调羹:本《尚书·说命下》“若作调羹,尔惟盐梅”。后因以“调羹”喻治理国家政事。

［集评］

松元云:“寿词多以祥瑞、长寿、富贵为祝。此词别出心裁,以梅为寿,梅景、梅意,以示高标逸格,清爽可喜。然结拍言‘待金鼎调羹’终不脱俗气矣。”

上阳春

寿人夫妻二子同日　十月初二

两日梅开,先占阳春小[①]。鸾凤偶雁行,飞舞画堂交绕[②]。称觞盛旦,二老同年少。夫劝妇,弟酬兄,四喜人希有。　灵椿萱草,青翠俱长久。棠棣戏斒斓,对立齐上长生酒。有亲有序,慈孝兼恭友。登科日,未老时,共享南山寿。

［注释］

①阳春小:即小阳春。　②“飞舞”句:唐氏按,此句缺一字。

西江月

十月初三

才入冬来三日,人都道小春来。生生一脉早胚胎,消息南枝大[①]。　好向腊前冬后,贞元接处滋培[②]。调羹手段栋梁材,直待文明嘉会。

[注释]

①唐氏按:此句缺一字。 ②贞元:语本《易经·乾》"元亨利贞"。古以元亨利贞喻春夏秋冬,故借指时令之周而复始与天道人事之循环往复。

西江月

寿刘公子[①] 十月初四

良月才经四日[②],彭城庆诞真贤。从来斗酒百诗篇,锦绣文章灿烂。 自合宰官身现,谁知富贵由天。但教福寿喜双全,直看子孙荣显。

[注释]

①刘公子:名号未详。 ②良月:农历十月。

满庭芳

十月初五

瑞霭非烟,小春良月,翠开五叶阶蓂。补陀现相[①],今日庆生辰。江夏芳流秀国[②],芝兰茂、世袭簪缨[③]。天恩厚,金花屡锡[④],偕老共卿卿[⑤]。 画堂,歌舞处,香浮宝鸭,寿酒频斟。愿朱颜绿鬓,常似青春。待得蟠桃三熟,与群仙、会宴西清[⑥]。台星照婺星箕耀,南极镇长明。

[注释]

①补陀:"补陀落迦"之省语,在印度南海岸,佛家传为观世音菩萨之住处。见《华严经》。此谓寿主为观世音现身。 ②江夏:郡名,治所在今武昌。 ③芝兰:"芝兰玉树"之省语。喻人才出众。 ④金花:指金花诰。 ⑤卿卿:形容相互亲昵。《世说新语·惑溺》:"王安丰妇常卿安丰,安丰曰:'妇人卿婿,于礼为不敬,后勿复尔。'妇曰:'亲卿友卿,是以

卿卿；我不卿卿，谁复卿卿。’遂听之。” ⑥西清：西厢清静处。借指帝王宫内游宴之所。宋徐铉《茱萸》诗：“长和菊花酒，高宴奉西清。”

鱼水同欢

庆两子同日[①]　十月初六

棣萼楼前佳气蔼[②]。欣遇称觞，正斗杓移亥[③]。三两日来连庆会，贺宾喜色增加倍。　　未逊徐雏分小大[④]，好比晋朝，二陆休声在[⑤]。更祝灵椿颜不改，三苏相继居台宰。

[注释]

①唐氏按：此首别误作哀长吉词，见《花草粹编》卷七。 ②棣萼：棠棣之花，喻兄弟。 ③斗杓：即斗柄。指北斗之第五至第七星。 亥：十二时辰之一，指午后九时至十一时。 ④徐雏分小大：指以治《说文》闻名之南唐徐铉、徐锴兄弟。又以辈行称大徐、小徐。见陆游《南唐书·徐锴》。 ⑤二陆：指西晋陆机、陆云兄弟。时以才名著称，号称“二陆”。见《晋书·陆云传》。

一箩金[①]

甥寿舅公　十月十一

新冬十叶蓂添一，良辰喜是翁生日。金鸭爇沉香[②]，祥烟绕画堂。　　遐龄方五十[③]，厚福犹千百。看取小甥孙，年年捧寿樽。

[注释]

①唐氏按：按词律调名当作《重叠金》，即《菩萨蛮》也。 ②金鸭：金属鸭形香炉。 ③遐龄：高龄。

满江红

十月十二

好景欣逢，须记取、小阳春暖。算夜来浃日[1]，今朝生旦。对此称觞春酒献[2]，郁葱佳气琴堂满[3]。问使君、记纪绛人年[4]，耆颐半。　天付与，文章灿。牛刀试，风流县。笑陶情松菊，主人懒散。谁识东山真捷径，银章博取新貂衮。愿潭居、槐府展经纶，延椿算。

[注释]

①浃日：古时以干支纪日，称自甲至癸一周十日为浃日。　②春酒：指春酿秋冬始熟之酒。《诗经·豳风·七月》："为此春酒，以介眉寿。"③琴堂：本《吕氏春秋·察贤》，"宓子贱治单父，弹鸣琴，身不下堂而单父治。"后遂以"琴堂"称县署。　④绛人年：七十三岁。见《左传·襄公三十一年》。

感皇恩

寿翰林　十月十四

明夜月团圆，小春霜早。今日由来佳气好。都城传道，翰苑称觞欢笑。知是当年，诞生元老[1]。　新来曾见，金莲送到[2]。一任芳樽频醉倒。判花西掖[3]，独掞春华词藻[4]。召归紫闼[5]，永为师保[6]。

[注释]

①元老：指年辈、资望皆高之大臣。　②金莲送到：言受帝王恩宠。金莲指金莲华炬。　③判花：指判词文书。宋刘克庄《送洪使君》诗："判花人竞诵，诗草士深藏。"　④掞（shàn）：铺张、发舒。　⑤紫闼：指宫廷。《文选·陆机〈辨亡论〉》："旋皇舆于夷康，反帝座乎紫闼。"吕延济注："紫

闼，帝宫也。” ⑥师保：古时辅弼帝王与教导王室子弟之官，有师有保，统称师保。

沁园春

寿冰壑[①] 十月十七

冰壑平生，如伯伦狂[②]，似希乐豪[③]。喜观书不用、菊茶明眼，登山不倩、藜杖扶腰。豆粥萍齑[④]，鲙羹鳞脯，湖海人常折简招[⑤]。谁云老，有满怀风月，藏在诗瓢[⑥]。 凌晨向鹄冲霄。道昴宿于今又应萧[⑦]。记垂弧令节，恰当后日，下元好景[⑧]，正属前朝。冷胆如天，刚肠如剑，须把千杯寿酒浇。那堪更，是梅花时月，烂熳溪桥。

[注释]

①冰壑：生平事迹未详。 ②伯伦：魏晋名士、沛人刘伶之字，以醉酒狂肆名世。 ③希乐：东晋将军沛人刘毅之字。 ④萍齑：即韭萍之碎末。苏轼《豆粥》诗：“萍齑豆粥不传法，咄嗟立办合季伦。” ⑤折：古人以竹简作书简长尺，短者半之，折简即折半之简，礼轻而意近，情好者用之。 ⑥诗瓢：投放诗稿之器皿。语出宋计有功《唐诗记事·唐球》，为诗捻稿为圆，纳入大瓢中。 ⑦昴宿又应萧：称颂寿主之辞。传说汉相萧何为昴星精转世，因称。 ⑧下元：节日名。旧时以阴历十月十五日为下元节。

水调歌头

寿隐士 十月十八

橘记一年景[①]，梅泄小春英。见说彭成仙隐[②]，对此庆生辰。寿比太公欠一[③]，年并楚丘逾九[④]，益壮异常人。细数称觞日，信宿两弥旬[⑤]。 戏莱衣，桥梓列[⑥]，桂兰荣[⑦]。一门盛事难得，一子两层孙。休论若儿渠父[⑧]，差胜杨椿黄琬[⑨]，四代眼前亲。积善有馀庆，享福百千春。

[注释]

①"橘记"句：化用苏轼《题刘景文》诗"一年好景君须记，最是橙黄橘绿时"。 ②彭成：指彭祖。传说为帝颛顼之玄孙，尧封之于彭城，历夏经商至周，年八百岁。 ③太公：指周初太公望吕尚。 ④楚丘：战国齐有楚丘先生。见刘向《新序·杂事五》。 ⑤信宿：连宿两夜。 弥旬：满十天。 ⑥桥梓：指父子。 ⑦桂兰荣：喻子孙兴旺发达。 ⑧若儿渠父：犹言其子其父。 ⑨杨椿：后魏人，字延寿。《魏书》、《北史》有传。黄琬：后汉人，《后汉书》有传。

玉楼春

寿太守 十月十九

姑苏台上春光泄[①]，菊老寒轻香未歇。人言太守是龚黄[②]，天为吾君生稷契[③]。 明良庆会俱良月，万岁千秋同瑞节。明朝仙领趣持鳌[④]，十万人家齐卧辙[⑤]。

[注释]

①姑苏台：在姑苏山上，相传为吴王夫差所筑。 ②龚黄：汉循吏龚遂与黄霸之并称。 ③稷契：帝舜时两位贤臣之并称。 ④仙领：犹仙山。领，通"岭"。 ⑤卧辙：东汉侯霸为淮阳太守，征入都，百姓号哭遮使车，卧于辙中，乞留霸一年。见《后汉书·侯霸传》。

满庭芳

寿幕官 十月廿四

良月霜晴，小春寒浅，瑞蓂九叶朝飞。岭梅香度，初发向南枝[①]。此际高门衮庆，真贤降、金璧争辉[②]。传瀛海[3]，向歆父子，相望姓名垂[4]。　广寒，仙籍在[5]，笔驱造化，文照虹霓。暂徘徊莲幕[6]，名誉英驰。行簉夔龙步武[7]，蓬山静，玉宇春熙。当清夜，神交太乙，相对照青藜。

［注释］

①岭梅：指大庾岭上之梅。因岭南北气候差异，梅花南枝已落，北枝方开。　②金璧：黄金与璧玉。　③瀛海：大海。王充《论衡·谈天》："九州之外，更有瀛海。"　④向歆父子：指西汉刘向与其子刘歆，父子皆为经学家与目录学家。　⑤广寒：即广寒宫，指月亮。　仙籍：旧以登科为登仙，因称及第者之资格与名姓籍贯为仙籍。唐孟球《和主司王起》诗："仙籍共知推丽藻，禁垣同得荐嘉名。"　⑥莲幕：指幕府。语本《南史·庾杲之传》，"（王俭）用杲之为卫将军长史。安陆侯萧缅与俭书曰：'盛府元僚，实难其选。庾景行泛绿水，依芙蓉，何其丽也。'"时人以入俭府为莲花池，故缅书美之。　⑦簉（zào）：踵步。

蓦山溪

寿李学士[1]　十月廿六

月惟四日，又转黄钟律[2]。好景会生辰，是天降、真儒无敌[3]。称觞设席，香雾腾葱郁。霜天晓，笙歌彻，玉斝倾仙液[4]。　当年桂子，元是蓬莱客。任留宿蓬莱，道山试、玉堂翰墨。一封飞下，趣召入黄扉，台星照，寿星明，相映居南极。

［注释］

①李学士：名号未详。　学士：官名，翰林学士之称。　②黄钟律：指十一月。　③真儒：真正之儒者，犹大儒。此语出汉扬雄《法言·寡见》"如用真儒，无敌于天下"。　④玉斝（jiǎ）：玉制之酒器。

洞仙歌

寿丞相夫人　十月廿八

潭潭仙隐[1],婺宿光联地。喜见门阑蔼佳气。对芳辰,诮一似、王母会瑶池[2],又却是、夫人诞生明世。　普陀见真相[3],淑德温柔[4],更比嫦娥又何异。小春吉月,日数推来,成七四好景,杯觞须记。况荣贵,见青紫满门[5],争戏舞莱衣,祝千秋岁。

[注释]

①潭潭:深广貌。　②诮:副词,完全。　③"普陀"句:普陀为佛教四大名山之一,在今浙江普陀。　见真相:指观音现身。五代后梁时,日僧慧锷自五台山请观音圣像回国,为大风所阻,乃于此山建"不肯去观音院"。　④淑:《全宋词》一作"椒"。　⑤青紫:指高官。

水调歌头

寿刘枢甥　十月廿九

今日小春月,后日是周正[1]。瑞蔼挹仙堂上,嵩岳喜生申。文物师垣宅相[2],诗礼枢庭世胄[3],冰骨玉精神[4]。浩气凌牛斗[5],胸次夐凡尘[6]。　郭中书[7],广成子,李长庚。勋业词章福寿,直上等三人。松菊亭前诗酒,梅竹园中翰墨,时复萃嘉宾。人指屏山下,双桂一灵椿[8]。

[注释]

①周正:周历正月。即农历十一月。《史记·历书》:"夏正以正月,殷正以十二月,周正以十一月。"　②师垣:《诗经·大雅·板》"价人维藩,大师维垣",郑玄笺:"大师,三公也。"后因以"师垣"指宰相之位。宅相:外甥之代称。唐赵元一《奉天录》卷四:"王賨侍郎,即令公之宅相

也。志大气雄，酷似其舅。” ③枢庭：政权中枢。借指刘枢。 ④冰骨玉精神：形容气宇美好，品格高洁。 ⑤牛：《全宋词》一作“生”。 ⑥敻(xiòng)：超绝。 ⑦郭中书：指唐名臣郭子仪。子仪曾任同中书门下平章事，故称。 ⑧屏山：指屏风。 双桂：喻兄弟二人。

临江仙

贺人寿有父有兄弟 十一月初三

三叶翠蓂开子月①，九天降诞文星②。满堂佳气蔼祥云。称觞椒有颂，介寿酒浮春③。 强仕宜为攀折客，须知富贵催人。看看雁塔即联名。一门夸盛事，棠棣对灵椿。

[注释]

①子月：农历十一月。 ②文星：即文昌星，又名文曲星。旧以文星主文才。 ③介寿：《诗经·豳风·七月》“为此春酒，以介眉寿”。郑笺：“介，助也。”后以“介寿”为祝寿之辞。

醉蓬莱

寿龙图有父母① 十一月初四

正霜融日暖，两两蓂开②，阳生时候③。喜见文星，上有箕星照。须信岳神，储降④，诞作儒林秀。一举登科，蟾宫稳步，桂香满袖。 天赋麒麟，奇骨尽美，德耀宗盟⑤，有谁居右。宠擢珍图，龙序褒勋厚。两郡棠阴，一封芝检，飞来到如⑥。结束曹装，入居黄阁，双亲未老。

［注释］

①龙图:宋代官名,龙图阁学士之省称。　②两两蓂开:指初四。③阳生:即冬至。　④唐氏按:此处缺二字。　此句岳神储降,为称颂诞辰之辞。　⑤宗盟:同宗,同姓。　⑥飞来到如:唐氏按,此句文字有误,又缺一字。

木兰花慢

寿主簿[①]　十一月初五

腊前冬至后,报春意、动南坡。见葭管浮灰,梅英缀玉,漏泄阳和。阶蓂呈瑞五叶,祥开嵩岳耸嵯峨。笑拥两行珠翠,欢腾一曲笙歌。　　试将铜狄细摩挲,问寿富如何。道寿等冈陵,富连阡陌,福禄多多。德门最堪羡处,有乔松丹桂映婆娑。管取脱身簿领,即登奕世儒科[②]。

［注释］

①主簿:官名。汉代中央及郡县官署多置之,其职责为主管文书,办理事务,唐宋时以主簿为从事之官。　②奕世:世。《国语·周语上》:"奕世载德,不忝前人。"　儒科:科举考试之进士科。

水调歌头

寿王制置[①],十一月初六

宝历契昌运[②],岳渎启珍符[③]。汾阳忠义勋阀,此际挂蓬弧。正属阳生子月,始见蓂敷六荚。宝剑出昆吾[④]。芒射斗牛分,光彩照坤舆[⑤]。　　备文武,宏器量,足谋谟[⑥]。世传韬略,出专阃制誓平胡[⑦]。尽护貔貅百万[⑧],仰副九重委注,指日复舆图[⑨]。祝寿如山阜,进位陟洪枢[⑩]。

[注释]

①王制置：名号未详。　制置：官名，制置使之简称。　②宝历：指国祚。　③岳渎：五岳与四渎之并称。五岳指泰山、衡山、华山、恒山、嵩山，见《初学记》卷五引《纂要》。四渎指长江、黄河、淮河、济水。见《尔雅·释水》。　珍符：珍奇之符瑞。　④昆吾：指昆吾石。用以冶炼、制作刀剑。　⑤坤舆：大地。《易经·说卦》："坤为地为大舆。"孔颖达疏："为大舆，取其能载万物也。"后因以"坤舆"代称大地。　⑥谋谟：谋略。《东观汉记·明帝纪》："数问以政议，应对敏达，谋谟甚深。"　⑦专阃（kǔn）：专主京城以外之兵事。语本《史记·张释之冯唐列传》，"臣闻上古王者之遣将也，跪而推毂曰：'阃以内者，寡人制之；阃以外者，将军制之。'"后称将帅在外统军为"专阃"。　⑧护：《全宋词》一作"获"。　⑨舆图：疆土。陆游《书事》诗："闻道舆图次第还，黄河依旧抱潼关。"　⑩陟：升登。　洪枢：指宰相或枢密使。

鹧鸪天

寿尊长　十一月初十

月琯循环届仲冬[①]，蓂生十叶气葱葱。梅花香里开华宴，柏酒樽前拜寿翁[②]。　檀乍爇，烛微笼。儿孙罗列劝金钟。点头更问儿孙看，慈母蟠桃几度红。

[注释]

①琯：玉管，古乐器。历家用以候气。《晋书·律历志上》："黄帝作律，以玉为管，长尺，六孔，为十二月音。至舜时，西王母献昭华之琯，以玉为之。"　②柏酒：以柏叶浸制之酒，旧俗饮此酒以祝寿辟邪。

临江仙

寿妇人七十　十一月十一

鲁观书云方在候[①]，颍川家庆非常[②]。望前四日上椒觞。北堂人未老，南极夜增光。　借问遐龄今几许，希年恰喜相当[3]。愿同王母寿延长。蟠桃看屡熟，萱草镇长芳。

[注释]

①鲁观书云：语本《左传·僖公五年》"公既视朔，遂登观台以望，而书，礼也。凡分、至、启、闭，必书云物，为备故也"。 按：宋人诗文多以"书云"指冬至。 ②颍川：汉黄霸曾任颍川太守，有政绩。此用以称颂官吏。 ③希年：古稀之年，指七十岁。

百字谣

寿张推官[1] 十一月十二

一阳来复，正日临三四，梅英露白。玉燕当年曾入梦[2]，瑞应果生人杰。金玉文章，圭璋闻望[3]，早作蟾宫客。来趋莲幕[4]，片言珍重能决。 自知阴德居多，仕途应显，州县何劳力。况有儿孙俱挺特，管取桂枝高折。桥梓齐芳，芝兰并秀，甚盛家声籍。祝君长寿，一门荣贵无极。

[注释]

①张推官：名号未详。 推官：掌刑狱之官。 ②"玉燕"句：据王仁裕《开元天宝遗事·梦玉燕投怀》，唐朝张说母梦有一玉燕自东南飞来，投入怀中，而怀孕生说。说后位居宰相。故为至贵之祥。 ③闻望：名望。葛洪《抱朴子·百里》："或父兄贵重，而子弟以闻望见选。" ④莲幕：指幕府。

临江仙

十一月十三

要问南枝消息早，一阳恰喜方回。望前二日验云台。祥光呈五色，瑞彩上三台。 生机一脉何尝息，正看用世真才。调羹手段此胚胎[①]。文明观盛会，直待六阳来[②]。

[注释]

①调羹：喻治理国家政事。语本《尚书·说命下》“若作和羹，尔惟盐梅”。　②六阳：古以天气为阳，地气为阴。十一月至来年四月为阳气上升之时，合称六阳。见《礼记·月令》孔颖达疏。

满庭芳

寿赵判院有父有子[①]　十一月十四

阳复今朝，月圆明日，渭溪改观风光[②]。金枝孕秀，馀庆衍天潢。诞降真英间世，群仙贺、喜萃华堂。那堪见，灵椿未老，丹桂两芬芳。　烛摇，香雾拥，翠娥歌舞，齐上椒觞。且殷勤仰祝，华算等天长。况蕴智谋韬略，维城志、屏翰君王[③]。待收取、平戎功业，军国赖平章。

[注释]

①赵判院：名号未详。　②“渭溪”句：此以吕尚钓于渭水磻溪为喻，言其事业发达。　③维城志：卫国之志。

满江红

寿富者七十　十一月十七

阳律方回[①]，月圆后、又逾两日。想当年，秀钟峻岳，复生申□[②]。重庆蓬弧呈瑞旦[③]，盈门喜气先洋溢。羡璇穹[④]、箕宿动祥光，辉南极。　延遐算，希年及。康宁富，无亏一。论箕畴五福[⑤]，总全天锡[⑥]。鹤发未教垂雪彩，凤毛行展冲霄翼[⑦]。愿彩庭、岁岁捧霞觞，倾仙液[⑧]。

[注释]

①阳律:指阳气。十一月冬至,一阳始生,故云。 ②“秀钟”二句:语出《诗经·大雅·崧高》“崧高维岳,骏极于天。维岳降神,生甫及申”。□:唐氏按,原无空,据律补。 ③重庆:再度庆祝。 ④璇穹:明净之天空。 ⑤箕畴:指《尚书·洪范》之“九畴”。相传“九畴”为箕子所述。 ⑥天锡:上天赐予。 ⑦凤毛:喻子孙。《世说新语·容止》:“王敬伦风姿似父……桓公望之,曰:‘大奴固自有凤毛。’” ⑧彩庭:用老莱子孝敬父母事。

水调歌头

寿太守傅侍郎[1],前三日冬至 十一月十八

关中有萧相[2],江左见夷吾[3]。中兴帝赉良弼[4],休运应乾符[5]。百五期过一日,十万声号半夜,南极灿晴虚。嵩岳生申甫,河洛出图书。 领坡仙[6],陪橐从[7],镇潜都[8]。九重昨夜有梦,问到北岩无。须信建溪桃李,难驻商川舟楫,归去伴都俞[9]。岁伴南山寿,日拱北辰居。

[注释]

①傅侍郎:名号未详。 侍郎:官名。中书、门下及尚书省所属各部长官之副者称侍郎。 ②萧相:指西汉初丞相萧何。 ③夷吾:即管夷吾,名仲,为春秋初齐桓公之上卿。 ④赉(lài)良弼:赏赐辅佐之臣。语本《尚书·说命上》“梦帝赉予良弼”。 ⑤休运:犹言盛世。 ⑥坡仙:苏轼号东坡居士,文才盖世,仰慕者乃以“坡仙”尊称之。 ⑦橐从:指皇帝近臣。《汉书·赵充国传》:“印家将军以为安世本持橐簪笔事孝武帝数十年。”颜师古注引张宴曰:“橐,契囊也。近臣负橐簪笔,从备顾问,或有所记也。” ⑧潜都:帝王即位前所在之城邑。 ⑨都俞:本《尚书·益稷》,“禹曰:“都!帝,慎乃在位。’帝曰:俞!”都、俞均为叹词,以为可,则曰都俞。后因以形容君臣论政问答,融洽雍睦。

万年欢[1]

寿侍郎　十一月二十

律应黄钟，蓂飞六荚，今朝是、嵩岳生申。似山堂里，氤氲瑞气先春。笙歌度曲，依然在、紫府黄庭[2]。拥出癯仙冰玉洁，梅花个样精神。堪羡处，行藏信道，出处无心。　　莫把闲中日月，替了调元公案[3]，袖手经纶。黄扉虚左，休顾平泉花石盟。好看来年八秩，渭川叟、故事重新。寿星与、三台齐色，政地拜生辰[4]。

[注释]

①唐氏按：此首共一百十二字，有误。　②紫府：道教称仙人所居，贯休《寄天台道友》诗："紫府称非远，清溪经不迂。"　黄庭：指中央。　③调元：谓调和阴阳，执掌大政。　公案：办公之几案。　④政地：处里政事之处，指朝廷。

鹊桥仙

寿侍郎　十一月廿一日

朱门列戟[1]，华堂鼎食[2]，那更康强八十。渭川遇主恰年同[3]，怎得似、累朝良弼[4]。　　冬殷仲律[5]，六蓂飞日，一点星辉南极。祝公经济出调元，遍寰宇、同跻寿域。

[注释]

①朱门列戟：朱门，红漆大门。古代王侯贵族大门漆成红色以示尊贵，此指侍郎第宅。　②鼎食：列鼎而食。鼎为国家重器。华堂鼎食，言其显贵。　③渭川遇主：用吕尚垂钓渭滨遇周文王。　④累朝良弼：历朝优良辅佐之臣，指侍郎。　⑤冬殷仲律：殷，指雷声，见《诗经·召南·殷其雷》。

瑞鹤仙

寿妇人七十三　十一月廿二日[1]

正迎长时节。细数来、两旬已浃[2]，两朝方越。画堂人笑悦。见瑞烟香袅，寿星明彻，丝丝华髪。问瑶池会客，几见桃结。才经八十，春秋不记，绛人年月。　奇绝。诗书教子，陶母等伦，曹家风烈[3]。鼎来□德。儿孙尽、蓝袍客[4]。便从今，一轴金花鸾锦[5]，十藏琅函贝叶[6]。愿常如、秋月圆时，长生真诀[7]。

[注释]

①唐氏按:此首已见丁集卷一,题作寿某氏八十。此首异文颇多,殆窜改前首而成,而“八十春秋”字尚未改,两存之。　②两旬已浃:古以干支纪日,称自甲至癸一周十日为浃,称自子至亥一周十二日为浃辰。两旬已浃即廿天,再加“两朝方越”,即廿三日。　③曹家:班昭,汉代班彪女,班固、班超妹,嫁曹世叔,早寡,续成其兄班固所著《汉书》等,屡受召入宫,为皇后及诸贵人讲授,号曰曹大家。　④蓝袍客:官员所着蓝衫。　⑤金花鸾锦:有鸾凤图案之金花锦帖,指贵妇人封诰。　⑥琅函贝叶:琅函,指琅书即道家神仙之书。贝叶书即佛经。　⑦真诀:真正秘诀,即要领。

临江仙

庆寿日趋朝　十一月廿三日[1]

律按黄钟馀七日[2]，左扉弧矢呈祥。好看一点上眉黄。台星还又照，相映寿星光。　今岁生辰应迥别，趋朝已趣曹装。姓名稳稳造鸳行。来年三四月，衣锦早还乡。

[注释]

①趋朝:即上朝。　②“律按黄钟”句:古以律历相应,十二律之黄钟

应十一月。十一月共三十天,律按“黄钟馀七日”即十一月二十三日。

菩萨蛮[1]

寿侄　十一月廿六日

蓂留四叶书云后,此日孙枝秀。爱他风味似吾人,却是笔头能篆、又能文。　青青两鬓年方壮,儿女俱成长。要添富寿共荣华,教取一庭兰玉,共成家。

[注释]

①唐氏按:此调乃《虞美人》。

江神子

寿监镇[1]　十一月廿七

一阳来复气回新[2],对芳辰,庆生申。月满惟迟、三日又三旬。入仕致身知是早,年弱冠,正青春。　文章笔下扫千军,擢铨衡[3],袭簪缨[4]。荣捧宸恩[5],来镇此邦民。行历华途须烜赫[6],添寿酒,祝椿龄。

[注释]

①监镇:官名。　②一阳来复:每年冬至日,阴气尽,阳气复生。谓一阳来复。　③擢铨衡:指授官及执掌量才授官之事。　④簪缨:古代官吏冠饰。　⑤宸恩:即君恩。北极星所在为宸,后借用为帝王所居,又引申为王位,帝王代称。　⑥烜赫:声威盛大。

上阳春

寿邹魁任[①] 十一月廿八日

疏梅点白，漏泄先春信。律欲变黄钟[②]，但两日、一阳月尽[③]。龙头望族[④]，挺挺振家声，窗下业，月中枝[⑤]，雁塔书名姓[⑥]。 琴堂拟步，早发梅仙轫。台阁待风生，想咫尺、天颜已近。壮行未老，便作黑头公，还未定，祝千春，看子孙昌盛。

[注释]

①邹魁：生平不详。 ②律欲变黄钟：黄钟为十二律之首，与十一月相对应，十二月与大蔟相对应，十一月将尽，十二月将临，故称"变黄钟"。 ③一阳尽：指十一月将尽。 ④龙头望族：豪族。 ⑤月中枝：传说月中有桂树。科举时代以月中折桂喻登科。 ⑥雁塔书名姓：陕西西安市南有大雁塔小雁塔，大雁塔在慈恩寺，唐高宗永徽四年建。神龙以后，新进士有题名雁塔之举。 ⑦琴堂：指县令公署。用《吕氏春秋》宓子贱堂上弹琴而县治之典。

醉蓬莱

寿特奏官[①] 十二月初二

看梅腮妆腊，柳眼缄春[②]，小寒交候[③]。蓂荚双开，庆生贤毓秀。早著蜚声，荣登鹗表[④]正是当年少。大器能藏，待当富贵，功名还就。 暂试鸾栖，需期瓜约，未试经纶手。料想黄扉须有分[⑤]，看玺书飞到。州县无劳，沙堤已筑，跃马长安道。岁岁今朝，蝙斓品戏，举觞称寿。

[注释]

①特奏官：由特殊推举而授官职之人。 ②缄春：带有春意。 缄：

藏而未发意。　③小寒：二十四节气之一。　④鹗表：即荐书。后汉孔融荐祢衡表云："鸷鸟累不如一鹗。使衡立朝，必有可观。"后称举荐人才为"鹗荐"。　⑤唐氏按：以上数句句法不合律。

临江仙

庆梁孺人[1]　十二月初三

数朵寒梅方破腊，良宵新月初生。晓来闺阁庆生辰。天孙应降诞[2]，德迈孟光贤。　喜配伯鸾真得耦，乘龙产凤齐名。称觞岁岁祝长年。瑶池桃未熟，南极婺星明。

［注释］

①孺人：指古代贵妇。政和二年以命妇封县君郡君，名称不宜，用改为通直郎以上封孺人。　②天孙：星象传说以织女为天帝之孙。

满庭芳

寿胡簿方三十[1]　十一月初四

梅拆数枝，蓂舒四荚，二阳始觉来临。五云呈瑞，渤海复生申。信道当年庆诞，人推天上石麒麟[2]。果然是，名驰雁塔，弱冠绿袍新。　鸾栖，虽小试，仕途发轫[3]，现宰官身[4]。信倚需一札，飞下天庭。自是调羹大手，环召也、快展经纶。称觞处，彩堂具庆，芳桂对萱椿。

［注释］

①簿：即主簿。胡氏名未详。　②石麒麟：《陈书·徐陵传》记宝志上人赞少时徐陵"天上石麒麟也"。　③发轫：启行，开始。《离骚》："朝发轫于苍梧兮。"　④现宰官身：佛教语。如"应以宰官身得度者，（观世音菩萨）即现宰官身而为说法"。此言现为县官。

壶中天

寿伯母　十二月初六

嘉平时候，算尧阶蓂叶，才方开六。婺女当年曾降瑞，产作仙姿清淑。金玉满堂，儿孙满目，心事今都足，嘻嘻嗃嗃[1]，一门和气可掬[2]。　何幸诞节称觞，湖山堂上，燕集皆亲族。犹子不能歌盛美[3]，但借湖山为祝。福比湖深，寿齐山耸，岁岁颜如玉。好陪王母[4]，共看几度桃熟。

[注释]

①嗃嗃(hèhè)：悦乐自得貌。　②可掬：可双手捧取。　③犹子：古称侄为犹子，此作者自指。

临江仙　(十二月初八)

称觞喜对二阳临。况当弦月上，一醉千春。

(唐氏按：元刊本有缺叶，佚去寿词十五首，另一首只剩末行。
兹以一百二十七卷本《翰书大全》所载残篇补，题俱佚去)

千秋岁　(十二月初九)

斗杓建丑，蓂叶初开九。贤哲降，千龄偶。

满江红　(十二月初十)

十荚尧蓂开翠羽，一番潘貌蒸红颊。

临江仙　（十二月十三日）

欣遇月圆先两日，称觞对二阳来。

（依目此下有《满江红》十二月十四日一首，一百二十七卷本无残篇）

水调歌头　（十二月十四日）

今日雪飞六出，明夜月圆三五，梅腊正传芳。恰值生申节，共献椒觞。

壶中天　（十二月十五）

霜月团圆天似水，还是神仙诞日。

鹧鸪天　（十二月十六）

腊月初开一荚蓂，祥开嵩岳庆生申。

满江红　（十二月十八）

雪压梅皲，写不就、岁寒清绝。正阆苑、五分里过了，三分腊月。

乳燕飞　（十二月十九日）

问讯绂麟何日是，腊月生辰十九。

（依目此下另有十二月十九日《鹧鸪天》一首，一百二十七卷本无残篇）

瑞鹤仙 （十二月廿二）

户庭浮瑞气，八日馀寒，新春来至。

（依目此下有十二月二十二日《玉楼春》一首，一百二十七卷本无残篇）

水调歌头 （十二月二十四）

瑞溢飞猿峤，秀毓凤凰山。腊馀六日春到，人间世庆生贤。

水调歌头 （十二月廿六）

应三元，先五日，庆生申。

水调歌头 （十二月廿六）

上缺年春里，归去凤凰池上，国号恰新颁。玉立诸郎秀，丹桂看齐樊。

（以上缺叶中词，有无撰人姓名，不得而知，暂作无名氏）

小木兰花

寿亲戚 十二月廿七

日逢三九[①]，相对梅花倾寿酒。次第回春[②]，甲子从头又一新。 敬翻一曲，付与歌儿勤为祝。为问仙翁，今岁蟠桃几度红。

[注释]

①三九:从冬至次日起,每九天为一九,至九九止。共八十一天,称数九寒天。三九,冬至后十九天至廿七天。 ②次第:转眼之间,顷刻。

沁园春

寿刘常州[①] 十二月廿九

淮海知名[②],今日刘郎,胜如旧时。记当年幕府,从容赞画[③],云从万骑,电掣千麾。威震新塘[④],气吞涟楚[⑤],涤扫妖氛但指期。论功处,载骖鸾鹤[⑥],衣锦赋荣归。
九重诏已封泥[⑦],看稳上青云万丈梯。况平生慷慨,闻鸡起舞,中原事业,不付公谁。昨夜颁春[⑧],明朝献岁,且对椒盘奉寿卮。功名事,不输前辈,行到凤凰池。

[注释]

①刘常州:此刘姓常州知州,生平名字不详。常州今在江苏省。 ②淮海:江苏、安徽一带。 ③赞画:辅佐,策划,指刘常州当年为人幕僚时辅佐主帅尽职。 ④新塘:地名。所在未详。 ⑤涟楚:湖南、江苏皆有涟水,皆为战国时楚地,此未详所指。 ⑥载骖鸾鹤:即骖鸾载鹤。 ⑦九重诏:九重宫阙所下之诏书。 泥封:古以诏命书函,加盖印章。 ⑧颁春:此句下原有注“是日立春”。

千秋岁

十二月三十

欢盈万屋,声杂当庭竹。腾宝篆[①],辉银烛。东君将到处[②],只隔邮亭宿[③]。谁知道,此时诞个人如玉。
红叶题宫墨[④],流入人间曲。天香在,犹芬馥。满斟眉寿酹,共劝千龄福。情未足,来朝更把酴酥祝。

（以上《翰墨大全》丁集卷四）

[注释]

①腾宝篆:言香炉之烟袅袅而上,状如篆文。 ②东君:司春之神。③只隔邮亭宿:言春时即至如到邮亭也。 ④红叶题宫墨:即红叶题诗故事。有卢渥赴京应举偶临御沟,拾得红叶,叶上题有诗句:"流水何太急,深宫尽日闲。殷勤谢红叶,好去到人间。"后宣宗放宫女,有与卢渥婚者即此人。见范摅《云溪友议》卷十。

贺新郎

张县尹美任[1]

父老持杯水。叹世间、公论无情,是非易位。来饯花封贤令尹,籍籍攀辕耳语[2]。留不住、青原抚字[3]。蓦地风波平地起[4],算十常、八九乖人意。无处著、不平气。 浩然一曲歌归去。问城郭田园,曾荒尤未。亲旧过从同一笑,不羡浮云富贵。任造物、小儿厮戏。失马安知非是福[5],况庙庭、侑祀方思魏[6]。天定也,诏书至。

(《翰墨大全》庚集卷十五)

[注释]

①县尹:官名,即县令。 ②籍籍:纷纷。 攀辕:牵挽车辕,不让离去。 ③抚字:抚养爱护。《齐书·封隆之传》:"隆之素得乡里人情,频为本州,留心抚字,吏民追恩,立碑颂德。" ④蓦地:忽然。 ⑤"失马安知"句:"塞翁失马,焉知非福。"见《淮南子》。 ⑥侑祀:配享。 思魏:思念贤良辅佐。 魏:指魏征。

蝶恋花

贺领乡举[1]

名播乡闾人素许。科诏相催[2],又趁槐花举[3]。谈笑挥成金玉句，贤书果见登天府[4]。　阔步青霄今得路[5]。脚底生云，拥入蟾宫去。好是来年三月暮，琼林宴处人争睹。

[注释]

①乡举：古代取士之法。或经乡试选拔，或就乡里中考察推荐。《汉书·杜周传附杜钦》注："乡举者，博问乡里而举之也。"又称"乡荐"。乡试中式为领乡举或领乡荐。　②科诏：参加科试诏书。唐制，乡试及第后，参加科试。　③槐花举：李淖《秦中岁时记》载，进士下第，当年七月复献新文，求拔解曰："槐花黄举子忙。"槐花举谓此。　④贤书：举荐名籍。乡试中式为登贤书。也称举贤书。《周礼·地官·乡大夫》："乡老及乡大夫，群吏献贤能之书于王，王再拜受之，登于天府。"　⑤疾步青霄：即直上青云。

桂枝香

贺及第

恩袍草色[1]。望满目青青，光动阡陌。拂拂鞭丝散漫，锦鞯玉勒。君王赐与琼林宴，玩丹桂、香浮仙籍[2]。舜韶清雅[3]，尧觞泛溢[4]，欢意何极。　湛露久[5]、需云未饰[6]。更星使传呼[7]，天上消息。槐幄阴移[8]，上苑淡烟凝碧[9]。归来渐近平康路[10]，骤香尘、倒载连璧。马蹄轻驶，宫花半亸，艳欺斜日。

[注释]

①"恩袍"句：唐制，官三品以上服紫，四五品以上服绯，六七品服绿，八九品服青。草色，指青色。　②丹桂：旧时以折丹桂比喻科举称及第。　仙籍：进士名籍美称。　③舜韶：传说虞舜作韶乐，故以舜韶喻宫廷雅乐。　④尧觞：皇帝所赐之酒。　⑤湛露：《诗经·小雅》篇名，《序》谓天子宴诸侯之诗。《左传·文公四年》："昔诸侯朝正于王，王宴乐之，

于是乎赋《湛露》。” ⑥需云:《诗经·小雅》篇名,天子宴诸侯之诗。《左传·文公四年》载,“有诸侯朝正于王,王宴,于是乎赋《需云》。” ⑦星使:皇帝使者。旧传天节八星主使臣持节,宣威四方。 ⑧槐幄:即槐厅。宋时学士院中庭有一巨槐,故称学士院为槐厅。旧传居此者,多入相。见《梦溪笔谈·故事》。 ⑨上苑:即上林苑,供皇帝打猎之地。 ⑩平康路:指妓女所居。唐长安街有平康坊,又名平康里。

西江月[①]

赠　友

忆昔钱塘话别,十年社燕秋鸿[②]。今朝忽遇暮云东,对坐旗亭说梦[③]。　　破帽手遮西日,练衣袖卷寒风[④]。芦花江上两衰翁,消得几番相送。

（以上三首见《翰墨大全》壬集卷八）

[注释]

①唐氏按:首别误作张先词,见《草堂诗馀续集》卷上。 ②社燕:春社燕来,秋社燕去,故称燕子为社燕。 唐氏按:原作“燕社”,误,据《花草粹编》卷四改。 秋鸿:即秋雁。社燕秋鸿,意味着春秋几度。 ③旗亭:古时饯送行人的驿站酒楼。 ④练衣:绢衣。

[集评]

陶先淮云:“此词写好友久别重逢而复相送别。意绪悲凉,情景相映,颇见深致。”

少年游

题锦标社疏[①]

新竿界断一天游[②],万弩向云头[③]。彩羽飞星[④],红心破日,胜集总名流。　　好手业中施好,利物敢轻酬[⑤]。

捧杆箭多，旗花饯少，快请办头筹[⑥]。

[注释]

①锦标：即锦旗，用以奖励比赛获胜者。 ②“新竿”句：写射箭比赛场面。新竿指竹竿。界断即隔断。 ③弩：指强弓。 ④彩羽：箭翎。 彩羽飞星：指箭翎如星雨飞骤。 ⑤利物：利物指竞赛奖品，彩头。 ⑥头筹：第一。 筹：比赛时记数工具。

[集评]

陶先淮云：“此词歌咏射箭比赛，题材新颖，节奏轻快，颇见生气。”

浣溪沙

题赠飞竿簇[①]

谁识飞竿巧艺全，儿童群戏艳阳天。十分险处却安然。 海燕舞空萦弱絮，岭猿连臂下层颠。算来真个肉飞仙[②]。

[注释]

①飞竿：杂技演员所用竹竿。 簇：帮会之意。 ②肉飞仙：肉身飞仙，形容艺人矫健如飞。

[集评]

陶先淮云：“此作以海燕穿空，猿猴下岭比喻杂技动作之灵巧优美，十分生动，引人入胜。”

菩萨蛮

题刀镊行簇[①]

宝刀迎面摇寒雪[②]，琼梳掠鬓横新月[③]。红颊驻长春，绿鬟轻绾云[4]。　　解飘并括敛[5]，到处题名遍。飞诏待追还，荣居供奉班[6]。

（以上三首见《翰墨大全》壬集卷十六）

［注释］

①刀镊行簇：似指理髮行业。　②寒雪：形容剃刀闪动。　③新月：形容髮饰。　④绾云：形容髮鬟。　⑤解飘：解开，飘散。　⑥供奉班：供奉皇帝行班。宋廷有东头西供奉。

［集评］

陶先淮云："本篇赞美理髮行簇精湛手艺，描写生动，比喻贴切节奏轻松。"

满江红

贺人开酒店药铺

旧日皆春[1]，气象又重妆束。做得新丰酒肆，济康堂局[2]。老杜误传人酝酿，许公手种时科目[3]。自两公、一去已经年，君今续。　　商家醴，须君麹[4]。怀英笼，须君蓄[5]。且饶人大卖[6]，呼么喝六[7]。佶倬家人三两辈[8]，药王菩萨丹青轴[9]。更于中、添得个当炉[10]，十分足。

（《翰墨大全》壬集卷十七）

［注释］

①皆春：原注，"号皆春"。　②新丰、济康：似皆酒肆名。　③"老杜，许公"句：事语未详。　④醴：甜酒。　⑤笼：造酒时发酵用酒笼。怀英笼：狄仁杰字怀英，曾以药笼中药物喻英才，或即此义。　⑥饶人：让人，不与人争较。《唐诗纪事·七四》引诗："诗因试客分题僻，棋为饶人下著低。"　⑦呼么喝六：赌博掷骰时，希望得彩而高声大叫。　⑧佶倬：健康高大。　⑨药菩萨：佛教菩萨名，又民间奉神农、扁鹊等为药王。丹

青轴指药王菩萨画像。 ⑩当炉：指卖酒女子。

失调名

燕子重来寻旧巢。 （《翰墨大全》后甲集卷一）

贺新郎

黄州赤壁[1]

苏子秋七月。向凉宵、扁舟与客，共游赤壁。清吹徐来波不动，举酒诵诗属客。白露与、水光相接。万顷茫茫风浩浩，飘飘乎、遗世而独立。棹兰桨，溯空阔。 正襟危坐而言曰。客知夫、天地之间，久长无物。惟有清风与明月，万古用之不竭。寓耳目、为声为色。客笑欣然重酌酒，忽盘肴既尽杯狼籍。□□□，东方白[2]。

［注释］

①黄州赤壁：黄冈市长江南岸之赤鼻矶，自苏轼据传闻作前后《赤壁赋》及《念奴娇》词后，人称赤鼻矶为东坡赤壁，即黄州赤壁。此词即隐括苏轼《前赤壁赋》而成。 ②□□□：《全宋词》注，空格据律补。

贺新郎

黄州赤壁[1]

十月临皋暮。客从予、黄泥之坂，凛然霜露。相与行歌而言曰，月白风清如许。念无酒、归谋诸妇。妇曰斗酒藏之已久，可携为、赤壁之游否。江水落，出洲渚。
登龙踞虎幽宫俯。啸一声、山鸣谷应，寂寥四顾。有鹤东来西去也，梦道士、揖予而语。赤壁之游乐乎否，问其名、不答予惊悟。开户视，不知处。

[注释]

①黄州赤壁：此词隐括苏轼《后赤壁赋》而成。

[集评]

陶先淮云："上二阕隐括东坡前后《赤壁赋》，能分别摄住两赋梗概与特征，虽不如东坡隐括他人作品入词之精妙传神，亦颇有风趣。"

刘瑞清云："两阕贺新郎，一样掉书袋。分明'前''后赋'，截割成条块。掐尾或去头，手段真不赖。稼轩若得知，下风定甘拜。"

满江红

严州钓台①

不作三公②，归来钓、桐庐江侧。刘文叔、眼青不改③，故人头白。风节傥能关社稷，云台何必图颜色④。使阿瞒、临死尚称臣⑤，伊谁力。　　登钓石⑥，初相识。鱼竿老，羊裘窄。除江山风月，更谁消得。烟雨一川双桨急，转头不忿青山隔。叹鼻端、不省利名醒，京华客。

（以上三首见《翰墨大全后乙集》卷十三）

[注释]

①唐氏按：此首别误作苏轼词，见嘉靖本《钓台集》卷六。　严州钓台在浙江桐庐县南，相传后汉严光少曾与光武帝刘秀同学，有高名。秀称帝，光变姓名隐遁，秀派人觅访征召到京拜谏议大夫，不受，退隐富春山。后人称他所居游之地为严陵山，严陵钓台。见《后汉书·隐逸传》。　②三公：辅国大臣。《尚书·周官》："立太师、太傅、太保、此惟三公……"　③刘文叔：指汉光武帝。　眼青："眼睛青色，其旁白色，正视则见青眼处，邪视则见白处。"青眼表重视。见《晋书·阮籍传》。　④云台：汉宫中高台名。《后汉书·阴兴传》："后以兴领侍中，受顾命于云台广室。"注："洛阳

南宫有云台广德殿。"汉明帝图画中兴功臣廿八人于云台。 ⑤阿瞒：曹操小字。操位至丞相，封魏王。但至死称臣于汉室，至子曹丕始代汉称帝。 ⑥钓石：钓鱼时所坐之石。即钓矶。

踏莎行

寄 妹①

孤馆深沉，晓寒天气，解鞍独自阑干倚。暗香浮动月黄昏②，落梅风送沾衣袂。 待写红笺，凭谁与寄，先教觅取嬉游地。到家正是晚春时，小桃花下拚沉醉。

［注释］

①唐氏按：此首别作延安夫人词，见《彤管遗编》后集卷十二。 ②"暗香"句：用林逋《山园小梅》诗句。

［集评］

陶先淮云："此羁旅思亲之作，旅途之孤独凄清与故园之温馨明媚虚实相生，亦情亦景。"

青玉案

送 别①

征鞍不见邯郸路②，莫便匆匆去。秋风萧条何以度。明窗小酌，暗灯清话，最好留连处。 相逢各自伤迟暮，犹把新诗诵奇句。盐絮家风人所许③。如今憔悴，但馀衰泪，一似黄梅雨④。

（以上三首见《翰墨大全》后丙集卷四）

[注释]

①唐氏按:此首别误作李清照词,见《花草粹编》卷七。《历代诗馀》亦作李清照词。 ②邯郸路:唐传奇《枕中记》写卢生于邯郸遇道者吕翁,翁以枕授生,生睡入梦,历数十年富贵荣华。及醒主人炊黄粱尚未熟。③盐絮家风:晋谢安,雪日与儿女讲论文义。安问:"白雪纷纷何所似?兄子朗曰:"撒盐空中差可拟。"兄女道韫曰:"未若柳絮因风起。" ④黄梅雨:夏初梅子黄时多雨,称黄梅雨,亦称梅雨。

沁园春

庆云山创屋①

法从西清②,雅志山东③,超然燕怡④。笑洛城卢老,贫来屋破⑤,花溪杜叟,雨里床移⑥。晚乃经营,欢言结架,夭矫晴虹朝已跻⑦。开山了⑧,一灯灯相续⑨,第一宗师⑩。 乘闲小隐幽栖,天与人谋应此时。算春霆震响,不教龙蛰,甘霖布润,待倩云飞。宥密思贤⑪,明谟经远⑫,共指神州克复归。归来也,更身名烜赫,锦绣光辉。

[注释]

①云山:未详。据"开山"句,似佛门方丈,以建寺而闻名者。 ②西清:西堂清静之处。司马相如《上林赋》:"青龙蚴蟉于东厢,象舆婉僤(僤)于西清。"注:"西清者,西厢清静之处也。" ③山东:疑为"东山"之误。晋谢安曾隐东山。 ④超然燕怡:离世脱俗貌。《老子》:"虽有荣观,燕处超然。" ⑤"洛城"句:唐氏按,"洛城"二字,原误作"落成",据韩愈诗改。 韩诗云:"玉川先生洛城里,破屋数间而已矣。" 卢老:指卢仝,号玉川子。 ⑥"花溪"二句:杜甫入蜀后曾卜居成都浣花溪,有《茅屋为秋风所破歌》。 ⑦跻:升。 ⑧开山:佛家多择名山创建寺院,谓之开山。因亦称寺院之第一代住持为开山祖。 ⑨"一灯"句:佛家常以灯喻佛法,谓佛法可以除迷暗,如灯之照夜,因称传法为传灯。 ⑩第一宗师:当指寺庙之第一代住持,即开山祖。 ⑪宥(yòu)密思贤:言宽仁

宁静而思贤者。《诗经·周颂·昊天有成命》："夙夜基命宥密。" ⑫明谟经远：言英明谋画以经略远方。

水调歌头

贺新居

蹑足半天下[①]，作意赋归欤[②]。燕申经始不日[③]，胸次出规模。千古神峰拥护，万古横江缭绕，佳致足方壶[④]。一饮一词美，还得似君无。　　十步楼、五步阁，恣安居。薰蒸和气，袭人盎盎觉春如。况是庄椿不老[⑤]，那更徐鸡并秀[⑥]，父子看名俱。驷马高车盖，不减汉之于[⑦]。

[注释]

①"蹑足"句：犹言足迹半天下。　②"作意赋归"句：决计还归故乡。《论语·公冶长》云："子在陈曰："归与，归与。"范成大《病起初见宾僚》诗："迨此良辰公事少，天恩倘许赋归欤。"　③"燕申经始"句：言闲居时，开始修建屋舍。《论语·述而》："子之燕居，申申如也。"《诗经·大雅·灵台》："经始灵台，终之营之，庶民攻之，不日成之。"　④方壶：方丈蓬壶，传说中仙山。　⑤庄椿：典出《庄子·逍遥游》，"上古有大椿者，以八千岁为春，八千岁为秋。"后用作祝长寿之词。　⑥徐鸡：所指不详。或曰指"子"，待考。　⑦"驷马"二句：谓富贵不逊于定国之家。《汉书·于定国传》言定国之父治狱有阴德自谓子孙当兴，乃高大其门，令可容车马。

水调歌头

贺新居

三径当松竹[①]，五亩足烟霞。个中卜宅[②]，蓬山佳致足君家[③]。前有书江环绕[④]，后有横岗崒嵂[⑤]，万象总森罗[⑥]。轮奂翚飞处，此屋岂无华。　　绿窗开，朱户敞，绣帘遮。燕闲自适，百篇斗酒是生涯。种善善根未绝，延桂桂枝可待，谁子为君夸。佳嗣一夔足，荣耀必多嘉。

[注释]

①三径：指家园。陶渊《归去来兮辞》："三径就荒，松菊犹存。" ②卜宅：本指卜占建都之地，见《尚书·召诰》："太保朝至于洛，卜宅，厥既得卜，则经营。"后为择地定居之泛称。杜甫《为农》："卜宅从兹老，为农去国赊。" ③蓬山佳致：仙山美景。蓬山，蓬莱山，古代传说为仙人所居。④书江：江名。 ⑤崒嵂(zú lǜ)：山峰高耸貌。 ⑥万象森罗：万千气象森然罗列。

金缕衣

贺云溪建楼[1]

帝遣司花女[2]。炯琼琚瑶佩，新来满空飞舞。飞到水晶宫阙处，还被六丁迎住[3]。唤月娣、天孙说与[4]。道是云溪新洞府，粲玉虹、拥出神仙宇[5]。齐星汉，切云雾。 朝来细把虹梁举[6]。命日兄、催上金鸦[7]，高高腾翥。云母卷帘三万数，不碍风斤月斧。真个是、去天尺五[8]。恰则紫皇香案近[9]，那砖花、院柳宜年少。双鬓绿，朝天去。

（以上四首见《翰墨大全》后丁集卷六）

[注释]

①云溪：地名，所在不详。 ②司花女：传说中司花女仙。随炀帝以袁宝儿为司花女。 ③六丁：道教神名。 ④月娣：指嫦娥，又称月姊。李商隐《楚宫》诗："月姊曾逢下彩蟾，倾城消息隔重帘。" 天孙：织女星。 ⑤玉虹：又指桥，苏辙《次韵道潜南康见寄》："请君先入开元寺，待濯清溪看玉虹。" ⑥虹梁：指曲梁。 ⑦日兄：古以日喻帝王，故帝王之弟妹称帝王为日兄。 金鸦：即金乌，指太阳。 ⑧去天尺五：极言接近宫廷。《辛氏三秦记》："长安韦杜，去天尺五。" ⑨紫皇："太清九宫，皆有僚属，其最高者称天皇，紫皇。"见《太平御览》。

失调名

金猊香冷。

失调名

宝鸭香凝袖。（以上《翰墨大全》后丁集卷七）

失调名

梅传春信。

失调名

海棠着雨透胭脂。

失调名

碧玉堂前金粟斗。

失调名

王孙去后多芳草。（以上《翰墨大全》后戊集卷一）

江城梅花引

和赵制机赋梅[①]

逋仙千载独知心[②]。别无人，泪痕深。长是自开自落自成阴。白石后来疏影句[3]，饶绮丽，总输他、清浅吟[4]。　伤情，伤情。角中声，夜沉沉，更捣砧[5]。欲雪未雪、天欲老，云气昏昏。梦绕西湖，路渐不堪行。人已骑驴毡笠去，留恨也，仗梅花、说与君。

［注释］

①赵制机：名不详。制机为制置使司机宜文字之省称。　②逋仙：宋初诗人林逋，隐居西湖孤山，二十年不入城市，工行书，喜为诗，不娶，种梅养鹤自娱，因有"梅妻鹤子"之称。有《山园小梅》诗，曲尽梅之形态。　③"白石"句：姜夔，号白石道人，宋格律派词家，精音律，能自度曲，因林逋名句"疏影横斜水清浅，暗香浮动月黄昏"作《暗香》《疏影》咏梅。　④清浅吟：指林逋咏梅名句"疏影横斜水清浅"。　⑤捣砧：指妇女于水边石上捣衣之声。

［集评］

张炎云："诗之赋梅，唯和靖一联而已，世非无诗，不能与之齐驱耳。词之赋梅，唯白石暗香，疏影一曲，前无古人，后无来者，自立新意，真为绝唱。"（《词源》卷下）

踏莎行

和赵制机赋梅

瘦影横斜，断桥路小，如今梦断孤山了[1]。冷魂趁鹤不归来，荒山没尽深深草。　月下罗浮[2]，一樽自笑，旧枝尚记幽禽抱[3]。王令人梦里说相思[4]，被谁惊破霜天晓。

［注释］

①孤山：山名，在杭州西湖里外二湖之间，一山耸立，旁无依附，林逋曾居于此。　②罗浮：旧题柳宗元《龙城录》载，"隋开皇中赵师雄迁罗浮，日暮于松林酒肆旁，见一美人，淡妆素服出迎，与语，芳香袭人，因与扣酒家共饮。师雄醉寝，比醒起视，乃在梅花树下，上有翠羽啾嘈相顾，月落

参横，但惆怅而已。”后因以罗浮为咏梅典故。　③幽禽：林逋《山园小梅》诗有“霜禽欲下先偷眼”句，白石《疏影》词有“翠禽小小”句。霜禽，翠禽与幽禽同。　④王令人：按于律多一次。“王”当衍文，应删。

［集评］

陶先淮云：“上片仍从逋仙咏梅入笔写梅魂鹤影，境界凄清；下片用罗浮故事，于咏梅中融入相思，别具情味。”

满江红

梅

雪后郊原，烟林静、梅花初折。春初半、犹自探春消息。一眼平芜看不尽，夜来小雨催新碧。笑去年、携酒折花时，君应识。　兰舟漾，城南陌。云影淡，天容窄。绕风漪十顷，遥浮晴色。恰似槎头收钓处，坐中仍有江南客。试与问、何如两桨下苕溪[①]，吞梦泽[②]。

（以上三首见《翰墨大全》后戊集卷六）

［注释］

①苕溪：出天目山之北，两溪合流，入太湖。　②梦泽：即云梦泽，其址约在今湖南益阳，湘阴以北，湖北江陵安陆以南，武汉市以西地区。一称云、梦为二泽，云泽在江北，梦泽在江南。

［集评］

陶先淮云：“从赏梅入笔，兼纪事怀人，以今日，去年，将来时序为线索抒发畅想。清远开阔，虚处传神。”

失调名

月宫仙桂，被嫦娥试手，移来山谷。

（一百二十七卷本《翰墨大全》后戊集卷四）

献仙桃[①]

献仙桃

元宵嘉会赏春光[②],盛事当年忆上阳[③]。尧颡喜瞻天北极[④],舜衣深拱殿中央[⑤]。　欢声浩荡连韶曲[⑥],和气氤氲带御香[⑦]。壮观大平何以报,蟠桃一朵献千祥。

[注释]

①唐氏按:此首原不分段,今依《瑞鹧鸪》调分。　②元宵:俗称农历正月十五日夜,为元宵,有赏灯之习。　③上阳:唐宫殿名,在东都洛阳禁苑东,北宋时尚存。　④尧颡:指高额。词中指代皇帝。北极:北极星,又称北辰、天枢。《论语·为政》:"为政以德,譬如北辰,居其所而众星拱之。"　⑤舜衣:虞舜之衣。杜牧诗:"平生五色线,愿补舜衣裳。"　拱:环绕、环卫。　⑥韶曲:传说中虞舜所作乐曲,亦称韶乐、韶音。《论语·述而》:"子在齐闻韶,三月不知肉味。"　⑦和气:祥和之气。　御香:帝室之香。

献天寿慢

日暖风和春更迟,是太平时。我从蓬岛整容姿[①],来降贺丹墀[②]。　幸逢灯夕真佳会,喜近天威。神仙寿算远无期,献君寿、万千斯[③]。

[注释]

①蓬岛:即蓬莱山,传说为海中仙山,故又称蓬岛。　②丹墀:宫前红色石阶。　③斯:语尾助词。

献天寿令

嗺　子[①]

阆苑人间虽隔[②]，遥闻圣德弥高。西离仙境下云霄。来献千岁灵桃。　　上祝皇龄齐天久，犹舞蹈、贺贺圣朝。梯航交凑四方遥[③]，端拱永保宗祧[④]。

[注释]

①嗺(cuī)子：敬酒辞。撮口作声称嗺。《唐音癸签》："公宴合乐每酒行一终，必唱嗺酒，然后乐作，盖唐人送酒之词。"　②阆苑：阆风之苑，仙人所居。传说阆风，在昆仑山巅，见旧题东方朔《十洲记》。　③"梯航交凑"句：指舟车辐凑，远人毕至。　遥：唐氏按，原作"来"，改从《词谱》卷十。　④端拱：指帝王敛手无为而治。　宗祧：即宗庙。祧，远祖之庙。

金盏子慢

丽日舒长，正葱葱瑞气，遍满神京[①]。九重天上，五云开处，丹楼碧阁峥嵘。盛宴初开，锦帐绣幕交横。应上元佳节，君臣际会，共乐升平。　　广庭，罗绮纷盈。动一部、笙歌尽新声。蓬莱宫殿神仙景，浩荡春光，迤逦王城。烟收雨歇，天色夜更澄清。又千寻火树[②]，灯山参差，带月鲜明。

[注释]

①神京：指帝都。　②寻：古代长度单位，八尺曰寻。千寻，言其高。火树：比喻灯火。

金盏子令

唯　子

东风报暖，到头嘉气渐融怡[①]。巍峨凤阙，起鳌山万仞[②]，争耸云涯。　　梨园弟子，齐奏新曲，半是埙篪[③]。见满筵、簪绅醉饱[④]，颂《鹿鸣》诗[⑤]。

[注释]

①融怡：和悦，温暖。　②鳌山：宋代元宵花灯堆叠为山形，称为鳌山。　③埙篪(xūn chí)：埙，唐氏按，原误作"损"，盖"埙"字之误，从《词谱》卷六改。　埙、篪，均指古乐器。　④簪绅：指显贵。簪，冠簪，古代官吏冠饰。绅，古代官吏腰饰。《论语·卫灵公》："子张书于绅。"《疏》："以带束腰，垂其馀以为饰，谓之绅。"　⑤鹿鸣：《诗经·小雅》篇名，迎宾所奏乐曲。

瑞鹧鸪慢

海东今日太平天，喜望龙云庆会筵。尾扇初开明黼座[①]，画帘高卷罩祥烟。　　梯航交凑端门外[②]，玉帛森罗殿陛前。妄献皇龄千万岁，封人何更祝遐年[③]。

[注释]

①尾扇：以雉尾制成宫扇，供仪仗用。杜甫《秋兴八首》其五："云移雉尾开宫扇，日绕龙鳞识圣颜。"　黼(fú)座：古代帝王坐榻后有锦绣屏风——黼衣，故称帝座为黼座，此指皇帝容颜。　②端门：宫殿南面正门。　③封人：官名，掌守护帝王社坛及京畿疆界。见《周礼》。

瑞鹧鸪慢

慢嗺子

北暴东顽，纳款慕义争来[①]。日新君德更明哉[②]，歌咏载衢街。　清宁海宇无馀事[③]，乐与民同燕春台[④]。一年一度上元回，愿醉万年杯。

［注释］

①北暴东顽：指曾侵扰边境者。暴顽，残暴凶顽之敌。　纳款慕义：谓请和。　②日新：日日更新。《易经·系辞上》："富有之谓大业，日新之为盛德。"　③海宇：指中国境内。《梁书·武帝纪上》："浃海宇以驰风，罄轮裳而禀朔。"　唐氏按："宇"原误作"字"。　④燕：同"宴"。春台，泛指游赏胜处。《老子》："众人熙熙，如享太牢，如登春台。"

寿延长

中腔令

彤云映彩色相映[①]，御座中、天簇簪缨。万花铺锦满高庭，庆敞需宴欢声[②]。　千龄启统乐功成，同意贺、元珪丰挚[③]。宝觞频举侠群英，万万载、乐升平。

［注释］

①彤云：红云。　②需宴：即"需云宴"之省。周天子宴诸侯，为赋《需云》之诗。见《左传·文公四年》。　③元珪：即玄圭，古帝王行大礼时所执黑色玉器。

寿延长

破字令

青春玉殿和风细，奏箫韶络绎[①]。瑞绕行云飘曳，泛金尊、流霞艳溢。　　瑞日晖晖临丹扆[②]，广布慈德宸遐迩。愿听歌声舞缀，万万年、仰瞻宴启[③]。

[注释]

①络绎：唐氏按，"绎"原作"绝"，据《词谱》卷十改。　指箫韶乐曲之声不断。　②丹扆（yǐ）：帝座屏风，借指皇帝。　③宴启：宴享开始。

五羊仙

步虚子令

碧烟笼晓海波闲，江上数峰寒。佩环声里[①]，异香飘落人间。弭绛节、五云端[②]。　　宛然共指嘉禾瑞，开一笑、破朱颜。九重峣阙，望中三祝高天[③]。万万载、对南山。

[注释]

①佩环：即佩玉。　里：唐氏按，原误作"裹"，据《词谱》卷十二改。②弭绛节：指使者驻车。　弭：停止。　绛节：使者所持红色符节。　③三祝：旧时祝人多寿、多富、多男子。

五羊仙

破字令[①]

缥缈三山岛[②]，千万岁、方分昏晓。春风开遍碧桃花[③]，为东君一笑[④]。　　祥飙暂引香尘到[⑤]，祝高龄、后天难老。瑞烟散碧，归云弄暖，一声长啸。

[注释]

①唐氏按：此首原不分段，兹从《词谱》卷八。　②三山岛：神话传说蓬莱、方丈、瀛洲三仙山。　③碧桃花：即千叶桃，重瓣桃花，白色粉红至深红，或洒金。不结实。　④东君：司春之神，太阳神。　⑤祥飙：好风，东风。

抛球乐

折花令　三台词[①]

翠幕华筵，相将正是多欢宴。举舞袖、回旋遍。罗绮簇宫商，共歌清羡[②]。　当琼浆泛泛满金尊[③]，莫惜沉醉，莫惜沉醉[④]，永日长游衍。愿乐嘉宾，嘉宾式燕[⑤]。

[注释]

①唐氏按：此首原不分段，此据《词谱》卷十。　②清羡：太平富裕。③当：唐氏按，据《词谱》补。　琼浆：指美酒。　④莫惜沈醉：唐氏按：此句据《词谱》卷十补。　⑤式燕：即用宴。《诗经·小雅·南有嘉鱼》："君子有酒，嘉宾式燕以乐。"　式：用也。

抛球乐

水龙吟令

洞天景色常春[①]，嫩红浅白开轻萼。琼筵镇起[②]，金炉烟重，香凝锦幄。窈窕神仙，妙呈歌舞，攀花相约。彩云月转，朱丝网徐在，语笑抛球乐[③]。　绣袂风翻凤举，转星眸、柳腰柔弱。头筹得胜[④]，欢声近地，光容约。满座佳宾，喜听仙乐，交传觥爵。龙吟欲罢，彩云摇曳，相将归去寥廓。

[注释]

①洞天:道家称仙人所居。见《事林广记》。词中用以称美欢宴宾客之所。 ②琼筵镇起:谓常开华宴。 镇:正。 ③“朱丝”二句:《词谱》作“朱丝网除,任语笑抛球乐”。 球,古所谓鞠丸,以皮为之,中实以毛,足踏或杖击为戏。 ④头筹:第一。

小抛球乐令

两行花窍占风流[①],缕金罗带系抛球。玉纤高指红丝网[②],大家著意胜头筹[③]。

[注释]

①花窍:指美人。殆谓为有窍之花也。 ②玉纤:纤手如玉。 ③著意:注意,用心。 头筹:第一名。 筹:比赛中记胜负筹码。

失调名

满庭箫鼓簇飞球,丝竿红网总台头。

失调名

频歌覆手抛将过,两行人待看回筹。

失调名

五花心里看抛球,香腮红嫩柳烟稠。

失调名

清歌叠鼓连催促，这里不让第三头。

失调名

箫鼓声声且莫催，彩球高下意难裁。

失调名

恐将脂粉均妆面[1]，羞被狂毫抹污来。

[注释]

①均：唐氏按，疑是“匀”字之误。

清平令

破　子

满庭罗绮流粲，清朝画楼开宴[1]。似初发芙蓉正烂熳，金尊莫惜频劝。　　近看柳腰似折，更看舞回流雪[2]。是欢乐、宴游时节，且莫催、欢歌声阕。

[注释]

①清朝：清晨。　②舞回流雪：形容舞姿优美。

惜奴娇

曲　破[1]

春早皇都冰泮[2]，宫沼东风布轻暖。梅粉飘香，柳带弄色，瑞霭祥烟凝浅。正值元宵、行乐同民总无闲。肆情怀，何惜相邀，是处里容款[3]。

无算[4]，仗委东君遍[5]。有风光、占五陵闲散[6]。从把千金，五夜继赏[7]，并御春宵游玩。借问花灯，金琐琼瑰果曾罕。洞天里，一掠蓬瀛，第恐今宵短。

夸帝里[8]，万灵咸集[9]。永卫紫陌青楼[10]，富臻既庶矣[11]。四海升平，文武功勋盖世。赖圣主，兴贤佐，恁致理。　　气绪凝和[12]，会景新、访雅致。列群公锡宴在迩。上元循典[13]，胜古高超荣异。望绛霄、龙香飘飘旖旎。

景云披靡[14]，露浥轻寒若水[15]。尽是游人美。陌尘润、宝沉递[16]。笑指扬鞭，多少高门胜会。况是，只有今夕誓无寐。

盛日凝理[17]，羽巢可窥。阆苑金关启扉。烬连宵、宁防避。暗尘随马，明月逐人无际[18]。调戏，相歌秾李未阑已[19]。

骋轮纵勒，翠羽花钿比织[20]。并雅同陪，共越九衢遍，尽遨逸[21]。料峭云容，香惹风、萦怀袂。遍寓目，几处瑶席绣帟[22]。

莫如胜概[23]，景压天街际。彩鳌举、百仞耸倚[24]。凤舞龙骧，满目红光宝翠。动霁色，馀霞暎，散成绮[25]。

渐灼兰膏，覆满青烟罩地。簇宫花、捆荡纷委[26]。万姓瞻仰，苒苒云龙香细。共稽首[27]，同乐与，众方纪[28]。

楼起霄宫里，五福中天纷降瑞[29]。弦管齐谐，清宛振逸天外。万舞低回纷绕，罗纨摇曳。顷刻转轮归去[30]，念感激天意。　　幸列熙台[31]，洞天遥遥望圣梓[32]。五夕华胥[33]，鱼钥并开十二[34]。圣景难逢无比，人间动且经岁。婉娩踌躇[35]，再拜五云迤逦[36]。

［注释］

①曲破：唐宋乐舞名。大曲第三段称破，单演此段称曲破。　②皇都：指汴京。　冰泮：冰融。　③容款：犹容接。　④算：唐氏按，原作“弄”，据《词谱》卷十六改。　⑤仗委：依仗，托付。　东君：春神。　⑥五陵：汉朝皇帝五座陵墓：长陵、安陵、阳陵、茂陵、平陵。为豪贵聚居地。　⑦五夜：即五更，一夜分甲乙丙丁戊五段。　⑧帝里：帝都、京都。　⑨万灵：指一切灵杰人物。　⑩紫陌：泛指京郊道路。　青楼：贵家妇女居处。曹植诗：“青楼临大路，高门结重关。”　⑪臻：达到。　庶：众多。　⑫气绪：指气候。　⑬上元：即正月十五日元宵节。　循典：遵循旧典。　⑭景云：又名庆云，即祥云。　披靡：飘散。　⑮水：唐氏按，原作“冰”，据《词谱》卷十六改。　⑯宝沉递：沉香之烟飘拂。　⑰凝理：疑为“凝睇”之误。　⑱“暗尘”二句：语出唐苏味道《正月十五夜》诗“暗尘随马去，明月逐人来”。⑲未：《全宋词》作“末”，乃形近致误。　⑳翠羽花钿：均指女子头饰。比织：密集如织。　㉑遨逸：游乐安闲。　㉒帟（yì）：小帐幕。　㉓胜概：佳境，美景。　㉔彩鳌：元宵夜，堆叠彩灯为山形，称为鳌山。　㉕“馀霞”句：语本谢朓《晚登三山还望京邑》“馀霞散成绮，澄江静如练”。　㉖兰膏：泽兰之膏，指灯油。　㉗稽首：指行跪拜礼。　㉘众方纪：各方皆得治理。　纪：纲纪。　㉙五福：本《尚书·洪范》，“五福：一曰寿，二曰富，三曰康宁，四曰攸好德，五曰考终命。”　㉚转轮：回车。　㉛熙台：光明温暖之春台。　㉜圣梓：圣人梓里，即帝都。　㉝华胥：寓言中梦境。《列子·黄帝》：“昼寝而梦游于华胥氏之国。”　㉞鱼钥：鱼形门锁。并开十二，指

十二宫门全部敞开。 ㉟娩婉:即婉娩,柔顺貌。 ㊱五云:彩云、祥云。亦指皇帝所在。

万年欢慢

禁籞初晴[①],见万年枝上[②],工啭莺声。藻殿连云[③],苹曦高照檐楹。好是帘开丽景,袅金炉、香暖烟轻。传呼道、天跸来临[④],两行拱引簪缨[⑤]。 看看筵敞三清[⑥]。洞宝玉杯中,满酌犀觥[⑦]。烂熳芳葩,斜簪庆快春情。更有箫韶九奏,簇鱼龙、百戏俱呈。吾皇愿、永保洪图,四方长乐升平。

当今圣主,理化感四塞,永减狼烟[⑧]。太平朝野无征战,国内晏然。风调雨顺歌声喧。箫韶韵,九奏钧天。愿王永寿,比南山、更奏延年。

婥妁要肢轻婀娜,学内样、深深梳果[⑨]。如五凤双鸾相对舞,随腰带、乍游琐。 莺幕、满头花,见绿杨摸蔌[⑩]。金阶献,一庭细管繁弦里,谁把擞抛过。

舞鸾双翥,香兽低,散瑞景烟微。投袂翩翩,趁拍迟迟,按曲度瑶池。 曲遍新声,敛绣衣跪。彩袖高捧琼卮。指月中丹桂,春难老,祝仙寿维祺[⑪]。

[注释]

①禁籞(yù):即禁苑。籞,指篱落、墙垣。 ②万年枝:冬青树,亦指古木。 ③藻殿:华美宫殿。 ④天跸:帝王车驾。 ⑤"两行"句:指高官大臣列成两行躬身拱手迎拜皇帝。 ⑥敞:唐氏按,原误作"敝",据

《词谱》卷二十六改。 ⑦洞宝玉杯中：洞，明澈貌。言宝玉杯中美酒澄明也。 ⑧永减狼烟：另本为“永灭狼烟”。 ⑨内样：宫内流行式样，即宫样。梳果：即梳裹，梳髪裹头。 ⑩摸蔌：即婆娑。 ⑪维祺：吉祥多福。《诗经·大雅·行苇》：“寿考维祺，以介景福。”

忆吹箫慢[①]

血洒霜罗，泪薄艳锦，伊方教我成行[②]。渐望断、斜桥暮柳，曲水归云。月暗风高露冷，独自才抵孤城。江南远，今夜就中，愁损行人。 愁人。旧香遗粉，空淡淡馀暖，隐隐残痕。到这里、思量是我，忒煞无情[③]。水更无情侣我[④]，催画航、一日三程。休烦恼，相见定约新春。

[注释]

①唐氏按：此下原有洛阳春“纱窗未晓黄莺语”一首，乃欧阳修作，未录。 ②“血洒”三句：言女子哭泣哀求，始得伊人允许远行相探。 罗：白色罗衣。 艳锦：艳丽锦服。 ③忒煞：过于、过甚。 ④侣我：以我为侣。

月华清慢[①]

雨洗天开，风将云去，极目都无纤翳[②]。当遇中秋夜，静月华如水。素光晃、金屋楼台[③]，清气彻、玉壶天地[④]。此际。比无常三五，婵娟特异[⑤]。 因念玉人千里。待尽把愁肠，分付沉醉。只恐难当漏尽、又还经岁。最堪恨、独守书帏，空对景、不成欢意。除是。问姮娥觅取，一枝仙桂。

[注释]

①唐氏按：此首下原有转花枝令“生平自负”一首，乃柳永作，不录。

②纤翳:纤细翳障,指微云。 ③素光:纯净月光。 金屋楼台:指月中宫殿。 ④玉壶:指天宇洁如玉壶。 ⑤无常:当为“平常”,系传抄有误。 三五:指每月十五夜。

感皇恩令①

和袖把金鞭,腰如束素②。骑介驴儿过门去③。禁街人静,一阵香风满路。凤鞋宫样小,弯弯露。 蓦地被他④,回眸一顾,便是令人断肠处。愿随鞭镫⑤,又被名缰勒住。恨身不做个、闲男女。

[注释]

①唐氏按:《感皇恩令》原有二首,第一首“骑马踏红尘”,乃赵企作,不录。 ②和袖:不挽袖。 束素:形容女子腰细,宋玉《登徒子好色赋》:“腰事束素,齿如含贝。” ③介:个。 ④蓦地:忽然。 ⑤鞭镫:即马鞭鞍镫。

醉太平①

厌厌闷着,厌厌闷着。奴儿近日听人咬②,把初心忘却。 教人病深谩摧拙,凭谁与我分说破。仔细思量怎奈何,见了伏些弱。

[注释]

①唐氏按:此下原有《夏云峰慢》“宴坐深轩”、《醉蓬莱慢》“渐亭皋叶下”二首,乃柳永作,又有《黄河清慢》“晴景初升”一首,乃晁端礼作,并不录。 ②咬:宋时俗语,犹言“嚼舌头”。

还宫乐

喜贺我皇,有感蓬莱①,尽降神仙。到乘鸾驾鹤御楼前，来献长寿仙丹。　　玉殿阶前排筵会，今宵秋日到神仙。笙歌寥亮呈玉庭，为报圣寿万年。

［注释］

①蓬莱：传说中海上仙山之一，见旧题晋王嘉《拾遗记》。

清平乐

真主玉历成康[①]，德睿宁安国中良。时和岁丰稔[②]，民阜乐、河情洮[③]、瑞木呈日五色，月华重有光。更羽鹤来仪凤凰[④]。万邦乡，齐供明皇。祝遐龄、圣寿无疆。

［注释］

①真主：即真命天子。　玉历：历书。　成康：以周代成康之世称美时君。　②丰稔：五谷丰收。　③民阜乐：百姓富足、康乐。　河情洮："河"字《全宋词》作"何"，乃形近音同致误。情，当"清"字之讹。清洮即清澄，旧谓黄河水清为太平之象。　④来仪凤凰：本《尚书·益稷》"凤凰来仪"。旧传为盛世之瑞。

荔子丹[①]

鬥巧宫妆扫翠眉，相唤折花枝。晓来深入艳芳里，红香散，露浥在罗衣。　　盈盈巧笑咏新词，舞态画娇姿。袅娜文回迎宴处[②]，簇神仙、会赴瑶池。

［注释］

①唐氏按：此首原不分段，兹据《词谱》卷十分。　②袅娜：形容女子体态轻盈。　文回：不详。

水龙吟慢[①]

玉皇金阙长春[②],民仰高天欣载。年年一度定佳期,风情多感慨。绮罗竞交会。争折花枝两相对。舞袖翩翩歌声妙,掩粉面、斜窥翠黛。　锦额门开彩架,球儿裳、先秀神仙队[③]。融香拂席霓裳动[④],铿锵环珮。宝座巍巍五云密[⑤],欢呼争拜退。管弦众作欲归去,愿吾皇、万年恩爱。

[注释]

①唐氏按:原有《倾杯乐》"绣工日永"一首,乃柳永作,不录。　②玉皇金阙:指皇帝宫阙。　长春:宫殿名。又赵匡胤二月十六日生日,建隆元年以是日为长春节,见《宋史·礼志十五》。　③"锦额"二句:《词谱》作"锦额门开,彩架球儿,当先诱、神仙队"。　④"霓裳"二句:《词谱》作"舞霓裳,动铿锵环佩"。　霓裳:指霓裳羽衣舞。　⑤宝座:美称帝座。五云:五色瑞云。

太平年慢

中腔唱[①]

皇州春满群芳丽,散异香旖旎[②]。鳌宫开宴赏佳致[③],举笙歌鼎沸。　永日迟迟和风媚,柳色烟凝翠。唯恐日西坠,且乐欢醉。

[注释]

①唐氏按:此首原不分段,此据《词谱》卷五。　②旖旎:轻盈柔顺貌,亦指繁盛。　③鳌宫:即鳌禁,宫中掌文翰官署。唐宋翰林学士、承旨等官朝见皇帝时立于镌有巨鳌之殿陛石正中,因称入翰林院为上鳌头,亦称翰林院为鳌禁。

金殿乐慢

踏歌唱[①]

驾紫鸾軿[②]，乘风缥缈游仙。红霓蘸影，近瑶池、鹤戏芝田[③]。　　临蕙圃，饮琼泉，上萧台、遥瞻九天。对真人蕊书亲授[④]，已向南宫住长年[⑤]。

[注释]

①唐氏按：《金殿乐慢》原有二首，第一首"清夜无尘"，乃苏轼《行香子》词，不录。　②紫鸾軿：即紫鸾车，仙人之车。軿，有帷之车，妇女所乘。　③芝田：仙人种芝草的地方。　④真人：道家称得道者为真人。蕊书：指道经《蕊珠经》。　⑤南宫：本为南方列宿，汉以称尚书省。又为秦汉宫名。《史记·高祖本纪》："高祖置酒洛阳南宫。"

安平乐

开琼筵，庆佳辰，彩帟当中月华明[①]。笙歌乐、如梦幻，望丹山彩凤[②]，飞舞邃庭[③]。　　遐艳异、寿杯同斟，抃舞讴歌浃欢声[④]。方今永永太平。更衍多男，共集锦昌寿恩。

[注释]

①彩帟（yì）：杂色小帐幕。　②丹山：即丹丘，传说中仙境。　③邃庭：深庭。　④抃（biàn）舞：鼓掌舞蹈，形容喜极。　浃：透。

爱月夜眠迟慢[①]

禁鼓初敲[②]，觉六街夜悄[③]，车马人稀。暮天澄淡，云收雾卷，亭亭皎月如珪。冰轮碾出遥空[④]，无私照临千里。

最堪怜、有情风、送得丹桂香微。　唯愿素魄长圆[5]，把流霞对饮[6]，满泛觥卮[7]。醉凭栏处、赏玩不忍、辜却好景良时。清歌妙舞连宵，踟蹰懒入罗帏。任佳人、尽嗔我，爱月每夜眠迟。

［注释］

①唐氏按：此首原不分段，此从《词谱》分。　②禁鼓：帝都宵禁之鼓，即更鼓。　③六街：唐代长安和北宋汴京均有六街。后用以通称京都闹市。　④冰轮：指明月。　⑤素魄：亦指明月。　⑥流霞：指仙酒、美酒。⑦觥：《全宋词》注，原作"觞"字，未叶韵，据《词谱》卷三十三改。　觥、卮皆酒器名。

惜花春起早慢[1]

向春来，睹林园，绣出满槛鲜萼。流莺海棠枝上弄舌，紫燕飞绕池阁。三眠细柳[2]，垂万条，罗带柔弱。为思量，昨夜去看花，犹自斑驳[3]。　须拌尽日樽前[4]，当媚景良辰，且恁欢谑。更阑夜深秉烛，对花酌、莫辜轻诺。邻鸡唱晓，惊觉来、连忙梳掠。向西园、惜群葩，恐怕狂风吹落。

［注释］

①唐氏按：此下原有《帝台春》"芳草碧色"一首，乃李甲作，不录。　②三眠：本《三辅旧事》"汉苑中有柳状如人形，号曰人柳，一日三眠三起"。③斑驳：彩色相杂貌。　④拌：当作"拼"，乃形近致误。

千秋岁令

想风流态，种种般般媚。恨别离时大容易[1]。香笺欲写相思意，相思泪滴香笺字。画堂深，银烛暗，重门闭。　似当日、欢娱何日遂，愿早早相逢重设誓。美景良辰莫轻拌[②]，鸳鸯帐里鸳鸯被，鸳鸯枕上鸳鸯睡。似恁地，长恁地[③]，千秋岁。

[注释]

①大容易：即太容易。　②拌（bǎn）：舍弃、抛却。　③恁地：宋时口语，即“这般”。

风中柳令

爱鬓云长，惜眉山[①]，寻乍相见，一时眠起。为伊尚验[②]，未欲将言相戏，早樽前、会人深意。　霎时间阻，眼儿早巴巴地。便也解、封题相寄。怎生是款曲[③]，终成连理，管胜如、旧来识底。

[注释]

①眉山：形容女子眉如远山。刘歆《西京杂记》：“（卓）文君姣好，眉色如望远山。”　②尚验：语意未详。　③款曲：衷情。亦指诉说衷情。

汉宫春慢

春日迟迟，称游人、尽日赏燕芳菲[①]。新荷泛水，渐入夏景云奇。炎光易息[②]，又早是、零落风西。白露点，黄金菊蕊，朝云暮雪霏霏。　光阴迅速如飞。邀酒朋共欢，且恁开眉。清歌妙舞，更兼玉管瑶篪[③]。人生易老，遇太平、且乐嬉嬉。莫待解，朱颜顿觉，年来不似当时。

[注释]

①赏燕:同"宴赏",宴游。 芳菲:本指花草芳香,借指春光。 ②炎光易息:时光易逝。 ③玉管瑶篪(chí):管、篪皆乐器,玉、瑶乃美称。

花心动慢[①]

暑逼芳襟,甚全无因依[②],便教人恶。赖有枕溪百尺,朱楼映日,数重香箔。驮冰围定犹嫌暖[③],红日绽、雨收残脚。漫试取,红绡弄雪,碎琼推削。 妆罢低云未稼[④]。叶叶地仙衣[⑤],剪轻裁薄。汗洒泪珠,急捧金盘,向前颗颗盛却。凤凰双扇相交扇,越挼就、越腰肢弱[⑥]。待做个、青纱罩儿罩著。

[注释]

①唐氏按:《花心动慢》原有二首,第二首"仙苑春浓"乃阮逸女作,不录。此下又有《雨淋铃慢》(寒蝉凄切)一首,乃柳永作,亦不录。 ②因依:因由。 ③驮(tuó)冰:牲畜运冰。 ④稼:即掠,梳掠。《全宋词》以形近误作"稼"。 ⑤地仙衣:指美人所着轻软衣裙。道家谓住世仙人为地行仙。 ⑥挼(ruò)就:温存体贴。

行香子慢

瑞景光融[①]。换中天霁烟、佳气葱葱。皇居崇壮丽,金碧辉空。彤霄外、瑶殿深处,帘卷花影重重。迎步辇、几簇真仙[②],贺庆寿新宫。 方逢,圣主飞龙[③]。正休盛大宁,朝野欢同。何妨宴赏,奉宸意慈容。韶音按、露觞将进[④],蕙炉飘馥香浓。长愿承颜,千秋万岁,明月清风。

[注释]

①瑞景：犹言丽日。 ②步辇：皇帝的轿舆。 ③飞龙：《易经·乾·九五》"飞龙在天"。旧以为帝业兴隆之象。 ④露觞：指美酒。陆游《老学庵笔记》："寿皇时，禁中供御酒，名曰蔷薇露。"

雨中花慢

宴阕倚栏郊外[1]，乍别芳姿，醉登长陌。渐觉联绵离绪[2]，淡薄秋色。宝马频嘶，寒蝉晚、正伤行客。念少年踪迹，风流声价，泪珠偷滴。　从前与、酒朋花侣，镇赏画楼瑶席[3]。今夜里、清风明月，水村山驿。往事悠悠似梦，新愁苒苒如织。断肠望极。重逢何处，暮云凝碧。

[注释]

①宴阕：即宴罢。唐氏按："阕"原作"关"，从《词谱》卷二十六改。②联绵：连绵，指愁绪不断。 ③镇赏：常赏。

迎春乐令[1]

神州丽景春先到，看看是、韶光早。园林深处东风过，红杏里、莺声好。　漠漠青烟远远道，触目是、绿杨芳草。莫惜醉重游，逡巡又、年华老[2]。

[注释]

①唐氏按：此下原有《浪淘沙令》"有个人人"一首，《御街行》"燔柴烟断星河曙"一首，并柳永作，不录。 ②逡巡：顷刻。陆游《除夜》诗："相看更觉光阴速，笑语逡巡即隔年。"

西江月慢

烟笼细柳，映粉墙、垂丝轻袅。正岁稍暖律风和，装点后苑台沼。见乍开、桃若燕脂染，便须信、江南春早。又数枝、零乱残花，飘满地、未曾扫。　　幸到此，芳菲时渐好。恨间阻、佳期尚杳[1]。听几声、云里悲鸿，动感怨愁多少。谩送目、层阁天涯远，甚无人、音书来到。又只恐、别有深情，盟言忘了。

[注释]

①间阻：间隔、阻断。

游月宫令[1]

当今圣主座龙楼，圣寿应天长，实钱喷香烟[2]，玄宗游月宫。　　海晏河清，盛朝侍，群臣喜呼万岁，万人民，开乐业，愿吾皇、增福寿。

[注释]

①唐氏按：此下原有《少年游》"芙蓉花发去年枝"四句，乃晏殊作，不录。　②"实钱"句：不辞。通篇无韵，亦无文彩，实非词体。

桂枝香慢

暖风迟日，正韶阳时节，淑景明媚。一霎雨打红桃，花落满地。□闺独坐帘高卷[1]，困春容、懒临香砌。自从檀郎[2]，金门献赋[3]，不绝朱翠。　　闻上国、才有书回[4]，应贤良明庭，已擢高第[5]。拆破香笺，离恨却成新喜。早教宴罢琼林苑[6]，愿归来、永同连理。这回良夜，从他桂枝，香惹鸳被。

[注释]

①□:此处原缺。 ②檀郎:唐宋时女子昵称夫君语。 ③金门献赋:指入京求取功名。金门,金马门之简称,见《史记·滑稽列传》。 ④上国:指京师。 ⑤应贤良:指应贤良方正科考试。 ⑥宴罢琼林苑:琼林苑在开封新郑门外,与金明池南北相对。太平兴国二年(977)皇帝赐新科进士宴会于此,后因有琼林宴之称。

庆金枝令

莫惜金缕衣,劝君惜、少年时。花开堪折直须折,莫待折空枝①。　一朝杜宇才鸣后,便从此、歇芳菲。有花有酒且开眉,莫待满头丝。

[注释]

①"莫惜"四句:剪裁唐代杜秋娘《金缕衣》而成。 直须折:唐氏按,原作"枝",据《词谱》卷七改。

百宝妆①

一抹弦器②,初宴画堂,琵琶人把当头。髻云腰素,仍占绝风流。轻拢慢捻③,生情艳态,翠眉黛颦,无愁谩似愁。变新声曲,自成获索④,共听一奏梁州⑤。　弹到遍急敲颖⑥,分明似语,争知指面纤柔⑦。坐中无语,惟断续金虬⑧。曲终暗会王孙意,转步莲、徐徐卸凤钩⑨。捧瑶觞,为喜知音,劝佳人、沉醉迟留。

[注释]

①百宝妆:《全宋词》"宝"字下注,原误作"实"。 ②抹:轻按。 弦器:弦乐器具,词中指琵琶。 ③轻拢慢捻:弹琵琶指法。拢,叩弦。捻,揉弦。 ④获索:当为濩索之讹。"转关濩索都传得,想见飞凰舞绿丝。"

范成大诗语,指琵琶布指法。 ⑤梁州:曲调名,唐教坊曲,即《凉州令》,宋以后称《梁州令》。双调,有三体,见《词谱》卷四十。 ⑥遍:曲调曰遍。元稹《连昌宫词》:"逡巡大遍凉州彻,色色龟兹轰录续。" 敲颖:未详。另本作"敲颍"。 ⑦争知:怎知。 ⑧金虬:指虬箭。古以漏壶计时,水中置箭,箭有虬纹,故名。 ⑨步莲:即莲步,美人行步。

满朝欢令

未央宫阙丹霞住①,十二玉楼挥锦绣。云开雉扇卷珠帘②,烟粉龙香添瑞兽③。 瑶觞一举箫韶奏④,环佩千官齐拜首。南山翠应北华高,共献君王千万岁。

[注释]

①未央宫:西汉宫殿名,故址在今西安。 ②雉扇:即雉尾扇,古仪仗之一。 ③瑞兽:指香炉。 ④箫:《全宋词》注,原作"萧"。

天下乐令

寿星明久,寿曲高歌沉醉后。寿烛荧煌①,手把金炉,燃一寿香②。 满斟寿酒,我意殷勤来祝寿。问寿如何,寿比南山福更多。

[注释]

①荧煌:明亮、辉煌。 ②燃一寿香:"一"字衍文,此即减兰之体。

感恩多令①

罗帐半垂门半开,残灯孤月照窗台。北斗渐移天欲曙、漏更催②。 携手劝君离别酒,泪和红粉滴金杯。呜咽问君今夜去、几时回。

[注释]

①唐氏按：此下原有《临江仙慢》"梦觉小庭院"一首，乃柳永作，不录。 ②漏更：即更漏。

解佩令

脸儿端正，心儿峭俊，眉儿长、眼儿入鬓。鼻儿隆隆，口儿小，舌儿香软。耳垛儿[①]、就中红润。 项如琼玉，发如云鬓。眉如削、手如春笋。奶儿甘甜，腰儿细、脚儿去紧。那些儿、更休要问。

（以上《高丽史》卷七十一《乐志二》）

[注释]

①耳垛：另本为"耳朵"。

沁园春[①]

道过江南，泥墙粉壁，石具在前[②]。述某州某县，某乡某里，住何人地，佃何人田。气象萧条，生灵憔悴，经略从来未必然[③]。惟何甚，为官为己，不把人怜。 思量几许山川，况土地分张又百年。正西蜀巉岩，云迷鸟道，两淮清野[④]，日警狼烟。宰相弄权[⑤]，奸人罔上[⑥]，谁念干戈未息肩。掌大地，何须经理[⑦]，万取千焉。

（《钱塘遗事》卷五）

[注释]

①据元人刘一清《钱塘遗事》卷五，此词乃刺宋度宗朝国事。时奸相贾似道当国，为多征赋税，遣人至江南诸州重新丈量土地，推行所谓"经界法"，致使江南之地，尺寸皆有税，而民力弊矣。 ②石具：指列有百姓人口土地之石碑。 ③经略：经略使，官名。宋置经略安抚司，掌一路兵民

之事。 ④两淮清野:宋置淮南东路、淮南西路,称为两淮。两淮本汉唐腹地,至高宗渡江后竟成宋金边界。 清野:指战时在前线转移人口物资等,使入侵者无可凭借。 ⑤宰相:指奸相贾似道。 弄权:玩弄权势。 ⑥奸人:指贾似道之同党。 罔上:欺罔君上。 ⑦经理:指重量土地,加征赋税。

[集评]

陶先淮云:"此作即道中所见,揭露宋廷群小不谋收复中原,而强行'经界法'以加重赋敛,致民生愈益凋敝之罪恶,义正辞严,堪称一篇词史。"

糖多令[①]

天上谪星班,青牛初度关[②]。幻出蓬莱新院宇,□□□□□□□[③]花外竹,竹边山。 轩冕倘来闲,人生闲最难。算真闲、不到人间。一半神仙先占取,留一半、与公闲。

(《钱塘遗事》卷五)

[注释]

①唐氏按:此首缺一句,《古杭杂记·诗集》卷二所载亦同,惟《宋稗类钞》卷二所载不缺,文字亦多异同,当另有所本。其词云:"天上谪星班,群真时往返。驾青牛、早度函关。幻出蓬莱新院宇,花外竹、竹边山。轩冕傥来闲,人生闲最难。算真闲、不到人间。一半神仙先占取,留一半、与公闲。" 唐氏按:此首缺一句,未标明缺处,当于"幻出"第二句后加七个缺字号,以合词谱。 ②"青牛"句:《宋稗类钞·卷二》作"群真时往返"。 ③作"驾青牛、早度函关"。《全宋词》原缺七字,《宋稗类钞》。

长相思[①]

去年秋,今年秋,湖上人家乐复忧[②]。西湖依旧流。

吴循州[3]，贾循州[4]，十五年前一转头[5]。人生放下休。

（《东南纪闻》卷一）

[注释]

①《东南纪闻》称："题于（贾）似道贬时。"当在南宋恭帝德祐元年（1275）。作者有感于左右两丞相吴潜、贾似道，虽一贤一奸，却先后贬死循州而作。　②湖上人家：指贾似道。贾在西湖有别墅名"后乐园"。③吴循州：指吴潜。潜于理宗时拜右丞相兼枢密使。主张备战抗元，不满苟安国策，因遭奸臣丁大全、沈炎、高铸、贾似道等忌恨，于开庆初（1259）贬谪循州，且于景定三年（1262）被毒死于贬所。　④贾循州：贾似道。理宗时入朝，官至左丞相，权倾朝野。元军攻鄂州，贾似道守汉阳，诡称用兵解围，实则纳币请和。时右相吴潜移兵黄州，扼江抗元，贾似道又诬陷之，使被贬循州，后又毒杀之。至度宗时，贾似道愈益骄横，且于元兵攻南京时逃奔扬州，因被大臣弹劾，于德祐元年亦贬循州，且于赴循途中被锤杀。　⑤"十五年"句：贾似道被贬杀上距吴潜被贬整十五年。

[集评]

陶先淮云："此作语虽含蓄而意存褒贬。"

祝英台近

掩琵琶，临别语，把酒泪如洗。似恁春时，仓卒去何意。牡丹恰则开园，荼蘼厮句[1]，便下得、一帆千里。　好无谓[2]。复道明日行呵，如何恋得你。一叶船儿，休要更沉醉。后梅子青时[3]，杨花飞絮，侧耳听，喜鹊□哩[4]。

（《山房随笔》）

[注释]

①荼蘼：花名，一名木香。　厮句：即厮勾，也作厮够。相接近也。谭宣子《谒金门》词："门外东风吹绽柳，海棠花厮句。"言海棠花接柳花而

开。此词言荼蘼花接牡丹花而开。 ②无谓:犹言无意绪。 ③后梅子青时:唐氏按,"后"字上下少一字。 ④"喜鹊"句:唐氏按,原无空格,据律补。

汉宫春

横吹声沉[①],倚危楼红日,江转天斜。黄尘边火澒洞[②],何处吾家。胎禽怨夜[③],半乘风、玄露丹霞[④]。先生笑,飞空一剑,东风犹自天涯。 情知道山中好,早翠嚣含隐[⑤],瑶草新芽。青溪故人信断[⑥],梦逐飙车[⑦]。乾坤星火,归来兮、煮石煎砂[⑧]。回首处、幅巾蒲帐[⑨],云边独笑桃花。

(《庶斋老学丛谈》卷中之上)

[注释]

①横吹:即横吹曲,乐府歌曲名。或指横吹之笛。 ②澒(hòng)洞:相连不断。 ③胎禽:一称胎仙,鹤之别称。《本草纲目·四七》:"《八公相鹤经》云:鹤乃羽族之宗,……千六百年前乃胎产。" ④玄露丹霞:玄:天青色;丹:红色。 ⑤翠嚣:义未详。 ⑥青溪:古水名。发源于南京钟山西南,入秦淮,逶迤九曲。 ⑦飙车:御风而行之车。 ⑧煮石煎砂:葛洪《神仙传》言白石先生常煮白石为粮。后以煮石为道家修炼典故。庾信《东宫玉帐山铭》:"煮石初烂,炼丹欲成。"煎砂,即炼丹。 ⑨幅巾:古代男子不着冠时用绢幅束髮,谓幅巾。 蒲帐:蒲草为帐。

水调歌头[①]

握虎符[②],持玉节[③],佩金鱼[④]。三十正当方面[⑤],此事世间无。寄语东淮父老[⑥],夺我诗书元帅,于汝抑安乎。早早归廊庙[⑦],天下尽欢娱。 (《庶斋老学丛谈》卷下)

[注释]

①唐氏按:此首原不著调名,逸其上半阕。 ②虎符:兵符,古代调兵信物。 ③玉节:《周礼·地官》"守邦者用玉节"。节,信物。 ④金鱼:唐制,三品以上服紫,佩金符,刻鲤鱼形,谓之金鱼。 ⑤方面:指一路军政大权。 ⑥东淮:即淮东。宋设淮南西路,改广陵郡为淮(南)东路,称淮东,亦称淮左。 ⑦廊庙:指朝廷。

失调名

夜深青女湿微妆。

失调名

曾教入夜月添白。

失调名

自有松篁为伴侣。 （以上《梅花字字香》后集）

忆秦娥

烟漠漠,水天摇荡蓬莱阁[1]。蓬莱阁,朱甍碧瓦,半浸寥廓[2]。 三山谩有长生药[3],茫茫云海风涛恶。风涛恶,仙槎不见,暮沙潮落。 （《齐乘》卷五）

[注释]

①蓬莱阁:在山东蓬莱北丹崖山上,下临海岸。 ②浸寥廓:指蓬莱阁倒影见于海中。 ③长生药:另本为"长生乐"。

失调名

汉宫梳罢女真妆，望金仙朝朝暮暮。

（《烬馀录》乙编）

失调名

愁烟恨粉。

失调名

三生春梦。（以上见《词旨》）

减字木兰花

木芙蓉①

舞台歌院，雨后西风寒剪剪②。翠掩屏风，花与残霞一样红。　宫茵隐绣③，香软巧随莲步绉。不怕露寒，日日拚教醉画栏④。

（《永乐大典》卷五百四十“蓉”字韵引《维扬志》）

[注释]

①木芙蓉：落叶灌木。秋开白、黄或淡红色花。　②剪剪：形容寒风拂面。　③宫茵：宫中地毯。　④拚（pàn）：舍命拼力。

虞美人

极目楼观芙蓉

秋深犹带秋初热，未放秋香发。爱他楼下木芙蓉，妆罢三千美女、出唐宫。　西湖虽小风光胜，分得钱塘景[①]。这些林木这些山，恰似三贤堂后、凭阑干[②]。

（《永乐大典》卷五百四十“蓉”字韵引《永平志》）

[注释]

①西湖：又称钱塘湖，在杭州。　②三贤堂：祀白居易、林逋、苏轼祠堂，在西湖滨。

念奴娇

咏剪花词

晓来雨过，见三点两点，催花开却。满目园林如锦绣，低亚阑干西角[①]。魏紫风流，姚黄妖艳，桃李皆粗俗[②]。金刀剪下，燕莺窥妒惊愕。　雅称似玉人人[③]，淡妆才罢，粉衬胭脂薄。蝉翼轻笼云鬓巧，斜插一枝红萼。睡足杨妃，醉沉西子，娇困铅华落。多情风蝶，晚来犹更随著。

（《永乐大典》卷五千八百三十九“花”字韵引《绿窗谈薮》）

[注释]

①低亚：即低压。　②魏紫、姚黄：皆牡丹名品。　③人人：情侣昵称，犹云“伊人”。

望江南

左右字[①]，从古不曾闻。未必书生能点墨，安知荫子不能文[②]。尔汝今朝[③]。　　除去了，多谢圣明恩。既不可高谈阔论，又不敢藐视同群。但请换头巾[④]。

（《永乐大典》卷九千七百六十二“衔”字韵）

[注释]

①左右字：事语不详。　②荫子：因父荫授官者。　③“今朝”下：唐氏按，此句有缺讹。　④原注：“昔之任子不敢儒巾。”任子即荫子。

朝中措

会郡西斋，欢甚，以词示，调朝中措

与君同是饱齑盐[①]，先达后何淹[②]。任玉东西醉倒[③]，明朝病酒厌厌[④]。　　后年三月，凤池春满，雁塔名添。记取西风桂影，一枝先上银蟾[⑤]。

（《诗渊》第五册）

[注释]

①齑（jī）盐：盐腌蔬菜。饱齑盐，喻清苦。　②淹：指久居下位而不得升迁。　③玉东西：玉质酒杯。　④病酒：指饮酒沉醉如病。　厌厌（yān yān）：气息微弱，同“奄奄”。　⑤“后年”以下五句：谓来年当应试及第。

忆秦娥[①]

花蹊侧，秦楼夜访金钗客[②]。金钗客，江梅风韵，野棠颜色。　　尊前醉倒君休惜，不成去后空相忆[③]。空相忆，山长水远，几时来得。

（《铁网珊瑚画品》卷三王蒙画《忆秦娥》词意自题）

[注释]

①唐氏按：此首《词综》卷三十三作元人词。据王蒙所题原意，或元以前人作。 ②金钗客：指妓女。 ③不成：难道。《词综》卷三十三作"河桥去后"。注云，《珊瑚木难》卷七作"不成去后"。

失调名[①]

往来与月为俦，舒展和天也蔽。

（《词品》卷五）

[注释]

①唐氏按：《钱塘遗事》卷一载作七言诗二句"往来与月为俦侣，舒展和天也蔽蒙"，疑《词品》所云或非。

倚西楼[①]

禁鼓初传时下打。虚过清风明月夜[②]。眼如鱼目几曾干，心似酒旗终日挂。 银汉低垂星斗斜。院宇空寥烛𤇯[③]。西楼潇洒有谁知，教我独自上来、独自下。

（《汴京勼异记》卷四引《苕溪诗话》）

[注释]

①唐氏按：此首《花草粹编》卷六载之，引《苕溪诗话》，下注"韦彦温"三字。《词谱》卷十三误以为韦彦温作。 ②清风明月：《词谱》作"清明风月"。 ③空寥：《词谱》二字后有"银"字。

捣练子

春 恨[①]

云鬓乱，晚妆残。带恨眉儿远岫攒[②]。斜托香腮春笋懒[3],为谁和泪倚阑干。

[注释]

①唐氏按:此词别见《词林万选》卷二作李煜词。《花间集补》下亦作李煜词。②远岫:远山。攒(cuán):聚集。③春笋:春笋白嫩,用以比喻女子手指。

长相思

花满枝,柳满枝。眼底春光似旧时,燕归人未归。泪沾衣,酒沾衣。烦恼长多欢事稀,此情风月知。

(以上《花草粹编》卷一)

乌夜啼

都无一点残红[1],夜来风。底事东君归去[2]、太匆匆。桃花醉,梨花泪,总成空。断送一年春在、绿阴中。

(《花草粹编》卷一引《天机馀锦》)

[注释]

①残红:即残花、落花。②底事:何事。

乌夜啼

一弯月挂危楼[1],似藏钩。醉里不知黄叶、报新秋[2]。征鸿断,归云乱,远峰愁。愁见绿杨凝恨、在江头。

(《花草粹编》卷一引词话)

[注释]

①危楼：高楼。 ②黄叶报新秋：《淮南子·说山训》有“见一叶落，而知岁之将暮”句。唐人诗：“山僧不解数甲子，一叶落知天下秋。”见宋人唐庚《文录》及陈元靓《岁时广记·三》。

捣练子

林下路，水边亭，凉吹水面散馀酲[①]。小藤床，随意横。 暗记得，旧时经。翠荷闹雨做秋声，恁时节，不怕听。

（《花草粹编》卷一引《天机馀锦》）

[注释]

①馀酲（chéng）：馀醉。 酲：病酒。

生查子

闺 情

闲倚曲屏风，试写相思字。不道极多情，却是浑无思[①]。 笑近短墙阴，抛个青梅子。苔上印钩弯，邂逅难忘此[②]。

[注释]

①浑无思（sì）：全无情绪。 ②邂逅：不期而遇。“邂逅相遇，适我愿兮”。见《诗经·郑风·野有蔓草》。

[集评]

陈廷焯云：“屏去浮艳，纯用白描，往复缠绵，情味无尽。”（《词则·闲情集》卷二）

贺圣朝影[①]

冬

雪满长安酒价高,度寒宵。身轻不要鹔鹴袍,醉红娇[②]。　　花月暗成离别恨,梦无憀[③]。起来春信惹梅梢,又魂消。

[注释]

①贺圣朝影:即《添声杨柳枝》,又名《太平时》。　②鹔鹴(sù shuǎng)袍:即鹔鹴鸟羽毛制成之裘衣。"司马相如初与卓文君还成都,居贫愁懑,以所著鹔鹴裘就世人阳昌贳酒与文君为欢。"　③无憀:无聊。

[集评]

陶先淮云:"暗用相如典裘故事,增添风韵。写梅梢春信,转离恨为魂消,虚处传神。"

莫思归[①]

花满名园酒满觞,且开笑口对秾芳[②]。秋千风暖鸾钗亸[③],绮陌春深翠袖香。莫惜黄金贵,日日须教贳酒尝[④]。

[注释]

①唐氏按:此首别误作冯延巳词,见《唐词纪》卷五。　②秾芳:浓艳芳香,指春花。　③亸(duǒ):下垂。　④贳(shì)酒:赊酒。

点绛唇[①]

蹴罢秋千[②],起来慵整纤纤手[③]。露浓花瘦,薄汗轻衣透。　　见客入来,袜刬金钗溜[④]。和羞走,倚门回首,却把青梅嗅。　　(以上《花草粹编》卷二)

[注释]

①唐氏按：此首别误作李清照词，见《词林万选》卷四；又误作苏轼词，见杨金本《草堂诗馀前集》卷下；又误作周邦彦词，见《词的》卷一。 ②蹴（cù）：踢踏，词中指荡秋千。 ③慵：困倦貌。 ④袜刬（chǎn）：着袜而行，未穿鞋。 溜（liù）：滑动。

减字木兰花

春融酒困，一寸横波千里恨[①]。著处芳菲[②]，蝶与莺情醉自迷。 攲云妥翠[③]，冷落金屏山十二。低抱琵琶，月向黄昏日又斜。 （《花草粹编》卷二）

[注释]

①横波：指眼波。 ②著处：到处。 ③攲（qī）云妥翠：形容散乱貌。攲，倾斜。云，指头髮。 妥：同“堕”，下垂。 翠：头饰。

菩萨蛮

讽 词[①]

昔年曾伴花前醉，今年空洒花前泪。花有再荣时，人无重见期。 故人情义重，不忍营新宠[②]。日月有盈亏，妾心无改移。 （《花草粹编》卷三引《古今词话》）

[注释]

①讽词：托辞婉言劝说。《后汉书》卷五七：“礼有五谏，讽为上。” ②营新宠：谋求新欢。

谒金门

山无数，遮断故人何处。见说阑舟独系住[①]。溪边红

叶树。　　忆著前时欢遇，惹起今番愁绪。怎得西风吹泪去，阳台为暮雨[2]。　（《花草粹编》卷三引《天机馀锦》）

[注释]

①见说：即听说。　阑舟：当系“兰州”之讹。　②“阳台”句：指男女欢爱事。宋玉《高唐赋序》：“妾在巫山之阳，高丘之阻，旦为朝云，暮为行雨。朝朝暮暮，阳台之下。”

更漏子

解语花[1]，断肠草[2]，谙尽风流烦恼。欢会少，别离多，此情无奈何。　　帐前灯，窗间月，记得那□时节。绣被剩，画屏空，如今在梦中。（《花草粹编》卷四引《天机馀锦》）

[注释]

①解语花：唐玄宗以之称杨贵妃，见《开元天宝遗事》卷下。　②断肠草：毒草名，喻相思能导致悲伤肠断。

镜中人[1]

柳烟浓，梅雨润，芳草绵绵离恨。花坞风来几阵[2]，罗袖沾春粉。　　独上小楼迷远近，不见浣溪人信[3]。何处笛声飘隐隐，吹断相思引[4]。

[注释]

①镜中人：《相思引》之仄韵者称“镜中人”。　②花坞：花圃之四周高起中间凹下者。“风”上《词律蒙拾》以为“脱一字无疑”。　③浣溪人：浣溪，指浣溪纱。相传谢灵运曾遇浣纱仙女于浙江青田长寿峰下浣纱溪，见《浙江通志·山川》。　④相思引：指本调。

眼儿媚

惨云愁雾罩江天，呵手卷帘看[①]。濛茸柳絮，万千蝴蝶，飞过危栏[②]。　　后庭一树瑶华缀[③]，零乱暗香残。今番桂影[④]，也应寒重，不放新弯。

（以上二首《花草粹编》卷四引《古今词话》）

[注释]

①呵手：以口气嘘手，使之温暖。即呵冻。　②濛茸：迷茫。柳絮、蝴蝶均喻雪花。　③瑶华：仙花，词中指梅花。　④"桂影"三句：桂影、新弯均指新月。

[集评]

陶先淮云："用'濛茸柳絮、万千蝴蝶'比喻飞雪景象已觉新鲜。更著寒梅香暗，倍增美感。'今番桂影，也应寒重，不放新弯'，亦见巧思。呵手卷帘，美人陶醉、倾倒之态，呼之欲出。"

眼儿媚

忆从溪上得相逢，樽酒两心同。梅缄香雪[①]，竹摇寒月，柳探春风。　　而今总是消魂处，冷落半床空。梦迷狂蝶，喜占乾鹊[②]，愁望飞鸿。

[注释]

①梅缄香雪：指梅花含苞欲放。　②乾（gān）鹊：乾，即"干"。《西京杂记》："干鹊噪而行人至。"喜鹊恶湿，天晴则噪，故称干鹊。

眼儿媚

平生几度怨长亭，不似这番深。霜收水瘦，风流帆饱[1],怎忍轻分。　　栏干倚遍慵归去,独自个黄昏。荷横钗股,柳垂裙带,总是销魂。

（以上二首《花草粹编》卷四引《天机馀锦》）

[注释]

①帆饱:形容风帆张满,即将解缆出发。

乌夜啼

西　湖[1]

水漫汀洲新绿,云开崦嶂微青[2]。残红不见成阴后,鶗鴂寂无声[3]。　　笑傲坡诗一梦,风流杜牧三生。西湖依旧人中意,来去竟难凭。

[注释]

①唐氏按:此首别误作金刘迎词。见《草堂诗馀续集》卷上。　②崦(yān)嶂:指山。如屏障之山峰曰嶂。　③鶗鴂(tí jué):《临海博物志》称,“鶗鴂,一名杜鹃,至三月鸣,昼夜不停,夏末乃止。”

与团圆[1]

蛟绡雾縠[2],没多重数,紧拟偷怜。孜孜觑着[3],算前生、只结得眼因缘。　　眼是心媒,心为情本,里外勾连。天还有意,不违人愿,与个团圆。

（以上《花草粹编》卷四）

[注释]

①唐氏按:此首别又误作晏几道词,见赵琦美辑《小山词补遗》。　②鲛绡雾縠:轻薄丝织品之美称。鲛绡传说为水中鲛人所织,见《文选·左思

〈吴都赋〉》注。 ③孜孜觑着：不住窥视。

花前饮

雨馀天色渐寒渗[①]。海棠绽、胭脂如锦。告你休看书，共我花前饮。 皓月穿帘未成寝，篆香透、鸳衾双枕。似恁天色时[②]，你道是、好做甚。

[注释]

①寒渗(shèn)：寒意侵人。 ②恁(rèn)：这般。

[集评]

陶先淮云："村俗不可取。《词谱》云'亦近谑词，以其调僻，采以备体'。"

转调贺圣朝

渐觉一日，浓如一日，不比寻常[①]。若知人、为伊瘦损，成病又何妨。 相思到了，不成模样，收泪千行。把从前泪，来做水流，也流到伊行[②]。

[注释]

①"渐觉"三句：指相爱之情日浓一日。 ②末三句：《词谱》作"把从前、泪来做水。流也流到伊行"。

[集评]

陶先淮云："明白如话，末三句设想新奇。"

西江月

邮亭壁上词[①]

昨夜轺车宿处[②]，乱山深锁邮亭。烟溪霜叶颤秋声，不管愁人不听。　　枕冷安排难稳，衾寒重叠犹轻。凭谁说与那人人，报道衾寒枕冷。

（以上三首《花草粹编》卷四引《古今词话》）

[注释]

①邮亭：即驿馆，犹今之旅舍。　②轺车：轻车。《史记·季布乐布列传》："朱家乃乘轺车至洛阳，见汝阴侯滕公。"

望江南

谕新及第友人

这痴骇[①]，休恁泪涟涟。他是霸陵桥畔柳[②]，千人攀了到君攀。刚甚别离难[③]。　　荷上露，莫把作珠穿。水性本来无定度，这边圆了那边圆。终是不心坚。

（《花草粹编》卷五引《古今词话》）

[注释]

①痴骇（āi）：痴呆、犯傻。　②"霸陵"句：《三辅黄图·桥》载，"霸桥在长安东，跨水作桥，汉人送客至此桥，折柳赠别。"　③刚甚：疑为"则甚"，即为什么。

鹧鸪天

车　中

紫陌朱轮去似流[①]，丁香初结小银钩[②]。凭阑试问秦楼路[3]，瞥见纤纤十指柔。　　金约腕[4]，玉搔头[5]、尽教人看却佯羞。欲题红叶无流水，别是桃源一段愁。

[注释]

①紫陌：泛指京都道路。　朱轮：红漆车轮，代指华车。　②"丁香"句：指白丁香初结花蕾形似小银钩。　③秦楼路：泛指妓女聚居之处。　④金约腕：即金手镯。腕饰。　⑤玉搔头：玉簪。髮饰。

鹧鸪天

离　别[1]

镇日无心扫黛眉[2]，临行愁见理征衣。樽前只恐伤郎意，阁泪汪汪不敢垂[3]。　　停宝马，捧瑶卮[4]。相斟相劝忍分离。不如饮待奴先醉，图得不知郎去时。

（以上二首《花草粹编》卷五）

[注释]

①唐氏按：此首别作夏竦词，见《词林万选》卷二别又误作王曾词，见《古今别肠词选》卷二。　②镇日：尽日。　③阁泪：阁住泪水。即忍泪。　④瑶卮：玉制酒杯。指代美酒。

[集评]

陈廷焯云："深情入骨，天雨粟，鬼夜哭矣。语不深而情深，千古离别之词，以此为最。"（《词则·闲情集》卷二）

遍地花

妓行七[1]　小石调

元是竹林旧伴侣[2]，去人日[3]、偶相遇。笑卢仝、狂怪尝茶[4]，问子建、诗成几步[5]。　　忆去年、乞巧同欢[6]，把琴弦、细细与说[⑦]。伤你爱四勾三，生下五男二女[⑧]。

（《花草粹编》卷六）

[注释]

①妓行七：妓女排行第七。 ②竹林旧伴侣：指竹林七贤。 ③人日：指正月初七，见《北齐书·魏收传》。 ④卢仝：唐诗人，其《走笔谢孟谏议寄新茶》诗云："一碗润喉吻，两碗破孤闷。三碗搜枯肠，唯有文字五千卷。四碗发轻汗，平生不平事，尽向毛孔散。五碗肌骨清，六碗通神灵。七碗吃不得也，唯觉两腋习习清风生……" ⑤子建：曹植，字子建，有"七步成诗"故事。 ⑥乞巧：古俗七月初七夜，妇女拜织女星，乞巧。 ⑦细细与说：不叶韵，疑有误，应改为"细细说与"。 ⑧"伤你"二句：上句四与三相加，及下句五与二相加皆得七，暗扣词题"妓行七"之语。

红窗迥

富春坊[①]，好景致。两岸尽是、歌姬舞妓。引调得、上界神仙，把凡心都起。 内有丙丁并壬癸[②]。这两尊神、为你争些口气。火星道，我待逞些神通，不怕你是水。

（《花草粹编》卷六引《古今词话》）

[注释]

①富春坊：地名，在浙江桐庐县富春江畔。 ②丙丁：指火神。《吕氏春秋·孟夏记》："其日丙丁。"《注》："丙丁，火日也。" 壬癸：指水神。《淮南子·天文训》："壬、癸、亥、子，水也。"

小重山

络纬声残织翠丝[①]，金风剪不断、雁来时。梦回缄泪寄征衣[②]，寒到早，应怪寄衣迟。 心事有谁知，黄昏常立尽、暗萤飞。秋来无处不生悲，情脉脉，月转辘轳西[③]。

（《花草粹编》卷六）

[注释]

①络纬：草虫名，又名莎鸡、络丝娘、纺织娘。　②缄泪：即忍泪。③辘轳：井上汲水用转轮。

[集评]

陶先淮云："情景相生，深沉凄婉。千载之下读之，犹可令人落泪。"

撷芳词[1]

风摇荡，雨濛茸，翠条柔弱花头重。春衫窄，香肌湿。记得年时，共伊曾摘。　都如梦，何曾共，可怜孤似钗头凤[2]。关山隔，晚云碧。燕儿来也，又无消息。

（《花草粹编》卷六引《古今词话》）

[注释]

①唐氏按：此首别误作晁补之词，见《京本通俗小说·西山一窟鬼》。别又误作唐无名氏词，见《唐词纪》卷十二。　②钗头凤：女子头饰。"撷芳词"为此调本名，因宋徽宗政和间宫中有撷芳园，故名。《词谱》称："陆游因（无名氏）词中有'可怜孤似钗头凤'句，改名钗头凤。"

[集评]

陶先淮云："上片忆撷芳，下片思远人。情思婉转，委曲动人。'可怜孤似钗头凤'，就眼前取譬，风韵自然。"

拨棹子[1]

烟姿媚，冰容薄，芳蕖嫩[2]、隐映新萍池阁。撷英人去后[3]，清香微绽，透真珠帘幕。　似无语，含情垂彩佩[4]，戏芳阴[5]，渐许纤鲜相托。西风直须爱惜，看看浓艳，伴秋光零落。

[注释]

①唐氏按:此首别误作黄庭坚词,见《历代诗馀》卷四十一。 ②芳蕖:即香荷。 ③撷(xié)英:采花。 ④彩佩:彩色玉佩。 ⑤芳阴:即花阴。

香山会

向神前发愿[1],烧香做咒,断了去、娼家吃酒。果子钱早是遭他毒手,更一个、瓶儿渗漏。 才斟两盏三盏,早斟不勾[2],又添和、薄漓半斗[3]。奴哥有我,奴哥道有。有我时,当面荡酒。

[注释]

①发愿:许下心愿。 ②不勾:不够。 ③薄漓:薄酒。

[集评]

陶先淮云:“此劝夫之词,言语极明快,章法亦颇别致。《词律拾遗》称:‘一句一问一答,末句问者又答耳。’”

品　令[1]

急雨惊秋晓,今岁较、秋风早。一觞一咏[2],更须莫负、晚风残照。可惜莲花已谢,莲房尚小[3]。 汀苹岸草,怎称得、人情好。有些言语,也待醉折、荷花向道。道与荷花,人比去年总老。 (以上三首见《花草粹编》卷七)

[注释]

①唐氏按:此首别误作李清照词,见《词谱》卷九。 ②一觞一咏:语出王羲之《兰亭集序》“一觞一咏,亦足以畅叙幽情”。 ③莲房:即莲蓬。以其分隔如房,故称莲房。

御街行[1]

霜风渐紧寒侵被，听孤雁、声嘹唳[2]。一声声送一声悲，云淡碧天如水。披衣起，告雁儿略住，听我些儿事。　　塔儿南畔城儿里，第三个、桥儿外。濒河西岸小红楼，门外梧桐雕砌。请教且与，低声飞过，那里有、人人无寐。

（《花草粹编》卷八引《古今词话》）

[注释]

①唐氏按：此首明赵琦美辑《小山词补遗》误作晏几道词。　②嘹唳：指雁声凄厉。

[集评]

陶先淮云："全篇以雁儿为线索，打破上下片界线，一气贯通，构思巧妙。下片'低声飞过'照应上片'声嘹唳'，'人人无寐'照应'霜风渐紧寒侵被'，针线亦甚细密。"

惜寒梅

看尽千花，爱寒梅暗与、雪期霜约[1]。雅态香肌，迥有天然淡泊。五侯园囿姿游乐[2]。凭阑处、重开绣幕。秦娥妆罢，遥相纵[3]，艳过京洛[4]。　　天涯再见素萼。似凝然向人[5]，玉容寂寞。江上飘零，怎把芳心付托。那堪风雨夜来恶。便减动、一分瘦削。直须沉醉，尤香殢云[6]，莫待改落。

（《花草粹编》卷十引《复雅歌词》）

[注释]

①雪期寒约：言梅花与寒雪相约，到时开放。　②五侯园囿：指势家园林。　五侯：汉成帝河平二年，同日封舅氏王谭等五人为侯，时人谓之

五侯。东汉有梁氏五侯,桓帝时封宦者单超等五人为侯,亦称五侯。姿游乐:"姿"为"恣"之讹。 ③遥相纵:《词谱》作"自远相从"。 ④过京:《全宋词》注,此二字据《词谱》卷二十八补。 ⑤凝然:《词谱》作"凝愁"。 ⑥尤香殢(tì)云:沉浸于男女欢情。

古阳关[①]

渭城朝雨,一霎裛轻尘。更洒遍、客舍青青。弄柔凝、千缕柳色新。更洒遍、客舍青青,千缕柳色新。 休烦恼。劝君更尽一杯酒,人生会少。自古富贵功名有定分。莫遣容仪瘦损。 休烦恼,劝君更尽一杯酒,只恐怕、西出阳关,旧游如梦,眼前无故人。只恐怕、西出阳关,眼前无故人。

[注释]

①古阳关:又名阳关引。《词谱》卷十八称,"此词始自宋寇准词(阳关引),本隐括王维《阳关曲》而作,故名。"

永遇乐

寄所思新第者

孤衾不暖,静闻银漏[①],攲枕难稳。细想多情,多才多貌,总是多愁本。而今幽会难成,佳期顿阻,只恁萦方寸[②]。知他莫是,今生共伊,此欢无分[③]。 寻思断肠肠断,珠泪揾了,依前重揾[④]。终待临岐[⑤],分明说与,我这厌厌闷。得伊知后,教人成病。万种断也无限[⑥]。只恐他、恁不分晓,谩劳瘦损[⑦]。

(以上二首见《花草粹编》卷十一引《古今词话》)

［注释］

①银漏：银制漏壶，古计时器。　②方寸：指心。　③"知他"三句：《词谱》作"知他莫是今生，共伊此欢无分"二句。　④搵：揩拭。　⑤临岐：指分道惜别。高适《别韦参军》诗："丈夫不作儿女别，临歧涕泪沾衣巾。"　⑥无限："限"当作"恨"字。《全宋词》作"限"，乃形近致误，应改从《词谱》。　⑦谩劳：空劳。

一萼红[①]

断云漏日[②]，青阳布[③]，渐入融和天气。糁缀夭桃[④]，金绽垂杨，妆点亭台佳致。晓露染、风裁雨晕[⑤]，是牡丹、偏称化工美[⑥]。向此际会，未教一萼，红开鲜蕊。　迤逦[⑦]，渐成春意。放秀色妖艳[⑧]，天真难比。粉惹蝶翅，香上蜂须，忍把芳心萦碎。争似便，移归深院，将绿盖青帏护风日。恁时节，占断与、偎红倚翠。

（《花草粹编》卷十二引《雅词》）

［注释］

①唐氏按：今本《乐府雅词》无此首，所引《雅词》不知何书。　②断云漏日：日光从云破处漏下。　③青阳：春光。《尔雅·释天》："春为青阳。"　④糁缀夭桃：形容桃花含苞待放，点缀于枝头。糁：饭粒，借指散粒状物。韩愈《送无本师归范阳》诗："始见洛阳春，桃枝缀红糁。"　⑤风裁雨晕："晕"字费解，疑为"润"字之讹。　⑥化工：即天工造化。贾谊《鹏鸟赋》："且夫天地为炉，造化为工。"　⑦迤逦：曲折连绵。　⑧秀色妖艳：辞意不逮，当改从《词谱》作"妖容秀色"。

霜叶飞[①]

故宫秋晚馀芳尽，轻阴闲淡池阁。凤泥银暗玳纹花，卷断肠帘幕[②]。渐砌菊、遗金谢却[③]，芙蓉才共清霜约。半弄蕊、冰绡波浅，拂胭脂、翠琼连并凋萼。　　应是曾倚东君，纵艳姿轻盈，映损丹杏红药。旋成深妒，判与西风，任从开落。况衰晚、渊明意薄[4]。重阳羞对吟酌。待说与江梅，早傅粉匀香[5]，慰伊萧索[6]。　（《花草粹编》卷十二）

[注释]

①唐氏按：此首别误作沈公述（沈唐）词，见《词谱》卷三十五。　②“风泥”二句：《词谱》作“风泥银暗，玳纹花卷，断肠帘幕”。　③遗金谢却：指黄菊凋谢。　④渊明意薄：陶渊明诗无咏木芙蓉者，故谓意薄。　⑤傅粉匀香：言着意修饰打扮，指江梅。　⑥慰伊萧索：指江梅与木芙蓉作伴以慰其寂寥。

[集评]

陶先淮云：“词谓木芙蓉美艳轻盈，远胜丹杏红药，乃遭群芳深妒，不得沐浴春光，而被‘判与西风，任从开落’，设想新奇。末引江梅为知己，又别开生面，甚饶情味。”

檐前铁

悄无人，宿雨厌厌[1]，空庭乍歇。听檐前、铁马戛叮当[2]，敲破梦魂残结[3]。丁年事[4]，天涯恨，又早在心头咽[5]。　　谁怜我、绮帘前，镇日鞋儿双跌。今番也、石人应下千行血[6]。拟展青天，写作断肠文，难尽说。

（《词谱》卷十六引《古今词话》）

[注释]

①厌厌（yàn）：绵绵不断。　②铁马：指风铃。　戛（jiá）：打击。叮当：象声词。　③残结：未了情结。　④丁年：壮年。《文选·李陵〈答苏武书〉》：“丁年奉使，皓首而归。”《注》：“丁年，谓丁壮之年也。”　⑤“又早在”句：《词谱》“在”字下加逗。　⑥千行血：千行血泪。

娇木笪

酒入愁肠，谁信道、都做泪珠儿滴。又怎知道恁他忆。再相逢、瘦了才信得。

林钟商小品

正天气凄凉，鸣幽砌，向枕畔、偏恼愁心，尽夜苦吟。

林钟商小品

戴花殢酒，酒泛金樽，花枝满帽。笑歌醉拍手，戴花殢酒。

（以上见《曲律》卷四引《乐府浑成》）

鹧鸪天

佳　人

全似丹青揾染成[①]，更将何物鬥轻盈。雪因舞态羞频下，云为歌声不忍行。　　螺髻小，凤鞋轻。天边斗柄又斜横[②]。水晶庭柱琉璃帐，客去同谁看月明。

（《历代诗馀》卷二十八）

[注释]

①丹青：指画笔。　②斗柄斜横：指夜深。斗，北斗星座。

甘露滴乔松[①]

沙堤路近[②]，喜五年相遇，朱颜依旧。尽道名世半千[③]，公望三九[④]。是今日、富民侯[⑤]，早生聚、考堂户口[⑥]。

谁欤兼致,文章燕许[7],歌辞苏柳[8]。　　更饶万卷图书,把藤笈芸编[9],遍题青镂[10]。一经传得,旧事韦平先后[11]。试衮衮、数英游[12],问好事、如今能否。麯车正满[13],自酌太和春酒[14]。　　(《词谱》卷二十四引《翰墨全书》)

[注释]

①唐氏按:元刊二百零四卷本及常见之一百二十七卷《翰墨大全》或《翰墨全书》俱无此首。　②沙堤路近:唐时拜相,官府令民载沙铺路以通车骑,称为沙堤,见李肇《国史补》卷下。路,《全宋词》作"露",乃同音致误。　③名世:闻名于世。　半千:指五百年。《孟子·公孙丑下》:"五百年必有王者兴,其间必有名世者。"　④三九:三公九卿之简称。周以太师、太傅、太保为三公,少师、少傅、少保、冢宰、司徒、宗伯、司马、司寇、司空为九卿。　⑤富民侯:汉武帝封车千秋为富民侯。见《汉书·食货志·车千秋传》。　⑥早生聚、考堂户口:指繁殖人口,积蓄财物。《左传·哀公元年》:"越十年生聚,而十年教训,二十年之外,吴其为沼乎!"又《新唐书·李林甫传》:"(户)部有考堂,天下岁会计外。"　⑦燕许:唐代张说封燕国公,苏颋封许国公,二人均擅文章,号称"燕许大手笔"。　⑧苏柳:指苏轼、柳永。　⑨藤笈芸编:指书籍。　⑩青镂:青,指竹简。镂,刻也。⑪韦平:西汉时,韦贤、韦玄成与平当、平晏两家父子均相继为相,为世所重。　⑫衮衮:相继不绝。杜甫《醉时歌》:"诸公衮衮登台省。"　⑬麯车:运载酒麯之车。杜甫《饮中八仙歌》:"道逢麯车口流涎。"　⑭太和:古人谓冲和元气为太和。《易经·乾》:"保合太和,乃利贞。"

满江红[1]

雪共梅花,念动是、经年离折[2]。重会面、玉肌真态,一般标格[3]。谁道无情应也妒,暗香埋没教谁识。却随风、偷入傍妆台,萦帘额。　　惊醉眼,朱成碧。随冷暖,分青白。叹朱弦冻折,高山音息。怅望关河无驿使[4],剡溪兴尽成陈迹[5]。见似枝而喜对杨花,须相忆。

(金石索《宋满江红词镜》)

[注释]

①唐氏按：金石索云，“词咏雪梅，清隽类宋人，故以为宋镜。”此词是否宋词，未可断定，姑录之。 ②离拆：即离别，分别。 ③一般标格：即一样风韵。 ④“怅望”句：暗用陆凯《赠范晔》诗“折梅逢驿使，寄与陇头人。江南无所有，聊赠一枝春”。 ⑤“剡溪”句：用晋代王子猷（徽之）雪夜访戴安道（逵）故事。王居山阴，夜雪初霁，月色清朗，忽忆戴，戴时在剡溪，即便夜乘小船诣之，经宿方至，造门不前而返。人问其故，王曰：‘吾本乘兴而行，兴尽而返，何必见戴？’”见《世说新语·任诞》、《晋书·王徽之传》。

念奴娇

温州平阳灵峰摩崖词①

我眷兹石，嵯峨天然。爰赋斯作，与山俱传

天工谬巧②，恁平地、推出崚嶒岩壁③。虎跃龙骧飞凤翥，疑道补天馀石④。洞壑穿云，来今往古，知是谁开辟。千年兰若⑤，林峦隐映金碧。 我兴丘壑尤长，朅来此境，惯蹑登山屐⑥。适意人生随处好，何必岘南阳峄⑦。谢傅东山⑧，裴公绿野⑨，俯仰俱陈迹。何如轻举，廓寥云外横笛⑩。

嘉定甲戌九月（《平阳县志》卷五十五《金石志》）

[注释]

①摩崖：在山岩石壁镌刻文字。 ②谬巧：意外工巧。谬，荒诞莫测之意。 ③崚嶒：高峻重叠貌。 ④补天馀石：用《淮南子》女娲炼五色石以补苍天神话故事。 ⑤兰若：指寺院，为梵语“阿兰若”之省称。 ⑥登山屐：用以登山之有齿木屐。见《宋书·谢灵运传》。 ⑦岘南阳峄：岘南指岘山在湖北襄阳南，晋羊祜镇襄阳时，尝登岘山，置酒吟咏，又称砚首山。阳峄指峄山，在山东邹县东南，传说山南多桐树，可作琴材。有“峄阳孤桐”语。秦始皇二十八年曾登峄山刻石记功。 ⑧谢傅东山：东晋谢安，曾隐居东山，后以军功拜太保，卒赠太傅。 ⑨裴公绿野：唐裴度，晚

年于东都洛阳筑别墅名绿野堂。 ⑩轻举:高翔避世。廓寥:即寥廓,旷远、空阔意。

[集评]

陶先淮云:“上片写灵峰之嵯峨与林壑之幽秀,气象雄奇;下片写登临之逸兴与轻举之遐思,境界高远。”

醉落魄

红牙板歇,韶声断、六幺初彻[①]。小槽酒滴真珠竭。紫玉瓯圆,浅浪泛春雪。 香芽嫩蕊清心骨,醉中襟量与天阔。夜阑似觉归仙阙。走马章台,踏碎满街月。

(《草堂诗馀后集》卷下)

[注释]

①六么:亦作绿腰,是唐时京城流行的曲调,至宋时仍流传。

满江红

浪蕊浮花,当不住、晚风吹了。微雨过,池塘飞絮,一帘晴昼。寂寂山光春似梦,依依草色薰如酒。近新来、怕上小红楼,凭阑眺。 心事阻,诗情少。东皇去[①],良辰杳。想故园闲趣,水村烟柳。此日鹃声天不管,当年燕子人何有。叹江南、离别酒初醒,频回首。

(《新编事文类聚翰墨大全》后甲集卷十)

[注释]

①东皇:春神。

西江月

赠画士

三级掀腾波浪，一堂庆会风云。快乘霹雳化龙门，头角人中有分。　　谁状个中佳致，须还笔扫千军。是他画手亦通神，同向来春奋迅。

西江月

赠术士

身禀五行正气，此心如鉴光明。不从龟鹤问年龄，万物有衰有盛。　　多谢道人著眼，我于身世常轻。任从性巧与心灵，此事从来分定。

谒金门

赠歌妓

真个美，水墨观音难比。闻道观音谁不害[①]，见来须顶礼。　　徐步金莲满地，那更兰心聪慧。一曲清歌离皓齿，梁尘飞不已。

（以上三首见《新编事文类要·启札青钱》续集卷十）

[注释]

①不害：不敬。

水龙吟

寿李府尹

邦人前世条缘，福星遇得长庚李。光芒初照，一声霹雳，重开天地。试问年来，民间安枕，伊谁之赐。有青天白日，和风甘雨，公如父、氏如子[①]。　今度虎牌重到，感皇恩、欢声千里。衮归未晚[②]，纱笼人物，御屏名字。碧嶂长春，清江不尽，棠阴堪憩。愿年年把酒，庆公初度，祝公千岁。

（《新编事文类要·启札青钱》别集卷六）

[注释]

①氏：当为“民”字之讹。　②衮（gǔn）：古代皇帝及上公的衣服。此处指任高官穿衮服。

永遇乐

个个修行，人人咽纳[①]，谁悟真道。曲径多岐，旁门小法，误了人多少。容成岂是[②]，神仙究竟，采药谩多炉灶。忽一朝，脱却桶底，性根坏倒。　争如内观，无为清净，学取本来庄老。匹配阴阳，抽添铅汞[③]，八卦为端表。人生如梦，流年似箭，回首也须闻早。贪迷恋，春花秋月，何时是了。

[注释]

①咽纳：吐纳。道家修炼之法。　②容成：仙人名。　③铅汞：炼丹之药物名。

永遇乐

万法由心，应观法界，一切心造。老子瞿昙[①]，同归去揆，不离心是道。自从识得，坎离交济[②]，炼药粗知昏晓。云腾雨飞，蟾宫兔走，丹阙更无烦恼。　气中真液，液中真气，和合不多不少。种出黄芽[③]，炼成赤水，龙虎交围绕。七返九还，工夫到后，还我旧时年少。待三千、功圆行满，恁时是了。

[注释]

①老子瞿昙：李耳与佛祖，道家、佛家祖师。瞿昙，佛祖乔达摩的另一音译。　②坎离：八卦中的两卦，分别代表水火。　交济：相通、补充。指修炼到最高境界。　③黄芽：道家把铅炼出的精华叫“黄芽”。

永遇乐

学道修心，存神炼性，直要轻举。补脑还精，流水不腐，户枢终不蠹。日魂月魄，抟归炉鼎，真炁自然流聚[①]。把心猿缚住，意马追回，迥无尘虑。　定中明有，阳龙阴火，水火透时为度。八段奇文，千口活法，向上有一路。吕公高尚，未离人世，有分也须相遇。约十洲三岛，骖鸾跨鹤，大家同去。

[注释]

①炁：同“气”。道家多用此字。

永遇乐

养水养精，养神养血，先须养气。日月阴阳，六爻八卦，细看参同契[①]。灵躯灵宝，千言万语，不过坎离两字。向昆仑顶上，返本还元，要明终始。　一身虽小，如同天地，八万四千馀里。玄牝之门[②]，生生万化，都在冲和内。此真真外,别无真谛,方信道一而已。异时见钟吕,如有未明,请师指示。

[注释]

①参同契:道书名。汉魏伯阳著。 ②玄牝:道家称大自然孳生万物的根源。《老子》:“玄牝之门,是谓天地根。”

渔家傲

至道不遥只在迩,毫厘差失如千里。道是难来元却易。如相契,一超直入如来地。 水火交时为既济,三尸六贼都回避[①]。只此长生仍久视。身口意,化成一点冲和气。

[注释]

①三尸:道家谓在人体内有作祟的神,称“三尸”。

渔家傲

神是性兮气是命,神不外驰气自定。幸有崔公入药镜[①]。如究竟,全真固蒂归根静[②]。 主客内明方外应,灵台槃发天光莹。两个壶中一片景。急修省,莫待临渴去掘井。

[注释]

①药镜:唐道家崔希范号至一真人,著有内丹练法《入药镜》。 ②蒂:花果与枝茎相接处。

渔家傲

精养灵根神守气，天然子母何曾离。昼夜六时长在意。三田内，温温天地中和水。　十二楼前白雪腻，九宫台畔黄芽遂。日月山头朝上帝。神光起，腾身直出烟霄外。

渔家傲

我有光珠无买价，光明常照芝田下。更没之乎并者也。知音寡，世间谁是能行者。　一万精光浑守舍，四百四病都齐罢。透出火龙归造化[1]。回仙驾，更无一点尘随马。

［注释］

①火龙：指水火相济。龙属水。

促拍满路花

抱元能守一，四大自轻安。心中须返照，几曾闲。金乌衔耀[1]，飞入烂银盘。心心心是道，只在心心，更于何处求仙。　又何须衣冕，燕处欲超然。荣华能几日，便凋残。修真甚易，积行累功难。劝君强为善，五浊三途，便为云岛神山。

［注释］

①金乌：古代神话，太阳中有三足乌，因用为太阳的别称。

促拍满路花

人能常清静，天地悉皆归。一真含众妙，入希夷。昭文不会，气候有成亏。妄心寂灭尽，困睡饥餐，更无作用施为。　　自然，炉鼎就，光彩透帘帏。玉池神水涌[①]，上生肥。如人饮水，冷暖自家知。自家性命事，自家了得，自家性命便宜。

[注释]

①玉池：口之代称。

促拍满路花

若论修养事，知有几多门。谛当归宿处[①]，是灵根。至真至道，简易合乾坤。坎离并水火[②]，止是筌蹄[③]，粹然一点长存。　　个中如荐得[④]，悟了五千言。金晶飞肘后，透昆仑。清江九曲，一棹破烟昏。水击三千里，九万鹏程，化成元是冥鲲[⑤]。

（以上见《修真十书》卷二十三杂著捷径）

[注释]

①谛当：确当、恰当。　②坎离：八卦名称。　③筌蹄：捕鱼竹器曰筌，捕兔之网曰蹄。泛指工具。　④荐得：上升而获得。　⑤冥鲲：北溟之大鲲，可化为大鹏。见《庄子·逍遥游》。

鹧鸪天

抛却功名弃却诗，从教身染气球泥[①]。侵晨打鞬齐云会[②]，际暮演筹落魄归。　　园苑里，粉墙西。佳人偷揭绣帘窥。高侵云汉垂肩久，低指花梢下脚迟。

[注释]

①气球:古之蹴鞠,皮球充气,似今之足球。　泥:指球上泥垢,污染衣服。　②齐云会:宋代民间蹴踘的组织。

西江月

健体安身可美,喜笑化食堪夸。更言一事实为佳,肥风瘦痨都罢[①]。　兼且时光似箭,更加景色难赊。名园等处乐奢华,一任佳人玩耍。

[注释]

①肥风瘦痨:犹言肥胖瘦弱诸多症状,通过蹴踘运动,都可治好。

鹧鸪天

不贪名利乐优游,收转心猿踢气球。日享三餐朋友饭,夜眠一宿玉人楼[①]。　真快活,度春秋。从他乌兔走无休。或时戏耍名园里,或把长竿湖上游。

[注释]

①玉人楼:美人楼,此指秦楼楚馆。

西江月

蹴踘场中年少,秋千架上佳人。三三两两趁芳辰[①],玩赏风光美景。　日暖风和明媚,更加花草香馨。红颜移步出闺门,偷揭绣帘相认。

[注释]

①趁芳辰:良辰出游。

鹧鸪天

虎掌葵花一锭银[1],全凭巧匠弄精神。里臁外跨知高下[2],逼拐挑尖月一轮。 欺强汉,灭村人。其间奥妙岂堪论。不问贵戚并公子,曾与区区并马行。

[注释]

①虎掌葵花:未详。疑为银锭之名,作为踢球之赌资。 ②里臁外跨:此指蹴踘之花样,与下文"逼拐挑尖"同。

鹧鸪天

巧匠园缝异样花[1],身轻体健实堪夸。能令公子精神爽,善诱王孙礼义加。 宜富贵,逞奢华。一团和气遍天涯。宋祖昔日皆曾习,占断风流第一家。

[注释]

①园缝:当作圆缝,指缝合皮革以为气球。

西江月

请知诸郡子弟,尽是湖海高朋。今年神首赛齐云[1],别是一般风韵。 来时向前参圣,然后疏上挥名[2]。香金留下仿花人,必定气球取胜。

[注释]

①神首：神前。此似指以赛球为庙会之内容。 ②疏上：上疏敬神。挥名：疑为诨名之讹。即呈报艺名也。

鹧鸪天

轩辕起置号齐云，社祖西川妙道君[①]。□□亲自裁成就，万古流传作玩诊。 江湖客，听原因。今朝出岳见其真。来到圣前必撞案，诚将实艺向前呈。

（以上八首见宋汪云程《蹴踘谱》）

[注释]

①社祖：齐云社创始之祖。 妙道君：未详。宋徽宗号道君皇帝，或即指此。

苏幕遮

水中金[①]，冲牛斗。玉锁金关，护法灵童守。赤水丹台龙虎走[②]，万象森罗，勃勃投珠口。 饮灵源，明火候。太乙炉开，丹熟神光透。浮名浮利终不久。下手速修，穷取无中有。

（宋李简易玉溪子《丹经指要》）

[注释]

①水中金：指水中涵火。一指阴阳。内丹家以水火相济而成丹。②龙虎：指水火，二者合为道本。

碧玉箫[①]

轻暖吹香，薰风涨绿，此窗添得琅玕玉[②]。新粉微含，翠浪明如玉。　　珠泪偷弹，纤腰减束，天涯劳我危楼目。燕子无情，斜语阑干曲。

［注释］

①《词鹄》初编卷二，引自《全宋词·订补附记》；然《附记》称"《词鹄》所载"，"未知所本"。此首亦见《历代诗馀》卷十九，不知何代人作。　②琅玕：竹子的美称。

殢人娇[①]

解了痴绦[②]，泼煞闷火。眉尖上、放闲愁锁。高来不可，低来不可，莫是人间剩我一个。　　富贵谩人，功名赚我[③]。且舞个采莲曲破。红裙腰细，醁醅盏大[④]，须占取、名花艳中醉卧。

（辑自明万历刊《重编东坡先生外集》卷八十四，引自孔凡礼《全宋词补辑》）

［注释］

①底本原注："山谷（黄庭坚）云，非先生（指苏轼）作。"孔以为李流谦《殢人娇》（痴本无绦，闷宁有火）一词，乃为和答此词而作。　②痴绦：不绝的痴心。　③谩赚：均有欺骗义。　④醁醅：指酒。

定风波[①]

痛饮形骸骑蹇驴[②]，葛巾不整倩人扶。笑指桃源泥样醉，三睡[③]。诗魔长是泣穷途[④]。　　画手也知仙骨瘦，□□。昆山玉水点银须。天地不能容此老，笑傲。一竿风月钓江湖。

（明万历刊《重编东坡先生外集》卷八十四，引自孔凡礼《全宋词补辑》）

[注释]

①原注:"咏杜甫画像。"《兰畹集》云王圣与作。未知孰是。②蹇驴:跛足之驴。杜甫《奉赠韦左丞丈二十二韵》自称"骑驴三十载"。　③三睡:原指柳,此指醉后摇摆状。　④诗魔:指诗兴大发。

水调歌头

昭代数人物[①],谁似我公贤。平生礌礌磊磊[②],常以义为先。广立湖中义学,盛集陕西义社[③],良法自家传。阴德有如此,眉寿不须言。　　圣天子,方右武,复宗文[④]。诗书马上,看君父子共争先。伫听天山三箭[⑤],还共秋闱一举[⑥],相继凯歌旋。金印大如斗,富贵出长年。

[注释]

①昭代:清明时代。　②礌礌:同"磊磊",疑作"礌礌落落"。　③义社:指义庄,置田为一族公产,以济族内贫者。　④宗文:指诗书。　⑤天山三箭:用薛仁贵"三箭定天山"事。　⑥秋闱:指秋季科考。

水调歌头

云海渺空阔,风露凛高寒。仙翁鹤驾羽节[①],缥缈下天端。指点虚无征路,时见双凫飞舞[②],挥斥隘尘寰。吹笛向何处,海上有三山。　　彩衣新,鱼服丽,映朱颜。蟠桃未熟,千岁容与旦人间[③]。早晚金泥封诏,归侍紫皇香案[④],踵武列仙班。玉骨自不老,未用九还丹[⑤]。

（以上两首见《诗渊》第二十五册,引自孔凡礼《全宋词补辑》）

[注释]

①羽节:以羽毛装饰的符节。　②双凫:用汉明帝叶县令王乔上朝乘

双凫事。 ③旦人:过生日之人,指寿星。 ④紫皇:道教中的神仙名。 ⑤九还丹:即九转金丹。

水调歌头[1]

八月秋欲半,后夜月将圆。天潢当日流润,□派落人寰。尘扫长淮千里,威振南蛮八郡,梓里绣衣还。芳毓燕山桂,庆衍谢庭兰。 小山阴,长松下,白云间。壶中自有天地,闻早挂逢冠。笑指横空丹壑,闲倚拿云竹杖,佳处日跻攀。山色既无尽,公寿亦如山。

(见《诗渊》第二十五册,引自孔凡礼《全宋词补辑》)

[注释]

①按《全宋词》题作《水调歌头·庆龙图八月十三》,录自《翰墨大全》丁集卷。二首仅个别字句有异,实为一首。

喜迁莺

春寿太守

光风转蕙[1],正中和节过[2],艳阳春半。暖日曈昽[3],瑞烟蓬勃,正是生申华旦[4]。保历东土三载,分却九重宵旰[5]。政成也,且凝香燕寝[6],雍容方面[7]。 堪羡。德望重,敌国隐然,不假长江险。堂上奇兵,胸中妙画,便是当年韩范[8]。况逢左辖虚位,早晚洪钧须转[9]。来岁里,看内家勅使[10],传呼宣劝。

(《诗渊》第二十五册,引自孔凡礼《全宋词补辑》)

[注释]

①光风转蕙:雨过天晴之景。 ②中和节:农历二月初一。 ③曈

昽：由暗转明。 ④生申：指伟人生日。 ⑤霄旰（gàn）：霄衣旰食之省略，谓天未明就起身穿衣，天已黑方进食，谓勤于政务。霄：通“宵”。 ⑥燕寝：安睡。 ⑦方面：四面。 ⑧韩范：指宋初的韩琦、范仲淹，拒西夏率兵守边。 ⑨洪钧：指天。 ⑩内家：皇宫。

唐氏《全宋词》按：

明马嘉松《花镜隽声》所附《花镜韵语》、李廷机评《草堂诗馀评林》、清孙致弥《词鹄初编》等载有宋无名氏词断句或全篇，其未见于他书者，汇录于下：

欲知相忆时，但看裙带馀几许。

桃脸自羞心自爱。

微酣后，记取夜来题目。（以上《花镜韵语》）

门掩映，人寂静，风弄一枝花影。（《阳春曲》）

风袅篆烟不卷帘，雨打梨花深闭门。

恓惶两泪流，界破残妆面。

嘹嘹呖呖雁南还。

金炉香烬漏声残。

影转西楼十二层。

情绪厌厌。

微蟾残照挂墙头。

金猊宝篆香馥郁。

掌握貔貅十万兵。

广寒宫未闭，独折一枝芳。

数声啼鸟不堪闻。

一溪流水绿湾环。

琼瑶堆满径。

溶泄冰澌逐水流。

衣薄不禁寒。

三竿日上醉初醒。(以上《草堂诗馀评林注》)

徘徊无语倚南楼。目送归鸿泪转流。罗带缓,倩谁收。　　人情惟有相思切,乍去还来无尽头。争似水,只东流。(《词鹄初编》卷一注云出宋人小说,调名作《花落寒窗》)

轻暖吹香,薰风涨绿,此窗添得琅玕玉。新粉微含,翠浪明如玉。　　珠泪偷弹,纤腰减束,天涯劳我危楼目。燕子无情,斜语阑干曲。(《碧玉箫》《词鹄初编》卷二)

此外另有有撰人姓名之断句:

王安石词:露金靥、篱边笑。　(《明秀集》卷一)

张舜民调笑令:日永帘垂春色妙。

周濂溪(敦颐)词:涟漪新绿小池塘。

顾恺词:渐醉入佳境。(并《草堂诗馀评林注》)

《草堂诗馀评林注》不一定可信,而《词鹄》所载亦未知所本(《碧玉箫》一首亦见《历代诗馀》卷十九,不知何代人作)。周敦颐词未必为其所作,顾恺亦未知其人,似是晋人顾恺之语,内中可疑者甚多。

附录一：宋人话本小说中人物词

梁意娘

梁意娘，《醉翁谈录》云：意娘，五代后周时人，适李生。其词盖宋人所依托。

秦楼月

春宵短，香闺寂寞愁无限。愁无限，一声窗外，晓莺新啭。　　起来无语成娇懒，柔肠易断人难见。人难见，这些心绪，如何消遣。

茶瓶儿

满地落花铺绣，春色著人如酒。晓莺窗外啼杨柳，愁不奈、两眉频皱。　　关山杳，音尘悄。那堪是、昔年时候。盟言辜负知多少，对好景、顿成消瘦。

（以上二首见罗烨《醉翁谈录》已集卷一）

越　娘

越娘,广州参军陈敏夫妾。

西江月

一自东君去后[①],几多恩爱睽离[②]。频凝泪眼望乡畿,客路迢迢千里。　顾我风情不薄,与君驿邸相随。参军虽死不须悲[③],幸有连枝同气。

（录自《绿窗新话》卷上引《丽情集》）

[注释]

①东君:指春神,此代指夫君。　②暌(kuí)离:同“睽离”,阔别之意。　③参军:官名。

张师师

张师师，京师（宋之东京，今河南开封）妓。

西江月

和柳永

一种何其轻薄[①]，三眠情意偏多[②]。飞花舞絮弄春和，全没些儿定个。　踪迹岂容收拾，风流无处消磨。依依接取手亲挼[③]。永结同心向我。

（录自罗烨《醉翁谈录》丙集卷二）

[注释]

①一种：犹言“一样”或“同是”之意。　②三眠：用汉宫柳如人形，三眠之典，喻柳永。　③挼：同“挪”。

钱安安

钱安安,京师(宋之东京,今河南开封)妓。

西江月

谁道词高和寡,须知会少离多。三家本作一家和,更莫容他别个。　　且恁眼前同乐[1],休将饮里相磨。酒肠不奈苦挼挼[2],我醉无多酌我。

(录自罗烨《醉翁谈录》丙集卷二)

[注释]

①恁(nèn):那么。　②挼挼:折磨。

张商英

张商英（1043—1121），字天觉，号无尽居士，蜀之新津人。登治平二年（1065）进士第。绍圣初，累擢左司谏、工部侍郎。大观中，历尚书右仆射、中书侍郎，贬衡州，复官。赠少保，谥文忠。曾入党籍，有《无尽集》，不传。

南乡子

向晚出京关，细雨微风拂面寒。杨柳堤边青草岸，堪观，只在人心咫尺间。　　酒饮盏须干，莫道浮生似等闲。用则逆理天下事，何难，不用云中别有山。

南乡子

瓦钵与磁瓯，闲伴白云醉后休。得失事常贫也乐，无忧，运去英雄不自由。　　彭越与韩侯[①]，盖世功名一土丘。名利有饵鱼吞饵，轮收，得脱那能更上钩。

（以上二首见《宣和遗事》卷上）

[注释]

①彭越：汉初诸侯王。字仲（？—前196），昌邑（今山东金乡西北）人。常居钜野泽中。秦末聚众起兵。楚汉战争时，将兵三万馀归刘邦，略定梁地（在今河南东南部）。屡断项羽粮道。不久率兵从刘邦击灭项羽于垓下（今安徽灵璧南）。封梁王。汉朝建立后，因谋反，为刘邦所杀。　韩侯：指韩信（？—前196），汉初诸侯王。淮阴（今江苏清江西南）人。初属项羽，继归刘邦，被任为大将。楚汉战争时，刘邦采其策，攻占关中。刘邦在荥阳、成皋间与项羽相持时，使他率军抄袭项羽后路，破赵取齐，占据黄河下游之地，后刘邦封其为齐王。不久率军与刘邦会合，击灭项羽于垓下。汉朝建立，改封楚王。有人告其谋反，降为淮阴侯。以谋反罪，为吕后所杀。他善于将兵，自称“多多益善”，著有《兵法》三篇，今佚。

徐都尉

徐都尉,不知其名,与苏轼有和词。

殢人娇

小苑藏春,信道游人未见,花脸嫩、柳腰娇软。停觞缓引,正夕阳将晚。莺误入,蹴损海棠花片。　　只怅春心,当时露见,小楼外、曾劳目断。灯前料想,也饥心饱眼。从此去,萦心有人可惯。①

（此首录自《问答录》卷二）

[注释]

①唐氏按:宋代无姓徐而为驸马都尉者。《问答录》所载本事,亦类小说,盖出自依托。

崔　木

崔木，字子高，兖州（今山东滋阳）人。元符间，游太学。

最高楼

蹇驴缓跨，迢递至京城。当此际，正芳春。芹泥融暖飞雏燕，柳条摇曳韵鹂庚。更那堪，迟日暖，晓风轻。　算费尽、主人歌与酒，更费尽、青楼篆与筝[①]。多少事，绊牵情。愧我品题无雅句，喜君歌咏有新声。愿从今，鱼比目，凤和鸣。

［注释］

①篆、筝：古代弦乐器。

虞美人

春来秋往何时了，心事知多少。深深庭院悄无人，独自行来独坐、若为情。　双旌声势虽云贵，终是谁存济。今宵已幸得人言，拟待劳烦神女、下巫山。

（以上二首录自罗烨《醉翁谈录》壬集卷二）

黄舜英

黄舜英,崔木之妻。

虞美人

一从骨肉相抛了,受了多多少。溪山风月属何人,到此思量、因甚不关情。　　而今虽道王孙贵,有事凭谁济。自从今夜得媒言,相见佳期无谓、隔关山。

（此首录自罗烨《醉翁谈录》壬集卷二）

贾　奕

贾奕，官右厢都巡官，带武功郎。传为汴妓李师师之婿。

南乡子

闲步小楼前，见个佳人貌类仙。暗想圣情浑似梦，追欢，执手兰房恣意怜[①]。　　一夜说盟言，满掬沉檀喷瑞烟。报道早朝归去晚，回銮，留下鲛绡当宿钱[②]。

（此首录自《宣和遗事》卷上）

[注释]

①兰房：闺房。　②鲛绡：传说中鲛人所织的绡。此泛指薄纱、手帕。

窃杯女子

窃杯女子,名姓不详。宣和六年(1124)元宵,放灯赐酒。一女子藏其金杯,徽宗命作词,以杯赐之。

鹧鸪天[1]

灯火楼台处处新,笑携郎手御街行。回头忽听传呼急,不觉鸳鸯两处分。　　天表近,帝恩荣。琼浆饮罢脸生春。归来恐被儿夫怪,愿赐金杯作证明。

（此首录自《岁时广记》卷十）

念奴娇

桂魄澄辉[1],禁城内、万盏花灯罗列。无限佳人穿绣径,几多妖艳奇绝。凤烛交光[2],银灯相射,奏箫韶初歇。鸣鞘响处,万民瞻仰宫阙。　　妾自闺门给假,与夫携手,共赏元宵节。误到玉皇金殿砌[3],赐酒金杯满设。量窄从来,红凝粉面,尊见无凭说。假王金盏[4],免公婆责罚臣妾。

（此首录自《宣和遗事》卷上）

[注释]

①桂魄澄辉:指月光澄澈。　②凤烛、银灯:指元宵佳节。宋京城内放的各种花灯。　③砌:台阶。　④假:借。

刘　　锜

刘锜(？—1162)，字信叔，德顺军(在今甘肃静宁县东)人。绍兴中，充东京副留守。金兵围顺昌，大破之。金主亮南侵，锜为江淮浙西制置使，节制各路军马，与战不利。寻以病求解兵柄，召还，提举万寿观。卒，谥武穆。

鹧鸪天

竹引牵牛花满街，疏篱茅舍月光筛。琉璃盏内茅柴酒[①]，白玉盘中簇豆梅。　　休懊恼，且开怀。平生赢得笑颜开。三千里地无知己，十万军中挂印来。

（此首录自《京本通俗小说·碾玉观音》）

[注释]

①茅柴酒：指薄酒。

陈 义

陈义,字可常,温州乐清人。累举不第,出家为僧。

菩萨蛮

平生只被今朝误,今朝却把平生补。重午一年期,斋僧只待时。　　主人恩义重,两载蒙恩宠。清净得为僧,幽闲度此生。

菩萨蛮

包中香黍分边角[1],彩丝剪就交绒索。樽俎泛菖蒲[1],年年五月初。　　主人恩义重,对景承欢宠。何日玩山家,葵蒿三四花。

[注释]

①"香黍"句:指粽子。　②樽俎(zǔ):同"尊俎"。古代盛酒和盛肉的器皿,后为宴席的代称。

菩萨蛮

天生体态腰肢细,新词唱彻歌声利。出口便清奇,扬尘簌簌飞。　　主人恩义重,宴出红妆宠。便要赏新荷,时光也不多。

菩萨蛮

去年共饮菖蒲酒,今年却向僧房守。好事更多磨,教人没奈何。　　主人恩义重，知我心头痛。待要赏新荷，争知疾愈么[①]。

（以上四首见《京本通俗小说·菩萨蛮》）

［注释］

①争知：怎知。

梅　娇

梅娇,吴七郡王爱姬。

满庭芳

嘲杏俏

一种阳和,玉英初纵,雪天分外精神。冰肌肉骨,别是一家春。楼上笛声三弄[①],百花都未知音。明窗畔,临风对月,曾结岁寒盟。　笑杏花何太晚,迟疑不发,等待春深。只宜远望,举目似烧林。丽质芳姿虽好,一时取媚东君。争如我,青青结子,金鼎内调羹。

(此首录自《彤管遗编》后集卷十二)

[注释]

①三弄:用笛吹奏三个乐曲,后多指梅花三弄。

杏　俏

杏俏，吴七郡王爱姬。

满庭芳

嘲梅娇

景傍清明，日和风暖，数枝浓淡胭脂。春来早起，惟我独芳菲。门外几番雨过[①]，似佳人、细腻香肌。堪赏处，玉楼人醉，斜插满头归。　　梅花何太早，消疏骨肉，叶密花稀。不逢媚景，开后甚孤栖。恐怕百花笑你，甘心受、雪压霜欺。争如我，年年得意，占断踏青时。

（此首录自《彤管遗篇》后集卷十二）

[注释]

①唐氏按："门外"二字原脱，据《林下词选》卷一补。

[集评]

梁逸梨云："此二首咏物词，颇富喻意，语又俏丽。"

苏小娘

苏小娘,吴七郡王姬。

飞龙宴

炎炎暑气时,流光闪烁,闲扃深院[1]。水阁凉亭,半开帘幕遥观。灼灼榴花吐艳。细雨洒、小荷香浅。树影竹影,清凉潇洒,枕簟摇纨扇[2]。 堪叹浮世忙如箭。对良辰欢乐,莫辞频劝。遇酒逢歌,恣情遂意迷恋。须信人生聚散。奈区区、利牵名绊。少年未倦,良天皓月金尊满。

(此首见《花草粹编》卷十)

[注释]

①扃(jiōng):门闩,代指门。 ②簟(diàn):竹席。

张　魁

张魁，生平无考。

踏莎行[①]

凤髻堆鸦，香酥莹腻，雨中花占街前地。弓鞋湿透立多时，无人为问深深意。　眉上新愁，手中文字，如何不倩鳞鸿去[②]。想伊只诉薄情人，官中不管闲公事[③]。

（此首见《事林广记》癸集卷十三）

[注释]

①唐氏按：此首原为僧仲殊词，见《中吴纪闻》卷四。《事林广记》改为张魁判词，定出依托。　②倩：原误作"猜"。　③管：原误作"营"。

张枢密

张枢密，不知其名，建康留守。

声声慢

判道士还俗

星冠懒带，鹤氅慵披[①]，色心顿起兰房。离了三清归去[②]，作个新郎。良宵自有佳景，更烧甚、清香德香。瑶台上，便玉皇亲诏，也则寻常。　　常观里、孤孤令令，争如赴鸳闱[③]，夜夜成双。救苦天尊[④]，你且远离他方。更深酒阑歌罢，殢玉人、云雨交相[⑤]。问则甚，咱门这里拜章。

（此首见《事林广记》癸集卷十三）

［注释］

①鹤氅：多为道士服装。　②三清：道家认为仙人居处。　③争如：怎如。　赴鸳闱：唐氏按，原误作“走夗韦”。　④天尊：道家对神仙的尊称。　⑤云雨交相：指男女欢爱，语出宋玉《高唐赋序》。

申二官人

申二官人,生平无考。

踏莎行

嘲建康妓李燕燕

葱草身才、灯心脚手,闲时与蝶花间走。有时跌倒屋檐头,蜘蛛网里翻筋斗。　　水马驰来[①],藕丝缠就,鹅毛般上三杯酒[②]。等闲试把秤儿秤,平盘分上何曾有。

（此首见《事林广记》癸集卷十三）

［注释］

①水马:水生昆虫名,水黾的一种。群游水上,水涸即飞,长寸许,四脚。　②鹅毛般上:用鹅毛做的盘子。般,即盘。

杨岛仙

杨岛仙，生平无考。

失调名[①]

待得团圆时候，樽前问这时节。

（此首见金盈之《醉翁谈录》卷七）

吴德运

吴德运，生平无考。

失调名

过平康巷陌绮罗丛。赢得佳人，妙舞艳歌，争劝舍钟。

（此首见金盈之《醉翁谈录》卷八）

连静女

连静女，延平（今福建南平）人。嫁儒生陈彦臣。

失调名[①]

朦胧月影，暗淡花阴，独立等多时。只恐冤家误约，又怕他、侧近人知。千回作念，万般思忆，心下暗猜疑。蓦地偷来厮见，抱著郎、语颤声低。　　轻移莲步，暗褪罗裳，携手过廊西。已是更阑人静，粉郎恣意怜伊。霎时云雨，半晌欢娱，依旧两分飞。去也回眸告道，待等奴、兜上鞋儿。

［注释］

①唐氏按：此首别又作郑云娘《兜上鞋儿曲》，见《古今词统》卷六。

武陵春[①]

人道有情须有梦，无梦岂无情。夜夜相思直到明，有梦怎生成。　　伊若忽然来梦里，邻笛又还惊。笛里声声不忍听，浑是断肠声。

（以上二首见罗烨《醉翁谈录》乙集卷一）

［注释］

①唐氏按：此首别误作赵秋官妻词，见《花草粹编》卷四。

楚　娘

楚娘，妓女，适三山（今福建福州）林茂叔。

生查子

题壁间①

去年梅雪天，千里人归远。今岁雪梅天，千里人追怨。　　铁石作心肠，铁石刚犹软。江海比君恩，江海深犹浅。

（此首见罗烨《醉翁谈录》乙集卷一）

谢福娘

谢福娘,建康妓,适张时。

南歌子

闲傍药栏西,正是春光三月时。深紫浅红光照眼,依稀,有似西施醉枕攲。　　摘放胆瓶儿,冷艳幽光映酒卮。曾记古人题品语,祆知①,今夜花王得艳妻。

(此首见罗烨《醉翁谈录》癸集卷二)

[注释]

①祆(xiān)知:即波斯拜火教神名。此似为当时口语,犹天知之意。

张　时

张时，字逢辰，河南人。

南歌子

和谢福娘

暖日未斜西，正是迷花殢酒时。红药雕阑呈冷艳，依稀，花重枝柔压半攲。　　相对耍猴儿，一捻幽芳劝酒卮。魏紫姚黄来觑着[①]，方知，准拟今宵醉伴妻。

（此首见罗烨《醉翁谈录》癸集卷二）

[注释]

①魏紫姚黄：指牡丹的两个名贵品种。　觑（qù）：看，窥探。

双 渐

双渐,闾江郡吏。与苏小卿相恋。后登第,结为夫妇。

人月圆

碧纱低映秦娥面[①],咫尺暗香浓。瑶池春晚,长天共恨,烟锁芙蓉。　　夭桃再赏,流莺声巧,不待春工。樽前潜想,樱桃破处,得似香红。

（此首见《永乐大典》卷二千四百零五“苏”字韵引《醉翁谈录·烟花奇遇》）

[注释]

①秦娥:泛指美好女子。

黄夫人

黄夫人，近人注《警世通言》，以黄夫人为孙道绚，未知所本。

鹧鸪天

先自春光似酒浓，时听莺语透帘栊。小桥杨柳飘香絮，山寺绯桃散落红。　　莺渐老，蝶西东。春归难觅恨无穷。侵阶草色迷朝雨，满地梨花逐晓风。

（此首见《京本通俗小说·碾玉观音》）

刘使君

刘使君，小说称戴花刘使君。

醉亭楼[①]

平生性格，随分好些春色。沉醉恋花陌。虽然年老心未老，满头花压巾帽侧。鬓如霜，鬚似雪，自嗟恻。　　几个相知劝我染，几个相知劝我摘。染摘有何益。当初怕成短命鬼，如今已过中年客。且留些，妆晚景，尽教白。

（此首见《京本通俗小说·志诚张主管》）

[注释]

①唐氏按：调名《醉亭楼》乃《最高楼》之讹。

李　氏

李氏,小说称延安李氏。

浣溪沙①

无力蔷薇带雨低,多情蝴蝶趁花飞。流水飘香乳燕啼。　南浦魂消春不管,东阳衣减镜先知。小楼今夜月依依。

（此首见《京本通俗小说·西山一窟鬼》）

[注释]

①唐氏按:此首本书(今按:指《全宋词》)初版卷二百九十一误作苏氏(延安夫人)词。

存目词

调名	首句	出处	附注
更漏子	小阑干	金绳武本《花草粹编》卷七	无名氏作,见《翰墨大全》后丙集卷四。或延安夫人苏氏作,见《彤管遗编》后集卷十二
踏莎行	孤馆深沉	同上书卷十二	同上
临江仙	一夜东风穿绣户	同上	延安夫人苏氏作,见《翰墨大全》后丙集卷四

朱希真

朱希真，小字秋娘、建康府朱将仕女，适同邑商人徐必用。

失调名

闺怨词

苦汝临期话别，与君挽手叮咛。归期誓约十馀朝，去后又经三四月，鱼沈雁杳[①]，空倚著六曲阑干。凤只鸾孤，谩独宿半床衾枕。欲寄花牌传密意，奈无黄耳堪凭[②]。待修锦字诉离情。

[注释]

①鱼沉雁杳：指书信不通。　②黄耳：指家书传到。黄耳昔是陆机豢养的狗，曾为机远途传递家书。

采桑子

闺怨集句

王孙去后无芳草（朱淑真），绿遍书阶（李季兰）。尘满妆台（吴淑姬），粉面羞搽泪满腮（王幼玉）。教我甚情怀（李易安）。　　去时梅蕊全然少（窦夫人），等到花开（苏小小），花已成梅（陶氏）。梅子青青又待黄（胡夫人），兀自未归来（王娇姿）。[①]

（以上二首见《彤管遗编》后集卷十二）

[注释]

①唐氏按：此首《彤管遗编》不著调名，每句下亦未注撰人姓名，今从《花草粹编》卷二补。

存目词

调名	首句	出处	附注
绛都春	寒阴渐晓	《彤管遗编后集》卷十二	无名氏词，见《草堂诗馀后集》卷下
念奴娇	插天翠柳	同上	朱敦儒词，见《樵歌》卷上
西江月	世事短如春梦	同上	朱敦儒词，见《樵歌》卷中
念奴娇	别离情绪	同上	朱敦儒词，见《草堂诗馀后集》卷下
满路花	帘烘泪雨干	同上	周邦彦词，见《片玉集》卷八
西江月	日日深杯酒满	《古今女史》卷十二	朱敦儒词，见《樵歌》卷中
鹧鸪天	检尽历头冬又残	同上	同上
同上	梅妒晨妆雪妒轻	同上	苏庠词，见《乐府雅词》卷下
蝶恋花	武陵春色浓如酒	同上	李石才词，见《翰墨大全》乙集卷九
孤鸾	天然标格	同上	无名氏词，见《草堂诗馀后集》卷下
念奴娇	见梅惊笑	同上	朱敦儒词，见《樵歌》卷上
菩萨蛮	秋声乍起梧桐落	《林下词选》卷二	朱淑真词，见《断肠词》

调名	首句	出处	附注
桃源忆故人	雨斜风横香成阵	《林下词选》卷二	朱敦儒词，见《樵歌》卷中
一落索	一夜雨声连晓	金绳武本《花草粹编》卷六	同上
一落索	惯被好花留住	同上	同上
浪淘沙	风约雨横江	《花镜隽声》卷七	朱敦儒词，见《椎歌》卷中
菩萨蛮	湿云不渡溪桥冷	《词苑丛谈》卷八	朱淑贞词，见《断肠词》

张幼谦

张幼谦，浙东人。宋末登科，仕至郡倅。与邻女罗惜惜以词相赠答，卒成偕老。

一剪梅

同年同日又同窗，不似鸾凰，谁似鸾凰。石榴树下事匆忙，惊散鸳鸯，拆散鸳鸯。　　一年不到读书堂，教不思量，怎不思量。朝朝暮暮只烧香，有分成双，愿早成双。

长相思

天有神，地有神，海誓山盟字字真，如今墨尚新。
过一春，又一春，不解金钱变作银，如何忘却人。

（以上二首见《彤管遗编》续集卷十七）

卜算子

和惜惜

去时不由人，归怎由人也。罗带同心结到成，底事教拚舍。　　心是十分真，情没些儿假。若道归迟打棹篦①，甘受三千下。

（本首见《情史》卷三）

［注释］

①棹篦（pí）：竹制的板子。棹，本指船桨。

罗惜惜

罗惜惜,浙东罗仁卿女,适张幼谦,罗与张少时同就塾师,密订终身。后女母受辛氏聘,张以词寄女,女亦作词自誓。后卒归于张。

卜算子

答幼谦

幸得那人归,怎便教来也。一日相思十二辰,真是情难舍。　　本是好因缘,又怕因缘假。若是教随别个人,相见黄泉下。

(此首见《彤管遗编》续集卷十七)

萧　回

萧回，字希颜，聘春娘为妻，未婚，遭乱失之。

应景乐

金陵故国。极目长江浩渺，千重隔。山无际，临湍怒涛碛，俯春城苇寂。芳昼迤逦，一簇烟村将晚，严光旧台侧[①]。　　何处倦游客。对此景惹起离怀，顿觉旧日意，魂黯愁积。幽恨绵绵，何计消溺。回首洛城东，千里暮云碧。

（此首见《花草粹编》卷八）

［注释］

①严光：东汉初会稽馀姚（今属浙江）人。字子陵，曾与刘秀同学。刘秀即位后，他改名隐居。后被召到京师洛阳，任为谏议大夫，不受，归隐于富春山。

春　娘

春娘，金陵人。许萧回为妻，遭乱被掠去。

阮郎归

并　序

妾本金陵人也。因父受官于上国，妾生于长安，长于洛东。是年十五也。时守香闺，惯闻欢乐，岂识干戈。一旦胡虏兵升四海，干戟山川，妾不幸生于此时。凌霄失寄于乔松，兔丝徒忘于巨木。兄嫂愚浊，使妾徒陷于虏庭，无由得脱。鹤胫虽长不可截，凫胫虽短不可续，此分定也。请过往君子览之勿笑。妾身许良人下归，杳无音信。长安既失，未知存亡，一命孤苦。夜寝一梦难成，愁眉易锁难开。镇日恹恹，离情默默。秦晋未通，良人陡失，妾之不幸。今过旧都，故书于壁，希颜过此请览。言不尽意，意不尽言，复书阮郎归一阕于后

胡虏中原乱似麻，此景依稀似永嘉。丁珠片玉落泥沙，何时返翠华。　　呈祥鸾凤失仙槎，因循离恨加①。前生应是负偿他，思量无岸涯。

（此首见《彤管遗编》别集卷十七）

[注释]

①《全宋词》注："恨加"二字原作"混"，误，据《林下词选》卷三改。

[集评]

梁逸犁云："词短情深意切，犹如一段丧乱史。"

张　生

张生,生平不详。

西江月

一望朱楼巧小,四边绣幕低垂。个人活脱似杨妃,倚遍阑干十二。　　最苦两双情眼,难禁四只愁眉。无言回首日沉西,不道一声安置。

（此首见《花草粹编》卷四）

小重山

寄郑云娘

杏火无烟烧断肠。织成春恨切,柳丝长。当时谁是种花郎。却不教,柳近杏花傍。　　柳道不须忙。春深须是有,絮飞扬。等闲扑着杏腮香。恁时节,选甚隔池塘。

（此首见《古今词统》卷六）

郑云娘

郑云娘,生平不详。

西江月[①]

寄张生

一片冰轮皎洁,十分桂魄婆娑。不施方便是何如,莫是嫦娥妒我。　　虽则清光可爱,奈缘好事多磨。仗谁传与片云呵,遮取霎时则个。

（此首见《花草粹编》卷四）

存目词

《古今词统》卷六有郑云娘《兜上鞋儿曲》(朦胧影)一首,乃连静女作,见罗烨《醉翁谈录》乙集卷一。

附录二:宋人依托神仙鬼怪词

吕洞宾

吕洞宾,相传吕岩字洞宾,唐末河中府永乐县人,得道仙去,出自宋人依托。宋代所传吕词,实皆宋人作。

减字木兰花

暂游大庾[①],白鹤飞来谁共语。岭畔人家,曾见寒梅几度花。　　春来春去,人在落花流水处。花满前溪,藏尽神仙人不知。

（此首见《诗话总龟》前集卷十八）

[注释]

①大庾:即大庾岭。

渔家傲

二月江南山水路,李花零落春无主。一个鱼儿无觅处。风和雨,玉龙生甲归天去。[①]

（此首见《诗话总龟》前集卷四十八）

[注释]

①唐氏按:据释文莹《玉壶清话》卷九,此首乃南唐李昇时词,渔父所歌。

望江南

瑶池上，瑞雾霭群仙。素练金童锵凤板，青衣玉女啸鸾笙，身在大罗天[①]。　沉醉处，缥缈玉京山[②]。唱彻步虚清燕罢，不知今夕是何年，海水又桑田。

（此首见《诗话总龟》后集卷三十九引《回仙录》）

[注释]

①大罗天：道家所指三清之上为大罗。　②玉京山：指神仙居住之地。

梧桐影

落日斜，西风冷。幽人今夜来不来，教人立尽梧桐影。[①]

（此首见《竹坡老人诗话》卷三）

[注释]

①唐氏按：此首原无调名，此从《词综》卷一。

促拍满路花

秋风吹渭水，落叶满长安[①]。黄尘车马道、独清闲。自然炉鼎，虎绕与龙盘。九转丹砂就，琴心三叠，蕊宫看舞胎仙。　任万钉、宝带貂蝉，富贵欲薰天。黄粱炊未熟[②]、梦惊残。是非海里，直道作人难。袖手江南去，白蘋红蓼[③]，又寻湓浦庐山[④]。[⑤]（《苕溪渔隐丛话》前集卷五十八）

[注释]

①"秋风"二句，引用贾岛诗句。　②黄粱炊：即黄粱美梦，喻功名富

贵犹如一场梦。 ③白蘋红蓼：浅水植物，开红、白小花。 ④湓浦：湓江水边；湓浦口，在九江湓水入长江口。 ⑤《全宋词》注：此首别误作黄庭坚词，见《填词图谱》卷四。

沁园春

七返还丹，在人先须，炼己待时。正一阳初动，中宵漏永，温温铅鼎，光透帘帏。造化争驰，虎龙交合[①]，进火工夫犹斗危[②]。曲江上，看月华莹静，有个乌飞。 当时，自饮刀圭[③]。又谁信无中养就儿。辨水源清浊，木金间隔，不因师指，此事难知。道要玄微，天机深远，下手速修犹太迟。蓬莱路[④]，仗三千行满，动步云归。

（此首见《苕溪渔隐丛话》后集卷三十八）

［注释］

①虎龙交会：即水火相交。 ②斗危：二星宿名。此指时辰。 ③刀圭：指丹药。 ④蓬山：指蓬莱山，古代传说中的仙山。

浪淘沙

我有屋三间，柱用八山。周回四壁海遮拦。万象森罗为斗栱，瓦盖青天。 无漏得多年，结就因缘。修成功行满三千。降得火龙伏得虎，陆地通仙。

（此首见《夷坚丙志》卷二）

［集评］

梁逸犁云："通篇涉想奇绝。"

失调名

别无巧妙，与你方儿一个。子后午前定息坐[①]。夹脊双门昆仑过。恁时得气力，思量我。

[注释]

①“子后”句：指打坐练功。

步蟾宫

坎离乾兑分子午[①]，但认取、自家宗祖[②]。炼甲庚、更降龙虎。　　地雷震动山头雨，要浇灌、黄芽出土[③]。有人若问是谁传，但说道、先生姓吕。

（以上二首见《夷坚丁志》卷十八）

[注释]

①坎离乾兑：八卦名。　②《全宋词》注：此下失一句。　③黄芽：道家把修炼出的精华叫“黄芽”。

西江月

落日数声啼鸟，香风满路吹花。道人邀我煮新茶，荡涤胸中潇洒。　　世事不堪回首，梦魂犹绕天涯。凤停桥畔即吾家[①]，管甚月明今夜。

（此首见《湖海新闻夷坚续志》后集卷一）

[注释]

①凤停：另本为“风停”。

沁园春

琳馆清标，琼台丽质，何年天上飞来。扬州暂倚，后土为深栽。独立乾坤一树，春风占、万朵齐开。天然巧，蕊珠圆簇，玉瓣轻裁。　　见一花九朵，类玲珑玉斝[①]，错落琼杯。得满盛香露，洗荡尘埃。是真元孕育，有仙风道骨，岂是凡胎。问真宰，难留下土，携尔上蓬莱。

（此首见《扬州琼华集》）

[注释]

①玉斝(jiǎ)：古代玉制酒器。盛行于商代、西周时期。

失调名[①]

鼎里坎离，壶中天地，满怀风月，一吸虚空。尘寰里，何人识我，开口问鸿濛。　　云中。三弄笛，岳阳楼外，天远霞红。笑骑黄鹤，暂过海陵东[②]。拂袖呵呵归去，銮和玉珮[③]，风响乔松。君若要，知吾踪迹，试与问仙翁。

[注释]

①唐氏按：此首原无调名，亦不分段，似是《满庭芳》而有讹夺，姑依之分片。　②海陵：江苏泰州。其东则为扬州。暗用"腰缠十万贯，骑鹤上扬州"之典。　③銮和：銮铃声音和美。

西江月

葆炼中分相火，行持外借方鞋。清虚爽彻御□□。□□□□□□□。　　□□□□□□□，□□灵宝为胎。十方无极至真来，恍惚芝軿羽盖。

西江月

一日清欢何往、十年旧事重拈。细风斜日到江南，春满平湖潋滟。　　黄简手题龙篆[2],绿舆前控鸾骖。玉清真箓署仙衔,列职灵台书监。

（以上见《纯阳帝君神化妙通纪》卷四）

[注释]

①黄简:指丹经。

霜天晓角

乾坤未裂,有物如何别。解把鸿濛擘破,说不知、知不说[1]。　　妙诀,真难彻。知音世所绝。要识阴阳颠倒,月中日、日中月。

（此首见《三极至命筌蹄》）

[注释]

①"说不知"二句:本《老子》"知者不言,言者不知"。

海　哥

海哥，《玉照新志》云：嘉祐末得巨鱼，能人言，号海哥，作此词。丞相魏公谭《训卷》十云“是膃肭脐”，并云：“元祐中挈至京师，当时甚有谣咏”。盖此首乃元祐时人所作之词。

失调名[1]

海哥风措[2]，被渔人、下网打住。将在帝城中，每日教言语。甚时节、放我归去。　龙王传语。这里思量你，千回万度。螃蟹最恓惶，鲇鱼尤忧虑。

（此首见《玉照新志》卷五）

［注释］

①笃文按：《渊鉴类涵》“鱼部”二，作海多，并云嘉祐末携至京师，词乃仁宗赵祯所作。已前见。　②海哥：膃肭，海狗之古称。其肾可入药，号膃肭脐。

何仙姑

何仙姑,永州(今湖南零陵)人,世传其有道术。

八声甘州

千门万户,尽七颠八倒,掘地寻天。真个玄妙,返作笑胡言。无为大道人行少,向捏怪途中有万千[1]。伤感。蜣转却做灵丹[2]。无奈伤嗟最苦,又不知端的,枉弃了家缘。　　时间清净,岂解汞收铅。心思意想,何曾遣暂合眼。阴魔作睡缠。展转,越思深返作雠冤。谁信无中生有,有中生无,万派归源。[3]

(此首见《鸣鹤馀音》卷六)

[注释]

①捏怪:作难、捣乱。　②蜣转:蜣螂推的粪球。　③唐氏按:此非词体,殆为元人所依托。

宋　媛

宋媛，传为狐女。绍圣间，眉州丹棱县令李褒之子李达道途遇之。

蝶恋花

云破蟾光穿晓户。攲枕凄凉，多少伤心处。惟有相思情最苦，檀郎咫尺千山阻。　莫学飞花兼落絮。摇荡春风，迤逦抛人去。结尽寸肠千万缕，如今认得先辜负。

阮郎归

东风成阵送春归，庭花高下飞。柔条缭绕入帘帏，斑斑装舞衣。　云鬟乱，坐偷啼，郎来何负期。人生恰似这芳菲，芳菲能几时。

（以上二首见《云斋广录》卷五）

吴城小龙女

吴城小龙女，据《诗人玉屑》卷二十一引《冷斋夜话》载，此为一溺死女子所化。

清平乐令①

帘卷曲栏独倚，江展暮天无际。泪眼不曾晴，家在吴头楚尾。　　数点雪花乱委，扑漉沙鸥惊起。诗句欲成时，没入苍烟丛里。

（此首见《诗人玉屑》卷二十一引《冷斋夜话》）

［注释］

①原无调名，据《唐宋诸贤绝纱词选》卷十补。

蔡真人

蔡真人，据《夷坚志》载，为上清神仙。

望江南[①]

阑干曲，红飐绣帘旌。花嫩不禁纤手捻，被风吹去意还惊，眉黛蹙山青。　　铿铁板，闲引步虚声。尘世无人知此曲，却骑黄鹤上瑶京。风冷月华清。[①]

（此首见《苕溪渔隐丛话》前集卷五十八引《夷坚志》）

[注释]

①唐氏按:《苕溪渔隐丛话》后集卷三十八引《复斋漫录》载此词上半首，云是上清蔡真人法驾导引。

懒堂女子

懒堂女子,无考。

烛影摇红

绿净湖光,浅寒先到芙蓉岛。谢池幽梦属才郎,几度生春草①。尘世多情易老。更那堪、秋风袅袅。晓来羞对,香芷汀洲,枯荷池沼。　　恨锁横波,远山浅黛无人扫。湘江人去叹无依,此意从谁表。喜趁良宵月皎。况难逢、人间两好。莫辞沉醉,醉入屏山,只愁天晓。

（此首见《夷坚志》补卷二十二）

[注释]

①“谢池”二句:化用南朝宋谢灵运《登池上楼》诗“池塘生春草,园柳变鸣禽”。

巫山神女

巫山神女，据《夷坚乙志》卷第十三“九华天仙”载其为天仙之一。“赋《惜奴娇》大典一篇，凡九阕”。

惜奴娇

其　一

瑶阙琼宫，高枕巫山十二。睹瞿塘、千载滟滟云涛沸。异景无穷好，闲吟满酌金卮。忆前时。楚襄王，曾来梦中相会。　　吾正鬓乱钗横，敛霞衣云缕。向前低揖。问我仙职。桃杏遍开，绿草萋萋铺地。燕子来时，向巫山、朝朝行雨暮行云，有闲时，只凭画堂高枕。

瑶台景第二

绕绕云梯，上彻青霄霞外。与诸仙同饮，镇长春醉。虎啸猿吟，碧桃香异风飘细。希奇。想人间难识，这般滋味。　　姮娥奏乐箫韶，有仙音异品，自然清脆。遏住行云不敢飞，空凝滞。好是波澜澄湛，一溪香水。

蓬莱景第三

山染青螺缥渺，人间难陟。有珍珠光照，昼夜无休息。仙景无极。欲言时，汝等何知。且修心，要观游，亦非。大段难易。　　下俯浮生，尚自争名逐利。岂不省，来岁扰扰兵戈起。天惨云愁，念时衰如何是。使我辈、终日蓬宫下泪。

劝人第四

再启诸公，百岁还如电急。高名显位瞬息尔。泛水轻沤，霎那间、难久立。画烛当风里，安能久之。速往茅峰割爱，休名避世。　　等功成、须有上真相引指[1]。放死求生，施良药、功无比。千万记，此个奇方第一。

[注释]

①上真:指修炼得道之人。

王母宫食蟠桃第五

方结实累累。翠枝交映，蟠桃颗颗，仙味真香美。遂命双成[1]，持灵刀割来，耳服一粒，令我延年万岁。　　堪笑东方，便启私心盗饵。使宫中仙伴，递互相尤殢。无奈双成，向王母高陈之。遂指方[2]，偷了蟠桃是你。

[注释]

①双成:神话中西王母的侍女。　②东方:西汉时人东方朔，传说曾偷食西王母蟠桃。

玉清宫第六

紫云绛霭，高拥瑶砌。晓光中、无限剖列。肃整天仙队。又有殊音欲举，声还止。朝罢时。亦有清香飘世。　　玉驾才兴，高上真仙尽退。有琼花如雪，散漫飞空里。玉女金童，捧丹文、传仙诲。抚诸仙，早起劳卿过耳。

扶桑宫第七

光阴奇，扶桑宫里[①]。日月常昼，风物鲜明可爱。无阴晦，大帝频鉴于瑶池。朱阑外，乘凤飞。教主开颜命醉，宝乐齐吹。　　尽是琼姿天妓。每三杯，须用圣母亲来揖。异果名花几千般，香盈袂。意欲归，却乘鸾车凤翼。

［注释］

①扶桑宫：仙宫之一。有扶桑树，相传日出其上。

太清宫第八

显焕明霞，万丈祥云高布，望仙官衣带，曳曳临香砌。玉兽齐焚，满高穹、盘龙势。大帝起。玉女金童遍侍。　　奉敕宣言，甚荷诸仙厚意。复回奏，感恩顿首皆躬袂。奏毕还宫，尚依然云霞密，奇更异。非我君，何闻耳。

归第九

吾归矣。仙宫久离，洞户无人管之。专俟吾归。欲要开金燧，千万频修己。言讫无忘之。哩啰哩，此去无由再至。　　事冗难言，尔辈须能自会。汝之言，还便是如吾意。大抵方寸平平，无忧耳。虽改易之，愁何畏。

（以上见《夷坚乙志》卷十三）

［集评］

笃文云："此为联章体，作神仙家语，殆大曲之变耳。文学色彩甚薄，与俗曲为近。"

玉 英

玉英,蓬莱仙人,降乩作词。

浪淘沙

塞上早春时,暖律犹微。柳舒金线拂回堤。料得江乡应更好,开尽梅溪。　　昼漏渐迟迟,愁损仙机。几回无语敛双眉。凭遍阑干十二曲,日下楼西。

(此首见《碧鸡漫志》卷二)

紫　姑

紫姑，无考。

白　苎[①]

绣帘垂，画堂悄，寒风淅沥。遥天万里，黯淡同云幂幂[②]。渐纷纷、六花零乱散空碧。姑射宴瑶池[③]，把碎玉、零珠抛掷。林峦望中，高下琼瑶一白。严子陵钓台迷踪迹[④]。　追惜。燕然画角，宝钥珊瑚，是时丞相，虚作银城换得。当此际、偏宜访袁安宅[⑤]。醺醺醉了，任他金钗舞困，玉壶频侧。又是东君，暗遣花神，先报南国。昨夜江梅，漏泄春消息。

[注释]

①唐氏按：此首原见《类编草堂诗馀》卷四，题柳永作。《碧鸡漫志》卷二引其下片首尾各句云：世传紫姑神作。　②幂幂（mì）：覆盖，罩。　③姑射：山名。藐姑射之省称。源出《庄子·逍遥游》“藐姑射之山，有神人居焉”。此指仙人。　④严子陵：即严光，会稽馀姚人，少有高名，与汉光武同游学。及光武即位，乃更姓名，隐于富春山。　⑤袁安：袁安未达时，家道贫苦，清廉自守。《汝南先贤传》载，时大雪积地丈馀，洛阳令自出案行，见人家皆除雪出，有乞食者至袁安门，无有行路。谓安已死，令人除雪入户，见安僵卧，问何以不出？安曰：大雪人皆饿，不宜干人。令以为贤，举为孝廉。

清源真君

清源真君,生平不详。金完颜亮求仙,得此词。

望江南

才举意,玄象照离宫[①]。坎女离男金水火[②],几多铁骑漫英雄。最苦是云中。　辽阳鹤,惊起老苍龙。四海九州沾惠泽,狼烟影里弄清风。堪作主人公。

（此首见《舆地纪胜》卷一百五十一引《夷坚壬志》）

［注释］

①玄象:天象。　②坎女离男:道家以八封中的坎、离代表水火,坎女离男比喻阴阳气的运行。

李季萼

李季萼，字英华。《夷坚志》云：乃元丰中缙云令开封李长卿女之鬼。

木兰花

惜　春

东风忽起黄昏雨，红紫飘残香满路。凭阑空有惜春心，浓绿满枝无处诉。　　春光背我堂堂去①，纵有黄金难买住。欲将春去问残花，花亦不言春已暮。

（此首见《夷坚丁志》卷十九）

［注释］

①堂堂：无顾忌。

随车娘子

随车娘子,《夷坚志》云:刘过至建昌遇一美人,后知为琴精。

天仙子

别酒未斟心先醉,忽听阳关辞故里。扬鞭勒马到皇都,三题尽,当际会,稳跳龙门三级水。 天意令吾先送喜,不审君侯知得未。蔡邕博识爨桐声①,君背负,只此是。酒满金杯来劝你。

(此首见《夷坚支志》丁卷六)

[注释]

①蔡邕:东汉文学家、书法家。博学通经史、音律、天文,善辞赋、诗文,工篆隶,尤以隶书著称。 爨桐声:《搜神记》曰,吴人有烧桐以爨者,蔡邕闻其爆声曰:"此良桐也。"削以为琴,有殊声。

紫　姑

紫姑，无考。

瑞鹤仙

睹娇红细捻，是西子、当日留心千叶。西都竞栽接。赏园林台榭，何妨日涉。轻罗慢褶，费多少、阳和调燮[①]。向晓来、露浥芳苞，一点醉红潮颊。　双靥[②]。姚黄[③]国艳，魏紫天香，倚风羞怯。云鬟试插，引动狂蜂浪蝶。况东君开宴，赏心乐事，莫惜献酬频叠。看相将，红药翻阶，尚馀侍妾。

（此首见《夷坚志》支景卷六）

[注释]

①调燮：调和。燮，和。　②双靥：脸上酒窝。　③姚黄、魏紫：牡丹中的二种名贵品种。

玉　真

玉真,宋宫人,其鬼与金李生遇。

杨柳枝[①]

已谢芳华更不留,几经秋。故宫台榭只荒丘,忍回头。　　塞外风霜家万里,望中愁。楚魂湘血恨悠悠,此生休。

(此首见《续夷坚志》卷下)

[注释]

①唐氏按:此首见金元好问书中,应是金无名氏词,以其依托为宋宫人鬼词,姑录之。

乩　仙

乩仙，无考。

忆少年[①]

凄凉天气，凄凉院落，凄凉时候。孤鸿叫斜月，伴寒灯残漏。　落尽梧桐秋影瘦，菱鉴古、画眉难就[②]。重阳又近也，对黄花依旧。

[注释]

①唐氏按：此首别又误作明方孝孺词，见《古今别肠词选》卷二。　②菱鉴：菱花镜。

鹊桥仙

七　夕

鸾舆初驾，牛车齐发，隐隐鹊桥咿轧。尤云殢雨正欢浓[①]，但只怕、来朝初八。　霞垂彩幔，月明银烛，馥郁香喷金鸭。年年此际一相逢，未审是、甚时结煞。

（以上二首并见《齐东野语》卷十六）

[注释]

①尤云殢雨：指男女欢爱。

琴　精

琴精,无考。

千金意

音音音,音音你负心。你真负心,孤负我到如今。记得年时,低低唱、浅浅斟,一曲值千金。　如今寂寞古墙阴,秋风荒草白云深。断桥流水何处寻。凄凄切切,冷冷清清,教奴怎禁。

（此首见《花草粹编》卷七引《江湖纪闻》）

珍　娘

珍娘,《林下词选》、《词苑丛谈》以为宋时女鬼。

浣溪沙

溪雾溪烟溪景新,溶溶春水浸春云。碧琉璃底静无尘。　风飏游丝随蝶翅,雨飘飞絮湿莺唇。桃花片片送残春。

（此首见《花草粹编》卷二）

附录三:元明小说话本中依托宋人词

钱　易

钱易(? —1026),字希白,吴越王钱倧子。真宗朝进士,累迁至翰林学士。

蝶恋花

一枕闲敧春昼午。梦入华胥[①],邂逅飞琼作[②]。娇态翠颦愁不语,彩笺遗我新奇句。　　几许芳心犹未诉。风竹敲窗,惊散无寻处。惆怅楚云留不住,断肠凝望高唐路[③]。

(此首见《警世通言·钱舍人题诗燕子楼》)

[注释]

①华胥:黄帝梦游华胥之国,后为梦境代称。　②飞琼:仙女名。作:此字失韵,疑为"处"字之误。　③高唐:指楚襄王梦中与高唐神女幽会,后亦泛指男女欢会。

姚　卞

姚卞，字伯善，嘉禾（今浙江嘉兴）人。仁宗时秀才。

念奴娇

诸葛庙

小舟横楫，看云峰高拥，千重苍碧。白帝城中冠盖换，田野犹谈玄德①。三顾频烦②，两朝开济，何处寻遗迹。江堆石阵，至今神拥沙碛。　追忆当年诸葛，幅巾高卧，抱图王奇策。见说庙堂今尚在，中有参天松柏。据蜀英豪，吞吴遗恨，俯仰成今昔。空令豪俊，浩歌挥涕横臆。

（此首见《清平山堂话本·姚卞吊诸葛》，文字据《花草粹编》十卷改）

［注释］

①玄德：刘备的字。　②“三顾频烦”两句：出自杜甫《蜀相》诗“三顾频烦天下计，两朝开济老臣心”。

赵 旭

赵旭，生平无考。

江神子

旗亭谁唱渭城诗[①]，两相思，怯罗衣。野渡舟横[②]，杨柳折残枝。怕见苍山千万里，人去远，草烟迷。　芙蓉秋露洗胭脂。断风凄，晓霜微。剑悬秋水，离别惨虹霓。剩有青衫千点泪，何日里，滴休时。

[注释]

①渭城诗：王维《阳关三叠》，后指送别之意。　②野渡舟横：化用韦应物《滁州西涧》"野渡无人舟自横"句。

踏莎行

羽翼将成，功不欲遂，姓名已称男儿意。东君为报牡丹芳，琼林赐与他人醉。　唯字曾差，功名落地。天公误我平生志。问归来、回首望家乡，水远山遥、三千馀里。

浣溪沙

秋气天寒万叶飘，蛩声唧唧夜无聊[①]。夕阳人影卧平桥。　菊近秋来都烂熳，从他霜后更萧条。夜来风雨似今朝。

[注释]

①蛩(qiáng):蟋蟀。

小重山

独坐清灯夜不眠，寸肠千万缕、两相牵。鸳鸯秋雨傍池莲，分飞苦，红泪晚风前。　　回首雁翩翩，写来思寄去、远如天。安排心事待明年，愁难待，泪滴满青毡。

鹧鸪天[①]

黄草遮寒最不宜，况兼久敝色如灰。肩穿袖破花成缕、可奈金风早晚吹。　　才挂体，泪沾衣。出门羞见旧相知。邻家女子低声问，觅与奴糊隔帛儿[②]。

（以上五首见话本《赵伯升茶肆遇仁宗》）

[注释]

①又有《踏莎行·足蹑云梯》一首，另见《简帖和尚》，此不重出。

②唐氏按：此首又见话本《万秀娘仇报山亭儿》，题中二官人作。附注于此，不别出。　隔帛儿：隔棂儿。

浪淘沙

握管泪盈眸，欲写还休。人间情是阿谁留。千丈游丝不落地，风外悠悠。　　烟雨晚山稠，人在西楼。几行候雁下汀洲。一个思乡寒夜客，万种离愁。[①]

（此首见《花草粹编》卷五）

[注释]

①唐氏按:此首别见金元好问《遗山乐府》卷下。

刘天义

刘天义，洛阳人。馀不详。

后庭花

云鬟堆绿鸦，罗裙簌绛纱。巧锁眉颦柳，轻匀脸衬霞。小妆髽[①]，凌波罗袜，洞天何处家。

（此首见杂剧《包龙图智勘后庭花》）

[注释]

①髽（zhuā）：梳在头顶两旁的髻，叫"髽髻"。

王翠鸾

王翠鸾,杂剧云:死后以鬼魂出现,与刘天义唱和。

后庭花

无心度岁华,梦魂常到家。不见天边雁,相侵井底蛙。碧桃花,鬓边斜插,伴人憔悴杀[①]。

(此首见杂剧《包龙图智勘后庭花》)

[注释]

①杀:甚,也作"煞"。

章台柳

章台柳，杭州西湖歌伎。

沁园春

弱质娇姿，黛眉星眼，画工怎描。自章台分散，隋堤别后，近临绿水，远映红蓼。半占官街，半侵私道，长被狂风取次摇①。当今桃腮杏脸，难比好妖娆。　春朝，晓露才消。暗隐黄鹂深处娇。千丝万缕，零零风拂水，随风随雨，晴雪飘飘。欲告东君，移归庭院，独对高台舞细腰。从今后，无人折取柔条。

（此首见苏长公《章台柳传》）

[注释]

①取次：随便、草草。

[集评]

梁逸犁云："咏物写人；形神毕现。"

元　净

元净，字无象，於潜徐氏子，住持杭州上下二天竺，赐紫衣及辨才之号，曾与苏轼唱和。

如梦令

春色湖光如练，杨柳依稀拂面。杨柳已难□，栽向别家庭院。哀怨，哀怨，欲见无由得见。

（此首见苏长公《章台柳传》）

南　轩

南轩,住持杭州智果寺,尝与苏轼唱和。

如梦令

柳眼笑窥人送,袅娜舞腰纤弄。那更柳眉效颦,三件皆出众[①]。尊重,尊重,已作一场春梦。

（此首见苏长公《章台柳传》）

［注释］

①唐氏按:此二句有误。

方 乔

方乔,乐至(今属四川)人。馀不详。

菩萨蛮

复答紫竹

秋风即拟同衾枕,春归依旧成孤寝。爽约不思量,翻言要打郎。　　鸳鸯如共耍,玉手何辞打。若再负佳期,还应我打伊。

玉楼春

答紫竹

绿阴扑地莺声近,柳絮如绵烟草衬。双鬟玉面碧窗人,一纸银钩青鸟信。　　佳期远卜清秋夜,桐树梢头明月挂。天公若解此情深,此岁何须三月夏。

(以上二首见《娜嬛记》卷中)

紫　竹

紫竹，方乔妻。

踏莎行

约方乔不至

醉柳迷莺，懒风熨草，约郎暂会闲门道[①]。粉墙阴下待郎来，藓痕印得鞋痕小。　　花日移阴，帘香失袅，望郎不到心如捣。避人愁入倚屏山，断魂还向墙阴绕。

[注释]

①闲门道：小门道。

卜算子

绣阁锁重门，携手终非易。墙外凭它花影摇，那得疑郎至。　　合眼想郎君，别久难相似。昨夜如何绣枕边，梦见分明是。

菩萨蛮

约郎共会西厢下，娇羞竟负从前话。不道一睽违[①]，佳期难再期。　　郎君知我愧，故把书相诋。寄语不须慌，见时须打郎。

[注释]

①睽违：别离。

菩萨蛮

与郎眷恋何时了，爱郎不异珍和宝。一宝百金偿，算来何用郎。　戏郎郎莫恨，珍宝何须论。若要买郎心，凭他万万金。

踏莎行

投方乔誓书

笔锐金针，墨浓螺黛，盟言写就囊儿袋。玉屏一缕兽炉烟，兰房深处深深拜。　芳意无穷，花笺难载，帘前细祝风吹带。两情愿得似堤边，一江渌水年年在。

生查子

晨莺不住啼，故唤愁人起。无力晓妆慵，闲弄荷钱水。
欲呼女伴来，鬥草花阴里。娇极不成狂，更向屏山倚。

［注释］

①鬥草：古代妇女或儿童春天用来比赛的一种游戏。

生查子

思郎无见期，独坐离情惨。门户约花开，花落轻风飐。
生怕是黄昏，庭竹和烟黮[①]。敛翠恨无涯，强把兰缸点。

（以上七首见《嫏嬛记》卷中）

［注释］

①黮（dàn）：黑。

王　氏

王氏，宇文绶妻。

望江南

公孙恨①，端木笔俱收。枉念歌馆经数载，寻思徒记万馀秋。拓拔泪交流。　　村仆固，闷独驾孤舟。不望手勾龙虎榜，慕容颜老一齐休。甘分守闾丘。

[注释]

①公孙：复姓，代指宇文。拓拔、仆固、端木、慕容均为复姓，代指丈夫宇文。

南柯子

鹊喜噪晨树，灯开半夜花。果然音信到天涯，报道玉郎登第、出京华。　　旧恨消眉黛，新欢上脸霞。从前都是误疑他，将谓经年狂荡、不归家。

（以上二首见《清平山堂话本·简帖和尚》）

宇文绶

宇文绶,王氏之夫。

踏莎行

足蹑云梯,手攀仙桂,姓名高挂登科记。马前喝道状元来,金鞍玉勒成行缀。　　宴罢归来,恣游花市,此时方显平生志。修书速报凤楼人,这回好个风流婿①。

（此首见《清平山堂话本·简帖和尚》）

[注释]

①唐氏按:此首亦作赵旭词,见《赵伯升茶肆遇上皇》,附注于此,不另录。

墦台寺僧

墦台寺僧，话本《简帖和尚》中人物。

诉衷情

知伊夫婿上边回，懊恼碎情怀。络索镮儿一对，简子与金钗[①]。　伊收取，莫疑猜，且开怀。自从别后，孤帏冷落，独守书斋。

（此首见《清平山堂话本·简帖和尚》）

[注释]

①简子：书简，信。

黄妙修

黄妙修，开封西山观道士。

浪淘沙

稽首大罗天，法眷姻缘。如花玉貌正当年。帐冷帏空孤枕畔，枉自熬煎。　为此建斋筵，追荐心虔。亡魂超度意无牵。急到蓝桥来解渴①，同做神仙。

（此首见《拍案惊奇》卷十七）

[注释]

①蓝桥：桥名，在陕西蓝田县东南蓝溪之上。裴铏《传奇·裴航》裴航从鄂渚回京途中，于蓝桥驿因求水喝，得遇云英姑娘，裴航向其母求婚，其母曰："君若取此女者，得玉杵臼，吾当与之也。"后裴航终得玉杵臼，得成婚姻，双双仙去。

申　纯

申纯，字厚卿，宣和间人。祖汴（今河南开封）人，寓居成都。

摸鱼儿[①]

锦城西、一区华屋，天开多少佳趣。当门绿水朝千里，何况碧山无数。堪爱处。有潇湘新篁，松桧森前路。深沉院宇。见帘幕低垂，丝簧迭奏，镇日歌金缕。　金闺彦[②]，早岁归休占住，小生平昔依慕。今朝走马行来近，试倚绣鞍凝觑。君莫去，且道十分、幽意谁为主。诗朋酒侣。向此地嬉游，寻花问柳，须是有奇遇。

[注释]

①唐氏按：原本文字有误，参《娇红纪》改。　②金闺彦：朝廷上有才学之人。

点绛唇

庭院深沉，迟迟日上荼蘼架。芳丛潇洒，妆点春无价。　玉体香肌，好手应难画。还惊讶。春心荡也，谁共游蜂话。

喜迁莺

园林过雨。问满目媚景，是谁为主。翠柳舒眉，黄鹂调舌，镇日恣狂歌舞。金衣公子何事[①]，牵惹万千愁绪。芳草地，有香车宝马，骈阗几许[②]。　无据，行乐处。好景良辰,休把空辜负。一种春风,几多图画,听取绵蛮簧语。又向暗巢偷眼,欲啄花心无路。短墙外,待放伊飞过,旁人低诉。

[注释]

①金衣公子:黄鹂的别称。 ②骈阗:亦作“骈田”“骈填”,聚集、盛多貌。

减字木兰花

春宵陪宴,歌罢酒阑人正倦。危坐中堂[①],倏见仙娥出洞房。 博山香烬[②],素手重添银漏永。织女斜河,月白风清良夜何。

[注释]

①危坐:端坐。 ②博山:古代一种香炉。

西江月

试问兰煤灯烬,佳人积久方成。殷勤一半付多情,油污不堪自整。 妾手分来的的[①],郎衣拭处轻轻。为言留取表深诚,此约又还未定。

[注释]

①的的:明亮。

石州引

懊恨东君,催趱去程,春意牢落。梨花粉泪溶溶,知是为谁轻别。冲寒向晚，特地折取归来，佳人无语从抛掷。瞥见却惊猜，忍使芳尘歇。　　收拾。道明窗净几，瓶里一枝，便添风月。因念多才，值此严寒时节。近新消减，料有万斛春愁，芭蕉未展丁香结。甚日把山盟，向枕前同设。

玉楼春

晓窗寂寂惊相遇，欲把芳心深意诉。低眉敛翠不胜春，娇转樱唇红半吐。　　匆匆已约欢娱处，可恨无情连夜雨。枕孤衾冷不成眠，挑尽残灯天未曙。

小梁州

惜花长是替花愁，每日到西楼。如今何况，抛离去也，关山千里，目断三秋。谩回头。　　殷勤分付东园柳，好为管长条。只恐重来，绿成阴也，青梅如豆，辜负凉州。恨悠悠。

撷芳词

月如年，风轻扇，文园多病寻芳倦。春衫窄，庭院阒[①]。独步回廊，体娇无力。　　如花面，亲曾见，千方百计寻方便。蓝桥隔，暮云碧。燕儿堕也，又无消息。

[注释]

①阒（qù）：形容寂静。

菩萨蛮

绿窗深贮倾城色，灯花送喜秋波溢。一笑入罗帏，春心不自持。　　雨云情已乱，弱体羞还颤。从此问云英[①]，何须上玉京[②]。

[注释]

①云英：仙女名，喻美女。　②玉京：喻指帝都。唐孟郊《长安旅情》诗："玉京十二楼，峨峨倚青翠。"

鹧鸪天

甥馆睽违已隔年[①]，重来窗几尚依然。仙房长拥云烟瑞，浮世空惊日月迁。　　浓淡笔，短长篇。旧吟新诵万愁牵。春风与我浑相识，时遣流莺奏管弦。

[注释]

①甥馆：古指女婿在丈人家住的房屋，也用为女婿的代称。《孟子·万章下》："舜尚见帝，帝馆甥于贰室。"古代称婿为甥。舜娶尧女，曾拜见尧，尧把女婿安置在副室里。　睽（kuí）违：分离。

清平乐

尖尖曲曲，紧把红绡蹙。朵朵金莲光夺目，衬出双钩红玉。　　华堂春睡深沉，拈来绾动春心[①]。早被六丁收拾[②]，芦花明月难寻。

[注释]

①绾（wǎn）：系，结。绾动，钩联。　②六丁：道教神名，火神。此喻浓云遮掩。

碧牡丹

一片芳心，被春拘管，重寻云翼盟约。说与从前，不是我情薄。都缘燕逐晴丝，蜂拈花蕊，便成执著。密爱堪怜处，几多寂寞。　　此心只有上天知，终不成、轻狂做作。纵满眼、闲花媚柳，也则无情摸索。后园同步，遥告神明，地久天长更谁托。从今再与团圆，莫把是非断却。

渔家傲

情若连环终不解，无端招引傍人怪。好事多磨成又败。应难捱，相看冷眼谁睬睬。　　镇日愁眉如敛黛，阑干倚遍无聊赖。但愿五湖明月在。权宁耐[1]，终须还了鸳鸯债。

[注释]

①权：权且。宁耐：忍耐。

念奴娇

春风情性，奈少年辜负，窃香名誉。记得当初，绣窗私语，便倾心素。雨湿花阴，月筛帘影，几许良宵遇。乱红飞尽，桃源从此迷路。　　因念好景难留，光阴易失，算行云何处。三峡词源，谁为我、写出断肠诗句。目极归鸿，秋娘声价[1]，应念司空否。甚时觅个彩鸾，同跨归去。

[注释]

①秋娘：唐宪宗时美人，常用作歌伎的代称。

相思会

脉脉惜春心，无言耿思忆。夜永如年，谁道蓝桥咫尺[1]。缘分浅，何似旧日莫相识。试问取，柳千丝、愁怎织。　菱花频照，两鬓为谁雪积。几番会面，见了又无信息。空追前事，把两泪偷滴。且看下梢，如何是得。

[注释]

①蓝桥：裴铏《传奇·裴航》记裴航蓝桥遇仙女云英处。终成婚姻，双双仙去。故喻结良姻之意。

于飞乐

天赋多娇，蕙兰心性风标。怜才不减文箫，怕芸窗花馆，虚度良宵。密相挼就[1]，长待烛暗香消。　向人前藏迹，休把言语轻挑。问谁知证，惟有明月相邀。从今管取，为云为雨[2]，暮暮朝朝。

[注释]

①挼(yuán，又读 nuó)：以手揉摩。　②云雨：指男女欢会。

望江南

从前事，今日始知空。冷落巫山峰十二[1]，朝云暮雨竟无踪，一觉大槐宫[2]。　花月地，天意巧为容。不比寻常三五夜，清辉香影隔帘栊，春在画堂中。

[注释]

①峰十二：《全宋词》又作“十二峰”。　②大槐宫：即南柯一梦。

内家娇

灯花何太喜，多情事、天意想从人。念子秀兰房，才高柳絮，我登仕版，世忝簪绅。堪夸处、一双应两好，彼此正青春。夙世因缘，今生契合，昔时秦晋①，重缔姻亲。　殷勤。谢红叶，传来佳耗，意密情真。记东园池畔，要誓神明。料得从今，临风对月，消除旧恨，惨雨愁云。管取团圆到底，不负深盟。

[注释]

①秦晋：春秋时，秦晋两国世为婚姻，后因称两姓联姻为“秦晋之好”。

好事近

一自识伊来，便许绾、同心结。天意竟辜人愿，成几番虚设。　佳期近也想新欢，遣我空悬绝。莫忘花阴深处，与西窗明月。

忆瑶姬

蜀下相逢，千金丽质，怜才便肯分付。自念潘安容貌，无此奇遇。梨花掷处还惊起，因共我、拥炉低语。今生拚、两两同心，不怕旁人间阻。　此事凭谁处。对神明为誓，死也相许。徒思行云信断，听箫归去。月明谁伴孤鸾舞。细思之、泪流如雨。便因丧命，甘从地下，和伊一处。

（以上各首见《娇红传》）

王娇娘

王娇娘，小字莹卿，又号百一姐，眉州王通判女。与申纯相恋，先后为情而死。

卜算子

君去有归期，千里须回首。休道三年绿叶阴，五载花依旧。　　莫怨好音迟，两下坚心守。三只骰儿十九窝，没里须教有[①]。

[注释]

①没里：宋时口语，大约、应当之意。

菩萨蛮

夜深偷展纱窗绿，小桃枝上留莺宿。花嫩不禁揉，春风卒未休。　　千金身已破，脉脉愁无那。特地嘱檀郎[①]，人前口谨防。

[注释]

①檀郎：晋代潘岳小名檀奴，姿仪美好，旧因以“檀郎”或“檀奴”作为对美男子或所爱慕的男子之称。

一剪梅[①]

豆蔻梢头春意阑。风满前山，雨满前山。杜鹃啼血五更残。花不禁寒，人不禁寒。　　离合悲欢事几般。离有悲欢，合有悲欢。别时容易见时难。怕唱阳关[②]，莫唱阳关。

［注释］

①唐氏按：此首别误为虞集作，见《花草粹编》卷七。 ②阳关：唐王维《渭城曲》（一作《送元二使安西》）有“西出阳关无故人”句，古诗词中用作别离的典实。

一丛花

世间万事转头空，何物似情浓。新欢共把愁眉展，怎知道、新恨重封。媒妁无凭，佳期又误，何处问流红。 欲歌先咽意冲冲，从此各西东。愁人最怕到黄昏，窗儿外、疏雨（泣）梧桐。仔细思量，不如桃李，犹解嫁东风。

菩萨蛮

郎今去也抛奴去，恨共离舟留不住。扶病别江头，沾襟泪雨流。 路远终须别，一寸肠千结。此会再难逢，相逢只梦中。

减字木兰花

莲闺爱绝，长向碧瑶深处歇。华表来归①，风物依然人事非。 月光如水，偏照鸳鸯新冢里。黄鹤催班，此去何时得再还。

（以上各首见《娇红传》）

[注释]

①华表:用丁令威故事。寓人事变迁意。

永遇乐

极目秋空,塞鸿飞过,有恨谁寄。幽会未终,归期顿阻,忆得轻抛弃。暮雨情疏,□云信断,惟有月明千里。想当初、娇姿□媚。相期永效连理。　　东窗轩外,熙春堂畔,饱挹荼蘼香味[1]。一曲离歌,十分别酒,阁不住汪汪泪。蛾眉蝉鬓,知他今后,好好为谁梳洗。算此生、姻缘未断,再须□你□。

[注释]

①挹(yì):舀、汲取。

满庭芳

帘影筛金,簟波浮水,绿阴庭院清幽。夜长人静,消得许多愁。常记当时月色,小窗外、情语绸缪。因缘浅,行云去后,杳不见踪由。　　殷勤,红一叶,传来密意,佳好新求。奈百端间阻,恩爱成休。应是奴家薄命,难陪伴、俊雅风流。须想念,重寻旧约,休忘杜家秋[1]。

[注释]

①杜家秋:指杜秋娘。见杜牧《杜秋娘诗序》,喻指愁苦或年老色衰的女子。

再团圆

芳心一点,柔肠万转,有意偷怜。孜孜守着,甚日来、结得恶因缘。　言是心声，明神在上，说破从前。天还知道，不违人愿，再与团圆。

眼儿媚

□肠镇日锁眉头，无计可消愁。当初不惯，相拥相就，合下冤仇。　今番况被两休休，都付水东流。此情谁表，试凭红叶，道个因由。

（以上四首见《娇红记》）

飞　红

飞红，王通判妾。

青玉案[1]

花低莺踏红英乱，春心重、顿成愁懒。杨花梦散楚云平，空惹起、情无限。　　伤心渐觉成牵绊，奈愁绪、寸心难管。深诚无计寄天涯，几欲问、梁间燕。

（此首见《娇红记》）

［注释］

①唐氏按：此乃《燕归梁》调。

张舜美

张舜美，话本中人物。

如梦令

明月娟娟筛柳，春色溶溶如酒。今夕试华灯，约伴六桥行走。回首，回首，楼上玉人知否。

如梦令

燕赏良宵无寐，笑倚东风残醉。未审那人儿，今夕玩游何地。留意，留意，几度欲归还滞。

如梦令

漏滴铜壶声咽①，风送金猊香烈②。一见彩鸾灯，顿使狂心烦热。应说，应说，昨夜相逢时节。

（以上三首见话本《张舜美灯宵得丽女》）

[注释]

①漏滴铜壶：指古代铜漏，滴水以计时。　②金猊：古代香炉的美称。猊（ní），传说中的一种猛兽，此指香炉的图形。

刘素香

刘素香，汴梁女子。

如梦令

邂逅相逢如故，引起春心追慕。高挂彩鸾灯，正是儿家庭户。那步，那步[①]，千万来宵垂顾。

（此首见话本《张舜美灯宵得丽女》）

[注释]

①那步：犹言“慢走”。

贺怜怜

贺怜怜，汴梁妓，适王焕，北宋末人。

长相思

朝相思，暮相思。朝暮相思无尽时，奉君肠断词。　　生相思，死相思。生死相思两处辞，何由得见之。

南乡子

勉强赠行装，愿尔长驱扫夏凉。威镇雷霆传号令，轩昂，万里封侯相自当。　　功绩载旂常，恩宠朝端谁比方。衣锦归来携两袖，天香，散作春风满洛阳。

（以上二首见元无名氏杂剧《逞风流王涣百花亭》）

张道南

张道南，东京（今河南开封）人。官潮阳知县。

青玉案

缟衣仙子来何处，咫尺近、桃源路。说是武陵溪畔住，玉纤微露，金莲稳步，只恐莺花妒。　邂逅刘郎垂一顾，何事匆匆便归去。临别叮咛频嘱付，柳亭花馆，月窗云户，休把春辜负。

（此首见杂剧《萨真人夜断碧桃花》）

郑意娘

郑意娘，韩师厚妻。为金所虏，不屈而死。

过龙门

尽日倚危阑，触目凄然。乘高望处是居延。忍听楼头吹画角，雪满长川。　荏苒又经年[①]，暗想南园[②]。与民同乐五门前[③]。僧院犹存宣政字[④]，不见鳌山[⑤]。

[注释]

①经年：又过一年。　②南园：园圃名。　③五门：代指皇帝所居之处。　④宣政：宋徽宗年号宣和、政和。　⑤鳌山：神话传说，海上仙山，此指元宵灯山。

好事近

往事与谁论，无语暗弹泪血。何处最堪怜肠断[①]，是黄昏时节。　倚楼凝望又徘徊，谁解此情切。何计可同归雁，趁江南春色。

（以上二首见话本《杨思温燕山逢故人》）

[注释]

①何处句：于律为六字句。“最堪怜”三字中当衍一字。

胜州令

杏花正喷火。朦朦微雨，晓来初过。梦回听乳莺调舌，紫燕竞穿帘幕。垂杨阴里，粉墙映出秋千索。对媚景、赢得双眉锁。翠鬟信任鬅，谁更忺梳掠。　　追思向日，共个人同携手，略无暂时抛堕。到今似、海角天涯，无由见得则个。番思往事上心，向他谁行诉[1]。却会旧欢，泪滴真珠颗。意中人未睹。觉凤帏冷落。　　都是喑嗏错[2]。被他闲言伏语啜做。到此近、四五千里，为水远山遥阔。当初曾言，尽老更不重婚却。甚镇日、共人同欢乐。傅粉在那里，肯念人寂寞。　　终待把、云笺细写，把衷肠、尽总说破。问伊怎下得，怜新弃旧，顿乖盟约。可怜命掩黄泉、细寻思、都为他一个。你忒煞亏我。

（此首见《花草粹编》卷十二）

［注释］

①谁行：谁边、哪里，宋时俗语。　②喑嗏：犹云“俺的”。

韩师厚

韩师厚,话本中人物,郑意娘之夫。

御街行

合和朱粉千馀两,捻一个、观音样。大都却似两三分,少副玲珑五脏。等待黄昏,寻好梦底,终夜空劳攘。

香魂媚魄知何往,料只在、船儿上。无言倚定小门儿,独对滔滔雪浪。若将愁泪还做水,算几个、黄天荡[①]。

[注释]

①黄天荡:长江下游的一段,在今江苏南京市东北。古时江面辽阔,为南北险渡。南宋建炎四年(1130),韩世忠大破金兵于此。

西江月

赠刘金坛

玉貌何劳朱粉,江梅岂类群花。终朝隐几论黄芽[①],不顾花前月下。　　冠上星簪北斗,杖头经挂南华。不知何日到仙家,曾许彩鸾同跨。

（以上二首见话本《杨思温燕山逢故人》）

[注释]

①黄芽:道家修炼的丹头。

刘金坛

刘金坛，夫死为女道士，后嫁韩师厚。

浣溪沙[1]

标致清高不染尘，星冠云氅紫霞裙。门掩斜阳无一事，抚瑶琴。　虚馆幽花偏惹恨[2]，小窗闲月最消魂。此际得教还俗去，谢天尊。

（此首见话本《杨思温燕山逢故人》）

［注释］

①此首为《摊破浣溪沙》。　②虚馆：另本为“虚观”。

潘必正

潘必正，话本中人物，溧阳（今江苏溧阳）人，陈妙常之夫。

杨柳枝

傍观仙子过茅屋，惊人目。星冠珠履逍遥服，能妆束。　弄玉仪容琼姬态[1]，倾人国。雅淡全无半点俗，前山玉。

［注释］

①弄玉："秦穆公有女名弄玉，善吹箫。嫁萧史，居十数年，吹箫似凤声。凤凰来止其屋。秦穆公作凤台。夫妇止其上，不饮不食，不下数年。一旦弄玉乘凤，萧史乘龙升天而去。"见《太平广记》卷四引《神仙传拾遗》。此以弄玉喻女之不俗。

杨柳枝

尊姑久矣情疏阔，呼酬酢。留连杯酒灯前酌，身如缚。　归来残月窥窗角，星初落。几回欲把朱扉啄，人知觉。

踏莎行

羽翼将成，功名未遂，偶然撞入鸳鸯会。当初望折桂枝香，不期又作桃源媚。　月下幽欢，星前伉俪，分明犯了风流罪。大开罗网选英贤，伫看鹄立丹墀内。

（以上三首见杂剧《张于湖误宿女贞观》）

鹧鸪天

卸下星冠作玉容，宛如仙女下巫峰。霎时云雨欢娱罢，无限恩情两意浓。　　轻搂抱，款相从。时间一度一春风。若还得遂平生愿，尽在今宵一梦中。[①]

（此首见《燕居笔记》卷九《张于湖宿女贞观平话》）

[注释]

①唐氏按：杂剧中另有《西江月》一首，与韩师厚词同，平话中又有《菩萨蛮》一首，与申纯词相似，不另出。

陈妙常

陈妙常，话本中人物，女贞观尼，后适潘必正。

杨柳枝

襄王梦里雨云期，两心知。子羔无意恋琼姬[①]，漫心痴。　吾心恰似絮沾泥，不狂飞。任把杨枝作柳枝，枉挨尸[②]。

［注释］

①"子羔"句：子羔，姓高名柴，字子羔。春秋时卫国人，一说齐国人，孔子弟子。曾为费郈宰。琼姬，相传战国时吴王夫差女。　②挨尸：贴近。

杨柳枝

清净堂前不卷帘，景幽然。闲花野草漫连天，莫胡言。　独坐洞房谁是伴，一炉烟。闲来窗下理冰弦，小神仙。

青玉案

茅屋藏身随所寓。冷淡清虚，正是修真处。默诵黄庭香一炷[①]。四时节序不关心，自有逍遥趣。　重门尽日无人过，只有营巢燕来去。放入双双梁上住，帘幕空悬贮。

[注释]

①黄庭:《黄庭经》,道家经典。

西江月

松舍清灯闪闪,云堂钟鼓沉沉。黄昏独自展孤衾,未睡先愁不稳。　一念静中思动,遍身欲火难禁。强将津液咽凡心,争奈凡心转甚[1]。

[注释]

①争奈:奈何。

杨柳枝

昨宵肠断黄昏约,人寂寞。洞房独对灯花落,无归著。
纱窗几阵东风恶,罗衣薄。今宵何事青鸾邈,肌如削。

摊破浣溪沙

寂寂云堂斗帐闲,炉香消尽爇沉烟。烘却布衾图睡暖,转生寒。　霏霏细雨穿窗湿,飒飒西风透枕珊。此际道心禁不得,故思凡。

鹧鸪天

相堂潭潭数十重,入门马上气如虹。俨然端坐黄堂上[1],忧国忧民俯仰中。　蒙下顾,谢姑容。仙禽从此脱樊笼。当初只说常清静,羞对先生满面红。

(以上七首见杂剧《张于湖误宿女贞观》)

[注释]

①黄堂:太守办事的厅堂。后指州郡长官办事的厅堂,也以指州郡长官。

临江仙

眉如云开初月,纤纤一搦腰肢。与君相识未多时。不知因个甚,裙带短些儿[①]。　茶饭不思常是病,终朝如醉如痴。此情犹恐外人疑。特将心腹事,报与粉郎知[②]。

（此首见《燕居笔记》卷九《张于湖宿女贞观平话》）

[注释]

①裙带短些儿:腰围变粗,怀孕之隐语。　②粉郎:本谓何晏喜欢搽粉,修饰美丽。后指喜妆饰之美男子,或喜爱之男子。　唐氏按:平话中另有《菩萨蛮》一首,与王娇娘前一首同,不另出。

俞 良

俞良,字仲举,孝宗时成都秀才。

瑞鹤仙

春闱期近也,望帝京迢递[①],犹在天际。懊恨这双脚底。不惯行程,如今怎免得,拖泥带水。痛难禁、芒鞋五耳。倦行时、着意温存,笑语甜言安慰。　　争气。扶持我去,选得官来,那时赏你。穿对朝靴,安排在轿儿里。抬来抬去,饱餐羊肉滋味。重教细腻。更寻对、小小脚儿[②],夜间伴你。

[注释]

①迢递:远貌或高貌。　②“小小”句:此指娶妾。妇人缠足,故云。

鹊桥仙[①]

来时秋暮,到时春暮,归去又还秋暮。丰乐楼上望西川[②],动不动八千里路。　　青山无数,白云无数,绿水又还无数。人生七十古来稀,算恁地光阴来得几度。

[注释]

①此首乃元鲜于枢作,见《珊瑚网法书题跋》卷九。　②丰乐楼:南宋杭州的著名楼馆。

鹊桥仙

杏花红雨,梨花白雪,羞对短亭长路。东君也解数归程，遍地落花飞絮。　胸中万卷，笔头千古，方信儒冠多误。青霄有路不须忙，便着辆、草鞋归去。

龙门令

冒险过秦关，跋涉长江。崎岖万里到钱塘。举不成名归计拙，趁食街坊。　命蹇苦难当，空有词章。片言争敢动吾皇。敕赐紫袍归故里，衣锦还乡。

（以上四首见《警世通言·俞仲举题诗遇上皇》）

孔德明

孔德明,官通判。其他不详。

水调歌头

龙笛词

玉人揎皓腕[1],纤手映朱唇。龙吟越调孤喷,清浊最堪听。欲度宁王一曲[2],莫学桓伊三弄[3],听答兀中丁。忆昔知音客,鉴别在柯亭[4]。　至更深,宜月朗,称疏星。天高气爽,霜重水绿与山青。幸遇良宵佳景,轰起一声蕲州[5],耳畔觉泠泠。裂石穿云去,万鬼尽潜形。

(此首见《古今小说·史弘肇龙虎君臣会》)

[注释]

①揎(xuān):卷起或捋起袖子。　②宁王:李隆基之兄、封宁王,善吹笛。　③桓伊三弄:晋桓伊善音乐。尽一时之妙,为江左第一。有蔡邕柯亭笛,常自吹之。王徽之赴召京师,泊舟清溪侧,遇桓伊,令桓伊为奏。桓伊奏后自去。所奏笛曲"三调",后以称桓伊三弄为吹笛高手。　④柯亭:蔡邕避难江南,宿于柯亭。取竹以为笛,奇声独绝,历代传之。后代指笛。　⑤蕲州:当为蕲竹之误,于律不可用平声。蕲竹为制笛良材。

范学士

范学士，话本中人物。

水调歌头

登临眺东渚，始觉太虚宽。海天相接，潮生万里一毫端。滔滔怒生雄势，宛胜玉龙戏水，尽出没波间。雪浪番云脚，波卷水晶寒。　扫方涛，卷圆峤[1]，大洋番[2]。天垂银汉，壮观江北与江南。借问子胥何在[3]，博望乘槎仙去[4]，知是几时还。上界银河窄，流泻到人间。

（此首见《警世通言·乐小舍拼生觅偶》）

［注释］

①峤(jiào)：尖而高的山。　②番：通“翻”。　③子胥：伍子胥，佐吴王夫差败越。后子胥自杀。死后传为水神。　④博望：汉张骞封博望侯。传说他探黄河源，曾乘浮槎而上，至银河。

朱端朝

朱端朝,字延之,南宋人,肄业上庠。

浣溪沙

梅正开时雪正狂,两般幽韵孰优长。且宜持酒细端详。　　梅比雪花输一白,雪如梅蕊少些香。东君非是不思量。

(此首见瞿佑《寄梅记》)

马琼琼

马琼琼，话本中人物。

减　兰

题梅雪扇

雪梅妒色，雪把梅花相抑勒。梅性温柔，雪压梅花怎起头。　　芳心欲诉，全仗东君来作主。传语东君，早与梅花作主人。

（此首见《寄梅记》）

卫芳华

卫芳华,宋理宗朝宫人。

木兰花慢

记前朝旧事,曾此地、会神仙。向月地云阶,重携翠袖,来拾花钿。繁华总随流水,叹一场、春梦杳难圆。废港芙蕖滴露[①],断堤杨柳摇烟。　两峰南北只依然,辇路草芊芊[②]。怅别馆离宫,烟销凤盖[③],波没龙船。平生银屏金屋,对漆灯、无焰夜如年。落日牛羊陇上,西风燕雀林边。

（此首见《剪灯新话》卷二）

[注释]

①芙蕖:即荷花。　②辇路:指帝王乘车所行之路。　③凤盖:帝后的车盖。

陶上舍

陶上舍，小说中人物。

金缕曲

梦觉黄粱熟。怪人间、曲吹别调，棋翻新局。一片残山并剩水，几度英雄争鹿。算到了、谁荣谁辱。白髮书生差耐久，向林间、啸傲山间宿。耕绿野、饭黄犊。　市朝迁变成陵谷。问东风、旧家燕子[①]，飞归谁屋。前度刘郎今尚在[②]，不带看花之福。但燕麦兔葵盈目[③]。羊胛光阴容易过[④]，叹浮生、待足何时足。樽有酒，且相属。

（此首见《剪灯新话》卷二）

［注释］

①旧家燕子：化用刘禹锡《乌衣巷》诗“旧时王谢堂前燕，飞入寻常百姓家”。表示世事沧桑的变化。　②前度刘郎：指刘禹锡《再游玄都观绝句》诗“种桃道士归何处？前度刘郎今又来”。表示荣辱变化。　③燕麦兔葵：指野生粮食菜蔬，表示土地芜荒。　④“羊胛”句：羊胛骨易熟，此喻时光易逝。

阮　华

阮华,《情史》载淳熙时人。

菩萨蛮

玉箫一曲无心度,谁知引入桃源路。邂逅曲阑边,匆匆欲并肩。　一时风雨急,忽尔分双翼。回首洛川人,翻疑化作云。

（此首见《情史》卷三）

王　氏

王氏，明末降乩，自言宋时人，年二十卒。

秋波媚

流水东回忆故秋，疏雨滴更愁。雁来楚峡，风凄江渚，瘦损轻柔。　　娇姿绝世偏风韵，斜倚向妆楼。慵窥宝镜，泪悬情眼，恨锁眉头。

（此首见沈宛君《伊人思》）

无名氏

步蟾宫

徐卿二子文章妙，秋风来应兴贤诏。双双折取桂枝归，乡闾自此增荣耀。 浪暖三月春来绕，番身并跳龙门晓。绿衣共立彩莱衣[①]，那更是、双亲年少。

[注释]

①莱衣："老莱子孝养二亲，行年七十以婴儿自娱，着五色彩衣。尝取浆上堂，跌仆，因卧地为小儿啼。"见《列女传》。

临江仙

入手功名如拾芥[①]，文章得力须知。蟾宫丹桂折高枝[②]。姮娥爱年少[③]，博换绿罗衣。 初筮民曹姑小试[④]，骎骎相及瓜时。双亲未老十年期。飞黄腾踏去，身到凤凰池。

[注释]

①芥：小草，引伸为细小事物。 ②丹桂折高枝：喻指科举及第。 ③姮娥：嫦娥。 ④筮(shì)：用蓍草占卦，或指占卦的人。

昼夜乐

西川自古繁华地，正芳菲、景明媚。园林锦绣妆成，杂遝香车宝骑[①]。弦管声中，绮罗丛里，盈盈多少佳丽。才子逞疏狂，不惜千金醉。 彼此相看总留意，浮云浪雨尤殢。美甚楚馆秦楼[②]，长是偎红倚翠。濯锦江头，恶风翻雨，无情落花流水。谁念凤帏人，闲却鸳鸯被。

（以上三首见《娇红传》）

［注释］

①杂遝（tà）：行人很多，拥挤纷乱。 ②秦楼：即凤台，为善箫者萧史夫妇所居之楼。此借指所爱者的居处。

鹧鸪天

淡画眉儿斜插梳，不忺拈弄绣工夫[①]。云窗雾阁深深处，静拂云笺学草书。 多艳丽，更清姝。神仙标格世间无。当时只说梅花似，细看梅花却不如。

［注释］

①忺（xiān）：高兴、适意。

南乡子

怎见一僧人，犯滥铺摸受典刑[①]。案款已成招状了，遭刑，棒杀髡囚示万民[②]。 沿路众人听，犹念高王观世音。护法喜神齐合掌，低声，果谓金刚不坏身。

（以上两首见《清平山堂话本·简帖和尚》）

［注释］

①犯滥铺摸：作奸犯科。 典刑：依法典判刑。 ②髡（kān）：指秃头的和尚。

眼儿媚

登楼凝望酒阑□，与客论征途。饶君看尽，名山胜景，难比西湖。　春晴夏雨秋霜后，冬雪□□□[1]。一派湖光，四边山色，天下应无。

（此首见《清平山堂话本·西湖三塔记》）

[注释]

①“冬雪”句：唐氏按，原无空格，依律补。

缕缕金

几回见你帘儿下，佯不采、把人斜抹[1]。问着他、插地推聋哑[2]，到学三郎政话。不也。不和我巧时休[3]，和我巧时、都不怕。

[注释]

①斜抹：用斜眼瞟人。　②插地：陡地，忽然地。　③巧时：欢时，相好时。

缕缕金

这几日、言语夹衩[1]，只推道、娘的挜把[2]。常言道、官不容针，又何况、私同车马。不也。不和我巧时休，和我巧时、都不怕。

[注释]

①夹衩：夹杂，含胡。　②挜把：压制、摆布。

卜算子

幽花带露红，湿柳掩烟翠。花柳分春各自芳，惟有人憔悴。　　寄与手中书，问肯归来未。正是东风料峭寒，如何独自教人睡。

（以上三首见《花草粹编》卷二引《清湖三塔记》）

水调歌头

屏开金孔雀，褥隐绣芙蓉。洞房花烛夜，玳筵席、蔼香风。盈耳笙歌缭绕，满眼绮罗交错，银烛影摇红。佳期今夕里，谈笑画堂中。　　皓齿歌，细腰舞，乐无穷。朱帘高卷，金炉香喷瑞烟浓。仙子将临凤阁，玉女下离蓬岛，同会蕊珠宫。门阑多喜色，女婿近乘龙。

（此首见《花草粹编》卷九引《清湖三塔记》）

朝中措

凤凰归去碧云空，衰草乱茸茸。三国六朝一梦，茫茫二水倾东[1]。　　龙蟠虎踞，亭台望里，鸳瓦重重。玉女吹箫何在，断肠泪洒西风。

（此首见《花草粹编》卷四引小说）

[注释]

①二水：长江、秦淮河。

叠青钱

作　垒

夏日正长，无奈如焚天气。火云耸、奇峰天外。未雨先雷，畏日流金，六龙高驾火轮飞。纹簟纱厨，风车谩搅，月扇空挥。　　金炉烟细，午风轻转，堪避炎威。渐凉生池阁,卷起帘幕珠玑。娇娥美丽,天然秀色冰肌。玉栏深径,荷香旖旎,玉管声齐。

(此首见《花草粹编》卷八引小说)

鹧鸪天

城中酒楼高入天,烹龙煮凤味肥鲜。公孙下马闻香醉,一饮不惜费万钱。　招贵客,引高贤。楼上笙歌列管弦。百般美术珍羞味[①],四面阑干彩画檐。

(此首见《古今小说·赵伯升茶肆遇仁宗》)

[注释]

①珍羞:美好的食品。

忆瑶姬

姑射真人,宴紫府、双成击破琼苞。零珠碎玉,被蕊宫仙子,撒向空抛。乾坤皓彩中宵。海月流光色共交。向晓来,银压琅玕,数枝斜坠玉鞭梢。　荆山隈,碧水曲,际晚飞禽,冒寒归去无巢。檐前为爱成簪箸[①],不许儿童使杖敲。待效他、当日袁安谢女[②],才调咏嘲。

[注释]

①簪箸:玉簪与筷子,此指冰挂。　②袁安:后汉人,未达时,家道贫苦,雪中饥卧寒舍,清廉自守。　谢女:即谢道韫,曾将雪比为柳絮传为佳话。

夜游宫

四百四病人皆有,只有相思难受。不疼不痛在心头,魆魆地教人瘦[①]。　　愁逢花前月下，最怕黄昏时候。心头一阵痒将来，一两声咳嗽咳嗽。

[注释]

①魆魆（xū）：暗暗。

临江仙

快活无过庄家好，竹篱茅舍清幽。春耕夏种及秋收。冬间观瑞雪，醉倒被蒙头。　　门外多栽榆柳树，杨花落满溪头。绝无闲闷与闲愁。笑他名利客，役役市廛游[①]。

（以上三首见《古今小说·张古老种瓜娶文女》）

[注释]

①市廛（chán）：城市。

西江月

是水归于大海，闲汉总入京都。三都捉事马司徒，衫褙难为作主。　　盗了亲王玉带，剪除大尹金鱼[①]。要知闲汉姓名无，小月旁边疋土[②]。

（此首见《古今小说·宋四公大闹禁魂张》）

[注释]

①大尹：大官。　金鱼：即金鱼袋。著紫衣佩金鱼袋，是高官的服饰。
②“小月”句：小加月，为“肖”字。疋（⻊）加土，为“走”字，合成繁体“趙”字。

西江月

白髮苏堤老妪，不知生长何年。相随宝驾共南迁，往事能言旧汴。　　前度君王游幸，一时询旧凄然。鱼羹妙制味犹鲜，双手擎来奉献。

（此首见《古今小说·汪信之一死救全家》）

临江仙

自古钱塘难比，看潮人、成群作队。不待中秋，相随相趁，尽往江边游戏。沙滩畔，远望潮头，不觉侵天浪起。　　头巾如洗，斗把衣裳去挤。下浦桥边，一似奈何桥畔[1]，裸体披头如鬼。入城里，烘好衣裳，犹问几时起水。

（此首见《警世通言·乐小舍拼生觅偶》）

[注释]

①奈何池：地狱中的恶水。

行香子

雨后风微，绿暗红稀。燕巢成、蝶绕残枝。杨花点点，永日迟迟。动离怀，牵别恨，鹧鸪啼。　　辜负佳期，虚度芳时。为甚褪尽罗衣。宿香亭下，红芍栏西。当时情，今日恨，有谁知。

（此首见《警世通言·宿香亭张浩遇莺莺》）

鹧鸪天

泪

碎似真珠颗颗停，清如秋露脸边倾。洒时点画湘江竹，感处曾摧数里城。　　思薄幸，忆多情。玉纤弹处暗销魂。有时看了鲛绡上，无限新痕压旧痕。

（此首见《警世通言·万秀娘仇报山亭儿》）

西江月

年少争夸风月，场中波浪偏多。有钱无貌意难和，有貌无钱不可。　　就是有钱有貌，还须著意揣摩。知情识趣俏哥哥，此道谁人赛我。

（此首见《醒世恒言·卖油郎独占花魁》）

上楼春

名花绰约东风里，占断韶华都在此。芳心一片可人怜，春色三分愁雨洗。　　玉人尽日恹恹地，猛被笙歌惊破睡。起临妆镜似娇羞，近日伤春输与你。

（此首见《醒世恒言·灌园叟晚逢仙女》）

鹧鸪天

凛冽严凝雾气昏，空中瑞雪降纷纷。须臾四野难分别，顷刻山河不见痕。　　银世界，玉乾坤。望中隐隐接昆仑。若还下到三更后，直要填平玉帝门。

（此首见《醒世恒言·郑节使立功神臂弓》）

附录四:误题撰人姓名词存目

(凡已有词者,存目于各家词后,此不重出。诗误为词者亦附此)

误题之撰人姓名	调名	首句	出处	正确之撰人	根据
陈彭年	瑞鹧鸪	尽出花钿散宝津	《花草粹编》卷六、本书(今按:指《全宋词》)初版卷二十一	唐阳郇伯诗	《能改斋漫录》卷三。词附录于后
王曾	鹧鸪天	终日无心扫黛眉	《古今别肠词选》卷二	无名氏	《花草粹编》卷六(《词林万选》卷二云夏竦撰)
杜衍	鸡叫子	翠鳌佳人临水立	《词品》卷一	乃诗而非词	附录于后
同上	满江红	无名无利	《花草粹编》卷九引《言行录》	张昇	《青箱杂记》卷八
陈师师	西江月	师师生得艳冶	本书(今按:指《全宋词》)初版附录一	柳永	罗烨《醉翁谈录》丙集卷二

误题之撰人姓名	调名	首句	出处	正确之撰人	根据
文同	天香引	三月三花雾吹晴	《浙江通志》卷三百七十六、本书（今按：指《全宋词》）初版卷三十五	元乔吉	《文湖州词》附录于后
文同	天香引	正当时处士山祠	《浙江通志》卷三百七十六、本书（今按：指《全宋词》）初版卷三十五	元乔吉	《文湖州词》附录于后
李公麟	四时乐	桃李花开春雨晴	《花草粹编》卷一	乃诗而非词	附录于后
同上	同上	火云蔽日当空浮	同上	同上	同上
同上	同上	黄云万里秋有成	同上	同上	同上
李公麟	四时乐	寒风十月雪欲飞	《花草粹编》卷一	乃诗而非词	附录于后
苏坚	倦寻芳慢	兽镮半掩	《词的》卷四	潘汾	《唐宋诸贤绝妙词选》卷七

误题之撰人姓名	调名	首句	出处	正确之撰人	根据
同上	鹧鸪天	梅妒晨妆雪妒轻	《古今词统》卷七	苏庠	《乐府雅词》卷下
孔武仲	水龙吟	淡烟池馆霜飙	《历代诗馀》卷七十四	无名氏	《梅苑》卷一
同上	同上	数枝凌雪乘冰	同上	同上	同上
杨彦龄	浣溪沙	倦客东归得自由	《词综》卷二十二、本书（今按：指《全宋词》）初版卷二百七十九	同上	《杨公笔录》
杨彦龄	浣溪沙	北固山头浪拍空	本书（今按：指《全宋词》）初版卷二百七十九	无名氏	《杨公笔录》
郭生	玉楼春	乌啼雀噪昏乔木	《花草粹编》卷六	苏轼改白居易诗	《东坡志林》卷九。附录于后
虞策	江神子	相逢只怕有分离	本书（今按：指《全宋词》）初版卷一百零五	虞策子弟不知其名	《花草粹编》卷七引《古今词话》

误题之撰人姓名	调名	首句	出处	正确之撰人	根据
于真人	凤栖梧	绿暗红稀春已暮	《词综》卷二十四	葛长庚	《玉蟾先生诗馀》
同上	行香子	阆苑瀛洲	同上	无名氏或元僧明本	《鸣鹤馀音》卷六。或《词林纪事》卷二十二。附录于后
魏泰	如意令	炎暑尚馀八日	《词谱》卷二、本书（今按：指《全宋词》）初版卷二百八十	无名氏	《翰墨大全》丁集卷三
魏泰	好事近	昨夜探寒梅	本书（今按：指《全宋词》）初版卷二百八十	曾晞颜	《翰墨大全》丙集卷十四
魏泰	水晶帘	谁道秋期远	本书（今按：指《全宋词》）初版卷二百八十	无名氏	《翰墨大全》丁集卷三

误题之撰人姓名	调名	首句	出处	正确之撰人	根据
孙和仲	点绛唇	流水泠泠	《苕溪渔隐丛话》前集卷五十九、《草堂诗馀别集》卷一	朱翌	《容斋四笔》卷十三
任世德	千秋岁	水边沙外	《苕溪渔隐丛话》后集卷三十九引《古今词话》	秦观	《淮海居士长短句》卷一
刘斧	谪仙怨	晴山碍日横天	《花草粹编》卷四、本书(今按:指《全宋词》)初版卷二百七十九	康骈	《剧谈录》卷下。附录于后
洪思禹	千秋岁	半身屏外	《花草粹编》卷八	释惠洪	《乐府雅词拾遗》卷上
韦寿隆	虞美人	风波日晚溪桥路	本书(今按:指《全宋词》)初版卷二百零四	韦能谦	《张氏拙轩集》卷五

误题之撰人姓名	调名	首句	出处	正确之撰人	根据
方勺	黄鹤引	生逢垂拱	《式古堂书画汇考书考》卷十二	方资	《泊宅编》卷一
虞祺	南乡子	儿有掌中杯	本书（今按：指《全宋词》）初版卷一百十五	虞玒之父虞刚简	《铁网珊瑚书品》卷五
李若水	祝英台近	剪酴醾	《古今别肠词选》卷三	无名氏	《草堂诗馀前集》卷上
刘才邵	夜度娘	菱花炯炯垂鸾结	《古今词统》卷一	乃诗而非词	《相思曲》中四句，见《檆溪居士集》卷二附录于后
辛次膺	贺新郎	翠浪吞平野	《古今图书集成·山川典》卷二百九十一西湖部艺文四	辛弃疾	《稼轩词》丙集
同上	念奴娇	晚风吹雨	同上	同上	《稼轩词》甲集

误题之撰人姓名	调　名	首　句	出　处	正确之撰人	根　据
同　上	南歌子	散髪披襟处	《古今图书·集成考工典》卷一百二十七池沼部艺文二	同上	《稼轩词》丙集
王淮(南宋初金华人)	满江红	踏遍江南	本书(今按:指《全宋词》)初版卷一百四十三	王淮(宋末天台人)	《景定建康》志卷二十二
洪　遵	沁园春	饮马咸池	《花草粹编》卷十二	洪咨夔	《平斋词》
邓　深	□□□	雨飘零,风凄清	本书(今按:指《全宋词》)初版卷一百五十三	乃诗而非词	《大隐居士诗集》卷下。附录于后
王季明	□□□	妙手庖人	本书(今按:指《全宋词》)初版卷一百二十八	无名氏	《夷坚志三志》壬七
同　上	浪淘沙	水饭恶冤家	同上	同上	同上

误题之撰人姓名	调名	首句	出处	正确之撰人	根据
虞允文	水调歌头	憔粹朔家种	《词综补遗》卷四、本书（今按：指《全宋词》）初版卷一百二十六	虞玨	《铁网珊瑚书品》卷五
李长庚	玉楼春	纱窗春睡朦胧著	本书（今按：指《全宋词》）初版卷一百二十六	李子酉	《阳春白雪》卷五
李山民	洞仙歌	飞梁压水	《烬馀录》乙编	林外	《四朝闻见录》丙集
吴云公	念奴娇	炎精中否	同上	黄中辅	《金华黄先生文集》卷三
顾淡云	水调歌头	平生太湖上	《烬馀录》乙编	无名氏	《中吴纪闻》卷六
李南金(绍兴进士)	贺新郎	流落今如许	本书（今按：指《全宋词》）初版卷一百四十三	李南金(宝庆进士)	《鹤林玉露》卷一

误题之撰人姓名	调名	首句	出处	正确之撰人	根据
萧育	醉蓬莱	倚东风笑问	本书（今按：指《全宋词》）初版卷二百八十	伍梅城	《翰墨大全》丙集卷十四
同上	福寿千春	柳暗三眠	同上	无名氏	《翰墨大全》丁集卷二
同上	杏花天	婺星呈瑞	同上	同上	同上
章颖	小重山	柳暗花明春事深	《词综》卷十六	章良能	《绝妙好词》卷一
许奕	玉楼春	玉楼十二春寒侧（一句）	《升庵诗话》卷九	王子武	《花草粹编》卷六
史弥远	临江仙	试凭阑干春欲暮	《坚瓠集乙集》卷二、本书（今按：指《全宋词》）初版卷一百八十三	史浩	《大德昌国州图志》卷七
杨妹子	诉衷情	闲中一弄七弦琴	《词林纪事》卷十九	张抡	《莲社词》
戴栩	柳梢青	袖剑飞吟	《浣川集》	戴复古	《石屏长短句》

误题之撰人姓名	调名	首句	出处	正确之撰人	根据
李𬇙	望汉月	黄菊一丛临砌	金绳武本《花草粹编》卷九	李遵勖	《能改斋漫录》卷十六
吴仲方	鹊桥仙	翠绡心事	《江湖后集》卷十七	赵以夫	《虚斋乐府》卷下
同上	汉宫春	投老归来	同上	同上	同上　卷上
同上	木兰花慢	玉梅吹霁雪	同上	同上	同上　卷下
吴仲方	永遇乐	云雁将秋	《江湖后集》卷十七	赵以夫	《虚斋乐府》卷下
同上	夜飞鹊	微云斜拂月	同上	同上	同上　卷上
同上	沁园春	客问吾年	同上	同上	同上　卷上
同上	贺新郎	载酒阳关去	同上	同上	同上　卷上
同上	芙蓉月	黄叶舞碧空	《永乐大典》卷五百四十“蓉”字韵引吴仲方《江湖诗乐府》	同上	同上　卷上
贾似道	沁园春	把酒问花	《全芳备祖前集》三“芍药门”	方岳	《秋崖先生小稿》卷三十五

误题之撰人姓名	调　名	首　句	出　处	正确之撰人	根　据
薛　嵎	渔父词	兰芷流来水亦香	《云泉诗》	王谌	《江湖后集》卷十三
同　上	同上	翁妪齐眉妇亦贤	同上	同上	同上
同　上	同上	湘妃泪染竹痕斑	同上	同上	同上
同　上	同上	满湖飞雪搅长空	同上	同上	同上
同　上	同上	离骚读罢怨声声	同上	同上	同上
同　上	同上	白发鬈鬆不记年	同上	同上	同上
同　上	同上	只有青山可卜邻	同上	同上	同上
史卫卿	柳梢青	萼绿华身	《江湖后集》卷十一	罗椅	《阳春白雪》卷七
陆秀夫	念奴娇	鲍鱼腥断	《古今别肠词选》卷四	黎廷瑞	《芳洲集》卷三
钱　选	行香子	如此红妆	《湖州词征》卷二十六	明高启	《高太史扣舷集》附录于后
郭　新	渔父	山光清	《沅湘耆旧集前编》卷二十	五代李珣	《花间集》卷十。附录于后

误题之撰人姓名	调名	首句	出处	正确之撰人	根据
章耐斋	南柯子	细叶黄金嫩	《古今合璧事类备要别集》卷二十二	徐俯	《乐府雅词》卷中
赵德仁	小重山	楼上风和玉漏迟	《草堂诗馀前集》卷下	赵令畤	《乐府雅词》卷中
同上	醉春风	陌上清明近	《类编草堂诗馀》卷二	无名氏	《乐府雅词》拾遗卷下
同上	怨春风	宝镜菱花莹	《花草新编》卷三	赵鼎	《得全居士集》
马琮	一落索	月下风前花畔	《永乐大典》卷一万四千三百八十一"寄"字韵	毛滂	《东堂词》
同上	散馀霞	墙头花口寒犹噤	同上	同上	同上
赵秋官妻	武陵春	人道有情还有梦	《花草粹编》卷四	连静女	罗烨《醉翁谈录乙集》卷一
韦彦温	倚西楼	禁鼓初传时下打	《花草粹编》卷六、《词谱》卷十三	无名氏	《汴京勼异志》卷四

误题之撰人姓名	调　名	首　句	出　处	正确之撰人	根　据
颍上陶生	渔家傲	近日门前溪水涨	《花草粹编》卷七	欧阳修	《醉翁琴趣外篇》卷二
同　上	同上	为爱莲房都一柄	同上	同上	同上
童瓮天	清平乐	醉红宿翠	《草堂诗馀别集》卷一	石孝友	《金谷遗音》
杨　观	满江红	薄冷吹霜	《清远县志》卷十五	李昴英	《文溪存稿》卷十七
赵简夫	如梦令	花落莺啼春暮	杨金本《草堂诗馀前集》卷下	谢逸	《溪堂词》
德祐太学生	百字令	半堤花雨	《词综》卷二十四	褚生	《湖海新闻夷坚续志后集》卷二
同　上	祝英台近	倚危阑	同上	同上	同上
赤城韩夫	法驾导	朝元路	《词品》卷一	陈与义	《无住词》
人	引				
同　上	同上	东风起	同上	同上	同上
同　上	同上	帘漠漠	同上	同上	同上
乌衣女子	同上	帘漠漠	《词的》卷一	同上	同上
赤城仙子	同上	东风起	《历代诗馀》卷二	同上	同上

误题之撰人姓名	调　名	首　句	出　处	正确之撰人	根　据
同　上	同上	帘漠漠	同上	同上	同上
惠应庙神	锦缠绊	屈曲新堤	本书（今按：指《全宋词》）初版卷二百九十二	江衍（梦中所闻）	《异闻总录》卷二
仰山神	玉楼春	玉堂此去香风暖（半首）	本书（今按：指《全宋词》）初版卷二百九十二	汪存	《花草粹编》卷六
宋无名氏	点绛唇	美满生离	《历代诗馀》卷五	董解元	《古本董解元西厢记》卷六附录于后
同　上	踏莎行	玉臂宽环	《历代诗馀》卷三十六	明无名氏	《草堂诗馀新集》卷二附录于后
同　上	同上	红叶空传	同上	同上	同上
宋无名氏	踏莎行	香罢宵薰	同上	明无名氏	《草堂诗馀新集》卷二附录于后
同　上	同上	佳约易乖	同上	同上	同上
宋女郎	蝶恋花	梳罢晓妆屏上倚	《古今别肠词选》卷三	同上	明人作，见《玄妙洞天记》

误题之撰人姓名	调名	首句	出处	正确之撰人	根据
无名氏	柘枝引	将军奉命即须行	《词林纪事》卷十八	唐无名氏	《乐府诗集》卷五十六。附录于后
李邦彦	满庭芳	一种芳梅	金绳武本《花草粹编》卷十七	无名氏	《梅苑》卷三
宋七郡王	同上	一种阳和	《词坛艳逸品》元卷	梅娇	《彤管遗编后集》卷十二
同上	同上	景傍清明	同上	杏俏	同上
史德卿	贺新郎	甚矣吾衰矣	《汇选历代名贤词府全集》卷八	辛弃疾	《稼轩词丙集》

陈彭年

陈彭年（961—1017），字永年，抚州南城人。雍熙二年（985）进士。真宗朝召试，为秘书丞、直史馆、翰林学士、拜参知政政事。赠右仆射，谥文僖。

瑞鹧鸪

尽出花钿散宝津，云鬟初剪向残春。因惊风雨难留世，遂作池莲不染身。　　贝叶乍翻疑锦轴，梵声才学误梁尘。从兹艳质归空后，湘浦应无解佩人。

杜　衍

杜衍(978—1057),字世昌,山阴(今浙江绍兴)人。官至太保,政风刚烈,为一代贤相。

鸡叫子

咏雨中荷花①

翠盖佳人临水立,檀粉不匀香汗湿。一阵风来碧浪翻,真珠零落难收拾。

[注释]

①唐氏按:此首疑是以刘克庄《千家诗》卷九无名氏《雨中荷花》诗傅会改易为杜衍作。

文　同

文同，字与可，梓潼人，自号笑笑先生。为宋代著名画家，善画竹石。与苏轼为表兄弟。皇祐元年（1049）进士，集贤校理。元丰初，出守湖州，行至宛邱驿、忽留不行，沐浴冠带而逝。有《丹渊集》。

天香引

游嘉禾南湖①

三月三、花雾吹晴。见麟凤沧洲，鸳鸯沙汀。华鼓清箫，红云兰棹，青纻旗亭。　　细看来、春风世情。都分在、流水歌声。剪燕娇莺，冷笑诗仙，击楫扬舲②。

[注释]

①嘉禾：浙江嘉兴的别称。　②扬舲：扬帆。　舲：船窗。

天香引

拜和靖祠

正当时、处士山祠。渐以南枝，春事些儿。枫渍殷脂，蕉撕故纸，柳死荒丝。　　自寒涩、雌雄鹭鸶。翅参差、母子鸬鹚。再四嗟咨，捻此吟髭，弹指歌诗。

李公麟

李公麟,字伯时,舒州人。熙宁三年(1070)进士,后任门下省删定官,元符末致仕。善画,号龙眠山人。

四时乐

春

桃李花开春雨晴,声声布谷迎村鸣。家家场头酹酒觥,为告庄主东作兴,黄犊先破东南村。

四时乐

夏

火云蔽日当空浮,田头耨草汗欲流。绿竹人寂鸟声休。暂来歇午乘清幽,山妻送饷扇遮头。

四时乐

秋

黄云万里秋有成,村村酒熟家家迎。封羊赛社人未醒,醉后鼓腹歌升平。欣然同乐仓满盈。

四时乐

冬

寒风十月雪欲飞,居人木榻添纸帏。地炉活火酒频煨,瓦杯不设羊羔肥。醉来曲肱歌声微。

郭　生

郭生，无考。

玉楼春

游寒溪改乐天诗①

乌啼雀噪昏乔木，清明寒食谁家哭。风吹旷野纸钱飞，古墓累累春草绿。　　棠梨花映白杨路，尽是死生离别处。冥漠重泉哭不闻，萧萧暮雨人归去。

[注释]

①唐氏按：据《东坡志林》，此乃东坡为郭生作，非郭生自作。

于真人

于真人，无考。

行香子

阆苑瀛洲，金谷重楼。总不如、茅舍清幽。野花铺地，算也风流。却也宜春，也宜夏，也宜秋。　酒熟堪笃，客至须留。更无荣、无辱无忧。退闲□步[①]，著甚来由。但倦时眠，渴时饮，醉时讴。

[注释]

①“退闲”句，另本为“退休一步”。

刘　斧

刘斧，北宋人。著有《青琐高议》、《翰府名谈》、《摭遗》等书。《青琐高议》今有传本。

谪仙怨

晴山碍日横天，绿叠君王马前。銮辂西巡蜀国，龙颜东望秦川。　　曲江魂断芳草，妃子愁凝暮烟。长笛此时吹罢，何言独为婵娟。

刘才邵

刘才邵,字美中,自号檆溪居士,庐陵(今江西吉安)人。大观二年(1108)上舍释褐。宣和二年(1120)中宏词科。官至工部侍郎权吏部尚书。有《檆溪居士集》,辑自《永乐大典》。

夜度娘

菱花炯炯垂鸾结,懒学宫妆匀腻雪。风吹凉鬓影萧萧,一抹疏云对斜月。

邓　深

邓深，字资道，一字绅伯，湘阴人。绍兴中进士，知衡州，擢潼川漕，以朝请大夫终。著有《大隐居士诗集》。

秋风清

雨飘零，风凄清。坐念今夕月，知从何处明。未须无月更作恶，但愿有酒常同倾。

钱 选

钱选,字舜举,号玉潭,乌程人。景定三年(1262)进士,为吴兴八俊之一。入元不仕,流连诗画,以终其身。

行香子

折枝芙蓉

如此红妆,不见春光。向菊前、兰后才芳。秋波易老,寂寞横塘。正一番雨,一番风,一番霜。　浣纱人去,歌韵悠扬。□□□、□□□□。□□□□,□□□□。但月溶溶,云渺渺,水茫茫。

郭　新

郭新，宁远（今属湖南）人。咸淳四年（1268）进士。宋亡，隐居不仕。

渔　父

山光清，水色绿，春风澹荡看不足。草绵芊，花扑蔌，渔艇移歌相续。　　信浮沉，无拘束，钓回乘月归湾曲。酒盈樽，云满屋，不见世间荣辱。

无名氏

点绛唇

美满生离，据鞍兀兀离肠痛。旧欢新宠，变作高唐梦。　回首孤城，依约青山拥。西风送，戍楼寒重，初品梅花弄。

宋　媛

宋媛，生平无考。

踏莎行

玉臂宽环，纱衫缓扣，绣窗针线无心久。豹头枕冷麝兰轻，虾鬚帘静尘埃厚。　紫燕风头，黄梅雨后，柳条乱拂长江口。但言幂𬓍柳如烟[1]，谁知摇曳愁如柳。

[注释]

①幂𬓍：覆盖，笼罩貌。

踏莎行

红叶空传，朱绳未绾，天涯可见人难见。绿窗病起落梅繁，玉箫梦断行云短。　波眼将穿，柳腰似刬[1]，寂寥偏与东风管。水仙愁绝翠围寒，春云空谷兰香远。

[注释]

①刬（chǎn）：剪削，细瘦貌。

踏莎行

香罢宵薰，花孤昼赏，粉墙一丈愁千丈。多情春梦苦抛人，寻郎夜夜离罗幌。　好句刊心，佳期束想，甫愁春到还愁往。销魂细柳一时垂，断肠芳草连天长。

[注释]

①甫愁:刚愁。

踏莎行

佳约易乖,韶光难驻,柳絮飞尽江头树。朝来为甚不钩帘,残花正满帘前路。　春赏未阑,春归何遽[1],问春归向何方去。有情燕子不同归,呢喃独伴春愁住。

[注释]

①遽(jù):急,仓猝。

蝶恋花

梳罢晓妆屏上倚。欲把金针,玉腕娇无比。轻卷珠帘窥竹里,翠禽飞下栏杆咀。　步向荷缸闲弄水,荷叶田田[1],觉有清香起。照面水中心自喜,芙蓉四月先开矣。

[注释]

①田田:荷叶茂密相连貌。乐府《江南》:“莲叶何田田!”

无名氏

柘枝行

将军奉命即须行，塞外领强兵。闻道烽烟动，腰间宝剑匣中鸣。

附录五　误题撰人姓名词存目(二)

（此外尚有误题撰人姓名各词，因所误题者乃唐或元明清人，不见于本书，列表如下）

撰人	调名	首句	误题之撰人	出处
林逋	相思令	吴山青，越山青	元人高彦敬	元诗选二集《房山集引王士熙语》
柳永	瑞鹧鸪	天将奇艳与寒梅	五代欧阳炯	《词鹄初编》卷四
张先（或欧阳修）	醉桃源	落花浮水树临池	明人眭明永	《曲阿词综》卷二
欧阳修	诉衷情	清晨帘幕卷轻霜	元人洪翼	《曲阿词综》卷一
同上	蝶恋花	越女采莲秋水畔	元人诸葛舜臣	同上
同上	鹧鸪天	学画宫眉细细长	明人王世贞	《词坛艳逸品亨》卷
韩琦	望江南	维扬好，灵宇有琼花	金人元好问	《扬州琼华集》
魏夫人	系裙腰	灯花耿耿漏迟迟	小说中元人贾云华	《同情集词选》卷十
苏轼	祝英台近	挂轻帆	明人刘基	《汇选历代名贤词府全集》卷四
黄庭坚	减字木兰花	襄王梦里	清人東广	《曲阿词综》卷二

撰　人	调　名	首　句	误题之撰人	出　处
盼　盼	忆花容	年少看花双鬓绿	唐人关盼盼	金绳武本《花草粹编》卷十一
郑　仅	调笑	声切	苏苏	《同情集词选》卷三
秦　观	阮郎归	宫腰袅袅髻鬟鬆	明人眭明永	《曲阿词综》卷二
同　上	桃源忆故人	玉楼深锁薄情种	唐人裴度	《古今别肠词选》卷二
秦　观	南歌子	秋鬓香云坠	清人李渔	《同情集词选》卷八
周邦彦	一落索	眉共春山争秀	明人陈滟	《众香词御集》
陈　瓘	断句	彩衣长久，五世祥烟薰舞袖	仲并之叔祖	《浮山集》卷二
朱敦儒	桃源忆故人	雨斜风横香成阵	清人束广	《曲阿词综》卷二
李清照	一剪梅	红藕香残玉簟秋	明人马洪	《古今别肠词选》卷二
乐　琬	卜算子	相思似海深	明人景翩翩	《丰韵情诗》卷六
邓　肃	长相思	一重山	唐人李白	《词学筌蹄》卷五
朱淑真	蝶恋花	楼外垂杨千万缕	元人孙景文	《曲阿词综》卷一
谢　懋	忆少年	池塘绿遍，王孙芳草	明人刘元祥	《曲阿词综》卷一

撰人	调名	首句	误题之撰人	出处
张孝祥	眼儿媚	晓来江上荻花秋	明人钟惺或元人虞荐发	《词综》卷一
辛弃疾	鹧鸪天	一榻清风殿影凉	元人宋禧	《庸庵集》卷十
又	减字木兰花	盈盈泪眼	明人张丽人	《众香词书集》
程垓	雨中花	闻说海棠开尽了	明人张小莲	《众香词书集》
刘仙伦	系裙腰	山儿矗矗水儿清	贾云华	《同情集词选》卷十
郑域	昭君怨	道是春来花未	清人李渔	《同情集词选》卷三
王澡	霜天晓角	疏明瘦直	元人虞集	《汇选历代名贤词府全集》卷一
周文璞	浪淘沙	还了酒家钱	唐人韩文璞	《唐词纪》卷十四
刘克庄	长相思	朝有时	明人杨婉	《同情集词选》卷三
同上	清平乐	休弹别鹤	清人李渔	同上卷六
楼槃	霜天晓角	月淡风轻	元人虞集	《汇选历代名贤词府全集》卷一
萧泰来	同上	千霜万雪	同上	同上
黄升	重叠金	西风半夜惊罗扇	元人虞荐发	《曲阿词综》卷一
同上	谒金门	花事浅	清人束广	《曲阿词综》卷二

撰人	调名	首句	误题之撰人	出处
刘天迪	蝶恋花	日暮杨花飞乱雪	明人杨基	《词的》卷三
无名氏	忆少年	凄凉天气	明人方孝孺	《古今别肠词选》卷一
同上	祝英台近	海棠开	明人刘基	《汇选历代名贤词府全集》卷四
同上	鹧鸪天	镇日无心扫黛眉	明人柏叶	《众香词御集》

以上词四十首误题撰人姓名,俱未注明。

【补　辑】

丁无悔

丁无悔,无考。

满庭芳

道格天渊[1],令行海岳,凛然名德尊荣。云烟千里,分付笑谈中[2]。川后波神效职[3],潮声细、一鉴涵空[4]。风樯便,蛮珠贯舶,累译更遥通。　　雍容。廊庙手[5],蓍龟先见,日月精忠。自丛机初解[6],眷渥尤隆[7]。共道奇庞福艾[8],衮衣到,宁久居东。谯门晓[9],高牙大纛,辉映醉颜红。

[注释]

①道格天渊:推究道的原理可上至上空,下至深渊。　②“云烟”二句:用晋谢安笑谈答客问破敌之事。　③川后、波神:均指水神。　④一鉴:指水明如镜。　涵空:水波浩瀚包容虚空。　⑤廊庙手:指担重任的大臣。　⑥丛机:天机。　⑦眷渥:眷顾、垂爱。　⑧奇庞:指面庞奇异。⑨谯门:有望楼的城门。

满庭芳

偃屋霜清,棱层烟碧[1],玲珑移在人间。山光林色,常伴主人闲。元有仙风道骨,无心趁、玉简朝班[2]。归来赋,不因五斗[3],谈笑挂衣冠[4]。　　尤难。谁不羡,商山橘乐[5],湄水渔竿[6]。引相君王子,助发幽欢。满泛寿觞多祝,南溟共、比海波澜[7]。君知否,庙堂有意,相与问寒岩[⑧]。

（以上二首见《诗渊》第二十五册，引自孔凡礼《全宋词补辑》）

[注释]

①偃屋：隐居之所。　棱层：高峻突兀。　②玉简：玉制之简，此指做官。　③五斗：用陶渊明不为五斗米折腰典。　④挂衣冠：指辞官隐居。　⑤商山：指商山四皓。　橘乐：唐牛僧孺《幽怪录》记，“巴邛人橘园，霜后两橘大如三斗盎。剖开，有二叟相对象戏。……一叟曰：‘橘中之乐不减商山。’”　⑥渭水渔竿：指姜太公垂钓渭水典。　⑦比：孔凡礼按，疑应为“北”。　⑧寒岩：商代傅说（yuè）筑于傅岩之野，殷高宗知其贤，举以为相，遂中兴。

【补　辑】

杨再可

杨再可，无考。

喜迁莺

腊天初晓，庆五色瑞云，华轩呈绕。紫府真人，丹台仙伯，合降世间荣耀。彩笔素题①，篇翰未减，家声词藻。秀眉宇，俊丰标阀阅②，声名都好。　　富贵长欢笑。此际锦堂，移下蓬莱岛。妙舞蹁跹，清歌宛转，两行翠娥燕赵。劝饮百千钟酒，岁岁朱颜不老。春近也，看香红又怕，小桃开了。

（见《诗渊》第二十五册，引自孔凡礼《全宋词补辑》）

[注释]

①彩笔：五色笔，指文才高妙。南朝梁纪少瑜、江淹均有梦得彩笔而文才大增之事。　②阀阅：功绩和经历。

【补　辑】

刘仲讷

刘仲讷，无考。

水调歌头

昨夜乘秋兴，长啸驭清风。飘然玉宇虚廓，忽到广寒宫。解后姮娥相见[①]，为问中秋诞节，奇特世难同。底事长庚梦[②]，独占此宵中。　　呼金兔，寻玉策，检前踪[③]。自从盘古有月，便有此仙翁。公向人间游戏，月在天衢来往，清气每相通。明月既无尽，公寿亦无穷。

（见《诗渊》第二十五册，引自孔凡礼《全宋词补辑》）

[注释]

①解后：即邂逅。　②底事：何事。　长庚梦：指李白母梦长庚星（太白星）入怀遂生李白事。后喻非凡之人降生。　③金兔：即月中兔。　玉策：神仙名策。　前踪：从前的行迹。

【补　辑】

蒋思恭

蒋思恭,无考。

水调歌头

寿张运使

紫府掣金钥,银汉夜乘槎[①]。老仙暂住幢节[②],来佐玉皇家。翠鬓朱颜好在,肘后有方医国,宝鼎养丹砂。谈笑功名了,身退饭胡麻[③]。　游物外,聚紫脑,炼青芽。星垣寓直有子,曾步八砖花[④]。来岁称觞寿宴,衮绣彩衣交映,重荐枣如瓜。俯首拾瑶草,长啸卧烟霞[⑤]。

[注释]

①“银汉”句:用张华《博物志》有人夜乘浮槎(木筏)游银河事。　②幢节:符节的一种。　③胡麻:芝麻。　④八砖花:指翰林院。用唐李程为翰林学士,性惰,每待日影至阶前八砖方入朝典。　⑤“俯首”二句:指神仙生活。

水调歌头

风流九霞客,名在五云乡[①]。十年出入华禁,簪橐奉君王[②]。黄伞西清日转[③],宝月红鸾影里[④],长近赭袍光[⑤]。彩笔赓歌处,殿阁有馀凉。　跨秋风,凌宝鼎,笑芝房[⑥]。人间争识奇贵,妙帖焕名章。莫羡碧幢金印[⑦],换取玉堂清琐[⑧],翰墨看淋浪。岁岁宫壶酒,雨露带天香。

(以上二首见《诗渊》第二十五册,引自孔凡礼《全宋词补辑》)

[注释]

①五云乡:指朝廷。 ②簪橐:指将笔插入袋中以记事。 ③黄伞:皇帝所用之伞。 西清:宫内游宴之处。 ④红鸾:皇帝的屏风。 ⑤赭袍:皇帝的龙袍。 ⑥秋风、宝鼎、芝房:均为汉郊祀歌。见《汉书·武帝纪》。 ⑦碧幢:绿色军帐。 ⑧玉堂:翰林院别称。

【补　辑】

张成可

张成可,无考。

洞仙歌

薰风池阁,八叶蓂初展。紫府当年侍香案。见蟠桃频着子,偷荐瑶觞,贪醉寐、滴向人间未满。　　青禽传近信,催赴仙班,怪我尘缘未能断。爱吴中山色好,抹日批风[①],蓑共笠,纵有金章不换。待驾鹤遨访访蓬壶,问海水从来,几番增减[②]。

(见《诗渊》第二十五册,引自孔凡礼《全宋词补辑》)

[注释]

①抹日批风:孔凡礼按,"日"当为"月"之误,苏轼有"抹月批风"句。出自《和何长官六言次韵》,指细切月、薄切风以为菜肴。此指亲切自然。　②"问海水"二句:为沧海桑田意。

【补　辑】

丁仲远

丁仲远，无考。

醉蓬莱[①]

正霜融日暖，风淡寒轻，小春时候。后苑疏梅早放，数枝开就。知是花工，预回春气，与作仙翁寿。君看侯门，祥云锁戟[②]，瑞烟笼昼。　天赋麒麟风骨，尽道德耀宗盟，名高星斗。两郡甘棠[③]，惠爱传民口。宣室思贤[④]，锋车促召，行矣应非久。衣锦归来，双亲笑喜，朱颜如旧。

（见《诗渊》第二十五册，引自孔凡礼《全宋词补辑》）

［注释］

①孔凡礼按：《全宋词》3812 页无名氏词，与此词有相同处。　②锁戟：立戟于门，以示显贵。　③甘棠：指官吏于民有惠政。　④宣室：用汉文帝于宣室召贾谊事。

【补　辑】

真知柔

真知柔,无考。

水龙吟[①]

春寿太守

碧宵彩旆垂铃,应南极星躔光燦。巍巍名阀[②],芳传汉相,貂蝉炳焕。德莹冰壶,量包沧海,神钟岩电[③]。向宝储内阁,英摽才华[④],声猷著膺宸眷[⑤]。　荐领名都屏翰[⑥],更循良、歌腾畿甸[⑦]。峻专剧郡,荣登法从,光生尧殿[⑧]。密勿论思,雍容启沃,荣华独冠。愿年年长见,兰芽玉喷,柳梢金嫩。

(见《诗渊》第二十五册,引自孔凡礼《全宋词补辑》)

[注释]

①礼凡礼按:调名原脱,今补。　②名阀:指名门望族。　③岩电:形容人目光有神。见《世说新语·容止》。　④摽(biāo):称扬。　⑤声猷(yóu):声望。　宸眷:帝王的眷顾。　⑥屏翰:镇守一方的长官。　⑦畿甸:京城地区。　⑧尧殿:朝廷美称。

【补　辑】

张时甫

张时甫，无考。

玉楼春[①]

寿平江陈守[②]

姑苏台上春光发，菊老寒轻香未歇。人言太守是龚黄[③]，天为吾君生稷契[④]。　月良庆会俱良月[⑤]。万岁千秋同瑞节。明朝仙领趣提鳌，十万人家齐卧辙[⑥]。

[注释]

①孔凡礼按：此词原脱调名，今补。下首同。　②平江：指江苏苏州。　③龚黄：汉龚胜曾任勃海太守，黄霸曾任颍川太守，皆有惠政于民。　④稷契（xiè）：舜之农官后稷，司徒契。　⑤月良：孔凡礼按，“月”疑为“朋”之误。　⑥卧辙：《后汉书》记淮阳太守侯霸上调进京，百姓卧于辙中，乞留霸任职一年。

玉楼春

蟠桃十月惊春早，春到玉梅枝上小。和羹人物应时生[①]，天上骑鲸生凤沼[②]。　万家宝篆祥烟晓，竞祝史君长不老[③]。夜来南极照元台，见说沙堤新筑了[④]。

（以上二首见《诗渊》第二十五册，引自孔凡礼《全宋词补辑》）

[注释]

①和羹：以调和梅、盐为和羹。喻宰相辅政。　②凤沼：凤池。指中书省，又指宰辅之职。　③史君：疑为“使君”，州郡长官。　④沙堤：凡拜相，于宰相府前至禁中以沙铺路。

【补　辑】

李朝卿

李朝卿,无考。

玉楼春[①]

谪仙暂下金銮殿,开燕瑶池春未晚[②]。飞琼献舞锦靴寒,弄玉吹箫银字暖[③]。　寿觞阿母年年劝,犹道碧桃香尚浅。花开更待几东风,应见年华千岁换。

[注释]

①孔凡礼按:"春"字原脱,据词律补。　②燕:同"宴"。　③弄玉:秦穆公之女弄玉,善吹箫,后升天而去。

玉楼春

炉烟不断腾金兽,香雾入帘波影皱。秋堂锦席艳群仙,不惜绮罗萦舞袖。　昼弦素管春风手[①],娇妙如花轻似柳。劝君须尽眼中欢,绿酒十分千秋寿。

[注释]

①春风手:喻弦技之高。

玉楼春

厌玉为浆麟作□[①]。玉树琼葩长不谢。翠帘绣暖燕归来,宝鸭花香蜂上下[②]。　沙堤佩马催公驾,月白风清天不夜。重来赫赫照岩廊,不动堂堂凝泰华。

[注释]

①厌玉为浆：指酿酒。　孔凡礼按："作"后脱一字，今补"□"。　②宝鸭花香：指鸭形炉中之香如花的香味。

小重山

春正浓时月正圆，华堂初燕喜，两真仙。霞衣相对旧貂蝉，人间少，福寿子孙贤。　□□佳非烟，花光羞粉艳，敢争妍。笑歌声里捧金舡[①]，深深愿，松柏永同坚。

[注释]

①金舡(chuán)：船形酒杯。　舡：同"船"。

鹧鸪天

万里霜空爽气高，翩翩天雁薄云霄。佳祥已协当年梦，岂但非熊可珥貂[①]。　金笏带，紫花袍。朱衣双引玉宸朝[②]。百年富贵须平步，仍有功名信史褒。

[注释]

①非熊：传说周文王出猎前，巫师占卜，预言将"大获，非熊非罴，天遗汝师以佐昌(武王)"，后果得姜太公于渭水边。　珥貂：王公贵族之头饰。　②玉宸：指皇帝。

西江月

盛德须知异禀[①]，天教占尽秋光。一轮明月照华堂，荐寿笙歌嘹亮。　座上簪缨并列，庭前兰玉成行。只应难老胜松篁，五福人间共仰[②]。

[注释]

①异禀:奇特的天赋。 ②五福:《尚书·洪范》以寿、富、康宁、攸好德、考终命为五福。

踏莎行

月挂琼钩,日添绣线,骑花翻浪重帘卷。风传环佩晓珊珊,画堂羯鼓催开宴[1]。 翠缕香凝,玉膏酒滟,仙翁莫诉玻璃满。凤衔丹诏下云电[2],千秋长在黄金殿。

[注释]

①羯鼓:泛指乐器。 开宴:开宴会。 ②凤衔丹诏:东晋时后赵石虎有制木凤凰衔诏书之事。 云电:"电"字失律,疑为"霄"字之讹。

鹧鸪天

九凤箫低彩雾高,鸾车鹤驭下层霜[1]。天教来辅长生帝,宝殿千秋侍赭袍。 飞急召,促归朝。沙路稳为马蹄娇[2]。功成并画兰台上,奎画重看御赞褒[3]。

(以上八首见《诗渊》第二十五册,引自孔凡礼《全宋词补辑》)

[注释]

①层霜:不辞,且失韵。"霜"疑为"霄"字之讹。 ②沙路:即拜相后,门前沙土铺路。 ③奎画:皇帝的手笔。

【补　辑】

谈元范

谈元范，《全宋词补辑》言："《齐东野语》卷十、《吴兴备志》卷二十八有吴兴人谈重，字元鼎，宁宗时人。不知与元范有无干涉。"

青玉案

虾须帘上银钩小，筵内轻寒绕。红叶徵香侵语笑[①]。金钗珠履，凤萧龟鼓[②]，疑是蓬莱岛。　萱堂日日春生貌[③]，嫩绿休然鬓边好。赋得修龄应不少。年年长见，画梁双燕，楼外青袍草。

（见《诗渊》第二十五册，引自孔凡礼《全宋词补辑》）

［注释］

①徵：疑当作"微"。　徵香：微微之香气。　②孔凡礼按："萧"当为"箫"字之误。　③萱堂：母亲。

【补　辑】

倪翼周

倪翼周，无考。

青玉案

烟浓水淡荷香残，近翠幕、闻弦管。逸气棱层冲碧汉。绝无凡骨，炼成铅鼎，未许童颜换。　长门深锁文君院[①]，前度蛮笺泪痕满[②]。为问乘槎人不远。只消丹桂[③]，一枝分付，早早随伊愿。

[注释]

①文君：指卓文君与司马相如的故事。　②蛮笺：蜀地所产彩色花纸，此指情书。　③丹桂：指科举及第。

青玉案

四时令节惟重九，况此日、逢佳偶。金菊已花杯有酒。瑶池宴罢，一枝斜插，好作渊朋友[①]。　翠眉淡淡匀宫柳[②]，比似年时更清瘦。双绾带儿新结就。长情恩爱，随家俭约，素与君同寿。

[注释]

①渊朋：当为“渊明”之讹。　②宫柳：言眉如柳叶。

青玉案

薰风解尽吾民愠[①]，正蓬渚芳遍。昨夜商周生伊旦[②]。

从来仁者，仲尼称寿，更捧金杯劝。　　我有诗词三百卷，待留取、频频献。且看明年秋欲半。紫薇花下，绿槐阴外，天语颁新宴③。

[注释]

①愠（yùn）：恼怒。　②伊旦：伊尹、周公旦，曾分别为商、周宰相，有盛德。　③紫薇花：指中书省。　绿槐阴外：指宰相府。　天语：帝王诏命。

青玉案

熙春堂下花无数，红紫映、桃溪路。蝶往蜂来知几许。翠筠亭外，绿阳堤畔，时听娇莺语。　　绮筵罗列开樽俎①，况总是、神仙侣。竞举笙歌持玉醑。介公眉寿②，年年此日，常与花为主。

（以上四首见《诗渊》第二十五册，引自孔凡礼《全宋词补辑》）

[注释]

①樽俎：酒宴。　②眉寿：高寿。

【补　辑】

段　倚

段倚，无考。

醉蓬莱

正星杓首舍①，月律开祥②，嗣兴芳序。梦协长庚，诞清朝仪羽。运继姬周，庆流嵩岳，认再生申甫③。职尹京华④，功宣国计，声猷兼著⑤。　子建文章，懿侯宗范，叔度襟怀，紫芝眉宇⑥。燕启佳辰，满东风兰雾。脆管繁弦，绣茵檀板，会饭中仙侣。世仰真贤，朝尊大老，长亲尧主。

（见《诗渊》第二十五册，引自孔凡礼《全宋词补辑》）

[注释]

①星杓：北斗七星。　②月律：乐律与时令相合，称月律。　③嵩岳、申甫：传周代贵族申伯、甫侯乃嵩岳之神降世，见《诗经·大雅·崧高》。　④"职尹"句：谓京城府尹。　⑤声猷：声望。　⑥紫芝：唐元德秀之字。《新唐书》卷一百九十四房琯称"紫芝眉宇，使人名利之心都尽"。

【补　辑】

贺　及

贺及，无考。

新荷叶

莲萼飘香，金风乍扇轻凉。郁郁葱葱，瑞烟萦绕华堂。星辰孕秀，良霄梦、吉协熊祥[①]。紫芝眉宇，莹然如峙圭璋[②]。　忠孝传芳，集庆门、奕世簪裳[③]。他日岩廊，致君直上虞唐。百千椿算[④]，争期并、鹤老龟长。年年今日，会拼一醉觥觞。

（见《诗渊》第二十五册，引自孔凡礼《全宋词补辑》）

[注释]

①熊祥：生男之典。　孔凡礼按："霄"当为"宵"之误。　②圭璋：玉器，喻人品高洁。　③奕世：累世。　④椿算：椿龄，长寿。

【补 辑】

傅伯达

傅伯达,无考。

沁园春

白帝司权[①],炎宫回驭[②],一叶报秋。正银河高泻,金风扇,冰轮将满,火伞初收。吴越传芳,斗牛钟秀,间世生贤谁与俦。那堪更负,过人才气,济世谋猷。 风流花县优游[③],有善政廉名达郡侯。鹗书朝荐,泥封暮召,荣登闺籍[④],平步瀛洲[⑤]。歌驻行云,舞翻回雪,寿酒深倾碧玉瓯。从今愿,愿龄齐鼻祖[⑥],名在丹丘[⑦]。

(见《诗渊》第二十五册,引自孔凡礼《全宋词补辑》)

[注释]

①白帝:五方之帝,居西方。 ②炎宫:当为“炎官”之误。 ③花县:晋潘岳为河阳县令,满县种桃李,有“河阳一县花”之称。 ④闺:孔凡礼按,疑应作“桂”。 桂籍:科举名册。 ⑤步瀛洲:唐太宗曾于文学馆中绘十八学士像,入选者人称“登瀛洲”。 ⑥鼻祖:指彭祖。 ⑦丹丘:指仙境。

【补　辑】

郑达可

郑达可，无考。

满庭芳

肥绽梅红，嫩翻荷绿，微凉时起青蘋。人间福艾[①]，都属老人星。累建高牙大纛。循良治、是处彬彬。棠阴里，丰碑纪德，仁爱浃生民[②]。　纶巾。风物裹，一筇徒倚，傲睨寰瀛[③]。况清朝黄髮[④]，尤急咨询。第恐商山芝客[⑤]，岂容便、蝉蜕功名。他时看，腰横玉带，朱紫列云仍。

[注释]

①福：《尚书·洪范》所指之五福。　艾：五十岁以上为艾。　②浃(jiā)：施惠。　生民：百姓。　③寰瀛：海内、全国。　④黄髮：指老人。⑤商山：指商山四皓，隐居者。

念奴娇

嫩凉如水，正一天风露，秋容如沐。明日中秋今夜月，千里清辉光足。周室姬公，唐家元轨[①]，来亨人间福[②]。老人星瑞，光芒南照檐曲[③]。　行看裂土分茅[④]，朱颜青鬓，好称腰横玉[⑤]。便挽银河斟北斗，倾作千钟醽醁。子舍荣华，孙枝赫奕，茂盛同松竹。尊前欢笑，竞将椿算为祝。[⑥]

（以上二首见《诗渊》第二十五册，引自孔凡礼《全宋词补辑》）

[注释]

①元轨：犹正传、谪系。　②来亨：孔凡礼按，“亨”当为“享”。　③檐

曲:房檐。 ④裂土分茅:即分封诸侯,以茅包土授之。 ⑤称腰横玉:按腰的尺寸佩玉带,指当高官。 ⑥孔凡礼按:“周室姬公”云云,似所寿者为宗室。

【补　辑】

臧馀庆

臧馀庆，无考。

南歌子

橘里风烟好[①]，壶中日月长[②]。松身鹤髪自安强，应有老人呈瑞、动光芒。　　酒饮无边酒，香烧不断香。从今乞与醉为乡，更醉百年三万、六千场[③]。

［注释］

①橘里：指巴邛人橘园中大橘剖开，有二叟坐于其中，对弈事。　②壶中：指仙界。　③“更醉”句：应断句为“更醉百年、三万六千场”。

鹧鸪天

天与君王管晏才[①]，尚书两曳履声来[②]。今朝望省楼头看，已有台星照斗魁[③]。　　金蹀躞[④]，玉崔嵬。天香满袖早朝回。中书尚享无穷考，长揖南风醉寿杯。

［注释］

①管晏：春秋时管仲相齐桓公，晏婴相齐景公，于国有功。　②“尚书”句：汉尚书郑崇多次进谏，汉哀帝闻其履声知其人来。　③台星：指三台星。　斗魁：北斗星中的第一星，主文运。　④蹀躞（dié xiè）：佩带上的饰物名。

鹧鸪天

寿菊才开三四葩，秋光着意主人家。清香未许人间识，先占重阳醉紫霞。　儿绿绶[1]，母金花[2]。斑衣庭下乐无涯。要知他日中书考，细数沙堤堤上沙。

[注释]

①绿绶：指做官。　②金花：皇帝授予有功之臣的母亲或妻子的头饰。

感皇恩

消息近春来，东风还又。先借椒盘劝金斗[1]。坐间和气，压尽一番梅柳。掖庭频寓直[2]，君恩厚。　天佑两宫，南山齐寿。况有仙丹在公手。论功医国[3]，合在药王之右。不妨千岁饮，长生酒。

[注释]

①椒盘：古时正月初一用盘进椒，饮酒时将椒置酒中。　②掖庭：门下、中书两省在宫中左右掖。　寓直：值班。　③医国：治理国家。

感皇恩

南岳有真仙，人间祥瑞。酒量诗豪世无比。晚年林下[1]，做个清闲活计。诮如千岁鹤，巢云际。　此日大家，广排筵会。酒劝千钟莫辞醉。昔时彭祖，寿年八百馀岁。十分才一分，那里暨[2]。

[注释]

①林下：指隐居。　②暨(jì)：到。

感皇恩

交广出沉香[①]，路遥难致。何况卑人更不易。寿星香帕，我又几曾识置。有般祝寿底，忺忔戏[②]。　剪下一张，池州表纸[③]。捻得轻圆更滑腻。五双纸捻，管打十个喷嚏，□□□□儿[④]，一百岁。

（以上六首见《诗渊》第二十五册，引自孔凡礼《全宋词补辑》）

[注释]

①交广：指两广一带。　②忔（qì）戏：可喜，可爱。　③池州：今安徽贵池。　④孔凡礼按：此处缺四字，按律补四“□”。

【补　辑】

胡　于

胡于,无考。

鹧鸪天

寿

去日清霜菊满丛,归来高柳絮缠空。长驱万里山收瘴,径度层波海不风[①]。　阴德遍,岭西东。天教慈母寿无穷。遥知今夕称觞处,衣彩还将衣绣同。

[注释]

①层波海不风:海无风而起层层水波。

鹧鸪天

阿母蟠桃下记春[①],长沙星里寿星明。金花罗纸新裁诏,具叶傍行别绶经[②]。　同龙子[③],祝龟龄。天教二老鬓长青。明年今日称觞处,更有孙枝满谢庭。

[注释]

①孔凡礼按:"下"当为"不"。　②具叶:孔凡礼按:"具"疑应作"贝"。　③龙子:皇帝的后代。

鹧鸪天

楚楚吾家千里驹,老人心事正开渠[①]。风流不减庭前玉,爱惜真如掌上珠。　纡绿绶[2],荐方壶。老人沉醉弟兄扶。问将何物为儿寿,付与家传万卷书。

[注释]

①开:孔凡礼按,疑应作“关”。　②纡绿绶:垂绿色绶带。

鹧鸪天

袅袅薰风响珮环,广寒仙子跨青鸾[1]。谁教瑞世仪周间,自赋多才继小山[2]。　铃阁静[3],画堂闲。衮衣象服镇团栾[4]。年年此日称觞处,留待菖蒲驻玉颜。

(以上四首见《诗渊》第二十五册,引自孔凡礼《全宋词补辑》)

[注释]

①青:《全宋词》作“清”。　②小山:北宋晏几道号小山,有《小山词》。　③铃阁:指将帅之帐。　④衮衣:帝王、高官之服。　象服:王后与诸侯夫人以绘画为饰之服。

【补　辑】

中国章

中国章,无考。

鹧鸪天

十载分符衣绣衣[①],裳阴处处浙东西[②]。政成已可书银笔,词鹿仍堪付雪儿[③]。　春未半,日方迟。御沟金袅柳如丝。凤池留得梅花住,欲与先生荐寿卮。

(见《诗渊》第二十五册,引自孔凡礼《全宋词补辑》)

[注释]

①符:指符信。　②裳:孔凡礼按,当为“棠”。棠阴,此指惠政。③雪儿:指歌者。

【补　辑】

陈日章

陈日章，无考。

鹧鸪天

内乐清虚息万缘，逍遥真是地行仙①。徙他玉带金鱼贵②，听我纶巾羽扇便③。　倾九酝，祝长年。休辞潋滟十分舡。来年此日称觞处，定有重孙戏膝前。

（见《诗渊》第二十五册，引自孔凡礼《全宋词补辑》）

[注释]

①地行仙：指隐居山林。　②玉带、金鱼：朝官所佩。　③纶巾羽扇：名士所喜之物。

【补　辑】

李景良

李景良,无考。

鹧鸪天

清晓祥云绕碧天,老人星忽下南躔[①]。庭兰共酌长生酒[②],持上华堂彩侍前。　开绮席,舞朱颜。轻红莲叶荐金盘。沉香小院浑先暑,更有杯传数百年。

(见《诗渊》第二十五册,引自孔凡礼《全宋词补辑》)

[注释]

①老人星:指南极星,古以为南极星主寿。　躔:足迹。运行轨道。
②庭兰:指优秀子弟。

【补　辑】

张思济

张思济，无考。

鹧鸪天

衣润红绡梅欲黄，几年欢意属华堂。红颜阿母逢占虺[①]，班鬓儿童尽举觞[②]。　麟作脯[③]，玉为浆。从今三万六千场。桑麻休说桑田变，自是经门日月长。

（见《诗渊》第二十五册，引自孔凡礼《全宋词补辑》）

[注释]

①占虺(huǐ)：谓梦虺而生女。　②班：孔凡礼按，当作“斑”。　③麟脯：神仙所食。

【补　辑】

李夫人

李夫人,不详。《全宋词补辑》云:"以下三词,乃分别出现,不知为几人作,《诗渊》皆谓'宋李夫人'作。今姑系为一人之作。"

减字木兰花

幕天席地,瑞脑香浓笙歌沸。白纻衣轻[1],鵁发霜髯照座明[2]。　　轻簪小珥,却是人间真富贵。好着丹青,画与人间作寿星。

[注释]

①白纻:白麻布。　②鵁:孔凡礼按,疑当作"鹤"。

蝶恋花

急鼓疏钟声报晓。楼上今朝,卷起重帘早。环佩珊珊香袅袅,尘埃不到如蓬岛。　　何用珠玑相映照。韵胜形清[1],自有天然好。莫向尊前辞醉倒,松枝鹤骨偏宜老。

[注释]

①韵清:风韵高雅。

瑞鹧鸪

新晴庭院暑风轻,瑞气朝来特地清。霞帔羽衣�竹杖[①]，萱堂真有寿星明。　　自来忠孝传家世，所以芝兰满户庭。簪笏成行称寿处[②]，老来皆已鬓星星。

（以上三首见《诗渊》第二十五册，引自孔凡礼《全宋词补辑》）

［注释］

①霞帔：唐宋时命妇所披之饰物。　②簪笏：朝官上朝时所带之簪笔与笏板，代指高官。

【补　辑】

张　藻

张藻,无考。

望海潮

露零金井,尘清玉宇,双荚呈瑞新秋。佳气郁葱,祥烟缭绕,玉门初诞风流。宾客竞回眸。庆虎头食肉[①],燕颔封侯[②]。骨相非凡,便宜谈笑上瀛洲[③]。　青衫莫欢淹留[④]。有儿孙兰玉,不负箕裘[⑤]。莲幕向来[⑥],花城今日[⑦],不妨小试良筹。名姓在金瓯[⑧]。看佩珂鸣玉,促侍宸旒。直待功成名遂,归作赤松游。

(见《诗渊》第二十五册,引自孔凡礼《全宋词补辑》)

[注释]

①食肉:指做官。　②"燕颔"句:"生燕颔虎头,飞而食肉,此万里侯相也。"见《东观汉记》卷十六。　③便(biàn)宜:对国家有利的事。　④欢:孔凡礼按,疑当作"叹"。　⑤箕裘:指继承父业。　⑥莲幕:幕府。　⑦花城:用潘岳在河阳令上,县内遍植桃李典。此指任县令。　⑧金瓯:唐玄宗任命宰相,书其名姓覆于金瓯之下。

【补　辑】

胡文卿

胡文卿，无考。

虞美人

枢庭喜庆生辰到[①]，仙伯离蓬岛。鲁台云物正呈祥[②]，绣线工夫从此、日添长。　满斟绿醑深深劝，岁岁长相见。蟠桃结子几番红，笑赏清歌声调、叶黄钟[③]。

[注释]

①枢庭：枢密院。　②鲁台云物："公既视朔，遂登观台以望，而书，礼也。凡分、至、启、闭，必书之物。"见《左传·僖公五年》。后以指冬至或夏至日之习俗。　③叶（xié）：相和。

虞美人

香烟绕遍兰堂宴，香鸭珠帘卷[①]。香风转后送韶音，香酝佳筵今日、庆佳辰。　香山烧尽禽飞放，香袖佳人唱。香醪满满十分斟，香信传时延寿、保千春。

[注释]

①香鸭：指鸭形香炉。

虞美人

寿香烟篆金炉细，寿酒邀宾至。寿筵两畔列红妆，寿曲仙音一品、舞霓裳。　寿星高挂生祥瑞[①]，寿祝长生意。寿杯满劝庆遐龄，寿比南山松柏、永长春。

[注释]

①寿星：指南极星。古以为此星主寿。

虞美人

香云佳气交盘结，又庆生申节[①]。满堂簪绂奉霞觞[②]，瑞应台躔南极、见光芒[③]。　心田积累阴功足，来受人天福。从今几度见河清[④]，笑傲壶中日月[⑤]、镇长春。

[注释]

①生申：用贵族申伯、甫侯乃嵩岳之神降世之典，美称人的生日。②簪绂：冠簪与缨带，古制礼服，喻显贵。　③台躔（chán）：三台星行迹。古以三台配人间三公。　④河清：黄河清，喻太平祥瑞。　⑤壶中日月：指仙境。

虞美人

昨霄南极星光现[①]，今日开华宴。朱颜翠鬓占春多，且向博山香袅、卷金荷[②]。　龟游鹤舞千年寿，更酌千钟酒。满庭佳客捧殷勤，此日蒲菊新绿、瓮头春[③]。

[注释]

①霄：孔凡礼按，当为“宵”。　②金荷：酒杯。　③孔凡礼按：“菊”当为“萄”。

阮郎归

良辰佳景列华筵，笙歌奏管弦。位居荣显子孙贤，功名事双全。　　庆祝寿，拜尊前。重重福禄坚。愿如彭祖寿齐年[①]，金杯劝寿仙。

[注释]

①彭祖：传说活了八百岁的寿星。

阮郎归

谢娘诗礼有家风[①]，吹窗清昼同。笑言偕老与梁鸿[②]，闺门喜气融。　　来月殿，下珠宫。人间春意浓。一樽仙酝祝芳容，蟠桃千岁红。

[注释]

①谢娘：指晋谢道韫，有文才。　②梁鸿：东汉梁鸿家贫不仕，为人舂米，其妻孟光仍敬重之，有“举案齐眉”的佳话。

阮郎归[①]

薰风吹尽不多云，晓天如水清。哦松庭院忽闻笙，帘疏香篆明。　　兰玉盛，凤和鸣。家声留汉庭。犹鞍长傍九重城，年年双鬓青。

（以上八首见《诗渊》第二十五册，引自孔凡礼《全宋词补辑》）

[注释]

①孔凡礼按：此词《全宋词》别见，为侯寘词。

【补 辑】

杨道居

杨道居,无考。

蝶恋花

气禀五行天与秀。瑞见枢延[①],况是黄钟奏。日影量来添午昼,柳梅消息年时候。　红粉吹香帘幕透。深院笙歌,劝饮金钟酒。乐事赏心千岁有[②],黑头人做三公有。　(见《诗渊》第二十五册,引自孔凡礼《全宋词补辑》)

[注释]

①延:孔凡礼按,疑应作“廷”。　②“乐事”句:古以良辰、美景、赏心、乐事为人生四美。

【补　辑】

史佐尧

史佐尧，无考。

苏幕遮

柳垂金，梅褪玉[①]。昴宿呈祥[②]，符应生公族。盖世功名夸九牧[③]。黼衮褒扬[④]，庆阀辉南北[⑤]。　赐宫醪，分笃耨[⑥]。天与长生，谩把仙椿祝。好继平阳腾茂躅。富贵千秋，饮听瑶池曲。

（见《诗渊》第二十五册，引自孔凡礼《全宋词补辑》）

[注释]

①梅褪玉：指梅花凋谢。　②昴（mǎo）宿：传说汉名相萧何乃昴星降世。　③九牧：九州，全国。　④黼衮（fú gǔn）：帝王、重臣之礼服。　⑤庆阀：世宦门前表彰功绩的柱子。　⑥耨：孔凡礼按，当为"耨"，本草有"笃耨香"。

【补　辑】

徐去非

徐去非，无考。

满庭芳

凤历书元[①]，龟图画泰[②]，瑞蓂两两初开。舞风仙子，飞雪拥春来。平荡人间险秽，端为你没点尘埃。清明世，冰辉太洁，鸥鹭莫惊猜。　　儿孙，同劝寿，桃添西阆，兰绕南陔[③]。看琼玉妆成，万瓦楼台。飘洒风流酥满盏，浑疑醉，月影蓬莱。从今去，诗高未老，占化尽多才。

[注释]

①凤历：日历。　②龟图：指河洛神龟负书图而出，指祥瑞。　③兰绕南陔：旧谓《诗经·南陔》（有目无诗）所写乃是人子侍奉父母之事。

锦被堆

一种两容仪，红共白、交映南枝[①]。紫霞仙指冰翁语，花如醉玉，香同臭雪，别样风姿[②]。　　相守岁寒期，春造化、密与天知。羞将脂粉隈桃李，独先结实，还同戴胜，归宴瑶池。

[注释]

①红共白：指白雪与红梅。　②臭（xiù）：气味。

卷珠帘[①]

祥景飞光衮绣。流庆昆台，自是神仙胄。谁遣阳和放春透，化工重入丹青手。　　云筝锦瑟争为寿。玉带金鱼，共愿人长久。偷取蟠桃荐芳酒，更看南极星朝斗。

（以上三首见《诗渊》第二十五册，引自孔凡礼《全宋词补辑》）

[注释]

①孔凡礼按：此词《全宋词》别见，为张元幹词。

【补 辑】

舒大成

舒大成,无考。

点绛唇①

祝寿筵开,华堂深映花如绣。瑞烟喷兽,帘幕香风透。　一点台星,化作人间秀。韶音奏,两行红袖,争劝长生酒。

(见《诗渊》第二十五册,引自孔凡礼《全宋词补辑》)

[注释]

①孔凡礼按:此词《全宋词》别见,为姜夔词。

【补　辑】

贾少卿

贾少卿，未考。

临江仙

月寺星轺尘梦断[①]，如今平地仙人。烟霞卷起旧精神。香焚金鸑鷟[②]，书奏玉麒麟。　闻道枫宸求侍从[③]，看庆命重新[④]。且将风月剩酬身。樽中长有酒，花下不辜春。　（见《诗渊》第二十五册，引自孔凡礼《全宋词补辑》）

[注释]

①星轺（yáo）：帝王使者所乘之车，代指使者。　轺：轻便小车。②鸑鷟（yuè zhuó）：凤凰之类。此指香炉之图案。　③枫宸：皇宫。　④庆命：诏命。

【补　辑】

陆汉广

陆汉广,无考。

江城子

绿莺庭院燕莺啼。绣帘垂,瑞烟霏。一片笙箫,风过彩云低。疑是蕊宫仙子降,翻玉袖,舞瑶姬。　冰姿玉质自清奇。看孙枝,列班衣[①]。画鼓新歌,喜映两疏眉[②]。袖里蟠桃花露湿,应不惜,醉金卮。

(见《诗渊》第二十五册,引自孔凡礼《全宋词补辑》)

[注释]

①孔凡礼按:"班"疑为"斑"之误。　②疏眉:寿眉。

【补 辑】

王阜民

王阜民，无考。

临江仙

家法从来师静治，赵张高掩前踪。清才八斗继宗风[①]。年年正月尾，桃李满城中。　已把长江成九酝，请将太白浮公[②]。更移春槛向房栊[③]。有花虽解语[④]，莫负锦薰笼。

（见《诗渊》第二十五册，引自孔凡礼《全宋词补辑》）

［注释］

①才八斗：晋谢灵运言"天下才共一石，曹子建独得八斗"。　②太白：李白。　浮公：指仙人浮丘公。　③房栊：指窗。　④"有花"句：即解语花，原指杨贵妃，后指美人。

【补　辑】

霍安人

霍安人,无考。

感皇恩

十月小春天,梅飘香细。九叶尧蓂已呈瑞。寿阳仙子,暂降羽衣环珮。林间风味[①],别人难比。　齐眉共庆[②],劝声鼎沸。有子知书继家世。兼金五福,行被君恩宠贲[③]。愿祈龟鹤算,千千岁。

[注释]

①林间风味:指隐居。　②齐眉:指夫妻互敬,用孟光梁鸿典。③宠贲:宠赐。

醉蓬莱

正朱明时候,院宇清和,庆逢佳节。梦应熊罴[①],尧蓂翻三叶。罗绮如云,寿杯争劝,竞起歌新阕。瑞气氤氲,祥云缭绕,玉炉频爇。　溪室封功[②],几多勋业,首冠今朝,一时英杰。得配侯门,岂不惭疏拙。彩凤和鸣,早膺荣擢,增盛斑衣列。福禄无穷,年过卫武[③],辉光阀阅。

[注释]

①熊罴:指生贵子。　②溪室:未详,或曰指中书省。　③卫武:卫武公,春秋诸侯,寿九十五岁。　卫:孔凡礼按,疑应为“魏”。　魏武:即曹操。

满庭芳[1]

桐叶霜干，芦花风软，晓来一色新秋。碧光无际，良夜月明楼。瑞应长庚入梦，钟奇秀、特产贤侯。堪夸处，雄姿英发，连箭射双雕[2]。　回头。思往事，皂囊三进[3]，豪气冲牛。记前回凤诏[4]，空下南洲。冷笑浮云坠甑[5]，鲈鱼美、归老扁舟[6]。祝君寿，青山不尽，绿水自悠悠。

（以上三首见《诗渊》第二十五册，引自孔凡礼《全宋词补辑》）

[注释]

①孔凡礼按："庭"原作"夜"，据律改。　②射双雕：隋长孙晟、唐高骈均有一箭双雕之事。　③皂囊：汉制，群臣上书机密，则封以皂囊。　④凤诏：诏书。　⑤坠甑：《后汉书》载郭敏携甑坠地，不顾而去。喻事已过去，不必在意。　⑥"鲈鱼美"句：用张翰弃官归乡之事。

【补 辑】

张 埴

张埴(zhí),字养直,号卢滨,吉水(今属江西)人。其生年晚于刘克庄。早游湖湘间,有诗名。有《情性集》不传。

失调名

小轩生日

玉宇风清,金茎露爽[①],五日新秋。正好小轩,相逢初度,七十边头。　　满前白髮翛翛[②],有抱得曾孙弄否。从此长看,星明南极,人醉西楼。

(见《诗渊》第二十五册引《情性集》,引自孔凡礼《全宋词补辑》)

[注释]

①金茎:指擎承露盘的铜柱。　②翛翛(xiāo):毛羽无光泽。

浣溪沙

水仙花

水上轻盈步月明[①],凌波仙子袜生尘。是谁招此断肠魂。　　种作寒花愁绝意,含香艳素欲倾城。并芳难弟与难兄[②]。(据《四库全书》别集类《方是闲居士小稿》卷下辑补)

[注释]

①水上句:此词隐括黄庭坚《王充道送水仙花五十枝,欣然会心,为之作咏》诗语而成。一句与二句,即山谷一、二句之倒文,略更数字而已。馀亦类比。　②难弟与难兄:言兄弟俱优,难分高下。《世说新语·德行》,陈太丘评陈元方及弟季方云"元方难为兄,季方难为弟"。

【补　辑】

希　叟

希叟，无考。

瑞鹤仙

燕堂秋未老[①]。正木犀香散，芙蓉红小。门阑瑞烟绕。望银河月暗，寿星偏照。碧霞道要[②]，有真人、亲传最妙。况桃源旧约[③]，重寻鬓髮，胜如年少。　缥缈。六铢衣降，九转丹成，五云齐到。十洲三岛。神仙路，终须到。对芝兰玉树[④]，宝杯交劝，何惜玉山醉倒[⑤]。看乘鸾跨鹤，归来洞天未晓[⑥]。

（见《诗渊》第二十五册，引自孔凡礼《全宋词补辑》）

[注释]

①燕堂：退隐安居之地。　②碧霞道要：指成仙之道。　③桃源旧约：指陶渊明归隐事。　④芝兰玉树：指优秀子弟。　⑤玉山醉倒：嵇康酒后如玉山倾倒。　⑥洞天：指仙境。

【补　辑】

沈元实

沈元实,无考。

水调歌头

金关五云里,玉座太微间[①]。凌虚新就燕间[②],宣唤侍臣班。丹扆坐移前席[③],禁漏声传高阁,喜气满龙颜。天语眷畴昔,政路稳跻攀。　酒如渑,香袅穗,寿南山。橙黄橘绿,樽前辉映菊花团。清晓凉风凝露,晴昼秋光满院,岁岁奉君□[④]。待看云台画[⑤],荣观侈人寰。

(见《诗渊》第二十五册,引自孔凡礼《全宋词补辑》)

[注释]

①太微:星名。　②燕间:宴会之所。　③丹扆(yǐ):皇帝座后的红色屏风。　④孔凡礼按:此处脱一字。　据此补“□”。　⑤云台画:汉明帝曾给中兴功臣三十二人像绘于洛阳南宫云台。

【补　辑】

游子蒙

游子蒙，无考。

满江红

春玉苍山，屏星暖、佳辰难得。看柳眼梅金[①]，全似海沂春色。和气欢声俄尔许，祥烟瑞霭今何夕。是风流、儒雅黑头公，悬弧日。　　福不尽，贵无敌。愿岁岁，见华席。捧霞觞称寿，寿如南极。见说蟠桃花正发，柔风暖日瑶池碧。待他年、结子欲成时，留君摘。

［注释］

①梅金：指梅子成熟。

满江红

雪坞霜林，一夜报、春归消息。看是处、春回柳眼，粉匀梅额。和气已欣回北陆[①]，寿星更喜明南极。问四井、节物奉谁欢，辽东客[②]。　　熊罴旦[③]，非常日。珠履闹[④]，金钗密。指双溪千顷，共斟琼液。不用殷勤千岁祝，姓名已上神仙籍。但时从、王母借蟠桃，躬亲摘。

（以上二首见《诗渊》第二十五册，引自孔凡礼《全宋词补辑》）

［注释］

①北陆：星名，二十八宿之虚宿。　②辽东客：用《搜神后记》记辽东人丁令威学道成仙、化鹤归乡事。　③熊罴：指生男孩。　④珠履：指珠饰之鞋子。春申君之上客，皆以珠饰鞋。

【补　辑】

贾　逋

贾逋,无考。

清平乐

薰梅染柳,借得东君手。柳色梅香到樽前,摅写才华八斗[①]。　当年占梦佳辰,今年乐事尤新。日侍玉皇香案[②],钧天日月常春。

（见《诗渊》第二十五册,引自孔凡礼《全宋词补辑》）

[注释]

①才华八斗:指曹植。　②玉皇:指皇帝。

【补　辑】

吴文若

吴文若，无考。

蝶恋花

玉宇生凉秋恰半。月到今霄[①]，分外清光满。兔魄呈祥冰彩烂[②]，广寒仙子生华旦[③]。　聪慧风流天与擅，淑质冰婆[④]，本是飞琼伴[⑤]。□领彩衣椿祝劝，蟠桃待熟瑶池宴。　（见《诗渊》第二十五册，引自孔凡礼《全宋词补辑》）

[注释]

①孔凡礼按："霄"当为"宵"之误。　②兔魄：指月。　冰彩：疑为冰影之坏字。冰影，指月。　③广寒仙子：嫦娥。　④婆：孔凡礼按，当为"姿"。　⑤飞琼：西王母的侍女。

【补　辑】

去　非

去非,《全宋词补辑》云:“宋人名或字以‘去非’称者甚多。陈与义字去非;《全宋词》有冯去非;《诗渊》有‘宋实斋王去非’;其第十二册又有《题紫霞洲》之宋人‘去非’;本辑又有徐去非。不知孰是。”姑录于此。

满庭芳[①]

龙角辉春[②],蛾春惊晓,梦兰金翠屏开[③]。异芬薰室,风送蕊仙来[④]。玉女擎香沐浴,人间世、洗彻凡埃。梅开后,留花酝染,清味俗难猜。　　东君,尤雅爱,传香芳畹,香发庭陔[⑤]。宁馨满樽前,喜奏瑶台。便好纽为佩王[⑥],瀛洲路、同赏蓬莱。蟠桃宴,从今曼倩[⑦],三□骋奇材[⑧]。

(见《诗渊》第二十五册,引自孔凡礼《全宋词补辑》)

[注释]

①孔凡礼按:此词原脱去调名,而又分为两首。今补调名,合为一首。②龙角:星宿名,二十八宿之东方苍龙七星。　③梦兰:指怀孕。　④蕊仙:指蕊宫仙子。　⑤庭陔:庭前台阶。　⑥王:孔凡礼按,当为“玉”。　⑦曼倩:东方朔字曼倩,汉武帝时人。传说曾三窃西王母蟠桃。　⑧三:孔凡礼按,“三”下,不知为何字,上半不清,下半为“禑”。

【补　辑】

潘熊飞

潘熊飞，无考。

南乡子

十日后重阳，甘菊阶前满意黄。生日无钱留贺客，何妨。尚有儿曹理寿觞。　双鬓已沧浪，休问金门与玉堂[①]。二仲相期三径在[②]，徜徉。何用功成似子房[③]。

（见《诗渊》第二十五册，引自孔凡礼《全宋词补辑》）

［注释］

①金门：原为宫殿名，后指官署。　玉堂：指翰林院。　②“二仲”句：《初学记》卷十八汉赵岐《三辅决录》，“蒋诩字元卿，舍中三径，唯羊仲、裘仲从之游。”二仲辞谢封官，隐居山林。　③子房：汉张良，字子房。

【补　辑】

黄庭佐

黄庭佐,《全宋词补辑》以词中有"谁与复神州"之句,谓"当为南宋人"。

水调歌头

露着桂枝晓,霜护菊篱秋。无尘玉宇南极,一点瑞光浮。嵩岳精英瑞世,河洛图书寓直①,琳馆奉宸游②。独袖功名手,谁与复神州。　　带垂金,头尚黑,紫绮裘。年年今日,灵寿扶出富民侯。应为娉婷一笑,烂醉葡萄新熟,明月满西楼。西北雨峰峙③,端与寿山侔。

(见《诗渊》第二十五册,引自孔凡礼《全宋词补辑》)

[注释]

①河洛图书:即河图、洛书,指太平祥瑞。　②宸:指皇帝。　③雨:孔凡礼按,疑应作"两"。

【补　辑】

赵　□

赵□，下收残句出南宋郑元佐所引，谓为御制①。当为南宋某皇帝。

失调名

鱼游春水

寸心千里。

（《新注朱淑真断肠诗集》后集卷一《暮春有感》引，引自孔凡礼《全宋词补辑》）

[注释]

①御制：笃文按：此指赵传。据《复斋漫录》云，“政和中有中贵使越州回，得词于古碑……命大晟府填腔，因词中语，赐名鱼游春水。”该词调名《鱼游春水》，结句有“云山万重，寸心千里”。

【补 辑】

吴 氏

吴氏,《全宋词补辑》云:《宋史》卷一百六十一《艺文七》:"吴氏《符川集》一卷(原注:不知名)。《全宋词》有"吴氏",乃王安石之妻;《全宋词》又有吴氏,乃妇人,均非此吴氏。此吴氏,为南宋人郑元佐所引,其生活年代,当在郑元佐前。

失调名

立 春

剪新幡儿,斜插真珠髻。

(《新注朱淑真断肠诗集》卷一《立春古律》引《符川集》。据南陵徐氏影印元刊本,下同)

南乡子

楼台里,春风淡荡。

(《新注朱淑真断肠诗集》卷一《新春》引《符川集》)

南乡子

乍卷珠帘新燕入。

(《新注朱淑真断肠诗集》卷一《晴和》引《符川集》)

多 丽

几声天外归鸿。

(《新注朱淑真断肠诗集》卷五《独坐》引《符川集》)

渔家傲

鶗鴂一声初报晓。

（《新注朱淑真断肠诗集》后集卷一《暮春有感》引《符川集》）

（以上五首俱引自孔凡礼《全宋词补辑》）

周笃文补佚

上海古籍出版社据日本《大正新修大藏经》第四十七、四十八卷影印出版的《禅宗语录辑要》收录晚唐至北宋的禅宗古德语录、颂古、评唱等作品。其中韵文不少。谨辑出未见于《全宋词》的词作共172首。海山片石，聊贡一得之愚。

善　昭

善昭(947—1024)，宋诗僧，太原人，俗姓俞，十七岁出家。遍谒老宿七十一人，后参首山省念，嗣法，移居汾阳太子院。戒严风高，寂谥无德禅师，有语录三卷。

十二时[①]

三决句[②]

第一决，接引无时节。巧语不能诠[③]，云绽青天月。

第二决，舒光辨贤哲。问答利生心[④]，拔却眼中楔[⑤]。

第三决，西胡国人说[⑥]。济水过新罗[⑦]，白地用镔铁。

[注释]

①原无调名，据律补。　②三决句：三要诀之意。　③巧语：指悟道之微妙语言。　不能诠：难以诠释完善。　④生心：疑惑之心。　⑤眼中楔：与"眼中钉"同义。　⑥西胡国：犹外国、异域。　⑦新罗：古朝鲜南部

国名。

三玄句

第一玄，法界广无边。参罗及万象[1]，总在镜中圆。

第二玄，释尊问阿难[2]。多闻随事答，应器量无边。

第三玄，直出古皇前。四句百非外，闾氏问丰干[3]。

［注释］

①参罗：犹星罗。　参：星名。　②阿难：即阿难陀，为释迦十大弟子之一。　③"闾氏"句：唐台州牧闾丘胤受高僧丰干之托，拜谒寒山，拾得。二僧笑曰："丰干饶舌。"

十二时[1]

五位颂

正中来，金刚宝剑拂天开[2]。一片神光横世界，晶辉朗耀绝尘埃。

正中偏，霹雳机锋着眼看。石火电光犹是钝，思量拟拟隔千山[3]。

偏中正，看取轮王行正令[4]。七金千子总随身，途中犹自觅金镜。

兼中至，三岁金毛牙爪备[5]。千邪百怪出头来，哮吼一声皆伏地。

兼中到，大显无功休作造。木牛步步火里行，真个法王妙中妙。

（以上十一首引自《汾阳无德禅师语录》卷上）

［注释］

①原无调名，据律补。 ②金刚宝剑：佛教中摧毁魔敌的法器，即金刚杵。 ③拟拟：当是“拟议”之讹。估量之词。犹“大约”之意。 ④轮王：法轮王，指佛。 正令：大令、法令。 ⑤金毛牙爪：指狮子。

捣练子[①]

广智歌 十五家门风

（一）

或直指[②]，或巧施，解道前纲出后机。 旨趣分明明似镜，盲无慧目不能窥。

（二）

明眼士，见精微，不言胜负惰愚痴。 物物会同流智水，门风逐便演宗枝[③]。

（三）

即心佛，非心佛，历世明明无别物。 即此真心是我心，我心犹是权机出[④]。

［注释］

①原无调名，据律补。 ②直指：径直点破的接引信众方法。 ③“门风”句：此首乃言马祖之门风支派。 马祖：即道一（709—788）。六祖再传弟子，南岳怀让禅师高足。 ④权机：马祖以即心即佛随机点

拨，门风峻烈，传承受业极广。　注者按：以上三首统言马祖宗风之特点。第三首押仄韵，为《捣练子》别体，下同。

（四）

或五位，或三路[①]，施设随根巧回互。　不解当今是本宗，展手玄通亡佛祖。

［注释］

①"五位"二句：此言洞山宗派。唐僧良价（810—872）晚移高安洞山，权开五位，善接三根，大阐一音，广弘万品。弟子曹山更加发扬，遂创洞山宗派。

（五）

或君臣，或父子，气量方圆无彼此[①]。　士庶公侯一道平，愚智贤豪明渐次[②]。

［注释］

①气量方圆无彼此：君臣父子，士庶公侯一律平等，此为石霜派宗风。　②明渐次：懂得修行的步骤。

（六）

有时敲，有时唱，随根问答谈谛当[①]。　应接何曾矢理仪[②]，浅解之流却生谤。

［注释］

①谛当：真实、准确。　②矢：通"失"。

（七）

或双明，或单说，只要当锋利禅悦[①]。　开权不为閂聪明[②]，舒光祇要辨贤哲。

[注释]

①憆悦：入于禅定的欢喜心境。　②开权：指别辟蹊径地接引信众的方法。

（八）

有圆相[①]，有默论[②]，千里持来目视瞬。　万般巧妙一圆空，烁迦罗眼通的信[③]。

[注释]

①圆相：禅师以手画圆以接引僧众之法。　②默论：默默领悟、体省。　③烁迦罗眼：梵语，精进不坏之义。　的信：正解，准确的诠释。注者按：自“有时敲”以下三首，皆是对沩仰宗风的概述。沩仰派是禅宗五家之一。为沩山灵祐禅师（771—853）及其弟子仰山慧寂（807—883）所创。发扬禅宗，自开一派。

（九）

或全提，或全用[①]，万象森罗实不共[②]。　青山不碍白云飞[③]，隐显当台透金凤[④]。

[注释]

①全提、全用：此指石头、乐山宗派参悟的风格。　②不共：不同。言森罗的万象各有特点。　③门人道悟问：“向上更有转处也无？”石头答曰“长空不碍白云飞”。此用其意。　④当台：石头住衡山南寺之东，有石状如台，乃结庵其上。见《五灯会元》卷五。　透金凤：此指对佛理真诠的把握。

（十）

象骨镜，地藏月[①]，玄沙崇寿照无缺[②]。 因公致问指归源，旨趣来人明皎洁。

［注释］

①地藏：此章言地藏、雪峰派的家风。 ②玄沙、崇寿：皆高僧名字。照无缺：指受到镜与月的映照与启发。

（十一）

或称提，或拈掇[①]，本色衲僧长系发[②]。 句里明人事最精，好手还同楔出楔[③]。

［注释］

①称提、拈掇：为云门宗阐说佛理的两种方法。 ②长系发：指长时使用和奏效的手段。 ③楔出楔：拔除各种障碍。

（十二）

或抬荐，或垂手，切要心空易开口。 不识先人出大悲[①]，管烛之徒照街走[②]。

［注释］

①大悲：指普济众生的佛心。 ②管烛之徒：管窥烛照，所见者小。以上二首言云门派宗风特色。

（十三）

德山棒，临济喝[①]，独出乾坤解横抹。 从头谁敢乱区分，多口阿师不能说。

[注释]

①“德山棒”二句:佛教禅宗接引初学,每用棒打或口喝以验其根机的利钝,叫做当头棒喝。相传用棒始于德山宣鉴禅师与黄檗希运禅师。用喝则始于临济义玄禅师。

(十四)

临机纵,临机夺[①],迅速锋芒如电掣。　乾坤祇在掌中持,竹木精灵脑劈裂[②]。

[注释]

①纵、夺:指禅门接引初学时的两种方式。纵是放开,夺是截断。　②“竹木精灵”句:指竹片、木棒劈头打来。

(十五)

或宾主,或料拣[①],大展禅宗非正眼[②]。　三玄三要用当机,四句百非一齐剪。

[注释]

①料拣:淘汰庸滥,精选真实。　②非正眼:摒除佛法(正法眼藏)以外的杂见。　非:反对。

(十六)

劝同袍,莫强会[①],少俊依前成窒碍。　不知宗脉莫颟顸[②],永劫长沉生死界[③]。　难逢难遇又难闻,猛烈身心快通泰[④]。

[注释]

①强会:强作解会。　②宗脉:即宗风、正脉。　颟顸(mān hān):糊涂。　③生死界:指堕入六道轮回的苦海。　④“难逢”二句:按词律应止

五句,此可视为变体。

捣练子[1]

了义经歌[2] 十一首

(一)

言不拘,理不制,正显无功亡渐次[3]。 八万四千诸度门[3],祇为迷途多巧伪。

[注释]

①原无调名,据律补。 ②了义:真实、最圆满的义谛为"了义"。"宣说生死涅槃、无二无别名为了义。"见《大宝积经》。 ③渐次:根据学者机根素质而宣说法义。令先习小而及后入大,谓之渐次教授。

(二)

有邪谛[1],无真智,立正摧邪二俱秘[2]。 大圣无功一切通,三毒不生佛出世[3]。

[注释]

①邪谛:邪说。 ②摧邪:摧除邪说。 ③三毒:贪、嗔、痴为三毒。

(三)

此个经,信有几,毘卢藏内贯花偈[1]。 是经常在一尘中[2],大智之人能普济。

[注释]

①毘卢藏:指佛法经藏。 花偈:譬经之散文,曰散花,其偈颂曰贯花,又曰花偈。 ②是经:即了义经。 一尘:一粒微尘,亦指尘世。

（四）

释梵护[①]，天龙喜[②]，恶鬼修罗恭敬礼[③]。　更有千邪百怪来，闻说此经皆跪跪[④]。

[注释]

①释梵：释迦。　②天龙：诸天与龙神。　③修罗：阿修罗，一种恶神。　④跪跪：屈膝跪拜。

（五）

真实经，离文字[①]，演波罗密普周备[②]。　化相能开方便门，总摄多般都一智。

[注释]

①离文字：言佛经奥义，非文字所能说清楚。　②波罗密：即“到彼岸”之义。

（六）

眼绝见，耳绝听，六用为空不相闭[①]。　万象森罗梦里尘，谁人肯向梦中睡。

[注释]

①六用：指眼、耳、鼻、舌、身、意六根的功用。

（七）

素怛缆[①]，明有记，摩怛哩迦依了义[②]。　清净无生解脱根，杂念尽为烦恼抵。

[注释]

①素怛缆：梵文音译，即“经”。 ②摩怛哩迦：即论藏之别名。论藏为生理之母，故曰本母。又为生行法之母，故曰行母，以其生智故也。

（八）

净尸罗[①]，遮俗世[②]，毘尼木叉亲自制[③]。 波离不识比丘元[④]，无垢始明心地契[⑤]。

[注释]

①净尸罗：奉持精进戒律。“好行善道，不自放逸，名曰尸罗。”见《大智度论》。 ②遮俗世：超越、隔断尘世之侵扰。 ③毘尼：即“戒律”。 木叉：即波罗提木叉，为佛祖灭度后之护法大师。亲制戒律，护持佛法。 ④波离：似即“玻璃”，此指镜。 比丘：僧人、和尚之通称。 ⑤无垢：清净而无垢染，又曰无漏，无烦恼也。

（九）

报君知，须审细，一种谈经明解义。 河沙旷劫历微尘[①]，不识兹经长日醉[②]。

[注释]

①“河沙”句：言旷劫多如河沙、微尘。 ②兹经：了义经。

（十）

解空人[①]，祖佛位，剖出众生根本智[②]。 利他自利化无边，妄断攀缘成大士[③]。

[注释]

①解空人：悟解诸法空相之人。佛弟子中以须菩提为第一。 ②剖出：剖析明白。 ③“妄断”句：犹断尽妄念得成菩萨位之大士。

（十一）

劝人天，听了义，直出轮回生死际[①]。　当处无心空不生[②]，永弃断常能所地[③]。

[注释]

①直出轮回：超越轮回，修成正果，得到解脱之意。　②空不生：不起因缘而长保清净。　③能所：二法相对时，自动之法曰能，不动之法曰所。如今言原告，即能告。被告即所告。

捣练子[①]

是非歌　五首

（一）

世间人，多无智，不解思量是非起。大智之人看著伊，自己容身入无地。子路曾遭渔父呵[②]，夫子惭颜足忘履[③]。

[注释]

①原无调名，据律补。　②呵：通“诃”，责备。　③足忘履：足不能迈。孔子闻渔父言大道，深佩之，久立水边，俟渔父远去而后行。见《庄子·渔父》。　注者按：此首与前“广智歌”十六同，乃变体。

（二）

舍利尊[①]，第一记，亦被愚夫亲正指。　如来慈眼视众生，了达古今明本际[②]。

[注释]

①舍利尊：此指释迦牟尼，又称世尊。　②本际：本源。

（三）

看周秦，及汉魏，败国亡家皆总是。　历劫是非地狱因[①]，闻说是非须审细。

[注释]

①地狱因：堕于地狱之业因。

（四）

我闻说，心不起[①]，只个是非便亲旨[②]。　些子浮言尚不销，问甚西来祖师意。

[注释]

①心不起：不动心。　②亲旨：佛祖亲自宣布的要旨。

（五）

要分明，辨根蒂[①]，晓个是非真有地[②]。　更有人来说是非，向道余今识得尔。

[注释]

①蒂：原本作“带”，疑形似而误。　②真有地：有真识见解，不为所惑。

捣练子[①]

柱杖歌　十首

（一）

不从天，不从地，横竖长空无壅滞。　常将击发上根人[②]，懵懂禅流且瞌睡。

[注释]

①原无调名,据律补。　②上根人:根器上等的人。　击发:犹棒喝。

(二)

或登山,或渡水,用导前冈作肘臂。　九州四海任升腾,卓然直下金轮际[①]。

[注释]

①金轮:金轮王,即法王。

(三)

实坚贞,堪倚仗,头尾回旋指的当。　解脱文殊疆界分,本色衲僧擗脊棒[①]。

[注释]

①擗脊棒:脊上挨杖击。　擗:劈。

(四)

实坚贞,硬如铁,击石山河须爆裂。　有时搅海伏狞龙[①],謇驮佉罗当时歇[②]。

[注释]

①狞龙:猛龙。　②謇驮佉罗:即"佉罗謇驮",鬼王名。

(五)

辨顽愚,明宗的,不是文殊虚效力。　相似之谈不要舒,屎中展卧几时出[①]。

［注释］

①屎中展卧："食五辛人、触秽三宝。死堕屎粪地狱，出作野狐猪狗。若得人身，其体腥臭。"见《阿含经》。

（六）

山僧又，见不忍，卓刺教伊须奋迅[①]。　振令万象豁然明，咀娑阿竭碎如粉[②]。

［注释］

①卓刺：点戳。　②咀娑阿竭：未详。《涅槃经》有阿竭多星。八月现，能消灾去毒，未知是否。咀娑，疑为外道尼婆之类，俟考。

（七）

示人天，要知分，各各英豪添爽俊。　昔时金色独槃持，今日汾阳亲掌印[①]。

［注释］

①汾阳：即善昭禅师。策杖游方，为省念法嗣。居汾州太子院。

（八）

印群心，明如日，未辨正邪莫啾唧。　挑摘教君子细看，鬣聻眼睛阿谁识[①]。

［注释］

①鬣聻：联绵词，斜视貌。

（九）

识得者，是何枝，休言南北与东西。　不是饮光亲付嘱[①]，争得成龙天上飞。

[注释]

①饮光:迦叶之别名。

(十)

大丈夫,须猛烈,劲定圣凡踪迹绝。　　直言一拂去馀尘,拈得拄杖蓦头掣[①]。

[注释]

①蓦头掣:当头用拐杖抽打。

捣练子[①]

一字歌　五首

(一)

一字歌,百万偈,的的相传传子细。　　句句幽微微又玄,只个玄玄玄本智[②]。

[注释]

①原无调名,据律补。　②本智:原本于自心之智慧。

(二)

饮光尊,同明证,瞬目欲恭行正令[①]。　　诸徒异解枉施功,乱向途中认凡圣。

[注释]

①瞬目:眨眼。　正令:禅门本分之命令。

（三）

不用求，元不失，妄念才生黑似漆[①]。　幻化浮云性本无，方寸迷真捉幻物。

[注释]

①妄念：凡夫贪着六尘所起之虚妄心念。

（四）

历劫迷，不曾省，遍计河沙妄缠病[①]。　如今证得本根源，灵智廓然离邪正[②]。　汾阳直说审思量[③]，瞥尔缘尘抛佛性。

[注释]

①"遍计"句：言妄念多于恒河沙数。　②离邪正：分别邪正。　③"汾阳直说"二句：共其十四字，为调外提示之词，属变体。下同。

（五）

八节迁[①]，一心秉，密密那伽常在定[②]。　青霄碧落是家风，信手拈来善祇应[③]。　投针入室要商量，一字歌中明似镜。

[注释]

①八节迁：时光流逝。古以立春、立夏、立秋、立冬与春分、夏至、秋分、冬至为八节。　②那伽：身变龙而定止于深渊曰那伽定。为保长寿，逢弥勒出世，以愿力入于那伽定。　③祇应：祇祷而得遂所愿。

捣练子[①]

赞深沙神[②]　八首

（一）

有螺筋，有蚌结[③]，皴皴散散身爆烈[④]。　脚蹈洪波海浪翻，手拨天门开日月。

[注释]

①原无调名，据律补。　②深沙：神名。有天上、虚空、下地三使者，能成就一切心愿。　③螺筋、蚌结：形容肌腱突起如螺蚌凸现。　④散：当为“皵”字之讹。　皴皴皵皵(què)：皮肤粗糙开裂。

（二）

现威灵，如忿怒，遥见便令人畏惧。　璎珞枯髅颈下缠[①]，猛虎毒蛇身上布。

[注释]

①璎珞：珠玉串成的颈饰。　枯髅：死人头颅。

（三）

狮子衫，象王袴，更绞毒龙为抱肚[①]。　非但人间见者惊，一切邪魔无不怖。

[注释]

①“更绞毒龙”句：胸前兜肚，亦曰围嘴，上面绣有毒龙花饰。

（四）

真大圣，实慈力，现相人间人不识。　都缘尘劫纵顽嚚[①]，不信大悲旋轨则。

[注释]

①顽嚚（yīn）：暴虐愚昧。

（五）

或惊天，或震地，哮吼喊呀声匝地[①]。　惊觉群生睡眼开，敲磕愚迷亲佛智。

[注释]

①呀：张口大喊。

（六）

我今知，能方便，利物观根千万变[①]。　或擒或纵或扶持，只要速超生死岸。

[注释]

①观根：指根据信众根器之利钝而灵活点化。

（七）

驱雷风，击䀹电[①]，霹雳锋机如击箭。　輷輷磕磕震天威[②]，爆爆熚熚须锻炼[③]。　丘区巇崿一齐平[④]，剑戟枪刀无不殄[⑤]。

[注释]

①䀹（shǎn）电：闪电。　②輷輷（hōng）磕磕：声音洪大貌。　③熚熚（bì）：响声。　④巇崿：高而尖的山峰。　⑤殄（tiǎn）：消灭，扫清。

（八）

化人天，伏神鬼，硗硬刚强尽瞻礼[1]。　放光觌烁静乾坤，吐气停腾清海水。　吾今赞尔实灵通，旷劫如来亲受记[2]。

［注释］

①硗（qiāo）：坚硬。　②亲受记：亲受如来之点化。

捣练子[1]

屏风歌　五首

（一）

不装点，勿舒功，能遮劫坏鼓南风[2]。　烟尘云雾俱弗著，万象森罗总现中。

［注释］

①原无调名，据律补。　②遮劫坏：止住劫坏。　鼓南风：鼓动生气。

（二）

愚不识，智先通，积雪为真雪莫同。　定光曾受能仁记[1]，释迦因此化暝朦。

［注释］

①定光：即燃灯佛。　能仁：释迦亦名能仁佛。

（三）

方整体，静圆容，只在人天天勿穷。　士庶公侯为景秀，百千万劫失形容[1]。

[注释]

①“百千”句:此下有“贫贱愚,痴隔壁,聋可珍仰实难逢”为下阕一二句,误植于此,今删。

（四）

贫贱愚,痴隔壁,聋可珍仰实难逢。　如今不识还巧妙,争如掌玩素屏风[1]。

[注释]

①掌玩:掌上观赏。

（五）

筋力有,匆痕迹,不使良工一点力。　珂月长舒玉练明[1],照烁乾坤用無德[2]。

[注释]

①珂月:似玉之月。　玉练:如玉的河流。　②用無德:不显露痕迹的功德,实为乾坤大用。

捣练子[1]

柳檫歌[2]　五首

（一）

报禅流,猛提取,渡水登山且依怙[3]。　横担世界卧长空,指出乾坤明佛祖。

[注释]

①原无调名,据律补。　②柳檫:手杖,此指禅杖。　③依怙:倚恃。

（二）

打愚痴，伏猛虎，直截根源分付与[①]。 教伊自在用纵横，量器方圆巧回互[②]。

[注释]

①“直截”句：直截了当地点出参禅的根本要诀交付学者。 ②量器：估量学人之根器而灵活施教。

（三）

罕逢知，莫谩语，黄檗高亭大莽卤[①]。 德山临际尽铺舒[②]，荷泽分明承六祖[③]。

[注释]

①黄檗（bó）高亭：福建黄檗山唐时建般若堂，堂宇高大，一时罕俦。断际禅师希运住此，黄檗之名顿显，自后遂为临济宗大道场。 ②德山：即宣鉴禅师，居德山三十年，好以棒喝说法。 ③荷泽：唐洛阳荷泽寺神会，曾得六祖妙旨，后于京洛宣扬顿旨。

（四）

后学流，少砧杵，掌内擎持不能剖。 韶阳偏得睦州心[①]，保寿开堂越今古。

[注释]

①睦州：即陈尊宿，法号道明，黄檗希运高足。后住睦州开元寺。

（五）

示同袍，指行路，肩上挑衣大辛苦。 瓶钵都来些子多，千千万万担将去。 如今举动总随身，不过茅刀自看取。

捣练子[①]

山僧歌　四首

（一）

软如绵，硬似铁，一片真心常皎洁[②]。纵横不碍往来风，运用岂更有时节。

［注释］

①原无调名，据律补。　②真心：真净明妙，离虚妄之想的真如之心。

（二）

坦荡荡，匆拘结[①]，粥饭寻常茶又啜。　寒即烘炉堂里安，热即青萝松下歇。

［注释］

①拘结：拘紧，不潇洒。

（三）

任王侯，从檀越，不怕严凝地冻裂。　天晴万象不能遮，雨后拨云开日月。

（四）

振威神，凝霜雪，霹雳锋机如电掣。　直言不见有纤毫，谁更将心夸巧拙。　有人不会问如何，向道还同楔出楔[①]。

［注释］

①向道：求道。　楔出楔：破除各种障碍。

捣练子[①]

玩珠歌[②]　四首

（一）

常皎洁，体无瑕，随机引接称僧家。　贫苦之人常济拔，贤豪之类助英华。

[注释]

①原无调名，据律补。　②玩珠：此指澄明圆满之道心。

（二）

不居地，不居天，毘卢藏里解方圆[①]。　有意搜求终不悔，无心烛物照宁偏。

[注释]

①毘卢藏：即大日（如来）经。

（三）

衣中宝[①]，用无边，斯多曾献祖师前。　璎路亲传密多手[②]，西乾东土化人天[③]。

[注释]

①衣中宝：指如意宝珠。见《楞严经》四。　②密多：西天竺僧人。六祖慧能受戒于广州法性寺，请为证戒。　③西乾：西天。

（四）

如今得，不须悭[①]，大悲展手施心宽。　饶益解行方便慧，利他自利悉周圆。

[注释]

①悭(qiān)：吝惜。

十二时[①]

三玄颂

第一玄，照用一时全。七星常灿烂[②]，万里绝尘烟。

第二玄，钩锥利似尖[③]。拟议穿腮过[④]，裂面倚双肩。

第三玄，妙用且方圆。随机明事理，万法体中全。

[注释]

①原无调名，据律补。 ②七星：北斗七星。佛家有《七星如意轮秘密要经》中造道场、安置如意轮王菩萨，周列七星之像及诃利低母，以禳灾祸。 ③钩锥：铁钩与铁锥。《圣位经》有钩菩萨。可钩取光明遍照十方，拔一切恶趣。 ④拟议：原本作"拟拟"，疑误。

十二时[①]

三要颂

第一要，根境俱亡绝朕兆[②]。山崩海竭洒飏尘，荡尽寒灰始为妙。

第二要，钩锥察辨呈巧妙。纵去夺来掣电机[③]，透匣七星光晃耀。

第三要，不用垂钩不下钓[④]。临机一曲楚歌声[⑤]，闻了尽皆悉返照。

[注释]

①原无调名,据律补。 ②朕兆:预兆。 ③掣电机:喻身之无常,如电光泡影,一掣即过。 ④钓:原误作“钩”。 ⑤楚歌声:项羽被围而自刭。此喻英雄事业之不足恃。

十二时歌 十二首

(一)

鸡鸣丑,百福庄严莫自守。开门大施济饥贫,英俊还须狮子吼[1]。

[注释]

①狮子吼:喻佛教威神,震动世界。释迦生时,一手指天,一手指地,作狮子吼。曰:天上天下,唯吾独尊。

(二)

平旦寅,颙颙端坐自安神[1]。四句百非都不著,四明照出道中人。

[注释]

①颙颙(róng):呆呆地。

(三)

日出卯,不用思量作计较。人来远近少知音,不肯休心任烦恼。

(四)

食时辰,钟鼓分明唤主人。随方应供福人天[1],万德庄严是正因。

[注释]

①福人天:造福于人、天两界。

（五）

禺中巳[①],更莫多求乐馀事。三乘五性梦中尘,灵光直出如来智。

[注释]

①禺中巳:《说文》云,“日在巳,曰禺中。”

（六）

日南午,直性分明异今古。回光普照勿亲疏,不信依前受辛苦。

（七）

日昳未[①],平等舒光照天地。江海高山总不妨,这个分明智中智。

[注释]

①日昳(dé):太阳偏西。

（八）

晡时申[①],万别千差识取真。一正百邪俱不起,十力圆通号世尊。

[注释]

①晡(bū):傍晚。 申:原本为“串”,疑形似误,改。

（九）

日没酉，诸行无常不长久。经行坐卧不生心，便是余家真道友。

（十）

黄昏戌，寂静安禅功已毕。了了通身六道光[①]，错解还同漆中漆。

［注释］

①六道：指地狱、饿鬼、畜生、阿修罗、人间、天上六界也。

（十一）

人定亥，一念不生无障碍。道合天机性宛然，妙旨玄通观自在。

（十二）

夜半子，大智圆通无彼此。迷悟还如镜上尘，尘镜俱亡更何事。

（以上九十一首引自《禅宗语录辑要·汾阳无德禅师语录》）

重　显

重显(980—1052)，即明觉，遂州(今属四川)人，俗姓李。少依普安仁铣出家，得悟于光祚禅师。后移居明州雪窦，大兴云门宗风。寂后谥明觉禅师。有《颂古》、《拈古》诸集。

捣练子[①]

赞集贤殿学士曾侯[②]

天石麟，岂轻献，日角月角藏亿万[③]。当年文阵获全功，不夺龙头几人怨。

[注释]

①原无调名，据律补。　②曾侯：曾公亮，仁宗朝曾任翰林学士。③日角月角：形容头角如日月之开朗。

捣练子

送知白禅者

松不直，棘不曲，谁笑卞和三献玉。　经天纬地太无端，迈古超今亦轻触[①]。

[注释]

①轻触：禅定八触之一。身轻如云，有飞行感。

捣练子

送知白禅者

靡羁束，何必云，素范还真规复复[①]。　栴檀叶落香风清，千里万里长相逐。

[注释]

①“素范”句：原文作“素范还还真规复复”，疑衍“还”字。　范：模具。　规：圆形。

十二时[①]

往复无间　十二首

（一）

平旦寅，眹兆之前已丧真[②]。老胡鹤树渐开口[③]，犹举双趺诳后人[④]。

[注释]

①原无调名，据律补。　②眹兆：朕兆。眹，通“朕”。　③老胡：西域僧人。达摩亦称胡子。　鹤树：栖鹤之树。　④双趺：两只脚。

（二）

日出卯，万国香花竞头走。邯郸学步笑傍观[①]，岂知凶祸逐其后。

[注释]

①“邯郸”句：燕人学步于邯郸，不得，反失故态，匍匐而归。言学艺不善。见《庄子·秋水》。

（三）

食时辰，大嚼那堪列主宾[①]。维摩香饭本非赞，怪他鹙鹭独生瞋[②]。

[注释]

①大嚮:大饗,大会餐。 ②鹙鹭句:食鱼之水鸟。 生瞋:见人大吃而生瞋也。

（四）

禺中巳[①],荆棘园林遍大地。南北东西卒未休,金刚焰復从何起[②]。

[注释]

①禺中:时近中午曰禺中。 ②金刚焰:两手结成印契名。佛家以为金刚焰可组成坚固清净大界火院,外魔不得入内。

（五）

日南午,寥廓腾辉示天鼓。郁头蓝已定全身[①],何假周行夸七步[②]。

[注释]

①郁头蓝:仙佛名。能得非想定力,获五神通。见《慧琳音义》二十六。 ②夸七步:形容诗才敏捷。曹植七步成诗,世人美之。

（六）

日昳未,碧眼胡来欺汉地。九年计较不能成[①],刚有痴人求断臂[②]。

[注释]

①"九年"句:指达摩面壁九年。 ②断臂:二祖慧可谒达摩立雪中不动,又自断左臂以求法,达摩遂以法印付之。

（七）

晡时申，急急逃生路上人，草鞋踏尽家乡远，顶罩烧钟一万斤[①]。

[注释]

①顶罩烧钟：不详。似言处境险恶。

（八）

日入酉，室内覆盆且依旧[①]。尘尘彼彼丈夫儿，井中之物同哮吼。

[注释]

①覆盆：覆盆头上，何以望天，言处境暗昧。

（九）

黄昏戌，寰中不碍平人出[①]。瓦砾光生珠玉闲[②]，将军岂用驱边卒。

[注释]

①平人：凡人、众人。　②“瓦砾”句：瓦砾生光，珠玉闲置，贤才弃置之意。

（十）

人定亥，六合茫茫谁不在。长空有月自寻常，雾起云腾也奇怪。

（十一）

半夜子，樵唱渔歌声未已。雨花徒说问空生[①]，高枕千门睡方美。

[注释]

①雨花：六朝梁时之竺道生于虎丘讲经，顽石点头、天雨花。 空、生：佛家术语。有为法之现起名为生，因缘所生之法究竟无实体曰空。

（十二）

鸡鸣丑，贵贱尊卑名相守。忙者忙兮闲者闲，古今休论自长久。

（以上十五首见《禅宗语录辑要·明觉禅师语录》）

慈　明

慈明(987—1040),即楚圆,全州(今属广西)李氏子。本儒生,二十二岁出家,后谒汾阳善昭,大悟。历住南源潭州、南岳庄严寺,仁宗赐号慈明,其法嗣有杨歧、黄龙二派。有《五会语录》等。

十二时[1]

慈明三玄

第一玄,三世诸佛拟何宣。垂慈梦里生轻薄,端坐还成落断边[2]。

[注释]

①原无调名,据律补。　②断边:五恶见中第二见为边见,边见有二,一为断见,一为常见,皆在去除之列。

第二玄,灵利衲僧眼未明[1]。石火电光犹是钝,扬眉瞬目涉关山。

[注释]

①灵利:小聪明,非大智慧。

第三玄,万象森罗宇宙宽。云散洞空山岳静,落花流水满长川。

慈明三要

第一要,岂话圣贤妙。拟议涉长途[1],抬头已颠倒。

[注释]

①“拟议”句：意谓才一涉想，便远离真识之意。

第二要，峰顶敲楗召[①]。神通自在来，多闻门外叫[②]。

[注释]

①楗：楗槌，即铃铎。　②多闻：多闻妙法而生欢喜心。

第三要，起倒令人笑，掌内握乾坤，千差都一照[①]。

[注释]

①一照：洞彻万物本源之意。

慈明三诀

第一诀，大地山河泄。维摩才点头，文殊便饶舌。

第二诀，展拓看时节。语默岂相干[①]，夜半秋天月。

[注释]

①语默：言说与沉默。

第三诀，山远路难涉。陆地弄舟船[①]，眼中挑日月[②]。

（以上九首见《禅宗语录辑要·人天眼目第一》）

[注释]

①“陆地”句：陆地行舟，极言不可能。　②“眼中”句：眼挑日月，必无之事。

捣练子[①]

上堂歌

北山南，南山北，日月双明天地黑。大海江河尽放光，逢着观音问弥勒。　（引自《五灯会元》卷十二慈明禅师）

[注释]

①原无调名，据律补。

法　远

法远（991—1067），号圆鉴，郑州王氏子。十九岁出家。后从叶县归省处得承印记，受法。出住太平浮山。妙于佛理，为范仲淹、欧阳修所赏知。

十二时[1]　九首

（一）

宾中宾，双眉不展眼无筋[1]。他方役役投知已，失却衣中无价珍[2]。

［注释］

①原无调名，据律补。　②眼无筋：眼力不明。　③衣中无价珍：即衣中宝，佛心也。

（二）

宾中主，尽力追寻无处所。昔年犹自见些些，今日谁知且双瞽。

（三）

主中宾，我家广大实难论[1]。所求不吝无高下，贵贱同途一路平。

［注释］

①我家：佛门。

（四）

主中主，七宝无亏金殿宇[①]。千子常围绕圣颜[②]，诸天不顺飞轮举[③]。

［注释］

①七宝：指用金珠等七种宝物装饰的楼台。 ②千子：言儿孙众多。 ③飞轮：法轮，能摧除恶逆不顺。

（五）

正中偏，空劫迢迢本寂然[①]。金刚际下翻筋斗[②]，掌上灵机遍大千。

［注释］

①空劫：二十中劫间，唯有虚空，曰空劫。 ②"金刚"句：金刚极坚硬致密之宝物。 际：缝隙。于其隙中翻筋斗，可见神通之大。

（六）

偏中正，浩浩尘中劫清净。临歧撒手便回途，无影堂前提正令[①]。

［注释］

①正令：本分之令，棒喝并行，不立一法，此谓正令。

（七）

正中来，顶后圆光耀古台。虽然照彻人间世，不犯锋铓绝点埃[①]。

[注释]

①绝点埃：无一点尘埃。

（八）

兼中至，妙用纵横休拟议[1]。始终交战自玄玄，壁立神锋皆猛利。

[注释]

①休拟议：不可思议。

（九）

兼中到，格外明机长节操。了知万汇不能该[1]，谁能更守于玄奥。（以上九首《禅宗语录辑要·人天眼目第一》）

[注释]

①万汇：万类。　该：包括。

方 会

方会(992—1049),宜春(今属江西)人,俗姓冷。先依慈明,后住袁州杨岐山。清苦精修,名闻四方。为杨岐派开山,有《语录》传世。

十二时[①]

三妙颂

第一妙,古老门风甚奇要。纵去收来总不伤,此个纵由堪继绍[②]。

第二妙,浩浩途中有多少。子细推来对月华,来了须明衲僧窍。

第三妙,高高峰顶猿时啸。孤轮穿透碧潭心[③],翛然自入清平道[④]。

[注释]

①原无调名,据律补。 ②继绍:继续。 ③孤轮:月轮。 ④翛然:超然自得貌。

三诀颂

第一诀,门风尽施设。分明万象分,徒劳更立雪[①]。

第二诀,过去现在说。痴焰要须分,评量还断舌[②]。

第三诀，巧拙定生杀。头头总锋芒，休论个生灭。

（以上六首见《禅宗语录辑要·杨岐方会和尚语录》）

[注释]

①立雪：二祖慧可为求得达摩要旨，彻夜立大雪中，及晓积雪过膝。　②断舌：不语之意。

法 眼

法眼，即庆馀，建安(今福建建瓯)人。俗姓黄。浮山法远高足。元丰间卒。有《法演禅师语录》。

十二时[①]

山中四威仪歌

山中行，携篮采蕨称幽情[②]。牧童唱罢胡家曲，子规枝上一声声。

山中住，万叠千重谁伴侣。纵使知音特地来，云深必定无寻处。

山中坐，月夜霜天寒雁过。炉灰拨尽未成眠，报晓灵禽清耳朵。

山中卧，一片清光高鉴我[③]。但得身心到处闲，多年布衲从教破。

(以上四首见《禅宗语录辑要·法眼禅师语录》)

[注释]

①原无调名，据律补。 ②称幽情：领略清幽的佳兴。 ③鉴我：照我。

可　真

可真（？—1064），福州人，石霜楚圆禅师法嗣。遍参禅林，人称真点胸。出居南昌翠岩，名震遐迩。有《翠岩语录》。

十二时[①]　四首

宾中宾，出语不相因[②]。未谛审思惟[③]，骑牛过孟津[④]。

宾中主，相牵日卓午[⑤]。展拓自无能，且历他门户。

主中宾，南越望西秦。寒山逢拾得[⑥]，拟议已卯寅[⑦]。

主中主，当头坐须怖。万里涉流沙[⑧]，谁云佛与祖。

（以上四首见《禅宗语录辑要·人天眼目第一》）

[注释]

①原无调名，据律补。　②不相因：不合。　③未谛：没有领悟。　④孟津：古黄河渡口，在黄河孟津县。　⑤卓午：正午。　⑥寒山、拾得：唐代高僧名，长住天台国清寺。　⑦拟议：揣度、议论。　⑧涉流沙：传说达摩后归天竺，魏使宋云遇于葱岭流沙之中。见《五灯会元》卷一。

东山简禅师

东山简禅师,即简程,宋僧,住临安净慈寺,得法于石霜山慈明楚圆禅师。

十二时(减字)[①]

东山三诀

第一诀,真卓绝。手把黄金槌[②],敲落天边月。

第二诀,难辨别。琉璃枕上凹,玛瑙盘中凸。

第三诀,最超绝。花木四时春,庭台千古月。

(以上三首见《禅宗语录辑要·人天眼目第一》)

[注释]

①原无调名,据律补。　②黄金槌:此指佛菩萨手中的法器,神力无边。

法昌倚遇禅师

法昌倚遇禅师，北宋真宗时人。漳州林氏子，青原法系高僧。嗣北贤智禅师。后住洪州法昌山老屋数间，安贫乐道。卒年七十七岁。

十二时（减字）[①]

法昌三诀

第一诀，衲里三斤铁。忽遇病维摩[②]，提起蓦头楔[③]。

第二诀，六月满天雪。无处避炎蒸，浑身冷似铁。

第三诀，八字无两撇[④]，胡僧笑点头，眼中重著楔。

（以上三首见《禅宗语录辑要·人天眼目第一》）

［注释］

①原无调名，据律补。　②病维摩：佛说法时维摩诘称病不往，佛遣文殊问病。见《维摩诘经》。　③蓦头楔：当头即打。　④撇：原作“丿”。

慧　南

慧南(1002—1069),信州(今江西上饶)人,俗姓章。石霜楚圆高足,后居黄龙龙华,开创临济宗下黄龙一脉。谥普觉禅师,有《语录》一卷。

捣练子[①]

游江海

游江海,涉山川,寻师访道为参禅。　　自从认得曹溪路[②],了知生死不相关。

[注释]

①原无调名,据律补。下二首同。　②曹溪路:六祖慧能于韶州曹溪南华寺开宗立派,因以曹溪为六祖别号。

捣练子

示偈辞

得不得,传不传,归根得旨复何言。　　忆得首山曾漏泄[①],新妇骑驴阿家牵。

[注释]

①首山:宋僧省念(926—992),得风穴玄旨,后开法席于首山。

捣练子

千般说

千般说,万般谕,只要教君早回去[①]。　　夜来风起满庭香，吹落桃花三五树。

（以上三首《黄龙慧南禅师语录》引自《禅宗语录辑要》）

［注释］

①“去”后有“去何处，良久云”等旁白衬字。

应　瑞

应瑞，南昌人，俗姓徐，驻锡潭洲法轮寺。尝谒云居灵源禅师，对答问当下大悟，誉望四驰。活动于政和前后。

鹧鸪天[①]

六合倾翻劈面来[②]，暂披麻缕混尘埃[③]。因风吹火浑闲事，引得游人不肯回。　坏不坏，随不随。徒将闻见强针锥[④]。太湖三万六千顷，月在波心说向谁[⑤]。

（录自《五灯会元》卷十八）

［注释］

①政和末，太师张司成以百丈禅师之命，请应瑞上堂说法，应瑞作此词以阐释禅门宗旨。原本无调名，据律补。　②六合：上、下、四方，此指宇宙。　③麻缕：此指衣服。　④针锥：意同缝制，串连。　⑤月在波心：佛经喻法性存于自体中，可见不可取，可意会不可言说。

怀　祥

怀祥，生平不详。北宋后期人，住临安府慧因寺，为青原下九世百丈映禅师之法嗣。《五灯会元》十六有传。

捣练子[①]

偈

南山高，北山低[②]，日出东方夜落西。白牛上树觅不得，乌鸡入水大家知[③]。

（《五灯会元》卷十六）

[注释]

①原无调名，据律补。　②"南山"二句：南怀瑾《金刚经说什么》以为"诸法平等，无有高下"。　③"白牛"二句：大意谓皆是幻想，并非真识。

慧 空

慧空(1100—1162),福州陈氏子,字东山。年十四祝髮,遍谒大德高僧。绍兴二十三年开法雪峰,嗣法草堂。远近僧众,景仰敬慕。有《东山外集》(载《卍新篹续藏经》第六十九册)。

捣练子[①]

南询歌 三首

(一)

南询士[②],标致殊。发言落落中疏疏[③]。瘦藤一握铁相似,孤云万里云不知。

[注释]

①原无调名,据律补。 ②南询士:指去曹溪诸地探究佛道的僧人。③“发言”句:谓所言疏落有致,能得要领。

(二)

作者前,致一问,分明直得绳床震。失脚踏翻楼阁门,通身不挂毗卢印[①]。

[注释]

①毗卢印:大日如来入定时所结手印。

(三)

佛祖言,甚热椀[①],一剑当头百非划[②]。大展禅宗定古今,火里蝍蟟三只眼[③]。

[注释]

①椀:通“碗”。　②刬:剗。　③蝍蟟:即蜘蟟,亦作知了,蝉之别名。

捣练子[①]

送僧　四首

（一）

空王子[②],出空门,敏于选佛讷于言[③]。老少同科无异学,尽倾阿耨作词源[④]。

[注释]

①原无调名,据律补。　②空王:佛。空王子,即僧徒。　③选佛:参修佛理。　讷:口不能言。　④阿耨:极微细之色界存在。精微之意。

（二）

龙虎榜[①],辉乾坤,一字元无作么分。汝见是汝为第一,我见是我作状元。

[注释]

①龙虎榜:金榜,指考中进士。

（三）

有惊群,有独脱,可中丹桂和根拔[①]。把作枯柴灶里烧,谁能更着空于褐[②]。

[注释]

①“可中”句:古以为考中进士为蟾宫折桂。　连根拔:极言名列前茅。　②褐:粗布衣。

（四）

只如剑，成家活，不犯锋铓有生杀。莫似章分句解徒[①]，望却龙门头蘖蘖[②]。

[注释]

①章分句解：寻章摘句，舞文弄墨之意。 ②龙门：古以中进士比作鱼跃龙门。 头蘖蘖：头痛。

捣练子[①]

禅人求偈 四首

（一）

禅家流，悟自己，开眼曹溪十万里[②]。况行机路守心空，病渴移家阳焰里[③]。

[注释]

①原无调名，据律补。 ②曹溪：在韶州。六祖慧能弘法之地。 ③阳焰：阳光中的浮尘，佛经以喻虚幻不实之境。如云渴鹿见阳焰而作水想之类。见《楞伽经》卷二。

（二）

渴转渴，水又非，抬头不觉雁南飞。文殊堂里万菩萨，大唐国内无禅师。

（三）

或行棒，或行喝[①]，棒喝交驰如电掣。不容眨眼入思维，忽把虚空敲出骨。

[注释]

①棒喝：禅师接引初学所用的一种方法，或以棒打，或以喝镇，以验其根机利钝。

（四）

地神恶，天神悦，陕府铁牛得一橛[①]。且等东山睡觉来[②]，大掌连腮咄咄咄[③]。

（以上慧空《捣练子》十一首引自《东山外集》）

[注释]

①陕府铁牛：开元十二年，于河东各造铁牛四，连腹入地丈馀，以固定河桥。　橛：木桩。　②东山：慧空，号东山。　③大掌连腮：打嘴巴。咄咄：惊诧呼痛声。

周裕锴补佚

昙　颖

昙颖(988—1060),号达观,俗姓丘,钱塘人。出家龙兴寺。与欧阳修、刁约、李端愿遊。博通书史、语多出尘。先后住持舒州香炉峰、润州因圣、太平隐静、明州雪窦、金山龙游等寺。嘉祐五年示寂,年七十二。

渔家傲

忆昔药山生一虎[①],朱泾船上寻人度[②]。引得夹山拈坐具[③],呈见处,系驴橛上合头语[④]。　千尺丝纶君看取,离钩三寸无生路。劈口一桡亲子父。犹回顾,瞎驴丧我儿孙去[⑤]。

(见《船子和尚拨棹歌》(机缘集)卷下《诸祖赞颂》,引自《词学》第十五辑周裕锴《全宋词辑佚补编》)

[注释]

①药山:药山惟俨禅师(751—834),绛州韩氏子。得法于石头禅师,结庵于澧州药山。　生一虎:谓传法于德诚(船子和尚)。　②朱泾:德诚后至秀州华亭之朱泾,垂钓度日,泛舟渡人。　③夹山:善会禅师得法于德诚,后结庵于夹山。　④系驴橛:系驴的短木桩。　合头语:即禅宗用以启发学者的现成话语。“一句合头语,万劫系驴橛”,皆药山开悟夹山之语。　⑤丧我儿孙:禅家指误导僧人。

惠 洪[1]

浣溪沙

雨中闻端叔、敦素饮，作此寄之[2]

但见杯中春泼面，不知门外雨翻盆[3]。人间万事一蚍蚊[4]。　正恐卷氈为鳖饮[5]，何妨跨项作猿蹲[6]。此生随处有乾坤。

[注释]

①惠洪：诗僧。俗姓彭，名德洪，字觉范，筠州人。　②端叔：李之仪字端叔。　敦素：姓王。其他不详。　③翻盆：大雨。　④人间：原作人问，形近致讹。　⑤卷氈：卷起地毯。　鳖饮：捆住手足，伸出头饮酒。为一种饮酒游戏。见《梦溪笔谈》。　⑥跨项：骑在脖子上。

浣溪沙

短李貌和髯似棘[1]，王郎耳热气如霓[2]。不知今日是何时。　醉乡城郭无关钥[3]，世路风波太险巇[4]。且看相枕烂如泥。

[注释]

①短李：唐诗人李绅短小精悍，号短李。此指李之仪身短而鬓多。　貌和：相貌和善。　②王郎：当指王敦素。　③关钥：门闩曰关，锁曰钥。　无关钥：不上锁，可以任意通行（买醉）。　④险巇（xī）：危险。

浣溪沙

端叔见和,次韵答之

俊词方觉春照眼,秀句忽惊丝出盆[1]。睡馀两鬓尚殷蚊[2]。 行乐风轩须痛饮[3],穷吟空屋笑愁蹲。笔端浩荡吐乾坤。

[注释]

①丝出盆:缫丝煮茧于盆,然后理出丝绪。此指文思络绎,顺然成章。②殷蚊:群蚊嗡然作声。此指初醒之懵腾状态。 殷:多、盛。 ③风轩:通风的亭榭。

浣溪沙

落笔新诗敏风雨,捻鬚豪气划虹霓[1]。侍儿扶掖醉吟时。 靖节田园寻窈窕[2],谪仙风味自嵚巇。何时春瓮揭黄泥[3]。

[注释]

①划虹霓:豁然呈现出虹霓般的异彩。 ②靖节:陶渊明,亦称靖节先生。 ③黄泥:以黄泥封酒瓮,饮时揭开。

浣溪沙

再和复答

道乡是宅扶归路[1],法喜为妻笑鼓盆[2]。蟭螟胆大敢巢蚊[3]。 游戏秋毫锋际立,卷藏法界眼中蹲[4]。自然函盖合乾坤[5]。

[注释]

①“道乡”句：指皈依佛理。 ②法喜：悟道时的欣悦。 鼓盆：庄子丧妻，鼓（敲）盆而歌，是因为悟得了生死大化之理。 ③蟭螟：传说中的一种小虫，可巢于蚊睫而嘲笑大鹏鸟。 ④法界：神通变化之境界。 ⑤函盖：佛家语有“函盖乾坤”之谓。此指诗文深契道机，毫无杂念。

浣溪沙

醉里两篇开烂锦[1]，雨前千丈挂弯霓。杨梅栌橘恰尝时。 自笑此生真逆旅[2]，人情何处不同巇。禅心且作絮沾泥[3]。

[注释]

①烂锦：灿烂如锦绣，称美李之仪的和词。 ②逆旅：旅舍。人生如过客之意。 ③絮沾泥：如絮沾泥，言不起轻狂之心。释道潜《赠妓诗》云：“禅心已作沾泥絮，不逐东风上下狂。”

浣溪沙

睡起又得和篇

幽梦惊回烟雾帐，清泉起弄雪花盆。风檐斜日一区蚊[1]。 淮水雨开萦练净[2]，钟山云卷露龙蹲[3]。痴禅刚道属乾坤[4]。

[注释]

①一区蚊：蚊聚成团。 ②练净：净练之倒装。形容淮水澄净如白练。 ③“钟山”句：即“钟山龙蟠”之意。 ④痴禅：呆和尚，此自指。

浣溪沙

绿鬓笔端能吐凤[1]，雪髯胸次尚盘霓[2]。道山归去定何时。　　身外声名徒暴曜[③]，梦中忧患自临巇。乌靴长恨涴尘泥[④]。

[注释]

①绿髮：黑髮，喻年轻。　吐凤：谓胸有文彩。扬雄著《太玄经》，梦吐凤凰。　②雪髯：白鬓老人。　③暴曜：显赫。暴，通"曝"，显露。　④乌靴：黑色皮靴，官人所服。　涴：污染。

浣溪沙

复次韵

句健未须缠法律[①]，饮豪那暇较瓶盆。疾雷破柱一声蚊[②]。　　吟狂不觉跨驴稳，醉卧都忘对虎蹲。个中别是一乾坤。

[注释]

①缠法律：意同墨守陈规。　②一声蚊：言破屋疾雷，只当作蚊鸣，言其定力高深。

浣溪沙

八篇俊逸狂时语[①]，五色光芒雨后霓。清吟要不负明时[②]。　　嗟我拙词伤弄巧，爱君难韵解平巇[③]。且歌滑路雨成泥。

[注释]

①八篇俊逸：指李之仪次韵之作。李之仪《姑溪集》今存《和人喜雨》同韵之作三首。其馀已佚。李词首句起平韵，与此微异。　②明时：太平盛世。　③难韵：险韵。　平巇：平坦与险峻。

浣溪沙

晚归自西崦复得再和二首

人归西崦步翠麓[①]，月出东峰涌玉盆[②]。诗如琥珀妙藏蚊。　　摩头长咏笑自语，划席冥搜卧复蹲[③]。笔端三昧撼乾坤[④]。

[注释]

①西崦：山坳曰“崦”。　②玉盆：圆月。　③划席：在席上写字。冥搜：苦思深索。　④三昧：佛家语。此指奥妙。

浣溪沙

同　前

众□俯看显旋磨蚁[①]，忠义平生贯日霓[②]。也知用舍各由时。　　显处山川非设险[③]，笑中陷穽去藏巇。此时拟议轹中泥[④]。

[注释]

①众□：武林本作“众人”，可从。　旋磨蚁：“日月如磨蚁，往来无休息。”见邵雍《一元吟》。此指人生忙碌不停。　②贯日霓：白虹贯日，为罕见的日晕天象。古人附会为忠义之气冲天。古有荆轲刺秦，白虹贯日之传说。　③显处：“显”字原缺，此据武林本补。　④轹中泥：车困于泥淖。　轹：车辙压痕。

浣溪沙

世事回头惊破甑[①]，年华脱手堕空盆。机锋火聚不容蚊。　　持帆未欲乘风去[②]，扪虱闲为抢膝蹲[③]。掌中诃子是乾坤[4]。

[注释]

①惊破甑:东汉孟达挑甑行于道中。堕地,不顾而去。郭泰问之。答曰甑已破矣,视之何益。泰以为有识,劝其进学,终为名士。见《后汉书·郭泰传》。此指惋惜流光之易逝。 ②持帆:二字原缺,此据武林本补。 ③扪虱:东晋桓温入关中。王猛披褐入见,扪虱而谈,旁若无人。后事苻坚为丞相。 ④诃子:中药名,其料细微。此句犹言纳乾坤于芥子中之意。

浣溪沙

□寨词锋盘屈剑[1],汲川酒胆倒垂霓。脱巾露顶笑狂时[2]。 任意清闲饥得食,关心名利醉登巇。浊流心念已澄泥。

[注释]

①□寨:武林本作"压寨",可从。 ②露顶:脱帽露出头顶。毫无拘束之意。

[集评]

笃文云:"以上十四首皆惠洪所作与李之仪唱和之词。李词今存三首。题曰'和人喜雨','人'即指惠洪。可知乃惠洪首唱,李次和。李词首句以平声入韵,是正格。惠洪起句不用韵,是另一体。而纵横捭阖,挥洒自如。既见道心,尤显笔力。拟之金翅抟天,长鲸跋海,仿佛近之。洵方外奇才,苏黄雅重其人,良有以也。"

浣溪沙

肇上人居京华甚久。别余归闽,作此送之

毳帽驼裘一尾轻[1],半开便面气如春[2]。醉归穿市月随人。　　此境要非吾辈事，摩头忽忆海山滨[③]。蕨芽荔肉齿生津[④]。

［注释］

①毳帽：毛皮帽。裘衣：皮衣。　一尾轻：犹一马轻装而行。　②便面：折扇。　③摩头：即摩顶，佛教受戒的一种仪轨。　④荔肉：荔枝，闽广所产。

浣溪沙

十分春压能眠柳[①]，一再风撩解笑花。故山应摘雨前茶。　　从我觅诗如触鹿[②]，为君肥字作栖鸦[③]。句中有眼莫惊嗟。

（以上十六首词辑自《石门文字禅》卷八，引自《词学》十五辑周裕锴《全宋词辑佚补编》）

［注释］

①能眠柳：汉苑有柳如人形，一日三眠三起。见《三辅故事》。　②触鹿：意同鹿触。鹿触林木，一片狼藉。"养松无鹿触"，见东坡之诗。③栖鸦：犹涂鸦。

净　珪

净珪，号借庵。南渡前后人。与韩元吉、楼钥交好。工诗，见《宋诗纪事》九十三。

渔家傲

咄这渔翁何调度[①]，上无片瓦遮风雨。独钓烟波随所寓。超然趣，知音觌面分明举[②]。　因得夹山来与语[③]，一桡蓦口通玄路[④]。明月满船全体露[⑤]。休回顾，乞儿伎俩都分付。

（《船子和尚拨棹歌》（机缘集）卷下《诸祖赞颂》，引自《词学》十五辑周裕锴《全宋词辑佚补编》）

［注释］

①何调度：如何维持生计。　渔翁：指船子和尚。　②觌（dí）面：见面。　③夹山：澧州善会禅师，唐末定居夹山。大兴宗风，为船子和尚之衣钵弟子。　④"一桡"句：夹山问道于船子和尚。"刚拟开口，被一桡打落水中。山才上船……山拟开口，师又打。山豁然大悟。"见《五灯会元》。此言船子和尚善用棒喝机锋，开悟后学，使通玄路。　⑤全体露：指显露禅机道体。

妙 崧

妙崧(？—1221),字少林。建宁(今福建浦城)徐氏子。佛照、德光弟子。嘉定年间住持杭城净慈寺。说法内廷,赐紫方袍。属临济下第十三世。赐号佛行禅师。

渔家傲

活计从来无寸土[①],轻舟荡漾芦花浦。风静月明潮满渡。非遮护,明明佛祖来无路。　　老倒夹山呈露布[②],一桡之下翻身去。鼻直眼横无本据。冤难诉,至今恨在翻舟处。

(《船子和尚拨棹歌》(机缘集)卷下《诸祖赞颂》,引自《词学》十五辑周裕锴《全宋词辑佚补编》)

[注释]

①无寸土:此亦指船子和尚,以摆渡说法济人,无片瓦寸土。　②“老倒”句:言其晚年于船上开悟夹山后,覆舟逝于水中。

慧 远

慧远(1103—1176),号瞎堂。眉山(今属四川)彭氏子。十三岁出家。游方多年,得悟于昭觉禅师。乾道中居灵隐寺,孝宗屡召入内廷,咨论法要。赐号佛海大师。

渔父词

德山和尚①

咄遮川僧能磊苴②,杖挑一担敲门瓦。未与点心先口哑。都放下,从兹婆饼增高价。　巨耐龙潭亲到也,真金砂砾齐抛舍。佛祖棒头倾雨泻。无可把,元来不在之乎者。

[注释]

①德山:唐宣鉴和尚之别称。宣鉴俗姓周,四川剑南人。深于《金刚经》,不信禅宗,欲破碎之。至澧州遇卖饼婆,为婆所屈。往参澧州龙潭和尚,大悟。后于德山行化,大振宗风。　②咄遮:犹咄咤,呵斥,慨叹。磊苴(lǎ zhǎ):犹邋遢,脏乱。

渔父词

临济和尚①

六十山藤真重赏②,蒲鞋眼正分龙象③。直造大愚呈伎俩④。机不让,隔靴也解频抓痒。　黄蘖山高争敢仰,亲非父子谁来往。惯将虎鬚忘意想⑤。拦腮掌,一声霹雳千峰上。

[注释]

①临济和尚：即义玄，曹州（今属山东）人，俗姓邢。谒黄檗希运和尚得法。后住真定滹沱河畔临济院。指示法要，每以棒喝显其机用。为临济宗开山祖师。　②六十山藤真重赏：德山垂示云，“道得也三十棒，道不得也三十棒。”六十山滕指此。　③眼正：正法眼，能洞透一切。　龙象：指佛门杰出弟子。　④大愚：洪州高安禅师，居大愚山。临济往参，为说老婆心切。济于言下大悟。　⑤将虎鬚：当为“捋虎鬚”之讹。《五灯会元》卷十一：“这风颠汉又来这里捋虎鬚。”

渔父词

佛果禅师[①]

发足南方明自己，白莲峰顶逢穿耳。瞬目扬眉俱不是。知羞耻，堪嗟少室分皮髓[②]。　小玉嘉声犹未已[③]，檀郎何事迷深旨[④]。一句斩新方彻底。禅林里，翻云覆雨风波起。

[注释]

①佛果：即克勤禅师（1061—1135）。宋僧，字无著，彭州（今属四川）人。历主南北禅林。任汴京万寿寺方丈，徽宗褒宠甚优。高宗赐号圆悟。有《碧岩集》等传世。　②少室：山名，在河南登封，有少林寺。　皮髓：表皮与真髓，髓指禅宗要义。　③小玉：传说中的仙女名。　④檀郎：对所爱男子的美称。潘岳小名檀奴。

渔父词

瞎堂自述

不向芦花深处卧，移舟尽在波心过。得个锦鳞如许大[①]。无处货[②]，推篷对月平分破[③]。　舞棹长歌声远播，江山心醉凝眸坐。赖有儿孙齐花柁[④]。相应和，船头拨转还乡那[⑤]。[⑥]

（以上四首见《佛海瞎堂禅师广录》卷四，引自《词学》十五辑周裕锴《全宋词辑佚补编》）

［注释］

①锦鳞：鱼的美称，多指鲤鱼。 ②货：用如动词，出售之意。 ③平分破：一劈为二。 ④齐花柁：即齐划柁。花，通“划”。 ⑤那（nuò）：叹词，意近“啦”。 ⑥周裕锴按：此四首词考其词律，均为《渔家傲》。

义　青

义青（1032—1083），俗姓李，青社人。从浮山法远禅师悟旨，嗣续曹洞宗大阳警玄正脉。初住海会寺，后迁舒州投子山。元丰六年（1083）示寂，年五十二。赐谥慈济。

渔　父

一泛孤舟无寸土，那愁王役差门户①。山映碧波浸古曲。清云雾，谁能更问佛兼祖②。

［注释］

①"那愁"句：意谓不须为交纳国家的差役税收而发愁。　②佛兼祖：开创佛教者为佛陀，即释迦摩尼。建立宗派者为祖师，如达摩、慧能等。

渔　父

晓来风静烟波定，徐摇短艇资闲兴①。满目秋江澄似镜。明月迥，更添两岸芦花映。

（以上二首见《投子义青禅师语录》卷上，引自《词学》十五辑周裕锴《全宋词辑佚补编》）

［注释］

①资闲兴：消遣闲情逸兴。

子　淳

子淳(1065—1119),亦称德淳。梓潼(今属四川)贾氏子。廿七岁礼道凝为师。后访芙蓉道楷,语下大悟,嗣之。崇宁间主丹霞山,道声益著。有《虚堂集》、《语录》等。

渔家傲

和净因老师渔父词①

四海无家何拘碍,垂丝坐对烟雾霭。水急风和舟行快。严霜届②,莲裳箨笠和烟戴。　洪鳞每自藏深派③,今朝钓得真奇怪。鼓棹惊波桑田改。三灾坏④,恁时方称生涯在⑤。

[注释]

①净因:宋僧名。在千僧会上力驳善华严对禅学的非议。辩才无比,著称于世。与王安石有诗词方外之交。　②届:到。　③深派:深的江河。　④三灾:劫末所起之三种灾难。刀兵、疫疠、饥馑为小三灾,火、风、水为大三灾。　⑤恁时:这时。

渔家傲①

潦倒渔翁无一解②,苍苍雪鬓知何载。短棹轻舟泛沧海。抛钩在,碧波深处全无阂③。　锦鳞吞饵浮丝摆,樵父两岸皆怜爱。直透龙门头角改④。谁能怪,为霖方显灵通大⑤。

[注释]

①原无调名,据周裕锴按“此二首词,词律均为《渔家傲》”补。

②无一解：犹云无一长处。　解：本领。　③阂：隔阂。　④"直透"句：指鲤鱼跳过龙门化作龙飞去。此指悟得大法，转凡成圣的境界。　⑤为霖：指神龙行雨。

渔歌子

渔父子送齐明二化主[①]

凛凛严风彻骨寒，扁舟轻泛碧波澜。金线直，玉钩端，锦鳞无限、踊跃上琅玕[②]。

［注释］

①化主：犹施主。此为劝化信徒布施之意。　②琅玕：似玉之美石。此指得道之乐境。

渔歌子

渔父从来性本宽，满船钓得未为欢。收丝了，望层峦，举头方觉、天际晓星残[①]。

（以上四首见《丹霞子淳禅师语录》卷上）

［注释］

①按律一般为七字句，此二首词律从唐张志和《渔歌子》演化而来，可视为《增字渔歌子》。

渔父词[①]

鹤髪渔翁岁莫论，桑田几变尔常存。红蓼岸[②]，荻花村[③]，水月虚明两不痕。

[注释]

①渔父词:词律同《渔歌子》。 ②红蓼(liǎo):水草名,味辛,可食。 ③荻花:芦类,短者为荻。

渔父词

举目虽亲无可攀,翛鱼独对水云闲[①]。山色里,浪花间,妙体堂堂不露颜[②]。

[注释]

①翛(xiāo)鱼:游鱼。 翛:无拘无束状。 ②妙体:此指禅的本体。

渔父词

青虚为钓复为钩[①],断索篮儿没底舟。随放荡,任横流,玉浪堆中得自由。

[注释]

①青虚:青天。此指水天一色的青波。

渔父词

轻泛兰舟入海涯,抛钩掷线莫迟疑。骊龙子[①],巨鳌儿[②],不犯清波钓得伊。

[注释]

①骊龙子:黑龙曰骊龙。 ②鳌:传说海中能负大山的神龟。

渔父词

钓尽江湖晓色分，数声羌笛韵凌云。波浩渺，雾氛氲，鼓棹回舟望海垠[①]。

（以上五首见《丹霞子淳禅师语录》卷上，引自《词学》十五辑周裕锴《全宋词辑佚补编》）

[注释]

①垠：界，边。

十二时[①]

五位颂

正中偏，三更初夜月明前。莫怪相逢不相识，隐隐犹怀昔日嫌。

偏中正，失晓老婆寻古镜[②]。分明觌面更无他，休更迷头犹认影[③]。

正中来，无中有路出尘埃。但能不触当今讳，也胜前朝断舌才[④]。

偏中至，两刃交锋要回避。好手还同火里莲[⑤]，宛然自有冲天气。

兼中到，不落有无谁敢和。人人尽欲出常流，折合终归炭里坐[⑥]。（以上五首见《禅宗语录辑要·人天眼目第三》）

[注释]

①原无调名,据律补。 ②失晓:破晓。 ③迷头:不知自家本相。 ④断舌:汉有儒生曰,“郭解专以奸犯公法,何谓贤?解客杀此生断舌。”见《史记·游侠列传》。 ⑤火里莲:莲开火中,形容神通广大。 ⑥炭里坐:犹言水深火热,生活痛苦。

正　觉

正觉(1091—1157),字宏智。隰州(今山西隰县)人。俗姓李。十三岁出家。后参丹霞子淳,得悟。建炎末居灵隐。后归天堂。有语录传世。

渔歌子

欲渡长芦与琛上人渔家词[①]

岸树藤绳欲解围,海门蒲席弄清吹[②]。舟不涩,兴无涯,回首灊山烟翠姿[③]。

[注释]

①长芦:在南京东北,又名沙河。　琛上人:南宋诗僧与欧阳守道为诗友。其他不详。　②清吹:指吹奏笙笛等乐器。　③灊(qián)山:亦作潜山,在安徽潜山县境,亦称天柱山。

渔歌子[①]

同　前

一苇江头老白眉[②],而今问讯慰相思。风静夜,月明时,满眼寒光下钓丝。

(以上二首见《宏智正觉禅师广录》卷八,引自《词学》十五期周裕锴《全宋词辑佚补编》)

[注释]

①原无调名,据周裕锴按"此二首词,词律亦同《渔歌子》"补。②一苇:即一苇渡江。传说达摩见梁武帝,所谈不合。乃至江边以苇叶为舟,渡江北上。　白眉:杰出的人物。"马氏五常,白眉最良。"见《三国志·蜀书》。